Milícias

Milícias

O TERCEIRO PODER QUE AMEAÇA A AUTORIDADE DO ESTADO BRASILEIRO E O DOMÍNIO DAS FACÇÕES CRIMINOSAS

2021

Antonio Baptista Gonçalves

MILÍCIAS
O TERCEIRO PODER QUE AMEAÇA A AUTORIDADE DO ESTADO BRASILEIRO E O DOMÍNIO DAS FACÇÕES

AUTOR: Antonio Baptista Gonçalves

DIRETOR ALMEDINA BRASIL: Rodrigo Mentz
EDITOR DE CIÊNCIAS SOCIAIS E HUMANAS: Marco Pace
ASSISTENTES EDITORIAIS: Isabela Leite e Larissa Nogueira

REVISÃO: Marco Rigobelli
DIAGRAMAÇÃO: Almedina
DESIGN DE CAPA: Roberta Bassanetto
IMAGEM DE CAPA: Jay Rembert/Unsplash.com

ISBN: 9786586618525
Setembro, 2021

Dados Internacionais de Catalogação na Publicação (CIP)
(Câmara Brasileira do Livro, SP, Brasil)

Gonçalves, Antonio Baptista
Milícias : o terceiro poder que ameaça a autoridade do Estado brasileiro e o domínio das facções / Antonio Baptista Gonçalves. – São Paulo : Edições 70, 2021.

Bibliografia
ISBN 978-65-86618-52-5

1. Brasil - Crime organizado 2. Brasil - Política e governo 3. Ciências políticas 4. Facções criminosas 5. Milícias - Brasil - História I. Título.

21-71449 CDD-320.981

Índices para catálogo sistemático:

1. Brasil : Terceiro poder : Ciências políticas 320.981

Maria Alice Ferreira - Bibliotecária - CRB-8/7964

Este livro segue as regras do novo Acordo Ortográfico da Língua Portuguesa (1990).

EDITORA: Almedina Brasil
Rua José Maria Lisboa, 860, Conj.131 e 132, Jardim Paulista | 01423-001 São Paulo | Brasil
editora@almedina.com.br
www.almedina.com.br

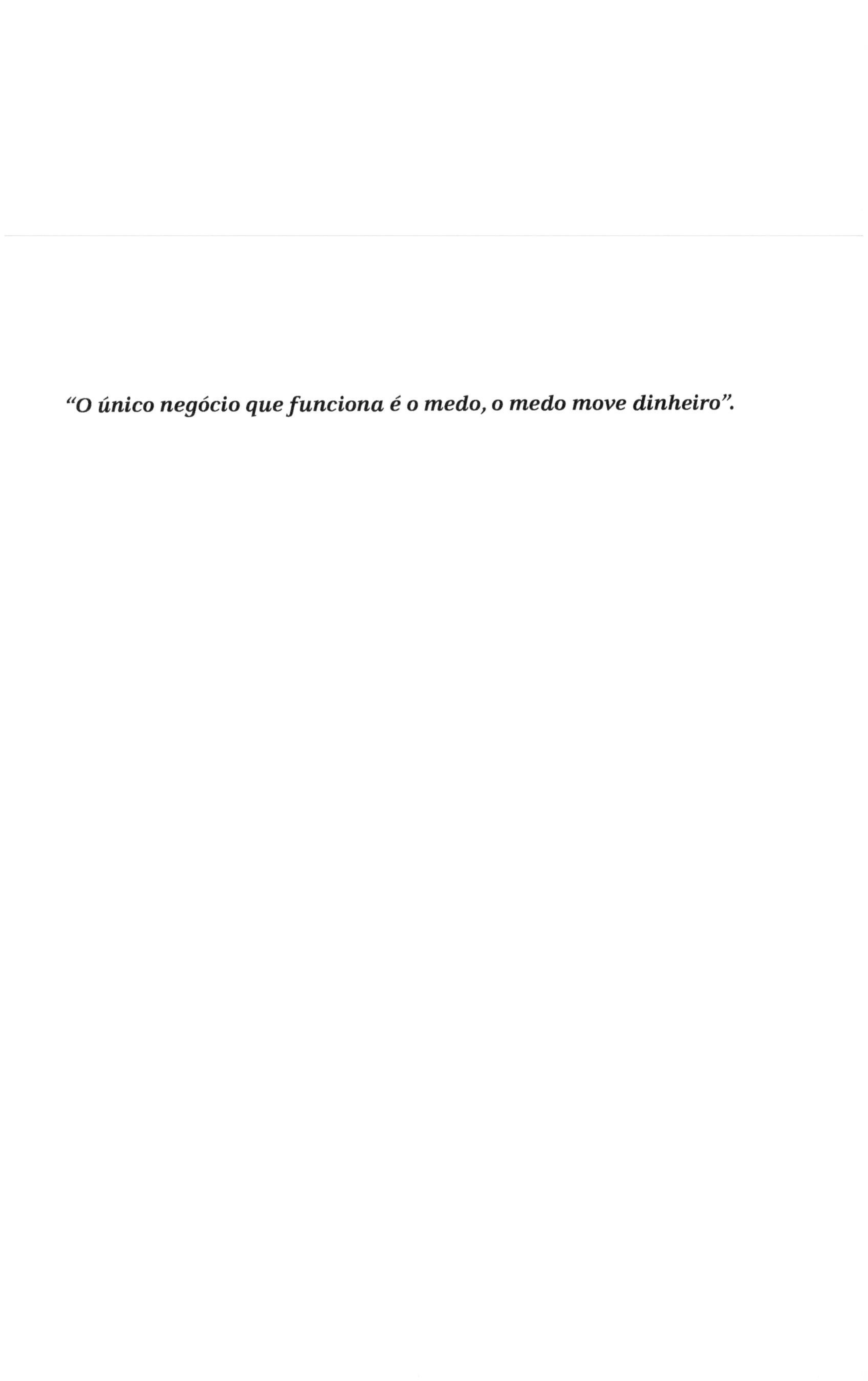

"O único negócio que funciona é o medo, o medo move dinheiro".

AGRADECIMENTOS

Um livro nunca é feito apenas a duas mãos. O período que precede a escrita, as trocas de experiência, conversas com amigos para verificar a relevância do tema, se o assunto é pertinente e interessante perfazem a tarefa de um autor antes da longa e árdua tarefa de escrever um livro.

Essa obra teve uma peculiaridade: o retiro forçado por conta da pandemia do COVID-19. Antes era comum uma saída para espairecer, refletir, conversar com os amigos e retornar para o complexo trabalho de traduzir em palavras as ideias que lhe invadem e permeiam seus pensamentos.

Não estava nos planos fazer um outro livro, logo na sequência de ter escrito em 2019 o que se traduziu no livro sobre o Primeiro Comando da Capital, mas a quarentena fez os pensamentos amadurecerem em uma velocidade maior do que seria com a liberdade plena de ir e vir.

Por isso, ainda mais valorosos os esforços daqueles que participaram ativamente deste processo de escrita. Assim, nos cabe agradecer a elas: Carolina Soares Ribeiro, Eliana Vendramini Faleiros Carneiro, Fabiani Mrosinski Peppi, Bruna Melão Delmondes, João Paulo Ávila Pontes, Martim de Almeida Sampaio, Raquel Andrade, Bruno Paes Manso, Sérgio Adorno e as necessárias correções de rotas, os amigos novos e antigos da Comissão de Criminologia e Vitimologia, tanto da Secional quanto da Subseção do Butantã e de Santo André que apoiaram o tema e auxiliaram tanto no norte, quanto na delimitação da obra, além dos muitos amigos que nos convidaram para proferir palestras sobre esse assunto e somente engrandeceram ainda mais a obra.

Agradeço também à Universidade de Santiago de Compostela pelo incentivo nas investigações e da receptividade do tema para os meus estudos de pós-doutoramento em *Desafios en la postmodernidad para los Derechos Humanos y los Derechos Fundamentales* sob orientação do Maestro José Julio Fernández Rodríguez.

Além disso, impossível deixar de registrar o sempre incondicional apoio dos familiares, o porto seguro dos momentos de angústia e incerteza.

Obrigado a todos, sem vocês jamais conseguiria.

NOTA DO AUTOR

Não estava nos meus planos fazer um livro sobre milícias. Considerei que a missão estava cumprida quando narrei e desenvolvi a história do Primeiro Comando da Capital em meu livro **PCC e facções criminosas: A luta contra o Estado no domínio pelo poder**. A meu ver não havia mais o que contar após apresentar o desenvolvimento da principal facção paulista e como esta se expandiu, profissionalizou e enriqueceu nas falhas do Estado Democrático de Direito.

O tempo, o senhor de todas as certezas, me mostrou que estava errado. Aqui e ali lia sobre as milícias e o Comando Vermelho. De início tive a sensação de que se optasse em narrar a história da facção carioca faria uma reprodução do livro anterior, afinal, ambas são fruto do abandono social, da violência e da repressão em massa. Porém, apesar de coexistirem no Brasil no mesmo período, o que se percebe é que o ponto de partida é o mesmo, todavia, o desenvolvimento trilha um caminho distinto.

Nesse diapasão é de se intrigar os motivos que levam o Estado a fomentar clandestinamente a existência de uma polícia letal para coibir a violência com violência extrema, sem os rigores da lei. Ao se estudar a dura realidade social das comunidades cariocas e as mazelas propiciadas pelo colapso do Estado brasileiro é indiscutível que há uma nova história a se contar. Por isso aqui estamos, permeando Estado, Comando Vermelho e Milícias pelo fio condutor que os une: a violência.

Depois de concluídas as duas obras, chego à conclusão que muito ainda tem de ser feito e que cabe a nós, a sociedade civil e as organizações não governamentais, fazer o que seria obrigação do Estado Democrático de Direito: incluir a geografia da exclusão econômica e social nos direitos e no debate acerca da educação, da cultura e da cidadania.

Não se combate violência com violência! A solução é educação, cidadania e cultura, sempre.

Boa leitura!

APRESENTAÇÃO

O grande desafio para a atividade intelectual é a compreensão e a explicação dos fatos histórico-sociais cujo desenrolar se encontra em curso. Não raro, a relação de quem observa tais fatos é demarcada pelas impressões de primeira hora, mesmo que o escritor seja um observador de elevada sensibilidade para captar sinais e simbologias que representam nossa contemporaneidade. Historiadores e sociólogos, entre os quais Max Weber, já falavam a respeito das dificuldades de decifrar o momento presente, razão pela qual defendiam uma espécie de interpretação *ex-post* fatos. No entanto, em sentido contrário, há aqueles para quem o presente é fonte de esclarecimento; é justamente no calor dos acontecimentos, nas irrupções de crises, na ruptura para com os hábitos e para com a normalidade cotidiana que é possível flagrar as direções que parecem tomar as mudanças sociais e os desafios que elas propõem à consolidação de estados democráticos de direito.

É sob esta segunda perspectiva que esse livro trata de temas e questões contemporâneas. Suas qualidades são flagrantes. Abordagem de temas e questões contemporâneas, fartamente documentado, lastreado em bibliografia especializada e de referência, apresentação de inúmeras evidências empíricas extraídas de fontes documentais diversas, escrito com fluência de forma a facilitar a compreensão dos argumentos apresentados.

Entre as questões contemporâneas examinadas está o advento da pandemia do COVID19 e os desarranjos que ela vem promovendo no mercado e nas atividades produtivas, na proteção à saúde coletiva, na manutenção de todas as atividades cotidianas no mundo do trabalho, na educação, na gestão governamental de territórios e de populações em distintas escalas – municipal, estadual, nacional –, na mobilidade urbana, na promoção da cultura e na esfera das interações e relações sociais. Ao fazê-lo, demostra o quanto convergem desigualdades sociais, vulnerabilidade de populações à maior contaminação e os déficits de oferta de serviços de saúde notadamente para as populações de baixa renda que habitam os bairros que compõem a chamadas periferias urbanas das metrópoles brasileiras.

Ao tratar da contemporaneidade brasileira, não se pode deixar de lado as questões e desafios colocados pelo controle legal da violência e do crime. A violência e certas modalidades de crime não são fenômenos recentes nesta sociedade. De fato, já eram *problematizados* desde a Colônia e a vigência do Império, embora seus significados fossem muito distintos daqueles que vigem na atualidade. Aliás, durante o período republicano, em vários momentos de tensões sociais e institucionais, percepções sociais disseminadas pela imprensa regional e nacional sugeriam que os crimes estavam crescendo, o que ensejava rigorosas demandas por lei e ordem. Todavia, como se sabe, foi justamente com a transição do regime autoritário (1964-1985) para a democracia que os crimes e violências se converteram em questão pública e nacional. Os sentimentos coletivos de medo e insegurança se tornaram mais e mais intensos, estimulando manifestações de ódio aos criminosos e de apelo por duras medidas de controle da ordem pública que não dispensaram o emprego arbitrário e violento da força coercitiva por parte das agências policiais. Esse é o contexto não apenas do aumento da delinquência comum e dos homicídios cujas vítimas preferenciais continuam a ser jovens, pobres, majoritariamente pretos e pardos, moradores em sua grande maioria em territórios deflagrados por disputas entre quadrilhas e entre estas e as polícias. Foi também neste mesmo contexto, que o Brasil testemunhará a chegada do crime organizado em torno do tráfico ilegal de drogas e armas bem como a formação de milícias constituídas por civis e policiais.

O foco central do livro aborda os processos sociais, políticos e institucionais que explicam a emergência dessas organizações criminais, tomando por objeto empírico o Comando Vermelho e a formação e desenvolvimento das milícias no Rio de Janeiro. Ao fazê-lo, o livro coloca em evidência as fraquezas do estado de direito no Brasil sob o foco da segurança pública. O leitor encontrará na leitura desses capítulos a abordagem de fatos e dos acontecimentos que se encadearam para a criação e expansão dessas organizações como também o peso das formas institucionais de contenção do crime e da violência, que incluem tanto a persistência dos modelos tradicionais de repressão quanto o fracasso de experiências que se afiguravam como inovadoras como as Unidades de Polícia Pacificadora, cujo projeto conheceu tanto aplausos quanto duras críticas.

São Paulo, março de 2021.

Sérgio Adorno
Professor Titular do departamento de sociologia do Instituto de Filosofia e Ciências Humanas da Universidade de São Paulo (USP), fundador e coordenador do Núcleo de Estudos da Violência (NEV-USP).

TUMOR NAS ENTRANHAS DA PÁTRIA

O planeta imergiu num fenômeno surreal com a pandemia da Covid-19. Avanços tecnológicos propiciados pela ciência prometiam era de estabilidade sanitária, pois poderosos os instrumentos para debelar qualquer peste. Malgrado a advertência dos ambientalistas, convictos de que a praga era uma resposta de Gaia à inclemência humana, o ceticismo parecia preponderar. A humanidade teria superado os riscos de qualquer ameaça à sua incolumidade física.

Não foi assim. Todos os países foram vitimados e as mortes provaram que o coronavírus era mais do que o portador de tênue resfriado. O Brasil atônito respondeu de forma heterogênea à visita nefasta.

Uma das consequências desse hiato em 2020, um ano que precisaria ser devolvido à sociedade humana, foi o escancaramento de uma tragédia. São milhões os brasileiros invisíveis, totalmente ignorados pelo Estado, que só se apercebeu de sua existência quando a morte e a fome se converteram em personagens diuturnos da mídia espontânea e das redes sociais.

Atento observador da realidade, o estudioso ANTONIO BAPTISTA GONÇALVES retornou à percuciente análise do cancro das milícias. Aonde a Democracia não chega, abre-se espaço fértil para atuação da criminalidade. Os invisíveis, os excluídos, os não-cidadãos, são submetidos à arbitrariedade de grupos que garantem os bens da vida recusados pelo governo, em troca de controle dessa verdadeira subvida.

A constatação coincide com a desdemocratização do Brasil, algo verificado pela DeMax, um estudo de avaliação dos regimes mundiais, à luz de mais de duzentos itens de liberdade política, igualdade e controle legal em 179 países. A aferição do grau democrático existe desde 1900 e em 2019 o Brasil estava em 60º lugar, considerado uma Democracia deficiente, pois o Estado de direito é muito frágil.

Não basta verbalizar a plenitude democrática sob invocação de que há eleições livres e os Tribunais estão abertos a receber qualquer postulação da cidadania. Enquanto não houver inclusão de milhões de brasileiros à condição de sujeitos de direito, partícipes efetivos na gestão da coisa pública, não se atingirá o índice almejado de vivência democrática.

O Brasil das iniquidades convive, pacificamente, com o tumor das milícias, profundamente entranhado no recôndito de várias esferas de governo e que, em nome de uma aparência de paz, aniquila a possibilidade de fruição dos bens da vida ínsitos à civilização. Liberdade em plenitude, resultante de educação de qualidade, acesso à infraestrutura garantidora de saneamento básico, saúde assegurada desde a prevenção e higidez ambiental. Populações que, pela manhã, estão em busca de alimento para a sua prole e que não podem contar com o amanhã, são presa fácil de uma criminalidade cuja eficiência sobrepuja a falência do equipamento estatal.

Esse periférico lumpesinato é desconhecido pelo Estado provedor, mas conhece perfeitamente o aparato do sistema de segurança, ávido em propiciar a versão falaciosa de uma tranquilidade assegurada a partir do incremento à prisão, única resposta utilizada pelo sistema para se desincumbir de seus deveres.

O livro do advogado e pensador ANTONIO BAPTISTA GONÇALVES deve servir de mais um alerta para a lucidez que resta nesta Nação, que tem se omitido em redimir aqueles que nascem desiguais por genética deficiência da Democracia e que são predestinados a servir à ilícita e cruel manipulação por parte da delinquência atuante e exitosa, muito mais do que bem-organizada.

São Paulo, outono de 2021.

José Renato Nalini
Magistrado durante 40 anos, Promotor de Justiça por 4 anos e escreveu, em parceria com José Carlos Gonçalves Xavier de Aquino, um "Manual de Processo Penal".

SUMÁRIO

INTRODUÇÃO

A proposta desta obra não é falar sobre as milícias apenas e tão somente. Afinal, o poder paralelo e, até clandestino, das milícias como um braço invisível do Estado não surge aleatoriamente. Será, portanto, necessário contextualizar a realidade social brasileira, em especial no Rio de Janeiro, para apresentar as milícias.

E a realidade brasileira é que temos pessoas que não são alcançadas pelo Estado e não possuem o mínimo necessário para ter conforto ou sequer sobreviver dignamente. Falta saneamento básico, água, moradia, emprego, educação de qualidade, saúde e mais uma gama de direitos que cabe a um Estado tido como democrático conceder à sua população.

O crime não é exclusividade do Brasil e é tão antigo quanto a própria sociedade. Todavia, o que causa medo é a falta de segurança e, também, observar que a violência poderá lhe alcançar a qualquer momento. Com isso a população clama por proteção a este Estado. Este responde ao crime com violência e força a fim de impor a ordem criando opressão e o resultado é diverso do pretendido, pois, gera resistência e união.

Quando o Estado percebe que o crime não esmorece, então, aposta em uma força ilegal para erradicar os criminosos, nascia assim o grupo de extermínio, formado por membros da força policial do Estado com "autoridade" para não cumprir as leis e fazer o que o Estado não podia: impor a ordem.

Todavia, a sociedade não é composta apenas e tão somente por criminosos e o Estado, temos a população brasileira, oprimida, desassistida e carente. Os criminosos, parte deles também fruto do abandono estatal, vivem livremente no convívio dos excluídos econômicos da sociedade, isto é, nas regiões periféricas.

O que produz um pensamento comum de que os moradores das comunidades são criminosos.

De tal sorte que iniciaremos pela construção ou desconstrução da violência nas comunidades, isto é, desmistificar que todos os que moram nas regiões periféricas dos centros urbanos são ou serão criminosos, a exclusão econômica não os insere automaticamente na produção de atos ilícitos. Todavia, a análise da desigualdade econômica e da concentração da renda devem ser considerados como índices ou indicadores para a produção da violência, o que aprofundaremos em espaço próprio, assim, demonstraremos que não há uma relação direta e obrigatória da pobreza para com a violência.

Nesse diapasão temos as dificuldades criadas e trazidas pela pandemia do COVID-19 que desvelou a desigualdade social do Brasil de maneira inapelável. A pandemia é o objeto de análise mais privilegiado da desigualdade, mas longe de ser o único. Além disso, quais as medidas que o Estado brasileiro adotou para minorar seu impacto, trazer Direitos Humanos e o conjunto de direitos tidos como fundamentais para os menos favorecidos social e economicamente? Ao longo das décadas, o que se viu foi apenas e tão somente o aprofundamento da concentração de renda e o incremento gradativo da pobreza no país.

Aliás, sobre o Estado, será que o brasileiro é adequado e mais concernente à sua população? Por isso, faremos uma análise mais pormenorizada de qual a função de um Estado para com sua população, qual a relação do Estado Democrático de Direito para com a assunção dos direitos fundamentais. Ademais, quando da falta do fornecimento desses direitos devemos compreender quais as consequências das falhas desse Estado para com os membros da sociedade e, inclusive possibilitar ao crime organizado em resistir e aproveitar dessas lacunas, eis o espaço a ser ocupado pelas facções criminosas.

Nessa seara iremos apresentar o surgimento da mais antiga facção criminosa brasileira, o Comando Vermelho e sua escalada ao poder no Rio de Janeiro, e as consequências sangrentas para a população nos embates com o Estado e seu monopólio da violência, o Estado que é uma entidade absoluta que se confronta com a própria sociedade.

Fora isso, nessa disputa pelo poder temos os conflitos entre facções e o desenvolvimento das milícias como um terceiro poder que surge entre o Estado e sua falta de controle e o crime organizado. Para tanto, traremos os grupos de extermínio, como dissemos, sua associação com os contraventores do jogo do bicho e a descoberta de acessos, influência na sociedade e na política para, por fim, o desenvolvimento das milícias que conhecemos atualmente.

Finalizaremos com o atual Estado brasileiro que ainda busca impor a ordem, usa da violência, mas que hoje vê tanto as facções quanto as milícias reagirem e se unirem por interesses econômicos e para fortalecer seus domínios. No meio desse cenário, temos a população brasileira que ainda clama por segurança e vê um Estado cada dia mais aquém de suas funções e obrigações. Além disso, a desigualdade segue crescendo, bem como a concentração de renda, a extrema pobreza, o crime, a insegurança e as mazelas sociais.

1

PREÂMBULO: O COVID-19 DESVELA AS FRAGILIDADES DO ESTADO DEMOCRÁTICO DE DIREITO BRASILEIRO ANTE A GEOGRAFIA DA EXCLUSÃO

A Pandemia do COVID-19 cancelou os Jogos Olímpicos, paralisou fábricas, paralisou até conflitos armados. Ademais, confinou mais de 4,5 bilhões de pessoas em 190 países, superlotou hospitais, cemitérios e modificou para sempre a vida humana.

2020 será um ano que a humanidade lembrará em seus livros de história. Seja pelos efeitos econômicos globais, pela crise sanitária mundial, ou pelas incontáveis mortes que fizeram um estado de emergência globalizado, no qual, a relativização de direitos e a luta pelo bem maior da vida se tornou o cerne da sociedade.

Com isso, novos acontecimentos acometeram a realidade das pessoas como: o afastamento presencial de seu trabalho, o isolamento social, a impossibilidade de convívio físico com os demais e a chegada de sentimentos como: distanciamento, depressão, infelicidade, dentre outros.

Desde o final da Segunda Guerra Mundial não havia um conflito com perdas de milhares de vidas, a diferença é que não há um embate entre pessoas, mas sim, contra um vírus. Este poderoso e letal que para uns pode ser visto como uma gripezinha, enquanto para outros vitima mais do que o atentado às torres gêmeas em 11 de setembro de 2001. A pandemia provocada pelo COVID-19 chegou e mostrou as fragilidades não apenas do ser humano, como também dos Estados e de seus governantes, impotentes e incapazes de lutar na célere aplicação de medidas eficazes de contenção do vírus.

Em países como a Itália e os Estados Unidos da América os efeitos foram devastadores à população. Os dois países são emblemáticos sobre o tema: o primeiro por ter menosprezado o vírus e não ter feito as devidas prevenções, especialmente em uma partida de futebol que movimentou milhares de pessoas da cidade de Bergamo para Milão. Embate futebolístico este que disseminou o problema tanto para a Itália quanto para a Espanha. Não coincidentemente, a cidade de Bergamo foi o epicentro da pandemia na Itália. Já nos Estados Unidos da América, medidas fortes foram tomadas, mas com certa liberdade na administração das medidas para os Estados, o que ocasionou em Nova York uma disseminação devastadora do vírus a ponto de representar um terço dos casos naquele país. Agora, com mais de um milhão de vacinas sendo aplicadas diariamente, o país começa a ser recuperar.

No Brasil, os problemas se avolumam e se parecem com os demais países: falta de leitos, subnotificação de casos, incerteza quanto à disseminação, porém, há um agravante que preocupa sobremaneira os governantes em uma dura realidade não presente na Europa ou nos Estados Unidos: a geografia da exclusão e a possibilidade de contágio em massa nas comunidades e locais que padecem com a falta de saneamento básico, água e superlotação de pessoas, isto é, o COVID-19 ameaça expor mundialmente as fragilidades do Estado Democrático de Direito Brasileiro na efetivação dos direitos fundamentais à população brasileira. Antes de falarmos do impacto do COVID-19 no Brasil precisamos tratar da parcela das pessoas mais expostas ao risco de contágio: a população que se concentra nas regiões periféricas das cidades, em especial em favelas e comunidades e, não raro, em locais com mais de dez pessoas por cômodo, a denominada geografia da exclusão. Desenvolvemos.

1.1 A GEOGRAFIA DA EXCLUSÃO E A AUSÊNCIA DE DIREITOS FUNDAMENTAIS

Um dos principais jornais do Estado de São Paulo publicou em 30 de março de 2020 em seu editorial um importante questionamento sobre a possibilidade da pandemia COVID-19 nas favelas: como conter o vírus em casas superlotadas, sem saneamento e coleta de lixo? A indagação procede, afinal, segundo o último censo demográfico do IBGE, de 2010, portanto, pode-se considerar que os números já aumentaram e muito nesses dez últimos anos, aponta que existiam no território nacional 6.329 favelas em 323 municípios.

Somados a isso, o editorial informa que 31 milhões de pessoas não têm acesso a uma rede geral de distribuição de água e que para 11,5 milhões de brasileiros a realidade da superlotação com, ao menos, três pessoas por dormitório é uma realidade[1].

Somente no Rio de Janeiro, segundo o IBGE 22,03% de sua população vive nas comunidades, segundo o Instituto Pereira Passos, em 2018, o Rio tinha 162 bairros e em 139 deles existiam comunidades e, em termos de áreas, as comunidades ocupam cerca de 330 mil metros quadrados. Ainda não temos o Censo 2020, mas, segundo os dados do Censo 2010, 1.393.314 pessoas moravam nas 763 favelas cariocas.

O IBGE também atesta que a quantidade de domicílios ligados à rede geral de esgotamento sanitário ou com fossa ligada à rede cresceu em 2019 na comparação com o ano anterior, chegando a 49,1 milhões de domicílios (68,3%). Mesmo assim, quase um terço dos lares não tinha saneamento adequado. Em relação aos domicílios com fossa séptica não ligada à rede geral, o número alcançava 19,1%, indicando que, aproximadamente, 9 milhões de domicílios no Brasil despejavam dejetos de maneira inadequada, como em fossa rudimentar, vala, rios, lagos e mar. Nas regiões

---

[1] "Pandemia nas Favelas". *Folha de São Paulo*, 30 mar. de 2020. Disponível em: <https://www1.folha.uol.com.br/opiniao/2020/03/pandemia-nas-favelas.shtml>. Acesso em: 1° de abril de 2021.

Norte e Nordeste, o percentual foi ainda maior, de 42,9% e 30,7%, respectivamente.

Dos 72,4 milhões de domicílios estimados pela pesquisa em 2019, 97,6% (70,7 milhões) possuíam água canalizada e 88,2% (63,8 milhões) tinham acesso à rede geral de abastecimento de água. Em 85,5% dos lares, a rede geral de distribuição de água era a principal fonte de abastecimento. No Norte, o índice cai consideravelmente, para 58,8%, enquanto 21,3% dos domicílios tinham abastecimento de água através de poço profundo ou artesiano e 13,4% recorriam ao poço raso, freático ou cacimba. Quanto à distribuição de água por período, 88,5% dos domicílios no Brasil recebiam água diariamente, índice que cai para 69% no Nordeste, onde a frequência é menor[2].

Claro está que o Estado falha com sua população na questão de uma moradia adequada, com saneamento básico, água encanada e condições mínimas de existência. Assim, se avolumam pessoas sem condições econômicas e que são esquecidas pelo Estado brasileiro.

Ainda sobre a ineficiência do Estado Democrático de Direito Brasileiro, temos a questão da geografia da exclusão, isto é, um singelo mapeamento daqueles que pertencem a uma parcela da população que são mais suscetíveis à exclusão estatal. Expliquemos com mais parcimônia.

A conformação dos grandes centros urbanos, desde a chegada dos portugueses ao Brasil quando do descobrimento, e com o desenvolvimento das cidades primou pela formação das elites ocupando a região mais nobre da cidade e os menos favorecidos que serviam aos nobres ocupando espaços menos favorecidos, isto é, as periferias dos grandes centros, primeiro para estarem fora da

---

[2] "Um em cada três domicílios não tinha ligação com rede de esgoto em 2019". *IBGE*, 6 mai. 2020. Disponível em: <https://agenciadenoticias.ibge.gov.br/agencia-noticias/2012-agencia-de-noticias/noticias/27597-um-em-cada-tres-domicilios-nao-tinha-ligacao-com-rede-de-esgoto-em-2019>. Acesso em: 7 de maio de 2021.

visão dos ricos e depois porque tais áreas eram mais acessíveis economicamente.

É indissociável a realidade corrente de nossa história. No Brasil colônia, o que se viu foi a larga exploração de metais preciosos e, posteriormente, em atividade rural dada a inserção capitalista de Portugal e da Espanha no cenário capitalista mercantilista, em idos do século XV, com aplicação de mão de obra escrava para trabalho no plantio, cultivo e colheita de produtos nos grandes latifúndios, como algodão, açúcar, dentre outros.

O resultado é que a notada maioria dos serviços eram realizados por escravos, negros, desfavorecidos, sem renda própria e com condições de subsistência atreladas à boa vontade de seus donos. Sobre o tema Carlos Silva Jr:

> As fronteiras políticas e linguísticas da África Centro Ocidental, entre 1526 e 1867, são descritas nos mapas 92, 93 e 94. As ligações entre o Brasil e Angola ficam mais evidentes a partir da leitura do mapa 100. Os três principais portos brasileiros (Rio de Janeiro, Salvador e Recife) responderam juntos por 77,2% dos 2.826.000 africanos deportados por Luanda. No caso de Molembo, entre 1808 e 1861, 62.000 africanos teriam sido exportados para a Bahia, contra 11.000 para o Rio e menos de 10.000 para Pernambuco. Tais dados, no entanto, precisam de uma análise cuidadosa, sob pena de cairmos nos ardis dos traficantes do século XIX, como expliquei acima. Por fim, os mapas 107 a 111 fornecem uma visão geral da África Oriental. O Rio de Janeiro foi o porto que mais recebeu gente dessa região, 126.000, ou 43%, seguido por Havana, que recebeu 32.000 pessoas, e Saint Domingue, com 23.000 africanos[3].

Além da necessidade de mão de obra, o tráfico negreiro também era cobiçado pelos números envolvidos e pelo lucro produzido para os agentes envolvidos, como intermediários, agentes navais, mercadores, traficantes, dentre outros. Lembrando que a viagem era custosa, complexa e as condições sanitárias deveras

3 SILVA JR, Carlos. "Mapeando o tráfico transatlântico de escravos". *Revista Afro-Ásia*, Salvador, n. 45, 2012, p. 179-184.

precárias com a produção de doenças e perda de "material", visto que os negros eram tidos não como seres humanos, mas sim, como mercadorias e eram negociados nos portos africanos e relegados ao porão dos navios, local mais úmido e suscetível a doenças e enfermidades.

O Rio virou capital do Império de repente. À época, a cidade do Rio de Janeiro era precária, malcheirosa, provinciana, suja e descuidada. Quando a corte portuguesa chegou em 1808 havia 60 mil habitantes, sendo que mais da metade eram escravos, por conseguinte, a estrutura era precária e não abrigava a todos já que possuía apenas 75 logradouros públicos, sendo 46 ruas, quatro travessas, seis becos e dezenove campos ou largos. Em pouco tempo, a população quase que dobrou, chegando a 120 mil pessoas. Com a falta de condições, os crimes não tardaram a ocorrer, como relatou Laurentino Gomes em seu livro 1808: "Roubos e assassinatos aconteciam a todo o momento. No porto, navios eram alvos de pirataria. Gangues e arruaceiros percorriam as ruas atacando as pessoas a golpes de faca e estilete".

A chegada da família real produziu uma revolução no Rio de Janeiro. O saneamento, a saúde, a arquitetura, a cultura, as artes, os costumes, tudo mudou para melhor – pelo menos para a elite branca que frequentava a vida na corte. Entre 1808 e 1822 a área da cidade triplicou com a criação de novos bairros e freguesias, A população cresceu 30% nesse período, mas o número de escravos triplicou, de 12.000 para 36.182[4].

Com exceção do crime de homicídio, a falta mais grave que um escravo podia cometer era a fuga. Quase 16% do total de prisões feitas pela polícia da corte entre 1808 e 1822 era de escravos foragidos. Era um problema antigo[5].

---

[4] GOMES, Laurentino. *1808: Como uma rainha louca, um príncipe medroso e uma corte corrupta enganaram Napoleão e mudaram a História de Portugal e do Brasil.* Rio de Janeiro: Planeta, 2007, p. 147.

[5] GOMES, Laurentino. *1808: Como uma rainha louca, um príncipe medroso e uma corte corrupta enganaram Napoleão e mudaram a História de Portugal e do Brasil.* Rio de Janeiro: Planeta, 2007, p. 237.

Ademais, a cultura do Brasil era estabelecida em uma relação de submissão entre os senhores feudais e os escravos, como salienta Sergio Adorno:

> Ex-colônia portuguesa, a sociedade brasileira conquistou sua independência nacional em 1822 sob um regime monárquico. Suas bases socioeconômicas e políticas repousavam na grande propriedade rural, monocultora e exportadora de produtos primários para o mercado externo; na exploração extensiva de força de trabalho escrava, alimentada pelo tráfico internacional de negros desenraizados de suas tribos e comunidades de origem no continente africano; na organização social estamental (Weber, 1971; Fernandes, 1974) que estabelecia rígidas fronteiras hierárquicas entre brancos, herdeiros do colonizador português, negros escravizados, homens livres destituídos da propriedade da terra e populações indígenas. Esses fundamentos sociais conformaram uma vida associativa, isto é, padrões de socialidade e de sociabilidade constituída em torno do parentesco, da mescla de interesses materiais e morais, da indiferenciação entre as fronteiras dos negócios públicos e dos interesses privados, no adensamento da vida íntima, na intensidade dos vínculos emocionais, no elevado grau de intimidade e de proximidade pessoais e na perspectiva de sua continuidade no tempo e no espaço, sem precedentes.
> Por sua vez, o poder político encontrava seus fundamentos institucionais no patrimonialismo, isto é, uma estrutura de dominação cuja legitimidade esteve assentada nas relações entre grandes proprietários rurais, representantes do estamento burocrático e clientelas locais às quais se distribuíam prebendas em troca de favores ou de apoio político. Vale dizer, um estilo próprio de regimes políticos oligárquicos com escassa organização político-partidária e frágil mobilização dos grupos subalternos. Neste contexto, a política convertia-se em conversa entre cavalheiros e os partidos, em colegiados de oligarcas[6].

O Rio de Janeiro, ao inaugurar-se a República, atravessava uma fase de profunda alteração demográfica que se estendeu até 1920. Entre 1872 e 1890, a população e a densidade demográfica quase

---

[6] ADORNO, Sérgio. *Exclusão socioeconômica e violência urbana*. Sociologias, Porto Alegre, ano 4, nº 8, jul/dez 2002, p. 84-135.

dobraram, sendo então a maior cidade do país, com cerca de 522 mil pessoas e 409 habitantes por km². Abaixo do Rio vinham São Paulo e Salvador; cada uma com pouco mais de 200 mil habitantes[7].

Capital do Império, com 522.651 habitantes, o Rio de Janeiro aumentara sua população nove vezes desde a chegada de dom João e a família real portuguesa. O porto carioca era o mais movimentado do Brasil. A renda de sua alfândega representava 32% da arrecadação geral do Império. A cidade que mais crescia em 1889, no entanto, era São Paulo, que chegaria a 239.820 habitantes no Censo de 1900. Sua população se multiplicaria por dez em apenas cinquentas anos, impulsionada em grande parte pelos novos imigrantes estrangeiros que chegavam ao Brasil para substituir nas lavouras a recém-abolida mão de obra escrava[8].

Foi no final do século XIX que o Brasil conheceu seu primeiro processo de urbanização: o percentual da população urbana cresce de 5,9% em 1872 para 9,4% em 1900; após o impulso da industrialização no início do século, entre 1940 e 1980 a taxa de urbanização passou de 26,35% a 68,86%. Enquanto triplica a população total do país, a população urbana aumenta mais de sete vezes[9].

No Brasil, em decorrência de disputas por hegemonia no Cone Sul com Argentina, Paraguai e Uruguai, o que se viu no século XIX foi uma intensa disputa entre os protagonistas que resultou na Guerra do Paraguai e, também, no maior ato genocida produzido pelo Brasil na América do Sul.

Iniciada em 1864, a Guerra do Paraguai foi travada por mais de cinco anos, até março de 1870. Ceifou a vida de centenas de mi-

---

[7] BARBOZA DE ARAÚJO, Rosa Maria. *A vocação do prazer: a cidade e a família no Rio de Janeiro republicano*. Rio de Janeiro: Rocco, 1993, p. 30.

[8] GOMES, Laurentino. *1889: Como um imperador cansado, um marechal vaidoso e um professor injustiçado contribuíram para o fim da monarquia e a Proclamação da República no Brasil*. 1.ed. São Paulo: Globo, 2013, p. 70.

[9] GIAMBERARDINO, André Ribeiro. "Tráfico de Drogas e o Conceito de Controle Social: Reflexões entre a solidariedade e a violência". *Revista Brasileira de Ciências Criminais*, vol. 83/2010, Mar–Abr, 2010, p. 185-236.

lhares de pessoas, das quais 33 mil brasileiros. O preço mais alto, coube, obviamente, ao Paraguai, o país derrotado. A população paraguaia, estimada em 406 mil habitantes no começo da guerra, reduziu-se à metade. O custo econômico também foi altíssimo. Só do lado brasileiro foram gastos 614 mil contos de réis, onze vezes o orçamento do governo para o ano de 1864, agravando um *déficit* que já era grande e que o Império carregaria até sua queda[10].

Internamente, a guerra produziu alguns efeitos colaterais importantes. Nunca antes tantos brasileiros haviam juntado forças em torno de uma causa comum. Gente de todas as regiões pegou em armas para defender o país. Calcula-se que pelo menos 135 mil homens foram mobilizados. Mais de um terço desse total, cerca de 55 mil, fazia parte do chamado corpo de Voluntários da Pátria, composto de soldados que se alistaram espontaneamente[11].

Finda a Guerra do Paraguai, o país entrara em fase decisiva de transformações. No campo político, reavivou-se a campanha abolicionista, em favor da libertação de todos os escravos. A resistência dos fazendeiros e barões do café, que dependiam da mão cativa suas lavouras, fora enorme, mas, também nesse caso, brasileiros de todas as cores e regiões acabaram se unindo em torno de uma aspiração, que levou milhares de pessoas às ruas na fase final da jornada. O resultado tinha sido a Lei Áurea, Lei n° 3.353, que, assinada pela princesa Isabel no dia 13 de maio de 1888, colocara fim a quase quatro séculos de escravidão[12]:

> "Art. 1°. É declarada extincta, desde a data desta lei, a escravidão no Brasil."

---

[10] GOMES, Laurentino. *1889: Como um imperador cansado, um marechal vaidoso e um professor injustiçado contribuíram para o fim da monarquia e a Proclamação da República no Brasil.* 1.ed. São Paulo: Globo, 2013, p. 66.
[11] GOMES, Laurentino. *1889: Como um imperador cansado, um marechal vaidoso e um professor injustiçado contribuíram para o fim da monarquia e a Proclamação da República no Brasil.* 1.ed. São Paulo: Globo, 2013, p. 67.
[12] GOMES, Laurentino. *1889: Como um imperador cansado, um marechal vaidoso e um professor injustiçado contribuíram para o fim da monarquia e a Proclamação da República no Brasil.* 1.ed. São Paulo: Globo, 2013, p. 68.

Com o final da Guerra, a partir de 1867, e ao retorno ao Brasil, um assentamento urbano modesto formado por ex-escravos, recebe novos moradores criando uma comunidade de pessoas carentes, em sua maioria composto por ex-soldados e ex-escravos, tendo como elo comum de união, a questão racial e a pouca capacidade econômica. A ocupação do morro da Providência, no Rio de Janeiro, foi o embrião das comunidades que se espalharam pelo país afora. As moradias não ultrapassavam a algumas poucas dezenas de casebres. Posteriormente, a ocupação aumentou sobremaneira em decorrência de milhares de ex-soldados retornados de Canudos que se tornaram novos ocupantes[13].

O ambiente caótico do morro passou a ser chamado de Favela, em uma alusão à planta endêmica da região nordeste brasileiro (*Cnidoscolus quercifolius*). O vocábulo que se referia a nome próprio de planta transforma-se em uma termologia para designar típico assentamento urbano informal. Favela é nome de planta, de árvore com espinhos, que dá flores e sementes, suporta o árido sertão e, por tais características, teria sido lembrada ao dar nome a uma terra nova, fazendo alusão à "resistência dos combatentes entrincheirados nesse morro baiano da Favella, durante a guerra de Canudos[14].

A origem do termo favela, por sua vez, refere-se a uma planta de propriedades medicinais existente no Brasil rural de meados do século XIX. A palavra ganhou um sentido simbólico e geográ-

---

[13] O século XIX representou um período conturbado na história do Brasil. Entre renúncias de imperadores autoritários, sucessão de regentes e crises entre liberais e conservadores, estouravam insurreições populares nos quatro cantos do país. Não cabe, neste trabalho, descer aos pormenores de tantas revoltas, mas queremos chamar atenção para aquelas que mobilizaram principalmente os setores mais pobres e marginalizados. Episódios como a Cabanagem, a Balaiada, a Revolta dos Malês e a (menos conhecida) Guerra dos Marimbondos nos apresentam a um Brasil Império escravista marcado pela miséria e pela exclusão social, mas nem por isso amordaçado e submisso. SILVA, Fernanda Lima da et all. "Policiados e Policiais: Dois Tempos de uma história de criminalização". *Revista Brasileira de Ciências Criminais*, vol. 135/2017, Set. 2017, p. 97-129.

[14] VALLADARES, Lícia do Prado. *A invenção da favela: do mito de origem à favela.com*. Rio de Janeiro: Editora FGV, 2005, p. 29.

fico após a Guerra de Canudos (1895-1896), quando massas de soldados à espera de pagamento se concentraram em um morro carioca e o denominaram Morro da Favella, que, em pouco tempo, atraiu também muitos ex-escravos sem trabalho. Em 1898, o Morro dc Santo Antônio também passa por processo similar de favelização, pois, soldados de outro batalhão, de volta da mesma campanha de Canudos, construíram barracos, entre as ruas Evaristo da Veiga e Lavradio. Importante destacar que os soldados esperavam pelo pagamento de seus soldos atrasados por parte do Estado, o que nunca ocorreu.

Em 1901 a imprensa destacou o "desenvolvimento de um bairro absolutamente novo, construído sem a permissão das autoridades municipais e sobre terrenos pertencentes ao Estado em um total de 150 barracos com 623 habitantes[15].

Veja o artigo de João do Rio sobre o Morro de Santo Antônio, publicado em 1908:

> Como se criou ali aquela curiosa vila de miséria indolente? O certo é que hoje há, talvez, mais de mil e quinhentas pessoas abrigadas lá por cima. As casas não se alugam, vendem-se. [...] o preço de uma casa regula de 40 a 70 mil réis. Todas são feitas sobre o chão, sem importar as depressões do terreno, com caixões de madeira, folha-de-flandres, taquaras. [...] Tinha-se, na treva luminosa da noite estrelada, a impressão lida da entrada do arraial de Canudos ou a funambulesca ideia de um vasto galinheiro multiforme[16].

Ainda sem existente registro da primeira favela do Rio referente à década de 80 do século XIX, o primeiro levantamento oficial se deu apenas em 1920, individuando a presença de 839 aglomerados similares; pouco tempo depois, o termo "favela" se

---

[15] ABREU, Maurício de Almeida. "Reconstruindo uma história esquecida: origem e expansão inicial das favelas do Rio". *Espaço e Debates*, São Paulo, v. 14, n. 37, 1994, p. 34-46.
[16] MARTINS, Luis. *João do Rio: uma antologia*. Rio de Janeiro: Sabiá, 1971, p. 54-55.

difundiu em definitivo[17]. E com ele o preconceito, visto que essas pessoas eram vistas como indesejáveis, o que contribuiu para associar a favela como um espaço de marginalidade, calcada na pobreza de seus moradores.

Com as Revoluções Industriais, o que se vê é o abandono da utilização da mão de obra escrava e o surgimento da mão de obra assalariada. No entanto, os excluídos, os parias sociais de outrora ainda estavam presentes, só que agora, livres e libertos em busca de oportunidades e ocupando espaços na periferia dos grandes centros. Detalhemos um pouco mais o processo.

A transição não foi pacífica e houve muita resistência com conflitos armados como a história nos mostra com os quilombos. A luta foi árdua e culminou com o processo legislativo através da aprovação do parlamento brasileiro da Lei Áurea.

O processo de luta dos escravizados traduziu-se em rebeliões, fugas em massa, formação de quilombos, resistência armada, protestos em aliança com setores da intelectualidade e camadas médias da população através da imprensa e judiciário. Com a abolição tem-se o fim da sociedade escravagista e a possibilidade de inserção social de homens e mulheres negros, agora, livres. Todavia, o preconceito os impediu de ter cidadania, pois, passaram a ocupar espaços de menor prestígio no mercado de trabalho e passaram a executar os serviços indesejáveis.

Ao todo, cerca de 700 mil escravos ganharam a liberdade com a Lei Áurea. Em proporção ao total de habitantes do país, era um número relativamente pequeno. Na época da Independência, o Brasil tinha cerca de 1,5 milhão de cativos, que representavam quase 40% do total da população[18]. A Lei Áurea abolia a escravidão, mas não o seu legado. Mesmo entre os abolicionistas, foram

---

[17] GIAMBERARDINO, André Ribeiro. "Tráfico de Drogas e o Conceito de Controle Social: reflexões entre a solidariedade e a violência". *Revista Brasileira de Ciências Criminais,* vol. 83/2010, Mar.–Abr., 2010, p. 185-236.

[18] GOMES, Laurentino. *1889: Como um imperador cansado, um marechal vaidoso e um professor injustiçado contribuíram para o fim da monarquia e a Proclamação da República no Brasil.* 1.ed. São Paulo: Globo, 2013, p. *228.*

poucos os que manifestaram alguma preocupação com a sorte dos ex-cativos.

Além do abandono a que foram relegados os ex-cativos, havia um traço mais sutil e duradouro da escravidão que, a rigor, jamais se apagou na cultura brasileira. É o preconceito contra negros e mulatos[19].

Como consequência da pouca aceitação e remuneração impingida por parte dos nobres, o que se vê são os negros ocupando habitações impróprias como favelas, cortiços, palafitas e loteamentos irregulares, o que possibilitou um ciclo de exclusão que se manteve e perdurou ao longo do tempo, exclusão não apenas econômica, como também social.

O mote fundamental é apartar os "indesejáveis" do convívio social e, para tanto, o Direito Penal foi utilizado como instrumento de repressão visto que a prática da repressão do que se chamava de vadiagem foi um método frequente para excluir os que não se subordinavam à autoridade e os convertiam automaticamente em excluídos sociais. Tal recurso foi aplicado para controlar a população negra fruto do recente período de escravidão e caso não houvesse obediência e cumprimento, os raivosos eram relegados às casas de correção, que tinham por objetivo excluir o rebelde do convívio dos demais, passar por um período de reflexão para depois retornar ao convívio social, a viga mestra do que viria a ser a realidade prisional corrente.

E práticas correntes dos negros como cartomancia, cultos africanos, curandeirismo foram apenas algumas das condutas tipificadas pelo Código Criminal de 1890.

Somado a isso temos a realidade do Rio de Janeiro de ter crescido de maneira desordenada e desproporcional sem que tenha resolvido seus problemas pré-existentes de saneamento e urbanização, o que somente se agravou nos anos seguintes. Em pari passu, a sociedade brasileira modifica seu perfil agrário e adota o

---

19 GOMES, Laurentino. *1889: Como um imperador cansado, um marechal vaidoso e um professor injustiçado contribuíram para o fim da monarquia e a Proclamação da República no Brasil*. 1.ed. São Paulo: Globo, 2013, p. 228.

trabalho livre calcado na indústria, assim, as relações hierárquicas de outrora para a formação da sociedade de classes e um proletariado urbano, em especial em São Paulo e no Rio de Janeiro.

Como consequência aprofundaram-se as desigualdades regionais e a concentração de riqueza, agora centralizada nos cafeicultores, nos proprietários rurais e nos novos empresários baseados nas relações industriais.

A expansão comercial e o desenvolvimento das cidades mantiveram a lógica da segregação, mas agora, pelo viés econômico, os pobres e menos favorecidos ocupam áreas mais afastadas, recebem menos dinheiro pelo trabalho e não tem o mesmo acesso dos ricos e abastados, estes com maiores recursos têm locais com maior infraestrutura, conforto e localização em posição inversamente proporcional aos menos favorecidos.

No ano da Proclamação da República, o Brasil tinha cerca de 14 milhões de habitantes, 7% da população atual. De cada cem brasileiros, somente quinze sabiam ler e escrever o próprio nome. Os demais nunca tinham frequentado uma sala de aula. Entre os negros e escravos recém-libertos, o índice de analfabetismo era ainda maior, superior a 99%[20].

A libertação dos escravos no final do século XIX e a grande imigração de europeus no começo do século XX foram responsáveis por uma demanda por empregos que a conjuntura sócio-econômica da época não conseguia absorver. Os negros ex-escravos foram libertados sem nenhuma proposta de inserção no mercado de trabalho, pelo contrário: foram colocados em situação jurídica irregular com a criação da lei de repressão à ociosidade, um mês após a promulgação da Lei Áurea. Essa população de escravos, somada aos imigrantes que não conseguiam se adaptar aos padrões impostos pela sociedade, formaram os contingentes de despossuídos que ocupavam as ruas e os cortiços da cidade do Rio de

---

[20] GOMES, Laurentino. *1889: Como um imperador cansado, um marechal vaidoso e um professor injustiçado contribuíram para o fim da monarquia e a Proclamação da República no Brasil.* 1.ed. São Paulo: Globo, 2013, p. 65.

Janeiro, vivendo em condições sub-humanas[21]. Sobre o tema José Amaral Argolo:

> No final do século XIX e primeiros anos do século XX, a então diminuta população da Baixada foi impactada por um estranho fenômeno: o inesperado e repentino fim das plantações de laranjas e outras frutas cítricas, base da riqueza da região e principal produto de exportação, principalmente para a Europa. Essa imensa área de pomares e pastagens, rica e irrigada, tornou-se de repente improdutiva devido à proliferação de um inseto originário, segundo se diz, do continente africano; inseto este que se adaptou rapidamente ao nosso clima e aqui chegou nos porões das embarcações utilizadas no transporte de frutas e outras mercadorias perecíveis. Todavia, não foi unicamente essa a causa do colapso econômico daquela região. Bem orientada, a lavoura até poderia ter sido redirecionada para outras culturas importantes (mandioca, batata, milho, hortaliças, etc.), sem maiores prejuízos extensivos para a pecuária. Tardio ponto final de um modelo econômico perverso que matou milhões de seres humanos, a Abolição da Escravatura contribuiu significativamente para o abandono daquelas terras. Muitos proprietários de fazendas e chácaras deixaram para trás o que haviam recebido como herança e, despojados da mais-valia representada pela força de trabalho gratuita e que muito produzia, mudaram-se para a Capital. No seu lugar continuaram morando em pequenas glebas arrendadas algumas famílias de escravos, cuidando do que sobrara das plantações. De início foram estes os mais felizes na escolha. Quanto aos demais, quer tenham sido alforriados ou beneficiados pelas leis do Sexagenário/Ventre Livre, como já estavam desobrigados das tarefas diárias e não visualizavam quaisquer perspectivas no que tange à melhoria do padrão de vida, optaram, também, pela mudança para a Capital onde construíram casas de madeira e saibro nas encostas dos morros da cidade[22]

O processo de urbanização contribui para agravar as desigualdades e, nesse sentido, os egressos da escravidão já detentores

---

[21] COSTA LEITE, L. *Razão dos invencíveis*. Petrópolis: Vozes. 1997.

[22] ARGOLO, José Amaral. *Vida, Paixão e Morte do Jornalismo Policial no eixo Rio de Janeiro-São Paulo*. Rio de Janeiro: E-papes, 2008.

de índices de pobreza e baixo consumo ocuparam a periferia das cidades, contribuindo para a formação das favelas e guetos.

As discriminações contra a geografia da exclusão já estavam presentes mesmo nessa época: "Uma campanha de destruição da favela foi iniciada em 1926, por Mattos Pimenta, através da imagem da favela como lepra da estética[23]". A favela é, como menciona Medeiros[24], um lugar "fora-dentro": fora dos direitos, mas neles incluído pelas penalizações.

Desde a República já havia um preconceito social e um tratamento diferenciado para os mais pobres como atesta Sérgio Adorno: Há muito, desde os primórdios da República, trabalhadores urbanos pauperizados eram vistos como pertencentes às classes perigosas e passíveis de estreito controle social que incluía detenções ilegais, aplicação de torturas e maus tratos nas delegacias e postos policiais e perseguições arbitrárias[25].

Na geografia da exclusão os que habitam na periferia, nas comunidades, favelas são aqueles que possuem menos condições econômicas, por conseguinte, dependem mais do Estado Democrático de Direito para lhes fornecer condições mínimas de sobrevivência e garantir e efetivar um conjunto de direitos tidos como fundamentais, tais como a educação, com as escolas estaduais gratuitas, serviços médicos, como o Sistema Único de Saúde, ofertar garantia de um salário mínimo estipulado por lei, dentre outros.

Todavia, como o Estado falha, o que se vê na prática são pessoas excluídas, apartadas da sociedade, seja por falta de uma educação de qualidade, seja por um auxílio no campo da saúde inexistente com longas filas, ausência da variedade de medicamentos, além de problemas com exames, tratamentos, dentre outros. E, sobre

---

[23] ORLANDI, Eni Puccinelli. *Cidade dos sentidos*. Campinas: Pontes, 2004, p. 42.

[24] MEDEIROS, Vanise. "Posso me identificar?: Mídia, violência e movimentos sociais". In ZANDWAIS, Ana & ROMÃO, Lucília M. S. (orgs.). *Leituras do político*. Porto Alegre: Editora da Universidade Federal do Rio Grande do Sul, 2011, p. 201-219.

[25] ADORNO, Sérgio. *Exclusão socioeconômica e violência urbana*. Sociologias, Porto Alegre, ano 4, nº 8, jul/dez 2002, p. 84-135.

o salário-mínimo, como a remuneração não acompanha o mesmo ritmo do custo de vida, observa-se o decréscimo da qualidade de vida de parte da população, que parte para habitar locais de baixa qualidade, invade terrenos, ocupa os morros, como no Rio de Janeiro, tudo para poder sobreviver.

O que se nota é, no transcurso temporal, um notório privilégio espacial às elites com o expurgo dos menos favorecidos a áreas pouco desejáveis. Para tanto, há o desenvolvimento geográfico de expansão do centro para a periferia, com aqueles de mais posses mais próximos ao núcleo e os excluídos econômicos à margem. Porém, mais de um século depois, as favelas sobreviveram e não se pode dizer, no Rio de Janeiro que estão à margem ou são a periferia, pois, convivem no mesmo espaço geográfico de bairros nobres, como Leblon, Ipanema, Copacabana etc.

Quando se fala de favela se fala da história da população brasileira, do Rio de Janeiro da República, infelizmente, a favela se notabilizou como a área de habitação irregularmente construídas, sem ruas, sem urbanização, esgoto, água, luz, dentre outros.

E qual é a resposta estatal para as desigualdades sociais? Aplicar a lei. Assim, quando se vê um furto famélico, isto é, uma pessoa se apropria de uma galinha, por exemplo, a mesma pode ser condenada e excluída do convívio social, apenas e tão somente porque insistiu em querer sobreviver.

Como o Estado não consegue cumprir com suas premissas fundamentais, igualmente falha em regularizar e fornecer infraestrutura mínima de qualidade para os excluídos que se veem obrigados a formar comunidades e interagirem entre si e sobreviverem.

Nesta toada há o preconceito social, isto é, o pré-julgamento de que os excluídos geográficos podem ser contraventores ou criminosos em potencial, portanto, o controle policial é mais exacerbado nas regiões mais periféricas da cidade e os cidadãos verificados obedecem ao estereótipo da exclusão: é perseguido o negro, pobre e periférico. A realidade mostra que um jovem negro que mora na periferia é muito mais frequentemente parado em blitz policiais do que um mesmo jovem branco que mora em uma região nobre da cidade.

Segundo pesquisa realizada pelo instituto Data Favela, 30% dos moradores de comunidades brasileiras já sofreram preconceito e, para 59% dos moradores das comunidades há preconceito e discriminação para os moradores das comunidades. Para 32% dos que se disseram vítimas de preconceito, a cor da pele foi a motivação e para 30% morar em comunidade foi o motivo. Para 20% o preconceito decorreu da falta de dinheiro e para 8% das roupas que vestiam.

A pesquisa mostra também que 37% dos 2000 moradores ouvidos de 63 comunidades em todo o Brasil já foram revistados por policiais, proporção que chega a 65% quando se trata de jovens entre 18 e 29 anos. Entre os que já foram revistados, a média chega a 5,8 abordagens na vida[26].

Sérgio Adorno entende que houve mudanças expressivas nos padrões de sociabilidade, sobretudo, entre as classes populares:

> Assim, a violência urbana, sendo ela o crime comum, o homicídio relacionado ao crime organizado, violações de direitos humanos e a emergência do narcotráfico promoveu a desorganização das formas tradicionais de sociabilidade entre as classes populares urbanas, estimulando o medo das classes médias e altas e enfraquecendo a capacidade do poder público em aplicar lei e ordem. A escalada da violência policial em São Paulo, onde muitas vezes as incursões da polícia nas favelas resultavam em mortes, geralmente são justificadas "em nome de resistência à ordem de prisão". O senso de justiça privada na sociedade brasileira estimula atos de violência pelos grupos de extermínio e de justiceiros, que respondem com ações que são legitimadas pela sociedade. Os pobres são tratados de forma diferente dos demais extratos da população, apesar da maioria dos chamados criminosos terem origem pobre, a maioria da população pobre não é criminosa, o

[26] "Mais de um quarto dos moradores de favelas já se sentiram discriminados". *Agência Brasil*, 4 nov. 2013. Disponível em: <https://www.ebc.com.br/noticias/brasil/2013/11/mais-de-um-quarto-dos-moradores-de-favelas-ja-se-sentiram-discriminados-diz> Acesso em: 22 de maio de 2021.

> problema não estava na pobreza, mas sim na forma como a sociedade criminaliza os pobres[27].

O Estado tem impingido um "ciclo de vingança" que mais incentiva a violência do que a controla. O pensamento de que há uma guerra e que o inimigo deve ser eliminado, o que não é nem de longe a verdade e nem há a chancela social de que a morte dos criminosos é a solução. Há a necessidade de modificação de mentalidades, tanto dos policiais para que estes compreendam que não há inimigos que devem ser eliminados, mas sim, o crime que precisa ser controlado e a violência que precisa ser controlada com a aplicação da lei. A sociedade brasileira não é uma "selva" que precisa ser controlada a qualquer custo, a barbárie não está autorizada em hipótese alguma. O Estado Democrático possui normas e um ordenamento jurídico que precisa ser aplicado. O caminho é a eliminação das desigualdades, porém, o que se nota é o incremento da pobreza e o aumento da violência.

Aliás, é incorreto afirmar que a pobreza fomenta a violência, como ensina Sérgio Adorno:

> Logo se percebeu que a associação mecânica entre pobreza, crime e violência suscitava mais problemas do que os solucionava. Afinal, embora a maior parte dos delinquentes proviesse das classes trabalhadoras urbanas pauperizadas, maior parte desses trabalhadores, submetidos às mesmas condições sociais de vida, não enveredava pelo mundo do crime. O problema não residia na pobreza, porém na criminalização dos pobres, vale dizer, no foco privilegiado conferido pelas agências de controle social contra a delinquência cometida por cidadãos pobres. Polícia e justiça pareciam revelar maior rigor punitivo contra negros, pobres, migrantes[28].

---

[27] ADORNO, Sérgio. *A Exclusão socioeconômica e violência urbana*. Sociologias, v. 4, n. 8, p. 84- 135, 2002.

[28] ADORNO, Sérgio. *A Exclusão socioeconômica e violência urbana*. Sociologias, v. 4, n. 8, p. 84- 135, 2002.

O que fomenta a violência é a desigualdade social e a concentração de renda. Em que pese o Brasil estar entre os países mais ricos, outros indicadores atestam que a qualidade de vida como o IDH, a renda per capita e a questão da concentração de renda que coloca o Brasil apenas atrás do Catar são elementos que contribuem para se concluir a relação da violência com a falta de oportunidades econômicas e não necessariamente a pobreza, assim, quando se melhoram as condições de vida há proporcionalmente a redução da violência[29].

O Brasil precisa investir na mudança de comportamento de suas polícias, mas antes disso precisa lidar com problemas mais agudos que refletem no comportamento policial: o preconceito para com os menos favorecidos econômica e socialmente. As violações dos Direitos Humanos[30] são recorrentes, as infrações

---

[29] Registros de mortes violentas revelam maior incidência nos bairros que compõem a periferia urbana onde são precárias as condições sociais de existência coletiva e onde a qualidade de vida é acentuadamente degradada. Há fortes evidências de que o risco de ser vítima de homicídio é significativamente superior entre aqueles que habitam áreas, regiões ou bairros com déficits sociais e de infra-estrutura urbana. ADORNO, Sérgio. *A Exclusão socioeconômica e violência urbana*. Sociologias, v. 4, n. 8, p. 84- 135, 2002.

[30] É possível falar em respeito aos direitos humanos numa sociedade na qual vigem extremas desigualdades sociais? Vale dizer, como não falar em violência se sequer os direitos sociais fundamentais o direito ao trabalho, à educação, à saúde, ou seja, aqueles direitos que recobrem a dignidade da pessoa humana não estão universalizados, isto é, assegurados para todos os cidadãos?27 De fato, tudo indica que os problemas postos pela pobreza, pela desigualdade social e pela exclusão social, entre os quais a sistemática e cotidiana violação dos direitos fundamentais da pessoa humana, não resultam, ao menos exclusivamente, de um modelo de desenvolvimento econômico-social incompleto. A pobreza e suas conseqüências, diretas e indiretas, não constituem resíduos patológicos de um processo inexorável de crescimento econômico cujo ciclo de evolução e desenvolvimento, uma vez concluído, conduziria inevitavelmente a superá-los e a decretar sua definitiva extinção em nossa sociedade. Ao contrário, tudo converge para sugerir que, antes de um problema de natureza econômica relacionada quer a perturbações momentâneas do mercado e do processo de produção industrial, quer a estágios incompletos do desenvolvimento, a pobreza e as desigualdades sociais que lhe subjazem são da ordem da justiça social. Sua superação requer o reconhecimento de direitos, vale dizer, de medidas de eqüidade que traduzam diferenças em cidadania universal e que assegurem o reconhecimento de um

pelo Estado e pelas forças policiais são comuns e o Estado tem sua parcela de culpa seja por omissão em não aplicar a lei para responsabilizar os culpados que usaram do excesso para conter a violência e, também, por não promover uma modificação da realidade social e a da profunda desigualdade social.

Entre os anos 2000 e 2010, o crescimento das favelas foi doze vezes maior que o aumento do número de moradias brasileiras. O número de pessoas vivendo nessas condições (61% das quais afro-brasileiras) aumentou de 6,5 milhões para 14 milhões no mesmo período. São Paulo abriga 27% das favelas do Brasil. Desde os anos 2000, as comunidades são ocupadas por trabalhadores pobres (65% dos moradores têm trabalho regular) sem renda suficiente para pagar o aluguel ou ter gastos regulares com água e luz[31]. Com uma taxa populacional urbana de 66% em 1980 e 81% em 2000, o país se tornou em 1997 a oitava economia do mundo, permanecendo campeão das desigualdades sociais.

E, por uma questão econômica, o mundo do crime também recruta seus membros nas regiões da periferia e nos grupos menos favorecidos da população. E qual o motivo? São mais baratos, habitam em locais próximos aos demais pertencentes ao universo criminal e, por conseguinte, são mais bem protegidos e custam menos, o que não significa que todos os membros de uma comunidade são criminosos em potencial, como destaca Sérgio Adorno:

> Os delinquentes são preferencialmente recrutados entre grupos de trabalhadores urbanos de baixa renda, o que significa que seu perfil social não difere do perfil social da população pobre.

---

espaço o espaço público como locus privilegiado de realização do bem comum. Diz respeito à construção de um repertório de normas, princípios gerais, a partir dos quais se dá a intolerância e a resistência moral dos cidadãos para com a violação de seus direitos fundamentais, entre os quais o mais importante desses direitos o direito à vida. ADORNO, Sérgio. *A Exclusão socioeconômica e violência urbana*. Sociologias, v. 4, n. 8, p. 84- 135, 2002.

[31] SAWAYA, Ana Lydia; ALBUQUERQUE, Maria Paula de and DOMENE, Semiramis Martins Álvares. *Violência em favelas e saúde. Estud. av.* 2018, vol.32, n.93 [cited 2020-04-24], p. 243-250.

> A crença de que os delinquentes possuem uma natureza antihumana, perversa e pervertida, resultado de sua suposta inferioridade racial, étnica, social e cultural, não se sustenta em qualquer das pesquisas realizadas[32].

Não há uma relação da criminalidade com a pobreza, mas sim, com a desigualdade social e com a negação dos Direitos Humanos por parte do Estado brasileiro. Quando a população carente não tem acesso à saúde, educação de qualidade, emprego e melhores condições de vida, há uma possibilidade de maior aproximação com o crime, seja por interesse, por busca de condições ou pela possibilidade de maiores receitas, porém, não há uma regra e, tampouco, uma justificativa sociológica que associe o crime à pobreza ou à exclusão. O fato é que se o Estado respeitasse e efetivasse os Direitos Humanos da população a fim de mitigar as desigualdades o crime organizado não teria tantos acessos e poderes de sedução econômica para aqueles que foram esquecidos e negligenciados pelo Estado.

Diante de dificuldades econômicas e sociais os criminosos recrutam, oferecem dinheiro, medicamentos, ingresso em escolas, se ocupa das lacunas produzidas pelo Estado e, ainda, se protegem do mesmo pela conformação geográfica das comunidades e suas naturais dificuldades geográficas.

A disposição das favelas nos morros favoreceu a dificuldade de acesso das autoridades policiais conferindo maior proteção geográfica aos criminosos que se fortaleceram, equiparam em termos de armamento, e forneceram abrigo e proteção não apenas a seus pares como aos demais membros esquecidos pelo Estado Democrático de Direito Brasileiro.

Com a ocupação das facções nas periferias e comunidades, o que se viu foi a proteção da comunidade como um todo e, uma potencial área de conflito para com as autoridades policiais. E, nessa guerra, quem padece não são apenas os criminosos, mas

---

[32] ADORNO, Sérgio. *A Criminalidade Urbana Violenta no Brasil: Um Recorte Temático.* BIB, Rio de Janeiro, n. 35, 1.° sem estre 1993, p. 3-24.

também os policiais que moram nas comunidades e não podem se identificar por grande temor de perda da vida, dos familiares daqueles que ficaram para trás quando um criminoso foi preso ou morto etc.

A realidade dos grandes centros mudou muito nos últimos cinquenta ou sessenta anos, vejamos o Estado de São Paulo, por exemplo, se em 1950 a população era de 9.134.423 habitantes, apenas sessenta anos depois, em 2010, segundo o último censo, havia 41.262.199 habitantes em São Paulo, e a estimativa é que em 2018 havia 45.538.936 pessoas[33].

A proporção de aumento mudou muito e, com ela, vieram os problemas espaciais, as dificuldades de emprego, e a má remuneração. Como todo grande centro urbano, o Estado de São Paulo passou por muitos fluxos migratórios tanto do exterior, com migrantes advindos da Itália, Japão, e muitos outros, como dentro do próprio Brasil, através de uma migração econômica na qual as pessoas buscam melhores oportunidades de rendimento. Sobre o aumento das massas pobres Licia do Prado Valladares:

> Essas massas urbanas pobres tornaram-se, também, cada vez mais numerosas. A evolução demográfica do Brasil foi espetacular entre os anos 1959 e 1980, na medida em que a população do país passou, em 30 anos, do predomínio rural (pelo recenseamento de 1950, 64% da população ainda moravam no campo) ao predomínio urbano (pelo recenseamento de 1980, 68% da população já moravam nas cidades). O crescimento urbano, daí resultante, foi explosivo – a população das idades multiplicou-se por 4,2 entre essas duas datas – principalmente através do crescimento das favelas, dos loteamentos periféricos sem qualquer infraestrutura e da expansão dos cortiços, conferindo ao fenômeno da pobreza urbana uma amplitude sem precedentes[34].

---

33 "Censo 2010". *Governo Federal*. Disponível em: <https://censo2010.ibge.gov.br/sinopse/index.php?dados=4&uf=00>. Acesso em: 17 de maio de 2021.

34 VALLADARES, Licia do Prado. *A invenção da favela: do mito de origem à favela.com*. Rio de Janeiro: FGV, 2005, p. 127.

O que se viu com o crescimento é que os que possuíam melhores condições econômicas ficaram mais próximos das áreas nobres, ao passo que os menos favorecidos foram cada vez mais empurrados para a periferia e para a margem dos grandes centros.

O problema do crescimento econômico é que não há emprego e oportunidades para todos de maneira equânime e, com isso, voltamos na questão do preconceito e da segregação, mas por um viés econômico[35], pois, os menos favorecidos também procurarão locais mais acessíveis para se estabelecer, todavia, notadamente na periferia.

Segundo o Mapa da Desigualdade 2019, publicação da Rede Nossa São Paulo, responsável por comparar indicadores dos 96 distritos da capital do Estado de São Paulo, quem vive em Cidade Tiradentes, no extremo leste de São Paulo, morre em média 23 anos mais cedo que um morador de Moema, um dos metros quadrados mais caros da capital e o bairro mais bem ranqueado neste quesito, segundo o qual um morador morre com 80,57 anos, seguido de outro bairro nobre, o Jardim Paulista, com mortalidade de 79,85.

---

[35] A cidade de São Paulo cresceu brutalmente no século passado. A região metropolitana tinha 2,6 milhões de habitantes em 1950; saltou para 8,1 milhões em 1970, e 15,4 milhões em 1991. Esse crescimento não foi desordenado ou caótico, como se diz. Havia uma lógica explícita nessa aparente desordem, e por isso as cidades brasileiras cresceram quase todas da mesma forma – ou seja, expandindo de modo concêntrico suas periferias informais pelo território. A lógica da desordem era econômica: os baixos salários dos migrantes, atraídos pela enorme oferta de emprego do "milagre brasileiro" do período, só lhes permitiam viver longe do centro, colonizando terras rurais e construindo nelas suas casas e seus bairros, com seus próprios braços.
Na outra ponta, essa lógica produzia riqueza. O trabalho dos pobres para construir a cidade permitia, em seguida, que os proprietários das terras compradas por hectare as revendessem por metro quadrado. Assim, esses especuladores faziam fortuna. A ordem por detrás da explosão das periferias da cidade é uma máquina de fazer dinheiro e desigualdade, que trabalhou em força máxima entre 1950 e 1990 em São Paulo. FELTRAN, Gabriel. *Irmãos: Uma história do PCC*. São Paulo: Companhia das Letras, 2018, p. 129 e 130.

Já as regiões periféricas de Cidade Tiradentes e Marilac são as que se morre mais cedo com 57,31 e 57,51 anos respectivamente[36]. O mapeamento nos mostra que as regiões periféricas são mais violentas e que a expectativa de vida é reduzida na comparação com bairros centrais e mais nobres economicamente.

Aliás, o já mencionado Mapa da Desigualdade evidencia a diferença de tratamento que o Estado confere de acordo com a posição econômica dos bairros, aos que possuem maior condição econômica um serviço de saúde mais eficaz, maior qualidade de vida e segurança, em contraposição às regiões periféricas em que o Estado falha e apresenta os piores índices nos mesmos comparativos[37].

O Censo de 2010 verificou que no município de São Paulo, 18,7% dos pretos ou pardos residiam em aglomerados subnormais, enquanto entre os brancos esse percentual era de 7,3%. Já no município do Rio de Janeiro, 30,5% dos pretos e pardos residiam em aglomerados subnormais, enquanto o percentual entre os brancos foi de 14,3%.

Em 2018, 44,5% da população preta ou parda vivia em domicílios com a ausência de pelo menos um serviço de saneamento básico (coleta de lixo, abastecimento de água por rede e esgotamento sanitário por rede). Já entre os brancos, esse percentual era de 27,9%.

---

[36] "Mapa da desigualdade". *São Paulo: Rede Nossa São Paulo*, 2019, p. 38. Disponível em: https://www.nossasaopaulo.org.br/wp-content/uploads/2019/11/Mapa_Desigualdade_2019_tabelas.pdf. Acesso em 16 de maio de 2021.

[37] Os dados revelam também que, em São Paulo, a idade ao morrer está diretamente ligada à cor da pele: Moema, onde se morre mais velho, é também o distrito mais branco da cidade – segundo o Censo 2010, a população negra em Moema era de apenas 5% do total de moradores. No outro extremo, na Cidade Tiradentes, negros são 56,1% dos moradores, mais da metade da população do distrito. "Na periferia de são paulo, morte chega 20 anos mais cedo que em bairros ricos". *Jornal El País*, 5 de novembro de 2019. Disponível em: <https://brasil.elpais.com/brasil/2019/11/05/politica/1572971045_848710.html?%3Fssm=fb_BR_CM&fbclid=IwAR2A9Ho_5bxeSXsfXQhf-uSupv4mfPbAHtTlzJjFZY-wFRH5gvoEESekg2w>. Acesso em: 16 de maio de 2021.

O adensamento domiciliar excessivo (mais de três moradores para cada cômodo utilizado como dormitório no domicílio) ocorreu entre pretos ou pardos em uma frequência (7,0%) quase duas vezes maior daquela verificada entre brancos (3,6%). Já o ônus excessivo com aluguel (valor do aluguel iguala ou ultrapassa 30% da renda domiciliar) atingiu 5,0% dos pretos ou pardos e 4,6% dos brancos[38].

Do estudo podemos concluir que os mais pobres são negros, os mais subutilizados, bem como os que tem menos acesso aos cargos mais elevados e, por conseguinte, ocupam a maioria dos cargos com menor remuneração, o que corrobora com o que dissemos sobre a geografia da exclusão.

Segundo o estudo do IBGE sobre Desigualdades Sociais por Cor ou Raça no Brasil de 2019, a taxa de homicídios, por 100 mil jovens em 2017 para brancos foi 34,0 e homens 63,5. Já para negros e pardos 98,5 e para homens 185,0. De fato, no Brasil, a taxa de homicídios foi 16,0 entre as pessoas brancas e 43,4 entre as pretas ou pardas a cada 100 mil habitantes em 2017. Em outras palavras, uma pessoa preta ou parda tinha 2,7 vezes mais chances de ser vítima de homicídio intencional do que uma pessoa branca. A série histórica revela ainda que, enquanto a taxa manteve-se estável na população branca entre 2012 e 2017, ela aumentou na população preta ou parda nesse mesmo período, passando de 37,2 para 43,4 homicídios por 100 mil habitantes desse grupo populacional, o que representa cerca de 255 mil mortes por homicídio registradas no Sistema de Informações sobre Mortalidade – SIM, do Ministério da Saúde, em seis anos[39].

Segundo a edição do Atlas da Violência de 2019, 75,5% das vítimas de assassinato em 2017 eram indivíduos negros. A taxa

---

[38] "Pretos ou pardos estão mais escolarizados, mas desigualdade em relação aos brancos permanece". *IBGE*. Disponível em: <https://agenciadenoticias.ibge.gov.br/agencia-sala-de-imprensa/2013-agencia-de-noticias/releases/25989-pretos-ou-pardos-estao-mais-escolarizados-mas-desigualdade-em-relacao-aos-brancos-permanece>. Acesso em: 14 de maio de 2021.

[39] "Desigualdades sociais por cor ou raça no brasil". *IBGE, Estudos e Pesquisas. Informação Demográfica e Socioeconômica,* n. 41, 2019.

de homicídios de negros (pretos e pardos) por grupo de 100 mil habitantes foi de 43,1, ao passo que a de não negros (brancos, amarelos e indígenas) foi de 16,0. Ou seja, para cada indivíduo não negro que sofreu homicídio em 2017, aproximadamente, 2,7 negros foram mortos. Os dados mostram uma piora da situação uma vez que, em 2016, 71,5% dos assassinados no Brasil eram negros. O Atlas também aponta que, no período de uma década (2007 a 2017), a taxa de letalidade de negros cresceu 33,1%, enquanto a de não negros apresentou um aumento de 3,3%[40].

Por fim, o Brasil realizou, em 2013, uma Pesquisa Nacional sobre Vitimização. Nessa pesquisa empírica, a primeira sobre o tema realizada no país, a Secretaria Nacional de Segurança Pública (SENASP), o Centro de Estudos de Criminalidade e Segurança Pública da Universidade Federal de Minas Gerais (CRISP) e o Data Folha recolheram dados relativos a 12 tipos de crimes e ofensas passíveis de registro policial, quais sejam, "furto e roubo de automóveis, furto e roubo de motocicletas, furto e roubo de objetos ou bens, sequestro, fraudes, acidentes de trânsito, agressões, ofensas sexuais e discriminação", com amostragem de aproximadamente 78.000 pessoas, em 346 Municípios. Levando-se em conta o total da amostra, a pesquisa mostrou que 32,6% dos brasileiros que vivem em cidades com mais de 15 mil habitantes dizem ter sofrido ao longo da vida algum dos 12 tipos de crimes ou ofensas contemplados na Pesquisa Nacional de Vitimização. Quando se considera a vitimização ocorrida nos 12 meses anteriores à realização da pesquisa, 21% afirmam que o fato aconteceu por pelo menos uma vez nesse período. Se tomarmos como referência a população da época no Brasil, que, segundo o Instituto Brasileiro de Geografia e Estatística (IBGE), era de 208.936.204 pessoas, temos um conjunto de 68.113.203 pessoas que já foram vitimizadas em

---

40 INSTITUTO DE PESQUISA ECONÔMICA APLICADA; FÓRUM BRASILEIRO DE SEGURANÇA PÚBLICA. "Atlas da violência 2019". *Instituto de Pesquisa Econômica Aplicada; Fórum Brasileiro de Segurança Pública*, 2019, p. 9. Disponível em: <http://www.ipea.gov.br/portal/images/stories/PDFs/relatorio_institucional/190605_atlas_da_violencia_2019.pdf>. Acesso em: 29 de maio de 2021.

algum momento na vida, e um conjunto de 43.876.603 pessoas que foram vítimas de crimes e ofensas nos doze meses anteriores à entrevista dada para a coleta de dados[41].

Ganha relevo, dentre os temas, a questão da discriminação, que se somado a tudo o que já mencionamos anteriormente, configura o retrato cotidiano da geografia da exclusão e o mapa da desigualdade social no Brasil.

Com isso, temos, ainda nos dias correntes a questão da segregação e de locais em que o Estado Democrático de Direito Brasileiro falha em fornecer as condições mínimas aos seus cidadãos, como já foi mencionado em nosso breve percurso histórico. E, através das falhas do próprio governo que as facções se aproveitam para oferecer condições e proteção à população, além de garantir o sigilo de suas operações, a proteção invisível de seus negócios, sem o temor de denúncias sobre os negócios ilícitos às autoridades.

Se o Estado não fornece saúde, educação, segurança e lazer de qualidade, a população carente fica desguarnecida e busca alternativas para suprir as falhas estatais. Essa lacuna aos poucos foi sendo preenchida pelo mundo do crime, as facções protegeram e conquistaram a confiança dos moradores, como o tribunal do crime, por exemplo, isto é, com o provimento de serviços e obrigações que seriam de responsabilidade do Estado, porém, que não foram fornecidos e efetivados por ele.

Com as facções criminosas relativamente seguras dentro dos muros das penitenciárias, e com os familiares de muitos deles sendo cuidados pelo universo do crime, o que se vê é uma rede de proteção e um potencial de expansão com o uso de mão de obra especializada e barata que conhece os meandros das camadas mais baixas da população e fornece diversão com substâncias

---

[41] "Pesquisa nacional de vitimização". *Ministério da Justiça – Secretaria Nacional de Segurança Pública*. Pesquisa nacional de vitimização: sumário executivo. Disponível em: <https://www.crisp.ufmg.br/wp-content/uploads/2013/10/Relat%C3%B3rio-PNV-Senasp_final.pdf>. Acesso em: 24 de maio de 2021.

ilícitas à elite da população e lucra com a diferença do custo/venda da operação.

Destarte que o mundo das facções recebeu o respeito dos detentos e dos membros de várias comunidades/favelas ao longo do Brasil, locais em que o Estado tem pouco ou nenhum acesso e, por conseguinte, não protege a população. Sobre o tema Gabriel Feltran descreve as qualidades e problemas advindos do mundo do crime para a população da periferia:

> O mundo do crime, portanto, passa a fazer parte dos diversos cotidianos da periferia urbana. Passa progressivamente a tensionar outros sujeitos e instâncias legítimas da sociabilidade. Tensiona o mundo do trabalho, porque gera muita renda para os jovens e simbolicamente é muito mais atrativo para eles do que descarregar caminhão o dia toda, ou entregar panfletos de semáforo em semáforo; tensiona a religiosidade, porque é indutor de uma moralidade estrita, em que códigos de conduta são prezados e regras de honra são sagradas; tensiona a família, porque não se sabe bem o que fazer com um filho "na droga", ou com outro que traz quinhentos reais por semana para casa, obtidos "da droga"; tensiona a escola, porque os meninos do crime são malvistos pelos professores, porém muito bem-vistos pelas alunas mais bonitas da turma; tensiona demais a Justiça legal, porque estabelece outras dinâmicas de punição e reparação de desvios; e o Estado em seu cerne, porque reivindica para si o monopólio do uso da violência, legitima entre parte da população, em uma série de territórios[42].

Ademais, o crime organizado se estruturou, se paramentou e formou uma estrutura empresarial de suas atividades, em especial, ao mercado da droga. E se aproveita, novamente, das lacunas estatais para explorar as falhas de controle de fronteiras tanto para entrar com drogas e mercadorias ilícitas no Brasil como para escoar a produção e exportação da droga, preferencialmente por via marítima.

---

[42] FELTRAN, Gabriel. *Irmãos: Uma história do PCC*. São Paulo: Companhia das Letras, 2018, p. 162.

A principal facção criminosa paulista, o Primeiro Comando da Capital, absorve seus membros que saem do mundo prisional após o cumprimento de pena, pode tanto trabalhar para as atividades ilícitas da facção, como também, para atividades lícitas em parceiros que atuam com a facção:

Hoje você não encontra mais bandido do PCC desempregado. Ele trabalha num lava-rápido, numa loja, numa empresa de transporte, carro usado. O cara tem carteira assinada. Se o cara é preso tem auxílio-reclusão, auxílio do Estado (oferecido em caso de prisão para quem tem carteira assinada). Ele está registrado numa empresa de fachada para lavar dinheiro. Quando cara é preso, vai a julgamento, ele diz "sou trabalhador"[43].

Assim caminha o Estado, despreparado, desestruturado para controlar um país continental e com uma população carcerária que somente aumenta e está entre as três maiores do mundo com mais de oitocentos mil presos. Agora vejamos como que o COVID-19 ameaça a geografia da exclusão e expõe as fragilidades do Estado Democrático de Direito Brasileiro.

1.2 COVID-19 DESAFIA O ESTADO DEMOCRÁTICO DE DIREITO NA EFETIVAÇÃO DOS DIREITOS FUNDAMENTAIS

Com todos os problemas sociais e a presença da geografia da exclusão, agora, o Brasil e sua população lutam contra um vírus capaz de infectar em progressão geométrica, afinal, segundo o virologista Paulo Eduardo Brandão, professor da Faculdade de Medicina Veterinária e Zootecnia da Universidade de São Paulo (USP): "O que mais chama atenção nesse trabalho é que se observou que o coronavírus resiste por até três horas na forma de aerossol, isto é, se eu estou infectado e espirro numa sala, ele consegue ficar espalhado pelo ar e infectar outra pessoa em quase três horas". E, além disso: a investigação também desvendou que

---

[43] MANSO, Bruno Paes e DIAS, Camila Nunes. *A Guerra: A ascensão do PCC e o mundo do crime no Brasil*. São Paulo: Todavia, 2018, p. 142.

o vírus chega a ficar até três dias sobre estruturas ou objetos de plástico ou aço inoxidável[44].

Não há como conter o vírus, porém, existem formas de evitar o seu contágio, assim, o distanciamento social, a correta e constante higienização das mãos, o uso de álcool gel são algumas das medidas que podem minorar o impacto do vírus. O Estado Democrático de Direito aplicou medidas emergenciais através de políticas públicas com consequências econômicas e sociais à população brasileira. Assim, dentre outras circunstâncias, foram suspensas as aulas em escolas e universidades, os estabelecimentos comerciais, exceto os provedores de serviços essenciais, como mercados, farmácias, hospitais, clínicas, além da proibição de eventos em massa, do distanciamento social e da limitação de fluxo em aeroportos. A ordem do dia é ficar em casa em uma quarentena forçada.

As consequências dessa política pública emergencial serão sentidas adiante com grande impacto econômico em notada parcela da população brasileira e com o provável incremento do desemprego. Todavia, além dos problemas econômicos, agora, nos importa perceber grave situação que envolve a relação do COVID-19 com a geografia da exclusão das realidades periféricas existentes no Brasil.

O vírus não respeita moradias superlotadas, tampouco, locais em que as medidas sanitárias e de higiene inexistem, portanto, como será a postura do Estado Democrático de Direito brasileiro para com parcela significativa de sua população? Passado mais de um ano do início da pandemia algumas perguntas ainda persistem: Os mais de 31 milhões de pessoas que convivem com a falta de água, não têm direito ao uso contínuo de álcool gel? Como os moradores das comunidades que vivem em cômodos com dez pessoas cumprirão o isolamento social? As probabilidades são

---

44 "Como o coronavírus é transmitido e por quanto tempo ele resiste por aí". *Revista Saúde*. Edição 453, março de 2020. Disponível em: <https://saude.abril.com.br/medicina/como-o-coronavirus-e-transmitido-e-por-quanto-tempo-ele-resiste-por-ai/>. Acesso em: 31 de maio de 2021.

ínfimas. E quais são as medidas que o Estado Democrático de Direito Brasileiro tomaram para proteger os menos favorecidos socialmente? A resposta: silêncio.

Veja o relato de uma moradora de uma das maiores comunidades no Rio de Janeiro: "É complicado falar de uma pandemia na comunidade porque, além de ser um fenômeno que a gente nunca viu, ela pode se comportar de um jeito diferente dentro de favelas como a Rocinha. Nossas casas têm muita gente e são pouco ventiladas. Para piorar, quando a favela tem luz, não tem água; quando tem água, não tem luz". E prossegue: "O doente, na Rocinha, não tem a opção de se isolar, e o risco de infectar pai, irmão, mulher ou filho é grande. Além disso, ele tem de trabalhar. A favela é o motor da cidade. As pessoas que moram aqui são aquelas que vão para bairros como Copacabana e Barra para dar expediente como porteiro, empregada doméstica, atendente de farmácia, caixa de supermercado. Sem a favela, a cidade para. Apesar disso, não recebe os cuidados que merece"[45].

Em pesquisa que ouviu 1,14 mil pessoas em 2626 comunidades em todos os estados do país realizada pelo Data Favela, instituto de pesquisa associado à Central Única das Favelas (Cufa) e ao Instituto Locomotiva, 65% dos moradores das comunidades temem pela perda do emprego. 75% se preocupam com a renda familiar por conta do COVID-19. 47% dos moradores das favelas são autônomos, 19% têm carteira assinada. Sendo que quase 60% dos moradores de favelas não têm recursos para se manter por mais de 1 semana sem que seja preciso buscar ajuda ou voltar ao trabalho.

E, praticamente todos os moradores de favelas não tem alimentos suficientes para 1 mês e em metade dos lares, alimentos são suficientes para, no máximo, 1 semana. 67% dos moradores de favelas são negros, enquanto no brasil, este número é de 55%. Por fim, antes do COVID-19, moradores de favela movimentavam

---

[45] "A favela é o motor da cidade, mas não recebe os cuidados que merece". *Jornal O Globo, Especial Coronavírus*, Terça-feira, 7 de abril de 2020, p. 18.

R$119,8 bilhões em renda própria por ano, ou quase R$ 10 bilhões por mês.

O instituto estima que 13,6 milhões de pessoas vivam em favelas no Brasil. No estado do Rio de Janeiro, de acordo com a pesquisa, 13% da população vive nesse tipo de comunidade. Em São Paulo, são 7%, em Pernambuco, 10%, e no Pará 17%. As favelas brasileiras abrigam 5,2 milhões de mães, com média de 2,7 filhos cada uma[46].

O impacto do COVID-19 nas comunidades ainda é incerto, mas como veremos, as medidas dos governos estaduais e, principalmente do Governo Federal são insuficientes para as necessidades da população das comunidades.

O que se acompanhou nas mídias foram os pedidos continuados para minorar a circulação de pessoas e reduzir o contato para evitar aglomerações, portanto, as empresas colocaram seus principais funcionários em sistema de *home office*, mas a população periférica ativa, ou segue trabalhando ou perdeu seu sustento por ser parte do trabalho autônomo e, com o comércio fechado, houve um impedimento expresso de exercer suas atividades.

Assim, há uma limitação no direito de ir e vir em prol da defesa da vida humana, mas, ainda não houve o zelo e o cuidado com a população carente que segue esquecida pelo Estado. Paradoxal, porque a Constituição Federal de 1988 consagrou um conjunto de direitos tidos como fundamentais a todos os membros da sociedade brasileira e prevê, dentre eles, o fornecimento pelo Estado, dentre outros: de educação, segurança, lazer, saúde e do bem maior: a proteção do direito à vida. Por conseguinte, não é uma liberalidade ou um favor o Estado prover condições sanitárias, moradias adequadas, saúde, educação, dentre outras condições mínimas essenciais à população, mas sim, obrigação do Estado Democrático de Direito Brasileiro.

---

[46] "Coronavírus nas favelas". *Abrasco*. Disponível em: <https://www.abrasco.org.br/site/wp-content/uploads/2020/03/Coronavi%CC%81rus-nas-favelas_divulg_rev2.pdf.pdf>. Acesso em: 22 de abril de 2020.

De tal sorte que a pandemia do COVID-19 questiona a capacidade do Estado brasileiro em conseguir garantir as condições necessárias à sua população para literalmente sobreviver contra o vírus e as demais adversidades impostas pelas dificuldades econômicas e sociais diante da presença das desigualdades sociais. Em um Estado com problemas econômicos, com déficit no efetivo policial para garantir a segurança das pessoas em todos os estados brasileiros, com problemas sanitários, com déficit tecnológico para propiciar uma integração sistêmica tão essencial para as investigações policiais, a localização de pessoas e a formação de um banco de dados único acessível e integrado para os estados.

O maior desafio para o Governo Federal em 2020 não foi o vírus e nem a pandemia mundial com severas consequências econômicas, porque, o maior obstáculo ainda é vencer a própria incompetência do Estado Democrático de Direito Brasileiro, mesmo sendo a nona economia mundial[47] – antes do início da pandemia,

---

[47] In the 10 years before the global economic crisis, from 1999 to 2008, Brazil's GDP grew 3.4% on average per year. This growth was driven, in part, by global demand for Brazilian commodities. After experiencing formidable growth in 2007 and 2008, Brazil's economy shrank 0.3% in 2009 as demand for Brazil's commodity-based exports fell and foreign credit waned. However, Brazil rebounded strongly the following year, growing 7.5%-the highest growth rate Brazil had experienced in 25 years. Since then, growth has slowed-partially due to rising inflation-and Brazil's economy grew an average of 2.1% annually from 2011 to 2013.
Since then a combination of the ending of the commodities super cycle, tight credit conditions and political turmoil due to various corruption scandals have kept Brazil's economy down. However, Brazil keeps its spot in the top 10, albeit one notch lower than last year with Italy projected to overtake it in 2019. The economy is expected to grow 2.3% in 2019 after contracting by over 3.0% just a few years earlier in both 2015 and 2016. *Brazil is forecast to have a nominal GDP of USD 2.0 trillion in 2019.* Disponível em: <https://www.focus-economics.com/blog/the-largest-economies-in-the-world>. Acesso em 16 de abril de 2020.
Tradução livre: Nos 10 anos que antecederam a crise econômica global, de 1999 a 2008, o PIB brasileiro cresceu 3,4% em média ao ano. Esse crescimento foi impulsionado, em parte, pela demanda global por commodities brasileiras. Depois de experimentar um crescimento formidável em 2007 e 2008, a economia do Brasil encolheu 0,3% em 2009, quando a demanda pelas exportações brasileiras de commodities caiu e o crédito externo diminuiu. No entanto, o Brasil se recuperou fortemente no ano seguinte, crescendo 7,5% – a maior taxa de crescimento que o

pois, agora já não estamos nem entre as dez maiores – por não conseguir investir adequadamente e oferecer as condições necessárias para todos os membros da federação.

Se medidas econômicas não forem tomadas em concomitância às políticas públicas emergenciais, a calamidade pública será inevitável e os efeitos da pandemia provocada pelo COVID-19 poderão ser devastadores, ainda mais quando o Governo Federal não possui dados sobre a real situação do país ante a pandemia.

Em entrevista ao Jornal O Globo, em 1° de abril de 2020, o prefeito da cidade de São Paulo, Bruno Covas, admitiu que existe subnotificação em relação aos reais números da cidade para os infectados pelo COVID-19: "A OMS recomenda testar muito e isolar o maior número possível de casos. Por que isso não ocorre em São Paulo? Se a gente tivesse 10 milhões de testes, faria em toda população. Temos que nos concentrar naquilo que conseguimos fazer, que são as pessoas suspeitas. Testamos cerca de 20 mil pacientes e aguardamos a chegada de mais de 100 mil testes". E a reportagem insiste sobre qual a real percentagem de subnotificação na cidade: "Qual o percentual estimado de subnotificação? O instituto Adolfo Lutz tem 12 mil testes aguardando resultado. Só com esses números para saber os valores reais da cidade"[48].

Um ano depois do início da pandemia não se fala mais em testes em massa, a "solução" foi disponibilizar testes rápidos nas farmácias e cada um que cuide da própria prevenção. Por um período o Governo Federal negligenciou a informação sobre o

---

Brasil havia experimentado em 25 anos. Desde então, o crescimento desacelerou – em parte devido ao aumento da inflação – e a economia brasileira cresceu em média 2,1% ao ano entre 2011 e 2013.
Desde então, uma combinação do fim do super ciclo de commodities, condições de crédito apertadas e turbulências políticas devido a vários escândalos de corrupção mantiveram a economia brasileira em baixa. No entanto, o Brasil mantém sua posição no top 10, embora um nível menor do que no ano passado com a Itália projetada para superá-lo em 2019. A economia deve crescer 2,3% em 2019 após contrair em mais de 3,0% apenas alguns anos antes, em ambos 2015 e 2016. O Brasil deverá ter um PIB nominal de US $ 2,0 trilhões em 2019.

[48] "As falas do presidente Bolsonaro confundem". *Jornal O Globo*, quarta-feira, 1° de abril de 2020, Especial Coronavírus, p. 6.

número de infectados e mortos no país e a falta de um plano de ação ainda segue sendo patente. A desigualdade se acentuou, a pobreza extrema também e a violência, por consequência, se ampliou com velhos problemas se amplificando.

O coordenador de Controle de Doenças da secretaria estadual de São Paulo, Paulo Menezes, afirmou que permanece a orientação para que as unidades de saúde registrem apenas pacientes internados ou casos em profissionais de saúde. Ele afirma que a medida está de acordo com recomendações do Ministério da Saúde: "A gente recebe, continua recebendo resultados de exames de pessoas com sintomas leves, da fase anterior, que ainda estão saindo. Mas, a partir de agora, a orientação é só notificar pacientes internados ou profissionais de saúde. Essa é a orientação nossa, alinhada com a do Ministério da Saúde[49]".

Até o dia 31 de maio de 2021, o Brasil teve 461.931 mortes e 16.615.120 casos do COVID-19[50]. O Estado de São Paulo é o mais afetado, com 213.054 óbitos e 3.265.930 casos já confirmados da doença. O Rio de Janeiro possui 50.574 mortes e 863.865 casos. O questionamento é se esses números podem ser considerados como corretos? Ou se, devido a maciça subnotificação, o problema é muito mais grave do que se relata.

O governo de São Paulo divulgou estimativa, em 14 de abril de 2020, de que já havia chegado a 100 mil o número de pessoas infectadas pelo novo coronavírus no Estado. A estimativa foi feita pelo secretário estadual da Saúde, José Henrique Germann, durante entrevista coletiva no Palácio dos Bandeirantes, ao ser questionado sobre a subnotificação de caso: "Pelas próprias características do COVID-19, no seu contingente total de casos confirmados, 20% irão para o atendimento hospitalar. São esses

---

49 "SP mantém notificação apenas para casos graves de coronavírus e diz que segue ministério da saúde". *Portal G1*. 8 de abril de 2020. Disponível em: https://g1.globo.com/sp/sao-paulo/noticia/2020/04/08/sp-mantem-notificacao-apenas-para-casos-graves-de-coronavirus-e-diz-que-segue-ministerio-da-saude.ghtml. Acesso em 15 de abril de 2020.

50 "COVID-19 no Brasil". *SUS Analítico*. Disponível em: < https://covid.saude.gov.br/ >. Acesso em: 31 de maio de 2021.

que estão testados aqui", disse o secretário, referindo-se ao total de testes que aguardam confirmação para a doença e que estão sendo feitos em uma rede de clínicas coordenadas pelo Instituto Butantan. O instituto tem uma fila de cerca de 20 mil testes. E prossegue: ""Então, se você for pensar em uma epidemia do ponto de vista global, são cinco vezes o que está internado, porque o índice de 20% internado faz parte da própria patologia. Se hoje nós temos 20 mil pessoas internadas, temos 100 mil acometidos da patologia[51]".

Assim, segundo o raciocínio do Secretário, temos 80 mil potenciais transmissores do vírus o que faz com que a realidade possa ser muito mais preocupante do que o governo estadual transparece a sua população.

Veja declaração do então Prefeito de Manaus à época, Arthur Virgílio sobre a subnotificação: "Não sei se devemos multiplicar (os casos) por dois, três, cinco, sete, mas tenho certeza da subnotificação. Manaus tinha uma média de 20 a 30 enterros em época de gripe sazonal. Não passava disso. Agora me deparei com 66 mortes. Depois 88, 100, 106, 120 e chegou a 142. Esmiuçando os dados, vemos que os hospitais, talvez por pressa, dizem que há 'x' casos de pneumonia. Mas não consigo entender tanta pneumonia que não seja por COVID-19. Tem um percentual alto de causas não identificadas, de mortes por problemas respiratórios que eu também não consigo tragar. Deveria traduzir tudo isso como COVID-19. Tenho feito o combate à subnotificação pela obrigação que temos com a transparência e porque os Estados e municípios precisam de ajuda[52]".

De tal sorte que sem a precisão da quantidade de infectados por ausência de testes e pela morosidade na aplicação das vacinas existentes e adquiridas tanto pelo Governo Federal quanto

---

51 "Coronavírus: governo de sp estima haver 100 mil infectados no estado". Disponível em: <https://noticias.uol.com.br/ultimas-noticias/agencia-estado/2020/04/14/governo-de-sp-estima-haver-100-mil-infectados-pela-covid-19-no-estado.htm>. Acesso em: 15 de abril de 2020.

52 "'Fracassamos', diz prefeito de Manaus". *Jornal Valor Econômico*, sábado, domingo e segunda-feira, 2, 3 e 4 de maio de 2020. Caderno Política, p. A18.

pelos Governos Estaduais, ainda se aposta no isolamento social a fim de tentar conter as possibilidades de contágio em massa, porém, não são os únicos problemas a serem enfrentados no cotidiano contra o COVID-19.

Ainda são muitas perguntas sem resposta, porque não se sabe os efeitos da vacina, sobre as novas variantes, se os vacinados poderão se reinfectar e, muito menos, como estará o sistema de saúde brasileiro caso uma nova "onda" de infecções ocorra.

O Brasil, ao longo de 2020 enfrentou problemas graves de subnotificação e falta de estrutura nos mais variados setores, senão vejamos:

A questão da subnotificação é tão grave que não possibilita saber a realidade dos problemas brasileiros sobre o real impacto do COVID-19 na sociedade. Para se ter uma noção um pouco mais concreta sobre a quantia de mortes, temos dois elementos a considerar: o aumento de enterros nos cemitérios brasileiros e, de uma maneira geral, a grande maioria estão saturados e em crise de falta de covas, como Manaus que sequer possui estoque de caixões, e já trabalha, na última semana de abril, com a possibilidade de enterrar seus mortos em sacos plásticos, já que o movimento diário mais do que triplicou, e o desespero é completo, como atesta o Presidente da Associação Brasileira de Empresas e Diretores do Setor Funerário Lourival Panhozzi "Se o governo não oferecer um avião para o transporte de urnas, poderemos chegar ao ponto de termos corpos jogados nas esquinas[53]", o que mostra uma incompatibilidade entre as mortes e a notificação real dos casos.

Houve um aumento de 680% dos óbitos por síndrome respiratória grave no período de 26 de fevereiro até 17 de abril de 2020 se comparados com o mesmo período do ano anterior. O número de mortes do tipo passou de 156 para 1.217. Ela é maior em Esta-

---

53 "Manaus quer evitar sepultamentos em sacos plásticos". *Jornal O Estado de São Paulo*, Caderno Metrópole, terça-feira, 28 de abril de 2020, p. A11.

dos com muitos casos – Amazonas (1.214%) e Ceará (3.228%) e São Paulo (916%)[54].

Outro índice é a quantidade de mortes a mais nos cartórios:

Os cartórios brasileiros registram alta de 43% do número e mortes por causa indeterminada notificadas no País desde o início da pandemia de COVID-19 em território brasileiro. Os dados foram divulgados em novo painel do Portal da Transparência do Registro Civil, mantido pelo Associação Nacional dos Registradores de Pessoas Naturais (ARPEN-Brasil). A alta refere-se ao período de 26 de fevereiro até 17 de abril[55]. Logo, as causas não determinadas podem ter estreita relação com o COVID-19, porém por ausência de testes não se comprovou a causa correta da morte, portanto, não entra em números oficiais do Governo e fica clara a possibilidade de subnotificação.

Se forem analisadas somente mortes por síndrome respiratória, aí os números aumentam drasticamente nos Cartórios: Dados do portal da transparência dos cartórios de Registro Civil mostram que, durante a pandemia, as mortes provocadas por síndrome respiratória aguda grave aumentaram 1.035% em relação ao mesmo período de 2019. De 16 de março até 29 de abril de 2020 foram atestados 1.692 casos, enquanto em 2019 houve apenas 149[56]. Claro está que existem subnotificações.

Apenas para citar uma das incontáveis consequências enfrentadas pelo Estado brasileiro, está a questão do direito de inumar. Como mencionado anteriormente, o vírus é capaz de sobreviver autonomamente, portanto, não é viável a alternativa de se seguir os ritos funerários convencionais com o velório e o caixa aberto.

---

54 "País tem alta de 680% em óbitos por síndrome respiratória grave". *Jornal O Estado de São Paulo*, Caderno Metrópole, terça-feira, 28 de abril de 2020, p. A10.

55 "Cartórios registram aumento de 43% em mortes por causa indeterminada". *Jornal O Estado de São Paulo*, Caderno Metrópole, terça-feira, 28 de abril de 2020, p. A10.

56 "Mortes ocultas dados de cartórios mostram que outras doenças podem esconder casos de COVID-19". *Jornal O Globo*, quarta-feira, 29 de abril de 2020, Especial coronavírus, p. 5.

Por conseguinte, enterrar aqueles que vieram a óbito por conta da infecção pelo COVID-19 somente é possível com caixão lacrado.

Em 2020, por conta das subnotificações, São Paulo teve uma média de 30 enterros diários por suspeitos de infecção pelo COVID-19 com obrigatoriedade de observância das regras excepcionais de segurança como não realizar necrópsia, os corpos seguirem direto dos hospitais para as covas, sendo que os corpos devem ser embalados em sacos plásticos para a posterior lacração do caixão, portanto, nem mesmo os serviços funerários de preparação do corpo são realizados[57].

Os cemitérios públicos da cidade de São Paulo, em 2020, receberam diariamente de 30 a 40 corpos de pessoas que morreram com suspeita de estarem contaminados pelo novo coronavírus, mas sem que a condição fosse avalizada pelo teste laboratorial.

Por conta do atraso do Instituto Adolfo Lutz em disponibilizar os resultados dos testes de comprovação da doença, a imensa maioria desses mortos não apareceram na contabilização feita pelo Ministério da Saúde como óbitos decorrentes da COVID-19.

Em quase todos os casos, os médicos que assinam os boletins de óbito, fundamentais para a permissão do sepultamento, afirmaram que aguardavam os resultados de exames para comprovação da causa da morte e apenas apontam suspeita de COVID-19[58].

Na Itália, em que o estágio de mortes estava mais avançado já havia a opção pela cremação ao invés do enterro, devido à lotação dos cemitérios. Assim, se fez necessário a fim de evitar a propagação do vírus ser feita a lacração do caixão ou cremação dos corpos e, mais do que isso, pelo mesmo risco de contágio,

---

[57] Luis Rodrigues de Lima, um porteiro de 65 anos morador da Cidade Líder declarou sobre o enterro do irmão Antônio Rodrigues de lima: "É muito triste tudo isso, muito triste não poder ter nenhum velório, mas é mais triste ver meu irmão ser enterrado assim, todo sujo, nem uma roupa deixaram a gente colocar. Esperava que o fim fosse diferente". "Da maca à cova, supostos infectados não têm despedida". *Jornal Folha de São Paulo*, Quarta-feira, 1° de abril de 2020, Caderno Saúde, p. B1.

[58] "Cemitérios de são paulo têm ao menos 30 enterros por dia de mortos com suspeita de COVID-19". *Jornal Folha de São Paulo*, Quarta-feira, 1° de abril de 2020, Caderno Saúde, p. B1.

não é possível a presença dos entes queridos para prestarem suas últimas homenagens àquele que partiu prematuramente[59], como o depoimento de Alice e Marisol: Nos disseram que era uma pneumonia, que ele ia ter uma pneumonia, que ele ia ter que ficar internado", conta Marisol. Na própria segunda, ele foi para a UTI. Na quinta, no final da noite, o hospital informou que ele havia morrido. E prossegue: "Não o vimos desde então, não nos deixaram nem mesmo dar um adeus, disseram que ele podia ter morrido por esse vírus".

Então, a dura realidade propiciada pelo vírus é que a pessoa contaminada é obrigada a ficar em isolamento, e, ao mesmo tempo, não ter contato com qualquer familiar ou pessoa próxima, além dos profissionais de saúde, por conseguinte, há grande possibilidade de, na hora do óbito, não ter ocorrido o acompanhamento dos entes próximos e, após o falecimento, o direito a inumar também lhe será privado. Isso para as pessoas que são conhecidas e estão internadas regularmente, porém, agora passaremos a tratar de outra possibilidade: a realidade do COVID-19 para os desaparecidos ante ao despreparado Estado Democrático de Direito e a questão da ausência do direito de inumar e da dupla dor dos familiares: o da incerteza do paradeiro do desaparecido e da possibilidade do mesmo ter sido cremado como indigente por ter falecido em decorrência do COVID-19.

1.3 O DIREITO DE INUMAR X COVID-19

Como dissemos, a pandemia mundial causada pelo COVID-19 trouxe desafios cotidianos aos governantes de todos os países nos quais o vírus se fez presente. As preocupações são sanitárias, o isolamento é necessário, mas acima de tudo, parece ser uníssono que o bem maior a se proteger é a vida. Por isso, no caso

---

59 "Da maca à cova, supostos infectados não têm despedida". *Jornal Folha de São Paulo*, Quarta-feira, 1° de abril de 2020, Caderno Saúde, p. B1.

brasileiro, foram tomadas medidas estaduais e federais a fim de conter a pandemia.

Nesse primeiro momento, a preocupação foi evitar a propagação do vírus e minorar ao máximo a quantidade de infectados e de mortos quando o pico da pandemia vier. Todavia, com o número de mortes aumentando, também houve a preocupação com a quantidade de vagas disponíveis nos cemitérios brasileiros. Afinal, se no começo de abril de 2020, ainda longe do pico da doença, já havia mais de 30 enterros por dia em decorrência do COVID-19, a questão natural é saber se, um ano depois, ainda teremos espaço para conseguir comportar a quantidade de enterros provenientes do COVID-19.

A preocupação se justifica ante à realidade cotidiana na Itália com a crise de corpos advindos do COVID-19 e os problemas dele decorrentes. A cidade de Bérgamo, de 193 mil habitantes, o epicentro da pandemia naquele país, em 2020 registrou recordes de mortes diariamente, o que levou as autoridades locais a decidirem pela cremação dos corpos visto que os cemitérios já não mais davam conta do volume de corpos. Porém, o único crematório da cidade comporta 25 cremações diariamente, mas, somente no dia 18 de março de 2020 vieram a óbito 93 pessoas, portanto, quase quatro vezes a capacidade do crematório[60].

Pela ausência de estrutura para a demanda da época se decidiu por transportar 60 caixões para cidades vizinhas e, posteriormente, entregar as cinzas aos familiares. Já a cidade de Milão teve fila de corpos e decidiu fechar seus crematórios até o dia 30 de abril de 2020 para regularizar a demanda[61], visto que a fila era de

---

[60] "A dilacerante situação de Bérgamo, a cidade italiana que não tem como cremar seus mortos". *Jornal El País*, 20 mar. 2020. Disponível em: <https://brasil.elpais.com/internacional/2020-03-19/bergamo-nao-consegue-enterrar-seus-mortos-e--exercito-leva-corpos-para-cremacao-em-outras-cidades.html>. Acesso em: 7 de abril de 2020.

[61] "Coronavírus: com fila de corpos, Milão fecha crematório até 30 de abril". UOL. Disponível em: <https://noticias.uol.com.br/ultimas-noticias/ansa/2020/04/02/com-fila-de-corpos-milao-fecha-crematorio-ate-30-de-abril.htm>. Acesso em: 7 de abril de 2020.

vinte dias. Milão registrou 2.155 óbitos no mês de março, crescimento de 76% na comparação com o mesmo período de 2019.

Nos Estados Unidos, até 30 de março de 2021 houve mais de 550 mil mortes, sendo que o Estado de Nova York é o maior em quantidade de casos e mortes pelo COVID-19, a ponto do prefeito da cidade de Nova York, em 2020, lançar um plano de contingência para realizar funerais temporários em locais provisórios, como parques, já que os necrotérios e os cemitérios estão lotados. Segundo o vereador Mark Levine: "Serão cavadas covas para dez caixões em fileiras. Será feito de maneira digna, ordenada e temporária"[62].

E a respeito da falta de planejamento e preparo sobre o COVID-19 não há como deixar de mencionar o que ocorreu na cidade de Guayaquil no Equador, o centro financeiro do país.

Apesar de o número oficial de mortes por coronavírus no Equador em 2020 apontar 403 vítimas fatais da doença, novos dados de uma província sugerem que milhares já morreram. Segundo o governo local, foram registradas, nas duas primeiras semanas de abril, 6.700 falecimentos na província de Guayas, cuja capital, Guayaquil, é a cidade mais atingida pelo COVID-19.

O colapso do sistema de saúde foi seguido pelo do sistema funerário, fazendo com que as famílias passassem vários dias com os corpos de parentes em casa antes que o governo ativasse o Exército e a polícia para removê-los[63]. Sobre o tema se manifestou o chefe da força-tarefa Jorge Wated: "Recolhemos, com a força-tarefa em residências, mais de 700 pessoas falecidas".

O governo equatoriano assumiu também a tarefa de enterrar os corpos, já que as funerárias não estavam conseguindo atender

[62] "EUA chegam a 10 mil mortes; Nova York planeja enterros provisórios em parques". *Jornal O Estado de São Paulo*, Caderno Internacional, terça-feira, 7 de abril de 2020, p. A7.

[63] "Números sugerem milhares de mortes por coronavírus em província do Equador". *Jornal O Globo*, 18 de abril de 2020. Disponível em: <https://oglobo.globo.com/mundo/numeros-sugerem-milhares-de-mortes-por-coronavirus-em-provincia-do-equador-24380966>. Acesso em: 22 de abril de 2020.

à grande demanda. Wated afirmou que 600 mortos, todos identificados, já foram sepultados[64].

A crise pelo COVID-19 foi tamanha que se formaram longas filas de veículos com caixões de papelão nos portões dos cemitérios. Ciente dos problemas para inumar seus entes queridos, a prefeitura de Guayaquil, no Equador, construirá dois novos cemitérios para enterrar as vítimas da covid-19 na cidade, de acordo com anúncio feito pela prefeita Cynthia Viteri: "O primeiro será uma expansão do atual cemitério Angela María Canalis, localizado ao sul de Guayaquil, e no segundo, que será construído do zero, o trabalho de limpeza já começou". "Serão 12 hectares no total e haverá cerca de 12 mil sepulturas entre os dois cemitérios. Ambos serão gratuitos e serão em homenagem àqueles que morreram durante esta tragédia para que todos os seus entes queridos possam homenageá-los"[65].

Com corpos abandonados nas calçadas, caídos em cadeiras de rodas, embalados em caixões de papelão e empilhados às centenas em necrotérios, fica claro que o Equador foi devastado pelo coronavírus. O número de mortos no Equador durante o surto foi 15 vezes maior que o número oficial de mortes por coronavírus relatado pelo governo, de acordo com uma análise dos dados de mortalidade do The New York Times[66].

---

[64] "Novo coronavírus leva Equador a colapso sanitário". *Agência Brasil*, 13 de abril de 2020. Disponível em: <https://agenciabrasil.ebc.com.br/internacional/noticia/2020-04/novo-coronavirus-leva-equador-colapso-sanitario>. Acesso em: 22 de abril de 2020.

[65] "Cidade do Equador construirá dois novos cemitérios para vítimas da COVID-19". *Portal UOL*, 7 abr. 2020. Disponível em: <https://noticias.uol.com.br/ultimas-noticias/efe/2020/04/07/guayaquil-construira-2-novos-cemiterios-para-vitimas-da-covid-19.htm>. Acesso em: 22 de abril de 2020.

[66] With bodies abandoned on sidewalks, slumped in wheelchairs, packed into cardboard coffins, and stacked by the hundreds in morgues, it is clear that Ecuador has been devasted by the coronavirus. The death toll in Ecuador during the outbreak has been 15 times as high as the official number of coronavirus deaths reported by the government, according to an analysis of mortality data by The New York Times. "Ecuador´s death toll is among worst in world". *The New York Times*, Saturday-Sunday, April, 25-26, 2020.

Aliás, o setor funerário dos países do mundo nos leva a crer que o fenômeno da subnotificação dos mortos envolvendo o COVID-19 foi muito grande e disseminado, sem que se consiga saber, ao certo, quantas pessoas, realmente, foram infectadas e quanto vieram a morrer da pandemia, no mundo.

No Brasil, já relatamos que o volume de enterremos aumentou e, sobre o direito de inumar, as regras são estaduais. Em São Paulo foi editado o DECRETO Nº 64.880, DE 20 DE MARÇO DE 2020, que prevê em seu artigo 1°:

> Artigo 1º – A Secretaria da Saúde e a Secretaria da Segurança Pública deverão, em seus respectivos âmbitos, em especial no Instituto Médico-Legal e nos Serviços de Verificação de Óbitos, adotar as providências necessárias para que as atividades de manejo de corpos e necropsias, no contexto da pandemia do COVID 19 (Novo Coronavírus), não constituam ameaça à incolumidade física de médicos, enfermeiros e demais servidores das equipes de saúde, nem aumentem riscos de contágio à sociedade paulista, sendo-lhes lícito adotar, para a preservação dessas vidas, procedimentos recomendados pela comunidade científica, por meio do Centro de Contingência do Coronavírus e do Centro de Operações de Emergências em Saúde Pública Estadual – COE-SP, ambos da Secretaria da Saúde.

No entanto, muitos já foram enterrados sem a devida confirmação da existência ou não do COVID-19, portanto, segundo as orientações da Secretaria estadual paulista de Saúde:

A Secretaria de Estado da Saúde de São Paulo orienta:

1 – Casos confirmados de COVID-19 deverão ter a Declaração de Óbito (DO) preenchida como bem-definido seguindo as Orientações de Preenchimento da DO **Anexo 1.**

2 – Casos de síndrome respiratória aguda grave sem diagnóstico etiológico e casos suspeitos de COVID-19 com investigação em andamento devem colher swab nasal / orofaríngeo post-mortem (até 24 horas após o óbito), caso não tenha material colhido em vida – **Anexo 2,** e preencher a Declaração

de Óbito como as informações coletadas do quadro sindrômico da anamnese ou da autopsia verbal e escrever "Aguarda exames".

3 – Demais casos – Deve ter a Declaração de Óbito preenchida pelo médico que assistiu o paciente ou que constatou o óbito, preencher como:

Se as informações disponíveis no prontuário e as informações fornecidas por familiares, possibilitarem a identificação da causa de óbito (ainda que quadro sindrômico) o médico deverá preencher a DO com estas informações.

Em situações que as informações do item A não permitirem, minimamente, a definição de uma causa, aplica-se o Questionário de autópsia verbal e, a DO deve ser preenchida com as informações coletadas do quadro sindrômico da anamnese ou da autopsia verbal e escrever "aplicada autópsia verbal[67]".

De tal sorte que a maior preocupação é preservar a saúde de todos os envolvidos no processo de inumação, para que os médicos, legistas, agentes funerários e até os familiares do falecido não tenham risco de contágio e contaminação. Segundo Recomendações emitidas pelo Ministério da Saúde em 25 de março de 2020[68] deve-se ter os seguintes cuidados após o óbito:

Limitar o reconhecimento do corpo a um único familiar/responsável. Sugere-se que não haja contato direto entre o familiar/responsável e o corpo, mantendo uma distância de dois metros entre eles; quando houver necessidade de aproximação, o familiar/responsável deverá fazer uso de máscara cirúrgica, luvas e

---

67 "Orientações para emissão de declaração de óbito frente a pandemia de COVID-19". *Secretaria da Saúde de São* Paulo. Disponível em: <http://www.saude.sp.gov.br/coordenadoria-de-controle-de-doencas/homepage/noticias/orientacoes-para-emissao-de-declaracao-de-obito-frente-a-pandemia-de-covid-19>. Acesso em: 7 de abril de 2020.

68 "Manejo de corpos no contexto do novo coronavírus COVID-19". Brasília/DF, publicada em 25/03/2020. Disponível em: <https://www.saude.gov.br/images/pdf/2020/marco/25/manejo-corpos-coronavirus-versao1-25mar20-rev5.pdf>. Acesso em: 7 de abril de 2020.

aventais de proteção; Sugere-se, ainda, que, a depender da estrutura existente, o reconhecimento do corpo possa ser por meio de fotografias, evitando contato ou exposição. Durante a embalagem, que deve ocorrer no local de ocorrência do óbito, manipular o corpo o mínimo possível, evitando procedimentos que gerem gases ou extravasamento de fluidos corpóreos; Preferencialmente, identificar o corpo com nome, número do prontuário, número do Cartão Nacional de Saúde (CNS), data de nascimento, nome da mãe e CPF, utilizando esparadrapo, com letras legíveis, fixado na região torácica; É essencial descrever no prontuário dados acerca de todos os sinais externos e marcas de nascença/tatuagens, órteses, próteses que possam identificar o corpo; NÃO é recomendado realizar tanatopraxia (formolização e embalsamamento); Quando possível, a embalagem do corpo deve seguir três camadas: 1ª: enrolar o corpo com lençóis; 2ª: colocar o corpo em saco impermeável próprio (esse deve impedir que haja vazamento de fluidos corpóreos); 3ª: colocar o corpo em um segundo saco (externo) e desinfetar com álcool a 70%, solução clorada 0,5% a 1% ou outro saneante regularizado pela Anvisa, compatível com o material do saco.

Como se pode notar, os números e precauções são proporcionais ao impacto do COVID-19 no planeta. No Brasil, claro está que as medidas foram insuficientes, ainda mais nas regiões da geografia da exclusão. O número de mortos segue crescente, a vacinação em ritmo lento, e mesmo diante dos esforços dos governos estaduais e municipais na adoção de medidas emergenciais para impor o isolamento social, o cenário ainda é desolador.

A maior preocupação segue sendo prevenir, afastar os grupos de risco e, por conseguinte, tentar evitar ao máximo, que as pessoas sejam contaminadas e prejudiquem as medidas de contenção pelo afastamento do efetivo de pessoas, como tem sido nos hospitais e locais de contato direto com o COVID-19.

Apesar do preparo o sistema apresentou inúmeras falhas. A cidade de Manaus, por exemplo, na semana de 13 a 20 de abril de 2020, o número de enterros por dia saltou de 30 para 120 o que exigiu o uso de valas coletivas no Cemitério Parque Tarumã, por conta da taxa de ocupação estar acima dos 90%. A situação funerária entrou em colapso a ponto do então Prefeito declarar estado de calamidade pública: "O Amazonas pede socorro. SOS Amazonas. Aceitamos voluntários, médicos, aparelhos que estejam em bom funcionamento", além de declarar que a cidade vive um "caos funerário": "Está havendo um colapso funerário, os enterros estão crescendo de maneira exponencial, as mortes. É uma situação que deixa as pessoas nervosas, estressadas, os dados chegam a mim todos os dias. Manaus está entrando em caos funerário, não tem mais espaço[69]" e que há "falência no sistema de atendimento"[70] e de acordo com a administração municipal o volume diário de enterros que eram de 30 saltou para 80 e no dia 19 de abril foram a 100.

Ainda sobre a questão funerária, o ex-Prefeito voltou a se manifestar em 1° de maio de 2020, quando perguntado acerca das medidas tomadas para evitar o caos funerário: "Essa situação pegou todo mundo de surpresa. Muitos coveiros estavam trabalhando e caíram doentes. Estão fazendo um trabalho hercúleo. Antes dessa epidemia, a gente enterrava 30 pessoas por dia, em média. Dia 27 de abril de 2020 enterramos 142, das quais 28% morreram em casa. Não sei se essas pessoas morreram porque se medicaram, não tiveram acesso a atendimento ou se acharam que, como disse o presidente, era só uma gripezinha. É um negócio sinistro, mesmo. A gente está vendo cenas de um filme de terror[71]".

Por conta disso, é notório o despreparo da população que, apesar do decreto municipal que limita a quantidade de pessoas em velórios e sepultamentos, a população insiste em acompanhar enterros, mesmo sabendo que também estão correndo o risco de

---

[69] "Prefeito cita 'colapso funerário' em Manaus e ataca Bolsonaro por COVID-19". *Portal UOL*, 10 abr. 2020. Disponível em: <https://noticias.uol.com.br/politica/ultimas-noticias/2020/04/10/prefeito-cita-colapso-funerario-em-manaus-e-ataca-bolsonaro-por-covid-19.htm>. Acesso em: 22 de abril de 2020.

[70] "Manaus pede ajuda". *Jornal O Globo*, quarta-feira, 22 de abril de 2020, caderno Especial Coronavírus, p. 7.

[71] "'A gente está vendo cenas de um filme de terror'". *Jornal O Globo*, sexta-feira, 1° de maio de 2020, p. 6.

morte, devido ao contágio do COVID-19. Através de um vídeo divulgado nas redes sociais é possível ver várias pessoas aglomeradas próximas a túmulos no Cemitério Nossa Senhora Aparecida, no bairro de Tucumã[72].

Sobre o direito de inumar a prefeitura fez uma parceria para utilizar um contêiner de escritório e foi instalada no mesmo cemitério já citado. O contêiner funcionará como um escritório do serviço SOS funeral para administração de corpos que chegam para sepultamento no cemitério[73].

E meses depois a mesma cidade conviveria com a falta de respiradores e pessoas morrendo por falta de oxigênio. A cidade também é o epicentro da nova variante do coronavírus e muitos de seus portadores vieram se tratar em outros centros como Rio de Janeiro e São Paulo.

No Rio de Janeiro foram construídas milhares de gavetas para abrigar os corpos, especialmente nos cemitérios de Irajá e Inhaúma.

Além disso, várias capitais seguem em 2021 com suas UTIs saturadas, em uma repetição ao que ocorreu em 2020 em cidades como Belém: pouco mais de um mês após o primeiro caso, o Pará já alcança 97% da taxa de ocupação de leitos de UTI e, em Belém, 100% dos leitos estão ocupados e 80% com pacientes suspeitos ou confirmados do COVID-19[74]. A crise é tamanha que pacientes suspeitos de COVID-19 chegaram a se aglomerar em filas na frente de hospitais, unidades de pronto atendimento e policlínicas de Belém, até 24 de abril de 2020. Segundo a prefeitura, cada UPA (Unidade de Pronto Atendimento) tem capacidade para atender 340 pacientes por dia, mas atendendo até 500[75]. E Pernambuco

---

72 "Manauara desobedece a decreto e gera aglomeração em cemitério". *Jornal Em Tempo de Manaus*. Quarta-feira, 22 de abril de 2020, p.5.

73 "Contêiner será usado para organizar enterros". *Jornal Em Tempo de Manaus*. Quarta-feira, 22 de abril de 2020, p.2.

74 "Belém não tem mais vagas nas UTIs". *Jornal O Estado de São Paulo*, quarta-feira, 22 de abril de 2020, Caderno Metrópole, p. A9.

75 "Belém registra filas, UTIs lotadas e morte na porta de hospital". *Jornal Folha de São Paulo*, 24 de abril de 2020, Caderno Saúde, p. B6.

teve taxa de ocupação dos leitos em 99%, o que mostra que no quesito funerário as coisas somente tendem a piorar.

Em São Paulo, no final de março de 2021, os hospitais privados estão saturados e, alguns, acima do limite máximo de ocupação das UTIs. A rede pública não mais comporta o cenário atual e não nenhum sinal claro de que a realidade possa se modificar positivamente em um futuro de curto prazo. A vacinação precisa avançar para o sistema escoar e se preparar para eventuais reinfecções.

Hospitais da rede pública do Rio já operam no limite da capacidade. Por isso, enquanto mais leitos com respiradores não ficam prontos na capital fluminense, dezenas de pacientes passaram a ser transferidos para outras localidades. As vagas criadas pela rede municipal de saúde do Rio de Janeiro para atender pacientes com COVID-19 estão esgotadas.

Em tempos de COVID-19, o direito de inumar, o direito de prestar as últimas homenagens no velório, e o justo direito ao enterro de seu ente querido têm sido relativizados a fim de que se possa não apenas proteger os entes próximos como também os profissionais responsáveis pelo serviço funerário.

Nesse difícil e necessário sopesamento dos direitos fundamentais, a linha condutora segue sendo a defesa da vida.

Os reflexos sanitários alcançam outros setores após mais de um ano de isolamento social, de crise econômica e laboral. Mesmo com o Governo Federal instituindo um auxílio emergencial, os resultados da desigualdade social se aprofundaram negativamente, especialmente com o término do mesmo.

O auxílio emergencial proporcionado pelo Governo Federal terminou em dezembro. Sua inserção através da medida provisória nº 1.000, de 2 de setembro de 2020, foi a segunda parte do auxílio instituído em abril a fim de ajudar a população que padeceu economicamente por conta dos efeitos da pandemia do COVID-19. O auxílio emergencial, segundo a pesquisa PNAD Covid-19, do IBGE, esteve presente em cerca de 40% das residências brasileiras, sendo que, em julho, esse número atingiu o pico de 44,1% dos lares no país.

De acordo com pesquisa do Datafolha, o auxílio era, em dezembro, a única renda de 36% dos entrevistados que receberam alguma parcela do benefício em 2020. Em agosto, esse percentual era maior, de 44%.

Segundo o levantamento, 75% das famílias disseram que a redução do valor do auxílio de R$600,00 para R$300,00 provocou o recuo nas compras de alimentos. 55% precisaram deixar de pagar as contas de casa. Com o fim do auxílio, a tendência, de acordo com o Datafolha, é que o endividamento aumente e a alimentação piore.

Aumento do desemprego, perda da renda e final do auxílio emergencial do Governo Federal, a combinação desses fatores contribuiu para o aumento de pessoas vivendo em situação de pobreza no Brasil. O índice de pobreza, situação de quem recebe até um terço do salário-mínimo (R$348,00) caiu de 18,7% em 2019 para 11% em 2020, porém, a previsão é que o indicador pode chegar a 24% com o final dos benefícios pagos pelo governo, de acordo com o Instituto de Estudos Sociais e Políticos – IESP. Ademais, há o risco real de que uma parcela significativa da população ingresse na pobreza extrema.

O Brasil tinha 13,7 milhões de pessoas vivendo abaixo da linha de pobreza extrema em 2019. De acordo com o IBGE, o contingente representa 6,5% da população brasileira vivendo com menos de U$1,90 por dia (R$151,00 por mês segundo a cotação da pesquisa). As estatísticas apontam que um a cada quatro brasileiros não consegue gerar renda suficiente para garantir a superação da situação econômica a que estão submetidos. Com a crise sanitária os números de 2020, ainda não divulgados, tendem a ser ainda piores.

De acordo com pesquisa do Instituto Brasileiro de Economia da Fundação Getúlio Vargas, o número de pessoas em condição de pobreza extrema pode chegar em 2021 a 17,3 milhões. A perda da capacidade econômica é um reflexo do aprofundamento da desigualdade social.

Com a pandemia a desigualdade se acentuou e aprofundou, em especial, em decorrência dos problemas econômicos derivados do isolamento social. Muitas pessoas ficaram sem emprego ou tiveram seus contratos suspensos. O desemprego segue crescente e segundo a PNAD – Pesquisa Nacional por Amostra de Domicílios – Contínua, do IBGE, a taxa de desemprego no Brasil foi de 14,7% no primeiro trimestre de2021 e atingiu 14,8 milhões de pessoas.

A taxa média de desemprego no Brasil foi de 14,7% no primeiro trimestre de 2021, uma alta de 0,8 ponto percentual na comparação com o último trimestre de 2020 (13,9%). Isso corresponde a mais 880 mil pessoas desocupadas, totalizando 14,8 milhões na fila em busca de um trabalho no país. Essas são a maior taxa e o maior contingente de desocupados de todos os trimestres da série histórica do IBGE iniciada em 2012.

O Governo Federal tentou minorar o impacto negativo dos números e retornou com o auxílio, contudo, apenas por três meses, e por um valor um terço menor do que o de abril de 2020 – R$600,00 – e ainda para uma parcela menor da população. Será essa foi a solução mais adequada a crise econômica atual?

Com o plano de vacinação previsto para se estender ao longo de 2021 e primeiro semestre de 2022, o cenário econômico prevê uma desigualdade social ainda mais profunda, aumento da concentração de renda e um Governo Federal sem capacidade de investir ou de melhorar a infraestrutura. Se gasta mal e sem planejamento, ao passo que uma retomada econômica não será imediata e muitos ficarão sem emprego ou condições econômicas.

A outrora nona economia mundial se mostra incapaz de achatar a curva da disparidade econômica e a realidade é que o vírus mostra que o Brasil não tem um plano para a desigualdade econômica e social. Após a pandemia, sairemos com piores índices de desigualdade, pobreza, pobreza extrema e desemprego. E o que o Governo Federal planeja para reverter ou minorar esse quadro? Até o presente momento, apenas silêncio. Há a necessidade premente de se melhorar os investimentos na educação, na saúde e preparar realmente nossas crianças para o futuro, porém além disso, precisamos tratar da desigualdade social brasileira, aumentar o saneamento básico, melhorar as condições de moradia e reduzir a concentração de renda.

O país precisa realmente de reformas, otimizar a máquina burocrática e seus gastos públicos e não de modificações pontuais para agradar esta ou aquela parcela da população. O povo brasileiro não mais se sustenta com migalhas, a pobreza se acentua cotidianamente e o Brasil investe na velha fórmula do assistencialismo e de uma pseudo renda mínima, quando o caminho para o crescimento é o gasto em infraestrutura para a abertura de novos postos de trabalho e de um real investimento em crescimento de médio prazo.

Como vimos, com a desigualdade social se aprofundando há a real possibilidade de aumento da violência, da insegurança e, com isso, os velhos fantasmas do crime organizado retornam e exploram as já conhecidas mazelas sociais produzidas e negligenciadas pelo Estado brasileiro. A população carente deixa de ter alimento, seus familiares passam necessidade e o crime organizado abre uma porta, muito irão resistir, outros nem tanto. O Estado segue em falha ao proteger sua população e o crime organizado se mostra preparado para recrutar e assistir a população carente, os filhos da geografia da exclusão, por vezes, são protegidos por aquele que enfrenta e combate o Estado.

Adiante, no último tópico deste capítulo trataremos mais especificamente do tema, agora, apresentaremos como que o Governo Federal tratou do combalido sistema prisional brasileiro em 2020.

1.4 COVID-19 DESAFIA O SISTEMA PRISIONAL BRASILEIRO EM 2020

Pandemia no Brasil, com ela o brasileiro experimenta um misto de sentimentos: euforia (afinal, alguns acham que estão de férias), desespero, tristeza, apreensão, aflição e, acima de tudo, medo. O Estado Democrático de Direito Brasileiro e os Governos estaduais mostraram um preparo inesperado, com atitudes maduras e acertadas na maioria dos casos, inclusive para proteção da população de todas as idades a fim de minorar o impacto futuro da pandemia.

Já para a realidade penal brasileira também houve reflexos da pandemia do COVID-19. Afinal, por conta do estado de emergência e da correta e maciça campanha dos Governos estaduais, para que as pessoas fiquem em casa, as saídas temporárias dos presos, bem como as visitas nos presídios foram suspensas. Afinal, o ambiente prisional, cujas condições sanitárias estão longe do ideal devido às superlotações, ao desrespeito da dignidade da pessoa humana e ao flagelo da vida, a possibilidade de contágio era e ainda é enorme.

O tratamento do COVID-19 nas prisões tem dois momentos distintos, o do início da pandemia com a divulgação dos dados e 2021, com muitos Estados sem a publicação de qualquer dado sobre a infeção e circulação do vírus no ambiente prisional. Portanto, apresentaremos a primeira realidade, a de 2020, para ao final trazer o estágio corrente.

Eis o cenário da pandemia até 30 de abril de 2020:

Apenas 705 testes realizados, 168 casos suspeitos de contágio[76] com 208 casos confirmados e dez óbitos, sendo que o primeiro foi de um homem de 73 anos que estava no regime fechado no Instituto Penal Cândido Mendes, unidade para idosos no centro do Rio de Janeiro.

Entre março de 2020 e janeiro de 2021, segundo dados do Departamento Penitenciário Nacional (Depen), de acordo com a Resolução n. 14 42.517 presos foram contaminados pelo COVID-19 com 133 óbitos. Na comparação com a população brasileira, a taxa de infecção foi 47% maior.

O despreparo dos dirigentes era notório ante às possibilidades de colapso do sistema penitenciário pela clara falta de testes e o potencial de transmissão do vírus. A ponto do DEPEN ter sugerido que os presos contaminados fossem separados e colocados

---

[76] "Medidas contra o COVID-19. Detecções/suspeitas do coronavírus nos sistemas penitenciários brasileiros". *DEPEN – Departamento Penitenciário Nacional*. Disponível em: <https://app.powerbi.com/view?r=eyJrIjoiYThhMjk5YjgtZWQwYSooODlkLTg4NDgtZTFhMTgzYmQ2MGVlIiwidCI6ImViMDkwNDIwLTQoNGMtNDNmNyo5MWYyLTRiOGRhNmJmZThlMSJ9>. Acesso em: 30 de abril de 2020.

em um container: "O Departamento Penitenciário Nacional esclarece: Depois de adotar medidas sanitárias e protetivas no sistema prisional, devido à pandemia de coronavírus, o Depen sugeriu ao Conselho Nacional de Política Criminal e Penitenciária – CNPCP – que analise a possibilidade de permitir a utilização de estruturas temporárias para aprimorar as rotinas de separação de presos novos (prisões em flagrante), sintomáticos e os que necessitam de atendimento médico.

As estruturas provisórias poderiam ser similares a dos hospitais de campanha, com pré-moldados, barracas de campanha e até mesmo na forma de containers habitacionais climatizados, muito utilizados há vários anos na construção civil[77]".

Claro vilipêndio à dignidade humana, o que denota que as medidas eram insuficientes. O que não fornece nenhuma surpresa, porque a suspensão das visitas não impediria o contato dos presos com contaminados em potencial, visto que os agentes penitenciários e os demais funcionários dos presídios poderiam ter contato ou estarem infectados e serem transmissores do vírus.

Como, por exemplo, o que aconteceu no Ceará, até 24 de abril de 2020, em que ao menos 10 agentes penitenciários[78] estavam infectados, a ponto da administração anunciar em áudio pelo secretário da Administração Penitenciária do Ceará: "Senhores diretores, boa noite. Senhores diretores, por gentileza, vamos dar atenção na questão da higienização do ambiente carcerário. Principalmente as detalhistas, ou seja, onde nossos agentes estão. Trinco, algemas, armamentos, cadeiras, refeitório, alojamento, por gentileza. Vamos higienizar, coloca um pessoal só para fazer isso. Não deixar ninguém sem máscara, pegou papel de alguém,

---

77 "DEPEN propõe que presos contaminados ou de grupos de risco sejam isolados em contêineres por causa do coronavírus". *Portal G1*, terça-feira, 28 de abril de 2020. Disponível em: <https://g1.globo.com/politica/noticia/2020/04/28/depen-propoe-que-presos-sejam-isolados-em-conteineres-por-causa-do-coronavirus.ghtml>. Acesso em: 30 de abril de 2020.

78 "Pelo menos 10 agentes penitenciários do Ceará estão infectados". *Jornal O Povo*, sexta-feira 24 de abril de 2020, p. 5.

higieniza logo em seguida, caneta (também). Se não, vai aumentar o número de agentes contaminados".

Em Belém, no mesmo período, não existia uma proteção adequada, como relatou Demétrius Lemos de Souza vice-Presidente do Sindicato dos Policiais Penais: "Na verdade, as unidades prisionais não têm material de higienização. Quem está lá dentro sabe disso". Ainda segundo ele não há equipamentos de proteção individual para os servidores: "Mandaram umas máscaras de TNT e querem que o cara as use durante 24 horas. Também não tem luvas. E não é feita a limpeza das unidades. Por falta de material é jogado apenas uma água[79]".

Um boletim da Secretaria de Estado de Administração Penitenciária do Pará, com informações atualizadas até 27 de abril de 2020, apontou que 60 servidores do órgão e nove custodiados estavam com o novo coronavírus. Outros 97 servidores eram considerados como suspeitos.

Isso sem mencionar a subnotificação, visto que não são realizados testes no universo prisional brasileiro de maneira preventiva, apenas se testa aqueles que já apresentam os sintomas, o que aumenta e muito o risco de transmissão e contágio.

Aliás, ainda sobre o isolamento nos presídios, será que este impedimento foi criado para proteger os presos ou para não desvelar as incapacidades dos administradores em lidar com a questão da superlotação e da relativização inevitável das condições sanitárias? Em um espaço diminuto e superlotado, o real medo das autoridades é que a ausência óbvia de isolamento social por falta de espaço provoque um contágio maciço dos presos de maneira continuada.

O então Ministro da Justiça e da Segurança Pública Sergio Moro em entrevista para um banco de investimentos, em 6 de abril de 2020[80], minorou os efeitos da pandemia para a população

---

79 "Sindicato alerta sobre infecção nas penitenciárias". *Jornal O Liberal de Belém*, quarta-feira, 29 de abril de 2020, Caderno Cidades, p. 4.

80 "Sérgio Moro participa de videoconferência com XP Investimentos". *YouTube*. Disponível em: <https://www.youtube.com/watch?v=MdK75-Yj2BI>. Acesso em: 7 de abril de 2020.

carcerária ao afirmar que no mundo todo somente dez foram as mortes pelo COVID-19, o que ainda não forneceu a certeza de que o ministro considerava que as penitenciárias brasileiras possuía condições sanitárias perfeitas, ou se minora o impacto e potencial ofensivo do COVID-19 em ambientes precários em termos sanitários, como são as cadeias brasileiras.

Para o Brasil, em um primeiro momento, as soluções pareceram tímidas, pois, se buscou evitar a circulação de presos e de pessoas dentro dos presídios. E, em tempos de *home office*, os governos estaduais consideram que os presídios possuem menos pessoas de maneira presencial no setor administrativo, razão pela qual o volume de pessoas de fora do ambiente prisional circulando é menor, portanto, com consequências danosas minoradas. O que não se considera é que há risco, porque não existe confinamento integral de todos os membros que convivem diuturnamente com os presos, logo, o perigo, ainda que menor, existe e as possibilidades de danos exponenciais pelas condições sanitárias duvidosas permanecem.

A fim de reduzir ainda mais o impacto para a população prisional decidiu-se pelo afastamento das visitas dos advogados e dos familiares dos presos, além de proibir as saídas temporárias, ou seja, há um isolamento obrigatório nos presídios, com risco adstrito ao contato com os agentes penitenciários e os profissionais de limpeza.

E a fim de minorar o impacto da medida, o Ministério da Justiça anunciou em 13 de abril de 2020 que pretendia comprar 600 tablets para permitir que os presos no sistema federal conversem virtualmente com os seus familiares uma vez na semana. O Ministério também pretendia utilizar os tablets para reuniões de trabalho e audiências judiciais por videoconferência[81]. Ocorre

---

[81] "Ministério da Justiça planeja comprar 600 tablets para presos conversarem com familiares". *Jornal Folha de São Paulo*, segunda-feira 13 de abril de 2020. Disponível em: https://saude.estadao.com.br/noticias/geral,ministerio-da-justica-planeja-comprar-600-tablets-para-presos-conversaram-com-familiares,70003269818. Acesso em 15 de abril de 2020.

que quase um ano depois tais equipamentos nunca chegaram aos seus destinos.

Poderia parecer suficiente se tivesse sido cumprido, porém, em um universo de mais de 800 mil presos[82] com taxas de superlotação beirando 200%[83], com muitas prisões, para não dizer a notada maioria, com infraestrutura alguma para os efeitos de um contágio em massa, o que se nota é que pouco foi feito ante à pandemia.

Em 27 de março de 2020 o ministro do Superior Tribunal de Justiça (STJ) Sebastião Reis Júnior concedeu liminar para determinar a soltura de todos os presos do Espírito Santo cuja liberdade provisória tenha sido condicionada ao pagamento de fiança e que ainda se encontrem na prisão. O resultado é que mesmo não tendo pagado a fiança, esses presos foram colocados em liberdade. A justificativa é a proteção dos envolvidos em decorrência do COVID-19. Será que a medida não pode e deve ser extensiva aos demais estados brasileiros?

E mais: por que não se soltou os idosos, gestantes, lactantes, portares de moléstias que podem ser agravadas pelo COVID-19 para os crimes sem violência ou grave ameaça? O número pode ser baixo se comparado com o universo prisional, porém, poderia ter protegido sobremaneira os demais em termos de possibilidade de contágio.

Ademais, em tempos de pandemia, não seria o caso do Supremo Tribunal Federal analisar medidas similares relativas à alta porcentagem dos presos provisórios que cumprem pena enquanto esperam seu julgamento? Afinal, o número de pouco mais de 40% do total assusta e levanta o questionamento se não é hora de observar os critérios excepcionais para minorar especificamente esta parcela da população prisional, sem que isso represente um

---

[82] "CNJ registra pelo menos 812 mil presos no país; 41,5% não têm condenação". Disponível: <https://g1.globo.com/politica/noticia/2019/07/17/cnj-registra-pelo-menos-812-mil-presos-no-pais-415percent-nao-tem-condenacao.ghtml>. Acesso em: 3 de abril.

[83] Fonte: http://www.cnmp.mp.br/portal/relatoriosbi/sistema-prisional-em-numeros. Acesso em: 3 de abril de 2020.

salvo conduto indevido para a maioria deles. A análise estaria em total consonância com o artigo 4° da recomendação nº 62 de 3/2020 do Conselho Nacional de Justiça que prevê:

> Art. 4°. Recomendar aos magistrados com competência para a fase de conhecimento criminal que, com vistas à redução dos riscos epidemiológicos e em observância ao contexto local de disseminação do vírus, considerem as seguintes medidas: I – a reavaliação das prisões provisórias, nos termos do art. 316, do Código de Processo Penal, priorizando-se: a) mulheres gestantes, lactantes, mães ou pessoas responsáveis por criança de até doze anos ou por pessoa com deficiência, assim como idosos, indígenas, pessoas com deficiência ou que se enquadrem no grupo de risco; b) pessoas presas em estabelecimentos penais que estejam com ocupação superior à capacidade, que não disponham de equipe de saúde lotada no estabelecimento, que estejam sob ordem de interdição, com medidas cautelares determinadas por órgão do sistema de jurisdição internacional, ou que disponham de instalações que favoreçam a propagação do novo coronavírus; c) prisões preventivas que tenham excedido o prazo de 90 (noventa) dias ou que estejam relacionadas a crimes praticados sem violência ou grave ameaça à pessoa.

Então vejamos o panorama corrente: presos se avolumam em locais que não comportam a quantidade de pessoas existentes, as condições sanitárias são precárias, o isolamento social e o respeito ao espaço alheio são severamente relativizados, as questões de serviço médico também não estão presentes no volume necessário, com clara insuficiência de equipes médicas e de enfermagem. E o bem mais caro em tempos de pandemia é praticamente ausente: UTIs em hospitais prisionais. Também mantém silêncio os governos estaduais para a questão dos enfermos e idosos. No sistema carcerário brasileiro, os cerca de 11.374 mil homens e mulheres maiores de 60 anos[84] representam o triplo do número

[84] "DEPEN divulga nota técnica com procedimentos para presos idosos no sistema prisional brasileiro". 16 abr. 2020. Disponível em: <http://depen.gov.br/DEPEN/depen-divulga-nota-tecnica-com-procedimentos-para-presos-idosos-no-sistema-prisional-brasileiro>. Acesso em: 22 de abril de 2020.

de vagas destinadas a esse público, 2.919. Segundo o Infopen de junho de 2019, há 8.638 casos de tuberculose, 7.742 casos de HIV, 5.449 casos de Sífilis, além de 4.927 casos de outras comorbidades[85]

A recomendação nº 62 de 3/2020 do Conselho Nacional de Justiça prevê em seu artigo 1°:

> Art. 1°. Recomendar aos Tribunais e magistrados a adoção de medidas preventivas à propagação da infecção pelo novo coronavírus – COVID-19 no âmbito dos estabelecimentos do sistema prisional e do sistema socioeducativo. Parágrafo único. As recomendações têm como finalidades específicas: I – a proteção da vida e da saúde das pessoas privadas de liberdade, dos magistrados, e de todos os servidores e agentes públicos que integram o sistema de justiça penal, prisional e socioeducativo, sobretudo daqueles que integram o grupo de risco, tais como idosos, gestantes e pessoas com doenças crônicas, imunossupressoras, respiratórias e outras comorbidades preexistentes que possam conduzir a um agravamento do estado geral de saúde a partir do contágio, com especial atenção para diabetes, tuberculose, doenças renais, HIV e coinfecções.

Então, pelos argumentos até aqui apresentados, podemos concluir que o Judiciário pode diminuir sobremaneira a população prisional e ajudar o próprio universo prisional que se encontra saturado e superlotado há anos. Porém, ao fazer isso, sem levar em conta questões criminológicas e a periculosidade dos detentos, corremos um risco de um desserviço social.

Somado a isso, temos também que alertar para o impacto que tais medidas podem ocasionar para este segmento da população, visto que serão necessários profissionais que se encontram afastados para a elaboração e cumprimento dos alvarás de soltura em massa. Assim, temos um dilema, ou melhor um desafio ao Estado

---

85 "DEPEN divulga nota técnica sobre acesso à saúde no sistema prisional". 7 de abril de 2020. Disponível em: <http://depen.gov.br/DEPEN/depen-divulga-nota-tecnica-sobre-acesso-a-saude-no-sistema-prisional>. Acesso em: 22 de abril de 2020.

Democrático de Direito: equacionar a realidade do sistema penitenciário nacional após anos de descaso, superlotação, relativização de direitos, mazelas sanitárias e sociais com ressocialização sendo relegada a um plano inferior em um Estado que investiu maciçamente em um modelo de endurecimento penal que resultou em um encarceramento em massa nas últimas décadas.

Nesse tênue equilíbrio do sistema carcerário brasileiro temos a recomendação nº 62 do CNJ. Através dela, o Judiciário se viu diante da realidade prisional e dos inúmeros pedidos de soltura das denominadas populações de risco, ou de pedidos para que os Estados tomem providências sanitárias imediatas. Aqui colacionaremos algumas:

Sobre a questão do COVID-19 e o universo prisional, o Superior Tribunal de Justiça negou liminar para habeas corpus em 3 de abril de 2020 em favor de todas as pessoas presas ou que vierem a ser presas e estejam nos grupos de risco em função da pandemia do COVID-19, a ação foi proposta pela Defensoria Pública da União. O ministro Antonio Saldanha Palheiro aduz em sua fundamentação: A questão em exame, portanto, necessita de averiguação mais profunda pelo Tribunal Regional, que deverá apreciar a argumentação da impetração e as provas juntadas ao habeas corpus no momento adequado"[86].

Apesar deste pedido ter sido negado, o DEPEN afirma que ao menos trinta mil pessoas foram colocadas em prisão domiciliar desde o começo da pandemia do COVID-19 no Brasil[87].

No Pará, citando a Recomendação CNJ 62/2020, Bruno Carrijo, o juiz da Vara Criminal de Redenção determinou o cumprimento

---

[86] GOIS, Anselmo. "Coronavírus: STJ nega habeas corpus coletivo para beneficiar presos de todo o país que estão no grupo de risco". *O Globo*, 3 abr. 2020. Disponível em: <https://blogs.oglobo.globo.com/ancelmo/post/coronavirus-stj-nega-habeas-corpus-coletivo-para-beneficiar-presos-de-todo-o-pais-que-estao-no-grupo-de-risco.html>. Acesso em: 7 de abril de 2020.

[87] "DEPEN estima que 30 mil saíram da prisão por causa do coronavírus". *Portal R7*, 6 abr. 2020. Disponível em: <https://noticias.r7.com/brasil/depen-estima-que-30-mil-sairam-da-prisao-por-causa-do-coronavirus-06042020>. Acesso em: 22 de abril de 2020.

da pena em regime de prisão domiciliar de gestantes, lactantes, mães ou responsável por criança até 12 anos ou pessoa com deficiência, idosos maiores de 70 anos e demais presos com doenças graves que demandem tratamento que não possa ser prestado nas unidades prisionais. Também determinou levantamento de processos de pessoas que progredirão de regime até 30 de junho. Mesma medida foi tomada na Comarca de Belém pelo juiz Deomar Barroso, abrindo vista à Defesa e ao Ministério Público para manifestação com relação à antecipação do benefício, em caráter excepcional. O magistrado também determinou a separação de pessoas privadas de liberdade em maior risco de contrair COVID-19, entre outras medidas.

No Piauí, o Tribunal de Justiça concedeu prisão domiciliar a 600 pessoas que cumprem pena no regime semiaberto e prevê a concessão de prisão domiciliar às pessoas privadas de liberdade no regime fechado e que estão no grupo de risco até 31 de maio. No Tribunal de Justiça do Ceará, portarias estabeleceram que os presos que tiveram saída temporária antes de 18 de março ficarão em prisão domiciliar sob monitoramento eletrônico por 90 dias. E também foi determinada a suspensão de apresentação em juízo pelo mesmo período.

Em Campo Grande (MS), cerca de cem pessoas que cumpriam pena em regime fechado foram para prisão domiciliar com monitoração eletrônica. Todas fazem parte de grupos de maior risco de contaminação. Fora da capital, decisões têm garantido a prisão domiciliar a presos que trabalham e presos de grupos de risco, por 90 dias. Para o regime aberto, foi suspenso o comparecimento em juízo por 30 dias.

No Tribunal de Justiça de Goiás, foi estipulada prisão domiciliar para portadores de doenças crônicas comprovas, em estado mais grave, enquanto pessoas do grupo de risco serão transferidos para a Casa do Albergado, esvaziada para recebê-los. Os presos do regime aberto que ali estavam podem cumprir regime domiciliar por 60 dias, com e sem monitoramento eletrônico.

Em Santa Catarina, 1.077 pessoas foram retiradas do sistema prisional, com atenção a idosos, portadores de doenças crônicas e internos próximos de progredir para o aberto. Em Joinville, mais de 150 pessoas foram autorizadas a cumprir pena no regime domiciliar, sendo alguns casos com monitoramento eletrônico. Citando a Recomendação CNJ 62/2020, o juiz João Marcos Buch concedeu o benefício a apenadas gestantes, lactantes, mães ou pessoas responsáveis por criança de até 12 anos ou por pessoa com deficiência, assim como apenados(as) que se encontram em trabalho externo e se recolhem na unidade prisional à noite, fins de semana e feriados, além de autorizar a prorrogação da saída temporária por 28 dias[88].

Aliás, o Judiciário tomou outras medidas acerca dos problemas das penitenciárias e algumas decisões foram proferidas recentemente: O juiz Adriano Marcos Laroca, da 12ª Vara da Fazenda Pública da Capital, concedeu liminar para determinar que o Estado providencie, no prazo de cinco dias, medidas a fim de instituir protocolo de triagem das pessoas que acessam o sistema prisional paulista. O magistrado fixou pena de multa diária de R$100 mil para o caso de descumprimento.

A ação civil pública foi ajuizada pelo Sindicato dos Funcionários do Sistema Prisional do Estado de São Paulo para equiparar a triagem dos estabelecimentos prisionais a atendimento clínico de saúde, pleiteando, dentre outras coisas, o fornecimento de lenços descartáveis para higiene nasal e máscaras em todas as unidades, a disponibilização de dispensadores com preparações alcoólicas para higiene das mãos e de equipamentos de proteção individual para todos os envolvidos na triagem. O sindicato pleiteou também o afastamento de servidores que tenham idade acima de 60 anos, além de gestantes e outros que integrem o grupo de risco do COVID-19, medida esta também concedida.

---

[88] "Judiciário se mobiliza para prevenir COVID-19 em presídios". *Conselho Nacional de Justiça*. 26 mar. 2020. Disponível em: <https://www.cnj.jus.br/judiciario-nacional-se-mobiliza-para-contencao-da-covid-19-nos-presidios/>. Acesso em: 22 de abril de 2020.

O Estado de São Paulo, prontamente, recorreu ao Judiciário para impedir a aplicação da medida, assim, através do Processo n. 0013592-19.2020.8.26.0000, o Presidente do Tribunal de Justiça de São Paulo Geraldo Francisco Pinheiro Franco decidiu por suspender os efeitos da liminar, aqui colacionamos parte da fundamentação de sua decisão: "É importante dizer: não foram poucas as providências adotadas pelo Governo do Estado de São Paulo para mitigação de danos provocados pela pandemia de COVID-19, inclusive no sistema penitenciário, mediante elaboração do Plano de contingência COVID-19, suspensão de visitas aos estabelecimentos prisionais e também de saída dos presos para audiências judiciais, tudo com vistas a evitar o contágio, sempre de acordo com as orientações do Ministério da Saúde e obediente a Resolução 62/2020 do Conselho Nacional de Justiça que tratou da diminuição do fluxo de ingresso no sistema prisional. No ponto, a despeito da induvidosa seriedade do momento atual, devastador e intranquilo, **não há mínima indicação de que o Estado esteja sendo omisso quanto ao combate à pandemia de coronavírus, inclusive no sistema carcerário**".

Após essa decisão, o Estado de São Paulo, através da Secretaria da Administração Penitenciária, estabeleceu medidas para tentar conter o COVID-19 nos presídios do estado, como o aumento de procedimentos de higienização, a disponibilização de máscaras, luvas e álcool em gel para profissionais de saúde e o isolamento por 14 dias daqueles que ingressarem no sistema carcerário. Além de restringir a movimentação de presos entre as unidades e suspender temporariamente as atividades educacionais e religiosas e, por fim, prever a aplicação de vacinação contra a gripe para os presos.

A recomendação nº 62 de 3/2020 do Conselho Nacional de Justiça, como dissemos, tem criado reações diversas no Judiciário, em especial sobre a denominada população de risco, visto que várias foram as decisões nos últimos dias a fim de impedir o ingresso na Fundação Casa para menores infratores e, concomitantemente, liberar idosos dentre os presos provisórios. Muitas decisões sobre soltar presos tem se baseado nas recomendações do artigo 5°:

> Art. 5° Recomendar aos magistrados com competência sobre a execução penal que, com vistas à redução dos riscos epidemiológicos e em observância ao contexto local de disseminação do vírus, considerem as seguintes medidas: I - concessão de saída antecipada dos regimes fechado e semiaberto, nos termos das diretrizes fixadas pela Súmula Vinculante no 56 do Supremo Tribunal Federal, sobretudo em relação às: a) mulheres gestantes, lactantes, mães ou pessoas responsáveis por criança de até 12 anos ou por pessoa com deficiência, assim como idosos, indígenas, pessoas com deficiência e demais pessoas presas que se enquadrem no grupo de risco; b) pessoas presas em estabelecimentos penais com ocupação superior à capacidade, que não disponham de equipe de saúde lotada no estabelecimento, sob ordem de interdição, com medidas cautelares determinadas por órgão de sistema de jurisdição internacional, ou que disponham de instalações que favoreçam a propagação do novo coronavírus; II - alinhamento do cronograma de saídas temporárias ao plano de contingência previsto no artigo 9º da presente Recomendação, avaliando eventual necessidade de prorrogação do prazo de retorno ou adiamento do benefício, assegurado, no último caso, o reagendamento da saída temporária após o término do período de restrição sanitária; III - concessão de prisão domiciliar em relação a todos as pessoas presas em cumprimento de pena em regime aberto e semiaberto, mediante condições a serem definidas pelo Juiz da execução; IV - colocação em prisão domiciliar de pessoa presa com diagnóstico suspeito ou confirmado de Covid-19, mediante relatório da equipe de saúde, na ausência de espaço de isolamento adequado no estabelecimento penal; V - suspensão temporária do dever de apresentação regular em juízo das pessoas em cumprimento de pena no regime aberto, prisão domiciliar, penas restritivas de direitos, suspensão da execução da pena (sursis) e livramento condicional, pelo prazo de noventa dias; Parágrafo único. Em caso de adiamento da concessão do benefício da saída temporária, o ato deverá ser comunicado com máxima antecedência a presos e seus familiares, sendo-lhes informado, assim que possível, a data reagendada para o usufruto, considerando as orientações das autoridades sanitárias relativas

aos riscos epidemiológicos e em observância ao contexto local de disseminação do novo coronavírus.

No Estado do Rio de Janeiro a aplicação da Recomendação do CNJ já resultou em diminuição de 5% na população prisional visto que em 5 de março havia 52.473 presos e no dia 9 de abril de 2020 havia 49.774[89].

Portugal estudou adotar as mesmas medidas previstas pela Recomendação, porém, não há como comparar o incomparável, afinal naquele país a medida representaria uma diminuição de 15% da população prisional, ou seja, entre 1.700 e 2.000, já que a população carcerária total de Portugal é de 12.729 pessoas. Números muito modestos se comparamos à realidade brasileira.

Os problemas atingiram outros países ao longo de 2020, como na Espanha em que os presos reclamaram da falta de celeridade da análise de seus pedidos de suspensão de pena[90]:

As defesas dos presos enviaram ao Tribunal Constitucional diversos pedidos, nos quais solicitam que a situação de emergência de saúde não continue adiando para decidir sobre os apelos de proteção que lhes são apresentados.

---

89 "COVID-19: número de presos cai 5% durante pandemia". *Jornal O Globo*. Disponível em: <https://oglobo.globo.com/rio/covid-19-numero-de-presos-nas-cadeias-do-rio-cai-5-durante-pandemia-24360641>. Acesso em: 9 de abril de 2020.

90 Tradução livre: Las defensas de los presos del procés han presentado varios escritos al Tribunal Constitucional en los que piden que la situación de emergencia sanitaria no siga dilatando los prazos para decidir sobre los recursos de amparo que tienen presentados.
En sus alegaciones plantean que se resuelva con urgencia sobre la posible suspensión de las penas impuestas por el Supremo por el delito de sedición, y muestran "estupor" por el hecho de que el tribunal siga sin celebrar plenos, ni siquiera por vía telemática, como están haciendo en esta fase de confinamiento numerosas instituciones. Los escritos presentados, toman como punto de partida la información sobre la decisión del presidente del tribunal, Juan José González Rivas, de desconvocar el pleno programado para o dia 21, debido al estado de alarma. Outro pleno ya fue suspendido en marzo. "'Estupor' de los presos del 'procés', por el parón en el constituciona'l. *Jornal El País*, La Crisis del Coronavirus, 18 abr 2020, p. 14.

Em suas alegações, eles pediam uma decisão urgente sobre a possível suspensão das sentenças impostas pelo Supremo pelo crime de sedição e mostram "espanto" pelo fato de o tribunal continuar sem realizar sessões plenárias ou mesmo por meios de videoconferência, como numerosas instituições estão fazendo nesta fase de confinamento. A reação se justifica ante a decisão do presidente do tribunal Juan José González Rivas de desconvocar a plenária que estava programada apara o dia 21 de abril, devido ao estado de emergência, sendo que outra data já havia sido suspensa em março.

Também um grande número de prisioneiros espanhóis em prisão preventiva solicitou que sua liberdade provisória fosse decretada diante da situação de emergência no país – incluindo o comissário Villarejo e Luis Bárcenas. Nessas premissas, será necessário analisar, caso a caso, se, dadas as atuais restrições à circulação, persistem os motivos que levaram à emissão da ordem provisória da prisão, mas o que não deve ser feito é rejeitar automaticamente os pedidos feitos.

Portanto, é evidente que a crise causada pelo COVID-19, sem prejuízo do fato de os níveis de criminalidade terem diminuído, deve levar os juízes investigadores a descartar – considerando as novas circunstâncias concorrentes e desconhecidas até agora – a aplicação excessiva de detenção provisória nos casos em que, provavelmente, antes do Decreto Real 463/2020, de 14 de março, a decretaria[91].

---

[91] Tradução livre de: También en los últimos días, un gran número de **presos preventivos** han solicitado que se decrete su libertad provisional ante la situación de emergencia que vive el país -entre otros el comisario Villarejo o Luis Bárcenas-. En estos supuestos, habrá que analizar, caso por caso, si dadas las restricciones de circulación actualmente vigentes, persisten los motivos que condujeron a dictar el auto de ingreso en prisión provisional, pero lo que no se debe hacer es rechazar automáticamente las peticiones formuladas.
Por tanto, es evidente que la crisis provocada por el COVID-19, sin perjuicio de que los niveles de criminalidad han disminuido, deben conducir a los jueces instructores a descartar -ponderando las nuevas circunstancias concurrentes y desconocidas hasta ahora-, la aplicación excesiva de la prisión provisional en casos en los que, probablemente, antes del Real Decreto 463/2020, de 14 de marzo,

E na Turquia, o parlamento aprovou uma lei que reduz sentenças e libera cerca de 90.000 prisioneiros, 30% do total, para descongestionar prisões diante da pandemia de coronavírus. No entanto, esta lei exclui jornalistas, políticos e ativistas contrários ao governo[92].

Enquanto temos países que se preocupam em melhorar as condições para os presos, outros, como El Salvador, que no primeiro ano de pandemia endureceu e reprimiu as medidas:

O governo de El Salvador lançou uma ofensiva contra membros de gangues encarceradas quando mais de 70 pessoas foram mortas nos últimos dias, uma explosão de violência que terminou meses de uma calma notável no país da América Central.

Fotos divulgadas pelo escritório de Presidente Nayib Bukele mostraram centenas de presos despidos e calados juntos no chão da prisão enquanto suas celas eram revistadas. Alguns usavam máscaras, mas a maioria tinha pouca proteção contra a possível disseminação do coronavírus.

O governo parecia estar tentando humilhar e intimidar os membros das gangues com a demonstração de dureza. Mas, em meio a uma pandemia que desencadeou medidas estritas de distanciamento social em grande parte do mundo – incluindo El Salvador -, as fotos provocaram choque e preocupação com os abusos dos direitos humanos[93].

---

sí la hubiera decretado. DÍAZ, Eva Gimbernat e ITURBE-ORMAECHE, Ignacio Montoro. "Cuestiones prácticas penitenciarias ante el COVID-19". *Elderecho.com*. Disponível em: <https://elderecho.com/cuestiones-practicas-penitenciarias-ante-covid-19>. Acesso em: 22 de abril de 2020.

[92] Tradução livre: El Parlamento de Turquía ha aprobado una ley que reduce las penas y permite liberar a unos 90.000 presos, el 30% del total, para descongestionar las prisiones ante la pandemia de coronavirus. No obstante, esta ley deja fuera a periodistas, políticos y activistas opuestos al Gobierno. "Turquía libera al 30% de sus presos por la Covid-19, pero no a los opositores". *Jornal La Vanguardia*, 14 abr. 2020. Disponível em: <https://www.lavanguardia.com/internacional/20200414/48497627318/turquia-libera-30-presos-covid-19-opositores.html>. Acesso em: 22 de abril de 2020.

[93] El Salvador´s government launched a crackdown on jailed gang members as more than 70 people were killed in recent days, a flare-up of violence that ended months of remarkable calm in the Central American country.

A verdade é que não temos uma uniformidade de planejamento e entendimento sobre o tema no mundo. O mesmo raciocínio se aplica à realidade prisional brasileira.

É necessário parcimônia. Primeiro porque se trata de recomendações e são determinações que o Judiciário tem de cumprir, segundo, porque o COVID-19 não pode ser utilizado como um pretexto para soltar parcela da população carcerária indiscriminadamente. Há a necessidade de análise criminológica, de periculosidade e de viabilidade para eventual soltura, o risco de se soltar pessoas perigosas, membros de facções criminosas e reincidentes é grande sem se analisar caso a caso. O que não se pode é banalizar a medida e criar a figura do Habeas Corpus Coronavírus, sobre o tema se manifestou o Vice-Presidente do Supremo Tribunal Federal Luiz Fux: "Sob pena de se instituir uma política criminal perversa de danos irreversíveis, a aplicação da Recomendação n° 62/2020 não pode levar à liberação geral e sem critérios dos custodiados. Os bons propósitos da recomendação prevalecem se conjugados com critérios rigorosos para a liberação excepcional do preso[94]". Todavia, como os pedidos de soltura se avolumam, algumas decisões têm sido revistas outras mantidas.

O Agravo em Habeas Corpus n° 0016751-62.2020.8.19.0000 impetrado na 2ª Câmara Criminal do Tribunal de Justiça do Rio de Janeiro que teve como Relatora a Desembargadora Katia Maria Amaral Jangutta para atender pedido que buscava a soltura de todos os idosos que não tiverem a custódia reavaliada no prazo as-

---

Photos released by the office of President Nayib Bukele showed hundreds of inmates stripped to their shorts and jammed together on prison floors while their cells were searched. Some wore face masks, but mot had little protection against the possible spread of the coronavirus.
The government appeared to be trying to humiliate and intimidate gang members with the display of toughness. But coming amid a pandemic that has triggered strict social-distancing measures in much of the world – including El Salvador – the photos prompted shock and concern about human rights abuses. "After violent weekend outside, crackdown in salvadoran prisons". *The Washington Post Journal*, 29 abr. 2020, p. A10.

94 FUX, Luiz. "Coronavírus não é habeas corpus". *Jornal O Estado de São Paulo*, Espaço Aberto, 10 abr. 2020, p. A2.

sinado, de dez dias. Em seu voto acolhe os argumentos da Procuradoria de Justiça em sua petição de Agravo a qual colacionamos um pequeno trecho: "A decisão impactará nas medidas adotadas pela administração penitenciária com vistas a resguardar a saúde coletiva dos próprios presos, do grupo beneficiário e das demais pessoas encarceradas, bem como dos agentes penitenciários, em vista da necessária burocracia envolvida no cumprimento de alvarás de solturas em massa". E prossegue: "Não se nega que a situação carcerária, na atual conjuntura, está a exigir atenção e cuidado redobrados, mas as medidas nessa perspectiva não podem ser tomadas de modo inconsequente, colocando em risco a saúde pública, bem de toda a coletividade, inclusive das próprias pessoas presas que contam com hospitais penitenciários".

E sobre o mesmo tema acrescemos a opinião do Vice-Presidente do Supremo Tribunal Federal Luiz Fux: "Cada magistrado deve ter em mente a seguinte percepção consequencialista: a liberação de presos de periculosidade real é moralmente indesejada, pela ânsia de conjuração da ideia de impunidade seletiva, e não se pode tornar a dose das recomendações humanitárias um remédio que mate a sociedade e seus valores, criando severíssimo risco para a segurança pública. Em suma: coronavírus não é habeas corpus[95]".

A lucidez da argumentação evidencia ainda mais as mazelas que acometem o sistema prisional, porém, os problemas não serão saneados pela soltura pura e simples de presos por conta do COVID-19, na realidade, o problema tende a se acentuar, isso sim. O sistema prisional está saturado, o atual modelo não tem sido aplicado de acordo com uma política criminal real que faça um estudo sobre a realidade da população brasileira, em especial na denominada geografia da exclusão, composta pelas regiões periféricas das cidades, locais em que o Estado Democrático de Direito pouco ou nada faz por sua população.

---

95 FUX, Luiz. "Coronavírus não é habeas corpus". *Jornal O Estado de São Paulo*, Espaço Aberto, 10 abr. 2020, p. A2.

É inegável que o COVID-19 e seu impacto trouxeram preocupações para o sistema penitenciário, porém, a população prisional saltou de cem mil presos para começo dos anos noventa para mais de oitocentos mil trinta anos depois. O aumento não acompanhou o crescimento das cidades e da população, pois se mostrou maior proporcionalmente, motivado por uma política pública implementada pelo Congresso Nacional de endurecimento penal nos últimos vinte anos. E, o que se vê é o esgotamento da capacidade do complexo penitenciário brasileiro.

O que o governo ainda não percebeu é que o endurecimento penal sem um estudo de impacto, sem necessários ajustes, em especial na educação da população, não resolverão os crimes no Brasil, pelo contrário, irão expor as mazelas sociais de um Estado que abandona sua população periférica e não aplica medidas que busquem a ressocialização e a recuperação social dos presos.

Os presos se avolumam e literalmente se empilham em espaços diminutos, com isso, as fragilidades sanitárias são evidentes. Agora, com o COVID-19, o Judiciário se mostra preocupado com o potencial danoso do vírus e a busca por alternativas para evitar uma catástrofe. No entanto, o que se vê é a busca em lidar com as consequências, sendo que a causa segue a mesma: um Estado Democrático de Direito que não efetiva os direitos tidos como fundamentais à sua população periférica que não possui ensino, saúde, lazer e segurança qualificados e ficam à mercê do crime organizado e das milícias.

O que pode ser feito, porém depende muito da boa vontade do Judiciário e da disponibilidade de efetivo é revisar aqueles que já cumpriram pena e por falha do próprio Estado não foram soltos e estão na zona de risco de maneira desnecessária, ou para aqueles que estão próximos à progressão de regime ou mesmo da soltura, se não caberia uma análise individualizada da possibilidade de um indulto por parte do Governo Federal. São pequenas medidas que podem não resolver o problema da superlotação e não terão impacto elevado no COVID-19, contudo, harmonizaram o sistema e poderá representar um novo caminho para o

Estado no que concerne o respeito ao sistema prisional e a seus componentes.

Fora isso, o Estado segue em falha e notório despreparo, pois, a aludida Resolução n. 14 do Depen prevê que a população carcerária e dos agentes penitenciários a fim de minorar os potenciais riscos: "quanto maior a demora da vacinação no sistema prisional, maiores serão os gastos em 2021 com a prevenção e assistência à saúde da massa carcerária, sobrecarregando ainda mais o sistema de saúde pública", além é claro, de possibilitar a liberação de mais presos em consonância com a Resolução 62 do Conselho Nacional de Justiça.

Como se houvesse vacinas em sobra e que a população brasileira já está completamente imunizada, uma verdadeira utopia. Um Estado que não cuida de Direitos Humanos fundamentais vai conseguir aplicar vacina para o universo prisional? Claro está que estes não estão na lista de prioridades correntes. Muitos Estados sequer atualizam seus dados sobre o avanço da pandemia nas prisões.

Importante destacar é que não há uma fórmula mágica que irá resolver todos os problemas do sistema prisional brasileiro. A pandemia do COVID-19 representa desafios colossais à população brasileira e seus governantes, não existem soluções rápidas que irão conseguir suprir anos de descaso e falta de investimento.

As decisões judiciais para soltar presos por conta da pandemia do COVID-19 continuarão a ocorrer, afinal, a preocupação com as vidas humanas é evidente. O desejo é que este necessário ato de se importar do Judiciário se mantenha após a pandemia e responsabilize os governantes pela superlotação nos presídios, pela ausência de condições sanitárias mínimas e essências e que se imponham medidas para se respeitar a dignidade da pessoa humana. Ao Estado Democrático de Direito Brasileiro que se faça o que dele se espera: que a outrora nona economia do mundo invista de maneira adequada na educação e que os direitos tidos como fundamentais possam chegar a todos, inclusive na geografia da exclusão das periferias e comunidades para que o crime deixe de ser uma alternativa ante ao descaso e ao abandono estatal.

1.5 COVID-19 E O TEMOR COM A GEOGRAFIA DA EXCLUSÃO

O temor do Governo Federal é que o COVID-19 chegue na geografia da exclusão e exponha as mazelas sociais e sanitárias fruto de décadas de ausência e descaso com a população carente que se avoluma nas regiões periféricas, em locais com muito mais pessoas do que espaço, alguns sem água, esgoto e as mínimas condições que se espera de um país que é uma das de maiores potências econômicas do mundo.

E qual a reação do Estado? Silêncio. Como se o calar e se quedar inerte fosse imiscuir a realidade ou, em um ato de demência, produzir a falsa sensação de que aquela realidade não existe. Pois bem, as favelas, as periferias, a crise de abastecimento e condições sanitárias estão presentes e são diuturnamente a realidade para milhões de brasileiros já por muitos anos. Agora, o Estado se mostra interessado em proteger sua população. Afinal, é dever do Estado garantir a todos através de políticas sociais e econômicas que visem à redução do risco de doenças e ao acesso universal e igualitário aos serviços e ações para a promoção, proteção e recuperação. Mas, na prática, o que vemos é o abandono para a população periférica.

E como aqueles que vivem nas regiões periféricas reagem ao Estado? Com o mesmo descaso, veja o relato do fotógrafo de grande jornal do Rio de Janeiro, maior foco de comunidades e zonas de risco da federação: "Venho fotografando o cotidiano das favelas durante a pandemia e estou vendo muita gente nas ruas, nos becos e nas vielas. No fim de semana, encontrei pessoas fazendo churrasco, bebendo e se divertindo no pagode, principalmente as mais jovens. A galera não está levando muito a sério, porém também vi idosos confinados dentro de casa, mães e pais preocupados com os filhos. O comércio continua aberto nas comunidades, mesmo aqueles que não são necessários, como bares, lojas de roupas, de móveis, de conserto de celulares, papelaria. Se você andar pelas principais ruas do Complexo do Alemão, do Jacarezinho e da Cidade de Deus, encontrará tudo funcionando"[96].

O que este importante relato nos mostra é que, se por um lado o Governo Federal e os estaduais se mostram atentos e maduros com medidas preventivas, o que se vê é que o descaso com as regiões periféricas se perpetua, não foram realizadas campanhas de conscientização da população carente, justamente a mais exposta, e a reação é manter a vida normal, afinal, a população das comunidades segue trabalhando dentro ou fora das mesmas, poucos foram os dispensados por seus empregadores nas regiões nobres e vizinhas das comunidades como a zona sul (Copacabana, Ipanema e Leblon) e a Barra da Tijuca, não por acaso as regiões com maior volume de casos do COVID-19 no Rio de Janeiro.

O ar que entra pelos pulmões nas vielas e becos não é o mesmo ar de quem respira nas áreas nobres, sempre arborizadas. O sol não nasce para todas as janelas, como nos condomínios do asfalto. Também não há acesso fácil à alimentação adequada, e gasta-se muito tempo no deslocamento até o trabalho. O COVID-19 apresenta novos riscos, e intensifica os que já existem por ali, aflorando as discrepâncias sociais. Contraditoriamente às condições mais frágeis de saúde (ou em paralelo?), o medo de morrer é relativo. É o que contou Juliana Pinho, comunicadora popular do complexo de favelas da Maré, no Rio de Janeiro. Ela trabalha, junto com outros colegas da comunicação comunitária, moradores, ONG's e militantes de todo o país, na campanha "Corona nas Favelas e Periferias".

"Percebemos que muita gente ainda não está por dentro da gravidade do assunto. É muito difícil conscientizar pessoas que são ameaçadas desde sempre [pela violência estrutural] sobre o perigo de vida. Em dias de tiroteios e operações policiais, nossas rotinas não podem parar, o patrão não libera. O dinheiro para colocar comida em casa depende do trabalho. Essa realidade gera

---

[96] "As favelas e a pandemia, moradores expõem desafio do Rio". *Jornal O Globo*, Especial Coronavírus, 7 abr. 2020, p. 18.

a naturalização do risco de vida. É bem difícil", desabafou Juliana. O esforço de comunicação – digital, impressa e presencial – se dá através de faixas, cartazes e banners virtuais espalhados entre os moradores de favelas e periferias, estimulando ações de solidariedade e divulgando práticas de cuidado, a fim de dirimir os efeitos da doença sobre estas populações[97].

E sem políticas públicas adequadas e com clara presença de superlotação e falta de isolamento, a fragilidade estatal se mostra total, completa e absoluta. E o pior: são os moradores de comunidades que trabalham nas regiões mais nobres da cidade do rio de Janeiro, assim, o contágio se prolifera, ainda mais na zona sul do Rio de Janeiro em que a população de idosos é elevada.

Segundo o IBGE, Entre 2012 e 2017, a quantidade de idosos cresceu em todas as unidades da federação, sendo os estados com maior proporção de idosos o Rio de Janeiro e o Rio Grande do Sul, ambas com 18,6% de suas populações dentro do grupo de 60 anos ou mais[98].

Copacabana, no Rio de Janeiro, é o bairro que concentra o maior número absoluto de idosos entre os bairros do País. São 43.431 moradores com 60 anos ou mais, 29% da população de Copacabana, 14% dos idosos do município do Rio de Janeiro. A informação faz parte dos dados do Censo 2010 divulgados pelo Instituto Brasileiro de Geografia e Estatística (IBGE)[99].

A percentagem de idosos no Rio de Janeiro é elevada e, como dissemos, se concentra mais na região nobre carioca, a zona sul:

---

97 "Coronavírus nas favelas: 'é difícil falar sobre perigo quando há naturalização do risco de vida'". *Associação Brasileira de Saúde Coletiva. ABRASCO.* Disponível em: <https://www.abrasco.org.br/site/outras-noticias/saude-da-populacao/coronavirus-nas-favelas-e-dificil-falar-sobre-perigo-quando-ha-naturalizacao-do-risco-de-vida/46098/>. Acesso em: 31 de maio de 2021.

98 "Número de idosos cresce 18% em 5 anos e ultrapassa 30 milhões em 2017". Disponível em: <https://agenciadenoticias.ibge.gov.br/agencia-noticias/2012-agencia-de-noticias/noticias/20980-numero-de-idosos-cresce-18-em-5-anos-e-ultrapassa-30-milhoes-em-2017>. Acesso em: 31 de maio de 2021.

99 "Compilação de dados, informações e fatos sobre Copacabana". *Copacabana.com.* Disponível em: <https://copacabana.com/dados-sobre-copacabana>. Acesso em: 15 de maio de 2021.

Os valores mais elevados concentraram-se nos bairros que compõem a região administrativa de Copacabana, Botafogo e Lagoa, situados na região litorânea que compõe a "Zona Sul", com destaque para Flamengo (29,19%), Ipanema (28,28%), Leblon (28,15%) e Leme (25,29%)[100].

Agora imagine a combinação de concentração de idoso elevada com população de baixa renda prestadora de serviços moradora das comunidades sem condições sanitárias, sem testes e com grande concentração de pessoas e sem o devido isolamento social. É o prenúncio da calamidade.

Segundo o IBGE, no Rio de Janeiro, vivem na periferia 1,4 milhão de pessoas, ou 22,5% da população carioca. E, no mesmo Rio de Janeiro já se nota o contínuo abandono do isolamento social e nas comunidades a vida parece não ter restrições de circulação e cuidados por conta do COVID-19, falta de informação? Culpa do Estado? Necessidade? A resposta correta é que todas são verdadeiras.

A reação da população é um reflexo da falta de rumo de seus governantes. Os governadores e prefeitos mudam de ideia continuamente e se mostram perdidos, em termos de organização e estrutura de medidas. O resultado é a confusão e o descrédito por parte da população que descumpre o isolamento, portanto, o Estado falha em evitar a propagação do vírus.

O prefeito de São Paulo, Bruno Covas, usa suas entrevistas coletivas diárias para pedir às pessoas que fiquem em casa. Sem saber o que fazer para impedir a circulação de pessoas, no dia 7 de maio de 2020 fechou as principais avenidas da cidade. No dia seguinte, teve que voltar atrás, percebendo que os principais funcionários, como os médicos, estavam presos em engarrafamentos. Em 2021, diante da maior velocidade de infecções e da saturação dos hospitais antecipou feriados de 2022 a fim de fazer um mega feriado prolongado entre 26 de março e 3 de abril como

---

[100] ALVES, Davi da Silveira Barroso et alli. Caracterização do envelhecimento populacional no município do Rio de Janeiro: contribuições para políticas públicas sustentáveis. *Cad. Saúde Colet.*, 2016, Rio de Janeiro, 24 (1): 63-69.

forma de evitar que as pessoas circulassem na cidade e alterou, uma vez mais, o rodízio, agora, para o período noturno das 20 às 5h enquanto perdurar o feriado alongado. A medida de adoção dos feriados foi adotada por outras localidades, porém o Estado de São Paulo não a adotou de forma oficial. Claramente falta uma uniformidade de comportamento por parte do Governo Federal e dos Governos estaduais e municipais.

A missão do Estado é áspera e árdua, todavia, é a exposição das consequências dos danos impingidos pelos governantes à sua população no espaço tempo. Não há qualquer plano de longo prazo a fim de mitigar as desigualdades, oferecer melhores condições de existência e sobrevivência a sua população, para quem sabe, no futuro mereça ter a alcunha na prática do que a Constituição lhe conferiu em 1988 na teoria: Estado Democrático de Direito Brasileiro com a missão de erradicar a pobreza, a marginalização e reduzir as desigualdades sociais e regionais, além de promover o bem de todos, sem preconceitos de origem, raça, sexo, cor, idade e quaisquer outras formas de discriminação, inclusive a social e econômica.

Enquanto o Estado 2.0 não se concretiza, nos caberá analisar os problemas, para não dizer a própria falência estatal no que tange a assunção e efetivação dos direitos fundamentais para a população da geografia da exclusão no Brasil, parcela essa mais suscetível ao contato, influência e recrutamento pelas facções criminosas.

O que não se pode é presumir que todos os que pertencem à geografia da exclusão são ou podem vir a ser criminosos, porém, é missão do Estado conferir melhores condições à sua população para evitar que o crime seja uma alternativa. Sérgio Adorno aborda o tema ao ser indagado se há uma relação direta entre pobreza e violência:

> Não acho que tudo possa ser explicado pela pobreza. Temos que pensar nas condições de vida, em termos de política de prevenção. É a mesma coisa na saúde. Condições precárias de habitação não explicam completamente uma determinada situação de

> epidemias ou endemias. Para imunizar uma parte da população, é preciso existir saneamento básico, água potável. São requisitos mínimos universalizados e é esse tipo de raciocínio que precisa, de alguma maneira, ser incorporado pelas autoridades políticas encarregadas de administrar a segurança pública. São políticas também sociais, como segurança alimentar, escolar ou do trabalho. Precisamos construir uma rede de relações sociais na qual pelo menos 80% ou 90% da população tenha a menor oportunidade possível de derivar para o mundo da violência e do crime, seja na condição de vítima ou de agressor[101].

O Brasil tem adotado políticas públicas que não enfrentam a erradicação da pobreza, a mitigação das desigualdades. O resultado é o proliferar da ausência de condições sanitárias, de moradia e o incremento da violência nas principais cidades do país. O caminho é otimizar a máquina estatal e investir na base, com educação cidadania e condições mínimas essências à população, como passaremos a ver a partir de agora com a análise do Estado Democrático de Direito Brasileiro e suas falhas.

---

[101] "Pesquisa: sérgio adorno faz análise sociológica da violência". Agência FAPESP. Disponível em: <https://www.saopaulo.sp.gov.br/eventos/pesquisa-sergio-adorno-faz-analise-sociologica-da-violencia/>. Acesso em: 31 de março de 2021.

2
O COLAPSO DO ESTADO DEMOCRÁTICO DE DIREITO BRASILEIRO

O conceito de Estado remonta ao século XVI e teve sua primeira menção como tal com Nicolau Maquiavel[102]. A fim de compreender o que vem a ser Estado deveríamos remeter a sua origem e percorrer sua evolução histórica para, por fim, chegarmos ao modelo recente calcado na liberdade, igualdade e fraternidade, o Estado Democrático de Direito. Porém, somente a evolução histórica e o desenvolvimento do Estado, mesmo antes de Maquiavel, com Guilherme de Ockham e, posteriormente através de Maquiavel, Jean Bodin, Hobbes, Locke, Montesquieu, Grócio, Hegel, Jellinek, dentre outros, já ensejariam uma obra robusta.

E, por não ser nosso escopo, partiremos de nossa análise não do conceito de Estado, desde seu princípio, mas sim, da visão atual de Estado Democrático de Direito e qual a sua importância para a sociedade e o povo em um determinado espaço-tempo.

2.1 DO ESTADO DE DIREITO AO ESTADO DEMOCRÁTICO DE DIREITO

O Estado de Direito representa uma cisão com o modelo absolutista, segundo o qual a população estava atrelada a uma relação

---

[102] Todos os Estados, os domínios todos que já houve e que ainda há sobre os homens foram, e são, repúblicas ou principados. MAQUIAVEL, Nicolau. *O Príncipe*. Coleção Os pensadores. Trad. Olívia Bauduh. São Paulo: Nova cultural, 1999, p. 37.

verticalizada de subordinação ao Estado, este personificado na figura do monarca. Sobre o tema Celso Ribeiro Bastos:

> O Estado de Direito, mais do que um conceito jurídico, é um conceito político que vem à tona no final do século XVIII, início do século XIX. Ele é fruto dos movimentos burgueses revolucionários, que àquele momento se opunham ao absolutismo, ao Estado de Polícia. Surge como ideia força de um movimento que tinha por objetivo subjugar os governantes à vontade legal, porém, não de qualquer lei. Como sabemos, os movimentos burgueses romperam com a estrutura feudal que dominava o continente europeu; assim os novos governos deveriam submeter-se também a novas leis, originadas de um processo novo onde a vontade da classe emergente estivesse consignada[103].

E, em decorrência das Revoluções tanto Americana[104] quanto Francesa[105], o que se nota é o surgimento de um novo modelo de

---

[103] BASTOS, Celso Ribeiro. *Curso de Direito Constitucional.* 19 ed. São Paulo: Saraiva, 1998, p. 157.

[104] A Declaration of Rights da Virgínia, de 1776, ergue os direitos e liberdades a base e fundação do governo. No mesmo sentido, a Declaração de Independência dos Estados Unidos, do mesmo ano, localiza também os direitos e liberdades do indivíduo numa esfera jurídica que está antes e está sobre o direito criado ou posto por qualquer legislador. Mesmo que esse legislador se considere e esteja democraticamente legitimado. Mais do que isso: os direitos valem como direito positivo, ou seja, como direito juridicamente vigente, garantido quer pela constituição, quer pela lei. Na qualidade de património subjectivo indisponível pelo poder, são os direitos e liberdades que limitam a lei, não é a lei que cria e dispõe dos direitos fundamentais. Se necessário for, os tribunais deverão desaplicar as leis violadoras de direitos fundamentais constitucionalmente garantidos (fiscalização da constitucionalidade). Isso passou-se nos Estados Unidos. No continente europeu também se proclamaram solenemente os direitos do homem e do cidadão. CANOTILHO, Joaquim José Gomes. *Estado de Direito.* Portugal: Gradiva, abril de 1999, p. 19.

[105] Na verdade, se a Revolução Francesa teve como efeito no plano interno transubstanciar o súbdito em cidadão, ampliar internamente as limitações jurídicas do Estado e gerar modificações na sua organização estrutural pela via do constitucionalismo, ao mesmo tempo que consagrava o princípio das nacionalidades e o conceito de Estado-Nação, no plano internacional.
Com efeito, com a Revolução, a ideia de um poder constituinte adquire centralidade político-jurídica e com ela a de produzir uma Constituição como fundamento

Estado, calcado, agora, na defesa de interesses individuais e na valorização de preceitos como liberdade e igualdade, o Estado de Direito[106]. Se antes, o Estado se subordinava às vontades e desejos do monarca, agora, esse novo Estado tem uma relação intrínseca com o Direito[107]. Destarte, importante destacar qual a relação do Estado com o Direito. Sobre o tema Paulo Bonavides:

> Foi assim – da oposição histórica e secular, na Idade Moderna, entre a liberdade do indivíduo e o absolutismo do monarca – que nasceu a primeira noção do Estado de Direito, mediante um ciclo de evolução teórica e decantação conceitual, que se completa com

---

da nova ordem político-jurídica em que, essa nova entidade que é o povo é a única com legitimidade para a produzir. Mas, se o povo surge e é reconhecido teórica e praticamente como actor político com legitimidade para dar a Constituição, esse povo, enquanto abstracta entidade colectiva, forma a concreta Nação que também é agora colocado no centro da actividade política. BRITO, Wladmir. "Do estado da construção à desconstrução do conceito de Estado-Nação". *Revista da História das Ideias* Vol. 26 (2005), p. 259/306.

[106] Em que pese a importância política dos teóricos medievais, somente a partir das lutas desencadeadas contra o absolutismo, entre os séculos XVII e XVIII, com base nos ideais iluministas, é que se exteriorizou com clareza a noção de que o homem possui certos direitos inalienáveis e imprescritíveis, decorrentes da própria natureza humana e existentes independentemente de qualquer ação estatal. E por isso passou-se a entender, desde então, que tais direitos não poderiam ser, em hipótese alguma, vulnerados pelo Estado ou por qualquer outra instituição ou pessoa. LEWANDOWSKI, Enrique Ricardo. A formação da doutrina dos direitos fundamentais. In MARTINS, Ives Gandra da Silva *et alli*. *Lições de Direito Constitucional em homenagem ao jurista Celso Bastos*. São Paulo: Saraiva, 2005, p. 172.

[107] O conceito de *Estado de Direito* surge no final do século XVIII, início do século XIX, com os movimentos burgueses revolucionários que se opunham ao absolutismo. O objetivo era o de subjugar os governantes à vontade legal, porém, não de qualquer lei. Os movimentos burgueses já tinham rompido com a estrutura feudal e os novos governos deveriam submeter-se também a novas leis, nas quais, a vontade da classe emergente estivesse consignada. Porém, o fato de o Estado se submeter à lei não era suficiente. Era necessário que o Estado tivesse suas tarefas limitadas basicamente à manutenção da ordem, à proteção da liberdade e da propriedade individual. É a ideia de um Estado mínimo que de forma alguma interviesse na vida dos indivíduos, a não ser para o cumprimento de suas funções básicas; fora isso deveriam viger as regras do mercado, assim como a livre contratação. MATSMOTO, Katsutoshi. O Estado Democrático de Direito. *Revista de Direito Constitucional e Internacional*, vol. 33, Out. 2000.

a filosofia política de Kant. Esse primeiro Estado de Direito, com seu formalismo supremo, que despira o Estado de substantividade ou conteúdo, sem força criadora, reflete a pugna da liberdade contra o despotismo na área continental européia[108].

E, ainda, Nelson de Souza Sampaio:

> A expressão "Estado de direito" é tradução literal da palavra composta alemã "Rechtsstaat." Encontrada desde os começos do século XIX, a palavra é muito empregada pelo político alemão Friedrich Julius Stahl, e apareceu no título da obra em três volumes de Robert von Mohl "A Ciência da Polícia segundo os Princípios Fundamentais do Estado de Direito", publicados de 1832 a 1834. Com o passar do tempo, o termo entrou em voga no vocabulário político e jurídico. Rechtsstaat – Estado de direito – quer significar o oposto de "Polizeistaat" – Estado Polícia, o Estado da época do absolutismo. O monarca absoluto devia cuidar da paz do reino e do bem-estar dos seus súditos, como deveres religiosos e morais. Por outro lado, tinha poderes para exigir a plena conformação dos seus governados, até em matéria religiosa, como um governante patriarcal. Podia decretar as leis, mas não estava sujeito a elas, invocando a máxima do direito imperial romano, segundo a qual "o príncipe não está subordinado à lei" – "princeps legibus solutus est." Em contraposição a tal estrutura política, o liberalismo saído das Revoluções inglesa, norte-americana e francesa prega e estabelece, na prática, a obrigação quase completa de o governante ou, em termos pessoais, o Governo subordinar-se à lei. Quase toda a ação do Estado deve desenvolver-se segundo as fórmulas jurídicas, ficando à margem delas apenas os atos chamados políticos ou "atos de governo", cuja extensão os partidários do Estado de direito procuram constantemente reduzir. Em suma, a aspiração do Estado de direito é realizar a conhecida frase de um "governo da lei e não de homens". Essa submissão da atividade estatal, de modo particular a administração, à lei, vem associada com a garantia fundamental da divisão de poderes, que põe termo à concentração de todas as funções do Estado nas mãos do monarca, embora, geralmente, ele não as exercitasse pessoalmen-

---

108 BONAVIDES, Paulo. *Do estado liberal ao estado sócila*. 7. ed. São Paulo; Malheiros, 2004, p. 41.

> te, podendo exercê-las por meio de delegados de sua confiança. Em face do Poder executivo responsável, o liberalismo, ou a sua sistematização jurídica no Estado de direito, colocou mais dois Poderes, um Legislativo e um Judiciário independente. O Poder Legislativo tem não somente competência para fazer as leis ou as normas jurídicas de caráter geral, mas também a de estabelecer os recursos para o funcionamento dos serviços públicos, tomar as contas do Executivo e fiscalizar-lhe os atos, de modo que esse poder ficará paralisado sem o apoio do Parlamento. O Poder Judiciário, revestido do máximo de garantias, deve pairar acima da política partidária, a fim de resolver as divergências entre órgãos da administração, entre esta e os administrados, e decidir os litígios dos particulares[109].

O Estado mudou em virtude das Revoluções como a Americana, que culminou com a independência dos Estados Unidos e a criação da Declaração Americana, e da Francesa que resultou no rompimento do regime e na ascensão da burguesia e na criação de um conjunto de direitos que privilegiam aos indivíduos, mas o contexto histórico, o iluminismo e o liberalismo também foram importantes nesse processo. Sobre o tema Wladmir Brito:

> A relação entre soberania, nacionalidade, territorialidade e cidadania vai, assim, sendo forçada a ceder passo a um novo tipo de relação que agora tem como elementos o espaço transnacional, a cidadania transnacional, que já não precisa da nacionalidade para se afirmar interna e externamente, e uma soberania por isso mesmo enfraquecida. Consciente dessa nova dimensão da cidadania, o cidadão age no território do seu ou de outro Estado com vista a assegurar, em primeiro lugar, o respeito pelos limites dos poderes dos Estados sobre os cidadãos e, em seguida, para, inserido nos movimentos sociais transnacionais, agir, de acordo com as suas concepções e representações do mundo, sobre as políticas públicas dos Estados ou de um dado Estado com vista a levar os Estados a adoptarem decisões sobre certas ques-

---

109 SAMPAIO, Nelson de Souza. Estado de Direito – conceito e características. *Doutrinas Essenciais de Direito Constitucional*, vol. 2, Mai. 2011.

tões ou a absterem-se de agir em determinados domínios ou em certo sentido[110].

De tal sorte que o Estado tem como seu elemento central a assunção de direitos para os indivíduos, porém, calcado em três elementos: legalidade, igualdade e justicialidade[111]. Sobre o tema, Enio Moraes da Silva afirma que a concepção do Estado moderno vem atrelada a esse entendimento de que o Estado é o único criador do Direito e ele mesmo solucionará os conflitos sociais por intermédio do Estado-juiz que aplicará as normas positivadas pelo próprio Estado-legislador[112].

Nesse novo modelo, segundo o qual o Estado passa a regular os direitos dos cidadãos através de seus representantes legais, é importante a relação com o Direito tanto para assegurar direitos, como também para fazer uso da força simbólica do Direito para impor aos cidadãos o dever de cumprir as normas estatais. Sobre o tema Pietro de Jesús Lora Alarcón:

---

[110] BRITO, Wladmir. "Do estado da construção à desconstrução do conceito de Estado-Nação". *Revista da História das Ideias* Vol. 26 (2005), p. 259/306.

[111] O princípio da legalidade, que contém a afirmação da liberdade do indivíduo como regra geral, seria a fonte única de todas as obrigações dentro de um Estado de Direito. A lei vincula o Poder Executivo, que não pode exigir condutas que não estejam previstas em lei, submete a função do Judiciário, que não pode impor sanção sem que esta esteja definida em lei, e embasa a atuação do Legislativo, que nada pode prescrever senão por meio de uma lei. A igualdade é princípio informador do conceito de lei no Estado de Direito, limitando o Poder Legislativo, posto que suas formulações legais devem ser iguais para todos, proibindo o arbítrio, tratando os iguais de forma igual e os desiguais de forma desigual, na medida em que se desigualam. A justicialidade, vista como princípio também, é o controle dos atos do Estado de Direito, que deve conter um procedimento contencioso para decidir os litígios, sejam estes entre as autoridades superiores do Estado, ou entre autoridades e particulares, ou, num Estado federal, entre a Federação e um Estado-membro, ou entre Estados-membros etc. FERREIRA FILHO, Manoel Gonçalves. *Estado de direito e constituição*. 3. ed. São Paulo: Saraiva, 2004, p. 23.

[112] SILVA, Enio Moraes da. *O Estado Democrático de Direito. Revista de Informação Legislativa*. Brasília a. 42 n. 167 jul./set. 2005, p. 213/230.

> O Estado e o Direito são fenômenos históricos e, especialmente, construções humanas. Por isso, os dois evoluíram de tal forma que aquilo que compreendemos hoje como "Estado e Direito" é o resultado de um desenho traçado pelo ser humano ao longo do seu passado e presente.
> Entretanto, a ação de composição de estruturas estatais e de sistemas jurídicos nunca foi uniforme. Pelo contrário, a mutação é a característica primordial e comum a elas. Nada na história foge do conflito entre os homens e, sendo assim, é possível afirmar que as mais valiosas figuras jurídicas emergiram dos conflitos e das contradições entre os homens[113].

A relação entre Estado e Direito existe e um faz suporte para o outro e cria, inclusive, uma interdependência. Sobre o tema Clóvis Bevilacqua:

> O observador attento não terá difficuldade em reconhecer que o Estado se constitue pela armação do mechanismo externo no poder público e pelo delineamento dos principios que têm de regular a acção e determinar a amplitude do mesmo. Estes principios são o direito.
> O poder público vive e se exerce pelo direito e para o direito que, por sua vez, não pode prescindir delle que é um de seus elementos constitutivos.
> O poder público é a força collectiva da sociedade, tendo por attribuição fixar e applicar o direito suggerido pelas necessidades sociaes, imposto pelo conflicto dos interesses. Nenhum outro poder, na sociedade, se lhe avantaja ou mesmo o eguala, porque é elle a *suprema potestas,* e expressão, o orgam da soberania nacional. Mas, desde que sáe fóra das regulamentações do direito, perde sua qualidade de energia organisadora, para tornarse um princípio dissolvente. O poder deve proteger o direito, mas o direito limita o poder[114].

---

[113] Alarcón, Pietro de Jesús Lora. "Reflexões sobre processo e Constituição: A tarefa transformadora do processo e a efetividade do Estado Democrático de Direito". *Revista do Instituto dos Advogados de São Paulo*, vol. 18, Jul. 2006.
[114] BEVILÁCQUA, Clóvis. "O fim do Estado". *Revista dos Tribunais*, vol. 723, Jan. 1996.

O Estado[115] sem o Direito[116] fica sem o elemento coercitivo para os membros da comunidade, há uma clara relação de interdependência[117], na qual se elimina o arbítrio do poder público e se garante os direitos individuais. De tal sorte que falhará na tarefa de impor a força da lei ao querer estabelecer o cumprimento de seus ditames legais pelos membros desta sociedade. Assim, a fim de assegurar a efetivação de comportamentos, deverá haver uma previsão normativa com sanção em caso de descumprimento. Oswaldo Aranha Bandeira de Mello discorre sobre a função do Direito e sua relação com o Estado:

> O Direito regula as relações dos homens ou dos grupos sociais formados de homens, ou dos homens com os grupos sociais, estabelecendo, imperativamente, as normas de comportamento, que constituem condições de vida social próspera, entre êles, e governa essas relações de fato, que, em virtude de ditas normas, se transformam em relações de direito.

---

[115] O conceito de Estado moderno, portanto, assenta-se sobre quatro elementos básicos: a soberania, o território, o povo e a finalidade. Ele é definido como a ordem jurídica soberana que tem por fim o bem comum de um povo situado em determinado território. DALLARI, Dalmo de Abreu. *Elementos de teoria geral do estado.* 2. ed. São Paulo: Saraiva, 2003, p. 118.

[116] A palavra "direito" vem do latim directum, que corresponde à ideia de regra, direção, sem desvio. No Ocidente, em alemão recht, em italiano diritto, em francês droit, em espanhol derecho, tem o mesmo sentido. Os romanos denominavam-no de jus, diverso de justitia, que corresponde ao nosso sentido de justiça, ou seja, qualidade do direito.
De modo muito amplo, pode-se dizer que a palavra "direito" tem três sentidos: 1) regra de conduta obrigatória (direito objetivo); 2) sistema de conhecimentos jurídicos (ciência do direito); 3) faculdade de poderes que tem ou pode ter uma pessoa, ou seja, o que pode uma pessoa exigir de outra (direito subjetivo). GUSMÃO, Paulo Dourado de. *Introdução ao estudo do Direito.* 43. Ed. Rio de Janeiro: Forense, 2010, p. 49.

[117] Nem o Direito é qualquer coisa que está por si mesmo, fora e acima do Estado. Uma vez que ele representa o procedimento e a forma através dos quais o Estado se organiza e dá ordens; nem o Estado, por outro lado, pode agir independentemente do Direito, porque é através do Direito que ele forma, manifesta e faz atuar a própria vontade. GROPPALI, Alessandro. *Doutrina do Estado.* 2 ed. São Paulo: Saraiva, 1952, p. 168.

> As relações jurídicas se estabelecem entre sujeitos, denominados ativo e passivo, aos quais correspondem faculdades ou direitos e deveres ou obrigações. Êstes direitos e obrigações dizem respeito ao objeto da relação jurídica, que pode ser a prestação de um bem ou à prestação de um ato pessoal. Essas relações se estabelecem entre os homens e coisas do mundo externo, mas mesmo quando se estabelecem entre os homens e as coisas, em última análise, se resolvem em relações entre homens.
> A essa regra de comportamento se dá o nome de direito objetivo e a êsse poder de agir de conformidade com a norma jurídica e de exigir de outro sujeito um comportamento de acordo com a própria norma, ou melhor, de exigir os cumprimentos das obrigações para satisfação de um interesse que lhe toca, se denomina direito subjetivo. Isso a fim de ser alcançado o justo, isto é, o devido segundo uma certa igualdade, estabelecida pela norma a favor de alguém.
> Em princípio, como salientado, sujeito de direito é o homem. Mas, às vêzes, os homens se unem para atender, coletivamente, a certos interêsses recíprocos, com caráter duradouro e considerados em comum. Daí se reconhecerem tais interêsses como de um todo distinto dos homens que o compõem e atribuir-se a êsses entes, assim formados, personalidade.
> Entre tais entidades está o Estado. O número das pessoas, que se aproveitam do seu poder jurídico, é bastante grande, praticamente indeterminado, e suscetível de contínuas alterações. Não é conveniente nem mesmo possível considerar e tratar tôdas elas como sujeitos de direito, com referência a dito poder jurídico, mesmo porque o interêsse, que tal ordem jurídica objetiva, é o dos indivíduos em coletividade. Êle é havido, então, como uma unidade no tempo, mas distinto dêles considerados isoladamente, pela concepção de um ser à parte. Corresponde, na verdade, à organização moral de um povo, em dado território, sob um poder supremo, para realizar o bem comum dos seus membros[118].

Outrossim, podemos concluir que o Estado e o Direito são essenciais para a garantia do bem-estar e da harmonia das relações dos membros da sociedade em um dado território e, também,

---

[118] MELLO, Oswaldo Aranha Bandeira de. **A personalidade do Estado**. *Revista de Direito Público*, ano 7 nº 21 jan.-mar., 1969.

para garantir certos direitos aos cidadãos. O Direito obriga, coercitivamente, aos cidadãos a cumprirem as normas constantes no Estado. Porém, também impõe ao próprio Estado o cumprimento de regras jurídicas. A obrigatoriedade do próprio Estado em se submeter aos ditames normativos é uma garantia de que o Estado não infringirá direitos que deveria proteger dos membros da comunidade. Assim, o Direito regula e disciplina a relação dos membros do Estado e do próprio Estado[119].

De tal sorte que, inspirado no iluminismo, e através das Declarações Americana e Francesa, o Estado de Direito era responsável por implementar um modelo democrático que tinha como base uma Constituição[120] a fim de elencar direitos a serem respeitados pelo Estado[121] e pelos membros da comunidade[122]. E, com base no

---

[119] o Estado de Direito é um conceito formal de acordo com o qual os sistemas jurídicos podem ser mensurados, não a partir de um ponto de vista substantivo, como a justiça ou a liberdade, mas por sua funcionalidade. A principal função do sistema jurídico é servir de guia seguro para a ação humana. VIEIRA, Oscar Vilhena. "A desigualdade e a subversão do Estado de Direito". Sur, *Rev. int. direitos human.*, São Paulo, v. 4, n. 6, p. 28-51, 2007.

[120] A *constituição do Estado*, considerada sua lei fundamental, seria, então, a organização dos seus elementos essenciais: *um sistema de normas jurídicas, escritas ou costumeiras, que regula a forma do Estado, a forma de seu governo, o modo de aquisição e o exercício do poder, o estabelecimento de seus órgãos, os limites de sua ação, os direitos fundamentais do homem e as respectivas garantias. Em síntese, a constituição é o conjunto de normas que organiza os elementos constitutivos do Estado.* SILVA, José Afonso da. *Curso de Direito Constitucional Positivo.* 21. ed., São Paulo: Malheiros, 2002, p. 37 e 38.

[121] Mas o fato de o Estado passar a se submeter à lei não era suficiente. Era necessário dar-lhe outra dimensão, outro aspecto. Assim, passa o Estado a ter suas tarefas limitadas basicamente à manutenção da ordem, à proteção da liberdade e da propriedade individual. É a ideia de um Estado mínimo que de forma alguma interviesse na vida dos indivíduos, a não ser para o cumprimento de suas funções básicas. BASTOS, Celso Ribeiro. *Curso de Direito Constitucional.* 19 ed. São Paulo: Saraiva, 1998, p. 157.

[122] O cerne do Estado de direito está, pois, no reconhecimento e respeito dos direitos fundamentais, cuja enumeração se vem enriquecendo desde a Magna Carta de 1215 até a Declaração Universal dos Direitos do Homem de 1948 ou a Convenção Européia dos Direitos do Homem de 1950. Seu catálogo é hoje extenso e poderíamos classificá-los, por amor à simplificação, segundo a designação da Revolução Francesa de 1789, em direitos do homem e direitos do cidadão ou direitos políticos. Os primeiros pertenceriam a todos os seres humanos, em qualquer

liberalismo[123], o que se buscou foi um modelo de intervenção mínima[124] do Estado[125], como destaca Dalmo Dallari:

---

parte em que se encontrassem. Os segundos somente poderiam ser exercidos nos Estados dos quais os indivíduos fossem cidadãos. Os direitos do homem abrangeriam a liberdade pessoal, a liberdade de consciência, a livre manifestação do pensamento sob quaisquer de suas formas (liberdade de discurso, liberdade de cátedra, liberdade de imprensa, liberdade de imagem, liberdade de manifestações) inviolabilidade de domicílio, sigilo de correspondência (incluindo o das comunicações não escritas), igualdade perante a lei e perante a administração o direito a ser julgado por tribunal criado anteriormente ao delito e segundo o princípio da legalidade deste e da pena, o direito à não-retroatividade da lei penal salvo quando beneficiar o delinquente, o direito a não ser torturado nem a sofrer penas e tratamentos desumanos (inclusive a lavagem cerebral), liberdade de culto, direito à privacidade, direito de reunião, direito de associação, direito de petição, direito de greve, direito à nacionalidade e a mudá-la. A esses se juntaram direitos de cunho econômico ou a prestações por parte do Estado ou de organizações empresariais, com o fito de completar as declarações da época do liberalismo puro e dar-lhes mais eficácia: direito ao trabalho, direito à educação e à instrução, direito à assistência e socorros, direito aos diversos seguros sociais (contra o desemprego, contra a velhice e contra a invalidez), direito ao repouso e a férias. Os direitos do cidadão compreenderiam o sufrágio igual e o igual acesso aos cargos públicos. SAMPAIO, Nelson de Souza. Estado de Direito – conceito e características. *Doutrinas Essenciais de Direito Constitucional*, vol. 2, Mai. 2011.

[123] Em recente e magnífica monografia intitulada Philosophie du Liberalisme, Emile Mireaux, sustenta que o liberalismo não constitui uma simples atitude, nem apenas, uma oportunidade, mas uma verdadeira filosofia, que se coloca, exatamente, no extremo oposto do materialismo plutocrático com o qual é costume identificá-lo, O liberalismo, escreve êste autor, não se confunde com o individualismo feroz, incapaz de compreender o fenômeno social. Ao contrário, baseia-se, em sua essência, na noção de "pessoa", ser moral e social em um só todo, para a qual a obediência ao direito representa, normalmente, a manifestação talvez mais típica da vontade livre. RÁO, Vicente. *O Direito e a vida dos Direitos*, v. 1. São Paulo: Max Limonad, 1952, p. 198.

[124] O liberalismo deve ser compreendido como movimento econômico-político, tendo como base social a classe burguesa, ao propugnar, **na esfera econômica, o princípio do abstencionismo estatal, e, na esfera poli, sufrágio, câmaras representativas, respeito à oposição e separação de poderes.** SOARES, Mário Lúcio Quintão. *Teoria do Estado: Novos Paradigmas em face da Globalização.* 3 ed. São Paulo: Atlas, 2008, p. 80.

[125] A outra vertente que compõe a caudal da Liberal Democracia, a que fiz alusão, reveste-se de cunho mais político do que econômico, desenvolvendo como ideologia do poder. Suas variantes dependem, assim, do modo como é configurada a origem do poder e legitimado o seu exercício, conforme o demonstra a história da Inglaterra, dos Estados Unidos da América e da França. Do ponto de vista

> O Estado Moderno nasceu absolutista e durante alguns séculos todos os defeitos do monarca absoluto foram confundidos com as qualidades do Estado. Isso explica porque já no século XVII o poder público era visto como inimigo da liberdade individual, e qualquer restrição ao *individual* em favor do *coletivo* era tida como ilegítima. Essa foi a raiz individualista do Estado liberal. Ao mesmo tempo, a burguesia enriquecida, que já dispunha do poder econômico, preconizava a intervenção mínima do Estado na vida social, considerando a liberdade contratual um direito natural dos indivíduos[126].

Neste novo modelo estatal com base na tripartição de poderes a Constituição[127] ganhou importância vital, pois, neste Estado,

---

que interessa ao presente estudo, vou limitar-me, por uma questão de síntese, a apreciar a contribuição francesa, que, de qualquer modo, marca o ponto culminante da evolução do problema da soberania popular e de sua organização na estrutura da Nação.

O apogeu desse processo político é assinalado pela Declaração de Direitos do Homem e do Cidadão, de 1789, ou seja, pelo reconhecimento, de base filosófica jusnaturalista, de que cada homem, ao nascer, já nasce portador de determinados direitos naturais, como o de liberdade e igualdade, com direito a uma livre e fraternal convivência. A Declaração dos Direitos do Homem, da Revolução Francesa adquire, assim, um sentido universal, que cobre todo o decurso do Século passado e até nossos dias, constituindo o ponto ele partida inamovível de qualquer concepção democrática, cuja síntese foi dada pela famosa definição de Lincoln: "Governo do povo, pelo povo e para o povo".

Nessa colocação do problema estava, no entanto, implícito que o indivíduo constitui por si mesmo um valor autônomo, não precisando do reconhecimento do Poder Público, ou da soberania da Nação ou do Estado, para valer em si e por si mesmo como centro de direitos e deveres e como fulcro da organização estatal. Ora, essa linha política de caráter individualista e democrático acabou se compondo com a linha econômica do liberalismo para dar lugar a uma síntese que chamamos Democracia Liberal. REALE, Miguel. "Da Democracia Liberal à Democracia Social". *Revista de Direito Público*, ano 23, nº. 71, jul.-set., 1984.

[126] DALLARI, Dalmo de Abreu. *Elementos de Teoria Geral do Estado*. 30 ed. São Paulo: Saraiva, 2011, p. 271.

[127] O reconhecimento do valor jurídico das constituições na Europa continental tardou mais do que na América. Na Europa, os movimentos liberais, a partir do século XVIII, enfatizaram o princípio da supremacia da lei e do parlamento, o que terminou por deixar ensombrecido o prestígio da Constituição como norma vinculante. BRANCO, Paulo Gustavo Gonet e MENDES, Gilmar Ferreira. *Curso de Direito Constitucional*. 6. Ed. São Paulo: Saraiva, 2011, p. 46.

agora vinculado ao Direito, será a Constituição a garantidora dos direitos individuais. Sobre o tema José Cretella Jr.:

> Desde 1789, a *proteção dos direitos do homem e do cidadão* ficou vinculada à existência de uma Constituição. Sem esta, não haveria garantias desses direitos. Ao contrário, se a Constituição os explicita e lhes dá garantia, a tranquilidade da sociedade é fato consumado[128].

O povo vivia uma nova realidade com o direito a participar de forma efetiva do governo estatal e os novos objetivos basilares garantiam um novo status ao ser humano, ao mesmo tempo a burguesia incentivada pelos ideais liberais liderava um novo período expansionista[129]. Com isso, o objetivo dos Estados era incorporar novas terras, impor sua cultura aos demais e, por conseguinte, aumentar a sua influência sobre os outros Estados.

Assim, vimos que o Estado moderno passou a depender do Direito para conseguir a conformação social e a harmonia das relações sociais em determinado espaço-tempo, porém, como que o Estado de Direito se torna Estado Democrático de Direito? José Afonso da Silva aponta a evolução do Estado Democrático de Direito em relação ao Estado de Direito:

> O Estado democrático de Direito concilia Estado democrático e Estado de Direito, mas não consiste apenas na reunião formal dos elementos desses dois tipos de Estado. Revela, em verdade, um conceito novo que incorpora os princípios daqueles dois conceitos, mas os supera na medida em que agrega um componente revolucionário de transformação do status quo[130].

---

[128] CRETELLA JR., José. "Elementos de Direito Constitucional". 3 ed. São Paulo: *Revista dos Tribunais*, 2000, p. 202.

[129] Impulsionado, também, pelas Revoluções industriais.

[130] SILVA, José Afonso da. **O Estado Democrático de Direito**. Revista de Direito Administrativo. Rio de Janeiro, 173: 15-34 jul/set. 1988.

A fim de compreender melhor o que disse o constitucionalista, partiremos de um ponto anterior de análise, isto é, iniciaremos inserindo a questão política na visão de Karl Loewenstein:

> "la classificación de un sistema político como democrático constitucional depende de la existencia o carencia de instituciones efectivas por meio de las cuales el ejercicio del poder político esté distribuido entre los detentadores del poder, y por medio de las cuales los detentadores del poder estén sometidos al control de los destinatarios del poder, constituidos en detentadores supremos del poder[131]".

Para esse autor, o elemento central do Estado Constitucional reside no controle do poder político como forma de o submeter ao povo, o destinatário direto deste Estado. Neste aspecto se faz essencial a criação, ou melhor, elaboração de um conjunto de normas tidas como fundamentais que devem ser observadas e obedecidas pelo povo a fim de efetivar o Estado de maneira democrática, portanto, a formulação da Constituição daquele Estado. Em paripasso com a Constituição, faz-se importante a presença de eleições periódicas e livres que permitam a escolha daqueles que irão representar o povo na elaboração e determinação das leis a serem seguidas pela população, inclusive a elaboração da própria norma fundamental, a constituição. Sobre a relação da liberdade e igualdade política e sua relação com o povo se manifesta J. J. Canotilho, o que o autor denomina de cinco dimensões da soberania do povo:

> (1) o domínio político não é pressuposto e aceite, carece de justificação, necessita de legitimação; (2) a legitimação do domínio político só pode derivar do próprio povo e não de qualquer outra instância "fora" do povo real (ordem divina, ordem natural, ordem hereditária, ordem democrática; (3) o povo é, ele mesmo, o titular da soberania ou do poder, o que significa: (i) de forma negativa, o poder do povo distingue-se de outras formas de domí-

[131] LOEWENSTEIN, Karl. **Teoria de la constitución**. Barcelona: Editorial Ariel, 1976. (Coleccion Demos).

> nio "não populares" (monarca, classe, casta); (ii) de forma positiva, a necessidade de uma legitimação democrática efectiva para o exercício do poder, pois o povo é o titular e o ponto de referência dessa mesma legitimação - ela vem do povo e a este se deve reconduzir; (4) a soberania popular - o povo, a vontade do povo e a formação da vontade política do povo - existe, é eficaz e vinculativa no âmbito de uma ordem constitucional materialmente informada pelos princípios da liberdade política, da igualdade dos cidadãos, de organização plural de interesses politicamente relevantes e procedimentalmente dotada de instrumentos garantidores da operacionalidade prática deste princípio; (5) a constituição, material, formal e procedimentalmente legitimada, fornece o plano da construção organizatória da democracia, pois é ela que determina os pressupostos e os procedimentos segundo os quais "as decisões" e as "manifestações" de vontade do povo são jurídica e politicamente relevantes[132].

A democracia exige a participação real do povo, porém, o que se nota, na prática, é a presença dos deputados e senadores legislando em prol do povo de maneira midiática a fim de obter o apoio popular e depois criam as leis de acordo com os acordos entre os partidos e interesse destes, sem, necessariamente representar a vontade real da população.

Nessa nossa singela evolução, chegamos no Estado Democrático de Direito, no qual fica um ente personificado denominado de Estado responsável pela direção administrativa, jurídica e social da população em um determinado espaço, com claros limites territoriais e um conjunto de direitos e deveres tidos como fundamentais para a boa relação entre as pessoas. Como veremos, os indivíduos não desistem de nenhum de seus direitos fundamentais, portanto, apenas e tão somente concordam aceitar a existência de limites em suas próprias esferas de ação.

---

[132] CANOTILHO, J. J. Gomes. *Direito constitucional*. 5. ed. Coimbra: Livraria Almedina, 2002, p. 292.

2.2 O ESTADO DEMOCRÁTICO DE DIREITO BRASILEIRO

Poderíamos já ter iniciado este capítulo diretamente falando do Estado Democrático de Direito? Teoricamente sim, todavia, reputamos importante construir o Estado e sua intrínseca relação com o Direito, após a ruptura com a monarquia, para compreender como que o Estado moderno passa a funcionar com manifestação do povo e criador do conjunto de direitos para este, a fim de podermos mostrar que se em teoria foi criado um Estado como representante da população e responsável direto por garantir direitos a ela, o que veremos são as falhas e o abandono do Estado que se divorcia de seus próprios princípios fundamentais e entra em colapso ao não garantir e efetivar os direitos tidos como fundamentais a todos os membros da federação, principalmente, a população carente e pertencente à geografia da exclusão. Chegaremos lá em breve, nos resta, ainda, a construção do Estado e apresentação destes direitos fundamentais.

O Estado, agora, assume um novo papel e a população tem uma participação direta no próprio poder diretivo estatal, visto que cabe ao povo eleger os seus representantes que integrarão o Poder Executivo e o Legislativo, no sistema de separação de poderes[133]. E, uma vez eleitos, deverão obedecer aos ditames da

---

[133] O governo representativo está, por natureza, vinculado ao princípio da separação de poderes. Em primeiro lugar, pela separação entre o exercício do poder pelo povo através das eleições e o exercício do poder pelos governantes (disso tiveram consciência logo os autores liberais, preocupados com a garantia das liberdades). Depois, pela necessidade de equilíbrio entre os órgãos electivos. O que denota em implicações básicas: a) Pluralidade de órgãos de função política, cada qual com competência própria (incluindo de auto-organização) e não podendo nenhum ter outra competência além da fixada pela norma jurídica; b) Primado de competência legislativa do Parlamento enquanto assembleia representativa, de composição pluralista e com procedimento contraditório e público; c) Independência dos tribunais, com reserva de jurisdição; d) Criação de mecanismos de fiscalização ou de controlo interorgânico (e intraorgânico), sejam de mérito ou de legalidade e constitucionalidade; e) Divisão pessoal de poder, através de incompatibilidades de cargos públicos; f) Divisão temporal, através da fixação do tempo de exercício dos cargos e de limitações à sua renovação, e divisão político-temporal, por meio da previsão de durações diferentes dos mandatos e

Constituição Federal, esta é o marco regulatório tanto do Estado quanto dos cidadãos. Sobre o tema, Paulo Bonavides:

> Todo sistema político quando funciona normalmente pressupõe uma ordem de valores sobre a qual repousam as instituições. Em se tratando de um sistema democrático do modelo que se cultiva no ocidente, essa ordem é representada pela Constituição, cujos princípios guiam a vida pública e garantem a liberdade dos cidadãos.
> Nas formas democráticas a Constituição é tudo: fundamento do Direito, ergue-se perante a Sociedade e o Estado como o valor mais alto, porquanto de sua observância deriva o exercício permanente da autoridade legítima e consentida. Num certo sentido, a Constituição aí se equipara ao povo cuja soberania ela institucionaliza de modo inviolável[134].

Como dissemos no item anterior, o Estado moderno se preocupa em criar um conjunto de regras a serem seguidas por todos e, a partir delas se criar o ordenamento jurídico. Paulo Gustavo Gonet Branco destaca as mudanças do Estado e a importância da Constituição:

A Constituição tem por meta não apenas erigir a arquitetura normativa básica do Estado, ordenando-lhe o essencial das suas atribuições e escudando os indivíduos contra eventuais abusos, como, e numa mesma medida de importância, tem por alvo criar bases para a convivência livre e digna de todas as pessoas, em um ambiente de respeito e consideração recíprocos. Isso reconfigura

---

de não acumulação das datas das eleições dos titulares de órgãos representativos; g) Divisão territorial ou vertical, através do federalismo ou do regionalismo político e da descentralização administrativa local; h) Divisão funcional através da descentralização administrativa institucional (associações e fundações públicas, institutos públicos, universidades públicas). MIRANDA, Jorge. MIRANDA, Jorge. *Manual de direito constitucional*. Tomo VII. Coimbra: Coimbra, 2007, p. 82 e 83.

134 BONAVIDES, Paulo. *Teoria Geral do Estado*. 8 ed. São Paulo: Malheiros, 2010, p. 344.

o Estado, somando-lhe às funções tradicionais as de agente intervencionista e de prestador de serviços[135].

A Constituição, portanto, é o estatuto do Estado. Será ela que irá determinar as diretrizes e bases a serem seguidas, tanto pelos membros do Estado quanto pelo próprio Estado Democrático de Direito. Assim, se evita que o próprio Estado possa vir a ser intolerante ou que se negue a garantir ou efetivar os direitos dos cidadãos. Mauricio Godinho Delgado destaca a importância do Estado Democrático de Direito:

> O Estado Democrático de Direito consubstancia o marco contemporâneo do constitucionalismo. Tem como fulcro o processo de transformação política, cultural e jurídica, ocorrido a partir do final da 2.ª Guerra Mundial, na realidade histórica do Ocidente. Expressa-se, em um primeiro momento, nas Constituições da França (1946), Itália (1947) e Alemanha (1949), todas de fins da década de 1940. Esse marco, contudo, continuou a se elaborar em textos constitucionais que surgiram nas décadas subsequentes, como a da Constituição de Portugal, de 1976, a da Espanha, de 1978, além da Constituição do Brasil, de 1988[136].

E, por fim, José Afonso da Silva:

> A configuração do Estado democrático de Direito não significa apenas unir formalmente os conceitos de Estado democrático e Estado de Direito. Consiste, na verdade, na criação de um conceito novo, que leve em conta os conceitos dos elementos componentes, mas os supere na medida em que incorpora um componente revolucionário de transformação do status quo. E aí se entremostra a extrema importância do art. 1° da Constituição de 1988, quando afirma que a República Federativa do Brasil se constitui em Estado democrático de Direito, não como mera

---

135 BRANCO, Paulo Gustavo Gonet e MENDES, Gilmar Ferreira. *Curso de Direito Constitucional*. 6. Ed. São Paulo: Saraiva, 2011, p. 64.

136 DELGADO, Mauricio Godinho. "Constituição da República, Estado Democrático de Direito e Direito do Trabalho". *Revista de Direito do Trabalho*, vol. 147, Jul. 2012.

promessa de organizar tal Estado, pois a Constituição aí já o está proclamando e fundando[137].

A função precípua do Estado Democrático de Direito, é estabelecida pela Constituição Federal através dos Artigos 1° e 3°:

> Art. 1º. A República Federativa do Brasil, formada pela união indissolúvel dos Estados e Municípios e do Distrito Federal, constitui-se em Estado Democrático de Direito e tem como fundamentos: I – a soberania; II – a cidadania; III – a dignidade da pessoa humana; IV – os valores sociais do trabalho e da livre iniciativa; V – o pluralismo político.
> Art. 3º. Constituem objetivos fundamentais da República Federativa do Brasil: I – construir uma sociedade livre, justa e solidária; II – garantir o desenvolvimento nacional; III – erradicar a pobreza e a marginalização e reduzir as desigualdades sociais e regionais; IV – promover o bem de todos, sem preconceitos de origem, raça, sexo, cor, idade e quaisquer outras formas de discriminação.

Ademais, indispensável se faz a complementação do Preâmbulo da Carta Magna: (...) um Estado Democrático de Direito, destinado a assegurar o exercício dos direitos sociais e individuais, a liberdade, a segurança, o bem-estar, o desenvolvimento, a igualdade e a justiça como valores supremos de uma sociedade fraterna, pluralista e sem preconceitos, fundada na harmonia social.

Assim, será missão desse Estado Democrático de Direito instituir os mandamentos e ditames constitucionais na sociedade e os destinatários serão os membros do povo. A Constituição Federal de 1988 é clara em seu artigo 1º ao determinar que a República Federativa do Brasil se constitui em Estado Democrático de Direito e coaduna tal pensamento através do parágrafo único do mesmo artigo ao ratificar que o poder emana do povo e que esse o exerce através do voto elegendo seus representantes eleitos[138]. E Nelson

---

137 SILVA, José Afonso da. "O Estado Democrático de Direito". *Revista de Direito Administrativo.* Rio de Janeiro, 173: 15-34 jul/set. 1988.

138 CF, Art. 1°. A República Federativa do Brasil, formada pela união indissolúvel dos Estados e Municípios e do Distrito Federal, constitui-se em Estado

Nery Junior e Rosa Maria de Andrade Nery destacam a composição desse Estado Democrático de Direito:

> O Estado Constitucional, para ter as qualidades que o caracterizam, deve primar por ser Democrático de Direito. É, portanto, identificado por duas qualidades: a) Estado de Direito e b) Estado Democrático. Nele o poder estatal deve organizar-se em termos democráticos e o poder político deriva do poder dos cidadãos. Caracteriza-se pela dignidade da pessoa humana como premissa antropológico-cultural, pela soberania popular e divisão de poderes, pelos direitos fundamentais e tolerância, pela pluralidade de partidos e a independência dos tribunais. O Estado Constitucional impõe o sentido de dimensão dos direitos fundamentais, juntamente com os direitos liberais clássicos. Nele, os direitos sociais passam, também, a ser considerados direitos fundamentais, que possibilitam a exigência de prestações positivas pelo Estado em favor dos cidadãos[139].

Carlos Ari Sundfeld identifica os elementos que determinam um Estado Democrático de Direito:

> a) criado e regulado por uma Constituição;
> b) os agentes públicos fundamentais são eleitos e renovados periodicamente pelo povo e respondem pelo cumprimento de seus deveres;
> c) o poder político é exercido, em parte diretamente pelo povo, em parte por órgãos estatais independentes e harmônicos, que controlam uns aos outros;
> d) a lei produzida pelo Legislativo é necessariamente observada pelos demais Poderes;

Democrático de Direito e tem como fundamentos: I – a soberania; II – a cidadania; III – a dignidade da pessoa humana; IV – os valores sociais do trabalho e da livre iniciativa; V – o pluralismo político. Parágrafo único. Todo o poder emana do povo, que o exerce por meio de representantes eleitos ou diretamente, nos termos desta Constituição.

139 NERY JUNIOR, Nelson e NERY, Rosa Maria de Andrade. *Constituição Federal Comentada e legislação constitucional*. 2 ed. São Paulo: RT, 2009, p. 144.

e) os cidadãos, sendo titulares de direitos, inclusive políticos e sociais, podem opô-los ao próprio Estado;
f) o Estado tem o dever de atuar positivamente para gerar desenvolvimento e justiça social[140].

O Estado Democrático de Direito pressupõe uma distância e uma separação entre a sociedade civil e o próprio Estado, pois, o ente personificado, apesar de fazer parte da própria sociedade deve, ao mesmo tempo, estar acima desta para conferir direitos e obrigações a seus cidadãos.

Ademais, importante destacar a participação popular no Estado Democrático de Direito Brasileiro[141], visto que o art. 1° da Constituição Federal de 1988[142] afirma que *todo poder emana do povo e em seu nome é exercido*, sobre o tema Manoel Gonçalves Ferreira Filho:

> Está aqui consagrado o princípio democrático segundo o qual o supremo poder no Estado, a soberania, pertence ao povo que é a fonte única do poder político. Este princípio se complementa pelo representativo, enunciado pela Constituição no *caput* deste artigo. Fica assim claramente definida a forma de governo: republicana, democrática e representativa. Igualmente se torna patente que é o povo que é representado e não qualquer outra entidade, como a Nação ou a Classe[143].

---

[140] SUNDFELD, Carlos Ari. *Fundamentos de direito público*. 5 ed. São Paulo: Malheiros, 2011, p. 56 e 57.

[141] Cuida-se, sim, da representação do povo enquanto modo de tornar o povo (ou o conjunto dos governados) presente no exercício do poder de quem ele escolha ou de quem tenha a sua confiança. A representação política é o modo de que o povo, titular do poder, agir ou reagir relativamente aos governantes. MIRANDA, Jorge. MIRANDA, Jorge. *Manual de direito constitucional*. Tomo VII. Coimbra: Coimbra, 2007, p. 71 e 72.

[142] CF. Art. 1°. Parágrafo único. Todo o poder emana do povo, que o exerce por meio de representantes eleitos ou diretamente, nos termos desta Constituição.

[143] FERREIRA FILHO, Manoel Gonçalves. *Comentários à Constituição Brasileira*, v. 1, São Paulo: Saraiva, 1977, p. 51.

Miguel Reale discorre sobre o poder estatal e a sua relação com o povo:

> Poder estatal ou soberania, já que emprego êstes dois termos como sinônimos, é, numa compreensão quase literal, o *poder político*, ou seja, o poder enquanto fôrça social ordenada unitariamente como expressão do querer coletivo de um povo. Há, dessarte, no conceito de poder estatal uma nota distintiva ou específica: o *sentido de totalidade* que o informa, tal como transparece quando dizemos, usando conhecida e repetida fórmula, que "todo poder emana do povo e em seu nome é exercido". Isto significa que o poder estatal não provém de um indivíduo, de uma categoria ou de uma classe, mas do povo como totalidade dos indivíduos, das categorias e das classes, e não se destina a servir a qualquer dêsses elementos em detrimento dos outros, mas sim à *totalidade*, na qual os mesmos devem harmônicamente se integrar. Poder-se-ia dizer que, de certo modo, o poder de um estatal se distingue dos demais por originar-se *todo* (o querer comum do povo) a serviço do bem comum que lhe corresponde[144].

E se o poder emana do povo, o Estado Democrático de Direito Brasileiro deve cumprir com os desígnios determinados pela Constituição acerca dos direitos do povo. Portanto, é o objetivo do Estado Democrático Brasileiro, como determina a Constituição Federal em seu artigo 3°: a construção de uma sociedade livre, justa e solidária, a erradicação da pobreza e da marginalização, a redução das desigualdades sociais e regionais e, ainda, garantir o desenvolvimento nacional e promover o bem de todos, sem qualquer discriminação.

De tal sorte que o Estado não pode garantir ou empreender esforços econômicos em todas e quaisquer necessidades da população, porém, os preceitos básicos são obrigatórios em termos de investimentos pelo Estado Democrático de Direito sob pena de vilipendio da dignidade da pessoa humana, primado constitucional previsto e protegido através do art. 1°, III. E, assim, cabe

---

[144] REALE, Miguel. "Da responsabilidade do poder". *Revista de Direito Público*, ano 7 n°. 15 jan.-mar., 1969.

acrescer a defesa da dignidade da pessoa humana pelo próprio Estado brasileiro. Sobre o tema, Ingo Wolfgang Sarlet:

> Os direitos fundamentais integram, portanto, ao lado da definição da forma de Estado, do sistema de governo e da organização do poder, a essência do Estado constitucional, constituindo, neste sentido, não apenas parte da Constituição formal, mas também elemento nuclear da Constituição material. Para além disso, estava definitivamente consagrada a íntima vinculação entre as ideias de Constituição, Estado de Direito e direitos fundamentais[145].

Assim, cabe ao Estado Democrático de Direito Brasileiro garantir e efetivar a sua população um conjunto de direitos tidos como fundamentais, e João Paulo Mendes Neto destaca a importância do termo:

> A adjetivação "fundamental" deve ser entendida como algo de grande importância para existência humana, algo tão inerente ao homem que o garante a condição de pessoa. Em associação, os direitos fundamentais devem ser entendidos como direitos que possuem uma prevalência dos valores e interesses por eles defendidos em relação a outros valores e interesses que não se fundam em direitos de elementar importância[146].

Portanto, a tarefa principal do Estado Democrático de Direito é assegurar e fornecer os meios e elementos para garantir as aptidões, as aspirações e anseios dos indivíduos. E os fundamentos do Estado Democrático de Direito Brasileiro são calcados na soberania, na cidadania, na dignidade da pessoa humana, na liberdade, na igualdade, nos valores sociais do trabalho, da livre iniciativa e do pluralismo.

---

[145] SARLET, Ingo Wolfgang. *A eficácia dos direitos fundamentais*. Porto Alegre: Livraria do Advogado, 1998, págs. 61 e 62.

[146] MENDES NETO, João Paulo. "Direitos fundamentais um pressuposto à soberania, democracia e o Estado Democrático de Direito". *Revista de Direito Constitucional e Internacional*, vol. 80, Jul. 2012.

Destarte podemos destacar ser função do Estado desenvolver os mecanismos necessários para assegurar a harmonia social e as mesmas condições de existência para todos os membros da sociedade. E, também é sua função corrigir eventuais desvios quando os primados fundamentais não forem respeitados. Portanto, esse conjunto de deveres do Estado compreende a defesa dos Direitos Fundamentais. Sobre o tema Rogério Vidal Gandra da Silva Martins:

> O Estado presta serviços atendendo à necessidade coletiva direta, quando esta necessidade é imprescindível para a coletividade, ou seja, o serviço prestado atinge diretamente a sociedade. Isto ocorre quando o Estado atua na ordem econômica e social. São necessidades permanentes da coletividade e não apenas quando houver distúrbios, como no caso das necessidades coletivas indiretas. Exemplos: transportes, correio, petróleo, educação, previdência social etc.[147].

Portanto, cabe ao Estado Democrático de Direito efetivar os Direitos individuais do cidadão[148], isto é, a assunção do pleno exercício da igualdade e da liberdade[149] para a efetivação dos direitos fundamentais. Sobre o tema, Jürgen Habermas:

---

[147] MARTINS, Rogério Vidal Gandra da Silva. In MARTINS, Ives Gandra da Silva & Passos, Fernando (orgs.). *Manual de Iniciação ao Direito*. São Paulo: Pioneira, 1999, p. 346.

[148] Quando introduzimos o sistema dos direitos dessa maneira, torna-se compreensível a interligação entre soberania do povo e direitos humanos, portanto a co-originariedade da autonomia política e da privada. Com isso não se reduz o espaço da autonomia política dos cidadãos através de direitos naturais ou morais, que apenas esperam para ser colocados em vigor, nem se instrumentaliza simplesmente a autonomia privada dos indivíduos para fins de uma legislação soberana. HABERMAS, Jürgen. *Direito e democracia. Entre facticidade e validade*. 2 ed. Rio de Janeiro: Tempo Brasileiro, 2003. vol. I, p. 164 e 165.

[149] Pontes de Miranda: A passagem dos direitos e da liberdade às Constituições representa uma das maiores aquisições políticas da invenção humana. Invenção da democracia. Invenção que se deve, em parte, ao princípio majoritário: primeiro, porque, se bem que fosse possível na democracia direta, em verdade se obteve graças a expedientes de maioria (*quorum* maior, maioria de dois terços, três quartos, quatro quintos), para a revisão da Constituição; segundo, porque,

> Essa categoria de direitos encontra aplicação reflexiva na interpretação dos direitos constitucionais. Os direitos políticos fundamentam o *status* de cidadãos livres e iguais; e esse *status* é auto-referencial na medida em que possibilita aos civis modificar sua posição material com relação ao direito, com o objetivo da interpretação e da configuração da autonomia pública e privada. Tendo na mira esse objetivo, os direitos até agora explicitados *implicam*, finalmente: Direitos fundamentais a condições de vida garantidas social, técnica e ecologicamente, na medida em que isso for necessário para um aproveitamento, em igualdade de chances[150].

Pontes de Miranda e os direitos fundamentais: Direitos fundamentais, ou são direitos fundamentais supraestatais, ou direitos fundamentais não-supraestatais. Esses se acham tão intimamente ligados ao ideal que presidiu à feitura da Constituição, que se concebem. Nela, como direitos básicos[151]. E, os Direitos Fundamentais estão consagrados na Constituição Federal Brasileira no artigo 5°:

> Art. 5º Todos são iguais perante a lei, sem distinção de qualquer natureza, garantindo-se aos brasileiros e aos estrangeiros residentes no País a inviolabilidade do direito à vida, à liberdade, à igualdade, à segurança e à propriedade, nos termos seguintes:

O Estado transporta valores para a sociedade através de uma ordem de pessoas calcada na justiça e na paz. Para tanto é essencial que exista a liberdade para os indivíduos, a segurança de cada um deles, a responsabilidade e a possibilidade de responsa-

---

mediante ela, se evita que seja sacrificados os interesses dos eleitores que votaram e venceram, bem como os dos que votaram e perderam, e os dos que não puderam votar ou não votaram. MIRANDA, Pontes de. *Democracia, Liberdade, Igualdade Os três caminhos*. Atualizado por Vilson Rodrigues Alves. Campinas: Bookseller, 2002, p. 51.

150 HABERMAS, Jürgen. *Direito e democracia. Entre facticidade e validade*. 2 ed. Rio de Janeiro: Tempo Brasileiro, 2003. vol. I, p. 160.

151 MIRANDA, Pontes de. *Democracia, Liberdade, Igualdade Os três caminhos*. Atualizado por Vilson Rodrigues Alves. Campinas: Bookseller, 2002, p. 85.

bilização. Tanto do povo como de seus representantes, além da igualdade de todos e a proibição expressa de qualquer tipo de discriminação seja individual ou em grupo.

A Constituição, como vimos, estabelece que todos são iguais perante a lei. Assim, todos devem ser tratados da mesma forma, independentemente de sua predileção política, religiosa, sua condição econômica e social etc. Sobre o tema José Afonso da Silva:

> A afirmação do art. 1° da Declaração dos Direitos do Homem e do Cidadão cunhou o princípio de que os homens nascem e permanecem *iguais em direito*. Mas aí firmara a igualdade jurídico-formal no plano político, de caráter puramente negativo, visando a abolir os privilégios, isenções pessoais e regalias de classe. Esse tipo de igualdade gerou as desigualdades econômicas, porque fundada "numa visão individualista do homem, membro de uma sociedade liberal relativamente homogênea".
>
> Nossas constituições, desde o Império, inscreveram o princípio da *igualdade*, como *igualdade perante a lei*, enunciado que, na sua literalidade, se confunde com a mera *isonomia formal*, no sentido de que a lei e sua aplicação tratam a todos igualmente, sem levar em conta as distinções de grupos. A compreensão do dispositivo vigente, nos termos do art. 5°, *caput*, não deve ser assim tão estreita. O intérprete há que aferi-lo com outras normas constitucionais, conforme apontamos supra e, especialmente, com as exigências da justiça social, objetivo da ordem econômica e da ordem social. Considerá-lo-emos como isonomia formal para diferenciá-lo da *isonomia material*, traduzido no art. 7°, XXX e XXXI.
>
> A Constituição procura aproximar os dois tipos de isonomia, na medida em que não se limitara ao simples enunciado da igualdade perante a lei; menciona também igualdade entre homens e mulheres e acrescenta vedações a distinção de qualquer natureza e qualquer forma de discriminação[152].

---

[152] SILVA, José Afonso da. *Curso de Direito Constitucional Positivo*. 20 ed. São Paulo: Malheiros, 2002, p. 213 e 214.

Todos são iguais perante a lei em uma sociedade que todos têm direito à liberdade, à igualdade, à segurança e à propriedade[153]. São estes os primados fundamentais. Gilmar Ferreira Mendes destaca a importância destes direitos fundamentais:

> A Constituição brasileira de 1988 atribuiu significado ímpar aos direitos fundamentais. Já a colocação do catálogo dos direitos fundamentais no início do texto constitucional denota a intenção de o constituinte emprestar-lhes significado especial. A amplitude conferida ao texto, que se desdobra em 78 incisos e 4 parágrafos (art. 5°), reforça a impressão sobre a posição de destaque que o constituinte quis outorgar a esses direitos. A ideia de que os direitos individuais devem ter eficácia imediata ressalta a vinculação direta dos órgãos estatais a esses direitos e o seu dever de guardar-lhes estrita observância[154].

E Vidal Serrano Nunes Jr. os conceitua:

> Podemos conceituar direitos fundamentais como o sistema aberto de princípios e regras que, ora conferindo direitos subjetivos a seus destinatários, ora conformando a forma de ser e de atuar do Estado que os reconhece, tem por objetivo a proteção do ser humano em suas diversas dimensões, a saber: em sua liberdade (direitos e garantias individuais), em suas necessidades (direitos sociais, econômicos e culturais) e em relação à sua preservação (solidariedade)[155].

---

[153] Os direitos fundamentais, reconstruídos no experimento teórico, são constitutivos para toda associação de membros jurídicos livres e iguais; nesses direitos reflete-se a associalização horizontal dos civis, quase *in statu nascendi*. HABERMAS, Jürgen. *Direito e democracia. Entre facticidade e validade*. 2 ed. Rio de Janeiro: Tempo Brasileiro, 2003. vol. I, p. 169.

[154] MENDES, Gilmar Ferreira. Direitos Fundamentais e Controle de Constitucionalidade: *Estudos de direito constitucional*. 4. Ed. São Paulo: Saraiva, 2012, p. 468.

[155] NUNES JR., Vidal Serrano. *A cidadania social na Constituição de 1988: estratégias de positivação e exigibilidade judicial dos direitos sociais*. São Paulo: Verbatim, 2009, p. 15.

Por fim, Mauricio Godinho Delgado:

> O conceito de Estado Democrático de Direito funda-se em um inovador tripé conceitual: *pessoa humana*, com sua *dignidade*; *sociedade política*, concebida como *democrática e includente*; *sociedade civil*, concebida como *democrática e includente*. Nessa medida, apresenta clara distância e inovação perante as fases anteriores do constitucionalismo[156].

Celso Antônio Bandeira de Mello alerta para as possibilidades de desrespeito ao primado constitucional:

> Há ofensa ao preceito constitucional da isonomia quando:
> I – A norma singulariza atual e definitivamente um destinatário determinado, ao invés de abranger uma categoria de pessoas, ou uma pessoa futura e indeterminada;
> II – A norma adota como critério discriminador, para fins de diferenciação de regimes, elemento não residente nos fatos, situações ou pessoas por tal modo desequiparadas. É o que ocorre quando pretende tomar o fator "tempo" – que não descansa no objeto – como critério diferencial;
> III – A norma atribui tratamentos jurídicos diferentes em atenção a fator de discrímen adotado que, entretanto, não guarda relação de pertinência lógica com a disparidade de regimes outorgados;
> IV – A norma supõe relação de pertinência lógica existente em abstrato, mas o discrímen estabelecido conduz a efeitos contrapostos ou de qualquer modo dissonantes dos interesses prestigiados constitucionalmente;
> V – A interpretação da norma extrai dela distinções, discrímens, desequiparações que não foram professadamente assumidos por ela de modo claro, ainda que por via implícita[157].

A preocupação do legislador constituinte foi tanta em proteger os direitos fundamentais que os determinou como cláusula

---

156 DELGADO, Mauricio Godinho. "Constituição da República, Estado Democrático de Direito e Direito do Trabalho". *Revista de Direito do Trabalho*, vol. 147, Jul. 2012.

157 MELLO, Celso Antônio Bandeira de. *O conteúdo jurídico do princípio da igualdade*. 3 Ed. São Paulo: Malheiros, 2011, p. 47 e 48.

pétrea[158]. Isto quer dizer que nenhuma Emenda Constitucional ou uma legislação terá o condão de modificar qualquer um desses direitos. Como o poder soberano emana do povo, somente este através de um plebiscito ou um referendo que poderá decidir acerca da modificação de um direito fundamental, porém, como este é destinado ao próprio povo, dificilmente haveria interesse neste sentido.

Como preconiza o artigo 5° da Constituição Federal, todos são iguais perante a lei, o que enseja que a lei vale para todos e, ao mesmo tempo, todos estão protegidos por ela. E são, concomitantemente, livres para fazer aquilo que desejarem dentro de seu livre arbítrio, desde que não seja proibido por lei. Avancemos um pouco mais sobre o tema da igualdade e da liberdade para, posteriormente, tratarmos da defesa da dignidade da pessoa humana.

Ao Estado cabe efetivar o direito de as pessoas serem diferentes dentre uma igualdade, isto é, cada um pode exercer suas preferências e escolha livremente, desde que não exista discriminação, ofensa ou limitação à escolha de outro, uma vez que todos são iguais para fazerem suas opções e todas devem ser respeitadas de forma isonômica. Sobre o tema, Celso Antônio Bandeira de Mello:

---

[158] A norma proíbe o Congresso Nacional de elaborar emenda constitucional que vise a abolir as garantias que menciona. Por essa razão essas garantias são denominadas de *cláusulas pétreas*, isto é, imodificáveis por meio de processo legislativo ordinário de emenda constitucional. As cláusulas pétreas podem ser modificadas mediante manifestação inequívoca da soberania popular nesse sentido, exteriorizada por meio de plebiscito ou referendo.

A cláusula pétrea constante da norma comentada abrange não apenas os direitos e garantias *individuais*, como parece fazer crer sua literalidade, mas os direitos e garantias fundamentais *tout court*, individuais e coletivos, também incluídos os não positivados no rol da CF 5°. Isto porque os direitos e garantias da CF 5° são indissociáveis e não podem ser separados entre *individuais e não individuais*. Os direitos e garantias fundamentais são a base do Estado Democrático de Direito, quer tenham como titular pessoa física ou jurídica, direitos individuais, coletivo ou difuso, e por essa razão é que não pode ser abolido por emenda constitucional. NERY JUNIOR, Nelson e NERY, Rosa Maria de Andrade. *Constituição Federal Comentada e legislação constitucional*. 2 ed. São Paulo: RT, 2009, p. 422.

> O preceito magno da igualdade, como já tem sido assinalado, é norma voltada quer para o aplicador da lei quer para o próprio legislador. Deveras, não só perante a norma posta se nivelam os indivíduos, mas, a própria edição dela assujeita-se ao dever de dispensar tratamento equânime às pessoas[159].

Virgílio Afonso da Silva alerta para a questão da igualdade sobre o que deve ser protegido e a necessidade de uma intervenção em decorrência de uma análise correta do suporte fático:

> Muito diferentes são as disposições que consagram direitos fundamentais. Como definir o suporte fático de normas como as que garantem a igualdade, a liberdade de expressão ou o direito à privacidade? (...) Quatro perguntas são, aqui, necessárias: (1) O que é protegido? (2) Contra o quê? (3) Qual é a consequência jurídica que poderá ocorrer? (4) O que é necessário ocorrer para que a consequência possa também ocorrer?
> Ao contrário do que se poderia imaginar, a resposta que define o suporte fático não é apenas a resposta à primeira pergunta. Quando se fala, portanto, que "todos são iguais perante a lei", não é a definição do que é protegido - a igualdade - suficiente para se definir o suporte fático. Aquilo que é protegido é apenas uma parte - com certeza, a mais importante - do suporte fático. Essa parte costuma ser chamada de âmbito de proteção do direito fundamental. Mas para a configuração do suporte fático é necessário um segundo elemento - e aqui entra a parte contraintuitiva: a *intervenção estatal*. Tanto aquilo que é protegido (âmbito de proteção) como aquilo contra o qual é protegido (*intervenção*, em geral estatal) fazem parte do suporte fático dos direitos fundamentais[160].

Nos parece nítido que ao estipular a igualdade entre as pessoas o que o legislador buscou foi o combate às desigualdades como forma de minorar ou, até mesmo, extirpar o preconceito, a discri-

---

[159] MELLO, Celso Antônio Bandeira de. *O conteúdo jurídico do princípio da igualdade*. 3 Ed. São Paulo: Malheiros, 2011, p. 9.
[160] SILVA, Virgílio Afonso da. *Direitos fundamentais conteúdo essencial, restrições e eficácia*. 2 Ed. São Paulo: Malheiros, 2011, p. 71.

minação, a xenofobia, o racismo, a homofobia e os demais problemas que surgem da convivência de grupos de formações, crenças e ideias diferentes entre si. Nesse sentido Marilena Chauí:

> Igualdade significava, perante as leis e os costumes da polis, que todos os cidadãos possuem os mesmos direitos e devem ser tratados da mesma maneira. Por esse motivo, Aristóteles afirmava que a primeira tarefa da justiça era igualar os desiguais, seja pela redistribuição da riqueza social, seja pela garantia de participação no governo. Também pelo mesmo motivo, Marx afirmava que a igualdade só se tornaria um direito concreto quando não houvesse escravos, servos e assalariados explorados, mas fosse dado a cada um segundo suas necessidades e segundo seu trabalho[161].

Assim, é função do Estado garantir que não exista na sociedade problemas na relação entre os iguais, leia-se racismo, discriminação, injúria ou ofensas, seja pela forma de pensar, pela escolha religiosa, pelo grupo de pessoas com que se reúne ou com sua orientação sexual. Todos são iguais perante a lei e têm direito a ter respeitada a sua dignidade. Sobre o tema Sérgio Abreu relaciona igualdade com a dignidade humana:

> Articula-se o princípio da igualdade com o princípio da dignidade da pessoa humana, por seu significado emblemático e catalizador da interminável série de direitos individuais e coletivos pelas constituições abertas e democráticas da atualidade, acabou por exercer um papel de núcleo filosófico do constitucionalismo pós-moderno, comunitário e societário... Nesse contexto de novas ordens e novas desordens, os princípios e valores ético-sociais sublimados na Constituição, com a proeminência do princípio da dignidade de homens e mulheres, assumiram o papel de faróis de neblina a orientar o convívio e os embates humanos no nevoeiro civilizatório neste prólogo do novo milênio e de uma nova era[162].

---

[161] CHAUÍ, Marilena. *Convite à filosofia*. 13 ed. São Paulo: Ática, 2006, p. 405.

[162] ABREU, Sérgio. "O Princípio da Igualdade: A (In)Sensível Desigualdade ou A Isonomia Matizada". IN PEIXINHO, Manoel Messias et alli (orgs.). *Os Princípios da Constituição de 1988*. 2 ed. Rio de Janeiro: Lumen Juris, 2006, p. 323.

Jorge Reis Novais:

> Quando utilizada contra os direitos fundamentais ou contra modalidades concretas de exercício de direitos fundamentais, o sentido jurídico da dignidade humana, podendo embora sustentar-se, pelo menos remota e indirectamente, na justificação da necessidade de defesa ou proteção de outros direitos fundamentais (mas aí o princípio é reciprocamente invocável dos dois lados da disputa entre direitos fundamentais de diferentes titulares), remete normalmente para um entendimento objectivo da dignidade, ou seja, um sentido normativo potencialidade destacável, tanto da sua titularidade individual, quanto da natureza subjectiva dos interesses que protege[163].

A Constituição Federal determina que todos são iguais perante a lei. Assim, as pessoas são livres para escolherem suas ideias, educação, influências, crença, ideias políticas e, por conseguinte, optar por partilhar essas ideias com outras pessoas e formarem grupos com ideais similares[164].

De tal sorte que, assim como a igualdade, a liberdade proporciona um aflorar cada vez maior de grupos que surgem para afirmar suas ideias. E para que não exista conflito de interesses o Direito regula normas mínimas de convivência social. Paulo Bonavides vincula a liberdade ao Direito:

> Foi Montesquieu sábio nesse tocante ao dizer que "a liberdade é o direito de fazer tudo que as leis permitem". Com estas palavras, ele vinculou indissociavelmente a liberdade ao Direito. De tal sor-

---

163 NOVAIS, Jorge Reis. *A Dignidade da pessoa humana*, vol. 2. 2ª ed. Portugal: Almedina, 2018, p. 27.

164 Fábio Konder Comparato: A verdadeira liberdade não é uma situação de isolamento, mas, bem ao contrário, o inter-relacionamento de pessoas ou povos, que se reconhecem reciprocamente dependentes, em situação de igualdade de direitos e de deveres. COMPARATO, Fábio Konder. ***Ética – Direito, moral e religião no mundo moderno***. 2 ed. São Paulo: Companhia das letras, 2006, p. 537.

te que, onde não houver o primado da ordem jurídica, não haverá liberdade[165].

A Constituição Federal de 1988 é clara ao estabelecer no art. 5°, II: ninguém será obrigado a fazer ou deixar de fazer alguma coisa senão em virtude de lei. Então, as pessoas têm uma liberdade convencionada e atrelada ao Estado Democrático de Direito, isto é, se não houver uma lei proibindo tal ou qual conduta esta é permitida. As pessoas têm o direito de ir e vir e o total livre arbítrio em suas decisões, desde que as mesmas não firam os primados do ordenamento jurídico do Estado.

A liberdade também possui uma relação estreita com a dignidade da pessoa humana[166], pois o direito de ir e vir, de ser livre é aplicado a todos os cidadãos como forma de manter sua dignidade, porém, em momento algum, tal liberdade pode ser invadida, restringida ou suprimida por invasão de outrem que não aceite as consequências de suas escolhas.

A dignidade da pessoa humana tem a proteção máxima do Estado[167]. E a liberdade de agir, pensar e se comportar é garantida

---

[165] BONAVIDES, Paulo. *A Constituição Aberta. Temas políticos e constitucionais da atualidade com ênfase no Federalismo das Regiões.* 3 ed. São Paulo: Malheiros, 2004, p. 212.

[166] A assunção da dignidade da pessoa humana como valor supremo por parte do Estado de Direito dos nossos dias garante aos indivíduos uma posição absoluta de igualdade na definição e prossecução autónomas de fins e modos de vida, o que, na relação entre os indivíduos e o Estado, se traduz no reconhecimento constitucional, expresso ou implícito, de uma margem de liberdade incomprimível que conforma, se se quiser, um núcleo essencial em cada direito fundamental. NOVAIS, Jorge Reis. *A dignidade da pessoa humana*, volume I, 2. Ed. Porto: Almedina, 2018, p. 65 e 66.

[167] O princípio da dignidade da pessoa humana projecta consequências em várias direcções, enquanto limite e parâmetro de controlo da actividade do Estado, designadamente quando, no relacionamento com os cidadãos, ele invade as respectivas esferas de autonomia individual, mas também enquanto tarefa ou obrigação jurídica, tanto de proteção da dignidade das pessoas relativamente a eventuais ofensas provindas de outros particulares, como de promoção das condições materiais que permitam uma vida longa. NOVAIS, Jorge Reis. *A dignidade da pessoa humana*, volume I, 2. Ed. Porto: Almedina, 2018, p. 63.

para todos em uma sociedade justa e plural como a brasileira. Sobre o tema Paulo Bonavides:

> Vinculada com a democracia, a liberdade é, assim, a grande couraça da Sociedade para o exercício dos direitos que garantem a dignidade da pessoa humana.
> Mas, em verdade, no mundo deste século, dilacerado de guerras civis, holocaustos e conflagrações mundiais, a liberdade não é palavra vã. Ela tem que ser formulada no plural – as liberdades, como Roosevelt o fez e enunciou num célebre discurso[168].

Então, se uma pessoa tem liberdade de escolha, ela possui o direito a ter direito de escolher, logo, a Constituição e o Estado são os garantes desse Direito, mesmo que a pessoa não o efetive, ele ali se encontra em potência. Cabe, portanto, ao Estado garantir e assegurar a proteção dos direitos fundamentais. E, nada obsta que o indivíduo quando se sentir prejudicado ou ter o seu direito fundamental reduzido ou relativizado buscar a devida proteção jurisdicional.

A doutrina, em sua maioria, contempla a relação dos direitos fundamentais com a dignidade da pessoa humana, uma vez que a proteção do cidadão, da pessoa é atividade vital do Estado Democrático de Direito. Logo, o conjunto destes direitos individuais são denominados de direitos fundamentais. Aqui apresentaremos alguns doutrinadores e iniciaremos com Paulo Gustavo Gonet Branco:

> O catálogo dos direitos fundamentais na Constituição consagra liberdades variadas e procura garanti-las por meio de diversas normas. Liberdade e igualdade formam dois elementos essenciais do conceito de *dignidade da pessoa humana*, que o constituinte erigiu à condição de fundamento do Estado Democrático de Direito e vértice do sistema dos direitos fundamentais[169].

---

[168] BONAVIDES, Paulo. *A Constituição Aberta. Temas políticos e constitucionais da atualidade com ênfase no Federalismo das Regiões.* 3 ed. São Paulo: Malheiros, 2004, p. 213.

[169] MENDES, Gilmar Ferreira & BRANCO, Paulo Gustavo Gonet. Curso de Direito Constitucional. 6 ed. São Paulo, Saraiva, 2011, p. 296.

Mas, afinal, o que vem a ser dignidade da pessoa humana? Dignidade, do latim *dignitas*, que significa merecimento, respeito, nobreza[170]. Dignidade se refere a um conceito no qual o ser humano merece uma consideração, isto é, um valor. Portanto, dignidade da pessoa humana é o respeito ao valor da pessoa enquanto ser humano[171]. E nesse conceito não se leva em consideração qualquer diferença econômica, cultural, social, religiosa, sexual ou racial, pois, todos, indiscriminadamente devem ser respeitados enquanto seres humanos. Nesse contexto, José Afonso da Silva afirma que Direitos fundamentais do homem são situações jurídicas, objetivas e subjetivas, definidas no direito positivo, em prol da dignidade, igualdade e liberdade da pessoa humana[172]. No mesmo sentido Castanheira Neves:

> A dimensão pessoal postula o valor da pessoa humana e exige o respeito incondicional de sua dignidade. Dignidade da pessoa a considerar em si e por si, que o mesmo é dizer a respeitar para além e independentemente dos contextos integrantes e das situações sociais em que ela concretamente se insira. Assim, se o homem é sempre membro de uma comunidade, de um grupo, de uma classe, o que é em dignidade e valor não se reduz a esses

---

[170] *Dicionário Houaiss da língua portuguesa*. Rio de Janeiro: Objetiva, 2001, p. 1040. SILVA, De Plácido e. Dicionário Jurídico Conciso. Rio de Janeiro: Forense, 2008, p. 256. Derivado do latim dignitas (virtude, honra, consideração), em regra se entende a qualidade moral, que, possuída por uma pessoa, serve de base ao próprio respeito em que é tida. Compreende-se também como o próprio procedimento da pessoa, pelo qual se faz merecedor do conceito público.

[171] Fábio Konder Comparato: "Ora, a dignidade da pessoa não consiste apenas no fato de ser ela, diferentemente das coisas, um ser considerado e tratado, em si mesmo, como um fim em si e nunca como um meio para a consecução de determinado resultado. Ela resulta também do fato de que, pela sua vontade racional, só a pessoa vive em condições de autonomia, isto é, como ser capaz de guiar-se pelas leis que ele próprio edita. Daí decorre, como assinalou o filósofo, que todo homem tem dignidade e não um preço, como as coisas. A humanidade como espécie, e cada ser humano em sua individualidade, é propriamente insubstituível: não tem equivalente, não pode ser trocado por coisa alguma". COMPARATO, Fábio Konder. *A afirmação histórica dos Direitos Humanos*. 3 Ed. São Paulo: Saraiva, 2003, págs. 21 e 22.

[172] SILVA, José Afonso da. *Curso de Direito Constitucional Positivo*. São Paulo: Malheiros, 1999, p. 183.

modos de existência comunitária ou social. Será por isso inválido, e inadmissível, o sacrifício desse seu valor e dignidade pessoal a benefício simplesmente da comunidade, do grupo, da classe. Por outras palavras, o sujeito portador do valor absoluto não é a comunidade ou classe, mas o homem pessoal, embora existencial e socialmente em comunidade e na classe. Pelo que o juízo que histórico-socialmente mereça uma determinada comunidade, um certo grupo ou uma certa classe não poderá implicar um juízo idêntico sobre um dos membros considerado pessoalmente – a sua dignidade e responsabilidade pessoais não se confundem com o mérito e o demérito, o papel e a responsabilidade histórico-sociais da comunidade, do grupo ou classe de que se faça parte[173].

E, ainda, Ronald Dworkin:

Alguém que comprometa sua dignidade está negando, seja qual for a linguagem usada por sua comunidade, o sentido de si mesmo como alguém que tem interesses críticos e cuja vida é importante em si. O que temos, aí, é uma traição de si mesmo. E nossa descrição também explica por que a indignidade é mais grave quando sua vítima não mais sofre em decorrência dela. Afinal, uma pessoa que aceita a indignidade aceita a classificação nela implícita, e é uma grande e lamentável derrota aceitar que a própria vida não tem a importância crítica de outras vidas, que seu transcurso é intrinsecamente menos importante[174].

Alexandre de Moraes sinaliza a responsabilidade do ordenamento jurídico em proteger à dignidade da pessoa humana:

A dignidade da pessoa humana é um valor espiritual e moral inerente a pessoa, que se manifesta singularmente na autodeterminação consciente e responsável da própria vida e que traz consigo a pretensão ao respeito por parte das demais pessoas, constituindo-se em um mínimo invulnerável que todo estatuto jurídico deve assegurar, de modo que apenas excepcionalmente

---

[173] Apud MIRANDA, Jorge. *Manual de Direito Constitucional*, vol. IV. 3 ed. Coimbra: Coimbra Editora, 2000, págs. 190 e 191.

[174] DWORKIN, Ronald. *Domínio da vida Aborto, eutanásia e liberdades individuais*. Trad. Jefferson Luiz Camargo. São Paulo: Martins Fontes, 2003, p. 339.

possam ser feitas limitações ao exercício dos direitos fundamentais, mas sempre sem menosprezar a necessária estima que merecem todas as pessoas enquanto seres humanos[175].

Ingo Wolfgang Sarlet ressalta o dever do Estado em assegurar a dignidade para a sociedade[176]:

> Não restam dúvidas de que todos os órgãos, funções e atividades estatais, encontram-se vinculados ao princípio da dignidade da pessoa humana, impondo-se-lhes um dever de respeito e proteção, que se exprime tanto na obrigação por parte do Estado de abster-se de ingerências na esfera individual que sejam contrárias à dignidade pessoal, quanto no dever de protegê-la (a dignidade pessoal de todos os indivíduos) contra agressões oriundas de terceiros, seja qual for a procedência, vale dizer, inclusive contra agressões oriundas de outros particulares, especialmente – mas não exclusivamente – dos assim denominados poderes sociais (ou poderes privados). Assim, percebe-se, desde logo, que o princípio da dignidade humana não apenas impõe um dever de abstenção (respeito), mas também condutas positivas tendentes a efetivar e proteger a dignidade dos indivíduos[177].

Francis Delpérée destaca, em suma, a dignidade humana é colocada sobre um pedestal[178]. É o sustentáculo, é o ponto de

---

[175] MORAES, Alexandre de. *Constituição do Brasil interpretada e legislação constitucional.* São Paulo: Atlas, 2002, págs. 128 e 129.

[176] Em sentido afim, afectar a dignidade da pessoa humana seria afectar um valor absoluto de Estado de Direito, pôr em causa o pilar em que assenta toda a ordem jurídico-constitucional, seria cair inapelavelmente numa inconstitucionalidade insanável e insuperável. NOVAIS, Jorge Reis. *A dignidade da pessoa humana*, volume I, 2. Ed. Porto: Almedina, 2018, p. 22.

[177] SARLET, Ingo Wolfgang. *Dignidade da Pessoa Humana e Direitos Fundamentais na Constituição de 1988.* 9 ed. Porto Alegre: Livraria do Advogado, 2011, p. 132.

[178] Parece seguro que, enquanto princípio jurídico basilar em que assenta o Estado de Direito, a dignidade da pessoa humana é de aplicação geral, directa e imediata em quaisquer circunstâncias, em quaisquer domínios e ramos do Direito. Desde logo, não restarão quaisquer dúvidas que a dignidade, enquanto princípio constitucional supremo, *invade* e conforma materialmente toda a ordem jurídica do Estado de Direito e o princípio servirá uniformemente, em quaisquer

referência[179]. A Constituição faz do direito à dignidade humana o objetivo a esperar através da realização dos direitos econômicos, sociais e culturais[180]. Sobre o tema Bertrand Mathieu:

> Se o propósito de uma Constituição é o de organizar os poderes públicos, não deixa de ser também o de definir e proteger os direitos fundamentais, como testemunha a descrição de alcance geral contida no artigo 16 da Declaração dos Direitos Humanos e do Cidadão de 1789: "Toda sociedade em que a garantia dos direitos não for assegurada, nem determinada a separação dos poderes, não possui constituição". Atualmente, sob a impulsão das Cortes constitucionais e da doutrina constitucionalista, o direito constitucional foi restabelecido sobre suas duas bases. Desvinculou-se, assim, de uma ligação quase exclusiva à ciência política, para se tornar jurídico e irrigar, por seus próprios princípios, o conjunto dos ramos do Direito[181].

Novamente Ingo Wolfgang Sarlet:

> Pode-se afirmar com segurança, na esteira do que leciona a melhor doutrina, que a Constituição (e, neste sentido, o Estado constitucional), na medida em que pressupõe uma atuação juridicamente programada e controlada dos órgãos estatais, constitui condição

---

ramos do Direito, incluindo o Direito Privado, como fonte de conformação directa das relações jurídicas e critério geral de interpretação, aplicação e integração do Direito vigente. NOVAIS, Jorge Reis. *A dignidade da pessoa humana*, volume I, 2. Ed. Porto: Almedina, 2018, p. 99.

[179] O valor dignidade da pessoa humana assume, nesse sentido, uma importância essencial, não apenas como primeira referência simbólica de legitimação de toda a ordem constitucional, mas também enquanto princípio de onde decorrem as consequências práticas próprias da irredutível inconstitucionalidade de que padecem quaisquer violações do princípio, independentemente da censura política e moral que cai inelutavelmente sobre os responsáveis por essa violação. NOVAIS, Jorge Reis. *A dignidade da pessoa humana*, volume I, 2. Ed. Porto: Almedina, 2018, p. 20.

[180] DELPÉRÉE, Francis. O Direito à Dignidade Humana. IN *Direito Constitucional Estudos em Homenagem a Manoel Gonçalves Ferreira Filho*. São Paulo: Dialética, 1999, p. 159.

[181] MATHIEU, Bertrand. O Direito à Dignidade Humana. IN *Direito Constitucional Estudos em Homenagem a Manoel Gonçalves Ferreira Filho*. São Paulo: Dialética, 1999, p. 23.

de existência das liberdades fundamentais que somente poderão aspirar à eficácia no âmbito de um autêntico Estado constitucional[182].

A dignidade humana guarda uma intrínseca relação com os direitos fundamentais[183], pois, esta garante e confere um norte interpretativo destes próprios direitos. A dificuldade é o Estado compreender e aceitar o seu papel de garantidor e efetivador dessa norma fundamental, pois cabe a ele inserir e assegurar a norma jurídica na realidade social. Nesse sentido temos o artigo 3° da Constituição Federal de 1988:

> "Art. 3°. Constituir objetivos fundamentais da República Federativa do Brasil: I – Constituir uma sociedade livre, justa e solidária".

Por tudo o que apresentamos sobre os direitos fundamentais e a dignidade da pessoa humana, a efetivação e proteção de ambos proporcionam ao indivíduo a possibilidade de prosperar como pessoa. Assim, quando o Estado de Direito fornece o que lhe é obrigação propicia ao povo a possibilidade de autonomia, liberdade e a assunção do bem-estar individual[184].

---

[182] SARLET, Ingo Wolfgang. *A eficácia dos direitos fundamentais.* Porto Alegre: Livraria do Advogado, 1998, p. 60.

[183] Dignidade da pessoa humana é geralmente reconhecida, e de forma relativamente pacífica, como o fundamento dos direitos fundamentais constitucionalmente consagrados. Umas vezes claramente expresso no texto constitucional, outras vezes implícito, esse reconhecimento deriva da ideia de que, em última análise, a simples existência como pessoa exige das comunidades politicamente organizadas em Estados de Direito o respeito, a proteção e a promoção de um conjunto ineliminável de direitos fundamentais destinados a garantir juridicamente interesses indispensáveis à vida e à prosperidade das pessoas, mais concretamente, os interesses individuais de liberdade, de autonomia e de bem-estar. NOVAIS, Jorge Reis. *A dignidade da pessoa humana*, volume I, 2. Ed. Porto: Almedina, 2018, p. 73.

[184] Os direitos fundamentais específicos – orientados à garantia da liberdade, da autonomia e do bem-estar – habilitam cada sujeito individual a prosseguir autonomamente, nos diferentes domínios, os seus fins e a exigir dos poderes públicos

O Estado é o responsável pela formação da pessoa, claro que com o auxílio do pátrio poder, porém, será sua incumbência fornecer educação, saúde, lazer, meio ambiente e um conjunto de condições para se relacionar com os demais, desenvolver ferramentas para propiciar o desenvolvimento humano a ponto de capacitá-la como sujeito no Estado Democrático de Direito Brasileiro e torná-la uma cidadã brasileira e potencializar suas aptidões psíquicas e físicas, oferecer oportunidades de aprendizado e evolução.

Há violação da dignidade da pessoa humana por parte do Estado de Direito quando este pretere o indivíduo a alcançar sua condição de sujeito, quando, sem justificativa plausível, se abandona a pessoa em uma situação incompatível com a própria Constituição Federal, que, como consequência, se vê impedida ou impossibilitada de exercer os atributos essenciais que a caracterizam e individualizam enquanto pessoa e cidadã.

Isso ocorre quando alguém fica privado de educação adequada e qualificada, por exemplo, ou quando esse ensino não potencializa suas qualidades e desenvolve seus atributos, ou quando a pessoa fica em estado de penúria social, como os moradores das comunidades, em que são obrigados a conviver com muitas pessoas em um mesmo espaço, sem qualquer respeito à individualização ou ao desenvolvimento humano. São condições que privam e impedem qualquer possibilidade de autodeterminação e de responsabilidade individual pela própria vida e impedem uma sobrevivência digna atrofiam a condição de cidadão.

O Estado ao não efetivar os direitos fundamentais obriga as pessoas a viverem em condições degradantes e incompatíveis

---

o cumprimento dos deveres estatais correlativos; o princípio da dignidade da pessoa humana assegura tanto o direito a ser titular desses direitos, enquanto decorrência da existência como pessoa, quanto a garantia do seu exercício e do desenvolvimento da capacidade concreta de os exercer, bem como garante a cada pessoa individualmente considerada o respeito pelo *status* e pelas possibilidades de desenvolvimento das dimensões irredutíveis da sua integridade como pessoa. NOVAIS, Jorge Reis. *A Dignidade da pessoa humana*. 2ª ed. Portugal: Almedina, 2018, p. 108.

com os ditames da sociedade democrática que se pretende em um Estado Democrático de Direito. Sobre o tema Jorge Reis Novais:

> A privação extrema de condições materiais mínimas para o exercício e desenvolvimento das capacidades naturais e para uma sobrevivência condigna constitui-se em dimensão relevante de determinação de eventual violação do princípio da dignidade da pessoa humana em dois planos: por um lado, porque a condição da pessoa colocada ou mantida involuntariamente nessa situação é objectivamente degradante ou incompatível com a imagem civilizacionalmente construída do que é uma pessoa, mas também, porque, em tal situação, se reduzem e desaparecem progressivamente, eventualmente sem retorno, quaisquer possibilidade de verdadeira autodeterminação pessoal[185].

Quando o Estado falha na sua missão de mitigar as desigualdades e fornecer condições paritárias, a fim de que todo o povo se desenvolva e se tornem cidadãos brasileiros, o Estado atrofia as potencialidades de sua população e os deixa à mercê de sua própria sorte. Importante destacar que a dignidade da pessoa humana não é um direito que pode ser negociado ou suplantado em detrimento de outros interesses. O único sopesamento válido que pode ser feito é na defesa da vida. Fora isso, não se admite que perca importância ou peso se comparado com outras prioridades do Governo Federal.

O Estado brasileiro privilegia os mais ricos e ignora os menos favorecidos. Assim, há uma diferença de percepção sobre a desigualdade, pois, esta quando vista da perspectiva dos necessitados acentua o abismo social entre ricos e pobres, porém, quando observada da ótica dos mais favorecidos o olhar é que a desigualdade não é tão acentuada, como alerta Pedro H. G. Ferreira de Souza:

---

[185] NOVAIS, Jorge Reis. *A Dignidade da pessoa humana*, vol. II. 2ª ed. Portugal: Almedina, 2018, p. 140 e 141.

> A desigualdade é diferente vista do topo. Quando os ricos estão no centro das atenções, os diagnósticos, hipóteses e interpretações não são os mesmos que emergem ao se analisarem outros estratos, como os mais pobres ou a dita classe média. (...) A concentração de renda ou riqueza entre os mais ricos é em geral tão intensa que sua dinâmica afeta até mesmo indicadores de desigualdade pouco sensíveis a ela, como o Gini[186].

O Estado Democrático de Direito, responsável pelo frágil equilíbrio social se omite, oculta direitos ou simplesmente não os concede. Então, agora, é momento de desvelar as fragilidades do próprio Estado mais a fundo em continuidade ao processo que apresentamos no primeiro capítulo deste trabalho.

Ao longo dos dois primeiros itens deste capítulo procuramos construir o modelo atual de Estado e mostrar qual, não a missão, mas sim, a obrigação deste em garantir e assegurar um conjunto de direitos a serem usufruídos pelo povo, portanto, também é sua função mitigar as desigualdades e garantir que todos tenham acesso aos direitos que são essenciais para o bom desenvolvimento humano no espaço-tempo. Assim, apresentamos o plano teórico, agora, veremos, na prática que esse Estado democrático de Direito se perdeu, não cumpriu o que sua própria Constituição prevê e entrou em colapso ao esquecer e abandonar parcela da sua população.

2.3 O COLAPSO DO ESTADO DEMOCRÁTICO DE DIREITO

Ao longo desse estudo desenvolvemos o conceito de Estado, de Estado de Direito, para por fim, chegarmos ao Estado Democrático de Direito, e, com ele apresentamos os direitos tidos como fundamentais inerentes à atividade do Estado Democrático de Direito, responsável por ser o garante e efetivador não apenas dos direitos, como de assegurar que os membros da sociedade possam ter o direito a terem direitos.

---

186 SOUZA, Pedro H. G. Ferreira de. *Uma história de desigualdade: A concentração de renda entre os ricos, 1926-2013*. São Paulo: HUCITEC, 2018, p. 23.

Dentre os direitos tidos como fundamentais apresentamos a igualdade, a liberdade e a dignidade da pessoa humana, em maior relevo, pois, em que pese o respeito aos demais direitos esses são essenciais para a harmonia social, o respeito das relações em um Estado Democrático de Direito e são a base para o conjunto de direitos aos quais todos possuem e são garantes de acordo com o ordenamento jurídico brasileiro.

Fora os já listados, cabe ao Estado também garantir e efetivar questões primárias e fundamentais na sociedade como a propriedade, educação e a saúde[187], estes também são direitos fundamentais. Quando o Estado cumpre com o seu papel, o que se percebe é uma sociedade equilibrada, com poder de reação e cobrança ante à ineficácia estatal e com notada redução do caos social, da capacidade delitiva dos membros da sociedade e, por conseguinte, da população carcerária.

E como percebemos o Estado Democrático de Direito Brasileiro nos dias correntes? Um Estado que não atua em parceria com os governos estaduais, que não realiza estudos das necessidades prementes da população brasileira, assim, investe errado em áreas necessárias, porém, que podem ter menos urgência do que outras. No Brasil é comum se ver a construção de hospitais, como outrora se investia nas reformas contínuas de asfalto e de pontos de ônibus. Ambas as atividades necessárias, contudo, se faz um estudo do impacto que um hospital terá na região? Qual o tamanho? E, o mais importante: se haverá profissionais da saúde no volume necessário para a população da região? Agora, em tempo de COVID-19 tudo o que estava ocioso passou a ser utilizado e a

---

[187] A constituição da saúde como direito fundamental é uma das inovações introduzidas pela Constituição Federal de 1988, na medida em que as referências eventualmente encontradas em textos constitucionais anteriores, quando existentes, limitavam-se às regras sobre distribuição de competências executivas e legislativas ou à salvaguarda específica de algum direito dos trabalhadores. Nesse sentido, a explicitação constitucional do direito fundamental à saúde, assim como a criação do Sistema Único de Saúde, resulta na evolução dos sistemas de proteção estabelecidos pela legislação ordinária anterior. CANOTILHO, J. J; MENDES, Gilmar Ferreira; et al. *Comentários à Constituição do Brasil*. São Paulo: Saraiva, 2013, p. 1925 e 1926.

realocação de pessoal fez com que as lacunas estatais pudessem ser preenchidas. E por que já não se fez um planejamento prévio para melhor atender à população carente? Com a falta de planejamento é possível se ver obras subaproveitadas e sem alcançar o impacto que deveria.

Isso sem mencionar a devida manutenção nas regiões periféricas, especialmente no quesito iluminação e troca das lâmpadas queimadas, visto que são as regiões com maiores problemas de segurança à população e, por conseguinte, locais em que a polícia atua de maneira mais ostensiva com batidas, revistas para possíveis suspeitos, ainda que em sua notada maioria seja sempre os pertencentes a uma categoria, a saber os negros, aproveitando o tema, falemos um pouco mais sobre os negros no Brasil e a questão da desigualdade social.

Como mostramos no primeiro capítulo, a população negra é a maioria na denominada geografia da exclusão, população composta pelas regiões menos favorecidas economicamente. Portanto, de acordo com o informativo "Desigualdades Sociais por Cor ou Raça no Brasil" de 2019, do IBGE (Instituto Brasileiro de Geografia e Estatística) e do Censo de 2010, podemos extrair que em ambos se constata que os mais pobres são negros, os mais subutilizados, bem como os que tem menos acesso aos cargos mais elevados e, por conseguinte, ocupam a maioria dos cargos com menor remuneração, o que corrobora com o que dissemos sobre a geografia da exclusão.

O IBGE em 2020 trouxe números atualizados das desigualdades sociais:

O rendimento médio mensal real de todos os trabalhos das **pessoas brancas** (R$ 2.999), **pardas** (R$ 1.719) e **pretas** (R$ 1.673). Em 2019, as pessoas de cor branca apresentaram rendimentos 29,9% superiores à média nacional (R$ 2.308), enquanto as pardas, 25,5% inferiores e as pretas, 27,5% inferiores[188].

---

[188] "PNAD contínua 2019: rendimento do 1% que ganha mais equivale a 33,7 vezes o da metade da população que ganha menos". *IBGE*, 6 de maio de 2020. Disponível em: <https://agenciadenoticias.ibge.gov.br/

A participação no mercado de trabalho também variou conforme a cor da pele. No ano passado, os brancos eram 44,8% da população ocupada, enquanto os pardos 43,7% e os pretos, 10,4%. Os dados da pesquisa mostram, porém, que a participação de brancos caiu 4,1 pontos percentuais desde 2012. Já a ocupação de pretos e dos pardos subiram 2,3 e 1,5 ponto percentual, respectivamente.

O salário das pessoas brancas (R$ 2.999) foi maior do que o pago a pardos (R$ 1.719) e pretos (R$ 1.673). Brancos tiveram rendimentos 29,9% superiores à média nacional (R$ 2.308), enquanto os pardas e pretos receberam rendimentos 25,5% e 27,5%, respectivamente, inferiores à média nacional[189].

Segundo o estudo sobre Desigualdades Sociais por Cor ou Raça no Brasil realizado pelo IBGE em 2019 No tocante à pobreza monetária, a proporção de pessoas pretas ou pardas com rendimento inferior às linhas de pobreza, propostas pelo Banco Mundial, foi maior que o dobro da proporção verificada entre as brancas. Em 2018, considerando a linha de US$ 5,50 diários, a taxa de pobreza das pessoas brancas era 15,4%, e 32,9% entre as pretas ou pardas. Considerando a linha de US$ 1,90 diários, a diferença também foi expressiva: enquanto 3,6% das pessoas brancas tinham rendimentos inferiores a esse valor, 8,8% das pessoas pretas ou pardas situavam-se abaixo desse patamar[190].

Com isso, temos ainda nos dias correntes a questão da segregação e de locais em que o Estado Democrático de Direito Brasileiro falha em fornecer as condições mínimas aos seus cidadãos, como já foi mencionado em nosso breve percurso histórico no primei-

---

agencia-sala-de-imprensa/2013-agencia-de-noticias/releases/27594-pnad-continua-2019-rendimento-do-1-que-ganha-mais-equivale-a-33-7-vezes-o-da-metade-da-populacao-que-ganha-menos>. Acesso em: 7 de maio de 2021.

[189] "Homens ganharam quase 30% a mais que as mulheres em 2019". *IBGE*, 6 de maio de 2020. Disponível em: <https://agenciadenoticias.ibge.gov.br/agencia-noticias/2012-agencia-de-noticias/noticias/27598-homens-ganharam-quase-30-a-mais-que-as-mulheres-em-2019>. Acesso em: 7 de maio de 2021.

[190] "Desigualdades sociais por cor ou raça no Brasil". *IBGE*, Estudos e Pesquisas. Informação Demográfica e Socioeconômica, n. 41, 2019.

ro capítulo. E, ao invés do Estado brasileiro investir no desenvolvimento do cidadão que pertence à geografia da exclusão e, por conseguinte, lhe conceder oportunidade de educação e moldar essa pessoa para que a mesma tenha urbanidade, cidadania e possa ser inserida no mercado de trabalho e ter paridade de condições para obter um emprego qualificado e conseguir trazer melhor condições a seus familiares, o que fez o Estado, na prática? Sob o pretexto da falta de segurança, investiu em um controle mais ostensivo das regiões periféricas das cidades e o que deveria ser acolhimento deu vez à desconfiança e à presunção de criminalidade em potencial.

O então Ministro da Saúde Luiz Henrique Mandetta mostrou toda a ineficiência estatal ao parabenizar as comunidades por terem sobrevivido a tantos anos de descaso e esquecimento por parte do Estado: "Parabéns às comunidades do Rio de Janeiro. Parabéns às favelas, às comunidades e eu as conheço. Estudei aí. Estudei aí. Fiz ação voluntária tanto ali no Vidigal, quanto na Rocinha quando eu era acadêmico de medicina. Outro dia, fui lançar o programa de doenças sexualmente transmissíveis lá na Rocinha com jovens de comunidade. Parabéns, Maré, parabéns pelo trabalho que vocês estão fazendo e o exemplo de dignidade, de comportamento, de inteligência. Da aula de sabedoria que vocês estão dando. Na dinâmica, Heliópolis em São Paulo, todas elas. Paraisópolis. Todas elas. Eu falo do Rio de Janeiro porque fiquei 10 anos naquela cidade[191]".

O sítio eletrônico Favela em Pauta publicou resposta contundente:

"Nós não precisamos de parabéns porque os favelados aprenderam a se reinventar desde a necessidade do surgimento deste solo sagrado, chamado favela. Foi assim na luta por moradia, aconteceu também na luta pela implantação da rede de abastecimento de água e energia elétrica que precariamente (não) funciona, além da luta por saneamento básico. Enquanto por 10 anos o

---

[191] Áudio disponível em: https://favelaempauta.com/favelas-ministro-mandetta/. Acesso em 23 de abril de 2021.

ministro diz ter conhecido a favela durante seu estágio no curso de medicina, nossos pais, por mais de 100 anos, não tiveram acesso à educação e saúde de qualidade. Os postos médicos chegaram em algumas favelas, depois de muita luta e anos de reivindicações. E ainda assim, até hoje, os governos insistem na estratégia de observar a favela sob a mira do fuzil.

Embora **existam muitos grupos mobilizados para combater o covid-19 nas favelas**, os governantes deveriam ao menos ter a vergonha de nos parabenizar pela necessidade de articulação diante de total incapacidade de ação dos órgãos oficiais. Já se passou um mês e o Governo Federal não apresentou nenhuma medida efetiva para as favelas brasileiras. Só se fala em isolamento social, mas desde sempre, o povo pobre e favelado foi forçado a prosseguir[192].

O relato daqueles que nas comunidades habitam é a radiografia da verdade, o descaso da saúde, de melhores condições, crise no abastecimento de água e energia elétrica. Além disso, temos a agressividade do Estado e da segurança pública para hostilizar a população das comunidades.

Em Fortaleza, por exemplo, a pandemia do COVID-19 afetou e muito as comunidades expondo-as ainda mais às desigualdades sociais:

Enquanto casos registrados em bairros de alto poder aquisitivo, como Aldeota, arrefecem, em pontos da periferia a COVID-19 se alastra em meio a muita subnotificação. O vírus atinge todos os 121 bairros e casos já ocupam 98% das UTIs disponíveis. Esse quadro desnuda a dificuldade de acesso do povo dessas áreas às mínimas condições de saúde, pois convive com pouco saneamento, desemprego e sem condições do mínimo social, já que resiste em cubículos ou barrocos com famílias numerosas[193].

---

[192] "As favelas não querem parabéns, ministro Mandetta". *Favela em Pauta*, 30 de março de 2020. Disponível em: https://favelaempauta.com/favelas-ministro-mandetta/. Acesso em 23 de abril de 2021.

[193] "Fortaleza e o perverso vírus da desigualdade social". *Jornal O Povo*, terça-feira, 28 de abril de 2020, p. 2.

Os efeitos do COVID-19 acentuaram o que já era crítico, pois, metade dos brasileiros sobrevive com apenas R$ 438 mensais, ou seja, cerca de 105 milhões de pessoas têm menos de R$ 15 por dia para satisfazer todas as suas necessidades básicas. Os 10% mais pobres, o equivalente a 20,95 milhões de pessoas por mês, ou R$ 3,73 por dia. Por outro lado, no extrato mais rico, apenas 1% dos brasileiros mais abastados vivia com R$ 17.373 mensais, o que significou um aumento de renda de 2,7% para essa população que somava pouco mais de dois milhões de pessoas[194].

Eis o cerne da contribuição negativa do Estado para a mitigação da violência e do aumento de homicídios no Brasil: a não atuação em melhorias de condições econômicas para a população carente e que ocupa a base da desigualdade social. A redução do extremo da desigualdade impacta diretamente na redução de mortes violentas e homicídios. Sobre o tema corrobora a visão de Sérgio Adorno:

> Estudos que realizamos, baseados em explicações estatísticas, revelaram que crescimento médio da renda e melhoria na escolaridade tiveram impactos na queda das taxas de homicídio. O mais surpreendente é que a queda beneficiou os estratos socioeconômicos mais baixos das hierarquias sociais. Impactou as taxas dos mais pobres, jovens negros, moradores dos cantões mais precários da cidade de São Paulo. Não respondem pela totalidade da queda, mas sua influência não pode deixar de ser notada sobretudo porque foi nesse período que a curva de decréscimo mostrou-se bastante acentuada. Se o aquecimento econômico não persistiu na década seguinte, de todo modo produziu seu efeito na fase inicial da curva (nesse período a queda foi da ordem de 70%)[195].

---

[194] "PNAD contínua 2019: rendimento do 1% que ganha mais equivale a 33,7 vezes o da metade da população que ganha menos". *IBGE*, 6 de maio de 2020. Disponível em: https://agenciadenoticias.ibge.gov.br/agencia-sala-de-imprensa/2013-agencia-de-noticias/releases/27594-pnad-continua-2019-rendimento-do-1-que-ganha-mais-equivale-a-33-7-vezes-o-da-metade-da-populacao-que-ganha-menos. Acesso em 7 de maio de 2021.

[195] "Sociólogo Sergio Adorno fala sobre a tendência de diminuição dos homicídios no Brasil". *Portal G1*. Disponível em: https://g1.globo.com/pop-arte/blog/yvonne-maggie/post/2019/05/31/sociologo-sergio-adorno-fala-sobre-

Aliás, o Estado brasileiro se notabilizou pelo investimento em um endurecimento penal como forma de mostrar ao povo, seu principal mantenedor, que a população brasileira terá maior segurança se forem editadas mais leis penais. Como se o fato de criar leis conferisse automaticamente proteção aos cidadãos. O resultado é que desde a promulgação do Código Penal, em 1940, já foram criadas e promulgadas mais de 180 leis penais e, ao invés de se minorar a sensação de insegurança e a redução dos índices de violência o que vemos foi a explosão exponencial da população carcerária no Brasil que em princípios dos anos 90 continham pouco mais de cem mil presos e atualmente já temos mais de oitocentos mil detentos, com 40% desse total cumprindo prisão enquanto aguarda seu julgamento.

Um Estado centrado com a questão penal e o simbolismo que essa área do Direito possui, com o caráter repressor e, em tese, inibidor de condutas, busca o Estado a repressão penal como medida para minorar o cometimento de delitos e, portanto, alcançar a harmonia social e trazer a segurança e a paz social para as relações entre os membros da comunidade brasileira.

E, novamente, na prática o que temos? Os crimes não se reduzem, ao contrário, uma superpopulação carcerária que não para de crescer, com uma elevada parte desses membros nos CDTs (Centros de Detenção Temporária), local destinado àqueles que já cumprem a pena, mas que ainda aguardam julgamento. E a desorganização e a panaceia de procedimentos e burocracias estatais são tamanhos que é comum vários presos cumprirem a pena sem ter sequer iniciado seu julgamento. E como fica se for considerado inocente? Como será a reparação do Estado? Tais respostas são ignoradas.

Os problemas somente crescem e se desenvolvem. Nos recentes anos, o Estado investiu na efetivação dos direitos sociais, mas o fez de forma errônea apenas e tão somente dando dinheiro à população através de programas sociais. Com isso, não se inves-

---

a-tendencia-a-diminuicao-dos-homicidios-em-grande-parte-do-brasil.ghtml. Acesso em 31 de março de 2021.

tiu na base, não se desenvolveu a cidadania e nem se incentivou os contemplados a estudarem, trabalharem e melhorarem sua condição, para, inclusive, sair dessa condição e não mais precisar do assistencialismo estatal.

O Estado se mostra perdido, não enfrenta o caos social que ele próprio formou. Assim, o Estado Democrático de Direito não cumpre com o seu papel, ao contrário, falha e padece ao tentar combater outros elementos decorrentes de sua própria ineficácia. Ao não investir na educação e no desenvolvimento da cidadania, o Estado peca e não forma as gerações vindouras como pessoas com direitos e obrigações, mas sim, um conjunto de alienados sobre a vida em sociedade.

O que se vê quando precisa dos direitos fundamentais a serem fornecidos pelo Estado Democrático de Direito: ensino deficitário, desatualizado e que não prima pela tolerância e respeito a todas as raças, religiões e crenças; um sistema de saúde que produz desespero em quem dele depende, pois, as filas são grandes, o atendimento é péssimo, muitos profissionais sem a devida capacitação e com clara defasagem para o fornecimento adequado de medicação nos postos de saúde.

Casos como uma pessoa ter um problema grave e ser medicado com algo totalmente disparatado como uma aspirina não são exceções no Sistema Único de Saúde. E quando não se tem educação e saúde, também não se tem cidadania, não se aprende os valores essenciais e a sociedade padece.

E a cobrança pelos anos de descaso e cultura do desprezo para os cidadãos brasileiros chegou através da pandemia do COVID-19, pois, a invasão do vírus que colapsou o planeta de maneira organizada mostrou de maneira cruel o colapso do Estado Democrático Brasileiro, com os grandes centros com leitos insuficientes e com capitais com problemas crônicos, como o Rio de Janeiro e seu conhecido problema de falta de UTIs.

Além disso, a livre circulação do vírus também mostrou a elevada percentagem da população brasileira, que em pleno século XXI não tem saneamento básico e sequer acesso a água encanada. Isso sem levar em consideração a igualmente alta quantidade de pessoas que são sem teto e são moradores de rua por exclusão econômica. E o que dizer das comunidades brasileiras? O retrato fiel do colapso do Estado Democrático de Direito, local em que não raro se vê pessoas que se amontoam em curtos espaços, com casas improvisadas, sem acabamento e as devidas condições adequadas de moradia.

As comunidades são as alternativas encontradas pela geografia da exclusão de, ao menos, ter um teto minimamente considerado e conseguir sobreviver ante as próprias dificuldades financeiras e ao descaso e abandono do Estado. Em entrevista o médico Drauzio Varella afirma: "Nós não sabemos ainda o que vai acontecer quando esses 13 milhões de brasileiros que vivem em condições precárias de habitação e que têm condições precárias de saúde também vão se infectar. (...) E você tem um cômodo em que moram quatro adultos e três, quatro crianças. De dia aquele cômodo é a sala de refeições, de noite a mesa vai para o canto e os colchões saem da parede e vão para o chão, e as pessoas dormem ali[196]".

Em tempos de pandemia do COVID-19, essa população deveria ser a primeira a ser protegida pelo Estado visto que se trata de parte considerável da mão de obra brasileira, pois, em regiões como o Rio de Janeiro, local em que as comunidades se misturam às regiões mais nobres da cidade, o que se vê é grande parcela dos cargos fundamentais da sociedade como portarias, serviços de limpeza, auxiliares, secretárias, serviços de manutenção, obras, dentre outros são prestados por pessoas que moram nas comunidades cariocas.

E sobre as desigualdades sociais, o Estado novamente falha ao não conseguir mitigar o desnível social e colapsa quando locais com concentração populacional de alta renda depende de

---

[196] Drauzio Varella prevê 'tragédia nacional' por coronavírus: 'brasil vai pagar o preço da desigualdade'. *Portal UOL*. Disponível em: <https://noticias.uol.com.br/ultimas-noticias/bbc/2020/04/20/drauzio-preve-tragedia-nacional-por-coronavirus-brasil-vai-pagar-o-preco-da-desigualdade.htm>. Acesso em: 22 de abril de 2020.

pessoas de renda muito baixa para lhe prover os serviços essenciais. Ademais, como dissemos, a pandemia mostrou o abandono real do Estado para a geografia da exclusão quando as próprias comunidades ficaram responsáveis por cuidar de seus pares, serviços que deveriam ser obrigação do Estado e o que este fez? Menos que o básico: A prefeitura do Rio de Janeiro começou em abril a fazer higienização nas comunidades, mas uma limpeza simples realizada pelos garis. Eles usam água e detergente neutro para lavar ruas, corrimões e entradas do metrô – com caminhões-pipas, pulverizadores e vassouras[197].

E o que a própria comunidade resolveu fazer? Atuar preventivamente onde o Estado falha e fazer a devida limpeza, como foi o caso da comunidade no morro Santa Marta em ação realizada por moradores locais: Thiago Firmino e seu irmão Tandy se equipam com um macacão branco, luvas amarelas, botas de borracha, máscara de gás e um grande atomizador costal movido a gasolina pelas ruas do morro Santa Marta, em Botafogo, na Zona Sul do Rio de Janeiro. Dentro desse grande tanque vai uma solução de quaternário de amônio diluída em água, que é lançada como um jato nas vielas, paredes e portões da favela, como foi feito na China. O produto mata os micro-organismos que estão ali (vírus, bactérias, fungos e ácaros) e forma uma película que mantém o local desinfetado[198].

Em Fortaleza, a prefeitura colocou nas ruas um caminhão vaporizador que lança uma substância desinfetante contra o vírus. O caminhão é diferente do que também é usado em Fortaleza contra o *Aedes Aegypti*, mosquito que pode transmitir doenças como a dengue e a Zika. O veículo que leva o vaporizador contra o novo coronavírus é maior e não mira pontos específicos que possam ter água parada.

---

[197] "Moradores de favela no rio fazem limpeza de ruas por conta própria". *Jornal Folha de São Paulo*, Sábado 18 de abril de 2020, Caderno Saúde, p. B7.

[198] "Moradores de favela no rio fazem limpeza de ruas por conta própria". *Jornal Folha de São Paulo*, Sábado 18 de abril de 2020, Caderno Saúde, p. B7.

"É importante que a substância caia nas calçadas e dentro das casas das pessoas para fazer a higienização", afirmou o prefeito. A prioridade do caminhão é a periferia da cidade[199].

Em São Paulo, uma das maiores comunidades da cidade, Paraisópolis se mobilizou por conta própria para lidar com os efeitos do COVID-19: "A gente passa o dia inteiro na canela, moça", suspira a manicure Thainá dos Anjos, de 23 anos. Há mais ou menos trinta dias, a moradora de Paraisópolis, na zona sul de São Paulo, se tornou uma das 420 presidentes de rua da comunidade. O título, explica ela, traz a responsabilidade de monitorar e cuidar de, no mínimo, 50 casas na região – a iniciativa não tem nem um mês e foi criada por causa do novo coronavírus. Segundo o líder comunitário Gilson Rodrigues, a ação começou a sair do papel em 19 de março. "A gente percebeu que o negócio seria grande e que as políticas públicas não chegariam às favelas. Então, decidimos criar a nossa própria". Gilson tem acesso aos cerca de 100 mil moradores de Paraisópolis e, quando os líderes comunitários decidiram que criariam um Estado dentro de um bairro, começaram a captar voluntários. Hoje, 21 mil casas da comunidade são atendidas. Ainda assim, o número não chega ao total de moradias que ali existem. Por isso, são priorizadas as casas com famílias mais carentes[200].

Uma comunidade que possui cem mil habitantes, qual a estrutura criada pelo Estado para atender à população em termos de saúde? Paraisópolis tem 100 mil moradores e nenhum leito hospitalar – a AMA e as três UBSs do local oferecem apenas atendimento primário. Pacientes mais graves normalmente são transferidos para o hospital do Campo Limpo, que tem o dobro de habitantes. Assim, diante da fragilidade e do colapso estatal, os moradores temerosos de sua própria saúde criaram condições precárias, mas

---

199 "Para conter doença na periferia, fortaleza usa caminhão vaporizador". *Jornal Folha de São Paulo*, Caderno Saúde, segunda-feira, 27 de abril de 2020, p. B7.

200 "Paraisópolis monitora 21 mil casas com presidentes de rua e médico próprio". *Portal UOL*. Disponível em: <https://noticias.uol.com.br/saude/ultimas-noticias/redacao/2020/04/15/paraisopolis-contra-covid-favela-tem-presidentes-de-rua-e--sistema-de-saude.htm>. Acesso em: 20 de abril de 2020.

que se mostram melhores do que as pífias soluções apresentadas pelo Estado.

"A gente percebeu que o governo não iria lançar nenhum programa específico para as favelas, e nesse sentimento de abandono saiu a construção de um programa que é uma rede de solidariedade entre moradores de Paraisópolis", explicou Gilson Rodrigues, presidente da União de Moradores, associação que representa a favela.

Em uma parceria da União de Moradores com a Associação das Mulheres de Paraisópolis e o G10 das Favelas (instituição que reúne líderes de 10 grandes favelas no Brasil), surgiu o "programa de socorro" à comunidade na Zona Sul de São Paulo.

Para o atendimento médico, a comunidade contratou uma equipe com três ambulâncias (sendo uma UTI móvel), dois médicos, dois enfermeiros e três socorristas, que se mudaram para Paraisópolis[201]

Os moradores locais que, em tese, possuem muito menos condições cuidam de seus pares, enquanto o Estado os relega a própria sorte ou faz o insuficiente, apenas e tão somente como forma de mostrar à opinião pública que tem feito o seu trabalho corretamente, mesmo sabendo estar muito aquém do ideal. E quando interpelados, as autoridades dizem que fazem o possível diante de tantos problemas e necessidades.

Ora, o que vemos hoje nada mais é do que o acúmulo de décadas de faz de conta dos governos estaduais e do Governo Federal na tentativa falha de proteger sua população, de lhes fornecer condições mínimas de sobrevivência e convivência. Agora, quando ocorre algo que os governantes não tinham como prever, esconder ou controlar o colapso estatal se mostra evidente.

---

[201] "Paraisópolis contrata médicos e ambulâncias, distribui mais de mil marmitas por dia e se une contra o coronavírus". *Portal G1*. 7 de abril de 2020. Disponível em: <https://g1.globo.com/sp/sao-paulo/noticia/2020/04/07/paraisopolis-se-une--contra-o-coronavirus-contrata-ambulancias-medicos-e-distribui-mais-de-mil--marmitas-por-dia.ghtml>. Acesso em: 20 de abril de 2020.

O Governo Federal e os governos estaduais investiram em vários pronunciamentos conclamando pelo isolamento social, como forma de evitar a livre circulação do vírus e, por conseguinte, evitar o colapso do sistema de saúde com superlotação dos hospitais, em especial, nas Unidades de Terapia Intensiva.

Ora, evitar o colapso? Ou expor ainda mais a incompetência dos governantes que não investiram em uma rede pública de saúde que tenham real capacidade para atender a população carente? Esta é a resposta correta, ainda mais em ano eleitoral, pois, em 2020 é ano de eleição de vereadores e prefeitos das cidades do país, logo, expor as fragilidades locais pode representar o sepultamento de uma reeleição para vários prefeitos, inclusive da maior cidade da Federação, São Paulo.

Assim, se investe em campanhas de isolamento, se preconiza que as pessoas fiquem em casa, mas ao mesmo tempo lhes retira a possibilidade de sobreviver com o comércio fechado e sem possibilidade de renda. E qual a resposta da população carente? Descumpre com o isolamento como forma não de protesto e, sim, como a maneira de manter seus já parcos rendimentos, mesmo que tais atos signifiquem estar expostos à contaminação.

Será que a atitude seria a mesma se o Estado lhes tivesse dado condições adequadas de moradia, com saneamento básico, água, e oportunidades reais para estudar e investir em si próprios para prosperarem economicamente? Ao nosso ver, a resposta seria diametralmente oposta. Ao longo do mês de abril o que se viu foi a redução gradual, porém, contínua do isolamento social, não apenas em São Paulo, como nas demais cidades do Brasil.

É o Estado brasileiro em colapso por suas próprias falhas e que em atos de puro desespero tenta minorar o impacto de sua reiterada falta de investimento e desenvolvimento de uma grande parcela da população que sempre foi alvo do descaso, do abandono e que agora mostra ao mundo a realidade social da nona maior economia mundial.

A fim de minorar o elevado impacto do comércio fechado, o Governo Federal aprovou várias medidas para reduzir a carga tributária das empresas menores e forneceu dinheiro de maneira assistencialista para os trabalhadores autônomos e informais, a maior parcela dos necessitados com a suspensão das atividades do comércio no Brasil. As medidas são corretas, urgentes e necessárias para a população, mas seguem a linha assistencialista que tem sido adotada pelo Governo nos últimos anos, uma forma de mostrar ao povo que há incentivo para ajudar os necessitados. Sendo que a solução não é dar dinheiro, mas sim investir em educação, saúde e na correta formação do cidadão brasileiro.

Investir na formação da base leva tempo, não traz votos e é um serviço fundamental que demora mais de uma década para mostrar resultados concretos. E, mesmo sendo o caminho correto para resolver a crise do Estado Democrático de Direito Brasileiro, seus governantes optam, sistematicamente, por investir em consequências e minorar o problema sem, de fato, enfrentá-lo.

Como medida paliativa, o Estado escolhe por tratar das consequências de sua ineficiência que ocasiona as mazelas sociais. Então investe em programas para desenvolver os direitos sociais e, também, cria em profusão leis e normas para combater os delitos mais frequentes e, com isso, angariar a aprovação social.

O povo, ao receber dinheiro e demais incentivos, responde com a aprovação a esse Estado e negligencia a própria ineficácia dele ao não cobrar mais investimentos e desenvolvimentos. E, quando medidas midiáticas são tomadas com a criação de novas leis, o que se vê é a promoção de políticos ao levantarem e brandarem bandeiras populares de pleitos sociais, mas e a efetividade prática? Caminha em paripasso com o Estado, ou seja, rumo à ineficácia.

Assim caminha a realidade nacional, com medidas eleitoreiras para enfrentar problemas que não se solucionam com a questão da repressão. A prisão e o endurecimento penal não solucionam questões como a violência doméstica, o estupro, a intolerância, a homofobia, basta ver o crescimento contínuo de casos e denúncias, mesmo com a repressão cada dia maior em atitudes populistas e midiáticas.

O crime de estupro é um dos mais reprimidos pelo ordenamento penal, qual a eficácia prática da medida? A cada 11 minutos temos um novo estupro no Brasil, e, por que as medidas são ineficazes? Porque não se combate a causa e sim a consequência. Isso para não falar na crise institucional das penitenciárias brasileiras aonde os direitos fundamentais e o respeito à dignidade de pessoa humana são palavras absolutamente desconhecidas ante ao tratamento desumano aos detentos brasileiros.

A Constituição Federal de 1988 prevê um conjunto de liberdades e, dentre elas, a liberdade religiosa, mas e na prática? Mandos e desmandos sobre o tema com atos de intolerâncias para praticantes daqueles que não acompanham a maioria na seara religiosa. E, no tocante as religiões de matriz africana, por exemplo, seus próprios rituais enfrentam perseguições e desmandos daqueles que não compreendem a crença e o Estado se cala, não garante o direito constitucional à liberdade religiosa.

A crise reside no colapso do próprio Estado Democrático de Direito Brasileiro que deve investir em formar o cidadão dando educação adequada às nossas crianças, informando o que é cidadania, incutindo os conceitos de retidão e correção e do respeito ao próximo.

O resultado não será imediato, mas a longo prazo, com retorno em daqui no mínimo um par de décadas, mas a sociedade brasileira enferma e em crise se modificará, se recuperará e passará a cobrar o próprio Estado. É o caminho para a implantação e efetivação do tratamento desigual aos iguais, na medida e exata proporção de suas desigualdades. É o respeito as suas liberdades, a efetivação da dignidade da pessoa humana, da garantia da saúde e da formação, de fato, de uma sociedade democrática.

O Estado Democrático de Direito brasileiro, em pleno século XXI, se mostra despreparado para fornecer o mínimo à sua população; e o conjunto essencial de direitos tidos como fundamentais são constantemente negligenciados por aquele que deveria ser o seu garante e efetivador: o próprio Estado Democrático de Direito.

Se você precisa do Sistema Único de Saúde para um exame, um atendimento especializado, ou mesmo de um remédio fora dos básicos, boa sorte. Pois longas filas o aguardam e a insuficiência seja nos suprimentos, no atendimento ou na especialização é a regra. O Estado não consegue fornecer o elementar e, para escamotear suas próprias deficiências, busca atacar as consequências de suas falhas e não a causa em si.

Assim, cria em profusão ímpar Leis, Decretos, Portarias e afins para combater questões fundamentais como a violência doméstica, o estupro, o abuso infantil, a pornografia, apenas para citar alguns dos crimes sexuais mais abordados pelo legislador. Todavia, qual a eficácia prática da conduta?

Na esfera dos idosos, o desmazelo do Estado Democrático de Direito fez com que o legislador criasse o Estatuto do Idoso, no qual prevê em seu art. 43 que as medidas de proteção ao idoso, dentre outros são aplicáveis por ação ou omissão do Estado. Ora, é o reconhecimento da própria falência.

Já passou da hora do Estado imiscuir suas falhas e relegar a sociedade à própria sorte. É momento de se tratar a causa, qual seja: o colapso do Estado Democrático de Direito. De tal sorte que o caminho espinhoso, árduo e, mais do que isso, que não dá votos, é investir maciçamente em educação e cidadania para que as pessoas aprendam a se importar e a valorizar a si e aos demais.

Claro que uma das consequências disso será dar consciência e capacitação à população e ofertará a oportunidade da cobrança ao próprio Estado que hoje é abafada pela constante apresentação de ações para as consequências desse colapso. O resultado, muito mais eleitoreiro, ilude a população de que a adoção desta ou daquela medida sanará o problema posto, quando, em verdade, somente abafará momentaneamente a crise criada pelo próprio Estado Democrático de Direito.

Da forma como está, a sociedade padece ignorada e relegada a um segundo plano, os que do Estado carecem ficam ao léu, e os direitos fundamentais seguem lindos, uma construção abstrata incrível que, por culpa exclusiva do Estado, seguem apenas e tão somente no plano ideal.

Assim, questionamos: até quando você quer ser enganado ou iludido pelo pretenso Estado Democrático de Direito? Caso o descaso tenha passado todos os limites, exige o que nada é tratado pelo Estado: EDUCAÇÃO, investimentos em campanhas de cidadania e formemos as futuras gerações para que nas décadas vindouras possamos sair do limbo em que nos encontramos. O Ex-Presidente dos Estados Unidos da América Barack Obama destacou em conferência no Brasil que aqueles que investirem em educação serão bem-sucedidos:

Durante sua fala, Barack Obama ressaltou a importância da educação e inclusão para que qualquer país tenha sucesso na economia. O ex-Presidente afirmou que é preciso criar um sistema educacional que prepare crianças e jovens para o pensamento crítico. "As pessoas querem que os fatos se encaixem nas opiniões que elas já têm", diz. "Acho que o mais valioso da educação é aprender a habilidade de analisar a realidade, mesmo quando isso é desconfortável e prova que aquilo que eu achava ser verdade está errado." A escola, diz o ex-Presidente dos Estados Unidos, precisa preparar os estudantes não só para absorver informações, mas para analisar criticamente a informação que recebem[202].

Até quando o Estado Democrático de Direito Brasileiro continuará a negligenciar suas obrigações e a tratar a população brasileira como não prioridade? A pandemia COVID-19 desafia a velha política que se perpetua por décadas no Brasil e instituiu a questão assistencialista sem investimentos concretos na política de base com educação, redução da pobreza e construção de soluções a longo prazo e alternativas para retirar da condição de abandono, os moradores das comunidades e favelas do Brasil que se deparam com falta de saúde, problemas sanitários, falta de água, com desfavorecimento social e ainda se espera que essa população seja a mesma que minore os elevados índices de desemprego no país, mas de que forma se não lhes são dadas igualdades de condições e oportunidades?

---

[202] "Países que investirem em educação e criatividade serão os bem-sucedidos, diz Barack Obama no Brasil". *Revista Época Negócios*. 30 mai. 2019. Disponível em: <https://epocanegocios.globo.com/Brasil/noticia/2019/05/no-brasil-barack-obama-fala-sobre-lideranca-e-importancia-da-educacao.html>. Acesso em: 23 de abril de 2021.

O pós-pandemia mostrará um Brasil em sérias dificuldades econômicas para sua população e a falta de investimentos se revelará ainda mais acentuada, será que o Estado, finalmente, cumprirá com seu papel de representante do povo e dará a este o que lhe é de direito ou irá se esconder atrás da crise mundial como justificativa para a falta de recursos? O COVID-19 traz, feliz ou infelizmente, a oportunidade de começarmos praticamente do zero em termos de estrutura social e desenvolvimento econômico para a geografia da exclusão, então, que dessa vez se aproveite a oportunidade e se construa um Brasil correto, com ensino de base e fornecimento dos direitos tidos como fundamentais, somente assim, o Brasil poderá mirar com esperança para seu próprio futuro.

2.4 ESTADO DEMOCRÁTICO DE DIREITO BRASILEIRO INEFICIENTE E A CRISE NA SEGURANÇA PÚBLICA

Como vimos, o Estado Democrático de Direito Brasileiro está em colapso e o COVID-19 desvelou a falta de investimentos, as falhas, os problemas crônicos, as fragilidades do Estado e a falta de perspectiva. Se em termos de base o Brasil é ruim, se ao efetivar os direitos fundamentais o Estado se omite, por que o povo não cobra de seus representantes no Congresso Nacional?

Desde a crise democrática brasileira, decorrente do segundo processo de impeachment em um espaço de menos de trinta anos, houve uma cisão ideológica da população. O que resultou em uma polarização nos debates nas redes sociais, na mídia, nos meios de comunicação e até em ambientes em que o consenso era previsível como a família. A máxima popular "mulher, religião e política não se discute" nunca esteve tão atual.

Em qualquer tema que se envolva a atuação do Estado há essa bipolarização ideológica, a qual não há lado vencedor, pois ambos perdem quando há essa fratura e se perde o foco ao deixar de cobrar do Estado para se reafirmar ou tentar firmar uma posição política. O Brasil não é exclusivo de uma corrente política partidária e a pluralidade excessiva de partidos políticos denota isso, afinal, em uma democracia não pode haver consenso com trinta e três partidos[203].

Essa fragilidade em se buscar uma união política propicia que não apenas o Governo Federal como também senadores e deputados consigam se manter eleitos sucessivamente com pautas populistas e legislando através de medidas midiáticas, ao invés de lutar por um Brasil melhor, mais transparente, com alto fomento de educação.

Há, inclusive, um político brasileiro que há muitos anos tem um discurso de um único ponto: uma proposta de renda mínima para a população, isto é, mais um projeto assistencialista, sem se importar com investimento ou a defesa da bandeira da educação. Se membros do legislativo nacional ainda possuem espaço com este tipo de pauta significa que tal discurso ainda atinge àquela população que se preocupa consigo e não com a coletividade. A visão individualista de que o que está bom para mim é o correto ainda que prejudique o próximo impera. Afinal, quanto terá de gastar o Governo Federal para implementar uma renda mínima à população necessitada? Será que é menos ou mais do que modernizar o sistema de educação do país e investir em melhor remuneração aos professores da rede pública, a fim de estimular aqueles que são responsáveis pelo ensino de base?

Além disso, por que não se criar programas de atualização e capacitação desses professores de maneira contínua? A resposta segue sendo a mesma: tais políticas silenciosas não dão voto e mantém a população em estado de carência perpetua a falta de conhecimento de politização a ponto de não haver conscientização e poder de cobrança dos governantes que não trabalham efetivamente para a população de maneira concreta e positiva.

Há anos o que se tornou a promessa eleitoral comum é a defesa e o incremento da segurança pública. Como se a solução

---

[203] "Partidos políticos registrados no TSE". *Tribunal Superior Eleitoral*. <http://www.tse.jus.br/partidos/partidos-politicos/registrados-no-tse>. Acesso em: 20 de abril de 2021.

para a criminalidade brasileira fosse criar leis mais repressivas e opressoras. Não é este o ponto, pois nunca se prendeu tanto como atualmente e a sensação de insegurança segue crescente, não por acaso o Brasil possui a maior frota de carros blindados do mundo, e, apenas a cidade de São Paulo responde por 66% desse total[204].

O mercado de veículos blindados é forte no Brasil, com uma frota estimada em quase 220 mil veículos até o fim de 2018, a maior do mundo, segundo dados da Abrablin (Associação Brasileira de Blindagem). A frota blindada brasileira é cinco vezes maior que a segunda colocada, no México, que tem aproximadamente 50 mil veículos blindados em circulação[205].

Como se já não bastasse a população pagar um preço muito acima para seus veículos, se comparado aos Estados Unidos da América ou a Europa, por conta do acúmulo de impostos, o consumidor brasileiro ainda se vê obrigado a investir ainda mais para blindar seus veículos, já que a segurança pública brasileira não lhe confere a proteção que dela se espera. Sobre o tema Sergio Adorno:

> A consequência mais grave deste processo em cadeia é a descrença dos cidadãos nas instituições promotoras de justiça, em especial encarregadas de distribuir e aplicar sanções para os autores de crime e de violência. Cada vez mais descrentes na intervenção saneadora do poder público, os cidadãos buscam saídas. Aqueles que dispõem de recursos apelam, cada vez mais, para o mercado

---

[204] As pessoas guiam com janelas fechadas e portas trancadas. Elas têm medo especialmente de parar nos sinais porque os noticiários estão cheios de casos de trombadinhas que usam facas ou cacos de vidro para roubar motoristas [...] É difícil distinguir esses trombadinhas do crescente número de pedintes e vendedores de rua que disputam as mesmas esquinas. CALDEIRA, Teresa Pires do Rio. *Cidade de Muros: crime, segregação e cidadania em São Paulo*. São Paulo: ed. 34 / Edusp, 2000, p. 320.

[205] "Brasil tem a maior frota de blindados do mundo; no Rio cresce 50%". *Valor Investe*, 12 de junho de 2019. Disponível em: https://valorinveste.globo.com/objetivo/gastar-bem/noticia/2019/06/12/brasil-tem-a-maior-frota-de-blindados-do-mundo-no-rio-cresce-50percent.ghtml. Acesso em 20 de abril de 2021.

de segurança privada, um segmento que vem crescendo há, pelo menos, duas décadas[206].

Brasileiro este que já é maltratado em suas economias, porque é obrigado a investir soma considerável para educar seus filhos na rede privada, ante ao temor do desserviço educacional que temos hoje na rede pública de ensino. Em concomitância se vê compelido a ter um seguro saúde privado para não precisar da rede pública de saúde ineficaz e desparamentada, quando ficar doente. Assim, uma parte significativa dos rendimentos dos brasileiros já é gasta em serviços que são obrigação do Estado fornecer. E agora se avoluma, ainda que em parcela reduzida da população ante aos preços proibitivos de uma blindagem de veículo, tudo para garantir a segurança de seus entes queridos em mais uma falha do Estado que não lhe provem segurança.

Para os que não possui condições econômicas para tanto, o desespero, o medo e a aflição de parar em um semáforo em uma rua deserta de noite com a incerteza quase certa de um assalto a mão armada e o risco de sua vida. E como o Estado Democrático de Direito Brasileiro tenta modificar a imagem de omissão de suas funções? Afinal temos o artigo 144 da Constituição Federal:

> Art. 144. A segurança pública, dever do Estado, direito e responsabilidade de todos, é exercida para a preservação da ordem pública e da incolumidade das pessoas e do patrimônio, através dos seguintes órgãos: I - polícia federal; II - polícia rodoviária federal; III - polícia ferroviária federal; IV - polícias civis; V - polícias militares e corpos de bombeiros militares.

É dever do Estado, portanto, de preservar a ordem pública e a segurança das pessoas e do patrimônio e através dos seus órgãos elas devem ser zeladas. Como dissemos, há uma cisão entre o que preconiza a Constituição para o que se observa, na prática, o Estado Democrático de Direito Brasileiro.

---

[206] ADORNO, Sérgio. *Crise no sistema de justiça criminal*. Cienc. Cult., São Paulo, v. 54, n. 1, p. 50-51, Junho 2002.

O Governo Federal adotou como estratégia o incremento da repressão penal e do endurecimento por entender que ser mais rígido reprimiria a conduta criminosa e inibiria o sentimento de impunidade dos infratores. Claro está que nos últimos trinta anos não apenas se mostrou equivocada, como resultou na explosão exponencial da população carcerária brasileira.

O pacote anticrime, agora em vigor, do ex-Ministro da Justiça e Segurança Pública se propõe a caminhar na direção da segurança, naquele conflito que tem se notabilizado nas últimas décadas, em especial, após os atentados de 11 de setembro de 2001, que trouxeram consequências graves à população mundial e um severo conflito com claras dificuldades de equilíbrio entre a segurança e a liberdade das pessoas.

Já pelo olhar da mídia, o Estado cumpre com seu papel de garantidor da segurança e, por conseguinte, o endurecimento penal atrai votos para os congressistas que levantam tal bandeira, portanto, sucesso na estratégia, correto? Afinal, o que não faltam no Congresso Nacional Brasileiro são projetos para o endurecimento penal, para a redução da maioridade penal, para a equiparação de novos crimes à categoria de crimes hediondos e uma gama de instrumentos legislativos a fim de assegurar proteção aos membros da sociedade.

Clara tem sido a postura do Congresso brasileiro em criar leis mais rígidas e estabelecer um endurecimento penal em resposta à pressão populacional e da mídia ávida por uma resposta à insegurança crescente no país. Mesmo a atividade policial na repressão e não na prevenção aumentou:

O anuário Brasileiro de Segurança Pública de 2018 revelou que, em 2017, no Brasil, houve 63.895 mortes violentas intencionais, o que equivale a 175 mortos por dia. Se for recortada, a quantidade de mortes em decorrência de intervenção policial, o número é de 5.159, o que corresponde a 14 mortos por dia. Esses números revelam crescimento de 20% de mortes perpetradas por policiais, embora o número de policiais tenha sido reduzido em 4,9%[207].

---

[207] **ANUÁRIO BRASILEIRO DE SEGURANÇA PÚBLICA 2018**. Fórum Brasileiro de Segurança Pública. Disponível em: http://www.forumseguranca.

O número ainda não é confiável, afinal, estatística é válida de acordo com a ótica que se fornece o dado. Expliquemos. Seguramente, os números seriam ainda piores se as estatísticas não fossem elaboradas de forma econômica, para dizer o mínimo. No Estado de São Paulo a contagem de homicídios é realizada de forma um pouco diversa do convencional, já que se há uma chacina com 18 mortes, para o Governo do Estado de São Paulo houve, para efeito estatístico, um homicídio.

Nessa esteira temos o pensamento do Ex-Governador do Estado de São Paulo Geraldo Alckmin que, em entrevista para o Jornal Folha de São Paulo, afirmou:

"O estado de São Paulo mostrou que prender diminui criminalidade. Somos um exemplo prático. Nós tínhamos [uma taxa de] 35 homicídios por 100 mil habitantes ao ano, e reduzimos para 7. De 13 mil assassinatos, reduzimos para menos de 3.000", disse ele.

"O que estimula o crime é a impunidade. Então, o fato de você prender, tirar o criminoso da rua, tem resultado. Muito estado não prende porque não tem onde pôr", afirmou o ex-governador[208].

O que o ex-Governador não conta nessa entrevista é que somente parte desses números a que se refere sobre os assassinatos é verdadeira, visto que se modificou a forma de computar a estatística, isto é, se em uma chacina morrem 15 pessoas, para a estatística houve um assassinato, pois, se trata de um único caso a ser investigado, ou seja: a contagem é feita por número de casos e não por número de mortos, efetivamente. Assim, os números naturalmente irão decrescer, sem representar a realidade. Sobre o tema colacionamos reportagem do Jornal Folha de São Paulo admitindo que a contagem é feita pelo número de casos e não pelo número de mortos:

---

org.br/wp-content/uploads/2019/03/Anuario-Brasileiro-de-Seguran%C3%A7a-P%C3%BAblica-2018.pdf. Acesso em 20 de abril de 2021.

[208] Número de presos em São Paulo quadruplica sob governos do PSDB. *Jornal Folha de São Paulo*. 30 de maio de 2019. Disponível em: https://www1.folha.uol.com.br/cotidiano/2019/05/numero-de-presos-em-sao-paulo-quadruplica-sob-governos-do-psdb.shtml?loggedpaywall. Acesso em 22 de abril de 2021.

A metodologia usada pelo governo paulista para calcular a taxa de homicídios do Estado não segue padrões usados por outros Estados do país e os recomendados por organismos internacionais.

Ao divulgar as estatísticas de 2015, ano da mudança de critério, a gestão Geraldo Alckmin (PSDB) destacou que "a relação de mortes intencionais por grupo de 100 mil habitantes foi de 8,73". Apesar de a divulgação falar em mortes, a taxa é calculada com base no número de casos, e não de vítimas – cada registro pode ter mais de um morto.

Uma chacina com oito mortes, como ocorreu no ano passado em Osasco, na Grande São Paulo, é considerada como só um caso[209].

Além disso, os dados não são atualizados propositalmente:

A Secretaria da Segurança Pública (SSP) de São Paulo sabe que o número de homicídios no Estado é maior do que o divulgado. Em depoimento ao Ministério Público Estadual (MPE), representantes do setor que controla as estatísticas criminais da pasta afirmaram que casos de mortes que não foram registrados como assassinatos são retificados todos os meses, mas não são incluídos nos dados oficiais publicados pelo governo. As "incoerências" detectadas – 20 ou 30 por mês – são omitidas da população e ficam guardadas em "relações" sob "controle da secretaria"[210].

A Revista Época expôs em reportagem de 2015 que o método de contagem dos homicídios em São Paulo era divergente:

Uma manobra estatística do governo Geraldo Alckmin, apontada pelo jornal Folha de S. Paulo, reduziu o número de homicídios

---

209 "Gestão Alckmin calcula taxa de homicídios fora do padrão mundial". *Jornal Folha de São Paulo*, 26 de fevereiro de 2016, Caderno Cotidiano. Disponível em: <https://www1.folha.uol.com.br/cotidiano/2016/02/1743538-gestao-alckmin-calcula-taxa-de-homicidios-fora-do-padrao-mundial.shtml>. Acesso em: 21 de abril de 2021.

210 "Segurança sabe que nº de homicídios é maior do que o divulgado, dizem policiais". *Jornal O Estado de São Paulo*, 21 de agosto de 2016. Disponível em: <https://sao-paulo.estadao.com.br/noticias/geral,seguranca-sabe-que-n-de-homicidios-e-maior-do-que-o-divulgado-dizem-policiais,10000070968>. Acesso em: 23 de abril de 2021.

ocorridos no Estado de São Paulo em 2015. Nas contagens deste ano, diz o jornal, o governo passou a desconsiderar as mortes provocadas por policiais de folga em legítima defesa. Nos anos anteriores, esses incidentes entravam no índice de homicídios. A mudança no critério de contagem, feita sem divulgação do governo, tornou os números de 2015 mais positivos do que de fato são. A nova metodologia fez com que a queda no número de assassinatos em 2015, quando comparada com anos anteriores, parecesse mais acentuada. Isso só aconteceu porque as estatísticas dos anos anteriores não foram atualizadas e a contagem não obedece à nova metodologia.

Ainda de acordo com a Folha, a tática permitiu ao Estado retirar 102 mortes das estatísticas oficiais – algo equivalente a 5 chacinas como a ocorrida no dia 13 de agosto de 2015, em Osasco e Barueri (SP). Segundo a metodologia, houve queda de 13,2% nos assassinatos ocorridos no Estado. Esse índice compara o dado de 2014 – quando foram registradas 2026 mortes – com o de 2015, que registra 1759 mortes. Esses números foram apurados usando metodologias diferentes. Se o governo tivesse usado, em 2015, a mesma metodologia usada em 2014, os índices oficiais teriam registrado 1861 mortes neste ano. Queda, portanto, de 8,1%.

O governo defende a adoção da nova metodologia, dizendo que ela se espelha em métodos empregados em outros países. **Mas não diz em quais países se espelhou.** Ainda de acordo com o governo, as mortes provocadas por policiais de folga nunca foram levadas em conta pelo governo ao calcular o número de homicídios cometidos no Estado. Isso porque, segundo a Secretaria de Segurança Pública, homicídio é um crime – e o policial de folga que mata para se defender, ou para defender a população, não comete um crime[211].

---

[211] "Método para calcular número de homicídios em São Paulo gera polêmica". *Revista Época*, 9 de novembro de 2015. Disponível em: <https://epoca.globo.com/tempo/filtro/noticia/2015/11/gestao-alckmin-muda-metodo-de-contagem-e-reduz-numero-de-homicidios-em-sao-paulo.html>. Acesso em: 21 de abril de 2021.

Ainda que os dados sejam de 2015, em nada houve modificação acerca dos critérios do Governo do Estado de São Paulo que manteve a não computação da retificação dos homicídios e continua a computar as mortes por número de casos e não pelo número efetivo de mortos.

E o que faz a mídia? Divulga o aumento de mortos, o aumento de chacinas e homicídios, e como o Congresso reage? Com medidas opressivas e incremento do ordenamento penal repressivo, em um círculo vicioso, sem uma solução concreta, mas com amplo apoio popular.

A população tem a falsa sensação de que o conjunto penal não é repressivo o suficiente, visto que os crimes continuam a acontecer em profusão e o sentimento de insegurança segue a aumentar. A questão é que a criminalidade não se reduz por conta de endurecimento, os números nos mostram o resultado ao longo desses pouco menos de trinta anos[212].

Somados a isso, é comum que em períodos de comoção social as leis sejam modificadas com incremento de pena e até repressão, o que não é corriqueiro é que esta se torne a regra legislativa, como tem sido o comportamento normativo do Congresso Nacional. Foi assim com a criação da Lei dos Crimes Hediondos em decorrência da grande pressão midiática de uma roteirista de novelas da maior emissora de televisão por conta do assassinato de sua filha, em 1992.

---

[212] Se a noção de redução da criminalidade por meio do endurecimento das leis penais já foi exaustivamente rechaçada tanto pelos estudos acadêmicos quanto pela experiência histórica dessa receita no Brasil nas últimas três décadas, a ideia de que as penas são brandas demonstra total desconhecimento da realidade da execução penal brasileira. Conforme já apontado pelo Conselho Nacional de Justiça, o funcionamento da maior parte das varas de execução penal é verdadeiramente caótico, o que leva os pedidos de efetivação de direitos demorarem meses ou anos para serem analisados. A ideia de que as pessoas progridem de regime após o cumprimento de um sexto, lapso que não pode ser considerado curto diante das condições em que a pena é cumprida, não se verifica na realidade concreta. CACICEDO, Patrick. Notas críticas sobre a execução penal do Projeto 'Anticrime'". *Boletim do IBCCRIM*, ano 27, nº 317, edição especial – abril de 2019, p. 21.

Em 2001, a criação do Regime Disciplinar Diferenciado foi uma resposta clara ante à pressão da megarrebelião impingida nos presídios pelo crime organizado em 2001. E a cada caso de morte violência em cuja autoria se envolva um menor, vem à tona o debate acerca da redução da maioridade penal.

O fato é que não pode um legislador edificar um ordenamento penal apenas e tão somente em resposta à pressão popular objetivando soluções midiáticas, o primado deve ser outro. A questão principal passou a ser a tratativa da consequência do crime, isto é, o ato delitivo em si, e não de se promover instrumentos, a fim de trabalhar na prevenção e na inteligência policial a fim de evitar o cometimento do delito.

Ademais, a polícia não faz mais um trabalho preventivo e investigativo com o fim de prevenir o crime, seja por falta de efetivo, tecnologia ou cooperação entre as próprias policias, o que se vê é a repressão, isto é, a atuação após o crime reprimindo a conduta, com uma taxa de 2% de esclarecimento dos homicídios[213] em São Paulo, por exemplo[214]. Não há um estudo sobre as causas dos crimes, como propusemos anteriormente. Ademais, o efetivo policial somente diminui, seja por mortes, por aposentadoria ou desligamento, o fato é que o número presente é incompatível com

---

[213] Em face da impossibilidade de se prevenir, com êxito, agressão injusta ao direito à vida, cabe ao Estado criar mecanismos de investigação, persecução e punição aos violadores. Essa obrigação de investigar, processar e punir os perpetradores de violações do direito à vida tem sido reiteradamente fixada pelos tribunais internacionais de direitos humanos, sendo essencial para prevenir novas violações, pois serve como fator de desestímulo ao evitar a impunidade. RAMOS, André de Carvalho. "Proteção à vida: a (in)convencionalidade das alterações envolvendo a legítima defesa no pacote anticrime". *Boletim do IBCCRIM*, ano 27, nº 318, edição especial – maio de 2019, p. 4.

[214] No Rio de Janeiro, a Anistia Internacional aponta que, no que se refere ao andamento de 220 investigações de homicídios decorrentes de intervenção policial no ano de 2011, em apenas um dos casos foi oferecida denúncia contra os policiais. Dessas 220 investigações, 183 continuavam sem solução até o mês de abril de 2015. SINHORETO, Jacqueline. A filtragem racial na seleção policial dos suspeitos: segurança pública e relações sociais. In: BRASIL. *Segurança Pública e direitos humanos: temas transversais*. Brasília: Ministério da Justiça, 2014.

a população quantitativamente. Assim, no imaginário da população leiga vale a pena endurecer a lei como forma de intimidação já que o trabalho preventivo não consegue ser realizado.

Não por acaso, a população carcerária segue em número crescente. O total de pessoas encarceradas no Brasil chegou a 726.712 em junho de 2016, quase o dobro do número de vagas (368.049 no mesmo período). Em dezembro de 2014, eram 622.202 presos, o que representa crescimento de mais de 104 mil pessoas em 18 meses – mais de 5,7 mil por mês, em média.

Cerca de 40% dos presos hoje são provisórios, ou seja, ainda não têm condenação judicial. Mais da metade dessa população é de jovens de 18 a 29 anos e 64% são negros.

O Brasil é o terceiro país com maior número de pessoas presas, atrás dos Estados Unidos e da China, sendo seguido na quarta colocação pela Rússia. A taxa de presos para cada 100 mil habitantes subiu para 352,6 indivíduos em junho de 2016. Em 2014, era de 306,22 pessoas presas para cada 100 mil habitantes. 89% da população prisional está em unidades superlotadas: 78% dos estabelecimentos penais têm mais presos que o número de vagas. Comparando-se os dados de dezembro de 2014 com os de junho de 2016, o déficit de vagas passou de 250.318 para 358.663. A taxa de ocupação nacional é de 197,4%. Já a maior taxa de ocupação é registrada no Amazonas: 484% [215].

Aliás, o Infopen de 2014 nos fornece dados alarmantes: A taxa de ocupação dos estabelecimentos prisionais brasileiros (161%) é a quinta maior entre países em questão. As Filipinas (316%), o Peru (223%) e o Paquistão (177%) têm a maior taxa de ocupação prisional. Em números absolutos, o Brasil tem a quarta maior população de presos provisórios, com 222.190 pessoas. Os Estados Unidos (480.000) são o país com o maior número de presos sem

---

[215] Levantamento nacional de informações penitenciárias 2016. *DEPEN – Departamento Penitenciário Nacional*. Brasília, 2017. Disponível em: <http://depen.gov.br/DEPEN/depen/sisdepen/infopen/relatorios-sinteticos/relatorio_2016_2211.pdf/view>. Acesso em: 21 de abril de 2021.

condenação, seguidos da Índia (255.000) e da estimativa em relação à China (250.000)[216].

Apesar de todos os infortúnios e dificuldades, especialmente econômicas, a polícia tem feito o seu papel, neste cenário de um Estado repressor. Porque com todos os problemas já relatos as polícias civil, militar e federal não conseguem atuar na prevenção, destas a federal ainda dispõe de melhores condições tecnológicas e de investimento. Ainda assim, a realidade das polícias civil e militar não as proporciona condições de realizar um trabalho preventivo a fim de impedir o crime.

As limitações humanas e financeiras fazem com que atuem na repressão e na contenção no ato do crime, portanto, inflando o sistema carcerário. A culpa não é das polícias, mas sim do Estado Democrático de Direito Brasileiro que enfrenta a falência da segurança pública. E o que se nota de medida do Governo Federal? Largos investimentos em infraestrutura e melhoria do efetivo e das condições de trabalho das polícias? Nada disso, o que se vê é a criação de mais uma lei a fim de incrementar o já rígido sistema penal brasileiro.

Como vemos cotidianamente, as polícias têm sido eficazes na repressão penal, agora precisam avançar e desenvolver com melhores condições o trabalho de investigação, prevenção para inibir o crime e, por conseguinte, evitar os delitos. Vimos e tratamos dos problemas enfrentados pelas polícias brasileiras, agora, nos ocupemos da realidade prisional nacional.

Nos primeiros anos da década de 1990, a população carcerária era de 126,2 mil presos[217]. Mas com números muito menos assustadores, se comparados com os atuais. Os números são elevados,

---

[216] INFOPEN – junho de 2014. *DEPEN – Departamento Penitenciário Nacional. Brasília*, 2015. Disponível em: <https://www.justica.gov.br/news/mj-divulgara-novo-relatorio-do-infopen-nesta-terca-feira/relatorio-depen-versao-web.pdf>. Acesso em: 27 de abril de 2021.

[217] "Levantamento nacional de informações penitenciárias INFOPEN – junho de 2014". *DEPEN – Departamento Penitenciário Nacional.* Brasília, 2015. Disponível em: <http://www.justica.gov.br/news/mj-divulgara-novo-relatorio-do-infopen-nesta-terca-feira/relatorio-depen-versao-web.pdf>. Acesso em 27 de abril de 2021.

pois, segundo o Banco Nacional de Monitoramento de Prisões, realizado pelo Conselho Nacional de Justiça, temos pouco mais de 600.000 presos, sendo que 40% são provisórios, e, apenas 35% com execução definitiva. 95% são homens e quase 25% do total de presos é decorrente do crime de tráfico[218].

Intrigante, pois esses números são diversos dos apresentados pelo Conselho Nacional do Ministério Público em relatório divulgado apenas dois meses antes do citado acima mostrava uma realidade diversa: população carcerária de pouco mais de 700.000 presos, com uma população carcerária em 175% da capacidade, isto é, com notada superlotação. Se analisado por região a situação somente piora, pois, no Norte do Brasil temos quase três vezes a quantidade de presos em relação ao espaço disponível[219]. Assim, qual dos dois relatórios deverá ter a população carcerária mais próxima à realidade?

E, apesar de termos falado sobre o tema, a superlotação prisional também é uma realidade nos presídios femininos com números em torno de 160% de ocupação, segundo dados de 2018 do Departamento Penitenciário Nacional[220], com uma população carcerária acima de 42.000 mulheres, um aumento de mais de 600% se comparado com a população penitenciária feminina de 5.601 detentas em 2000.

Dois presos para cada vaga disponível. Essa é a situação do sistema penitenciário brasileiro de acordo com o Infopen (Levantamento Nacional de Informações Penitenciárias).

---

[218] "Banco Nacional de monitoramento de prisões – BNMP 2.0: cadastro nacional de presos, conselho nacional de justiça ". Brasília, agosto de 2018. Disponível em: https://www.cnj.jus.br/wp-content/uploads/2018/01/57412abdb54eba909b3e1819fc4c3ef4.pdf. Acesso em 18 de abril de 2021.

[219] "Sistema prisional em números". Disponível em: <http://www.cnmp.mp.br/portal/relatoriosbi/sistema-prisional-em-numeros>. Acesso em: 28 de abril de 2021.

[220] "Levantamento nacional de informações penitenciárias INFOPEN mulheres". 2 ed. DEPEN – Departamento Penitenciário Nacional. Brasília, 2018. Disponível em: http://depen.gov.br/DEPEN/depen/sisdepen/infopen-mulheres/infopenmulheres_arte_07-03-18.pdf. Acesso em 18 de abril de 2021.

Inicialmente, com dados atualizados até junho de 2016, o estudo mostra que o número de detentos aumentou em mais de 100 mil em menos de dois anos, indo de 622 mil em 2014, data da última pesquisa, para 726 mil. Isso é quase o dobro das 368 mil vagas existentes – a lotação dos presídios é 197%. O déficit saltou de 39 mil em 2000 para 322 mil vagas em 2016. E, em dados divulgados de dezembro de 2019, A população prisional no Brasil é de 748.009, excluindo presos em delegacias. O total é de 755.274. Comparando os anos de 2018 e 2019, houve redução na taxa de crescimento populacional, que era de 2,97% e passou para 1,49%. Segundo o Infopen temos 222.558 presos provisórios, déficit de 312.925, com taxa de superlotação em 170%.

O encarceramento feminino voltou a subir. Desde 2016, havia uma queda na quantidade de mulheres presas, nesse período chegou a ser 41 mil mulheres. Em 2018, foram contabilizadas 36,4 mil mulheres e, em dezembro de 2019, aumentou para 37,2 mil mulheres[221].

Para resolver a superlotação, de modo que o número de vagas seja correspondente ao número de presos, seria necessário construir praticamente uma penitenciária por dia durante um ano – considerando a capacidade máxima de mil vagas recomendada pelas diretrizes básicas de arquitetura penal, do Ministério da Justiça. Isso considerando que ninguém mais fosse preso nesse período[222].

Assim, falha o Estado Democrático de Direito quando não há o respeito à dignidade da pessoa humana ao manter os presos em locais superlotados com população carcerária muito superior às condições sanitárias e dignas. Da mesma sorte ao não respeitar

---

221 **LEVANTAMENTO NACIONAL DE INFORMAÇÕES PENITENCIÁRIAS INFOPEN – DEZEMBRO DE 2019**. DEPEN – Departamento Penitenciário Nacional. Brasília, 2020. Disponível em: http://depen.gov.br/DEPEN/depen-lanca-infopen-com-dados-de-dezembro-de-2019. Acesso em 22 de abril de 2021.

222 **BRASIL TERIA QUE CONSTRUIR QUASE UM PRESÍDIO POR DIA DURANTE UM ANO PARA ABRIGAR PRESOS ATUAIS.** BBC News, 8 de dezembro de 2017. Disponível em: https://www.bbc.com/portuguese/brasil-42274201. Acesso em 17 de abril de 2021.

os direitos dos presos, retardar sua progressão de regime, não lhe retirar do sistema quando já cumpriu pena, mas permanece preso por falha estatal.

Para finalizar esse pequeno quadro estatístico, temos o perfil da população: de 18 a 24 anos 31% do total dos presos; de 25 a 29 anos temos 25% e dos 30 a 34 anos temos 19%, ou seja, a população carcerária brasileira é composta de 18 a 34 anos em 75% do total dos presos[223], um número assustador. Além disso, desta população carcerária nos faltam ainda dois dados relevantes. O primeiro: 67% da população carcerária é negra, isto quer dizer que a cada três presos dois são negros. E o último dado se refere à escolaridade: 6% da população carcerária é analfabeta; 9% é alfabetizado; 53% tem o ensino fundamental incompleto; 12% tem o ensino fundamental completo. Isto quer dizer que oito em cada dez pessoas presas estudaram, no máximo, até o ensino fundamental, enquanto a média nacional de pessoas que não frequentaram o ensino fundamental ou o têm incompleto é de 50%. Ao passo que na população brasileira cerca de 32% da população completou o ensino médio, apenas 8% da população prisional o concluiu[224].

Assim, a etnografia do sistema prisional é composta em sua maioria por homens, negros e com baixa escolaridade, o que falamos antes na geografia da exclusão, é o retrato daqueles que possuem menos condições econômicas, menos acessos, tem menos instrução, moram na periferia e são tratados com diferença, desigualdade e desconfiança pelo próprio Estado. São essas as

---

223 LEVANTAMENTO NACIONAL DE INFORMAÇÕES PENITENCIÁRIAS INFOPEN – JUNHO DE 2014. *DEPEN – Departamento Penitenciário Nacional.* Brasília, 2015. Disponível em: <http://www.justica.gov.br/news/mj-divulgara-novo-relatorio-do-infopen-nesta-terca-feira/relatorio-depen-versao-web.pdf>. Acesso em 27 de abril de 2021.

224 "Levantamento nacional de informações penitenciárias INFOPEN – junho de 2014". *DEPEN – Departamento Penitenciário Nacional. Brasília,* 2015. Disponível em: <http://www.justica.gov.br/news/mj-divulgara-novo-relatorio-do-infopen-nesta-terca-feira/relatorio-depen-versao-web.pdf>. Acesso em: 27 de abril de 2021.

pessoas que são as principais componentes das facções criminosas. Sobre o tema Bruno Paes Manso e Camila Nunes Dias:

> Com o processo desordenado de ocupação das cidades, a violência foi uma ferramenta usada para tentar proteger a população urbana do crime e dos "bandidos". Esses novos personagens viariam bodes expiatórios das metrópoles a partir de estigmas associados ao endereço (periferia, favela, morro), classe social (pobre), cor da pele (negro), gênero (homem) e idade (menos de 25 anos). Nas cidades que cresciam aceleradamente pelas bordas, com loteamentos clandestinos, morros, favelas, o policiamento territorial ostensivo – que coube aos policiais militares – se tornou estratégia principal do governo para proteger os moradores dos bairros mais ricos daqueles suspeitos que viviam nesses rincões urbanos[225].

Se no primeiro capítulo falamos da geografia da exclusão e lá mostramos que os negros são a maior parte daquela população, aqui, ao analisarmos a população prisional, constatamos que se trata do mesmo perfil de pessoas: os excluídos pelo Estado Democrático de Direito Brasileiro. E, tanto lá quanto cá, o Estado mostra seu colapso ao abandonar sua população nas duas frentes: tanto nas periferias e comunidades quanto a população prisional.

Ao invés de tratar da causa do problema como falamos e investir na formação do cidadão para evitar que este se torne um excluído social e esteja mais próximo do mundo do crime, o Estado o abandona, o relega à própria sorte. E quando este indivíduo conhece o sistema prisional, ao invés de ser ressocializado o que se vê, na prática, é novo abandono com claro vilipendio de sua dignidade humana em prisões lotadas, sem condições sanitárias, mas assim como na rede pública de ensino com refeições diárias, o que para muitos representa um avanço a suas condições cotidianas. Pasmem, porém, alguns escolhem perder sua liberdade para terem a proteção estatal e uma alimentação continuada.

---

[225] CHRISTINO, Marcio Sergio e TOGNOLLI, Claudio. *Laços de Sangue: a história secreta do PCC*. 3 ed. São Paulo: Matrix, 2017, p. 124.

Claro que o ambiente prisional é uma realidade que a maior parte das pessoas deseja distância, todavia, ao ingressar no sistema, muitos terminam por regressar quando do cumprimento de sua pena, seja por não se ajustarem à vida cotidiana da sociedade, ou por não terem trabalho, moradia, remuneração e condições mínimas de subsistência e ainda enfrentarem o preconceito social por serem egressos prisionais, segundo o Anuário Brasileiro de Segurança Pública, para 57% da população[226] "bandido bom é bandido morto[227]". De tal sorte que muitos não conseguem se ajustar e terminam por reincidir na criminalidade para voltaram para o presídio. A questão da reincidência é um problema no universo prisional. Especula-se que o índice de reincidência delitiva é de 70%[228]. Se houvesse uma ressocialização efetiva será que essa taxa seria tão alta? Se houvesse um aproveitamento dos egressos, com um plano de reinserção lhe conferindo oportunidades, moradia e condições mínimas, teríamos tantos retornando às penitenciárias?

---

[226] *"Ora, há muitos crimes no Brasil!"*. Certo. Inegável. Mas e qual é a argumentação lógica que deriva disso que a solução é "matar os malfeitores"? Porque se é verdade que os índices de criminalidade no Brasil são altíssimos, e é, também é verdade que temos a polícia que mais mata no mundo. Há um problema aí na (falta de) prognose do Ministro, não?
Insanidade é insistir na mesma prática e esperar resultados diferentes. Temos *(i)* muitos crimes e *(ii)* a polícia que mais mata no mundo. A solução para o problema da criminalidade é uma polícia que mata mais? Veja-se o recente episódio do Rio (14 mortes em uma ação policial), criticado pela pena de Reinaldo de Azevedo com a contundência que eu não conseguiria. Também a Defensoria do RJ aponta para a brutalidade da ação policial. E houve uma chacina a cada 6 dias no Rio em 2017. STRECK, Lênio Luiz. PCC, CV e milícias ganham status legislativo: Moro dá bois aos nomes! Revista Consultor Jurídico, 14 de fevereiro de 2019. Disponível em: https://www.conjur.com.br/2019-fev-14/senso-incomum-pcc-cv-milicias-ganham-status-legislativo-moro-bois-aos-nomes. Acesso em 25 de abril de 2021.

[227] **ANUÁRIO BRASILEIRO DE SEGURANÇA PÚBLICA 2016**. Fórum Brasileiro de Segurança Pública. Disponível em: http://www.forumseguranca.org.br/storage/10_anuario_site_18-11-2016-retificado.pdf. Acesso em 26 de abril de 2021.

[228] **REINCIDÊNCIA CRIMINAL. RELATÓRIO DE PESQUISA**. IPEA, 2015. Disponível em: http://www.ipea.gov.br/portal/images/stories/PDFs/relatoriopesquisa/150611_relatorio_reincidencia_criminal.pdf. Acesso em 16 de abril de 2021.

A prisão, na verdade, tem servido muito mais como propagadora da criminalidade do que como prevenção. Para além de violar a própria lei que a prevê, a prisão serve como uma espécie de catarse entre a população, que esquece as verdadeiras causas da criminalidade, permitindo aos governos continuarem a mesma política de sempre, sem investir em saúde, educação ou saneamento básico, medidas muito mais de segurança pública do que a de compra de armamentos ou de construção de mais penitenciárias[229].

Sobre o tema, Sérgio Adorno:

> Nessas circunstâncias, é possível que policiais sejam institucionalmente estimulados para liquidar inimigos. Afinal, muitos policiais assim como cidadãos civis julgam que estamos em uma guerra do bem contra o mal. Superpopulação carcerária associada a péssimas condições de vida nas prisões são alguns dos motivos que alimentam intensas disputas entre facções. Não raro, estas disputas se transferem para as ruas, resultando em mortes de desafetos, inimigos, jurados de morte etc[230].
> No caso do Rio de Janeiro, há também disputas entre facções nas prisões e nas favelas. Mas há outro componente que vem sendo estudado há mais tempo. O papel das milícias como agentes de controle social local, mais para o mal do que para o bem da população, não pode ser descartado. Certamente, há fenômenos parecidos ocorrendo em outras regiões do país, porém a singularidade das milícias cariocas, sua extensão, enraizamento nos bairros

---

[229] NEPOMUCENO, Marcio Santos e HOMEM, Renato. **Marcinho Verdades e posições**. Rio de Janeiro: Gramma, 2017, p. 21.

[230] Existe a fabricação do medo e, muitas vezes, uma percepção exagerada por parte da população. Mas isso não deixa de ter um fundo real. O crime organizado, por exemplo, tem uma grande capacidade de mobilização e de causar problemas, inclusive para as autoridades encarregadas de controlar prisões. É evidente que a parcela da população carcerária envolvida com o crime organizado é pequena, mas a imagem que fica é que todo preso pertence ao PCC ou à uma facção rival. Desse modo, acaba se criando a sensação de estarmos em uma guerra civil, na qual é legítimo matar o inimigo. **PESQUISA: SÉRGIO ADORNO FAZ ANÁLISE SOCIOLÓGICA DA VIOLÊNCIA**. Agência FAPESP. Disponível em: https://www.saopaulo.sp.gov.br/eventos/pesquisa-sergio-adorno-faz-analise-sociologica-da-violencia/. Acesso em 31 de março de 2021.

e expansão em negócios ilegais parecem não ter similar. Tal como as facções, as milícias parecem exercer o velho princípio dos impérios e dos regimes autoritários, isto é, o "direito de deixar viver ou de mandar matar"[231].

O preconceito para com o preso é uma realidade. O preso ao delinquir se torna um excluído social, um pária no imaginário da população brasileira. Assim, quando se fala em ressocialização, em um direito penal e processual penal adequado, na defesa dos Direitos Humanos dos encarcerados, grande parcela da população já reage com a indagação: você é a favor do crime? Defende os criminosos?

William da Silva Lima conta no livro 400x1: Uma história do Comando Vermelho as principais consequências que uma pessoa sofre ao ingressar no sistema prisional:

> Entre os direitos que perdemos se encontra o de sermos conhecidos pela totalidade das nossas ações, boas e más, como qualquer ser humano. O ato criminoso – único devidamente divulgado e reproduzido nas fichas – define tudo o que somos, resumindo, de forma mágica, passado, presente e futuro. Desarticular a personalidade do preso é o primeiro – e talvez o mais importante – papel do sistema. (...)
> A execração pública e a condenação têm sido um amargo privilégio dos humildes, o que reforça a ideia de que criminalidade e pobreza são coisas irmãs. Essa clientela preferencial – na prática, exclusiva – de pobres talvez ajude a explicar a dificuldade de conseguir mudanças em nossos sistemas penais degradados. O preço é pago pela sociedade inteira. Longe de transformar criminosos em trabalhadores, nossas prisões fabricam novos criminosos e nos afundam em criminalidade maior. Triste é o destino de

---

[231] **SOCIÓLOGO SERGIO ADORNO FALA SOBRE A TENDÊNCIA DE DIMINUIÇÃO DOS HOMICÍDIOS NO BRASIL**. Portal G1. Disponível em: https://g1.globo.com/pop-arte/blog/yvonne-maggie/post/2019/05/31/sociologo-sergio-adorno-fala-sobre-a-tendencia-a-diminuicao-dos-homicidios-em-grande-parte-do-brasil.ghtml. Acesso em 31 de março de 2021.

> uma instituição que, quanto mais fracassada, mais necessária se torna[232].

A questão nunca poderá ser o nós contra eles, afinal, somos todos brasileiros. A real situação é questionar um Estado Democrático de Direito falido que não cumpre com seus preceitos fundamentais, não assegura os direitos básicos a seus cidadãos e os deixa relegados à própria sorte. Uns irão delinquir, outros não, mas em ambos os casos, a omissão é estatal. Para a nona economia mundial o lema não deve ser reprimir e endurecer, mas sim, educar e incluir.

Suprimir e relativizar direitos vai na direção oposta de todo o construto constitucional brasileiro, e, pouco ou nada importa se o atingido é um preso, porque poderia ser qualquer cidadão brasileiro, a lei, os direitos e deveres são iguais para todos.

A Lei de Execuções Penais[233] é ignorada em vários artigos, o que por si só já seria motivo de questionamentos, destacamos aqui dois artigos desta lei: O art. 1º é um dos mais importantes da lei, define o objetivo da execução penal:

> Art. 1°. A execução penal tem por objetivo efetivar as disposições de sentença ou decisão criminal e proporcionar condições para a harmonia, integração social do condenado e do internado.

E, ao tratar das Penitenciárias, diz que estas são destinadas aos condenados à pena de reclusão, em regime fechado, cabendo à União, Estados e Distrito Federal suas construções, contudo, no art. 88, determina cela individual, salubre com área mínima de $6m^2$:

> Art. 88. O Condenado será alojado em cela individual que conterá dormitório, aparelho sanitário e lavatório. Parágrafo Único: são requisitos básicos da unidade celular: a) salubridade do ambiente

---

232 LIMA, William da Silva. **400x1: Uma história do comando vermelho.** 3 ed. Rio de Janeiro: ANF Produções, 2016, p. 169.

233 Lei nº 7.210, de 11 de julho de 1984. Lei de Execução Penal.

pela concorrência dos fatores de aeração, insolação e condicionamento térmico adequado à existência humana; b) área mínima de 6m² (seis metros quadrados).

Claramente não há respeito ao que prevê a lei. E, ao invés de se investir na reinserção prisional e na ressocialização a ordem do dia é prender cada vez mais, como se retirar das ruas aqueles que cometem delitos fossem ocultar que boa parte dos problemas foram criados pelo próprio Estado Democrático de Direito Brasileiro ao abandonar sua população carente.

Nos últimos 25 anos, o número de unidades do sistema penitenciário de São Paulo (sob o guarda-chuva da Administração Penitenciária) pulou de 43 para as atuais 173 unidades, elevando o número de vagas de 23.801 para 144.600 —crescimento superior a 500%. Ainda assim, o déficit de vagas do sistema cresceu o dobro disso. Foi de 8.041 para 89.196 – elevação de 1.009%[234].

O Estado Democrático de Direito Brasileiro aposta na repressão e o resultado numérico apresenta desvantagem na estratégia. E como se não bastasse todos os problemas apontados sobre o colapso do Estado brasileiro, este ainda tem de conviver com o crime organizado e as facções criminosas.

O Estado Democrático de Direito e, com ele seus problemas, crises, dificuldades econômicas, falta de tecnologia, efetivo policial adequado, carência de elementos mais colaborativos seja em material humano ou financeiro para um setor de inteligência integrado nacionalmente. Além das questões internas e externas que compõe sua política no tocante às drogas, ao tráfico e à criminalidade organizada transnacional.

As dificuldades derivam de um universo do crime que cresceu diante das próprias falhas e ausências do Estado para com sua população e sociedade, em especial, porém, não só, à população

---

[234] **NÚMERO DE PRESOS EM SÃO PAULO QUADRUPLICA SOB GOVERNOS DO PSDB.** Jornal Folha de São Paulo. 30 de maio de 2019. Disponível em: https://www1.folha.uol.com.br/cotidiano/2019/05/numero-de-presos-em-sao-paulo-quadruplica-sob-governos-do-psdb.shtml?loggedpaywall. Acesso em 22 de abril de 2021.

periférica. Quando o Estado não entra nas comunidades e deixa de fornecer medicamentos, saúde de qualidade, educação, oportunidades de emprego, moradia, esporte e lazer, a população padece e passa a enfrentar um estado de carência.

Diante desse cenário, as facções criminosas se aproveitam das próprias mazelas criadas pelo Estado e arregimentam pessoas para o universo das facções. A verdade é que bem poucos moradores da periferia desejam ingressar em uma facção por livre e espontânea vontade. A maioria, e falamos daquela população que não está presa, portanto, somente passa a auxiliar esta ou aquela facção por uma questão de necessidade.

Quando um tratamento, remédios[235], vaga em escola e demais "favores" são prestados pelos líderes locais em troca de colaboração e depois de vinculação. Como o Estado lida com o tema? Sem o devido cuidado e acolhimento que a questão necessita. Não se consegue separar o criminoso dessa população, e quando há a mistura, o Estado reage com a característica que lhe é peculiar: violência e repressão penal.

Os instrumentos das facções criminosas são calcados nas lacunas advindas do próprio Estado Democrático de Direito Brasileiro que remunera mal seus funcionários, não possui um plano de carreira estimulante, além, de contar com déficit crescente de funcionários, desmotivação e acomodação. É a crise da segurança pública, sobre o tema Sérgio Adorno:

---

[235] Nós, ex-assaltantes de bancos que entramos no mercado do tóxico, catequizamos os favelados e mostramos a eles que o governo não está com nada e não faz nada para ver o lado deles. Então, nós damos alimentação, remédios, roupas, material escolar, uniforme para crianças e até dinheiro. Pagamos médicos, enterros, e não deixamos os favelados saírem de lá para nada. Até briga de marido e mulher nós resolvemos dentro da favela, pois não pode pintar sujeira para polícia não entrar. Jorge Zambi, vinculado ao Comando Vermelho, que se auto intitula ex-assaltante de banco, concede uma entrevista ao Jornal do Brasil na edição de 10 de dezembro de 1984, onde algumas estratégias são apresentadas. In AMORIM, Carlos. **CV-PCC: a irmandade do crime**. Rio de Janeiro: Editora Record, 2015.

> Do mesmo modo, a rápida emergência e a disseminação da criminalidade organizada encontraram condições favoráveis nos padrões, também mundiais, de desenvolvimento urbano. O surgimento acelerado de megacidades, com mais de oito milhões de habitantes e com seus sistemas policêntricos instituindo zonas de segregação social e espacial, tem sido palco do surgimento de novos padrões de pobreza e de novas formas de desigualdades sociais (Davis, 2006), em especial desigualdades de direitos, que condenam parcelas expressivas de populações urbanas de baixa renda à vida social imersa no mundo das ilegalidades (Telles & Cabanes, 2006).
>
> No Brasil, esse cenário é ademais agravado pela crise da segurança pública, que vem se arrastando ao menos por três décadas. Os crimes cresceram e se tornaram mais violentos; a criminalidade organizada se disseminou pela sociedade alcançando atividades econômicas muito além dos tradicionais crimes contra o patrimônio, aumentando as taxas de homicídios, sobretudo entre adolescentes e jovens adultos, e desorganizando modos de vida social e padrões de sociabilidade inter e entre classes sociais. Não obstante, as políticas públicas de segurança permaneceram sendo formuladas e implantadas segundo modelos convencionais, envelhecidos, incapazes de acompanhar a qualidade das mudanças sociais e institucionais operadas no interior da sociedade. O crime se modernizou; porém, a aplicação de lei e ordem persistiu enclausurada no velho modelo policial de correr atrás de bandidos conhecidos ou apoiar-se em redes de informantes. E tudo isso, a despeito dos enormes investimentos em segurança pública, promovidos quer pelo governo federal quer pelos governos estaduais na expansão e no treinamento de recursos humanos, bem como no reaparelhamento das polícias[236].

Aqui temos de aprofundar um pouco mais. Muito se fala em repressão penal em endurecimento do sistema, mas não vemos o Governo Federal valorizando seus próprios profissionais da segurança pública. Há um claro déficit no efetivo das polícias e com as dificuldades de enfrentar o arsenal e o efetivo do crime organizado. Segundo o Anuário Brasileiro da Segurança Pública,

---

[236] ADORNO, Sérgio; SALLA, Fernando. **Criminalidade organizada nas prisões e os ataques do PCC**. Estud. av., São Paulo , v. 21, n. 61, p. 7-29, Dec. 2007.

64% da população brasileira acha que os policiais são caçados pelo crime. Além disso, 63% acham que os policiais não têm boas condições de trabalho[237].

Causa espanto o IBGE não trazer um estudo mais recente acerca do déficit do efetivo policial no Brasil. Uma das razões possíveis é não expor a própria falência do Estado Democrático de Direito Brasileiro, leia-se Governo Federal e Governos estaduais, incapazes de repor seu próprio efetivo. O que temos são amostragens esparsas, como São Paulo com mais de 13 mil policiais civis de déficit, seja por aposentadorias, expulsões, pedidos de demissão, ou mesmo mortes. No Rio de Janeiro, a polícia militar tem déficit de 15 mil.

Como trabalhar de maneira adequada se falta pessoal? Fora isso, também temos a falta de equipamento, que varia desde as coisas mais básicas como caneta e papel até munições, revólveres, falta de manutenção de viaturas etc.

Ademais, tem a questão do abandono, porque o Estado, ao não remunerar adequadamente e muito menos equipar sua polícia, os relega a uma notada desproporção em relação ao crime organizado e, mais do que isso, muitos deles por falta de condições econômicas, se veem obrigados a morar nas periferias das cidades, locais em que o crime organizado é mais presente, portanto, sequer podem se identificar ou deixar notar que há um policial presente naquele local, pois, a morte estará sempre à espreita dele ou de seus entes queridos. Assim, a realidade dos policiais militares é ainda mais restritiva, porque é imperioso esconder o uniforme dentro de casa, lavar, colocar as peças no varal? Sair fardado? Nem pensar...

Se for um policial civil ou federal que não há obrigatoriedade do uniforme há menos malabarismo interno, porém, aí o policial vai para a delegacia, muitas delas com mais de mil inquéritos para serem investigados por equipes diminutas, em uma

---

[237] **ANUÁRIO BRASILEIRO DE SEGURANÇA PÚBLICA 2016**. Fórum Brasileiro de Segurança Pública. Disponível em: http://www.forumseguranca.org.br/storage/10_anuario_site_18-11-2016-retificado.pdf. Acesso em 26 de abril de 2021.

população que somente cresce e um efetivo que diminui. Nos últimos sete anos, o estado de São Paulo ganhou 5 milhões de habitantes enquanto a Polícia Civil perdeu quase 900 agentes. Dados do sindicato da categoria mostram que, entre delegados, escrivães, investigadores e legistas faltam cerca de 13 mil pessoas. Em 40% das cidades paulistas não há delegados, segundo dados do sindicado e da Ouvidoria. Em Campinas, por exemplo, uma das duas centrais de flagrantes que atendiam à noite fechou em junho de 2018, por falta de pessoal. São 700 mil pessoas dependendo de apenas uma delegacia[238].

Ademais, seis em cada dez delegacias de 225 cidades de São Paulo têm problemas de infraestrutura, aponta relatório realizado pelo do TCE (Tribunal de Contas do Estado). O órgão vistoriou 275 delegacias da capital, interior e litoral do estado, onde encontrou rachaduras, cupim e celas em condições precárias, entre outros.

No levantamento, o tribunal aponta ainda que 83% das delegacias visitadas estão com o AVCB (auto de vistoria do Corpo de Bombeiros) fora da validade.

Mais da metade das viaturas fiscalizadas também não estão com a vistoria em dia. Algumas estão paradas nos pátios por falta de manutenção. Os auditores também encontraram carros com problemas como pneus carecas[239].

Veja como era a realidade do Centro de Formação e Aperfeiçoamento de Praças, em Sulacap na Zona Oeste do Rio de Janeiro, como relata o repórter Raphael Gomide que à época cursava para se tornar soldado da polícia militar:

---

[238] COM MENOR EFETIVO EM SETE ANOS, POLÍCIA CIVIL VÊ DIFICULDADE PARA INVESTIGAR EM SP. Rádio CBN. 14 de agosto de 2018. Disponível em: https://m.cbn.globoradio.globo.com/media/audio/205271/com-menor-efetivo-em-sete-anos-policia-civil-ve-di.htm. Acesso em 21 de abril de 2021.

[239] **SEIS EM CADA DEZ DELEGACIAS DE SÃO PAULO PRECISAM DE REFORMAS.** Disponível em: https://agora.folha.uol.com.br/sao-paulo/2019/05/seis-em-cada-dez-delegacias-de-sao-paulo-precisam-de-reformas.shtml. Acesso em 21 de abril de 2021.

> A falta de recursos do Estado e da PM se reflete no Centro de Formação e Aperfeiçoamento de Praças (CFAP), em Sulacap (zona oeste do Rio). A 2ª Companhia, onde fomos instalados, não dispunha de computadores conectados à internet em pleno 2008 – muito menos de rede sem fio, com admitiu a tenente da Diretoria de Ensino, em palestra. Esse isolamento virtual e real emperra a burocracia atrasada da corporação, atolada em milhares de fichas de papel preenchidas por alunos, com as mesmas informações repetidas inúmeras vezes, em cópias de documentos para unidades e seções diferentes.
> Em pleno verão carioca, sem ar-condicionado, as salas de aula se transformavam em verdadeiras saunas secas, abafadas, sem vapor. Os quatro ventiladores de parede e os dois de teto eram ineficazes na tentativa de dar vazão ao calor da zona oeste, a mais quente da cidade[240].

Qual o estímulo desse profissional? Fora a possibilidade de não ter equipamentos adequados para se defender ou participar negativamente da estatística de mortes de policiais que acomete cotidianamente os grandes centros. Segundo dados do Anuário da Segurança Pública brasileira, em 2017 houve a morte de 367 policiais, o que equivale à morte de um policial civil ou militar por dia no Brasil[241].

No Rio de Janeiro, em 2019, a situação é bem mais grave: Na contramão dos homicídios comuns, as mortes por policiais no estado do Rio de Janeiro seguiram em alta e bateram novo recorde no primeiro bimestre deste ano. Foram 305 óbitos em janeiro e fevereiro, um a cada quatro horas e meia[242].

---

240 GOMIDE, Raphael. **O infiltrado: um repórter dentro da polícia que mais mata e mais morre no Brasil**. Amazon, formato digital, 2019.

241 **ANUÁRIO BRASILEIRO DE SEGURANÇA PÚBLICA 2018**. Disponível em: http://www.forumseguranca.org.br/wp-content/uploads/2019/03/Anuario-Brasileiro-de-Seguran%C3%A7a-P%C3%BAblica-2018.pdf. Acesso em 26 de abril de 2021.

242 RIO DE JANEIRO TEM QUEDA DE HOMICÍDIOS, MAS ALTA DE MORTES POR POLICIAIS. Jornal Folha de São Paulo, 25 de março de 2019. Disponível: https://www1.folha.uol.com.br/cotidiano/2019/03/rj-tem-queda-de-homicidio-e-alta-na-letalidade-policial.shtml. Acesso em 26 de abril de 2021.

O Estado Democrático de Direito Brasileiro se diz eficaz na luta contra o crime organizado transnacional, atesta que a repressão penal e o endurecimento são o caminho a fim de retirar a sensação de impunidade dos criminosos. O Objetivo portanto é prender, todavia, como realizar tal intento com efetivo policial seja militar, civil ou federal reduzido? Ou muito abaixo do ideal? A função da policial civil, dentre outras, é investigar e apurar os delitos. De que forma se não há equipe em número suficiente? Se as condições de trabalhos são péssimas?

Estado e forças policiais claudicando, estrutura defasada e desatualizada, enquanto isso caminha e se desenvolve o crime organizado transacional e as facções criminosas seguem enriquecendo com o comércio internacional de drogas, com a livre circulação de mercadorias pelas estradas que atravessam o país e, por conta da pandemia as iniciativas policiais, em especial nas comunidades foram suspensas o que trouxe ainda mais maleabilidade para as facções.

A pandemia também afetou as organizações criminosas porque as rotas do tráfico também foram afetadas com os impedimentos de circulação, o que obrigou o crime organizado a produzir novos caminhos a fim de manter o escoamento e a circulação de sua produção.

Por fim, outra questão de destaque é a redução dos investimentos em segurança, pois o mesmo anuário da segurança pública, aponta diminuição de 3,8% dos gastos efetivos do governo federal em relação às despesas de 2018, o que se traduz em menos R$11,3 bilhões de reais para proteger a população e se investir em políticas de segurança pública.

De outro lado, temos a polícia militar com mortes contínuas de seu efetivo sem reposição, com dificuldades, a começar por sua própria moradia, e vizinhança com riscos à sua própria vida. Com viaturas capengas, pneus carecas, falta de manutenção, armas enferrujadas, com controle de munição e o embate com um crime organizado estruturado, muito armado com tecnologia de ponta por conta do tráfico de armas e troca de informações com países vizinhos como Bolívia e Paraguai.

E alguns estudiosos preconizam que há a necessidade de modificação de pensamento das forças policiais, porque proteger a população não significa estar em uma guerra ou em uma selva, há que se respeitar os Direitos Humanos e proteger a população e não exterminar os criminosos como se inimigos fossem. É verdade, porém, sem capacidade de enfrentamento, em número reduzido, sem tecnologia, equipamento e material, inclusive humano. A falha está na polícia também, mas não exclusivamente. É preciso se modernizar as forças polícias e implementar conjuntamente novas medidas de segurança pública a fim de incentivar a investigação e não a repressão. Sérgio Adorno se manifesta acerca da falta de eficácia das políticas de segurança pública:

> As políticas públicas de segurança, justiça e penitenciárias não têm contido o crescimento dos crimes, das graves violações dos direitos humanos e da violência em geral. A despeito das pressões sociais e das mudanças estimuladas por investimentos promovidos pelos governos estaduais e federal, em recursos materiais e humanos e na renovação das diretrizes institucionais que orientam as agências responsáveis pelo controle da ordem pública, os resultados ainda parecem tímidos e pouco visíveis[243].

Enquanto o Estado convive com suas falhas e faltas de investimento, o crime organizado transnacional se modernizou, estruturou, criou departamentos, se hierarquizou e propiciou um desenvolvimento, leia-se lucro, muito maior. É chegada a hora do Estado Democrático de Direito Brasileiro fazer o primordial de sua função a fim de propiciar o crescimento do país: investir fortemente em infraestrutura. Falta a base para o Estado, seja nas polícias, nas condições das indústrias, nos serviços, o que vemos é o despreparo e a falta de condições em toda a base regida pelo Estado.

A segurança pública precisa de investimentos em sua base: primeiro zerar o déficit de pessoal, sem descurar da necessidade

---

[243] ADORNO, Sérgio. **Crime e violência na sociedade brasileira contemporânea**. Jornal de Psicologia-PSI, Abril/Junho, 2002, p. 7-8.

de investimento em tecnologia e em condições mínimas de trabalho para seus funcionários. Assim, poderá cessar outro grave problema: os profissionais em desvio de função que estão cedidos entre as polícias a fim de cobrir os buracos produzidos por problema de pessoal.

Além disso, é necessário que haja uma integração entre os Estados e os Municípios com o Governo Federal. Um banco de dados integrado e a disposição das polícias. É o mínimo para que o trabalho não tenha de ser feito inúmeras vezes. Um sistema que deve ser retroalimentado e integrado entre as polícias federal, militar e civil com troca de informações e acesso às investigações.

É o que promete o Sistema Único de Segurança Pública, que hoje inexiste dada a disparidade de condições de seus componentes e da ausência sistêmica de integração. A polícia federal, atualmente, é a que possui melhor sistema de inteligência com êxito no desmantelamento de operações das organizações criminosas, em especial, nos pontos de evasão de drogas[244]. E, também, a que

---

[244] A Polícia Federal (PF) deflagrou na manhã desta terça-feira uma operação para desarticular um esquema de lavagem de dinheiro da organização criminosa que, até 2018, comandava o tráfico internacional de drogas no Aeroporto Internacional de Guarulhos, em São Paulo.
Batizada de “Aplique”, a operação cumpre 14 mandados de busca e apreensão e um mandado de prisão preventiva contra o líder da quadrilha, já preso no Centro de Detenção Provisória de Guarulhos. Os mandados são cumpridos nas cidades de São Paulo e Campo Grande (MS).
Os policiais identificaram inúmeras pessoas físicas e jurídicas que eram utilizadas para lavar dinheiro proveniente do tráfico de drogas. A movimentação do grupo superou R$ 30 milhões, valor que foi bloqueado pela Justiça Federal.
A investigação começou em julho de 2017 quando policiais interceptaram uma aeronave em São Paulo com grande quantidade de dinheiro em espécie. Um dos envolvidos foi preso no dia seguinte, na cidade do Guarujá, com 40 kg de cocaína.
Em outubro de 2018, após o prosseguimento das investigações, prendeu o líder da organização que, segundo a PF, comandava o tráfico internacional de drogas no Aeroporto de Guarulhos. O prosseguimento das investigações permitiu aos policiais chegarem às empresas de fachada e laranjas. **PF MIRA QUADRILHA QUE COMANDAVA TRÁFICO DE DROGAS NO AEROPORTO DE GUARULHOS.** Último Segundo, 23 de abril de 2019. Disponível em: Último Segundo. Disponível em: https://ultimosegundo.ig.com.br/brasil/2019-04-23/pf-mira-quadrilha-que-comandava-trafico-de-drogas-no-aeroporto-de-guarulhos.html. Acesso em 22 de abril de 2021.

conta com mais divulgação e repercussão de suas operações na mídia, o que causa a impressão de que as demais policiais não fazem também o trabalho preventivo, o que não é verdade[245].

Pelo que vimos, a solução para o problema da segurança pública para o Estado Democrático de Direito Brasileiro é o endurecimento penal, a criação de leis penais com o fim de reprimir condutas. Não é educar, não é investir na base, não é procurar recuperar sua própria população e, muito, menos, ressocializar o preso e lhe conferir possibilidades de se reinserir na sociedade brasileira.

Em uma geografia da exclusão cada vez mais abandonada e esquecida o Estado é um sonho distante, as necessidades são perdidas e o Estado em muitos locais sequer consegue entrar fisicamente, ante das dificuldades físicas e geográficas, como no caso das comunidades. E diante do desmazelo e do esquecimento temos uma parcela significativa da população carente brasileira que busca algum alento.

Nas lacunas desse Estado à espreita temos o crime organizado, mais especificamente as facções criminosas que se instalaram nos locais em que o Estado deveria se fazer presente.

---

245 Uma operação realizada pela Polícia Civil expediu 39 mandados de prisão preventiva e outros 59 mandados de busca e apreensão contra supostos membros do Primeiro Comando da Capital (PCC), maior facção criminosa do estado. Do total de alvos da operação 14 já estavam presos, enquanto 20 já foram localizados e detidos pelos policiais. Cinco são considerados foragidos. A Operação Transponder teve início em novembro de 2018, a partir da apreensão de cartas em presídios no estado. Os investigados fariam parte dos núcleos de comunicação, coordenação do tráfico de drogas no Brasil e no Paraguai e movimentações financeiras do PCC.
A operação ocorreu com apoio do MP (Ministério Público) e da SAP (Secretaria da Administração Penitenciária), que foi quem encontrou as cartas nas celas de membros da organização criminosa. De acordo com a Polícia Civil, 250 agentes participaram da operação. **OPERAÇÃO DA POLÍCIA CIVIL MIRA INTEGRANTES DO PCC EM SÃO PAULO**. Portal Último Segundo. Disponível em: https://ultimosegundo.ig.com.br/brasil/2019-01-24/pcc-operacao.html. Acesso em 21 de abril de 2021.

> Na periferia da periferia do mundo pós- -moderno, violência e ultraviolência não produziram apenas identidades, mas também fraternidades criminosas, dentre elas, algumas compostas apenas de sujeitos de baixo-poder, de marginais, residentes em bolsões de pobreza. Essas fraternidades são algo novo entre os marginalizados metropolitanos e algo novo para as relações socioespaciais que reproduzem o espaço metropolitano. Elas – as fraternidades – são produtoras de bens simbólicos, seguridade, normas e mimetismo social[246].

Assim, a partir de agora veremos o que são e como atuam as facções criminosas ante a omissão estatal. E, por conta do escopo dessa obra, não iremos tratar de todas as facções genericamente e, tampouco, as analisar pormenorizadamente, porque nos ateresmos a uma facção criminosa específica à realidade do Rio de Janeiro: o Comando Vermelho.

A razão desta escolha será explicada adiante quando tratarmos das milícias. Porém, antes de lá chegarmos, vamos conhecer o poder paralelo que ameaça e concorre com a autoridade do Estado Democrático de Direito Brasileiro.

---

[246] ANDRÉ, André Luís. **A MILITARIZAÇÃO URBANA E AS FRATERNIDADES DO CRIME: CV E PCC!** Akrópolis, Umuarama, v. 23, n. 1, p. 49-58, jan./jun. 2015.

3
FACÇÕES CRIMINOSAS: O COMANDO VERMELHO

O Estado Democrático de Direito passou por transformações ao longo das décadas e vivenciou, inclusive, períodos de repressão e perda de liberdade e do direito de ir e vir através dos anos da ditadura militar. E, em concomitância com o desenvolvimento das cidades e a expansão demográfica surgiram os problemas advindos do povoamento de regiões e a proliferação das cidades.

Ao Estado Democrático de Direito Brasileiro caberia desenvolver um plano de urbanização em conjunto com a União, os Estados e os Municípios a fim de que não houvesse mais pessoas do que espaço e que não se perdesse o controle do fornecimento dos direitos básicos devidos à população como já dissemos exaustivamente, em especial, o saneamento básico.

No entanto, não há uma consonância de interesses políticos com as necessidades sociais. A cada legislatura os prefeitos e governadores mudam suas políticas públicas de acordo com seus interesses e, por muitas vezes, não dão sequência aos pontos positivos iniciados por seu antecessor. O resultado é que ao longo do tempo várias iniciativas que tinham possibilidade de ser promissoras foram abandonadas ou esquecidas.

Com isso, as necessidades prementes foram se avolumando, o Governo Federal ou se quedou inerte ou fingiu demência ante às claras necessidades de sua população carente. Os problemas das regiões periféricas não são novos e, tampouco, datam de poucos anos, ao contrário, são descasos e abandonos conhecidos e perpetrados ao longo de décadas tanto pelos estados e municípios quanto pelo Governo Federal. É, portanto, correto se afirmar que o Estado Democrático de Direito abandonou a geografia da exclusão que vive nas regiões periféricas e somente se expande e cresce ante a um mundo globalizado e conectado.

A globalização incrementou e acentuou as desigualdades sociais e o desnível se transmutou em abismo, porém, enquanto os mais abastados continuam prosperando, o que se vê é a continuidade da carência de mão de obra para serviços indesejáveis para esta camada da população, assim, serviços de portaria, zeladoria dos prédios, manobristas, pedreiros, pintores, serviços domésticos, cuidadores, babás, dentre tantos outros continuaram a ser oferecidos para as camadas mais pobres da população.

No Rio de Janeiro, região em que a proximidade dos morros e favelas com as regiões ricas chega a ser contígua, o que se vê é a prestação de serviços por moradores das comunidades em locais de luxo ou de renda elevada em uma miscigenação econômica típica da realidade carioca.

Aliás, este Estado tem convivido com o duro descaso de seus governantes para com sua população, pois nos últimos vinte anos, quatro governadores foram presos por corrupção: Todos os governadores eleitos de 1998 a 2014, Anthony Garotinho (1998-2002), Rosinha Matheus (2002-2006) Sérgio Cabral (2006-2014) e Luiz Fernando Pezão (2014-2018). Além deles, também foram presos todos os presidentes da Assembleia Legislativa de 1995 a 2017 — Sérgio Cabral, Jorge Picciani e Paulo Melodez. E foram presos dez dos 70 deputados estaduais, cinco dos seis Conselheiros do Tribunal de Contas do Estado e o procurador-geral do Ministério Público carioca, Cláudio Lopes.

Somado a isso temos a crise da segurança pública, com o problema do efetivo policial no Rio de Janeiro. Afinal, em 2019 eram 41.024 homens, porém existem dois problemas: o primeiro um déficit de quase 19 mil homens no efetivo, e o segundo existem muito oficiais e poucos soldados, os responsáveis pelo contato com a população. Em levantamento feito por um grande jornal carioca em 2019 havia 7.380 soldados, sendo que a lei estadual n° 6.681 de 15 de janeiro de 2014 prevê que o número deveria ser de 37.486 para soldados e o efetivo da Polícia Militar do Estado do Rio de Janeiro é fixado em 60.471.

Além de não haver uma quantidade de soldados suficiente pelo acúmulo de oficiais, há discrepância econômica, sem contar gratificações por cursos de aperfeiçoamento e outros benefícios, o salário-base de um coronel da PM é de R$ 23.711,59. Oficiais de patentes mais baixas chegam a ganhar mais do que isso, contudo, no comparativo estão muito acima do salário de um soldado que é de R$ 2.253,87[247].

O ex-secretário nacional de Segurança Pública, José Vicente da Silva Filho, classifica como insensatez a distância entre os que compõem a base da Polícia Militar do Estado do Rio de Janeiro e os agentes no teto: *"Essa distribuição da PM do Rio está errada. Óbvio que impacta* não apenas na falta de efetivos como também no *próprio planejamento financeiro de gastos da corporação, devido à diferença de salários entre as categorias*[248]*"*.

O Governo do Estado do Rio de Janeiro, ao invés de realizar novos concursos tem convocado o excedente dos anteriores: a corporação tem expectativa pela abertura de uma nova seleção pública para a carreira de soldado. Antes que isso aconteça é necessário finalizar o certame de 2014, que atualmente está convocando excedentes para o Curso de Formação. As mais de 3 mil convocações estão sendo feitas em turmas, respeitando a capacidade máxima do Centro de Formação e Aperfeiçoamento de Praças (Cefap). Com a convocação dos aprovados no concurso PMERJ 2014, a expectativa é que o novo edital para soldado seja lançado em 2020[249].

---

247 **PM DO RIO TEM MUITOS OFICIAIS E POUCOS SOLDADOS PARA PATRULHAR AS RUAS: VEJA NÚMEROS.** Jornal O Globo, 7 de outubro de 2019. Disponível em: https://oglobo.globo.com/rio/pm-do-rio-tem-muitos-oficiais-poucos-soldados-para-patrulhar-as-ruas-veja-numeros-24000850. Acesso em 25 de abril de 2021.

248 **CONCURSO PMERJ: CORPORAÇÃO TEM 30 MIL SOLDADOS A MENOS QUE PREVISTO EM LEI!** Disponível em: https://www.novaconcursos.com.br/portal/noticias/concurso-pmerj-corporacao-tem-30-mil-soldados-a-menos-que-previsto-em-lei/. Acesso em 25 de abril de 2021.

249 **CONCURSO POLÍCIA MILITAR – PMERJ: NOVOS EDITAIS PARA SOLDADO E ÁREA DA SAÚDE.** Disponível em: https://editalconcursosbrasil.com.br/blog/concurso-pmerj/. Acesso em 25 de abril de 2021.

Como se vê, o número de convocados é muito inferior à defasagem do efetivo, portanto, a solução proposta pelo Estado está muito aquém do ideal. E, além de não resolver a falta de soldados, o Estado abre novo concurso em 2019 para oficiais: para concorrer a uma das vagas foi necessário ter graduação de nível superior em Direito, além de idade mínima de 18 e máxima de 35 anos na data de publicação do edital de abertura. Durante o período de formação, o vencimento será de R$ 2.550,00. Ao término, este valor será elevado a R$ 5.321,22. Depois do estágio probatório, no posto de segundo-tenente, a remuneração inicial será de R$ 7.605,10[250].

É o Estado inflando sua folha de pagamento sem contratar quem deve para as posições realmente carentes. E quando é realizado, o resultado é polêmico: o último concurso para Soldados da Polícia Militar do Rio de Janeiro foi realizado em 2014. Na época, 6.000 vagas foram ofertadas, sendo 5.400 para candidatos do sexo masculino e 600 do sexo feminino.

O edital foi executado, o resultado homologado, mas cerca de 4.000 candidatos nunca foram convocados[251]. Somente agora, se chamou 3.000, ou seja, 1.000 ainda ficarão no limbo.

Assim, temos um Estado com sua folha de pagamento para a segurança pública em completo desnível, com clara falta de efetivo, em especial, para soldados e com os últimos quatro governadores presos por corrupção fica complexa a equação da quantidade de dinheiro existente para a necessidade de empregabilidade do mesmo.

Fora isso, o Estado do Rio de Janeiro está entre os que mais têm policiais vitimados. Em 2018, morreram 89 policiais no Rio de Janeiro. Esse número corresponde a 26% do total de mortes de policiais no país. No gráfico, a taxa de vitimização policial no Rio de Janeiro (nº de mortos/grupo de 100 mil policiais da ativa) o coloca atrás apenas do Pará, do Rio Grande do Norte e do

---

250 Idem, idem.
251 Idem, idem.

Amapá[252]. Com a reposição mal-feita, ou inexistente o déficit somente aumenta.

Com tantos problemas, falcatruas e desvios do erário público, o que o Estado do Rio de Janeiro viu foi o lento, porém, contínuo avanço do Estado paralelo representado pelas facções criminosas ocupar espaço, se fortalecer e dominar territórios. O Atlas da violência de 2019 mostra a radiografia da violência no Estado:

No Rio de Janeiro, quatro entre as seis mesorregiões figuravam, em 2017, com altas taxas de violência letal: o Sul e o Norte Fluminense; a Baixada Litorânea; e a Região Metropolitana. Entre as dez cidades mais violentas do estado, cinco se encontravam na Região Metropolitana, sendo Queimados (115,6) a cidade que possuía a maior taxa de homicídio. O alto índice de violência nesse município é correlacionado, entre outros fatores, com a presença e disputa por território entre milícia e tráfico de drogas na região. Os outros dois municípios mais violentos da UF pertencem ao Sul Fluminense: Porto Real (100,0) e Paraty (87,3). A capital fluminense possuía taxa estimada de homicídio de 35,6. Além dos problemas históricos de violência no estado, que envolvem as escaramuças entre as três principais facções criminosas cariocas – CV, Amigos dos Amigos (ADA) e o Terceiro Comando Puro (TCP) –, nos últimos anos tem aumentado muito a presença das milícias, não apenas na capital, mas em muitas cidades do interior. A guerra entre grupos de milicianos e narcotraficantes, bem como entre esses últimos, tem contribuído para aumentar o número de mortes não apenas na região metropolitana, mas em todo o estado. O governo estadual, por sua vez, através da sua política de segurança baseada na brutalidade e nos enfrentamentos letais anódinos, tem contribuído crescentemente para o aumento das taxas de letalidade: no primeiro semestre de 2019, a polícia foi responsável por 38% das mortes na região metropolitana.

---

[252] LETALIDADE POLICIAL NO RIO DE JANEIRO EM 10 PONTOS. Centro de Pesquisas – Ministério Público do Estado do Rio de Janeiro. Disponível em: https://www.mprj.mp.br/documents/20184/540394/letalidade_policial_no_rio_de_janeiro_em_10_pontos_1.pdf. Acesso em 9 de maio de 2021.

Em tempos da pandemia do COVID-19, o número de homicídios aumentou: a estatística de homicídios dolosos aumentou no Estado do Rio em março de 2020, foram 372 vítimas, 8% a mais que as registrados no mesmo mês de 2019. As maiores taxas de aumentos de homicídios foram registradas em áreas que vêm sendo intensamente disputadas por facções do tráfico: Macaé e Região dos Lagos. No município, o crescimento foi de 161% – maior percentual em todo o estado. Na Região dos Lagos, a guerra se concentra nas cidades de Cabo Frio e Araruama. Houve um aumento de 76% nos homicídios[253].

Sobre as milícias nos ocuparemos no capítulo derradeiro desta obra. Os números trazem destaque sobre a questão dos homicídios e o incremento da violência no Estado. E, quando os governantes estão acuados e pressionados pela opinião pública, a resposta do Estado para o avanço do crime organizado é a repressão penal e o endurecimento das leis que resultaram em grande incremento da quantidade de pessoas presas.

No Rio de Janeiro, segundo o INFOPEN, em dezembro de 2019 havia 50.822 pessoas cumprindo pena, com 31.485 vagas em 56 estabelecimentos prisionais, o que representa 161% de superlotação, ou seja, para cada vaga temos quase dois presos, em claros problemas de espaço e condições sanitárias, acompanhando os dados que apresentamos sobre a realidade prisional brasileira. Comparativamente, em 2010 a população carcerária era de 25.514 presos, ou seja, o número de presos praticamente dobrou em dez anos.

E por que destacamos os números da população carcerária carioca? A verdade é que os presídios possuem uma similitude com as comunidades brasileiras em relação ao Estado, pois ambos são tratados com o mesmo descaso com flagrantes ofensas à dignidade da pessoa humana e à defesa dos direitos fundamentais.

Nos dados que apresentamos sobre a geografia da exclusão, a maioria da população prisional tem o mesmo perfil dos mora-

---

[253] **HOMICÍDIOS AUMENTAM MESMO COM A QUARENTENA.** Jornal O Globo, sábado 25 de abril de 2020, p. 26.

dores das comunidades. Então, veremos como se formaram as facções criminosas e qual a relação das mesmas com os morros e comunidades cariocas e, se a população carente tem real envolvimento com as facções criminosas. E, a fim de concentrar melhor resultado em nosso estudo, elegeremos como a facção a nos aprofundar o Comando Vermelho, a mais antiga organização criminosa do Brasil e que inspirou muitas outras, inclusive o Primeiro Comando da Capital, o PCC, que por um longo período se tornaram parceiros na rota das drogas.

Para tanto, destacaremos o surgimento do Comando Vermelho, seu desenvolvimento e foco de atuação, para depois analisar a questão das comunidades cariocas e a relação com as facções.

3.1. COMANDO VERMELHO: O SURGIMENTO SOB O CONTROLE ESTATAL

A violência carioca não começou com as facções criminosas e já existia nos presídios, antes mesmo da presença do Comando Vermelho no interior do sistema, o que mudou foi o volume de atividades e de atos que passaram a envolver o crime. Em idos do começo dos anos de 1970, mostravam relativa tranquilidade no Morro da Providência, uma das primeiras favelas cariocas.

Ainda não havia cocaína nas favelas, nem fuzis, mas os criminosos começavam a se armar no mercado negro com escopetas e metralhadoras. Os moradores, quando atingidos por balas perdidas, se calavam sobre o contexto em que foram feridos, com medo de represálias. Não existia Comando Vermelho, que nasceria no final dos anos 1970, no presídio de Ilha Grande e, tampouco, o BOPE – Batalhão de Operações Especiais – que seria criado no começo dos anos 1980, mas ainda com o nome de Companhia de Operações Especiais da Polícia Militar. Mas já existiam conflitos, um deles teve notoriedade e virou parte da filmografia brasileira como o conflito das quadrilhas que dominavam a Cidade de Deus entre Zé Pequeno e Mané Galinha.

No entanto, naquela época a droga que predominava nos morros era a maconha. Os conflitos somente se intensificaram quando o Comando Vermelho e a cocaína chegaram aos morros devido à queda do preço no começo dos anos de 1980. Os assaltantes se transforam em traficantes por descobrir que a atividade gerava mais lucro e menos risco. Com o aumento do volume e das pessoas, foi necessária a compra de armamentos e a defesa tanto da droga quanto do próprio território. Sobre o tema Carlos Amorim:

> O início do narcotráfico em escala comercial no Brasil data de 1982. Na época, os traficantes colombianos, especialmente o cartel de Medellín, chefiado pelo líder histórico Pablo Escobar, concluíram que o país deveria passar de simples corredor de exportação de drogas (para os Estados Unidos e Europa) à condição de mercado consumidor. O Brasil dispunha de uma vida metropolitana, com grandes cidades (quase 80% da população vivendo em municípios de mais de 170 mil habitantes, segundo o IBGE), uma juventude ativa, farta atividade noturna, grandes contrastes sociais que facilitavam o comércio de drogas, a prostituição etc[254].

Os problemas nos morros realmente se avolumaram com o desenvolvimento das facções criminosas e a ocupação das mesmas nas comunidades cariocas. Mas o que são as facções criminosas?

As facções brasileiras são organizações criminosas que possuem estatuto e ideologia bem definidas, com foco principal em lutar contra a opressão do Estado e, também, sedimentar o domínio das atividades ilícitas dentro e fora do universo prisional através de expansão territorial. Surgiram como uma forma de unir os presos contra a repressão estatal.

Antes de vermos a história que antecede e envolve o surgimento do Comando Vermelho, inverteremos um pouco a ordem e mostraremos o que a principal facção carioca defende, através de seu estatuto:

---

[254] AMORIM, Carlos. **Assalto ao poder**. Rio de Janeiro: Record, 2010, p. 188.

1. Respeito, Lealdade, Justiça e União. 2. Todos da organização ficam cientes que a prioridade de tudo é a Liberdade, o Resgate, a Tomada na Rua, em Delegacias, Fórum, sem discriminação para todos. É a liberdade a qualquer custo. 3. Os amigos com estrutura que não contribuírem com a organização, e que fiquem usando o nome do Comando Vermelho para fins próprios, serão condenados à morte sem perdão. 4. Não serão aceitas mais guerras particulares, muito menos desavenças. Qualquer amigo que atentar contra a vida de outro amigo pagará com a vida. 5. A partir deste Estatuto, aqueles que ficam comprando e dando volta (não pagando) em matutos (atacadistas de drogas), fazendo pilantragem e sem-vergonhice, serão cobrados severamente. Estes estão sujando o nome do Comando Vermelho. Isto é luta, é vida, é história, é sangue. É responsabilidade. Comando Vermelho é histórico e eterno. 6. O Comando Vermelho nasceu na Ilha Grande. Tudo começou em uma luta. Nós lutamos contra a opressão, torturas, confinamentos, quadrilhas que assaltavam e estupravam seus próprios irmãos e matavam por encomendas. E resolvemos os problemas internos. À mesma luta demos continuidade na rua, para chegarmos à Liberdade. E esta luta é sem trégua até a vitória final. 7. Na organização, todos terão a mesma opinião a ser respeitada. Mas a decisão final será a dela (a organização), para qualquer situação, tomadas pelas pessoas capacitadas a resolver. A organização não admitirá qualquer rivalidade ou disputa de poder na liderança, pois cada integrante saberá a função que é competente de acordo com suas capacidades. 8. A organização é bem clara: aqueles amigos que têm condições na boca de fumo e não ajudam os que trabalham para eles, nem ajudam o Coletivo Prisional, serão substituídos. 9. Estamos fazendo um resgate da ideologia que fundou o Comando Vermelho. Qualquer erro que venha de encontro aos itens deste Estatuto, a sua vida estará à mercê. Só assim veremos os verdadeiros amigos. 10. Aos que fazem parte da organização: por vários anos se iniciou uma luta em 1988 (ano da construção da Penitenciária de Bangu I), a opressão das autoridades fascistas, ditadores. Lá estão confinados amigos por vários anos. Lá morreu Rogério Lengruber (líder do Comando Vermelho). Deixamos claro nossa amizade pelo PCC. 11. Cada responsável por sua área é designado para cumprir uma missão contra a opressão. E, se não cumprir, será severamente cobrado pela Organização. Deixamos claro que o objetivo maior é somar: somente a união faz a força, para a certeza da vitória, que todos

façam a sua parte, e cada um receberá o tratamento que merece de acordo com o seu comportamento, ações e responsabilidades. Aqueles que não forem por nós serão contra nós. 12. O Comando Vermelho foi criado no Presídio da Ilha Grande, contra os maus-tratos, para derrubar o Sistema Penitenciário, contra a opressão e contra todo o tipo de covardia contra os presos, fundamentado no princípio da Liberdade, por uma sociedade justa, que permita que todos tenham o direito de viver com dignidade. O Comando Vermelho é incontestável, já provado, todos os que fazem parte desta organização estão de passagem, mas o Comando Vermelho é histórico e contínuo. 13. Que fique bem lembrado que o Comando Vermelho nasceu na Ilha Grande nos anos de 1969, quando o país passava por uma crise, em anos de ditadura militar. A LIBERDADE PRECISA SER CONQUISTADA PELO OPRI-MIDO, E NÃO DADA PELO OPRESSOR. LIBERDADE, RESPEITO, LEALDADE, JUSTIÇA E UNIÃO. COMANDO VERMELHO[255].

De seu estatuto pode-se perceber a linguagem endurecida pela violência impingida dentro do sistema, pelos anos de maus-tratos e vilipêndios de condições mínimas nos presídios brasileiros. No item 6 fica claro que se tratou de uma luta contra a opressão do Estado. Ao mesmo tempo se nota um regramento completamente verticalizado, no qual não há espaço para o debate ou a flexibilização, com muito radicalismo, no qual o resultado para os que não obedecerem será o preço de sua própria vida.

A própria história da facção é resumida no item 12: nasceu contra os maus-tratos para derrubar o sistema penitenciário contra a opressão e contra todo o tipo de covardia contra os presos, fundamentado no princípio da Liberdade, por uma sociedade justa, que permita que todos tenham o direito de viver com dignidade.

O que os próprios presos perceberam? Que sozinhos ou em pequenos grupos sua resistência contra os agentes penitenciários e a mão forte do Estado era facilmente superada e os desmandos continuariam. Apesar do estatuto mencionar que o Comando

---

[255] PORTO, Roberto. **Crime organizado e sistema Prisional**. Ed. Atlas, 03/2008, p. 89-91.

Vermelho data de 1969, o que provavelmente se refere a reunião dos membros da LSN, a doutrina estabelece como consenso seu surgimento somente uma década depois.

Não é equivocado se afirmar que o Comando Vermelho surgiu como uma resposta dos presos às péssimas condições sanitárias, de convivência, de infraestrutura dos presídios brasileiros. Além disso, também se pode dizer que o que viria a ser a primeira facção criminosa do Brasil se originou como fruto da ditadura[256], em uma mescla de presos políticos com presos comuns.

Carlos Amorim, jornalista que publicou obras que se tornaram referência sobre o Comando Vermelho, mostra o momento em que se revelava o surgimento dessa facção às autoridades, o que também lhe serviu como ponto de partida para a investigação jornalística sobre o tema:

> A ideia da pesquisa surgiu depois que assisti a uma violenta batalha entre policiais e uma das quadrilhas ligadas à organização. No final, havia centenas de policiais contra um bandido. Ele resistiu durante onze horas num pequeno apartamento na Ilha do Governador, cercado pelo que havia de melhor na polícia carioca. Uma cena libanesa. Quatro mil tiros foram disparados. A intensidade do combate e a determinação do assaltante de bancos deixaram em minha mente uma pergunta que levei muito tempo para

---

[256] A reportagem de Carlos Amorim revela o que realmente é o Comando Vermelho: um filhote da ditadura militar. Criado na cadeia onde a repressão jogou, juntos, presos políticos e comuns, cresceu no vazio político e social ao qual o capitalismo selvagem relegou a grande massa, o povo das favelas, da periferia. Filho da perversa distribuição de renda, da falta de canais de participação política para esse povo massacrado, o Comando Vermelho pôde parodiar impunemente as organizações de esquerda da luta armada, seu jargão, suas táticas de guerrilha urbana, sua rígida linha de comando. E o que é pior: com sucesso. A cada capítulo, desde o início, o leitor se convence do irremediável: o Comando Vermelho não é um caso de polícia. É um câncer político. Mas não um tumor que se extirpe. A omissão, incompetência e interesse dos políticos que governam e governaram o Rio – como documenta o autor – deixaram o tumor virar metástase, enraizado em todo o tecido social. Pois não só os favelados sustentam o Comando Vermelho. Também os filhos da classe média e os yuppies que consomem drogas dão seu sangue para alimentar o câncer. PONTUAL, Jorge. Palavra do leitor. In AMORIM, Carlos. Comando Vermelho. 4. Ed. Rio de Janeiro: Record, 1994.

responder: por que alguém desiste de viver apenas para manter de pé um juramento de lealdade entre criminosos comuns? Para o assaltante cercado, o companheirismo era mais importante do que a vida. Não é fácil entender. O tiroteio da Rua Altinópolis revelou pela primeira vez ao grande público a existência do Comando Vermelho. O ano era 1981[257].

A realidade prisional de final dos anos 1970 e início dos anos 1980 era de violência dentro dos presídios. Nas palavras de um detento da época:

> O maior inimigo da massa da Ilha Grande, entretanto, era a própria ilha, dividida e dominada pelo terror. Eram presos que cortavam madeira no mato e preparavam os porretes usados pelos policiais. Fabricando caixões, aprendia-se o ofício de marceneiro. Era visível um cemitério nos fundos do próprio presídio[258].

Carlos Amorim atesta que as condições eram precárias e os recursos escassos:

> As grades têm a ferrugem das décadas. E muitos lugares ainda exibem cicatrizes das incontáveis rebeliões e incêndios. O presídio da Ilha Grande tem segredos: mortes violentas, estupros, o preso contra o preso, a guarda contra todos. Porque essa é uma cadeia de muitos horrores. É a mais pobre de todo o sistema carcerário do estado do Rio. Faltam comida, colchões, uniformes para os presos, cobertores para um inverno de ventos frios que vêm do mar. Faltam armas e munição para os soldados – e é comum que eles mesmos as comprem em caráter particular. Papel higiênico, aqui, é coisa de que nunca se ouviu falar. A cadeia, construída para abrigar 540 presos, está superlotada. Os 1.284 homens encarcerados ali no ano de 1979 se vestem como mendigos[259].

---

[257] AMORIM, Carlos. Comando Vermelho. 4. Ed. Rio de Janeiro: Record, 1994, p. 56.

[258] LIMA, William da Silva. 400x1: Uma história do comando vermelho. 3 ed. Rio de Janeiro: ANF Produções, 2016, p. 56.

[259] AMORIM, Carlos. **Comando Vermelho**. 4. Ed. Rio de Janeiro: Record, 1994, p. 56.

E também destaca que a população prisional de Ilha Grande era composta pelos criminosos mais perigosos do Rio de Janeiro à época:

> Os piores criminosos do Rio estão trancados nas quatro galerias que formam o presídio, contrariando tanto o projeto arquitetônico do prédio quanto as intenções da Justiça. A cadeia foi criada na Primeira República, quando ali existia um posto de fiscalização sanitária para os navios que podiam trazer a febre tifoide da Europa e as mazelas da África. Na década de 20, é construída a cadeia para os presos idosos e para aqueles em fase de término da pena. A partir dos anos 60, a Ilha Grande se transforma num depósito para os mais perigosos. Vira "prisão de segurança máxima". E ainda se comete o erro de juntar o bandido dito irrecuperável com o velho presidiário, que trabalha de colono nas lavouras em torno do presídio[260].

As condições precárias não eram exclusividade de Ilha Grande, porque um dos fundadores do Comando Vermelho, William da Silva Lima, retrata as condições de outro presídio, em Água Santa:

> As celas são superlotadas. Em cada xadrez moram, em média, trinta homens. As ralas espumas com que forramos o chão, além de estarem impregnadas de insetos daninhos, não são suficientes para todos. Na maioria dos casos, dormem dois homens em cada espuma. Para mantermos a higiene somos obrigados a comprar desinfetante e sabão com nosso próprio dinheiro, pois nada disso a casa concede. Improvisamos panos para a faxina com pedaços de cobertores. A água só é aberta três vezes ao dia, 15 minutos por vez. Permanecemos trancados 24 horas por dia. Não é permitido nenhum tipo de comunicação de um xadrez para o outro, por mais necessária que seja. A casa não dá nenhum tipo de ocupação. Se procuramos fazer algum tipo de trabalho de artesanato, pagamos preços absurdos pelo material, comprado aqui na cantina. Estamos em Água Santa como se estivéssemos sepultados

---

[260] AMORIM, Carlos. **Comando Vermelho**. 4. Ed. Rio de Janeiro: Record, 1994, p. 56.

> vivos. Aliás, os que se encontram na galeria A (a mais numerosa) estão literalmente sepultados vivos, já que essa galeria é subterrânea... Estamos cansados de assistir cenas em que um companheiro é retirado sob espancamento para ser levado à inspetoria, onde será submetido a mais violência[261].

Como se vê, tanto em Ilha Grande quanto em Água Santa, podemos definir a realidade como precária, com os presos irritadiços, muitos se considerando humilhados, com torturas físicas e psicológicas, com maus-tratos, sem perspectiva diante de um regime militar, a violência era a moeda cotidiana para os considerados excluídos sociais. A única meta parecia ser sobreviver mais um dia. Porque, além dos problemas com o Estado, ainda havia conflitos entre os próprios presos.

Em um presídio em que as condições sanitárias, espaciais e até de infraestrutura passam à margem, é natural que o elevado acúmulo de presos os obrigue a fazer alianças entre os grupos a fim de que possam sobreviver e conviver. Em um local que somente abriga os piores criminosos em uma taxa de ocupação de dois para um é natural que qualquer esbarrão seja motivo para um conflito, em um ambiente que pode ser considerado como um barril de pólvora sempre à espera de que alguém acenda um fósforo.

Dentre essas coalizões existiam as lideranças:

> Quinze homens comandam a cadeia em 1979. A Falange Zona Norte ou Falange Jacaré é que determina para onde o vento sopra. A massa carcerária faz o que eles querem, já que controlam duzentos dos mais perigosos internos do paraíso. As outras falanges mantêm com a Jacaré uma prudente relação de respeito e colaboração. Os únicos inimigos do grupo estão trancados no " fundão", praticamente incomunicáveis, sem contato com o resto do presídio. Lá se organiza a Falange LSN, embrião do Comando Vermelho, sob orientação de alguns presos que tiveram a vida carcerária tremendamente influenciada pelos condenados de origem política. A Zona Norte tem três comandantes: André Luiz

[261] LIMA, William da Silva. **400x1: Uma história do comando vermelho**. 3 ed. Rio de Janeiro: ANF Produções, 2016, p. 64.

> Miranda Costa, Valdir Pereira do Nascimento, Luiz Carlos Pantoja dos Santos – o Parazão. Extremamente violentos, lideram os criminosos que são autores da maioria dos assassinatos no presídio. A Falange Jacaré administra o pedágio na Galeria D e no próprio pátio coletivo do Presídio Candido Mendes. Tráfico de drogas e armas, só com a participação ou autorização do grupo, que recolhe um "dízimo". Ou seja: toda a atividade criminosa na cadeia só serve para aumentar o poder dos "jacarés". Somando a área de ação das falanges Zona Sul, da Coréia e Jacaré, mais de quatrocentos presos formam o maior segmento organizado dentro da Ilha Grande[262].

Essa divisão de presos reflete a divisão dos presos políticos com os presos advindos das organizações armadas dos anos 1970. Enquanto os primeiros ficaram no denominado Fundão, o segundo grupo ficou na ala norte, separados por questões ideológicas. Esse Fundão, nas palavras do Professor, era assim dividido:

Eram vinte cubículos individuais, ocupados por quatro ou cinco pessoas em regime de tranca dura, com direito de circulação pela galeria apenas nos instantes que antecediam o café da manhã e o almoço, servidos em grandes panelas. Abertos os cubículos, fazíamos filas para encher nossos pratos com a combinação quase invariável: feijão-com-arroz e carne-com-batata. Além desses parcos minutos, meia hora de banho de sol e curtas visitas quinzenais era o tempo disponível que tínhamos fora das celas. Quase noventa homens permaneciam assim, isolados duplamente – da comunidade em geral e dos demais presos[263].

Um ambiente prisional hostil, com muita pressão e apreensão – afinal, se tratava dos piores criminosos do Rio de Janeiro. Fora isso, os próprios presos se segregavam em grupos distintos, com muito tempo isolados, sem direitos, sem contato, com condições muito abaixo das aceitáveis e todos unidos por afinidades comuns, não era de se estranhar que seria questão de tempo que a convi-

---

[262] AMORIM, Carlos. **Comando Vermelho**. 4. Ed. Rio de Janeiro: Record, 1994, p. 77 e 78.

[263] LIMA, William da Silva. **400x1: Uma história do comando vermelho**. 3 ed. Rio de Janeiro: ANF Produções, 2016, p. 71 e 72.

vência obrigatória entre os presos desenvolvesse possibilidades de união de pensamentos e a elaboração de um conjunto de ideias contra um inimigo comum: o Estado e tudo o que ele representa.

> Há uma peculiaridade importante acerca do surgimento do Comando Vermelho: a mesma dos presos comuns com os presos políticos, fato este que propiciou a mobilização e a estruturação de uma resistência contra o sistema. Em uma entrevista concedida por detentos da época ficava clara a estruturação de uma ideologia prisional: "A própria situação de violência da implantação do... do... chamado Comando Vermelho, de toda aquela situação de violência crescendo nos presídios, né, quando se misturou preso político com preso comum... e eles trocaram informações e começaram a estruturar o crime organizado... começaram a organizar o crime e havia situações que transbordavam desse presídio, e a Varginha, ela foi palco de reuniões assim, onde o alto comando do crime se reuniu para tomar decisões que iriam nortear toda essa organização do crime[264]".

William da Silva Lima, conhecido no ambiente prisional como professor, era um desses presos que conviveram com os presos políticos, nas palavras do mesmo, já com o devido registro da violência estatal:

> O que o hospital consertou, a escolta voltou a quebrar, apenas para manter a velha praxe. Cheguei na ilha e, moído de pau, fui levado direto para o lado B da segunda galeria. Era a mesma que, anos antes, recebera os marinheiros e outros presos políticos da velha geração, depois da fuga da Lemos de Brito. Gradativamente libertados, a partir de 1971 foram substituídos pelo grupo ao qual me integrei. Assaltáramos bancos, mas em vinculação com as organizações armadas, que faziam o mesmo num contexto contra o regime de exceção[265].

---

[264] Entrevista concedida por G. e C. Fita 02, lado A, 07 de abril de 2004. Projeto História de Pessoas e Lugares. In LIMA, Fábio Souza. **O mito do Comando Vermelho: Em Manguinhos e no Rio de Janeiro**. Rio de Janeiro: Edição do Autor, 2011, p. 17.

[265] LIMA, William da Silva. **400x1: Uma história do comando vermelho**. 3 ed. Rio de Janeiro: ANF Produções, 2016, 71.

O grupo do Fundão, ao qual ele pertencia, era composto pelos presos políticos mais politizados, com leituras frequentes e troca de ideias entre eles. Aliás, como de praxe, o Estado apresenta pessoas que não se conhecem e possibilita a união de esforços comuns contra si próprio. Foi no Fundão que William, um dos fundadores do Comando, Vermelho conheceu Nelson Nogueira dos Santos e, logo de início, era perceptível a possibilidade de uma união ideológica contra os maus-tratos estatais, nas palavras do professor:

> Logo descobri que Nelson Nogueira era um preso singular: tinha cerca de trinta anos de idade, lia muito, falava mais, gostava de música clássica. Exercia uma clara liderança intelectual sobe os outros. Era ele que redigia os documentos, incentivava os grupos de estudo, fazia um acirrado trabalho de conscientização.
> No primeiro banho de sol, pudemos conversar longamente. Ele discorreu sobre as dificuldades do Fundão e a necessidade de organizar os companheiros, para superar diferenças trazidas da rua e estabelecer um modo de vida que permitisse liberar nossas energias para o confronto com a repressão e a luta pela liberdade[266].

Claro estava que o Estado não via os presos de Ilha Grande como candidatos a um processo de ressocialização prisional e com claras possibilidades de reinserção social. Aos olhos das autoridades, aqueles presos estavam ali para receber a mão forte do Estado e aprender que não seria tolerado o comportamento subversivo, incompatível com o regime da época, e com os valores que o Estado preconizava, portanto, se a força fosse a linguagem comum, então esta seria empregada rotineiramente.

O que o Estado não percebia é que esta não era uma prisão comum, não estava alocada ali uma massa indistinta de pessoas sem cultura, submissas, criados sob a égide da violência e do

---

[266] LIMA, William da Silva. **400x1: Uma história do comando vermelho**. 3 ed. Rio de Janeiro: ANF Produções, 2016, p. 73.

desconhecimento. Isso também, porém, parte do universo prisional de Ilha Grande era politizada e diferenciada intelectualmente dos demais presos. Esses detentos tinham a capacidade de reivindicação e articulação a fim de lutar com o poder das palavras por melhores condições, pelo fim dos espancamentos e pela circulação dos presos entre os cubículos do Fundão. Além disso, se buscavam melhores condições para as visitas, seja para os visitantes, como para as estruturas em si. O relato de maus tratos e violências psicológicas eram comuns pelos familiares dos detentos que, inclusive, não podiam fazer o pernoite, logo encaravam a longa viagem de ida e volta no mesmo dia. Era claro que esses relatos inflamavam uma população já irritadiça.

O primeiro ato de união dos presos contra o sistema estatal opressor ocorreu em 1974 em relação a dois presos comuns que tentaram fugir por ocasião de prestarem serviços extramuros. Foram localizados após alguns dias e retornaram com elevado nível de espancamento e foram deixados do lado de fora do portão principal e morreram em decorrência da violência dos agentes diante dos olhos dos próprios presos. Foi o estopim pela reivindicação de melhorias.

Foi feita uma denúncia formal contra a administração penitenciária e contou com a assinatura de duzentos presos comuns, além dos noventa presos do Fundão. Como o pedido conseguiu deixar os muros e chegou ao conhecimento da opinião pública, vários agentes penitenciários foram punidos, o que ao invés de minorar os maus-tratos, apenas acirrou ainda mais os ânimos entre as partes.

Os presos se organizaram e pactuaram entre si um acordo de não mais agressão, violência de preso contra preso. Agora os problemas seriam resolvidos somente do lado de fora do presídio, porque dentro, deveria haver coesão entre a massa carcerária.

A fim de minorar o impacto desses intelectuais dentro de Ilha Grande, eles foram transferidos para Água Santa, porém, não tardou muito para se reencontrarem, reagruparem e se fortalecerem, como retrata o Professor:

> Nós, os da Lei de Segurança, permanecíamos unidos pelo mesmo comportamento, e todos os presos sabiam que não ficariam impunes atos de violência contra nós. Acostumados com a organização do Fundão, logo começamos a queimar cobertores infectos e dividir melhor os espaços, tendo em vista garantir higiene e limpeza. Não demoramos a nos reencontrar – na surda. Nelson, Nanai, Sérgio, Aché, Flávio, Ricardo Duram, Almir do Amaral e eu fomos para a pior masmorra entre quantas o sistema tem ou já teve. Era uma caixa subterrânea de ferro e concreto, com cinco metros por quatro, sem luz natural, sem circulação de ar, sem vaso sanitário ou qualquer forma de eliminação de dejetos[267].

Como forma de reduzir o ímpeto do grupo do Fundão, o Estado teve uma ideia sensacional na visão deles, mas que, na prática, teve o efeito diametralmente contrário: colocar os presos politizados com os presos comuns, porque na expectativa dos administradores do presídio, os presos normais iriam contaminar e arrefecer o espírito combatente dos presos políticos. Porém, na prática, o que aconteceu? O grupo do professor passou a ensinar os presos comuns padrões de organização e a importância de ser um grupo coeso a fim de resistir contra os desmandos estatais.

Essa organização propiciou ao presídio uma harmonia no ambiente prisional com a proibição dos atos de violência entre os próprios presos, como mencionamos. O resultado foi a defesa da cooperação e proteção como forma de minorar as condições muito adversas que lhes eram impostas pelo sistema. O tempo conferiu ao grupo a denominação de Falange da LSN (Lei de Segurança Nacional), porém, para o diretor do presídio eles eram o Comando Vermelho.

Se o grupo era reconhecido como Falange da LSN ou Comando Vermelho neste início não há grande relevância, pois seus atos é que contribuíram sobremaneira para a consolidação dos ideais do que viria a ser a maior e mais temida facção criminosa do Rio de Janeiro. Dentre eles destacamos a irmandade e a cooperação

---

[267] LIMA, William da Silva. **400x1: Uma história do comando vermelho**. 3 ed. Rio de Janeiro: ANF Produções, 2016, p. 101.

mútua entre os detentos. Para a época foi uma mudança de paradigma, porque não havia a defesa de interesse deste ou daquele preso, mas sim da organização como um todo, com os interesses comuns a todos os presidiários. E, quando as reivindicações passaram a ser atendidas, o respeito e a confiança dos demais foram uma consequência natural.

Da união desses presos surgiu a luta por melhores condições para sua vida comunitária na prisão. E, com o transcurso do tempo, foram possíveis melhorar, principalmente, o setor médico e dar o tratamento mínimo aos detentos. Eram as reivindicações sendo atendidas e o respeito dos demais sendo conquistado dentro de Ilha Grande. Ademais, se criou entre os presos uma norma que os que saiam do ambiente prisional enviariam dinheiro para poder auxiliar na manutenção da vida carcerária dos que ficaram.

Carlos Amorim destaca a mudança da realidade prisional com a chegada dos presos políticos e como estes contribuíram para o surgimento do Comando Vermelho:

> Os presos políticos levaram para lá a sua organização, logo fortalecida com a chegada de outros condenados pela Lei de Segurança Nacional. Entre eles estavam agora deputados, funcionários públicos, universitários. O mesmo processo de união para enfrentar o ambiente se repete. Com mais força. O preso ideológico não se contém com a prisão. Ao contrário, ele cresce. Na Ilha Grande, ocorreu um fenômeno ideológico por contaminação. Acabou gerando o Comando Vermelho, que perdeu a formação política original, nobre como movimento de libertação nacional, mas que absorveu a estrutura para se organizar como crime comum. Os bandidos adotaram o princípio da organização para verticalizar o poder dentro do grupo[268].

E essa organização passou a ajudar os próprios presos e se fortalecer, o Professor destaca como que o Comando Vermelho melhorou as condições dos demais com o domínio da cantina:

---

[268] AMORIM, Carlos. **Comando Vermelho**. 4. Ed. Rio de Janeiro: Record, 1994, p. 89.

Nós prosseguimos o trabalho de organização. Encampamos a cantina, até então mantida pelos quadrilheiros, e criamos uma cooperativa para ajudar os que fossem para o castigo ou que estivessem em pior situação: cigarros, selos, envelopes, papel, sabonete, pasta de dentes e alimentos eram prioritariamente destinados a eles, como forma de apaziguar a cadeia. Ninguém podia mais justificar um roubo dizendo que era caído: a cooperativa era pobre, mas garantia o essencial. Os que trabalhavam fora dos muros passaram a trazer fruta. A iniciativa cresceu. Fora as quadrilhas, não mexemos com o negócio de ninguém, de modo que todos podiam fazer seu próprio comércio. Só não se podia mais assaltar, matar, estuprar. Nem, é claro, alcaguetar[269].

Carlos Amorim confirma que esta organização já recebia a alcunha de Comando Vermelho:

> O Comando Vermelho funda e controla o Clube Cultural e recreativo do Interno (CCRI), entidade única na história do sistema penal no país. O grêmio administra a cantina onde os presos sem recursos podem comprar fiado, do cigarro à cachacinha e- dizem – até maconha. Dinheiro emprestado também não é problema para os membros da organização, que preparam uma caixinha, um fundo de aplicações que recolhe contribuições voluntárias. Aos poucos, gente de outras galerias também começa a participar. E o "mundo livre", do "continente", vem dinheiro também. (...)
> O Clube Cultural e recreativo do Interno (até parece nome de escola de samba) organiza uma farmácia que atende a quem pode pagar por remédios. E quem não pode, entra no "livro de favores". Paga quando puder – ou fica "devendo um favor" (...) Mas o grande achado dos líderes do grupo é a criação de um time de futebol dos internos, o Chora na Cruz[270].

Não foram os presos que cunharam a expressão Comando Vermelho, mas sim a imprensa, como destaca o Professor.

---

[269] LIMA, William da Silva. **400x1: Uma história do comando vermelho**. 3 ed. Rio de Janeiro: ANF Produções, 2016, p. 127.
[270] AMORIM, Carlos. **CV-PCC: a irmandade do crime**. Rio de Janeiro: Record, 2004, p. 129-131.

Na prisão, falange quer dizer um grupo de presos organizados em torno de qualquer interesse comum. Daí o apelido de Falange da LSN, logo transformada pela imprensa em Comando Vermelho. Que eu saiba, essa denominação apareceu pela primeira vez num relatório de fins de 1979, dirigido ao Desipe pelo capitão da PM Nelson Bastos Salmon, então diretor do presídio da Ilha Grande.

Após os assassinatos de setembro de 1979, quando foi quase totalmente exterminada a Falange do Jacaré, a Falange da LSN ou Comando Vermelho passou a imperar no presídio da Ilha Grande a comandar o crime organizado intramuros em todo o sistema penitenciário do Rio. Com isso, as outras falanges ficaram oprimidas, passando a acatar as ordens da LSN, sob pena de morte[271]. Sobre esse conflito[272] destaca Carlos Amorim:

> Durante toda a madrugada os "vermelhos" afiam as armas. [...] O Comando Vermelho invade a galeria ao raiar do dia. [...] O grupo anuncia aos berros que vai poupar a vida de quem quiser se render [...] A galeria é só gritos. [...] A pressão é tão grande que os prisioneiros encurralados resolvem enfrentar o ultimato frente a frente. [...] A ideia é mostrar que não têm medo e que tudo não passa de um blefe dos "vermelhos". A batalha é rápida, sangrenta, implacável. Mais de três dezenas de homens do Comando Vermelho caem em cima deles. São mortos a socos e pontapés, pauladas e golpes de estoque. [...] Isso basta para que dez presos se rendam e passem à "cela de segurança', cuja porta está vigiada pelo Comando. [...] a porta do cubículo 24 começa a ser arrombada [...] é a vez dos líderes mais temidos da Falange Zona Norte [...] Os quatros são despedaçados em minutos, a cela é invadida e outros dez presos são feridos. [...] o massacre de 17 de setembro de 1979 marca a tomada do poder pelo Comando Vermelho na Ilha

---

271 LIMA, William da Silva. **400x1: Uma história do comando vermelho**. 3 ed. Rio de Janeiro: ANF Produções, 2016, p. 135.

272 No Brasil, o massacre de 17 de setembro de 1979 marca a tomada do poder pelo Comando Vermelho na Ilha Grande. Os grupos menores, que viviam à sombra da Falange Zona Norte, estabelecem imediatamente um pacto com os "vermelhos": a cadeia, agora, tem uma só liderança. AMORIM, Carlos. **Comando Vermelho.** Rio de Janeiro: Edições de Bolso, 2011, p. 140.

> Grande. Os grupos menores, que viviam à sombra da Falange Zona Norte, estabelecem imediatamente um pacto com os "vermelhos": a cadeia agora tem uma só liderança[273].

Com a tomada do poder dentro do presídio nascia uma única facção dominante, o que a imprensa cunhou de Comando Vermelho. A mídia popularizou a circulação do nome Comando Vermelho, que depois passou a ser adotado pelos presos, porém, o nome em si não é aleatório, afinal, os presos da Lei de Segurança Nacional, os LSN, que habitavam o Fundão do presídio de Ilha Grande não se consideravam presos políticos, mas eram, e não apenas políticos como também politizados. E, com suas reuniões, era frequente a circulação de livros sobre guerrilhas, Che Guevara e a onda vermelha, assim considerada pelos militares na época[274].

Esses ensinamentos claramente foram colocados em prática nas ações coordenadas pelo grupo nos anos que se seguiram, dentro e fora do universo prisional, por isso, dentro de Ilha Grande eram conhecidos popularmente por Falange Vermelha e, igualmente por isso, no estatuto da facção aparece o ano de 1969, quando esses presos foram transferidos para Ilha Grande, e não 1979, quando de fato a facção se estabeleceu. É o reconhecimento de sua própria história.

O Estado criou a organização dos presos, os uniu e sedimentou seus interesses unidos por um único objetivo: lutar por melhorias contra um sistema opressor e reivindicar apoio contra o elemento único odiado universalmente: o próprio Estado. O grupo que se formou na Ilha Grande percebeu que a fraternidade que os uniu era maior do que qualquer hierarquia ou uma estrutura propria-

---

[273] AMORIM, Carlos. **CV-PCC: a irmandade do crime**. Rio de Janeiro: Record, 2004, p. 134-136.

[274] Fica claro que a sua sofisticação (dos bandidos da quadrilha do Zé do Bigode um dos líderes do Comando Vermelho) não se limitava ao tipo de armamento que usavam: sua periculosidade era, em consequência, muito maior. Usavam técnicas da guerrilha, codificadas, na década de 60, por Marighela e Guevara. Aprenderam-nas certamente, na cadeia, onde conviveram com terroristas de esquerda. Jornal O Globo, editorial de 8 de abril de 1981.

mente dita. E o Estado, involuntariamente, auxiliou a facção a se popularizar, quando incrédulo ante aos atos de Ilha Grande resolve transferir os líderes de maneira fragmentada para outros presídios cariocas. As histórias envolvendo as matanças se espalham, disseminam e alcançam boa parte dos 14 mil presidiários cariocas.

Pelos cálculos do Desipe, entre 1981 e 1982 o Comando Vermelho já possuía mais de dois mil adeptos nos presídios. A expansão era contínua dentro e fora dos muros das unidades carcerárias. Parentes de presos e até advogados passam a levar instruções de dentro dos muros para serem executados pelos membros soltos. A ordem era expandir, conquistar e se consolidar em um espaço fixo no Rio de Janeiro, sem chamar a atenção das autoridades.

E quando alguns membros desse grupo foram soltos, eles passaram a se acomodar nas comunidades que à época eram chamadas de favelas. Havia um respeito mútuo. A imprensa tratou de sedimentar o nome do Comando Vermelho nas atividades criminosas perpetradas no Rio de Janeiro, o que contribuiu para consolidar a imagem e respeitabilidade do mundo criminal sobre a facção.

Em um ousado plano de fuga, os membros principais do denominado Comando Vermelho fugiram: Roberto, Bira Russo, Saldanha, Baianinho, Paulo Cesar, Nanai, que acabou morto na fuga e Manoel Mariano, o Barbudo. O Professor tinha sido preso pouco antes e era o único do grupo que estava no sistema penitenciário entre os líderes, e traz o seu relato sobre a fundação da facção:

> Uma coisa é certa: a população carcerária, majoritariamente jovem, não será recuperada se ficar trancafiada em celas, brutalizada. Tivemos razão em lutar contra isso. Orgulho-me de ter integrado o grupo que inaugurou e difundiu, nas prisões, o comportamento – não a organização – que se chamou depois Comando Vermelho. Algumas vezes, as batalhas e os motins de que participei ajudaram a melhorar momentaneamente certos aspectos do sistema penal. E, sim, elas tiveram o preço de muitas vidas[275].

---

[275] LIMA, William da Silva. **400x1: Uma história do comando vermelho**. 3 ed. Rio de Janeiro: ANF Produções, 2016, p. 171.

A grande imprensa noticiou e deu publicidade sobre a facção criminosa, através da fuga de José Jorge Saldanha, o Zé do Bigode, em 4 de abril de 1981, e sua perseguição foi amplamente noticiada por se tratar de um preso foragido do presídio de Ilha Grande. Fora apontado como um dos líderes do ainda incipiente, nos olhos da mídia, Comando Vermelho. Foi localizado num apartamento e ofereceu forte resistência, que resultou na ação de quatrocentos agentes policiais ao longo de doze horas e em sua morte por um tiro de fuzil.

Em seu livro 400x1, William da Silva Lima, o Professor, escrito entre o período que esteve preso e solto, relata com detalhes a criação do grupo e o fortalecimento do mesmo em Ilha Grande. E o título da obra é uma homenagem ao ocorrido com Zé do Bigode, no qual o Professor relata:

> Parecia que dois exércitos iriam iniciar uma batalha. Na verdade, era mais ou menos isso. Um deles, porém, compunha-se inicialmente de apenas dois homens: Zé Saldanha e João Damiano Neto. Este último não tardou a ser morto, numa das diversas tentativas de invasão. Restaram, nessa batalha sem glória, quatrocentos homens contra um. Bombas foram lançadas, picaretas abriram buracos em paredes, telhas foram arrancadas – e nada. Aproximava-se das 16h e Saldanha ainda resistia. Para a Polícia, era uma inaceitável desmoralização, diante de rádio e TV.
> Às 17h30min, recorreu-se a bombas incendiárias, mas os bombeiros tiveram que apagar o fogo, que ameaçava consumir todo o prédio e já atingia o local onde jazia o corpo de um policial. O encurralado não se rendia, confirmando sua fama. No raiar do dia 4 de abril, entraram em ação as bazucas. Às 8h30min, finalmente, caiu morto o Saldanha. Sem se render. Segundo a imprensa, a operação consumira cerca de 150 bombas de gás lacrimogêneo, 15 granadas e quantidade incalculável de munição, que destruíram 12 apartamentos. Vitória ou derrota da repressão?[276]

---

[276] LIMA, William da Silva. **400x1: Uma história do comando vermelho**. 3 ed. Rio de Janeiro: ANF Produções, 2016, p. 144 e 145.

Roberto Porto destaca os membros fundadores do grupo:

> Sendo seus fundadores José Carlos dos reis Encina, o "Escadinha", Francisco Viriato de oliveira, o "Japonês", José Carlos Gregório, o "Gordo" e William de silva lima, o "Professor". O comando vermelho está essencialmente ligado ao tráfico de entorpecentes, utilizando a estratégia dos carteis colombianos, ou seja, aplicando o lucro da venda de drogas em melhorias para comunidade. Assim, o Brasil nos últimos vinte anos, tem sido rota de entorpecente, sendo produzida na Colômbia, passando pela Bolívia e posteriormente ingressado no Brasil[277].

Após a ampla propaganda feita pela mídia sobre o grupo, a saída dos presos, a instalação nos morros cariocas, a implantação da facção, o envio de dinheiro para os presos terem melhores condições no ambiente prisional, o respeito e, principalmente, os valores criados e consolidados pela facção começaram a se propagar para outros presídios. A lealdade, com elevada rigidez para quem descumprisse os mandamentos de paz do grupo: morte para quem praticasse violência ou assaltasse os companheiros, com uso de violência sendo autorizado apenas para fugir e, em especial, resistir e lutar continuamente contra a repressão e os abusos do Estado. Carlos Amorim destaca:

> Aliás, o surgimento das facções criminosas acabou com a maioria dos crimes avulsos nas cadeias. A cobrança de "pedágio" entre as galerias, o ataque sexual, os roubos de utensílios pessoais passaram a ser punidos com a morte. "O inimigo está fora das celas, aqui somos todos irmãos e companheiros", diziam os primeiros documentos do Comando Vermelho. O PCC também adotou esse critério, aumentando seu respeito junto à massa carcerária[278].

---

277 PORTO, Roberto. **Crime organizado e sistema Prisional**. Ed. Atlas, 03/2008.
278 AMORIM, Carlos. **Assalto ao poder**. Rio de Janeiro: Record, 2010, p. 95.

Eduardo Araújo da Silva destaca outras facções que inspiraram ou se desenvolveram a partir do Comando Vermelho:

> Outras organizações mais recentes e violentas emergiram nas penitenciárias da cidade do Rio de Janeiro a partir da década de 70: a "Falange Vermelha", formada por chefes de quadrilhas especializadas em roubos a bancos, nasceu no presídio da Ilha Grande, entre 1967 e 1975, o Comando Vermelho, uma evolução da "Falange Vermelha", comandado por líderes do tráfico de entorpecentes, surgiu no presídio Bangu 1 em meados da década de 70; o "Terceiro Comando", uma dissidência do "Comando Vermelho", foi idealizado no mesmo presídio, em 1988, por presos que não concordam com a prática de sequestros e com a prática de crimes comuns nas áreas de atuação da organização, a ADA ("Amigos dos Amigos") surgiu durante os anos 90, aliando-se ao "Terceiro Comando" em 1998, na tentativa de minimizar a influência do "Comando Vermelho", o "Terceiro Comando Puro", criado no Complexo da Maré no ano de 2002, resultou da extinção do "Terceiro Comando", após o assassino do seu líder. A partir dos anos 90 grupos para policiais (milícias), igualmente com perfil de organizações criminosas, passaram a atuar nas favelas cariocas, com a suposta finalidade de expulsar as facções organizadas que controlam o tráfico de entorpecentes local[279].

Bruno Shimizu destaca que o grupo ganhou notoriedade da imprensa e todos os crimes começaram a ser atribuídos à facção:

> A partir de 1996, com o episódio que se tornou conhecido como a "guerra" no Morro Santa Marta, a imprensa passou a dedicar cobertura massiva a tudo o que envolvesse a atuação do Comando Vermelho. Assim foi que, após essa primeira cobertura midiática de uma "guerra do tráfico", a facção passou a figurar nas manchetes sempre que um novo confronto eclodia, seja relativo à disputa entre grupos criminosos, seja relativo aos confrontos entre policiais e delinquentes. Dentre esses episódios de violência que figuraram sobejamente na mídia, pode-se citar, a título de exemplo, a chacina ocorrida em agosto de 1993 na favela de Vigário Geral, no

---

[279] SILVA, Eduardo Araujo da. **Crime Organizado: Procedimento Probatório.** 2ª ed. São Paulo: Atlas, 2009, p. 10-12.

Rio de Janeiro, quando um grupo de aproximadamente cinquenta homens encapuzados assassinou vinte e um moradores, entre adultos, jovens e crianças. A ação foi entendida como represália à morte de quatro policiais militares[280].

Exatamente essa propaganda voluntária fez com que o Comando Vermelho consolidasse seu poder fora do ambiente prisional, porque conferiu a imagem de violência e o perigo que a facção representava para aqueles que atravessassem seu caminho. Assim, quando de sua instalação nos morros cariocas não houve resistência, mas sim, medo sobre o novo inimigo do Estado.

O grupo teve uma estratégia que resultou positiva a seus interesses: investir no comércio da cocaína, assim, no começo da década de 1980 a droga chegou ao Rio de Janeiro, com a estratégia de substituir o consumo da maconha. Para tanto, os preços foram abaixando ao longo dos anos até se equivaler ao da maconha, que fazia o movimento contrário e encarecia, o que ajudou a disseminar e consolidar o comércio da cocaína que tinha no Comando Vermelho seu principal controlador e distribuidor.

Essa empreitada modificou a característica das bocas de fumo carioca, pois, se na época da maconha não havia comércio de outras drogas e, tampouco, a necessidade de defesa armada do comércio ou da utilização de muitos funcionários, com a chegada e disseminação da cocaína, tudo mudou, pois as bocas passaram a ter de se proteger e, por conseguinte, investiram na compra de armamentos e a usar crianças como "aviões" para entregar a droga.

A conduta do Comando Vermelho, bem como suas regras, foram se disseminando dentro e fora dos muros dos presídios e a organização cresceu e se consolidou como uma facção criminosa. Com o tempo, depois de estar minimamente estruturada economicamente e como ideologia, era hora do segundo passo: o plano

---

280 SHIMIZU, Bruno. **NOTAS PARA UM ESTUDO DAS FACÇÕES CRIMINOSAS BRASILEIRAS À LUZ DA PSICANÁLISE**. Revista da Defensoria Pública – Ano 5 – n.1 – 2012, p. 199-215.

foi dominar os presídios cariocas uniformemente. E quando as ideias da facção não eram recebidas ou acatadas, o diálogo dava vez à força e à repressão como forma de eliminação da concorrência.

Nesse diapasão, o Estado cometeu novo erro: negar e fingir a inexistência da facção criminosa. Era sabida a exigência da "caixinha", isto é, a cobrança de uma contribuição dos presos para a mantenedora das atividades do Comando Vermelho[281] que, em troca, protegeria seus membros e lutaria por melhores condições nos presídios cariocas. O Estado sabia e fez de conta que nada acontecia. Com a permissão indireta e a falta de resistência, o Comando Vermelho passou a dominar os presídios no Rio de Janeiro.

Em 1982 outro auxílio do Estado, com a eleição para Governador do Estado do Rio de Janeiro de Leonel Brizola e a introdução de ideais humanitários e pacifistas calcados na defesa dos Direitos Humanos, a invasão nos morros por parte da polícia foi proibida e a arbitrariedade estatal passou a ser contida. Foi o ambiente de paz que a facção precisou para consolidar sua hegemonia e sua real instalação nas favelas cariocas, com a estratégia da distribuição da cocaína, como dissemos.

Veja o paradoxo, quando um governo se instala com pensamento de proteger os direitos fundamentais do cidadão respeitando a todos, sua liberdade, a harmonia das relações, o crime organizado aproveita para consolidar seus interesses escusos.

Com base nessa ideologia, se instalou em abril de 1983 a Comissão Interna dos Direitos dos Apenados – CIDA, que teve por escopo funcionar como representante dos interesses dos presos com eleição dos presos de todos os presídios a fim de elaborarem propostas e divulgarem suas reivindicações. De olho nessa

---

[281] Companheiros! Esperamos que vocês estejam unidos, dando continuidade a tudo que estávamos fazendo e que possibilitou liberdade e estrutura para mais um grupo. A caixinha foi uma criação muito importante e tem por objetivo criar condições de liberdade e apoio para os que colaboram e colaboram com ela. Bilhete encontrado pela polícia em AMORIM, Carl**os. CV_PCC A Irmandade do Crime**. Rio de Janeiro: Record, 2003, p. 164.

oportunidade, o Comando Vermelho, de maneira violenta e com muito sangue, garantiu o representante de Ilha Grande.

A CIDA participou ativamente de muitas conquistas para os presos, como destacou Carlos Amorim:

> A CIDA não viveu só de retórica. A entidade alcançou êxito numa série de importantes reivindicações para a melhoria da vida dos detentos. A incomunicabilidade do sistema penal foi quebrada. Gente que há anos não recebia uma visita reencontrou a família e os amigos. Telefones públicos foram instalados nos pátios e até nas galerias dos presídios. (...) A censura à correspondência foi suspensa – na verdade, foi proibida pelo governo estadual. Em todas as unidades carcerárias foi instituída a visita íntima. Os presos, efetivamente, passaram a comer melhor. Os espancamentos por parte da guarda cessaram como por encanto. Era uma nova etapa nas penitenciárias[282].

O que se viu, na prática, foi a CIDA conquistar vários direitos para os presos; Porém, também, funcionou como propagandista dos ideais do Comando Vermelho e auxiliou a disseminar os ideais da facção nos presídios cariocas. Quando o Estado percebeu que a iniciativa fora deturpada e que ele próprio tinha auxiliado na consolidação da facção criminosa a resposta foi a conhecida: repressão e endurecimento penal.

Como apresentamos as atividades de maneira distinta, vamos mostrar o panorama da primeira metade da década de 1980: O Comando Vermelho, fruto da união de um grupo de presos advindo da Lei de Segurança Nacional, passa a partir de 1969 a consolidar interesses e a buscar melhores condições para seus pares. Dez anos depois é reconhecido como grupo organizado e no começo da década de 1980 é conhecido do grande público. Começa a escalada pelo poder.

Na primeira metade da década de 1980 há a luta sangrenta pela consolidação do poder dentro dos presídios e fora. Incentivada

---

[282] AMORIM, Carlos. **Comando Vermelho**. Rio de Janeiro: Edições de Bolso, 2011, p. 208.

pela política pacifista do Governo Brizola, se instala nas favelas cariocas e busca se infiltrar nas atividades criminosas, em especial, no tráfico de drogas e na distribuição e comercialização da cocaína. Com o auxílio de uma política estatal consolida seu poder nos presídios cariocas e se torna, definitivamente, uma facção criminosa.

A ascensão ao poder fora dos presídios não foi pacífica para o Comando Vermelho e, muito menos, para a cidade do Rio de Janeiro, pois a dominação foi feita através da violência com a extirpação e morte de líderes do tráfico e a ocupação de espaço forçada por parte da facção criminosa. A violência e a droga chegam de dentro para fora das comunidades.

A ordem é proteger as bocas de fumo com unhas e dentes, logo, os traficantes são equipados pelo Comando Vermelho com armamento pesado e o conflito com os líderes de cada morro é sangrento com muitas mortes de ambos os lados e, no meio do conflito, temos os moradores da própria comunidade. Assim, dentro das mesmas, a violência é tamanha que muda o cotidiano dos moradores que se veem obrigados a reforçar suas paredes e janelas, alguns colocam portas de ferro para se proteger das balas, além de sair pelos fundos e estocar tanto alimentos como água para não precisar circular com tanta frequência. É uma época de terror.

Concomitantemente, a facção começou a implementar suas ideias fora dos presídios, assim foram organizados e praticados assaltos a instituições financeiras e joalherias, o que serviu como o cartão de visitas à população carioca de um novo tipo de criminoso: organizado, meticuloso, bem equipado, com alto índice de sucesso nas operações ao atacar de maneira coordenada e planejada. A mídia consolida seu poder e influência ao disseminar o medo e a chegada de um inimigo do Estado que passa a dominar a violência a partir dos morros e das favelas cariocas.

Em 1985, o Comando Vermelho e sua escalada do terror já detinham 70% do tráfico e seus pontos de venda, mas a ordem era controlar tudo, a mudança foi rápida pela grande quantidade de armamento. Só que o preço para essa ascensão foi uma crise de violência que se disseminou no cotidiano dos cariocas, a droga chegara até nas escolas, dentro das salas de aula e com ela, a violência.

O que temos de ter em conta é que a ascensão foi relativamente rápida e consolidada pela violência e pela imposição do medo, paradoxalmente, duas atitudes que o Comando Vermelho sempre buscou coibir e resistir, porém, para lutar contra o Estado, a facção passou a usar dos mesmos métodos do seu inimigo.

Entre 1982 e 1985 consolidou-se um modelo de organização interligando em uma rede as quadrilhas atuantes no varejo, com base na proteção oferecida pelo CV dentro do sistema penitenciário. O modelo desenvolvido de uma organização em rede dentro do sistema penitenciário desde então divide-se em dois setores, um "intramuros" e outro "extramuros". Vários "donos" (presos ou não) controlam o varejo em uma ou mais favelas, com relativa autonomia em relação aos dirigentes do CV e sem qualquer vínculo organizacional com os fornecedores da droga no atacado Seu capital é o exercício, pela violência, do mandonismo na área e os contatos com fornecedores intermediários ("mulas") ou mesmo atacadistas[283].

E, a partir da segunda metade da década de 1980, com a fuga de Escadinha, a facção carioca atinge outro patamar. A consolidação do comércio das drogas, como destaca Carlos Amorim:

> O Comando Vermelho tinha cartas marcadas para a licitação do mercado das drogas. Na verdade, não estava muito longe de controlar o tráfico. A questão já andava muito bem encaminhada. Alguns dos maiores traficantes do Rio, como Escadinha e Sílvio Maldição, pertenciam à organização. Outros foram chegando: Dênis Leandro da Silva, o Dênis da Rocinha, Darcy da Silva Filho, o Cy de Acari, Paulo Roberto Cruz, o Beato Salu, Isaías Costa Rodrigues, o Isaías do Borel. A "tomada" dos morros do Pavão-Pavãozinho, do Vidigal e do Chapéu Mangueira, consolidada com a adesão dos chefes do tráfico, garante a venda de maconha e

---

283 MISSE, Michel. **Crime organizado e crime comum no Rio de Janeiro**. Revista de Sociologia Política. Curitiba, v. 19, n. 40, out. 2011, p. 13-25.

cocaína em toda a Zona Sul da cidade. Na Zona Norte, a barra é mais pesada. Mesmo assim, parte do problema tem solução, porque Escadinha domina o Morro do Juramento e porque consegue plantar na Favela do Jacarezinho o traficante Paulo Roberto de Moura, o Meio-Quilo[284].

A elevação e consolidação do Comando Vermelho perpassa pela figura de três personagens principais, dos quais nos ocuparemos a seguir: Escadinha, Marcinho VP e Fernandinho Beira-Mar. O primeiro foi o responsável por estabelecer as relações da facção com o tráfico de drogas transnacional, mais especificamente com Pablo Escobar e as drogas do Cartel Colombiano, que foram responsáveis por colocar o Brasil na rota da droga do comércio ilegal do crime organizado.

Já Marcinho VP foi o responsável por popularizar a venda da droga para a população de poder aquisitivo no Rio de Janeiro. E o caminho encontrado por ele foi entrar em contato com seu mercado consumidor nas areias das praias cariocas da Zona Sul, maior concentração de possíveis interessados no consumo de cocaína, em um momento em que praticamente só se consumia maconha. Porém, com o aumento do produto e a baixa do preço da cocaína e sua propaganda no mercado negro, a popularização não tardou a ocorrer. E pessoas como o Marcinho VP foram responsáveis por criar um mercado invisível e fora do radar das autoridades cariocas ao se misturar à população local.

Por fim, Fernandinho Beira-Mar, figura violenta desde a adolescência, um criminoso que gostava do crime e tinha aspirações maiores. Quando preso se aperfeiçoou e quando retornou a sua comunidade se tornou traficante e, devido a sua capacidade de organização e de um empreendedorismo inédito para a época, teve rápida ascensão no mundo do crime, a ponto de ir à Colômbia para firmar parceria entre a facção e as FARCS, o que

[284] AMORIM, Carlos. **Comando Vermelho**. Rio de Janeiro: Edições de Bolso, 2011, p. 218.

revolucionou o mercado da droga a níveis e volumes sem precedentes no Brasil.

Beira-Mar percebeu que poderia aumentar seus lucros ao eliminar os inúmeros intermediários e atravessadores entre os produtores da região andina, selva amazônica ou chaco paraguaio e os morros do Rio de Janeiro e da Baixada Fluminense.

Capitán Bado, cidade escolhida por Beira-Mar para fixar residência ao fugir do Brasil, está localizada no departamento de Amambay e é dotada de terras férteis. É considerada a capital mundial da maconha em razão da densidade de pés da *Cannabis sativa* por quilômetro quadrado[285].

Esses três mudaram o conceito do crime organizado no Brasil e fez com que o Estado se visse obrigado a reconhecer uma mudança de paradigma. Assim, nas palavras de Moreira Franco, então governador do Rio de Janeiro na década de 1990, "O crime não é mais o mesmo. Quem acredita que são apenas um bando de ignorantes, um punhado de analfabetos, está completamente enganado[286]".

Falemos um pouco mais detidamente sobre cada um deles e sua importância para o Comando Vermelho.

Em 1986, José Carlos dos Reis Encina, mais conhecido como "Escadinha", um dos líderes do CV, foge do presídio de Ilha Grande de helicóptero. No mesmo ano ele, um dos fundadores do Comando Vermelho, se torna o responsável por expandir os negócios da facção. Assim, é feito um acerto para importação de cocaína em Medellín, na Colômbia. Pablo Escobar, o então maior traficante do mundo, se compromete a fornecer a droga para o Comando Vermelho e se estabelece, portanto, uma parceria que rendeu muito frutos para o crime organizado no Rio de Janeiro. Há relatos que os pacotes de cocaína vindos da Colômbia vinham

---

[285] MANSO, Bruno Paes e DIAS, Camila Nunes. **A Guerra: A ascensão do PCC e o mundo do crime no Brasil.** São Paulo: Todavia, 2018, p. 157.

[286] **O COMANDO VERMELHO, DO PRESÍDIO EM UMA ILHA PARADISÍACA À GUERRA SANGRENTA POR TERRITÓRIO**. Jornal El País, 15 de janeiro de 2017. Disponível em: https://brasil.elpais.com/brasil/2017/01/13/politica/1484319135_043725.html. Acesso em 26 de abril de 2021.

carimbados com o seguinte slogan: "*los nada que ver*" e, outras vezes, como "Fortuna – 100% Pura", o que os distinguia e os personalizava.

Com base nessa escalada, o Comando Vermelho se tornou dominante nas comunidades cariocas: 90 por cento das 480 favelas do Rio são dominadas por quadrilhas ligadas ao Comando Vermelho. (...) os gerentes desses grupos armados de traficantes, sequestradores e assaltantes de bancos impõem suas leis à força aos quase 2,5 milhões de moradores dos morros que dominam[287].

Dois outros membros do Comando Vermelho auxiliaram sobremaneira a expandir as operações da facção: Marcinho VP e Fernandinho Beira-Mar. O primeiro foi homem forte do grupo no Complexo do Alemão, criador do grupo Comando Vermelho Jovem e foi responsável por ser o líder de 14 comunidades com mais de 130 mil moradores. Teve, além de tudo isso, o mérito de popularizar a distribuição da cocaína para a Zona Sul carioca. Para tanto, criou um personagem, o Juliano para se enturmar nas areais cariocas e se misturar como uma pessoa comum enquanto, ao mesmo tempo, disseminar o tráfico nas areais cariocas. Caco Barcelos relata a tática de aproximação:

> A fórmula de Juliano era camuflar as diferenças de classe social. A abordagem, por exemplo, tinha que ser na praia, um raro espaço democrático da cidade. Na areia, as diferenças desapareciam se alguns detalhes estéticos não fossem esquecidos. Modelos e marcas das bermudas, sungas, óculos ou qualquer outro acessório deveriam ser, de preferência, rigorosamente iguais aos usados pela maioria. Precisavam também reprimir qualquer comportamento mais extravagante. Gargalhadas, brincadeiras de luta, futebol, frescobol, ginástica, guerras de areia ou de água eram consideradas atitudes excludentes, coisas de favelados[288].

---

[287] Jornal O Globo, Domingo, 9 de dezembro de 1990.

[288] BARCELLOS, Caco. **Abusado: o dono do morro Dona Marta**. Rio de Janeiro: Record, 2003, p. 51.

Através dessa abordagem o Marcinho VP não chamava a atenção das autoridades e não apenas podia circular livremente como disseminar a venda das drogas para a burguesia carioca que frequentava as praias. Ao ocultar sua origem, o "Juliano" se vestia em um espelho à sociedade burguesa e abria acessos que, em geral, não possuiria com suas vestes normais ou com a revelação de sua origem ou meio social.

E novamente o Estado é responsável por apresentar pessoas que não se conhecem e a facilitar o caminho do crime organizado, pois o mesmo Governador Leonel Brizola criou linhas de ônibus que levavam as pessoas de São Cristóvão ao Leblon e a Ipanema, com isso se democratizou o acesso e as diferenças sociais ficaram mais evidentes, o que possibilitou aos traficantes se misturar sem tanta estranheza. O que, de início, foi repulsa por parte dos moradores, logo deu lugar a uma convivência irremediavelmente forçada.

Falamos de Marcinho VP, agora vamos a Fernandinho Beira-Mar, aquele que se tornaria o principal líder do Comando Vermelho até os dias correntes. Luiz Fernando da Costa, nascido e criado na Favela Beira-Mar, em Duque de Caxias, foi crido pela mãe, Zelina, uma dona de casa e faxineira, que morreu atropelada em 1992 na Rodovia Washington Luiz (Rio-São Paulo). Não conheceu o pai. Se dedicou ao crime desde jovem. Iniciou a prática de assaltos já aos 19 anos tendo como alvos principais lojas, bancos e depósitos de materiais militares.

Aos 20 anos, Fernandinho foi preso por roubo, tendo chegado a furtar armas pesadas do Exército e revendê-las para traficantes cariocas. Foi condenado a dois anos de prisão. Ao cumprir sua pena, voltou a morar na Favela Beira-Mar onde, aos 22 anos, como bandido respeitado passou a se dedicar exclusivamente ao tráfico e, em pouco tempo, tornou-se um dos "cabeças" do tráfico local

A ascensão de Beira-Mar ocorreu entre 1990 e 1995, quando abriu canais próprios de distribuição de drogas e conquistou morros como Borel, Rocinha, Chapéu Mangueira e a Favela do Vidigal. No início da década de 90, Beira-Mar passou a abastecer as principais favelas do Rio. Complexo do Alemão, na Penha; o Complexo do Jacarezinho, formado por oito comunidades; e os morros da Mangueira, em São Cristóvão, da Providência, no Santo Cristo/Gamboa, do Adeus, em Ramos, e do Dendê, na Ilha do Governador, que representam cerca de 60% das bocas de fumo da cidade. Preso em 1996, não ficou nem um ano no presídio de Belo Horizonte. Agentes penitenciários foram acusados de ter facilitado a fuga, já que ele, ao invés de cumprir os nove anos de prisão, em dezembro de 1996, fugiu pela porta da frente do presídio, o que supostamente teria custado R$ 500 mil ao bandido.

Montou gigantesco esquema de lavagem de dinheiro no maior banco federal estatal do país e teria morado no Paraguai, Uruguai, Bolívia e Colômbia, onde se aliou às FARCs (Forças Armadas Revolucionárias da Colômbia), além de estabelecer elevado comércio de armas. Foi recapturado pelo exército colombiano, em atuação conjunta com agentes norte-americanos e repatriado para o Brasil em abril de 2001. Na época, era apontado como responsável por 70% das remessas da cocaína distribuída no país.

A ascensão de Beira-mar no mercado de drogas brasileiro o transformarou em um visionário da droga, ao desenvolver um mercado empreendedor em uma época em que nada disso era comum. Ele conseguiu, em menos de uma década, sair do cargo de vapor – vendendo drogas no varejo – para se tornar um dos principais distribuidores atacadistas do continente e se tornar verdadeiramente um empresário da droga e alçar o Comando Vermelho a um padrão de domínio nacional no mercado da droga sem precedentes.

As ações de Beira-Mar causaram perplexidade na mídia carioca em um misto de reconhecimento de sua violência e capacidade de organização, o que propiciou a escalada do Comando Vermelho a ser o principal responsável pela circulação e distribuição do mercado de drogas no Brasil.

Veja o tom agressivo e ao mesmo tempo de espanto sobre Fernandinho Beira-Mar em matéria do Jornal O Dia de 15 de setembro de 2002:

> Incrível: o bandido que comandou a matança em Bangu 1 e fez toda a cidade de refém esta semana não levava bomba na escola.

> No primário, Luiz Fernando da Costa tinha média 7 em todas as matérias. Inquieto e inteligente, era apaixonado por filmes violentos. Aos amigos, não cansava de afirmar que um dia seria famoso. Gostava de colocar duas ripas de madeira na cintura, como se estivesse armado, e desfilar com a mesma arrogância com que circulou entre as galerias do presídio na quarta-feira, em meio às suas vítimas. Ele desprezou o esforço da mãe, que fazia questão de ver o filho estudando, para usar sua astúcia a serviço do mal. Aos 10 anos de idade, quando não estava em sala de aula, Fernandinho desfilava com ripas de madeira na cintura – armas imaginárias – pelas ruas do Parque Beira-Mar, bairro pobre perto do Centro de Duque de Caxias. Na escola Municipal Joaquim da Silva Peçanha, perto de casa, onde cursou o primário, ele era um dos melhores alunos e costumava dizer aos amigos que queria ser famoso. O que nenhum dos colegas imaginava, porém, é que, 25 anos depois, Luiz Fernando da Costa, o Fernandinho Beira-Mar, se tornaria o mais cruel dos criminosos do Rio – o bandido que, quarta-feira, comandou um banho de sangue no presídio de Bangu 1 e circulava desenvolto pelos corredores da cadeia, enquanto os cidadãos do Rio se encarceravam em casa, durante as 23 horas de duração do motim. Feita refém sem saber, a população já temia as consequências de ataques de traficantes que, nas favelas, estavam prontos para acatar as ordens que o chefe dava pelo celular na frente de autoridades: descer os morros e espalhar o terror pela cidade, caso a polícia tocasse nele.

A ação relatada pelo periódico se refere à eliminação do Comando Vermelho de Uê que foi morto no presídio Bangu 1 (zona oeste), em 11 de setembro do ano passado, por inimigos da facção criminosa CV (Comando Vermelho). Tinha 34 anos. Era o principal líder da facção ADA (Amigo dos Amigos), aliada do TC (Terceiro Comando) na "guerra do tráfico" disputada com as quadrilhas do CV[289] e que tinha se recusado a unir as facções na luta contra o Estado. Sobre esse confronto Carlos Amorim:

---

[289] **SEPULTURA DO TRAFICANTE UÊ VIRA ATRAÇÃO EM CEMITÉRIO NO RIO.** Jornal Folha de São Paulo, 11 de julho de 2003, Caderno Cotidiano.

> A "batalha das duas torres" [uma referência aos dois bandidos que deveriam morrer: Uê e Celsinho da Vila Vintém, ambos do TC – este teria se unido ao CV depois de ter sido ameaçado e sobreviveu] envolveu menos de 50 pessoas, incluindo os reféns. Mas ali se travava uma disputa cujo alcance estratégico está além das aparências. Se não fosse assim, Celsinho da Vila Vintém não teria sido poupado. O bando dele fatura quatro milhões de reais com a venda de drogas e é um dos mais bem armados da cidade, contando com ex-militares das forças especiais. Outro traficante importante, Marcelo Soares Medeiros, o Marcelo PQD, tido como um desertor do Comando Vermelho, também sobreviveu. Após o massacre, a polícia esperava uma guerra entre as facções, com a invasão das áreas controladas por Uê. Os delegados trocavam telefonemas preocupados e havia a informação de que sete ônibus e alguns caminhões tinham sido roubados no Rio, sinal de que grandes "bondes" iriam se deslocar, levando homens e armas para as favelas do Terceiro Comando. E nada aconteceu. Nos territórios controlados pela ADA tudo estava calmo também. O motim comandado por Fernandinho Beira-Mar e Marcinho VP fez parte de um processo de unificação das organizações ligadas ao tráfico. Mais um passo na construção da Federação do Crime Organizado. O velho sonho de Pablo Escobar – a unificação do tráfico sob uma mesma bandeira – pairou sobre o tiroteio dentro do presídio[290].

O sonho de Beira-Mar era unificar o tráfico de drogas sob uma única bandeira, a Federação Brasileira do Crime Organizado, com atuação no Brasil e no exterior e teria como representantes os membros das principais facções brasileiras. Sobre o tema, novamente, Carlos Amorim:

> Queria objetivar os negócios e promover fusões, a exemplo do moderno mundo empresarial, evitando a guerra inútil entre quadrilhas e promovendo o desenvolvimento do setor ligado às drogas e às armas. Mais ainda: pretendia simplificar os esquemas de importação de drogas, armas e lavagem de dinheiro resultante das operações criminosas, evitando conflitos laterais e desneces-

---

[290] AMORIM, Carlos. **CV-PCC: a irmandade do crime**. Rio de Janeiro: Record, 2004, p. 434.

sários. Por que perder tempo e dinheiro com questões locais se é possível, com algum entendimento, resolver coisas mais amplas, estaduais, nacionais e internacionais?[291]

Como dissemos anteriormente, a história do Comando Vermelho é de resistência e luta contra o Estado. Porém, com o transcurso do tempo passou a usar os mesmos elementos que predispôs a combater: o medo, a violência e a repressão contra aqueles que não aceitavam pactuar com seus ideais.

Fernandinho Beira-Mar foi preso em 2001 e foi condenado a mais de 300 anos de pena, mesmo se sabendo que o limite de cumprimento será quarenta anos consecutivos, após as modificações introduzidas pela Lei Anticrime do Ex-Ministro da Justiça e da Segurança Pública Sergio Moro. Atualmente se encontra nos presídios federais no Regime Disciplinar Diferenciado, o mais repressor do Brasil. Ainda assim, conseguiu, de dentro do sistema mais vigiado do Estado, expandir seus negócios através de uma parceria com aquela que seria a principal facção criminosa de São Paulo: o Primeiro Comando da Capital, graças ao Estado que, uma vez mais, apresentou pessoas que não se conheciam, como já o fizera desde os presos da LSN, o embrião do que viria a ser o Comando Vermelho.

Como se vê, os filhos da exclusão cresceram e se favoreceram das falhas e lacunas do Estado Democrático de Direito. Cada um à sua maneira, pois em São Paulo, o Primeiro Comando da Capital surge em 1993 como resposta à violência extrema perpetrada pelo Estado no que se conheceu como o massacre do Carandiru, um ano antes. Sobre o tema Fernando Salla:

> Em suma, o fato é que as prisões brasileiras, com todas as suas mazelas, favoreceram a emergência de grupos como o Comando Vermelho e o PCC, assim como a sua permanência ao longo do tempo. A longeva precariedade material e humana que impera nas prisões brasileiras, a persistente negação por parte do Estado dos direitos dos presos, já descritos na Lei de Execução Penal

---

[291] AMORIM, Carlos. **Assalto ao poder**. Rio de Janeiro: Record, 2010, p. 121.

(de 1984), as falhas em todo o circuito de funcionamento das instituições do sistema de justiça criminal que lastreiam esses déficits, tudo isso tem contribuído para que atores coletivos, como o PCC, levantem a bandeira da violação dos direitos, apontem tais falhas e se coloquem como defensores da massa carcerária, provendo inclusive as necessidades materiais dos presos e ainda se colocando como interlocutores frente às autoridades. Até a crônica prática da violência dos agentes em relação aos presos diminuiu diante desse empoderamento de grupos organizados[292].

Não podemos deixar de ressaltar a responsabilidade do Estado Democrático de Direito pela aliança entre PCC e CV. Afinal, por pura incompetência, juntou-se em um presídio federal em Bangu o líder do Comando Vermelho Fernandinho Beira-Mar com os então líderes do PCC, Cesinha e Geleião em 2002, que para lá foram transferidos. É o que relata a jornalista Fátima de Souza:

> Eram apenas duas facções distintas, que se respeitavam, desde que cada uma ficasse em seu próprio território. E foram os governos das duas cidades que colaboraram para que as duas facções formassem uma aliança. O de São Paulo, que querendo "esconder" e enfraquecer a facção, os espalhou pelo país, em especial, no Rio de Janeiro, para onde mandou o então dois chefões do PCC na época: Cesinha (Cesar Augusto Roriz) e Geléia (José Márcio Felício). O governo carioca deu a sua contribuição, não só porque aceitou acolhê-los, mas os colocou no Bangu, ao lado de comandantes do CV, ao lado de Fernandinho Beira-Mar. Não demorou para que eles se encontrassem, se conhecessem e se aliassem, descobrindo que unidos teriam mais força. Assim nasceu a união PCC/CV. As consequências? Passaram a traficar drogas em armas em total sintonia, aumentando seus negócios, trocando armas por drogas e vice-versa. Deixou de existir um limite de "território" com ambas as facções abrindo "espaços" uma para a outra... O PCC pode entrar nos morros cariocas, o CV foi bem recebido nas favelas paulistas. Além disso, montaram um esquema

---

[292] SALLA, Fernando. **Decifrando as dinâmicas do crime**. *Revista Brasileira De Ciências Sociais* – Vol. 29 N° 87.

> de "proteção" entre eles... bandidos procurados em São Paulo são bem recebidos – e escondidos – no Rio de Janeiro e vice-versa... É mais do que uma ligação de simpatia. São negócios conjuntos[293].

O Estado em sua soberba de renegar a importância e influência das facções não fez o devido trabalho de inteligência para verificar qual seria a melhor maneira de separar os líderes das facções e os critérios para envio foi a infraestrutura dos presídios existentes, o que apenas deflagra a diferença de estrutura e preparo do Estado Democrático de Direito Brasileiro e do Governos Estaduais, em relação às facções criminosas. O desnível chega a ser abissal. Nos anos 1990 e 2000 as transferências não tinham um planejamento e sequer critérios definidos, os presos eram movidos de lá para cá de acordo com sua periculosidade, e Fernandinho Beira-Mar foi o líder de transferências já tendo conhecido a notada maioria dos presídios federais do Brasil.

Os governos paulista e carioca fizeram o que as facções ou não tinham planos ou não tiveram oportunidade: uma conversa franca e presencial entre os seus líderes, com todo o tempo, proteção e acesso garantidos pelo próprio Estado para que fosse firmada uma aliança e uma parceria de negócios. Parabéns, Estado! As facções surgem como uma resposta ao seu descaso e você ainda as paramenta e fornece os atalhos para seu desenvolvimento.

Após a aliança formada, o Comando Vermelho (CV) e o Primeiro Comando da Capital (PCC) também dominaram as relevantes rotas internacionais de tráfico de drogas e armas na América do Sul, nas fronteiras do Brasil com o Paraguai, Bolívia e Colômbia, fato que as transformou, definitivamente, nas maiores e predominantes facções criminosas brasileiras. Sobre o tema Fátima Souza:

> Para mostrar que havia boa vontade entre as partes, CV e PCC fizeram concessões e acordos entre si. O CV autorizou o PCC a

---

293 SOUZA, Fátima de. **PCC, a facção**. Grupo Editorial Record. Disponível em: http://www.record.com.br/autor_entrevista.asp?id_autor=4978&id_entrevista=219. Acesso em 13 de maio de 2021.

instalar pontos de drogas, as boas, em alguns morros cariocas dominados pelo CV. Do seu lado, o PCC passou a negociar armas e explosivos para o CV. Cocaína era enviada daqui pra lá e de lá pra cá. 35 Negociatas que interessavam a ambas as organizações e que renderiam dinheiro para as duas, além de facilitar muito os ataques que pretendiam fazer. Em 24 de junho de 2002, as duas facções fizeram uma ação combinada e conjunta, explodindo bombas e metralhando prédios públicos em São Paulo e no Rio de Janeiro. Em novembro do mesmo ano, em mais uma demonstração de audácia, bandidos do CV e do PCC roubaram granadas de uma fábrica de explosivos em Lorena, no interior de São Paulo, que faz produtos para as forças armadas. Juntas as duas facções conseguiram 120 quilos de explosivos. Quarenta quilos foram enviados ao Rio de Janeiro, para o CV. Os 80 quilos restantes serviram para que o PCC montasse sua Central de Atentados. Em forma de gel, esse explosivo é muito potente e perigoso[294].

Fernando Salla e a ascensão das facções criminosas no Brasil:

Em suma, o fato é que as prisões brasileiras, com todas as suas mazelas, favoreceram a emergência de grupos como o Comando Vermelho e o PCC, assim como a sua permanência ao longo do tempo. A longeva precariedade material e humana que impera nas prisões brasileiras, a persistente negação por parte do Estado dos direitos dos presos, já descritos na Lei de Execução Penal (de 1984), as falhas em todo o circuito de funcionamento das instituições do sistema de justiça criminal que lastreiam esses déficits, tudo isso tem contribuído para que atores coletivos, como o PCC, levantem a bandeira da violação dos direitos, apontem tais falhas e se coloquem como defensores da massa carcerária, provendo inclusive as necessidades materiais dos presos e ainda se colocando como interlocutores frente às autoridades. Até a crônica prática da violência dos agentes em relação aos presos diminuiu diante desse empoderamento de grupos organizados[295].

---

[294] SOUZA, Fátima. **PCC: a facção**. Rio de Janeiro: Record, 2007, p. 127.

[295] SALLA, Fernando. **Decifrando as dinâmicas do crime**. *Revista Brasileira De Ciências Sociais* - Vol. 29 N° 87.

Carlos Amorim destaca que atualmente quase não existem presos que não sejam pertencentes a uma facção criminosa:

> Não há mais cadeias onde essas siglas do crime organizado não estejam presentes. Às seis horas da tarde, as atividades dos presídios cessam para que os detentos cantem o hino das organizações criminosas. Inclusive nas instituições para menores infratores. Em alguns casos, os prisioneiros recitam os "estatutos" das facções. Isso vem se tornando uma rotina – e vai continuar -, para demonstrar que "estamos aqui" e "viemos para ficar". Os grupos organizados fazem questão de afirmar seu poder dentro do sistema penal[296].

Na mesma esteira Roberto Porto:

> O fenômeno da criminalidade atuante no interior dos presídios brasileiros é, sem dúvida, tema extraordinário e preocupante. Facções criminosas antes inexistentes, se organizam com eficiência e profissionalismo criminoso, comandando de dentro para fora do sistema penitenciário. Surgiram lideranças respeitadas, dentre condenados e presos provisórios, com ascendência acentuada sobre os demais detentos e, não raro, sobre funcionários públicos em presídios lotados. Em consequência, multiplicaram-se as ocorrências de rebelião. Houve registro de pelo menos uma megarrebelião, envolvendo diversos presídios, em prova inequívoca de coordenação e poder de comunicação entre lideranças de criminosos de locais distintos uns de outros[297].

Antes que haja algum questionamento sobre a necessidade de mencionar o Primeiro Comando da Capital na relação com o Comando Vermelho, explico:

O Comando Vermelho foi a primeira facção criminosa no Brasil, mas está longe de ser a única, inclusive no Rio de Janeiro. A facção carioca data de 1979 e inaugurou uma nova forma de atuação do crime organizado no Brasil, pegandoo Estado brasilei-

---

[296] AMORIM, Carlos. **Assalto ao poder**. Rio de Janeiro: Record, 2010, p. 491.

[297] PORTO, Paulo. **Crime organizado e sistema prisional**. 1 ed. São Paulo: Atlas, 2008, p. 102.

ro completamente desprevenido com sua organização, sistematização, poder de aglutinação, o alto uso de violência e a sofisticação dos crimes ocorridos quando o Comando foi para as ruas cariocas.

Quando de sua internacionalização, o Comando Vermelho dominou os presídios brasileiros e, mais do que isso, com a parceria com o cartel de Medellín se tornou o principal distribuidor de drogas no país[298]. E quando outros criminosos viram o potencial lucrativo de suas atividades ilícitas, não tardou que outros grupos se formassem e buscassem uma fatia de mercado. Nessa esteira surgiram os concorrentes e dissidentes do próprio Comando Vermelho que passaram a rivalizar com eles no Rio de Janeiro.

Em São Paulo, em um caminho parecido com o da facção carioca, surgiu em 1993 o Primeiro Comando da Capital, com ideais e defesas dos presos de maneira muito similar ao do Comando Vermelho. Inclusive na forma violenta com uso demasiado da força para se estabelecer e consolidar como uma liderança entre os presídios paulistas. A trilha de sangue até isso acontecer foi considerável.

O Estado tardou a reagir, porém. Quando o fez usou das armas de sempre: repressão e muito endurecimento penal, uma resposta à onda sangrenta de violência impingida pelo Comando Vermelho no Rio de Janeiro e pelas rebeliões orquestradas pelo PCC no Estado de São Paulo. Nascia o Regime Disciplinar Diferenciado em 2001.

Como dissemos, o próprio Estado tratou de apresentar, por suas próprias falhas, os líderes das facções paulista e carioca e uma aliança foi estabelecida entre seus líderes. Por anos, a parceria rendeu frutos a ambos e a troca era constante. Até que a busca

---

[298] O primeiro acerto para importação de cocaína é firmado em Medellín, na Colômbia. Pablo Escobar, o maior traficante do mundo, é quem vai fornecer para o crime organizado no Rio de Janeiro. Outros estarão participando das grandes remessas, ligadas também ao Cartel de Cali. Os pacotes de cocaína que chegarem ao Brasil terão um carimbo inconfundível: "los nada que ver" – frase que em espanhol quer dizer: "não temos nada com isso". AMORIM, Carlos. **CV_PCC A irmandade do crime**. Rio de Janeiro: Record, 2003, p. 235.

por uma expansão e uma potencialização dos lucros por parte do PCC começou a afetar a relação.

Marcola, o líder paulista, profissionalizou, setorizou e ampliou as atividades da facção e estabeleceu uma conexão direta para a distribuição da cocaína com a Bolívia, justamente a droga que era carro chefe do Comando Vermelho. A esta altura, na segunda metade dos anos 2000, o Comando Vermelho sofria com a intervenção estatal e a instalação das UPPs nas comunidades cariocas, além das disputas por território com outras facções locais, como o Terceiro Comando Puro (TCP), os Amigos dos Amigos (ADA), dentre outros menores.

Era a facção carioca tendo de lidar com seus próprios problemas no cenário interno, já no nacional, o PCC lhe tirava rotas do tráfico e ameaçava sua hegemonia. Ambas as facções foram criadas e edificadas na violência, portanto, não era de se estranhar que a resposta do Comando Vermelho não fosse sangrenta e exemplar do ponto de vista do medo, da repressão e uma mensagem clara de que iria retomar sua posição, afinal, o Comando estava presente em mais de dez Estados no Brasil, dentre eles: Bahia, Ceará, Mato Grosso, Mato Grosso do Sul, Minas Gerais, Paraná, Pernambuco, Rio de Janeiro, Rio Grande do Norte e Roraima.

Sobre os problemas internos da facção carioca, iremos nos ocupar em tópico específico sobre as UPPs. Assim, aqui cobrimos o período de surgimento até metade dos anos 2000. E agora, finalizaremos com os conflitos com o Primeiro Comando da Capital na segunda metade da década de 2010, mais especificamente 2016.

O PCC se envolveu em disputas por mercados internos e, como fizera o CV no passado, começou a partir para a violência a fim de estabelecer sua hegemonia, nem que para isso o fizesse na bala. Tal situação produziu um racha entre o Primeiro Comando da Capital e o Comando Vermelho. E os desdobramentos geraram um embate sangrento entre as facções a partir de 2016.

O Comando Vermelho revidou ao que considerou uma quebra da parceria realizada pelo Primeiro Comando da Capital ao querer dominar o tráfico de drogas e se estabelecer como principal fornecedor no atacado e no varejo, porém, dado às novas dimensões do PCC no Brasil e sua influência ao redor do país, não era sábio um enfrentamento direto. Assim, o CV aplicou a tática de acuar, hostilizar e matar membros do PCC dentro dos presídios em que era maioria absoluta, mais notadamente no Norte e Nordeste do país, a fim de evitar enfrentamentos maiores e enviar uma mensagem clara acerca do seu descontentamento.

Relatos mostram que o PCC ainda tentou reestabelecer uma trégua com o Comando, mas não obtivera resposta, então, o confronto seria inevitável. Aqui transcrevemos um comunicado da facção justificando seus atos contra o Comando:

A sintonia do Primeiro Comando da Capital vem por meio deste passar com total transparência a toda massa carcerária e todas as facções amigas o motivo que levou o tal ocorrido no Estado de Roraima.

> "A cerca de três (3) anos, buscamos um diálogo com a liderança do c.v. nos estados, sempre visando a Paz a União do Crime no Brasil e o que recebemos em troca, foi irmão nosso esfaqueado em Rondonia e nada ocorreu, ato de talaricagem por parte de um integrante do c.v. e nenhum retorno, pai de um irmão nosso morto no Maranhão e nem uma manifestação da liderança do c.v em prol a resolver tais fatos.
> Como se não bastasse, se aliaram a inimigos nossos que agiram de tal covardia como o PCC que matou uma cunhada e sua prima por ser parentes do PCC, matarão 1 menina de 14 anos só por que fechava com nós. A mesma aliança se estendeu para a facção Sindicato RN que num gesto de querer mostrar força mataram uma senhora evangélica e tetraplégica uma criança sobrinho de um irmão nosso e seu irmão de sangue numa chacina covarde no Rio Grande do Norte para afetar integrante do PCC.
> Agora chegaram ao extremo de andarem armados de facas em pátios de visita no Acre e no estado de Roraima. Acreditamos que o crime do paiz não é cego e consegue enxergar com clareza o que é realmente desrespeito com familiares e quem deu o pontapé inicial pra essa guerra sangrenta que se iniciou. Pra nos do PCC sempre foi mais viável a Paz, mais como nunca tivemos esse retorno por parte dos integrantes do c.v que sempre agiram com ousadia nos desrespeitando e desafiando, acabamos chegando a

esse embate, que gerou esse monte de morte, acarretando vários problemas num gesto covarde vem se apossando das lojinhas dos traficantes menos estruturados, tirando seus corres[299]".

A questão que se coloca e deve ser analisada é a ideologia entre as duas facções. Enquanto no PCC o que se prima é o lucro com associação entre os vendedores menores, a fim de que todos possam exercer suas atividades, seja individualmente ou para a facção, o CV tem uma forma vertical de funcionamento, isto é, se impor pela força e eliminar a concorrência a fim de ser o líder em determinado espaço geográfico. De tal sorte que ao ascender no comércio da droga, o PCC invadiu o espaço do CV e não apenas afetou seu lucro como maculou sua autoridade territorial. A questão não seria um acerto financeiro, o comando não fazia isso para pleitear mais lucros, o objetivo era mostrar a seus integrantes e associados que não era admitida essa invasão, como forma de manter o respeito e a subordinação à própria facção. A guerra iria ocorrer.

As perdas foram elevadas para ambos, pois enquanto o Comando Vermelho liderou ataques a membros do PCC em Rondônia, Roraima, Acre, Amazonas, no Rio Grande do Norte, dentre outros, o Primeiro Comando da Capital se protegeu com alianças locais sendo formadas como força de revide e resistência, como se protegendo nos locais em que era maioria e mais do que isso: partindo para um enfrentamento no berço do Comando Vermelho: a Rocinha no Rio de Janeiro. Esse movimento teve a aderência de facções menores cariocas cansadas da opressão do Comando Vermelho, como o Amigos dos Amigos e o Terceiro Comando Puro.

O Primeiro Comando da Capital preocupado com a integridade física de seus membros em unidades prisionais em que não possuía maioria emitiu um comunicado geral:

---

[299] Trecho do Comunicado emitido pelo PCC, mantida a grafia original sem correção alguma. FELTRAN, Gabriel. **Irmãos: Uma história do PCC**. São Paulo: Companhia das Letras, 2018, p. 243.

> PCC – Comunicado Geral – Data 11/11/2016 – Estados e Paises... Que apesar das turbulências todos possam estar com saúde força e vontade de lutar.
> O resumo disciplinar dos estados e países vem através deste determinar para todos irmãos que estiverem em unidades que possam estar correndo risco de vida ou até mesmo de ser agredido pelo CV ou qualquer outra facção rival que saia Imediatamente da unidade ou Rasgue a nossa camisa pois não vamos permitir que irmãos fiquem no meio de inimigos nosso, pois é determinação pra que saia imediatamente[300].

O conflito já estava estabelecido e era irreversível, agora, era hora apenas de minorar as perdas do sangue jorrado entre o embate com o CV. O conflito entre as duas principais facções estava estabelecido e o saldo eram mais de 160 mortes a partir de 1° de janeiro de 2017.

E como o Estado Democrático de Direito reagia diante da crise do sistema penitenciário? Se quedou inerte assistindo de camarote os conflitos e a disputa por poder sem se envolver para não agravar ainda mais a situação e com a possibilidade de união das facções com novas alianças, por ele, Estado se tornar o inimigo comum uma vez mais.

Com rebeliões e muitas mortes no Amazonas e no Pará os conflitos não cessaram. No Rio Grande do Norte a situação foi ainda mais grave, porque lá o PCC era notada minoria, e o temor de serem massacrados os fizeram partir para a ofensiva contra o Sindicato, que detinha o amplo domínio das unidades prisionais da região. O massacre foi sangrento e ensejou a intervenção do Estado com a transferência de presos, o que ensejou revolta do Sindicato e o confronto deixou os muros dos presídios em uma onda de selvageria que assolou Natal.

O Atlas da Violência elaborado pelo Instituto de Pesquisa Econômica Aplicada destacou o conflito:

---

300 MANSO, Bruno Paes e DIAS, Camila Nunes. **A Guerra: A ascensão do PCC e o mundo do crime no Brasil.** São Paulo: Todavia, 2018, p. 32.

Possivelmente, o forte crescimento da letalidade nas regiões Norte e Nordeste nos últimos dois anos tenha sido influenciado pela guerra de facções criminosas deflagrada entre junho e julho de 2016 (Manso e Dias, 2018) entre os dois maiores grupos de narcotraficantes do país, o Primeiro Comando da Capital (PCC) e o Comando Vermelho (CV); e seus aliados regionais – principalmente as facções denominadas como Família do Norte, Guardiões do Estado, Okaida, Estados Unidos e Sindicato do Crime.

Finalmente, o assassinato do traficante Jorge Rafaat pelo PCC, em 15 de julho de 2016, na cidade de Pedro Juan Caballero, fronteira com Ponta Porã (MS), acentuou ainda mais a disputa do narconegócio, uma vez que tinha como pano de fundo o controle do mercado criminal na fronteira e, por conseguinte, a obtenção de um grande diferencial competitivo, com a integração vertical da cadeia de valor, a partir do acesso privilegiado à droga produzida e comercializada na Bolívia, no Peru e no Paraguai (Manso e Dias, 2018). Finalmente, no início de 2017, a guerra entre as maiores facções penais brasileiras eclodiu de forma generalizada, primeiro dentro dos presídios e depois nas ruas. No dia 1º de janeiro de 2017, houve uma rebelião no Complexo Prisional Anísio Jobim, em Manaus, quando integrantes do PCC e da Família do Norte (FDN), aliada do CV, se enfrentaram, tendo como resultado 56 mortes no Compaj, quatro mortes na UPP (Unidade Prisional do Puraquequara) e outras quatro na Cadeia Pública Desembargador Raimundo Vidal Pessoa, local para onde foram mandados os presos da facção criminosa paulista. No dia 14, outros 26 detentos foram mortos na Prisão Estadual de Alcaçuz, no Rio Grande do Norte, quando 26 detentos foram assassinados, nas escaramuças entre o PCC e o Sindicato do Crime (SDC), aliado do CV. Nesse período, em 15 dias o saldo foi de 138 homicídios nas prisões brasileiras, com episódios que atingiram também os sistemas penitenciários de Roraima, Paraíba, Alagoas, São Paulo, Paraná e Santa Catarina[301].

---

[301] **ATLAS DA VIOLÊNCIA 2019.** / Organizadores: Instituto de Pesquisa Econômica Aplicada; Fórum Brasileiro de Segurança Pública. Brasília: Rio de Janeiro:

Após as mortes relatadas acima, os conflitos não cessaram completamente, mas houve uma mudança: Fernandinho Beira-Mar. Este percebeu que a guerra fragilizaria sua facção e mais do que isso, representaria perda de receita, assim, um novo acordo com o PCC foi desenhado, especialmente, sobre os negócios no Paraguai, porque no final, tudo gira em torno da manutenção do lucro.

Em 2019, novo embate envolvendo a disputa da rota da droga agora na Rota do Solimões, com novas mortes em conflito entre o PCC, o CV e os integrantes do Comando Classe A. Os conflitos ocorreram no presídio Centro de Recuperação Regional de Altamira, no sudoeste do Pará, com 57 mortes de detentos, dentre elas 16 decapitados, a assinatura do Comando Vermelho, a maioria dos demais foram mortos por asfixia. As autoridades locais informaram que neste evento somente houve conflito entre o Comando Vermelho e o Comando Classe A: "Foi um ato dirigido. Os presos chegaram a fazer dois agentes reféns, mas logo foram libertados, porque o objetivo era mostrar que se tratava de acerto de contas entre as duas facções, e não protesto ou rebelião dirigidos ao sistema prisional", disse Jarbas Vasconcelos, secretário extraordinário para Assuntos Penitenciários do Pará[302].

O massacre na cadeia de Altamira repete a estratégia usada por facções para, com brutalidade, tentar dominar parte de uma importante rota de tráfico de drogas na região amazônica. Os assassinatos cometidos pelos integrantes do Comando Classe A contra filiados do Comando Vermelho é mais um capítulo de uma briga nacional que tem maior impacto na Região Norte. Bruno Paes Manso alerta: *"Já era evidente que o tráfico de drogas se tornou modelo de negócios, há mais de dez anos, contando*

São Paulo: Instituto de Pesquisa Econômica Aplicada; Fórum Brasileiro de Segurança Pública, 2019, p. 9. Disponível em: http://www.ipea.gov.br/portal/images/stories/PDFs/relatorio_institucional/190605_atlas_da_violencia_2019.pdf. Acesso em 25 de abril de 2021.

[302] **FACÇÃO FAZ MOTIM, PÕE FOGO EM CELA DE RIVAIS E MATA 57 EM PRESÍDIO DO PARÁ**. Jornal O Estado de São Paulo, Caderno Metrópole, Terça-feira, 30 de julho de 2019, p. A10.

com escritórios dentro dos presídios e causando tensões entre as facções"[303].

A rota tem por característica a facilidade marítima visto que se inicia na tríplice fronteira entre Brasil, Peru e Colômbia e segue até Manaus através do Rio Solimões. A rota é muito lucrativa e por assim o ser é cobiçada pelas facções, inclusive o Primeiro Comando da Capital. Aiala Colares esclarece: *"O Pará é um espaço que também vem sendo disputado pelas facções em função da sua posição geográfica e da importância que tem para o narcotráfico"*[304]. A busca é por estabelecer uma hegemonia na região, o que ainda não aconteceu para nenhuma facção.

O Comando Vermelho verticalizou suas ações em uma cadeia de comando na qual ou é aceita a subordinação ou será inevitável a aniquilação, não há parceria ou negociação. Sobre a escalada da violência do Comando Vermelho temos o único membro original dentre os fundadores, que se encontra no sistema prisional nos dias correntes, o Professor, que se manifesta em uma entrevista: "O senhor estava na Ilha Grande quando foi criada a Falange Vermelha, hoje batizada de Comando Vermelho. De lá para cá, o que mudou? William da Silva Lima: a bandidagem hoje é mais violenta do que na minha época porque a sociedade é mais agressiva. O avanço do capitalismo é o maior responsável pelo aumento das desigualdades sociais e da criminalidade. Enquanto as desigualdades forem expressivas, a criminalidade só tende a crescer. O capitalismo massacra o pobre, aumenta o desemprego e abandona os jovens, que ficam sem nenhuma perspectiva de vida[305]".

Antes de adentrarmos na resposta do Estado para a crescente onda de violência perpetrada pelo Comando Vermelho e as de-

---

303 JORNAL O ESTADO DE SÃO PAULO, Caderno 2, Terça-feira, 30 de julho de 2019, p. C2.

304 **MASSACRE É MAIS UM CAPÍTULO DE DISPUTA MILIONÁRIA PELA COCAÍNA**. Jornal O Estado de São Paulo, Caderno Metrópole, Terça-feira, 30 de julho de 2019, p. A10.

305 NEPOMUCENO, Marcio Santos e HOMEM, Renato. **Marcinho Verdades e posições**. Rio de Janeiro: Gramma, 2017, p. 14.

mais facções criminosas, vamos adentrar na relação da facção com as comunidades cariocas.

3.2. AS COMUNIDADES E SUAS FRAGILIDADES ANTE AS FACÇÕES E O TRÁFICO DE DROGAS

A violência urbana brasileira ocorre pelos fatores já exaustivamente enumerados no capítulo anterior, porém, o que nos falta mostrar é como que as comunidades são influenciadas e, ao mesmo tempo, servem de base territorial para as facções criminosas, em especial no Rio de Janeiro.

Como vimos nos dois primeiros capítulos, o Estado Democrático de Direito é o responsável por garantir e efetivar um conjunto de direitos tidos como fundamentais, porém tem falhado sistematicamente em sua função, em especial com a população carente que se avoluma em uma geografia da exclusão econômica nas regiões periféricas dos grandes centros em comunidades, casas improvisadas com quantidade de pessoas muito acima do ideal, em cortiços e afins, com falta de luz, água e, principalmente, saneamento básico.

O COVID-19 e sua pandemia desvelaram o colapso desse mesmo Estado e evidenciou as décadas de descaso e abandono de parcela da população brasileira que convive diuturnamente com problemas relacionados a seus direitos sendo sistematicamente vilipendiados por esse mesmo Estado. Assim, saúde, educação, lazer e meio ambiente são apenas algumas das áreas que o Estado deveria assegurar para os cidadãos, mas o faz de maneira falha, precária ou insuficiente.

Em situação de carência e morando em regiões longe dos grandes centros, passaremos a analisar a realidade dessa parcela da população que se viu à mercê da presença de um Estado paralelo em suas comunidades em um misto de preocupação e segurança, falamos das facções criminosas. E, aqui, faremos a análise específica da mais antiga facção brasileira, o Comando Vermelho, por ser nosso interesse verificar as organizações criminosas no

Estado do Rio de Janeiro e sua conformação geográfica favorável para os criminosos nos morros cariocas, locais de difícil acesso e conhecimento para o Estado e suas autoridades.

Aliás, sobre a questão da geografia e das facilidades dos criminosos para se protegerem no interior das comunidades, o leitor pode ter a sensação de que se trata de má vontade da polícia ou de corrupção, afinal, como pode ser tão difícil circular por uma comunidade? Sobre o tema, Carlos Amorim esclarece:

> Quando a gente lê nos jornais algo a respeito da incapacidade da polícia em localizar as quadrilhas no interior das favelas, pensa sempre que se trata de um bando de incompetentes ou corruptos. Incompetência e corrupção existem na polícia – nem é preciso falar muito sobre isso. Mas o fato é que as batidas policiais nos morros esbarram em duas dificuldades quase insuperáveis: o desenho intrincado das favelas, onde há refúgios em toda parte, e a solidariedade dos moradores, que têm ódio da polícia. A moderna sociedade brasileira só vai ao morro de metralhadora na mão, com a cara da polícia. Enquanto isso, o bandido mora ali. E a soldar suas relações com a comunidade, o crime organizado montou uma série de mecanismos de assistência social. Existe um INPS do crime. Veja só: o tráfico de drogas dá presentes nas festas religiosas, financia a escola de samba, constrói o grupo escolar e a igreja, empresta dinheiro sem juros, paga o médico e o remédio nas emergências, chega ao requinte de dar pensão para mulheres abandonadas pelo marido[306].

O que não podemos descurar é que o Brasil, por suas dimensões continentais e por conta das facilidades de fronteiras, é um alvo natural para a criminalidade que se expandiu e transnacionalizou ao longo dos continentes, como destaca Sérgio Adorno:

> O crescimento dos crimes é fenômeno conhecido em todos os continentes, em especial na América do Norte e na do Sul, e mais recentemente no Sudoeste Asiático e em países africanos. Por isso, não era de esperar que a sociedade brasileira estivesse imu-

---

306 AMORIM, Carlos. **Comando Vermelho**. 4. Ed. Rio de Janeiro: Record, 1994, p. 16.

> ne a esse movimento de tendências crescentes, sobretudo porque esse país se encontra no circuito das rotas do tráfico internacional de drogas e de outras modalidades de criminalidade organizada em bases transnacionais, como o contrabando de armas, atividades que parecem se constituir na bomba de combustão do crescimento da criminalidade violenta. Mais surpreendente, contudo, é verificar que as taxas de criminalidade violenta no Brasil, em cidades como Rio de Janeiro e São Paulo, são superiores, aliás, às taxas de algumas metrópoles norteamericanas[307].

E por que as comunidades brasileiras têm maior acesso ao crime organizado, em especial, às facções criminosas? A resposta é que ambos são fruto da exclusão estatal, do abandono e da falta de condições sociais e econômicas que o Estado impinge àqueles que deveria dar amparo e formar como pessoa e cidadão.

Isso não significa que todos os moradores das comunidades são criminosos, longe disso. Contudo, os sonhos e ambições se confundem para ambos, afinal, o que busca um excluído econômico nesse mundo globalizado que vivemos? Melhores condições econômicas para si e para seus familiares, além disso, se busca ascensão social e reconhecimento, seja da sociedade ou dos membros da comunidade local em que reside, a busca por respeitabilidade, como uma pessoa que "venceu na vida".

> É duro constatar que nas mais de seiscentas comunidades carentes do Rio de Janeiro ou na periferia de São Paulo e de outras tantas cidades do país existam pessoas cujo talento é desperdiçado por absoluta falta de oportunidades e pelo preconceito. Pessoas excluídas do mercado de trabalho, colocadas à margem da vida produtiva, que enfrentam com altivez a indiferença da sociedade. Gente que carrega consigo um dom natural para escrever, costurar, pintar, compor, mas que não tem a menor oportunidade para mostrar o seu potencial.
> As favelas que ganham o alto das encostas dos morros do rio abrigam um contingente significativo de pessoas do bem, que

[307] ADORNO, Sérgio. **Sistema Penitenciário no Brasil: problemas e desafios.** *Revista USP*, n.9, p.65-78, março-abril-maio 1991.

alimentam a esperança de ter uma vida digna, menos sofrida. Trabalhadores em geral, que lutam para reingressar no mercado de trabalho, mas que acabam encontrando uma série de barreiras causadas pela inexistência de uma política de proteção social que caberia ao Estado promover[308].

A perspectiva é a mesma, o que se modifica é o caminho que as pessoas escolhem trilhar, enquanto um cidadão comum opta pela árdua estrada da busca do emprego, aprimoramento de conhecimento com ensino de base precário, com grandes dificuldades para cursar uma universidade e a espera pelo reconhecimento do seu empenho e dedicação no trabalho como forma de crescimento econômico, o que pode levar anos para frutificar, os que optam pela estrada do crime tudo se abrevia: a ascensão é mais rápida, o dinheiro aparece mais fácil, como também a liberdade ou a vida podem ser o preço desse sucesso momentâneo. Muitos não se importam, pois, somente almejam serem reconhecidos perante seus pares, como relata Carlos Amorim:

> As quadrilhas são parte integrante da vida dessas comunidades pobres. São o "caminho natural" para muitos jovens favelados. Ali eles encontram três coisas que terminam sendo fundamentais para o resto de suas vidas, em geral curtas: dinheiro para ajudar a sustentar a família; uma organização fraternal entre seus membros (a solidariedade extremada e um ódio mortal aos inimigos fazem parte ativa deste relacionamento); e um modo de ascensão social perante a comunidade local.
>
> O bandido anda pelo morro orgulhosamente. Ele mostra as armas, é visto com respeito e medo pelos demais, impõe a lei do mais forte. Os chefes das quadrilhas são a elite dessas comunidades atormentadas pela miséria, pela dureza da vida. São homens que desafiaram o sistema, enfrentam o braço armado da sociedade – a lei – e ainda conseguem sobreviver com muito dinheiro no bolso[309].

---

[308] NEPOMUCENO, Marcio Santos e HOMEM, Renato. **Marcinho Verdades e posições**. Rio de Janeiro: Gramma, 2017, p. 50 e 51.

[309] AMORIM, Carlos. **Comando Vermelho**. 4. Ed. Rio de Janeiro: Record, 1994, p. 9.

A figura do traficante é sinônimo de medo e de sucesso ao mesmo tempo na comunidade, porque a ostentação faz parte da propaganda e da forma de arregimentar novos pretendentes a ingressar no mundo do crime, e como forma de mostrar o sucesso de sua empreitada. Se for líder do tráfico o impacto é ainda maior, visto que sua residência, em geral, é comum pelo lado de fora, porém, por dentro tem o que há de melhor em termos de consumo, com televisores enormes de última geração, alguns com banheiras e até piscinas[310]. E o melhor: sem ter de prestar contas ao Estado, pois, não há pagamento de impostos, muitos equipamentos são roubados ou fornecidos "gratuitamente" por seus subalternos.

Aos habitantes das comunidades existem três opções: 1) Entregar as atividades criminosas dos fora da lei às autoridades e, com isso, poder enfrentar duas consequências: ou o descaso das autoridades ou perceber a conivência das mesmas por estarem na folha de pagamento do crime organizado e, por conseguinte, sofrerão as consequências por parte dos criminosos, o que pode representar, inclusive a perda de sua vida como forma de impingir o medo aos demais e evitar terem atitudes similares; 2) Proteger os criminosos e suas atividades ilícitas, seja porque estes protegem os moradores da comunidades ou por medo de retaliações, ou ainda, por seus filhos fazerem parte da organização criminosa; e, 3) Cuidar de sua vida normalmente e fingir que no espaço que moram não existem os criminosos e o crime organizado como forma de sobrevivência, visto que na notada maioria das comunidades as autoridades policiais não entram e, tampouco, protegem o cidadão no seu cotidiano, ao contrário, o constrangem, como vimos, com revistas e batidas por desconfiança da região e da possibilidade de ilicitude em uma análise completamente subjetiva.

---

[310] Eles realizam sonhos de consumo. Usam carros zero quilômetro – e não chega a importar muito se são carros roubados. Os comandantes do tráfico moram em verdadeiros palacetes no meio das favelas. Por fora, uma casa feia, muitas vezes sem reboco – por dentro, piscina, banheira com hidromassagem, antena parabólica. Como diria Joãozinho Trinta: é o luxo no lixo. AMORIM, Carlos. **Comando Vermelho**. 4. Ed. Rio de Janeiro: Record, 1994, p. 9 e 10.

Já para os membros das organizações criminosas morar nas comunidades significa ter acesso a mão de obra barata, ter proteção, respeitabilidade de seus pares e, ainda, ficar rico em pouco tempo. Como, em geral, também são filhos da exclusão, mesmo quando alcançam o sucesso e o dinheiro optam por permanecer na própria comunidade para usufruir das benesses da respeitabilidade e por controlar os negócios e o pessoal de maneira presencial a fim de evitar a confirmar a frase popular: "ladrão que rouba ladrão, tem cem anos de perdão", o que mostra que existe a confiança entre seus pares, contudo, sempre confiando com controle e atenção.

A convivência dos moradores das comunidades com os traficantes e com o crime organizado é antiga e cria uma relação simbiótica, pois o morador precisa do crime organizado e das facções para ter proteção, segurança e acesso a direitos que o Estado o relega. Já para as facções, se trata de proteção e invisibilidade contra a polícia, acesso a mão de obra barata, tranquilidade para trabalhar e fazer dinheiro sem a importunação do Estado, o inimigo comum. Sobre o tema Carlos Amorim:

> O tráfico de drogas é aceito na comunidade carente porque representa o principal fator de segurança, justiça e geração de valores. É claro que se baseia nas regras do submundo – e não nas leis da sociedade. O poder do tráfico emana da ausência quase total do Estado e é administrado pela "lei do cão". Quando se pensa nos traficantes, logo surge a imagem daqueles homens armados sobre a laje das casas ou entrincheirados nos morros. É a imagem que chega até nós pelos telejornais e fotos da mídia impressa. Mas o grande movimento ligado ao comércio das drogas permanece invisível. As pessoas envolvidas com a infraestrutura do tráfico não são conhecidas do grande público. Nem são tidas como criminosas[311].

[311] AMORIM, Carlos. **Assalto ao poder**. Rio de Janeiro: Record, 2010, p. 29.

O elo comum que une os filhos da exclusão, além do que já mencionamos, é o ódio por um inimigo comum: o Estado e tudo o que ele representa[312]. E a falta de oportunidades, a opressão, a miséria fazem com que essas pessoas sejam influenciáveis para o mundo do crime, se vão aceitar ou não, dependerá de cada um, veja o caso de Paulo Roberto:

> Paulo Roberto de Moura Lima nasceu na favela. Filho do operário cearense Francisco Salles de Moura e de Joana Moura, aos onze anos de idade costumava ajudar o padre Nelson Carlos Del Mônaco a celebrar a missa de domingo na paróquia de Nossa Senhora da Auxiliadora. A capela fica bem no meio da favela do Jacarezinho, hoje transformada no quartel-general do tráfico de cocaína no Rio. Menino ágil e ambicioso, Paulinho logo trocou a igreja pelo trabalho como "avião" dos traficantes. Ou seja: aquele que entrega a droga aos viciados. Esperto, muito cuidadoso, nunca andava com grande quantidade da droga. Um truque para se passar por viciado se fosse apanhado pela polícia. A lei se concentra no traficante – o viciado só é condenado a tratamento, nunca à prisão. Andando sempre com "pesos pequenos", ficou conhecido como Meio-Quilo. De "avião" para traficante, um pulo. Em 1981, quando se casou com Márcia Neves, já era conhecido fora das fronteiras do Jacarezinho. Meio-Quilo fez uma escalada rápida no crime organizado. Conquistou a amizade de um dos mais importantes traficantes do Comando Vermelho: José Carlos dos Reis Encina – o Escadinha -, senhor todo-poderoso do Morro do Juramento. Ele ajudou Meio-Quilo a controlar o tráfico no Jacarezinho. Emprestou homens, armas, e deu a ele o cargo de gerente da

---

[312] Geralda, nordestina migrante dos anos 1960, teve azar de nascer bonita. Negra de traços finos, boca carnuda, seios pequenos, coxas grossas e bunda empinada, tornou-se troféu na favela de Santa Teresa, Zona Central do Rio. Teve três filhos de dois homens diferentes. Tião virou "soldado do tráfico" com pouco mais de 10 anos de idade. Aos 13, apareceu morto num carro roubado, com um tiro na cabeça. Martinha, a filha do meio, virou prostituta. Herdara os atributos da mãe. Foi vista pela última vez fazendo michê na Avenida Atlântica, em Copacabana. Dela ninguém soube mais nada. Zilda, a menor, desapareceu quando mendigava na Rua Gomes Freire, na Lapa. Tinha uns 9 anos de idade.
A tragédia de dona Geralda, corriqueira, desimportante, não saiu nos jornais. Mas é a tragédia de um país inteiro. AMORIM, Carlos. **Assalto ao poder**. Rio de Janeiro: Record, 2010, p. 20.

boca. Meio-Quilo fez o resto sozinho. Parte do dinheiro da venda de drogas era aplicada em melhorias na favela para as crianças[313].

De uma criança que nasceu na comunidade até se transformar no líder do tráfico no Jacarezinho, Paulo, o Meio-Quilo, protegeu a seus pares e buscou melhorar a vida dos membros do local em que morava, fez o que o Estado deveria ter feito. Quando preso para cumprir 360 anos de prisão, mesmo somente podendo cumprir trinta anos de acordo com a legislação brasileira da época, faleceu ainda com 31 anos no sistema. E, para total embaraço do Estado Democrático de Direito brasileiro, por ocasião de seu enterro, havia três mil pessoas da comunidade do Jacarezinho para render suas últimas homenagens a seu líder e protetor[314].

Marcinho VP, ex-chefe do comércio varejista de drogas do Morro Santa Marta, no Rio de Janeiro sobre o "Meio-Quilo":

> "Meio-Quilo" era um cara amado pelos moradores da comunidade e por toda a população carcerária do Rio. Ele ganhou evidência também por chegar a ter um relacionamento amoroso com a filha do então vice-governador do Rio à época, Francisco Amaral. Ana Paula Amaral era psicóloga e prestava serviço assistindo aos internos do sistema penitenciário do Rio. De tanto visitar "Meio-Quilo" na cadeia, os dois acabaram se envolvendo, algo logo denunciado pela imprensa, o que acabou decretando o fim do romance.

---

313 AMORIM, Carlos. **Comando Vermelho**. 4. Ed. Rio de Janeiro: Record, 1994, p. 10.

314 Mais à frente, Nilson Vicente de Brito, o Santinho, presidente da Associação dos Moradores do Jacarezinho, diz que Meio-Quilo ajudava a "normalizar a comunidade", promovendo sopas coletivas, dando brinquedo para as crianças, pagando funerais e gás de cozinha, financiando receitas de remédios e até pagando operações cirúrgicas. 'Aqui, no entanto, não existe fábrica de cocaína nem plantação de maconha', diz Santinho. "Tudo vem de fora. É como se fosse a adutora do rio Guandu. Se eles fecharem lá em cima, acaba a água aqui embaixo. Se o governo fizesse um trabalho social e não combatesse a violência com violência, o banditismo aqui ;acabaria." "O problema", continua Santinho, "é que quem semeia vento colhe tempestade. Se o Moreira Franco não fizer obras sociais aqui, vamos ter que continuar apelando para os traficantes". Jornal O Estado de São Paulo 6 de setembro de 1987.

> Durante o reinado de "Meio-Quilo" na Favela do Jacarezinho, a comunidade funcionava como uma espécie de QG do Comando Vermelho. Todo preso que fugia se refugiava na comunidade, sob a proteção do traficante, que também ficou conhecido por promover uma série de melhorias na comunidade e de priorizar o bem-estar dos moradores[315].

O Jornal do Brasil destacou à época: O Jacarezinho está de luto. Cerca de 2.000 estabelecimentos comerciais fechados durante todo o dia e mais de 30 metros de faixas pretas amarradas aos postes manifestaram o pesar da comunidade pela morte de seu líder, protetor e ídolo – como moradores definiam Paulo Roberto de Moura Lima, o Meio-Quilo[316].

A política de "administração" do Jacarezinho de Paulo Roberto de Moura Lima demonstra claramente como funciona o interesse das facções: primeiro lucrar e se estabelecer com seu negócio ilícito, depois ter influência e respeito no local, posteriormente, quando estiver estabelecido e forte, proteger seus pares da facção e, em concomitância, promover o lado social para a comunidade a fim de ter proteção, paz, tranquilidade e fazer o que o Estado deveria e se omite. Uma forma de mostrar que os novos donos do morro são muito diferentes dos anteriores e também garantir o silêncio dos moradores.

Na mesma esteira tínhamos Escadinha com os moradores do Morro do Juramento. Há 20 anos, quando as quadrilhas de traficantes começavam a dominar os morros e favelas do Rio, Escadinha, que também era conhecido como Zequinha, já dominava o Morro do Juramento e tinha 200 seguranças. Na década de 80, os traficantes eram os deuses das favelas. Nos feudos, assumiam os papeis de delegado, juiz, médico, conselheiro e carrasco. Briga de marido e mulher, a vítima não ia à delegacia. O "dono do morro" resolvia. Os traficantes davam cadernos, lápis, uniformes,

---

315 NEPOMUCENO, Marcio Santos e HOMEM, Renato. **Marcinho Verdades e posições**. Rio de Janeiro: Gramma, 2017, p. 66.

316 **MORTE DE "MEIO QUILO" AUMENTA CLIMA DE TENSÃO**. Jornal do Brasil, Rio de Janeiro, 1° set. 1987, p. 12.

remédios e até comida. Em troca, queriam o silencio da comunidade. E aí começaram a proibir a entrada da polícia em seus domínios e a implantar o terror[317].

O mesmo acontecia em uma das principais comunidades cariocas, a Rocinha, que tinha em seu líder, Dênis, representação ativa do Comando Vermelho, ainda que no período em que lá esteve como chefe do tráfico houveram muitas tentativas de lhe derrubar do poder e, mesmo com todos os conflitos, lutou para defender a liderança do Comando Vermelho e auxiliar os membros da comunidade da Rocinha.

Nas lacunas do Estado, as facções criminosas ocupam o espaço de fornecer condições melhores à população local, defender e proteger os seus, lutar por saúde, fazer chegar remédios, oferecer condições de lazer, dentre outras atitudes, o que conferiram ao crime organizado o papel de um Estado paralelo[318]. A diferença é que o Estado é desprezado e odiado por muitos da geografia da exclusão justamente pelo abandono, ao passo que este Estado paralelo é adorado e protegido porque se importa com seus pares e sabe das dificuldades dos mesmos e luta para dar algum alento àqueles que nada possuem.

É o Estado dando armas e força para o surgimento e desenvolvimento do Estado paralelo calcado no crime, no ilícito que, ao mesmo tempo, investe na melhoria da população e zela pelo so-

---

317 Jornal O Dia, 24 de setembro de 2004.

318 A origem da violência é multifacetada e tem como principais causas o grande efetivo populacional nos centros urbanos, o desemprego, a falência do sistema educacional, a lentidão da justiça, a impunidade, a ausência do poder público, o anacronismo da legislação, o caos no sistema prisional e o desrespeito à autoridade e a pessoa humana, a ponto de existirem comandos paralelos em grandes cidades. Os agentes do crime estão cada vez mais organizados e melhor armados. Eles movimentam grande volume de dinheiro adquirido em transações ilegais, utilizam recursos tecnológicos ilegais, penetram nas diversas camadas sociais, valem-se da corrupção, têm poder político nas comunidades carentes que dominam, e chegam a desafiar o poder do Estado. Atualmente, a violência é o problema que mais preocupa e aterroriza o homem de bem. Os governantes e legisladores devem estar sintonizados com os anseios da sociedade, dando a devida prioridade ao combate à criminalidade. DANTAS FILHO, Diógenes. **Insegurança pública e privada**. Rio de Janeiro: Ciência Moderna, 2009.

cial. Não significa que a facção preza pela comunidade por amor, pode até ser em parte, porém, a proteção para com os seus, também, representa duas coisas: confiança e certeza da proteção e tranquilidade.

É ruim para os negócios se a polícia invade os morros cotidianamente, pois, não há paz nem dentro da comunidade e nem na rota para a distribuição da droga aos consumidores da classe média, no caso do Rio de Janeiro, os jovens ricos da Zona Sul[319]. E a tranquilidade significa que o crime não pode ser praticado dentro da comunidade, um paradoxo? Os criminosos reprimem o crime. Pois é, se trata da forma de conferir proteção à comunidade e evitar o aparecimento da polícia, assim, há um controle por membros das facções criminosas. No Rio de Janeiro, o Comando Vermelho impôs regras de convivência social e o que descumpriam seriam julgados pelo tribunal do tráfico.

De tal sorte que desde o crime trivial, o furto, até um molestador e um estuprador eram reprimidos pelos líderes locais do tráfico. Um espancador que mata a esposa pode ser assassinado se for a decisão do tribunal do tráfico. Um abusador de criança tem sua morte decretada, sem possibilidade de negociação[320]. Sobre o tema, Carlos Amorim:

---

[319] Na comunidade carente, os chefões do crime organizado são pessoas bem vistas, tratadas até com certo carinho. É que, para ter negócios lucrativos, o tráfico de drogas precisa de tranquilidade. Com a polícia subindo o morro todo dia, ninguém consegue ganhar dinheiro – nem os fornecedores da droga, nem os distribuidores que a levam para a sociedade refinada do asfalto, para os jovens ricos da Zona Sul. O tráfico não é compatível com a desordem na favela. E é justamente por isso que a "segurança" das bocas-de-fumo termina atuando como estranha polícia no morro. AMORIM, Carlos. **Comando Vermelho**. 4. Ed. Rio de Janeiro: Record, 1994, p. 11.

[320] O crime organizado ocupa o espaço e dita o regulamento para o convívio social. Em novembro de 1992, os traficantes do Morro do Borel colocaram onze meninos em fila e deram um tiro de revólver na mão de cada um deles. Os garotos estavam assaltando dentro dos ônibus que passam perto da favela. Entre as pessoas assaltadas estava – por azar deles – a mulher do chefão do tráfico na favela, o Bill do Borel, homem de confiança do Comando Vermelho. (...) Quem sobe a favela do Borel encontra uma inscrição no muro de uma casa: "Bill é um amigo que gosta de tudo perfeito. Mas, acima de tudo, no morro o morador

As quadrilhas que servem ao Comando Vermelho punem com a morte qualquer desobediência. Dentro do grupo não se admitem ações individuais, salvo quando autorizadas pelos líderes. Há registro de situações, no entanto, em que uma quadrilha aluga ou empresta homens e armas para uma ação. Desde que não afete a população do território em que o grupo está instalado ou os interesses da organização. Toda a história do crime organizado mostra claramente uma tentativa de criar vínculos com o meio social[321].

O Comando Vermelho mostra às comunidades cariocas que o "dono do morro" é o juiz, o prefeito e quem controla a área toda, inclusive com ciência de quem entra e quem sai das comunidades. O chefe do tráfico passa a ter poderes incontestáveis.

À medida em que os negócios prosperaram e se expandiram. houve a necessidade de conquistar novos territórios. O comando Vermelho foi o grande responsável pelo comércio e distribuição da cocaína no Rio de Janeiro a partir da década de 1980 e, com ele, o domínio dos morros cariocas e a necessidade não apenas de aumentar a operação como proteger a mesma. Como destacam Magda Dimenstein, Maria Helena Zamora e Junia de Vilhena:

> A partir da enorme demanda, equiparam-se rapidamente, expandiram-se e armaram-se. Territórios começaram a serem demarcados, invadidos, ocupados, disputados. Nas favelas, com pouca presença do Estado e um histórico de repressões, novos pontos de drogas se abriram a partir de um mercado tão promissor. Os comandos são qualificados como "crime organizado" e ganham grande espaço nos jornais e a repressão policial passa a ter armamentos compatíveis com as forças armadas[322].

---

tem que estar satisfeito." AMORIM, Carlos. **Comando Vermelho**. 4. Ed. Rio de Janeiro: Record, 1994, p. 12.

321 AMORIM, Carlos. **Comando Vermelho**. 4. Ed. Rio de Janeiro: Record, 1994, p. 14.

322 DIMENSTEIN, Magda; ZAMORA, Maria Helena; VILHENA, Junia de. **Da vida dos jovens nas favelas cariocas. Drogas, violência e confinamento**. Revista do Departamento de Psicologia UFF 16(1):24-39, janeiro de 2005.

Com a ascensão do Comando Vermelho, o que se viu foram as fortificações das comunidades que se armaram e paramentaram, bem como do comércio da droga que se sofisticou e incrementou. A população carente era protegida e assistida pelos traficantes e a paz reinava nos morros cariocas enquanto os criminosos enriqueciam sem serem incomodados pelo Estado.

Assim, poderíamos ter a sensação de que o Estado paralelo criado e desenvolvido pelas facções criminosas resolveram em boa parte as lacunas criadas pelo Estado Democrático de Direito e que a população carente das comunidades passou a ser melhor assistida. A realidade teria sido complementada pelo crime e as necessidades e carências teriam diminuído, exceto se nesse cenário não tivesse sido acrescida a dura realidade da ganância e da disputa pelo poder. O traficante não quer apenas a melhoria da comunidade, como também, o incremento de seu poder, enriquecer e controlar as atividades da comunidade. Ao longo do processo, não serão todos que irão concordar com seus métodos de trabalho, liderança e divisão dos lucros. Sempre temos questionamentos.

A resposta dos líderes, em geral, é dada por uma relação vertical, isto é, os descontentes ou são eliminados ou são expulsos das comunidades, pois um líder não pode ter seu comando questionado, do contrário, seu enfraquecimento e substituição serão inevitáveis pelos escalões superiores das facções. Assim, eliminar os concorrentes e descontes, e seguir arregimentando novos postulantes é a tarefa contínua deste líder do tráfico de drogas. Sobre o tema Magda Dimenstein, Maria Helena Zamora e Junia de Vilhena:

> Os traficantes estão divididos em pelo menos quatro grandes grupos, conhecidos como comandos, e controlam de várias maneiras a vida dos trabalhadores que ali residem. Por exemplo, a ação do tráfico ilegal de drogas tem cerceado os movimentos associativos nas favelas, seja cooptando suas lideranças para a defesa de seus interesses, seja cerceando suas atividades, seja ameaçando e matando os mais combativos. Em números aproximados, a Comissão contra a Violência e a Impunidade da Assembleia Legislativa

do Rio de Janeiro identificou 800 líderes de localidades pobres assassinados, expulsos ou cooptados por traficantes no Grande Rio, entre 1992 e 2001[323].

Como vimos, o Comando Vermelho foi a mais antiga facção criminosa do Rio de Janeiro, o que não quer dizer que seu modo de funcionamento não tenha incentivado a criação da concorrência com o surgimento de outras facções. Com isso, no transcurso do tempo e na disputa por mercados, o crime organizado começou a brigar por território com o conflito entre facções por maior controle de regiões, pessoas, cadeia de comando, tudo para majorar o lucro de sua facção, como uma verdadeira empresa[324].

Michel Misse considera que a expectativa do Comando Vermelho era a de oligopolizar o mercado a varejo das drogas em todo o estado do Rio de Janeiro, mas ainda em meados dos anos 1980 surgiu outra organização, intitulada "Terceiro Comando" (TC), que passou a disputar violentamente os territórios com o CV. Iniciou-se, assim, uma corrida armamentista entre os dois comandos pela posse das armas mais eficientes e letais, capazes de garantir seja a manutenção do controle dos pontos de venda, seja sua expansão para outras favelas[325].

Com o tempo, dissidências surgiram e criaram-se novas facções a partir de meados dos anos 1990 (Comando Vermelho Jovem (CVJ), Amigos dos Amigos (ADA) e Terceiro Comando Puro

---

323 DIMENSTEIN, Magda; ZAMORA, Maria Helena; VILHENA, Junia de. **Da vida dos jovens nas favelas cariocas. Drogas, violência e confinamento**. Revista do Departamento de Psicologia UFF 16(1):24-39, janeiro de 2005.

324 Não há como negar a necessidade de se entender essa onda de violência não apenas como efeito geológico das camadas culturais da violência costumeira no Brasil, mas também dentro do panorama do crime organizado internacionalmente, do crime, também ele globalizado, com características econômicas, políticas e culturais sui generis, sem perder algo do velho capitalismo da busca desenfreada do lucro a qualquer preço. ZALUAR, Alba. **Exclusão e políticas públicas: dilemas teóricos e alternativas políticas**. Revista Brasileira de Ciências Sociais. São Paulo, v.12, n.35, p. 21-32, fev. 1997.

325 MISSE, Michel. **Crime organizado e crime comum no Rio de Janeiro**. Revista de Sociologia Política. Curitiba, v. 19, n. 40, out. 2011, p. 13-25.

(TCP), elevando a disputa com o Comando Vermelho (CV) a níveis de violência inéditos na cidade[326].

De tal sorte que nesse conflito não houve a presença de atos diplomáticos e longas conversas a fim de encontrar um denominador comum. Quando a disputa territorial e a luta pelo poder se intensificaram, o que o Rio de Janeiro acompanhou foi o incremento de uma onda de violência que ultrapassou as comunidades e a insegurança passou a ser comumente associada ao medo, à troca de tiros, com muitas mortes tanto de traficantes quanto da população em geral, com esparsas intervenções da polícia, sempre de forma violenta[327].

De um lado, o Comando Vermelho e a relação vertical para eliminar os concorrentes e de outro, as facções menores que desejavam espaço e poder. A violência produziu um cenário sangrento a ponto de a imprensa noticiar seguidamente não apenas a disputa do tráfico, como também, a omissão estatal e a cobrança dos governantes por atitudes.

Essa guerra entre as facções no domínio pelo comando da droga no Rio de Janeiro explica os elevados índices de violência e as taxas de homicídios elevadíssimas no Estado nos anos 1990 com o forte esquema armamentista com aquisição de fuzis automáticos, granadas, bazucas e até armas antiaéreas.

O que tinha tudo para ter uma união perfeita entre as comunidades e seus protetores evoluiu de forma negativa para o caos, o desespero e o medo. Os moradores das comunidades não mais sabiam em quem confiar, se estavam seguros e a cada conflito existia o temor da perda da própria vida. Através dos conflitos

---

[326] MISSE, Michel. **Crime organizado e crime comum no Rio de Janeiro**. Revista de Sociologia Política. Curitiba, v. 19, n. 40, out. 2011, p. 13-25.

[327] Além da repressão, as favelas cariocas também são palco da guerra particular entre traficantes e policiais ou entre traficantes e traficantes, na disputa por pontos de venda entre facções rivais. Contando com armamentos cada vez mais sofisticados, muitos dos quais pertencentes às próprias forças armadas, o que se vê é um estado de guerra permanente nesses lugares. AMARAL, Layne. **O Imaginário do Medo: violência urbana e segregação espacial na cidade do Rio de Janeiro**. Revista Contemporânea, Ed. 14, vol. 18, n. 1, 2010, p. 34-45.

entre as próprias facções, a violência nos morros aumentou e o que antes era a figura de uma família deu lugar ao medo e a insegurança, e a chamada do Estado para proteção foi um caminhar inevitável.

As pessoas passaram a temer por sua segurança. Quando nos tiroteios a solução era ficar em casa em confinamento até a situação acalmar, e quando as balas furavam as paredes a busca pela proteção era se deitar no chão. A territorialidade era a autoafirmação da própria facção e consentir com a redução de seu território era admitir seu enfraquecimento, afinal, não significa apenas perder espaço, como também, influência, domínio, sua respeitabilidade perante os membros da comunidade, seus pares e as pessoas comuns igualmente se reduz, não se trata simplesmente de ceder, como afirma Marcelo José Lopes de Souza:

> A territorialidade de cada facção ou organização do tráfico de drogas, é, assim, uma rede complexa, unindo nós imanados pelo pertencimento a um mesmo comando, sendo que, no espaço concreto, esses nós de uma rede se intercalam com nós de outras redes, todas elas superpostas a um mesmo espaço e disputando uma mesma área de influência econômica (mercado consumidor), formando uma malha significativamente complexa. Cada uma das redes representará, durante todo o tempo que existirem essas superposições, o que se poderia chamar uma territorialidade de baixa definição. Uma alta definição só será alcançada se uma das organizações lograr eliminar as rivais dentro das áreas de influência, monopolizando a oferta de tóxicos, ou se as organizações chegarem a um acordo, estabelecendo um pacto territorial[328].

E o Estado reage da maneira conhecida: com violência. Na favela há uma presença policial muito grande devido à guerra às drogas. Eles usam carros blindados para entrar, nos quais são

---

[328] SOUZA, Marcelo José Lopes de. O Território: sobre Espaço e Poder, Autonomia e Desenvolvimento In: CASTRO, Iná Elias de; CORRÊA, Roberto Lobato; GOMES, Paulo César da Costa. **Geografia: conceitos e temas**. 8ª ed. Rio de Janeiro: Bertrand Brasil, 2006, p. 92.

montadas armas que podem disparar a 360 graus – conhecido como "Caveirão". Entre janeiro e agosto de 2017, a polícia matou 712 pessoas no Rio de Janeiro e, a maioria delas, nas favelas[329]. Veja alguns relatos de moradores das comunidades cariocas:

> Imagina você passar o dia inteiro trabalhando e no caminho de casa, já à noite, saber que os caveirões estão invadindo a sua favela, estão causando terror, atirando, jogando bombas, invadindo casas e roubando moradores? Foi o que passei ontem, dia 12 de fevereiro de 2020. Foi o que nós moradores e moradoras da Maré, favela da Zona Norte do Rio de Janeiro, passamos ontem[330].

"O procedimento deles não condiz com a farda que vestem", disse a artesã Mary da Silva, uma moradora da Rocinha que ensina crianças da comunidade a pintar. "Eles não respeitam os moradores. Há muito abuso de poder."

Um dos alunos de Mary, Clayton Rodrigues Lopes de 14 anos, disse que o único problema que ele vê de viver na Rocinha é a violência dos policiais.

"Num outro dia, um deles me deu um tapa na cara. Ele me viu aqui com os quadros à venda e pensou que eu era alguma coisa (um delinquente). Ele me bateu e até ficou a marca. Depois, ele até me aconselhou a pintar o cabelo para não ser reconhecido[331]".

Policiais pulam os muros das residências sem mandado judicial, arrastam para fora os suspeitos. Nas favelas e periferias, inclusive com veículos blindados e carros de combate[332].

---

329 **MORADORES ESTÃO ACOSTUMADOS COM DIA-A-DIA VIOLENTO**. BBC Brasil, 2 de dezembro de 2002. Disponível em: https://www.bbc.com/portuguese/noticias/2002/021126_violenciarg.shtml. Acesso em 24 de abril de 2021.

330 **NO RIO, POVO SOBREVIVE A TIROS, ÁGUA CONTAMINADA E AO DESMONTE DA SAÚDE. FAVELA EM PAUTA, 13 DE FEVEREIRO DE 2020**. Disponível em: https://favelaempauta.com/no-rio-povo-sobrevive-tiros-agua-contaminada-desmonte-saude/. Acesso em 23 de abril de 2021.

331 **MORADORES ESTÃO ACOSTUMADOS COM DIA-A-DIA VIOLENTO**. BBC Brasil, 2 de dezembro de 2002. Disponível em: https://www.bbc.com/portuguese/noticias/2002/021126_violenciarg.shtml. Acesso em 24 de abril de 2021.

332 AMORIM, Carlos. **Assalto ao poder**. Rio de Janeiro: Record, 2010.

O processo de truculência policial foi uma resposta dura do Estado ante à onda de violência que o conflito entre as facções cariocas provocou nas comunidades cariocas, com uma onda de medo, insegurança e aflição. O domínio das comunidades foi feito através da força e da lei do silêncio. Se, por um lado, havia melhorias na vida das comunidades, por outro, o medo era constante. Era proibido relatar e delatar, pois não se sabia se a polícia estava a favor ou contra o cidadão, tal a possibilidade de corrupção da polícia carioca.

Os líderes e soldados do Comando Vermelho também instalaram e viabilizaram a circulação de armas nas comunidades, como destaca Carlos Amorim:

> Os "soldados" da quadrilha que controla o morro estão sempre bem armados. Os que ficam pelas ruelas da favela usam revólveres 38 e pistolas automáticas de 9 milímetros. Um deles sempre carrega granadas. O equipamento bélico está bem à vista de todo mundo que passa por ali: é uma forma de intimidação e um orgulho para o "soldado". Há a "segurança" da boca outro escalão, conhecido como a "tropa de choque" ou a "rapaziada do dedo". Esse grupo carrega o armamento pesado: metralhadoras Beretta, Uzi ou Ingran de 9 milímetros; fuzis automáticos AR-15 do Exército americano, calibre 7.62 milímetros; granadas atordoantes (de efeito moral ou de fumaça) e explosivas, roubadas dos depósitos do Exército; rifles com miras telescópicas, a laser ou com sistema de orientação térmicos. Até armas antitanques e antiaéreas eles têm[333].

A escalada nos morros cariocas e nas comunidades conferiu ao Comando Vermelho o controle da distribuição da droga e na fortificação da sua cadeia diretiva. Conforme o domínio aumentou, foi proporcional a contratação/arregimentação de novos funcionários e de defensores das bocas e das próprias comunidades. Assim, o que se viu foi a fortificação e a disseminação tanto das

---

[333] AMORIM, Carlos. **Comando Vermelho**. Rio de Janeiro: Edições de Bolso, 2011, p. 29 e 30.

armas quanto das violências por pessoas que não deveriam carregar armas, como crianças e pré-adolescentes.

No Atlas da Violência, o índice de homicídio no Rio de Janeiro em 1980 estava em 26,05 por 100 mil habitantes. Em 1990 era de 56,10. Em 2000 de 52, 75, com um pico de 61,81 em 1995. Até 2004 os índices foram acima de 50 homicídios por 100 mil habitantes[334]. Segundo dados do IBGE, entre 1980 e 2000, o índice de homicídios cresceu 130%. Aqueles provocados por perfuração por arma de fogo cresceram de 43,6% para 68,3%, no mesmo período. Como menciona Alba Zaluar:

> O Rio de Janeiro teve um extraordinário aumento dos índices de homicídios em menos de uma década. Em 1982, os índices de homicídio em Nova York e na região metropolitana do Rio de Janeiro eram os mesmos: 23 por 100 mil habitantes (New York Times, 21-8-1993), mas em 1989, o índice oficial na região metropolitana do Rio já estava três vezes maior (63 por 100 mil habitantes), ou seja, triplicou em menos de 10 anos. Em 1992, a taxa era de 60,75 por 100 mil habitantes. Na Baixada Fluminense, no mesmo ano, ela chegou a 74,67 por 100 mil habitantes.
> (...) Policiais corruptos agem como grupos de extorsão que podem ser rotulados de grupos de extermínio. Quadrilhas de traficantes e assaltantes não usam métodos diferentes dos primeiros.
> (...) No esquema de extorsão praticado por policiais e nas dívidas contraídas com traficantes, os jovens que começam como usuários de drogas são levados a roubar, a assaltar e algumas vezes até a matar para pagar aos que os ameaçam de morte, caso não consigam saldar a dívida, e que os instigam a se comportar como eles, portando armas de fogo e praticando assaltos. Muitos deles acabam se tornando membros de quadrilhas para pagarem dívidas. (...)
> Os movimentos sociais no Rio, particularmente nas áreas pobres, tiveram então que enfrentar uma situação dramática de mortes

334 **ATLAS DA VIOLÊNCIA 2019.** / Organizadores: Instituto de Pesquisa Econômica Aplicada; Fórum Brasileiro de Segurança Pública. Brasília: Rio de Janeiro: São Paulo: Instituto de Pesquisa Econômica Aplicada; Fórum Brasileiro de Segurança Pública, 2019. Disponível em: http://www.ipea.gov.br/atlasviolencia/dados-series/20. Acesso em 25 de abril de 2021.

> recorrentes, aumento de incidência de furtos e roubos, medo manifestado pela população pobre em seu local de moradia, medo e preconceitos dos habitantes das áreas mais ricas ou regulares da cidade, assim como o esvaziamento de suas organizações[335].

A violência foi uma epidemia para a qual o Estado não tinha um remédio imediato. O Código Penal, criado em 1940, tinha como realidade social e ameaça à segurança pública problemas de menor escala, naquela época não se tinha à disposição o armamento e o potencial danoso do Comando Vermelho, assim, a resposta do Estado era desproporcional aos danos causados pela facção.

A escalada da violência no Rio de Janeiro alcançou o limite do insustentável nos anos 2000. Um relatório do III Mapa da violência da UNESCO atesta que entre 1979 e 2003, os crimes provocados por armas e fogo no Brasil resultaram em 550 mil mortos. Deste total, 205.722 tinham entre 15 e 24 anos de idade. Se em 1979, 2.208 jovens foram mortos a tiros, em 2003 o número era de 16.345, um aumento de 650%. Entre 2003 e 2008 já ocorreram mais de 250 mil mortes violentas no país.

De 1980 a 1994, 6.856 adolescentes de 10 a 19 anos foram assassinados no Município do Rio de Janeiro. Isso significa uma média de 37 óbitos por mês, ou 1,2 por dia. O sexo mais atingido foi o masculino (93,6%) e a faixa etária de maior incidência foi a de 15 a 19 anos (92,7%); 82,4% das vítimas eram nascidas no Rio de Janeiro. A taxa de mortalidade por homicídios na faixa de 10 a 19 anos cresceu 121,6% entre 1980 e 1994 para o Município do Rio de Janeiro. Este índice subiu de 29,6 (em 100 000 habitantes) em 1980 para 65,6 em 1994. Os principais tipos de homicídios identificados ao longo dos anos investigados distribuem-se da seguinte forma: 95,6% foram perpetrados com armas de fogo.

O conflito entre facções acirrou a violência, pois, a fim de conquistar espaço e impingir o medo, o que se via era o grupo entrar,

---

335 ZALUAR, Alba. Crime, medo e política. In ZALUAR, Alba e ALVITO, Marcos. **Um século de Favela**. 4ª ed. Rio de Janeiro: FGV, 2004, p. 213-215.

matar a todos e a tudo, assim morrem os inimigos e os seus aliados, em movimentos que causam aflição e terror nas comunidades. Carlos Amorim: Agora não é mais uma ameaça. A sombra ganhou contornos próprios. Porque o crime organizado no Brasil é uma realidade terrível. Atinge as estruturas da sociedade, da comunidade mais simples, onde se instala o traficante, aos poderes da República. Passa pela polícia, a justiça e a política[336].

O dinheiro da droga e do tráfico permearam a realidade cotidiana e a corrupção atingiu a polícia e o judiciário. A impunidade dos líderes do tráfico ficou evidente a ponto dos mesmo financiarem políticos para cargos como vereador, dentre outros. Os números assustam: Em 3 de setembro de 1999, o então governador do Rio de Janeiro, Anthony Garotinho, entregou à CPI do Narcotráfico um dossiê admitindo que os criminosos controlavam 180 localidades e sobre as facções, o Comando Vermelho e o Comando Vermelho Jovem vendiam, na época, 860 quilos de cocaína por mês, nas bocas de fumo das favelas. Mais de 13,6 toneladas de maconha ao mês. O faturamento chegava a 9,7 milhões de reais[337].

O pior ainda estava por vir, afinal, Fernandinho Beira-Mar, no começo dos anos 2000, teria acirrado os ânimos ao ter abastecido os morros do Rio enviando, ao menos duas mil armas consideradas de guerra, como fuzis automáticos, e mais de dez mil caixas de munição de diversos calibres[338].

A sociedade brasileira tinha uma sensação e perplexidade e claras limitações do seu direito de ir e vir por medo de sua integridade física, mental e psicológica, além do vilipêndio de seus direitos fundamentais e a sensação de insegurança motivada pela ineficácia das medidas de segurança pública no controle social da criminalidade organizada. Somado a isso, temos as constantes imagens de chacinas nas quais muitas vítimas são crianças

---

336 AMORIM, Carlos. **CV_PCC A irmandade do crime**. Rio de Janeiro: Record, 2003, p. 15.

337 AMORIM, Carlos. **CV_PCC A irmandade do crime**. Rio de Janeiro: Record, 2003, p. 410.

338 Jornal O Globo, 30 de março de 2003.

fortemente armadas, inclusive com fuzis AR-15. Sobre o tema destaca Carlos Amorim:

> No meio da noite, prédios públicos são atacados com rajadas de fuzis automáticos e metralhadoras. Bombas explodem em frente a repartições públicas. Comboios de homens armados percorrem as ruas depois da meia-noite. Para o trânsito em grandes avenidas, saqueiam – pessoas são mortas sem nenhuma razão. Magistrados são emboscados e mortos a tiros. Funcionários de alto escalão são ameaçados. Pelo mar chegam armas e drogas. É o cenário de uma guerra que não se quer admitir. Escolas, comércio e bancos fecham a mando de meninos descalços, que se dizem porta-vozes de grandes traficantes e bandidos. Todos obedecem[339].

Uso de armamento pesado com consequências desastrosas para a população carioca. É a propaganda que nenhum político deseja ter retratada cotidianamente em jornais e veículos de comunicação. Era a realidade do Rio de Janeiro do começo dos anos 2000. A escalada do tráfico através das ações promovidas por Escadinha, ao arregimentar novos líderes do tráfico para a facção, aliado a nova rede de distribuição implementada por Marcinho VP e, por fim, a elevação de patamar em números através de Fernandinho Beira-mar conferiram um domínio ao Comando Vermelho sem precedentes.

No entanto, as demais facções cariocas travaram disputas sangrentas com o Comando Vermelho em conflitos por território o que propiciou a resposta estatal com várias intervenções militares ao longo dos anos com grande saldo de perda de vidas e pouco impacto na redução da violência e na sensação de insegurança da população carioca.

Uma delas, o Amigo dos Amigos – ADA foi criada em 1996 por Uê, que havia sido expulso do Comando Vermelho após matar Orlando Jogador, que em muito atrapalhou os negócios do Comando Vermelho, especialmente após assumir o controle da Rocinha,

---

[339] AMORIM, Carlos. **CV_PCC A irmandade do crime**. Rio de Janeiro: Record, 2003, p. 15.

em 2004. Aproveitando a guerra interna no Comando Vermelho pelo controle da favela entre os traficantes Lulu e Dudu da Rocinha, com a morte de Lulu seu grupo aderiu à facção de Uê. O controle perduraria até a chegada da UPP na comunidade em 2011.

Ademais, também temos o Terceiro Comando, facção de dissidentes da própria facção de 1979. Essa facção controla a maior parte do Complexo da Maré, além de regiões como o Complexo de Acari e Amarelinho, Para-Pedro, Parada de Lucas e Vigário Geral, Muquiço, Cidade Alta, Complexo do Dendê, Fumacê, Vila Aliança. Senador Camará e Complexo da Serrinha.

O enfrentamento policial também restou infrutífero e o sentimento de insegurança era uma crescente com as comunidades cada dia mais protegidas pelas facções criminosas e a violência literalmente vazando de dentro para fora dos morros cariocas, com a população em pânico pelas balas perdidas e pela incerteza de amanhã não mais poder estar vivo.

A polícia se mostrava cada vez mais violenta nas comunidades em atos repressivos sem, contudo, conseguir minorar o controle do tráfico nos morros, como destaca Alba Zaluar:

> Ao concentrar o olhar sobre as condições atuais de vida dos pobres, não se pode deixar de registrar o estilo de policiamento mais violento e corrupto nos bairros e favelas onde predominam famílias abaixo da linha de pobreza, escolaridade baixa e desemprego entre jovens. As pesquisas revelaram que a Polícia Militar, que faz o policiamento ostensivo, estava então muito mais ausente nos bairros e favelas onde há concentração das pessoas mais pobres da cidade. Ao mesmo tempo, ela era muito mais violenta nas áreas que estavam sob o controle de quadrilhas de traficantes, onde fazia esporádicas incursões, especialmente nas favelas que abundam nos subúrbios (AP3) como Madureira ou Ramos. Nas favelas, os policiais atiravam 10 vezes mais do que nas áreas regulares do asfalto e agrediam duas vezes mais os moradores, segundo a pesquisa de 2005-2006[340].

---

[340] ZALUAR, Alba. **Juventude Violenta: Processos, Retrocessos e Novos Percursos**. DADOS – Revista de Ciências Sociais, Rio de Janeiro, vol. 55, no 2, 2012, p. 327 a 365.

A busca pelos líderes do tráfico era contínua, como por exemplo a caça a Nelson da Silva, o Bill do Borel. Ele controlava o morro do Borel e, em 1993, representava um dos centros de destaque do Comando Vermelho e, ao mesmo tempo era uma das áreas geográficas mais agitadas da facção. E mesmo com consecutivas operações policiais Bill escapou de todas. Tal consequência era comum, como destaca Carlos Amorim:

> Andar pelas favelas é como pisar em cacos de vidro. A violência incendeia os morros do Rio. E a polícia corre de um lado para o outro feito barata tonta. Na verdade, corre atrás dos telefonemas – quase sempre anônimos – que anunciam a descoberta dos corpos da guerra de quadrilhas. Ao mesmo tempo, sob enorme pressão da imprensa e da opinião pública, prepara "operações de limpeza" nos labirintos do tráfico de drogas. Algumas vezes, são centenas de policiais que ocupam um morro durante quatro ou cinco horas. E voltam sem resultados[341].

Leia depoimento de Wolney, um dos fundadores do BOPE, que morava no Batan, sobre a presença do Estado e os problemas das drogas na comunidade:

> [Quando eu cheguei] existia um tráfico de morador. Na época eu não sabia, mas o próprio traficante, que era morador, nascido e criado aqui, ele veio até a mim já sabendo que eu era policial e se apresentou. Naquela época não existia violência, existia o comércio das drogas, mas não existia violência. Ele se apresentou, disse que tinha um envolvimento. Eu falei pra ele o seguinte: que ele cuidasse da vida dele e não me afetasse. Até eu sendo policial eu não poderia fazer nada porque, indiretamente, eu não tinha o respaldo do Estado. **A gente sabe que o Estado naquela época não existia essa cultura de parceria com a comunidade**. A gente sabe que a polícia chegava tirava os traficantes: "limpei a área!" [Depois] a polícia ia embora e o tráfico voltava[342].

---

[341] AMORIM, Carlos. **CV_PCC A Irmandade do crime**. Rio de Janeiro: Record, 2003, p. 226.

[342] MENDONÇA, Tássia. **Batan: Tráfico, Milícia e "Pacificação" na Zona Oeste do Rio de Janeiro**. Tese de Mestrado em antropologia social

Só que "limpar a área" para a polícia carioca significava um alto índice de letalidade. Em 2018, a polícia do Rio de Janeiro foi a mais letal do país, com uma taxa de 8,9 por 100 mil habitantes e com um quantitativo que corresponde a 23% do total da letalidade policial no Brasil. Isso significa que as polícias do Rio de Janeiro contribuem para uma taxa de morte violenta próxima à taxa total de São Paulo, que é de 9,5 por 100 mil habitantes[343]. Para se ter uma ideia do quanto a letalidade polícia significava, a polícia do Rio de Janeiro, sozinha, matou mais que todos os departamentos dos EUA somados, que mataram 375 em 2006, com uma população de 307,2 milhões de pessoas (19 vezes a do Rio). A polícia de Portugal, país com 10,7 milhões de pessoas, matou apenas uma pessoa em 2006, em comparação com 1.063 do Rio, cuja população é estimada em 16 milhões[344].

A Polícia Militar é violenta e, inclusive, com reconhecimento do Estado que instituiu por um período a "gratificação faroeste", paga a policiais que matassem criminosos no governo Marcello Alencar. Um estímulo à violência e à letalidade.

Com uma polícia repressiva, o universo prisional crescia e as péssimas condições sanitárias e estruturais fizeram com que uma modificação de visão nos cárceres cariocas fosse adotada pelos governantes, assim, no plano prisional, várias medidas foram iniciadas pelo governador Anthony Garotinho (1999-2002). O principal plano foi a implementação do programa Delegacia Legal que previa a desativação de carceragens e a construção de onze unidades de Casas de Custódia que foram inauguradas entre 2000 e 2004. Destas, cinco foram em Bangu o maior complexo prisional do Estado, já que até 1988 contava com cinco unidades prisionais

---

do Museu Nacional na Universidade Federal do Rio de Janeiro, 2014, p. 63.

343 **LETALIDADE POLICIAL NO RIO DE JANEIRO EM 10 PONTOS**. Centro de Pesquisas – Ministério Público do Estado do Rio de Janeiro. Disponível em: https://www.mprj.mp.br/documents/20184/540394/letalidade_policial_no_rio_de_janeiro_em_10_pontos_1.pdf. Acesso em 9 de maio de 2021.

344 GOMIDE, Raphael. **O infiltrado: um repórter dentro da polícia que mais mata e mais morre no Brasil**. Amazon, formato digital, 2019.

e em 1988, o Governador Moreira Franco (1987-1991) inaugurou o presídio de segurança Máxima Bangu 1, a primeira unidade desse tipo no país, que teve como interno Fernandinho Beira-Mar. Já em 1994 Leonel Brizola (1991-1994) inaugura Bangu 2 e desativa o complexo de Ilha Grande.

Ainda em Bangu, a Governadora Rosinha Garotinho (2003-2006) inaugurou a Penitenciária Pedrolino Werling. Também liderou um processo de reconfiguração das prisões cariocas, pois, em 2003 o Presídio Feminino Nelson Hungria foi desativado, após nova unidade ter sido inaugurada em Bangu. Em 2006 foram desativadas as unidades Lemos Brito e Milton Dias Moreira, e a Casa de Custódia Romeiro Neto – substituídas por outras de mesmo nome, em Bangu, Japeri e Magé.

O fato é que a segurança pública carioca não tinha conseguido conter, nem com austeridade e muito menos com repressão, a escalada do Comando Vermelho. Os jovens pobres tinham o sonho do sucesso instantâneo e o dinheiro rápido pelo universo das drogas, então, a oferta era maior do que o Estado e suas políticas sociais capengas e deficientes que relegaram a geografia da exclusão ao descaso e ao esquecimento ao longo das décadas.

O rapper MV Bill, nome artístico de Alex Pereira Barbosa escreveu a música "Soldado do morro" da qual colacionamos um trecho que retrata a realidade da juventude pobre que se inclina para o crime:

> "Minha condição é sinistra não posso dar rolé
> Não posso ficar de bobeira na pista
> Na vida que eu levo eu não posso brincar
> Eu carrego uma nove (milímetros) e uma HK (Heckler Koch G3, fuzil alemão)
> Se pá e se pan, eu sou mais um soldado morto
> Vinte e quatro horas de tensão
> Ligado na polícia, bolado com os alemão (inimigos)
> Disposição até o osso
> Tem mais um pente (de balas) lotado no meu bolso
> Qualquer roupa agora posso comprar

Tem um monte de cachorra (meninas) querendo me dar
De olho grande no dinheiro, esquecem do perigo[345]".

Michel Misse destaca que em cada território dominado pelo tráfico organizou-se uma divisão de trabalho e uma hierarquia de poder que ainda se mantêm quase trinta anos depois: um "dono", seus "gerentes", um para a *cannabis* (gerente do "preto"), outro para a cocaína (gerente do "branco") e outro ainda para a segurança do território (gerente dos "soldados"). Abaixo vêm os "vapores" (vendedores diretos, cada um com uma "carga" de 300 unidades da droga em média); os "aviões" (que trabalham longe da "boca" ou até mesmo fazem a revenda em outros lugares) e os "soldados", que carregam o armamento pesado e estão preparados para enfrentar invasores concorrentes (chamados na gíria de "alemães") ou a polícia[346].

O problema está no fato de que jovens perdidos para o tráfico, agora, tinham condições de fazer uma inversão de valores, isto é, de dar ordens nos mais velhos, apenas e tão somente porque tinham uma arma na cintura, o que propiciou a exposição da revolta dessa juventude que se considera madura, com dinheiro e respeito de seus pares de uma forma que nunca teriam em condições comuns, sem a influência vertical do tráfico de drogas. Os adultos não conseguem mais se fazer obedecer, a violência cresce e o Estado enfraquece. Os jovens se oferecem continuamente

---

345 O tráfico de tóxicos oferece, de fato, aos jovens em dificuldades no mercado de trabalho, a oportunidade de ganhar dinheiro que aumenta à proporção que se sobe na hierarquia desta vasta rede organizada do tráfico. "Ninguém é bandido porque quer" é uma frase que nos traz para o terreno das determinações, das explicações objetivistas. E elas são múltiplas. Apontam para a falta de assistência do governo, a pobreza cada vez maior entre as famílias de trabalhadores, a polícia corrompida, as atrações e facilidades do tráfico, o exemplo e sedução dos bandidos da vizinhança, a revolta que os métodos violentos provocam. ZALUAR, Alba. **Juventude Violenta: Processos, Retrocessos e Novos Percursos**. DADOS – Revista de Ciências Sociais, Rio de Janeiro, vol. 55, no 2, 2012, p. 327 a 365.

346 MISSE, Michel. **Crime organizado e crime comum no Rio de Janeiro**. Revista de Sociologia Política. Curitiba, v. 19, n. 40, out. 2011, p. 13-25.

para substituir os que foram presos ou morto para manter a engrenagem funcionando a todo vapor.

Em junho de 2005, 1.092.783 moradores da capital, instalados em 605 favelas, vivem sob o domínio de traficantes de drogas. O número corresponde a 18,6% da população do Rio, quase um em cada cinco moradores[347].

O Estado Democrático de Direito tinha perdido a guerra contra o crime organizado e as facções. A violência tomou conta da sociedade brasileira e os desafios não paravam de chegar ao Governo Federal, em especial para a questão da segurança pública. Sobre o tema Alba Zaluar:

> No Brasil, as drogas ilícitas continuam criando focos de conflito sangrento nos territórios da pobreza. O governo sempre adotou medidas repressivas no controle ao uso de drogas e a polícia tem um enorme poder em determinar quem será ou não processado e preso como traficante, crime considerado hediondo. No que se refere à administração da justiça, jovens pobres e negros ou mulatos são presos como traficantes o que ajuda a criar a superpopulação carcerária, além de tornar ilegítimo e injusto o funcionamento do sistema jurídico no país. Policiais costumam prender meros fregueses ou pequenos repassadores de drogas (aviões) para mostrar eficiência no trabalho. A quantidade apreendida não é o critério diferenciador e nem sempre as outras provas materiais, tais como agendas telefônicas e armas, são registradas na ocorrência policial, impossibilitando qualquer investigação séria posterior. Aquela indefinição, que está na legislação, favorece o abuso do poder policial que, por sua vez, vai inflacionar a corrupção que apaga as demais provas[348].

A polícia que não investiga, a segurança pública que não confere segurança, um Estado desparamentado, sem caráter de autoridade, sem impor o viés punitivo que dele espera o cidadão brasileiro. Um Estado perdido, que constrói presídios em profusão,

---

[347] Jornal O Globo, 20 de fevereiro de 2005.

[348] ZALUAR, Alba. **Violência, cultura e poder**. Revista Semiosfera. Rio de Janeiro: UFRJ, ano 3, dezembro de 2003, p. 11.

mas não sabe como combater o tráfico de drogas. Aliado a isso, um Governo Federal cada vez mais protagonista na discussão de grandes temas internacionais atraem a possibilidade de grandes eventos para o país, uma incompatibilidade em termos de segurança, mas foi assim mesmo que aconteceu, mais especificamente com a cidade do Rio de Janeiro.

Uma série de eventos de magnitude internacional colocaram a segurança da cidade do Rio de Janeiro em cheque. O primeiro deles foi em agosto de 2002 com a escolha da cidade para sediar os Jogos Pan-Americanos de 2007. Em 30 de outubro de 2007 o Brasil foi escolhido como sede da Copa do Mundo de Futebol em 2014 e, por conseguinte, também sediaria a Copa das Confederações em 2013. Ainda em julho de 2008 começou a campanha e o processo para que a Olimpíada de 2016 fosse sediada na cidade do Rio de Janeiro, o que acabou se confirmando em 2 de outubro de 2009. No entanto, Quando em julho de 2008 foi selecionada para ir à final da escolha das sedes o Comitê Olímpico Internacional deu um ano para o Brasil apresentar garantias e melhorias para a realização dos jogos, já que se classificou com as piores notas (6,4), comparadas a Tóquio (9,0), Chicago (8,2) e Madri (7,9). Os principais pontos a serem questionados eram o transporte e a segurança da cidade do Rio de Janeiro. Assim, era necessário um plano totalmente novo de ação na segurança pública,

O fato da cidade do Rio de Janeiro ter sido escolhida para sediar, proximamente, megaeventos como as Olimpíadas e a Copa do Mundo colocou em questão a capacidade governamental de reduzir a violência e exercer o controle efetivo sobre seu território. O então Governador do Rio de Janeiro Sérgio Cabral Filho declara: "A violência no Rio no cotidiano das pessoas, tão bélica, que leva a isso. Aqui as pessoas se acostumaram a ver bandidos dando tiros nas ruas. Temos de descontaminar o Rio. Não é normal e nós não podemos nos acostumar com isso[349]".

---

349 AMORIM, Carlos. **Assalto ao poder**. Rio de Janeiro: Record, 2010, p. 83.

Os governantes perceberam que com as velhas políticas públicas de enfrentamento a segurança não iria se estabelecer nas comunidades cariocas e o controle do tráfico também não obteria sucesso. A forma atual de funcionamento da polícia militar que faz o policiamento ostensivo, prevenindo e reprimindo crimes além de orientar e socorrer os cidadãos complementa a função da polícia civil que faz a prevenção indireta com a investigação para a solução de crimes se completam e, apesar de ambas terem contato com a população, atualmente, se precisava de uma polícia em contato direto com os problemas sociais enfrentados pelos moradores das comunidades.

A diferença entre passar por um lugar pontualmente e conviver diariamente com os problemas e virtudes do mesmo espaço. Para a polícia ser preventiva, precisa saber como atuar, a quem se dirigir, o que esperar. Uma nova visão era importante, se fazia necessária uma polícia de proximidade.

A Polícia comunitária é uma filosofia e estratégia organizacional que proporciona uma nova parceria entre polícia e comunidade. Baseia-se na premissa de que tanto a polícia como a comunidade devam trabalhar juntas para identificar, priorizar e resolver problemas, tais como crimes graves, medo do crime e, em geral, a decadência do bairro, com o objetivo de melhorar a qualidade de vida na área. Observa-se que tanto a polícia comunitária quanto a polícia de proximidade, em essência, estão sob um mesmo feixe de significados, sendo necessário caracterizar a maior adequação da polícia de proximidade, face esta ser uma ação proativa da polícia, consoante o que já foi mencionado na conceituação de polícia de proximidade, para marcar a opção da Corporação por esta denominação.

A polícia de proximidade é uma filosofia na qual os policiais e cidadãos dos mais diversos segmentos societais trabalham em parceria, desenvolvendo ações em regiões territoriais específicas, promovendo o controle das questões relacionadas ao fenômeno criminal, objetivando a melhoria da qualidade de vida das pessoas daqueles locais. Para esse objetivo, a polícia é proativa na busca da participação da comunidade, a fim de construir laços de confiança, estabelecendo pontes entre demandas reprimidas e ofertas possíveis e a consequente legitimidade das ações policiais.

Assim, a polícia de proximidade, inspirada pelos mesmos princípios da polícia comunitária, vai atuar sobre o fenômeno criminal, aproximando-se do cidadão, esteja ele onde estiver, trazendo consigo uma proposta sociológica inclusiva poderosamente transformadora, à medida que não reproduz através de sua denominação a ideia de uma polícia especial para uma determinada comunidade, o que reforçaria a lógica de segregação que justamente é a que se deseja evitar, aduzindo-se que a favela enquanto fenômeno social é construção própria do cenário fluminense, e chamá-la de comunidade sem que nela sejam construídas e reconstruídas as mesmas estruturas sociais que existem nas demais localidades da cidade significa incluí-la nesta apenas pelo viés do eufemismo gramatical "comunidade" com sua "polícia comunitária" especial para ela, porém apartada da Polícia Militar que atua no restante do Estado[350].

O enfrentamento não mais era eficaz e, em acordo com estudos dos organismos internacionais e dos principais pesquisadores do Brasil, chegou-se à conclusão de que a solução para a segurança pública não era mais o endurecimento puro e simples, pois era necessária uma política de segurança que combinasse mediação de conflitos, ações preventivas primárias, ações de enfrentamento menos confrontativas, uma verdadeira reestruturação das instituições de segurança. Com a inspiração em experiências internacionais de ocupação territorial e integração como de Medellín, surge a primeira UPP, depois da ocupação militar no Morro Santa Marta.

De tal sorte que em dezembro de 2008 era lançado o plano de segurança para as comunidades do Rio de Janeiro: a política de ocupação das Unidades de Polícia Pacificadora – UPP. Vejamos o que vem a ser a Unidade de Polícia Pacificadora.

---

350 PMERJ – Polícia Militar do Estado do Rio de Janeiro. Rio de Janeiro. 2013, p. 5.

3.3. DA REPRESSÃO ESTATAL ÀS UPPS

A instalação das Unidades de Polícia Pacificadora representou a chegada da polícia em 200 comunidades da região metropolitana do Rio de Janeiro com impacto direto em meio milhão de pessoas.

A Unidade de Polícia Pacificadora (UPP) é um dos mais importantes programas de Segurança Pública realizados no Brasil nas últimas décadas. Implantado pela Secretaria de Estado de Segurança do Rio de Janeiro no fim de 2008, o Programa das UPPs – planejado e coordenado pela Subsecretaria de Planejamento e Integração Operacional – foi elaborado com os princípios da Polícia de Proximidade, um conceito que vai além da polícia comunitária e tem sua estratégia fundamentada na parceria entre a população e as instituições da área de Segurança Pública. O Programa engloba parcerias entre os governos – municipal, estadual e federal – e diferentes atores da sociedade civil organizada e tem como objetivo a retomada permanente de comunidades dominadas pelo tráfico, assim como a garantia da proximidade do Estado com a população. A pacificação ainda tem um papel fundamental no desenvolvimento social e econômico das comunidades, pois potencializa a entrada de serviços públicos, infraestrutura, projetos sociais, esportivos e culturais, investimentos privados e oportunidades[351].

Essa foi a justificativa do Governo do Estado do Rio de Janeiro para lançar o programa das UPPs em dezembro de 2008. Era o novo caminho para a segurança pública, a presença da polícia dentro das comunidades seria uma forma de resolver e mediar conflitos em tempo real. Ademais, com a presença da polícia, o crime organizado seria reprimido e não mais circularia livremente pelas vielas das comunidades cariocas.

As três primeiras unidades foram instaladas na Cidade de Deus, Santa Marta e Batan, tiveram inicialmente a entrada do Ba-

---

351 MUSUMECI, Leonarda. **UPP: Última Chamada**. Rio de Janeiro: Universidade Candido Mendes, 2017, p. 4.

talhão de Operações Policiais Especiais – BOPE, da Polícia Civil e, em seguida, o policiamento realizado inicialmente pelos batalhões de suas respectivas áreas, havendo uma transição para uma Companhia de Policiamento Comunitário alocada no próprio batalhão, sendo implantados postos de policiamento comunitário nessas áreas até que se criasse uma nomenclatura para essa nova forma de policiamento, denominada, apenas em janeiro de 2009, Unidades de Polícia Pacificadora[352]. A regulamentação da UPP está presente através do Decreto n° 41.650 de 2009:

> O DECRETO Nº 41.650 DE 21 DE JANEIRO DE 2009 DISPÕE SOBRE A CRIAÇÃO DA UNIDADE DE POLÍCIA PACIFICADORA – UPP E DÁ OUTRAS PROVIDÊNCIAS. E estabelece no art. 1°:
> Art. 1º – Fica criada, na estrutura da Polícia Militar do Estado do Rio de Janeiro – PMERJ, subordinada ao Comando do Estado Maior, a Unidade de Polícia Pacificadora – UPP, para a execução de ações especiais concernentes à pacificação e manutenção da ordem pública nas comunidades carentes.

Assim, em 19 de dezembro de 2008, um mês depois da ocupação, foi inaugurada a primeira UPP na comunidade de Santa Marta, com 125 policiais sob o comando da capitã Priscilla Azevedo, a princípio era um destacamento do 2° Batalhão de Polícia Militar de Botafogo. De um lado era o Estado retomando o controle da segurança e pacificando os morros e comunidades, numa clara mensagem ao crime organizado de que a violência teria de ter fim, ou ao menos, uma trégua.

De outro lado, os traficantes e as facções criminosas optaram por recuar temporariamente e se esconder a fim de que pudessem elaborar um plano de ação eficaz para, posteriormente, revidar a essa intervenção. Se, contudo, fosse feita uma retaliação pura e simples poderia se perder mais do que a vida, como o lucro da organização, portanto, uma nova estratégia se fazia necessária.

---

[352] MISSE, Daniel Ganem. **Cinco anos de UPP: Um breve balanço**. DILEMAS: Revista de Estudos de Conflito e Controle Social – Vol. 7 – no 3 – JUL/AGO/SET 2014 – p. 675-700.

De tal sorte que tempo e preparo eram dois luxos que a segurança pública carioca não mais possuía, assim, a proliferação à brasileira (sem preparo, estruturação, procedimentalização e correção de desvios) foi a tônica das UPPs nos anos vindouros a sua implementação em 2008. Tal pressa foi comprovada com a demora em se normatizar o que vem a ser a UPP e seus propósitos, o que somente aconteceu através do Decreto-lei 42.787 de 6 de janeiro de 2011 que, por sinal, já se encontra completamente revogado.

O Decreto atribuía o modelo de policiamento de proximidade às UPPs, determinando que os policiais que ali atuassem deveriam ter uma capacitação intensa sobre conteúdos relativos a Direitos Humanos e Polícia Comunitária e de Proximidade. Também estabelecia o Decreto à observação de critérios para seleção dos territórios onde as UPPs seriam implementadas. Tais territórios deveriam ser comunidades pobres, de baixa institucionalidade e alto grau de informalidade e com a presença de grupos criminosos armados ostensivamente. De acordo com o Decreto, caberia às Unidades de Polícia Pacificadora: "a. consolidar o controle estatal sobre comunidades sob forte influência da criminalidade ostensivamente armada; b. devolver à população local a paz e a tranquilidade pública necessárias ao exercício da cidadania plena que garanta o desenvolvimento tanto social quanto econômico" (Art. 1º, §2º do Decreto-lei 42.787 de 6 de janeiro de 2011).

O que pretendia a política de segurança pública era a promoção de políticas sociais calcadas em um respeito mútuo entre a comunidade e os policiais que ali se instalariam em um sistema de cooperação. O objetivo era promover uma atuação pacífica e que possibilitasse ao policiamento ter a capacidade de solução de problemas locais da comunidade a fim de ser um braço do Estado para a garantia e efetivação dos direitos tidos como fundamentais. O Estado assume para retomar o território e impor a ordem e o bem-estar social de maneira pacífica, em tese.

Para tanto, quatro etapas deveriam ser percorridas na instalação e implementação de uma UPP em determinado local. O artigo 2º do Decreto-lei 42.787 dispunha sobre elas:

Art. 2º - O programa de pacificação, por meio da implantação de UPP, deverá ser realizado nessas comunidades em quatro etapas:
I - INTERVENÇÃO TÁTICA - Primeira etapa, em que são deflagradas ações táticas, preferencialmente pelo Batalhão de Operações Policiais Especiais (**BOPE**), pelo Batalhão de Polícia de Choque (**BP Choque**) e por efetivos deslocados dos CPA, com o objetivo de recuperarem o controle estatal sobre áreas ilegalmente subjugadas por grupos criminosos ostensivamente armados.
II - ESTABILIZAÇÃO - Momento em que são intercaladas ações de intervenção tática e ações de cerco da área delimitada, antecedendo o momento de implementação da futura UPP.
III - IMPLANTAÇÃO DA UPP - Ocorre quando policiais militares especialmente capacitados para o exercício da polícia de proximidade chegam definitivamente à comunidade contemplada pelo programa de pacificação, preparando-a para a chegada de outros serviços públicos e privados que possibilitem sua reintegração à sociedade democrática. Para tanto, a UPP contará com efetivas condições de trabalho, necessários ao adequado cumprimento de sua missão.
IV - AVALIAÇÃO E MONITORAMENTO - Nesse momento, tanto as ações de polícia pacificadora, quanto às de outros atores prestadores de serviços públicos e privados nas comunidades contempladas com UPP passam a ser avaliados sistematicamente com foco nos objetivos, sempre no intuito do aprimoramento do programa.

Assim, o Estado tinha certeza de que uma força tática especializada deveria, primeiro, estabelecer as condições mínimas para propiciar a instalação da Unidade de Polícia Pacificadora, neste estágio o confronto e a violência eram intensos e a presença da força especial do BOPE denotou na mídia embates sangrentos e, em um primeiro momento, muita resistência por parte das facções e dos líderes do tráfico em deixarem seus postos de atuação em detrimento a uma retomada estatal. Depois, com o recuo, algumas chegadas foram sem resistência e bem pacíficas dada a retirada prévia dos criminosos.

Passado esse período é feito um patrulhamento por um tempo não determinado para constatar a segurança, tanto da comunidade quanto dos policiais que ali serão instalados. Terceira etapa é a ocupação e instalação da UPP. A última etapa se refere à possibilidade dos traficantes, paulatinamente ou não, retornarem e interferirem nas atividades cotidianas da comunidade.

De imediato, a mídia não se importou com a medida de segurança e a possibilidade de uma mudança de paradigma na segurança pública carioca, porém, quando o conflito armado e a atuação do BOPE chamaram atenção em suas táticas de combate no enfretamento das facções nas comunidades cariocas a publicidade em torno da ação do governo foi continuada e positiva.

A ação policial passou a ser bem-vista e a mídia seguiu dando destaque à nova política de segurança pública do Rio de Janeiro:

> A Polícia Militar iniciou, na manhã desta segunda-feira a ocupação do Complexo da Providência, no centro do Rio de Janeiro. A operação faz parte da primeira das três fases de implantação de uma Unidade de Polícia Pacificadora (UPP) na favela mais antiga da cidade. (...) De acordo com Morais, a ocupação representa a primeira das três fases da implantação da UPP. A segunda fase, que ocorre simultaneamente, envolve o desmantelamento dos pontos antes comandados pelo tráfico, assim como a aproximação com a comunidade. "Agora vamos começar a vasculhar a área, centímetro por centímetro, e entrar em contato com os moradores para explicar o procedimento da polícia", disse. (...) Segundo a Secretaria de Segurança do Rio, três comunidades serão beneficiadas diretamente pela ocupação: favela do Morro da Providência, favela Pedra Lisa e favela Moreira Pinto. De acordo com dados do IBGE, estima-se que cerca de 10 mil pessoas moram no núcleo e no entorno destas comunidades. O Complexo da Providência, devido à localização estratégica, foi uma das primeiras áreas estudadas para receber uma UPP. Além dos moradores, a UPP da Providência vai beneficiar de forma indireta 600 mil pessoas que circulam diariamente pela região da Central do Brasil. Segundo a secretaria, a operação vai ser peça-chave no projeto de recuperação e revitalização da zona portuária do Rio. Na manhã desta segunda-feira, as pessoas circulavam normalmente pela favela. Crianças voltavam das escolas e paravam curiosas diante do movimento dos policiais. Mesmo preferindo não se identificar, uma moradora afirmou que a presença da polícia é bem-vinda:

"Sempre foi muito ruim para a gente sair daqui durante a noite. Se alguém ficasse doente, a ambulância não sobe, tomara que agora melhore", disse ela[353].

A UPP Providência visa atender ao contexto do Morro da Providência que é formado por quatro comunidades: São Diego, Moreira Pinto, Morro da Providência e Pedra Lisa. Nessa composição, o Morro da Providência e a Pedra Lisa representam um complexo denominado "Complexo da Providência". O perímetro das instalações físicas da UPP encontra-se entre a divisa do Bairro de Santo Cristo e da Gamboa.

Destacamos ainda a UPP do Borel: A Unidade de Polícia Pacificadora do Borel agrega 7 favelas, a saber: Bananal, Casa Branca, Chácara do Céu, Catrambi, Indiana, Morro do Borel e Morro do Cruz que totalizam cerca de 20 mil habitantes e ocupam grande parte do Maciço da Tijuca. A Unidade de Polícia Pacificadora do Borel foi inaugurada em junho de 2010. Seu comando é realizado pelo Capitão Bruno Amaral, com um efetivo de trezentos policiais.

Além dela temos mais dois casos que precisaram de intervenção militar, a primeira foi em 2010, para garantir a implantação da UPP na Rocinha, com uma operação envolvendo a Polícia Militar e as Forças Armadas. A outra foi em 28 de novembro do mesmo ano no Complexo do Alemão, com cenas que repercutiram internacionalmente com os traficantes fugindo para o alto do morro, sob forte tiroteio, porém, instantes depois, o Estado encontraria resistência e teria de sair quando criminosos de outra comunidade chegaram para ajudar seus parceiros de crime. Novos conflitos nunca deixaram de ocorrer na região e o tráfico nunca foi completamente erradicado nem na Rocinha e, tampouco, no Alemão.

---

353 Portal Terra, 22 de março de 2010.

Sobre o conflito no Complexo do Alemão destaca Carlos Amorim:

> Os combates começaram na virada de 17 de outubro. Milhares de disparos de armas de guerra. Explosões de granadas. Balas traçantes cortavam a noite, deixando atrás de si rastros de luz azulada. A iluminação pública desapareceu em poucos minutos. A população local iniciou uma retirada em busca de proteção nos bairros ocupados pela classe média. Gente carregando seus pertences e suas crianças, acampando nas praças e ruas. As forças públicas se apresentaram, mas não subiram nos morros. Porque a polícia não entra nas áreas conflagradas do Rio sem a luz do dia. (...) Amanheceu o sábado. Ao pé do Morro dos Macacos já estava o Bope, a força de elite da PM. (...) Ao sobrevoar o Morro dos Macacos, acompanhando o movimento das tropas e dando cobertura a outro helicóptero, o Fênix 3, que retirava um oficial baleado, foi atingido pela primeira vez. As balas de calibre 50mm atravessavam o aparelho sem causar danos. Ninguém sabe quantas foram. O capitão Vaz fez uma curva longa sobre a favela. E dessa vez foi atingido em cheio. (...) Foram mais cinco ou seis disparos da arma pesada, que destruiu o rotor traseiro. Daí veio o fogo que consumiu o helicóptero. (...) Essa foi uma das piores derrotas da força pública do Rio de Janeiro contra o tráfico de drogas instalado nas favelas cariocas[354]

O programa de UPPs implementou de 2009 a 2014 a intervenção policial em 36 comunidades da região metropolitana do Rio de Janeiro. Em 2008 Santa Marta, 2009: Cidade de Deus, Batan, Babilônia e Pavão-Pavãozinho-Cantagalo; 2010: Tabajaras, Providências, Borel, Formiga, Andaraí, Salgueiro e Turano; 2011: São João, Fallet-Figueteiro-Coroa, Prazeres, São Carlos, Mangueira e Macacos; 2012: Vidigal-chácara do Céu, Nova Brasília, Fazendinha, Adeus-Baiana, Alemão, Chatuba, Fé, Parque Proletariado da Penha, Vila Cruzeiro e Rocinha; 2013: Jacarezinho, Manguinhos, Barreira do Vasco, Parque Alegria, Cerro Corá, Ará-Mandela, Lins e Camarista Méier; e 2014: Mangueirinha e Vila Kennedy.

---

354 AMORIM, Carlos. **Assalto ao poder**. Rio de Janeiro: Record, 2010, p. 76 a 78.

Todas com objetivos claros: enfraquecimento ou expulsão dos traficantes e facções que dominavam essas regiões, com uma nova forma de atuação da polícia através da proximidade, como forma de minorar o impacto da política belicosa estabelecida até então nas últimas décadas.

O impacto foi imediato com a redução dos homicídios e o alardeamento na mídia sobre a eficácia da medida talvez tenha conferido um sucesso maior ao programa do que ele realmente foi. O Atlas da violência trouxe uma sensível redução do número de homicídios de 2008 a 2017 no Rio de Janeiro: 2008 (35,67), 2009 (33,51), 2010 (35,44), 2011 (29,67), 2012 (29.40), 2013 (31,22), 2014 (34,74), 2015 (30,62) e 2016 (36,38), todos números relativos a cem mil habitantes.

Apesar dos números serem positivos, a convivência não foi pacífica desde sempre, afinal, como que os moradores das comunidades poderiam receber de braços abertos a polícia que os encarava cotidianamente com desconfiança, com truculência, enquadros policiais, batidas e uso desmedido de força sem justificativa prévia, somatizados ao longo dos anos não seriam esquecidos em um passe de mágica. Ainda mais com relatos de que abusos policiais continuaram a ocorrer, como destaca Ignacio Cano:

> O melhor termômetro da relação entre policiais e vizinhos é a existência de ocorrências de desacato, que é um crime que tipifica situações em que os cidadãos desobedecem ou resistem às determinações da autoridade. (...) No fundo, a questão se traduz numa negociação entre a obediência esperada pelos policiais e a obediência que os moradores estão dispostos a entregar, diretamente relacionada com a legitimidade outorgada à corporação policial e às suas intervenções[355]

---

[355] CANO, Ignacio. **'Os donos do morro': Uma avaliação exploratória do impacto das Unidades de Polícia Pacificadora (UPPs) no Rio de Janeiro**. Relatório do Fórum Brasileiro de Segurança Pública/ Laboratório de Análise da Violência--LAV-UERJ, Rio de Janeiro, 2012.

O discurso pode ter se modificado, mas, a truculência ainda estava lá, afinal, para descrever a ação policial se falava em veículo de pacificação que popularmente era conhecido como "Caveirão", este é um carro blindado negro, fortemente armado, que apresenta estampado o brasão do Batalhão de Operações Policiais Especiais (BOPE) da PMERJ, que o utiliza. O brasão se caracteriza por ser a imagem de uma caveira humana transpassada por um punhal, em razão disto, a denominação popular de "Caveirão".

As ações do BOPE eram carregadas de violência e de táticas militares de invasão e submissão, o que significou que a chegada da polícia de pacífica somente teve o nome. Porém, qual foi a reação da população? De início desconfiança, porém, quando a violência cessava o que se via era certa calmaria, pois com a ação policial ostensiva o crime organizado se viu obrigado, nesse momento, a recuar para sobreviver e se reorganizar, o que na linguagem popular significava ficar "na encolha". Sobre o tema Emiliano Rojido:

> Nesse cenário, o Batalhão de Operações Policiais Especiais (Bope) passa a assumir um importante papel simbólico como braço eficaz da lei a partir da ostentação de uma violência extrema (ROBB, 2013). O processo reforçou a ideia de um "estado de exceção", em clara oposição ao "estado de direto", já que a situação de guerra habilitaria o uso de praticamente qualquer instrumental no combate aos criminosos entrincheirados nas favelas[356].

O erro do Governo do Rio de Janeiro foi considerar que a troca do tráfico pela polícia poderia ser permanente. Sobre o tema Michel Misse:

> A persistência de uma lógica de territórios indica, mais uma vez, a estabilização e fixidez, nessas áreas, das margens do Estado. Favela ou comunidade, não importa o eufemismo, o que se faz é

---

[356] ROJIDO, Emiliano. **UPP na favela: Por que respeitar a lei?** DILEMAS: Revista de Estudos de Conflito e Controle Social – Vol.9 – no 1 – JAN-ABR 2016 – p. 91-110.

> reificar no território relações sociais de segregação e estigma, de desigualdade e repressão. Nesse sentido, as UPPs terão alcançado sucesso quando não buscarem a permanência, quando não buscarem uma nova (ainda que bem-intencionada) territorialização. É mais ou menos como o Bolsa Família: o sucesso depende de que o programa alcance seu fim, isto é, que tenha como meta alcançável seu próprio fim. O grande risco é que a territorialização permaneça e, com o tempo, sirva novamente para que se reorganizem os dois principais mercados ilegais: o que oferece drogas a varejo e o que oferece mercadorias políticas[357].

A ideia do governo talvez tenha sido em criar uma responsabilidade conjunta para as comunidades, isto é, um trabalho de vigilância continuada e partilhada entre o cidadão e a polícia. O que não foi levado em conta é a falta de estrutura física ou de recursos para que esse cidadão consiga se proteger quando denuncia a presença de algum traficante e fica à mercê da atuação e proteção continuada da polícia. E se a UPP fosse desfeita subitamente? Quem lhe garantiria proteção contra à violência?

Ao incentivar o cidadão a contribuir para produzir a própria segurança, se criou uma ótima solução de transferência de responsabilidades, pois o Estado finge que dá poder ao morador para este cuidar de sua própria localidade, quando em verdade, o que este poderá fazer diante de bandidos fortemente armados? Pedir a paz? A chance de eficácia prática é muito diminuta.

O modelo de divisão de responsabilidade não dava sensação de segurança aos moradores que pensavam no futuro e, no presente, os próprios policiais das UPPs não demonstravam tanta satisfação assim com as novas iniciativas implementadas às pressas pelo Governo do Rio de Janeiro. Em pesquisa realizada entre os policiais que trabalharam nas UPPs em 2010 chegou-se ao seguinte resultado:

---

357 MISSE, Michel. **Malandros, marginais e vagabundos. A acumulação social da violência no Rio de Janeiro. Rio de Janeiro**. Tese (Doutorado em Sociologia). Instituto Universitário de Pesquisas do Rio de Janeiro, 1999.

Embora os policiais ouvidos em 2010 reconhecessem um ambiente positivo e receptivo nas comunidades ocupadas, manifestavam ao mesmo tempo um alto grau de indiferença, desinteresse e/ou insatisfação: quase 70% disseram que prefeririam trabalhar fora das UPPs, em outros setores da PM, especialmente batalhões convencionais; a grande maioria avaliava mal a formação recebida para atuar em policiamento de proximidade; não mais de 5% participavam regularmente de reuniões com moradores; só 1/3 estabelecera contato com alguma instituição ou associação atuante na comunidade; menos de 28% procuravam conhecer os problemas locais e somente 13% envolviam-se com algum projeto comunitário. Em compensação, quase 80% realizavam muito frequentemente abordagens com revista corporal de "suspeitos". A maioria dos policiais reclamava de péssimas condições de trabalho – sedes improvisadas, falta de infraestrutura, muito serviço em ponto fixo, escala de trabalho ruim e atraso nas gratificações –; 59% sentiam-se insatisfeitos ou indiferentes em fazer parte do programa e 70% acreditavam que as UPPs haviam sido criadas apenas para garantir a segurança dos grandes eventos esportivos e não perdurariam após o término das Olimpíadas[358]

De acordo com essa pesquisa poderia se concluir por duas coisas: que a polícia não gostava da metodologia de trabalho da pacificação e tinha certeza de que o modelo não perduraria após a realização dos grandes eventos programados no Rio de Janeiro e, ao mesmo tempo, a população das comunidades não via a presença da polícia pacificadora com o mesmo entusiasmo que o Governo pretendeu.

Da pesquisa também podemos concluir outro resultado igualmente importante: a importação pura e simples de programas que foram bem sucedidos em outras localidades sem um estudo de impacto, sem respeito às etapas de elaboração, formulação e implementação, sem a análise de alternativas para soluções e aperfeiçoamento, além da avaliação de custos e efeitos para cada

---

[358] MUSUMECI, Leonarda. **UPP: Última Chamada**. Rio de Janeiro: Universidade Candido Mendes, 2017, p. 7.

uma das alternativas levantadas, definição de prioridades, objetivos e marco jurídico, administrativo e financeiro e a implementação prévia das necessárias adequações para a realização do mesmo potencializam as possibilidades de insucesso do plano de ação.

Tudo foi feito às pressas dada a urgência em mostrar para os governantes mundiais que a segurança não seria um problema e que a violência no Rio de Janeiro estava controlada, reduzida e que o Estado tinha as rédeas novamente, graças a um novo modelo de segurança pública.

Sobre as UPPs, o êxito do programa dependeria muito do grau de envolvimento da polícia e da potencialidade de receptividade positiva que a mesma conseguiria implementar nas comunidades. Porém, o governo resolve implementar uma política pacificadora calcada na mediação e na aproximação da população carente com os mesmos policiais treinados em anos de repressão e endurecimento estatal para com o mesmo ambiente, sem que houvesse um treinamento e capacitação específico para a mudança de proposta?

Seria um erro potencialmente fatal, então, também se muda a estratégia ao não se utilizar policiais de carreira nas UPPs e sim recém-formados, teoricamente livres dos vícios da corporação. Contudo, não havia cursos de capacitação ou formação específica para esses novos policiais, assim, a aplicação do que se pretendia pelo governo teria de ser feita subjetivamente e de acordo com as necessidades locais, o que poderia apresentar falhas e desestímulo nos policiais no futuro como, de fato, se atestou na pesquisa apenas dois anos após a instalação do programa. Contudo, ainda não façamos muitas críticas, as deixaremos para adiante, agora seguiremos destacando outras potencialidades:

Mais um fator que diferencia as UPPs é o fato de possuírem um comando descentralizado dos batalhões, com a presença constante de capitães no local pelo qual são responsáveis. Nas UPPs, cada localidade tem um capitão responsável, todos jovens, por serem recém-formados. A tecnologia também contribui como diferencial dessa política de segurança. Câmeras de vigilância foram espalhadas em pontos estratégicos do morro para auxiliar o controle e são constantemente monitoradas pelo efetivo policial.

No plano teórico tudo certo e positivo, porém, no prático, como veremos, houve interferência tanto dos traficantes quanto da própria polícia. Em um primeiro momento, o projeto foi bem-sucedido e que poderia ter sido amplificado se tivesse havido melhoria salarial e, também das condições de trabalho, a fim de evitar desestímulo e a erosão do programa com o transcurso dos anos, com a falta de mantença dos recursos.

É claro que o reflexo do que mencionamos acima não pode ser percebido de imediato, porque a violência era tamanha no Rio de Janeiro que a população carente aceitou pacificamente a intervenção policial como forma de uma melhora mínima da condição de vida.

A memória dos anos de descaso do Estado, da desconfiança e dos maus tratos da polícia estavam presentes, porém, é melhor fingir esquecimento e demência em busca de melhores condições que beiravam o insustentável por um governo cruel e violento dos traficantes, com toques de recolher, tiroteios constantes, leis do silêncio, além do temor da perda da vida rotineiramente e da presença cada vez maior da droga que circulava livremente nas comunidades e arregimentava mais e mais os filhos das favelas para o crime. A intervenção supostamente pacificadora significava um alento ao cenário de caos.

Os próprios moradores sentiram as diferenças nas UPPs para o bem e para o mal. Positivo foi a segurança pelo término dos tiroteios e a paz trazida pelo fim dos conflitos entre os traficantes e seus rivais e entre ambos e a polícia. Agora, os moradores poderiam sair de noite; tinham liberdade de ir e vir, sem medo; tinham liberdade de expressão, inclusive para criticar a própria UPP; os serviços básicos poderiam entrar na comunidade, e o Estado, enfim, poderia se fazer notar, com o conferimento de cidadania aos moradores das comunidades pacificadas.

A parte negativa ficava por parte da diminuição do dinheiro circulante, isto é, com o tráfico havia dinheiro para circular e fomentar as atividades dentro da própria comunidade e o comércio local, porém com as UPPs, as dificuldades e o ativo circulante significativamente menor eram visíveis. Até os ambulantes, que ficavam na base dos morros, foram ameaçados de serem retirados pelos policiais das UPPs. Além do incremento do preço dos imóveis, do custo de vida; desconfiança tanto da continuidade do programa como dos critérios de seleção das comunidades a serem pacificadas; verticalidade nas decisões por parte da polícia que retirou o poder decisório dos moradores sobre o que acontecia dentro das comunidades; cessão de espaços comunitários à inciativa privada e a mantença do desrespeito e práticas abusivas dos policiais, com jovens sendo revistados, com tapas aleatórios e desrespeitos.

Além disso, o que se viu foi o próprio Estado se beneficiando das UPPs com o incremento dos valores pagos, em especial, com a regularização de serviços até então clandestinos, como o fornecimento de energia elétrica: Segundo reportagem veiculada pelo jornal O Globo em 03 de janeiro de 2012 o valor cobrado pela Light na comunidade de Santa Marta aumentou em 5.437%, passando de R$ 1.585,64 antes da ocupação para R$ 87.799,04, em dezembro de 2011. Por sua vez, a arrecadação no referido mês ficou em R$ 79.509,12, contra apenas R$ 242,17 do período anterior à UPP, pois dos 73 consumidores com fornecimento regularizado, somente 15% pagava. Ademais, a arrecadação de ICMS (Imposto sobre Circulação de Mercadorias e Serviços) também disparou, passando de R$ 285,42 do mês anterior ao projeto ser implantado para R$ 17.854,80 em dezembro de 2011.

A Light, após levantamento, mapeamento das moradias e análise do consumo, efetivou a regularização do fornecimento e instalou relógios de medição de consumo para cada residência. De acordo com a mesma reportagem, o número de famílias atendidas com fornecimento legal de energia saltou de 73 antes da UPP para 1.594, ou seja, se reduziu o número de "gatos" ou ligações clandestinas e irregulares de energia elétrica.

Na mesma esteira foram regularizadas as contas de fornecimento de água e também os serviços de tv por assinatura.

A consequência era que a arrecadação estatal seguia subindo por receber os impostos dos serviços e, em inversa proporção, a insatisfação da população crescia com o impacto direto em seu orçamento, a entrada do Estado na comunidade começa a ficar cara e com poucos benefícios. O Estado seguiu potencializando seus lucros ao privatizar espaços comuns e coletivos nas comunidades por interesses associados ao aumento da circulação de pessoas com maior poder aquisitivo. Com a sensação de segurança trazida pela política de segurança pública, a comunidade se mostrou um local lucrativo ao atrair pessoas de fora da comunidade que buscam nos eventos que ali ocorrem algo fora da realidade usual, em especial, aqueles que são realizados na quadra da escola de samba.

Os moradores começam a ter de tolerar a chegada de turistas e a ter de partilhar seu próprio espaço com terceiros e estranhos, o que foi mal-recebido pelas comunidades. As comunidades passaram a atrair os olhares dos turistas estrangeiros que, incentivados pelas pacificações, passaram a circular, a consumir e a se interessar pela vida "peculiar" desses moradores, o que para muitos significou uma perda da privacidade e da intimidade, aumentada pela falta de interação em decorrência das barreiras culturais pelo idioma estrangeiro.

Muitas situações novas aliadas ao medo de que os policiais pudessem sair sem aviso prévio e a população das comunidades ficaria com as contas para pagar, "gentilmente" implementadas pelo Estado, além de possivelmente perderem a segurança e a proteção policial, o que poderia representar uma volta ao status quo anterior e o retorno da criminalidade organizada. E, por derradeiro, por conta de todas as melhorias trazidas pela pacificação, não tardou o aumento dos aluguéis das casas nas comunidades, ainda que a percentagem não seja alta de pessoas que sejam locatários, a nova realidade impactou cerca de 20% da população das comunidades, como destacam Flávia Mattar, Jamile Chequer e Mariana Dias:

> A maior preocupação que moradores e moradoras do Santa Marta precisam ter hoje é como garantir a sua permanência na cha-

mada 'favela modelo'. Pois o controle social feito pela polícia, a intervenção urbanística feita pelo Estado sem discussão com moradores, o aumento constante da conta de energia elétrica, as várias taxas que estão para chegar: água, IPTU etc. e o assédio de pessoas querendo comprar uma casa na favela podem, em médio prazo, mudar a composição do Santa Marta[359].

Muitas mudanças na realidade das comunidades, tanto para os moradores quanto para os policiais. Assim, em 2012, nova avaliação foi feita entre os que trabalhavam nas UPPs e a segunda avaliação mostrou evolução nos dados:

O segundo survey do CESeC, em 2012, registrou alguns avanços, especialmente na apreciação dos policiais sobre suas condições de trabalho e – talvez em consequência disso – numa queda do índice de insatisfação e do percentual de agentes que prefeririam estar fora da UPP. Mas persistiam, por outro, a má avaliação do treinamento específico para polícia de proximidade; a predominância de atividades tradicionais de policiamento ostensivo sobre as práticas de aproximação, o forte apego ao porte de fuzis e ao modelo bélico de polícia. Chamava atenção também a queda da parcela de policiais que mantinham contato com instituições locais e/ou participavam de reuniões comunitárias, assim como o preocupante aumento da percepção de um ambiente hostil nas favelas ocupadas: em 2010, 29% dos cabos e soldados entrevistados acreditavam ser alvo de sentimentos negativos, como raiva, repulsa, medo e desconfiança, por parte dos moradores; em 2012, essa proporção subira para 46% e cresceria ainda mais em 2014[360].

A expansão e a ocupação desproporcional sem a avaliação de impacto e correção dos erros na política de segurança pública podem ter colocado o modelo em cheque e em possibilidade de insucesso. Pelo lado do Governo Federal havia grande pressão para

---

359 MATTAR, Flávia; CHEQUER, Jamile; DIAS, Mariana. **UPP: Tecendo Discursos**. Democracia Viva, nº 45, p. 72-81, IBASE, jul. 2010, p. 78.

360 MUSUMECI, Leonarda. **UPP: Última Chamada**. Rio de Janeiro: Universidade Candido Mendes, 2017, p. 8.

que a crise na segurança pública no Rio de Janeiro fosse estancada e, mais do que isso, que não houvesse risco para os milhares de turistas que viriam para o Rio de Janeiro ver eventos de grande repercussão mundial, como a Copa das Confederações, a Copa do Mundo de Futebol e, finalmente, as Olimpíadas.

E a intervenção promovida em 2008 teve saldo positivo e acima do esperado para o Governo Federal: queda dos índices de homicídios, controle da violência e redução dos problemas ocasionados pelas facções criminosas nas comunidades cariocas. Fora isso, uma polícia que participava ativamente dos problemas cotidianos das comunidades e trouxe benefícios econômicos para o Estado através da legalização dos serviços de fornecimento de energia elétrica, água, tv por assinatura, além de minorar os serviços autônomos dos ambulantes. Ignacio Cano e Eduardo Ribeiro destacam os resultados positivos:

> Una reducción notable de la violencia letal y, en menor medida, de los robos, y un aumento en los registros de delitos no letales contra la persona y no violentos contra la propiedad, tales como lesiones, amenazas, violaciones y hurtos. La disminución más llamativa fue la correspondiente a las muertes en intervenciones policiales. El efecto neto del proyecto sobre la mortalidad violenta representa una disminución de 60 muertes por cada 100.000 habitantes por año, dentro de las comunidades, como resultado de la entrada de la UPP, una reducción muy significativa[361].

No ano de 2014, com todas as bases instaladas, o projeto chegou a ter um efetivo de 9.453 policiais.

"Há méritos fundamentais na iniciativa das UPPs que devem ser valorizados: uma é a superação da lógica de extermínio, de que tinha que entrar na favela matando", comenta Jailson Silva, fundador do instituto de pesquisas Observatório de Favelas. "A segunda questão fundamental foi o controle das armas e a pro-

---

[361] CANO, Ignacio e RIBEIRO, Eduardo. (2012), **"Venciendo una guerra que nunca existió: La experiencia de las UPP en Rio de Janeiro. Tendencias"**. Revista de la Universidad Blas Pascal, Ano 6, no 11, p. 17-24.

teção da vida, em vez de ficar correndo atrás do tráfico no varejo", aponta[362].

As favelas estavam em alta e receberam diversas visitas de artistas nacionais e estrangeiros, como Madonna, Alicia Keys e Hugh Jackman. O Santa Marta também serviu como cenário para o filme "Tropa de elite 2", de José Padilha.

A política pública, até o presente momento, se mostrou mais positiva do que negativa, portanto, deveria ou poderia ter sido ampliada, no entanto, isso além de não acontecer, o que se vê nos dias correntes é a inexistência ou completa ineficácia da UPP. A ponto do atual Governador Wilson Witzel afirmar que irá remodelar as UPPs: "Em nenhum momento foi proposta a extinção das UPPs. Vamos criar as condições para que o patrulhamento de comunidades não gere riscos desnecessários para nossos policiais, com alargamento de ruas e construção de infraestrutura no local[363]".

Somente em 2018 sete UPPs foram desativadas/extintas: Cidade de Deus, Batan, Fallet-Coroa, São Carlos, Camarista Méier, Mangueirinha e Vila Kennedy.

O fato é que a população estava correta em suas desconfianças: após os grandes eventos, os investimentos nas UPPs foram reduzidos e, em concomitância, a partir de 2013, a violência voltou a subir no Estado com o retorno do crime organizado em uma ação conjunta que teve por objetivo reaver o controle das comunidades. Sobre o tema Alba Zaluar:

---

[362] **10 ANOS DE UPP: TAXA DE MORTES VIOLENTAS NAS COMUNIDADES PASSOU A SER MENOR DO QUE A MÉDIA DO RIO.** Portal G1. 11 de dezembro de 2018. Disponível em: https://g1.globo.com/rj/rio-de-janeiro/noticia/2018/12/11/10-anos-de-upp-taxa-de-mortes-violentas-nas-comunidades-passou-a-ser-menor-do-que-a-media-do-rio.ghtml. Acesso em 29 de abril de 2021.

[363] **10 ANOS DE UPP: TAXA DE MORTES VIOLENTAS NAS COMUNIDADES PASSOU A SER MENOR DO QUE A MÉDIA DO RIO.** Portal G1. 11 de dezembro de 2018. Disponível em: https://g1.globo.com/rj/rio-de-janeiro/noticia/2018/12/11/10-anos-de-upp-taxa-de-mortes-violentas-nas-comunidades-passou-a-ser-menor-do-que-a-media-do-rio.ghtml. Acesso em 29 de abril de 2021.

> No Complexo do Alemão, uma vez que a ocupação em 2010 deu fim ao domínio armado de traficantes sem prender a maioria dos traficantes locais apenas afastando os traficantes com registros policiais para outras áreas da cidade, traficantes mais jovens, sem ficha policial e com menos prestígio dentro da hierarquia do tráfico continuaram vivendo e atuando nas favelas deste complexo de forma discreta. Mesmo assim, relatos de confrontos com policiais, ordens para fechamento de comércio, etc. foram se tornando mais e mais comuns, o que poderia, em linhas gerais, ser considerado um retorno ao modelo inicial de tráfico de drogas ilegais tal como era praticado na década de 1970, antes do domínio territorial exercido pelas facções iniciado no final dos anos 1980[364].

Além disso, o Governo passou por séria crise de falta de recursos em 2016 com atraso e inadimplemento de suas obrigações, por conta dos desvios de erário público e, o pouco que sobrou ter de ser investido pela Prefeitura para a finalização das obras do Parque Olímpico, já que o Governo do Estado praticamente quebrou e se quedou inerte economicamente. UPPs em crise, penúria nas finanças do Estado e necessidade de adaptação diante do avanço da violência. Os primeiros grandes cortes na secretaria de Segurança Pública aconteceram no começo de 2016, o orçamento foi reduzido em 32%.

Às vésperas da Olimpíada, diante da impossibilidade de bancar horas extras para recrutar policiais que deveriam estar de folga. o Estado registrou o retorno de arrastões em bairros da Zona Sul, assaltos em túneis e o avanço do poder do tráfico em favelas, muitas já com UPPs. A situação levou o Rio de Janeiro a decretar estado de calamidade pública e o governo federal enviou R$ 2,9 bilhões para garantir a segurança durante o período dos Jogos.

Tudo isso em um cenário de escassez de recursos que dificulta investimentos e novas contratações de policiais, ameaçando

---

364 ZALUAR, Alba. **Dilemas, desafios e problemas da UPP no Rio de Janeiro.** Disponível em: http://www.brasa.org/wordpress/Documents/BRASA_XII/Proceedings/Alba%20Zalaur%20-%20Dilemas,%20desafios%20e%20problemas%20da%20UPP%20no%20Rio%20de%20Janeiro.pdf. Acesso em 29 de abril de 2021.

projetos em curso e até mesmo o pagamento de salários. Era a volta definitiva da crise da segurança pública. Em paripasso, outro fenômeno acompanhava a realidade das comunidades, o crescimento de um grupo específico de atuação que não era nem do Estado e, tampouco, do crime organizado, falamos das milícias.

3.4. DA INTERVENÇÃO ESTATAL SURGE O TERCEIRO PODER

Mostramos as debilidades do Estado, a fragilidade social criada por ele, a chegada, o domínio do tráfico e do crime organizado nos morros cariocas, nas comunidades e a aceitação popular da presença dos bandidos em livre circulação com a população carente.

Com a guerra das facções e a consequente intervenção federal nos morros e comunidades cariocas com a instalação das Unidades Pacificadoras, as UPPs e a presença da polícia no cotidiano das comunidades, o que se viu não foi o controle do crime organizado, mas sim, o surgimento do terceiro poder: as milícias.

Em 2008, uma Comissão Parlamentar de Inquérito na Alerj descortinava a atuação de milícias no Rio de Janeiro, por meio de informações da Subsecretaria de Inteligência da Secretaria de Estado de Segurança, a comissão identificou 171 comunidades dominadas por milicianos.

Segundo integrantes do Ministério Público, os grupos de criminosos já mudaram a forma de domínio sobre comunidades e têm feito parcerias com o tráfico para se manterem no poder. "Temos hoje soldados do tráfico virando milicianos. E também um tráfico que atua como milícia. Hoje, o tráfico explora 'gatonet', água mineral, explora gás. E por quê? Porque são dois grupos criminosos que têm um fim só: lucro ilícito", explica a promotora do Grupo de Atuação no Combate ao Crime Organizado (Gaeco) Carmem Eliza Bastos[365].

---

[365] **CRISE, FALÊNCIA DE UPPS, BANALIZAÇÃO DE FUZIS, VIOLÊNCIA NA FOLIA: VEJA MOTIVOS QUE LEVARAM À INTERVENÇÃO FEDERAL**

O Governo do Estado do Rio de Janeiro conheceu as milícias em concomitância com a instalação das UPPs, por isso fizemos questão de apresentar as unidades pacificadoras. Contudo, as milícias cariocas não começaram a surgir com a mudança da segurança pública no Rio de Janeiro. Há uma clara diferença entre não saber da existência de algo e este algo não existir.

Novamente, as comunidades ilustram e demonstram que a convivência com o poder paralelo não se restringiu aos traficantes e, posteriormente, às facções criminosas, pois já antes deles, alguns membros da polícia se desviaram de sua função e começaram a penetrar silenciosamente nas comunidades, não com a alcunha de milícia, ainda, mas de grupo de extermínio.

O embrião da milícia moderna data de idos da década de 1960 e dele nos ocuparemos a seguir quando adentrarmos, efetivamente, no estudo das milícias. Agora, o que nos importa fazer para concluir este capítulo é localizar as milícias em tudo o que tratamos até o momento e que deixamos, propositalmente, apartado para poder fazer um estudo profundo e individualizado, com as milícias juntar todas as partes no que seria a realidade dos moradores cariocas.

O Rio de Janeiro da segunda metade do século XX convive com uma expansão demográfica e com ela a desigualdade e as dificuldades econômicas são evidentes. As oportunidades de renda com elevados salários são concentrados em uma parcela diminuta da população fluminense, a grande maioria ganha pouco e mora em locais menos privilegiados em áreas não tão nobres da cidade.

A ocupação das regiões periféricas é o caminho para a sobrevivência ante a pouca renda, assim, proliferam as favelas na região metropolitana do Rio de Janeiro. O local é democrático e une aqueles que possuem poucas condições econômicas e que buscam sobreviver, portanto, temos no mesmo espaço, desem-

---

NO RJ. Portal G1, 17 de fevereiro de 2018. Disponível em: https://g1.globo.com/rj/rio-de-janeiro/noticia/crise-falencia-de-upps-banalizacao-de-fuzis-violencia-na-folia-veja-motivos-que-levaram-a-intervencao-federal-no-rj.ghtml. Acesso em 29 de abril de 2021.

pregados, trabalhadores, criminosos e traficantes, especialmente de maconha. Em concomitância, o Estado Democrático de Direito brasileiro já não consegue fornecer infraestrutura a toda a sua população e quando da expansão para os morros, o que se vê é o abandono do Estado em relação a sua população mais carente. Se desenha a geografia da exclusão.

Os serviços faltam, a saúde falha, a educação falha, o lazer falha e, quando a população aumenta o volume da exclusão, o Estado perde arrecadação com a construção de casas de alvenaria ou com falta de acabamento em locais que não possuem saneamento, água, energia elétrica ou até comércio. Com a expansão demográfica, o Estado se vê obrigado a levar o mínimo a estas pessoas, mas longe de ser a totalidade da população carente. Com isso, proliferam as ligações irregulares, popularmente conhecidas como "gatos" em que se desvia energia elétrica de um ponto oficial para um ou mais clandestinos e as contas nunca chegam, porque a ligação é irregular.

Da energia se repete o procedimento com a água, com o gás, internet, crédito pessoal, lanhouses, com a tv por assinatura e assim se forma a vida cotidiana em parte das casas das favelas cariocas. Há uma cisão da atuação do Estado com sua população. Com a presença dos traficantes e as lacunas estatais surge um Estado paralelo, que supre as necessidades prementes da comunidade e minoram a dura realidade do descaso e do abandono do Estado brasileiro, tanto do Governo Federal quanto do Governo do Estado do Rio de Janeiro.

A conformação dos morros dificulta não apenas o acesso como a circulação daqueles que não conhecem as vielas e os caminhos ocultos que se formam com a cada instalação de novas casas e a chegada de novas famílias. Os criminosos se aproveitam dessa geografia para dificultarem a entrada da polícia e se instalam em pontos estratégicos a fim de reprimir qualquer investida das autoridades e, por conseguinte, proteger seu produto, seus líderes e sua operação de maneira geral.

O que de início é composto por pequenos grupos de criminosos aumenta e se potencializa com a escalada do poder e as favelas passam a ter líderes, os chefes do morro, que não apenas definem a circulação de pessoas e produtos, como resolvem conflitos entre os moradores e criam regras de convivência.

A busca é por uma harmonia, por ser um Estado paralelo no qual o líder é o prefeito, mas também o juiz que decidirá sobre os crimes perpetrados dentro daquele espaço. O tribunal do tráfico. A fim de conquistar a admiração dos habitantes do morro, se fornece medicamentos, se luta por melhor educação, se permite a entrada de organizações não governamentais para auxiliar a população, desde que se respeite a regra fundamental da convivência com o crime organizado: o silêncio. Para os que pensam em delatar o crime e seus componentes a morte será o destino.

O medo, a insegurança e o temor passam a conviver nas comunidades cariocas em paripasso com pequenas melhorias de condições desse Estado paralelo que se instala e ocupa a vida das pessoas. Como são todos filhos da exclusão, muitos se conhecem e as restrições são encaradas até com alguma normalidade.

Com a organização do crime organizado, através da chegada das facções criminosas, em especial do Comando Vermelho e sua forma vertical de comando, na qual ou cede espaço ou morre, os conflitos se intensificam na mesma proporção da fortificação armada dos grupos locais de traficantes que passam a ser líderes regionais do Comando Vermelho.

A disputa territorial e os conflitos não apenas por espaço como, principalmente, por poder fazem com que o cotidiano das comunidades fique violento, mais do que já era antes da existência das facções. No meio do conflito entre facções temos a população da geografia da exclusão, amedrontada, assustada, aflita e temerosa pela própria vida e dos seus.

Quando a opinião pública, através da mídia, retrata que a violência no Rio de Janeiro se intensifica e a propaganda se torna negativa, a ponto de comprometer os índices de popularidade dos governantes e macular eventuais pretensões políticas, aí o Estado implementa ações agressivas e violentas de endurecimento penal e repressão social.

O conflito entre Estado e Estado paralelo deixa de ser apenas violento para ser também sangrento. Sobram balas perdidas e as mortes de inocentes se avolumam na disputa pelo protagonismo nos morros e comunidades cariocas.

Depois da ação da força tarefa e da invasão planejada da força policial do Estado, muitas vezes, com pouca eficácia prática, visto que o Estado paralelo se aproveita da própria falha de estrutura do Estado para comprar policiais e informações, logo, quando a invasão se consuma os líderes e seu produto estão protegidos. Portanto, a criminalidade não se resolve, a insegurança e o medo da comunidade se perpetram.

Nessa esteira aparecem os grupos de extermínio. Como o próprio nome diz, para eles não há reféns, não se trabalha com negociação, o resultado sempre será morte. E de quem? Da criminalidade. O que se busca é fornecer à comunidade a imagem de que se o Estado não resolve os problemas advindos da criminalidade, os grupos de extermínio farão a limpeza.

A população carente que se vê abandonada pelo Estado, que é oprimida pela lei do silêncio imposta pelos traficantes acolhe essas pessoas como se fossem seus salvadores. Agradecem e pouco protestam quando há a cobrança financeira por proteção. Com o tempo, passam a fornecer serviços paralelos também se beneficiando das lacunas do Estado, como fornecimento de gás. Nasce, assim, o Terceiro Estado, filho do conflito dos outros dois. Como ele deixa de ser grupo de extermínio e passa para a nomenclatura atual de milícia é o que veremos a seguir.

E esses três Estados convivem nas comunidades cariocas na segunda metade do século XX e o conflito entre os três se faz mais presente com a escalada pelo poder do Comando Vermelho a partir da segunda metade dos anos 1980. E as milícias chegam com força quando dos conflitos entre facções na segunda metade dos anos 1990 quando o Estado do Rio e Janeiro atinge seus piores índices de homicídio da história.

A diferença do Terceiro Estado para os outros dois é que o sigilo e o anonimato são fundamentais para seu desenvolvimento e atuação, já que se trata de ex-policiais, militares reformados e até pessoas que ainda pertencem às corporações. A milícia não precisa de propaganda e se instala nas comunidades a fim de restaurar a ordem onde o Estado falhou.

Aliás, o Estado contribui para a disseminação das milícias quando da instalação das Unidades de Polícia Pacificadora, as UPPs, pois como dissemos, esse novo programa foi criado pelo Estado tendo como premissa que os policiais corruptos, ou os policiais que foram formados na violência e na resposta da repressão do Estado não teriam oportunidade de participar desse nomo modelo de segurança.

O temor do Estado é que houvesse desvirtuamento da proposta e que a iniciativa resultasse inócua quando do envolvimento de policiais não propensos a uma linguagem pacificadora e mediadora, como o braço local do Estado. Assim, a fim de evitar riscos, se optou por colocar os recém-formados. O objetivo da UPP é um só e muito claro: acabar com os muros dos territórios impostos pela força das armas. Se você entra em uma área dominada pelo tráfico ou pela milícia tem de prestar contas de seu ir e vir a alguém armado. Eles cobram para deixar o caminhão de gás entrar, cobram da empresa que instala TV por assinatura. É o que chamam de pedágio. É inadmissível que o cidadão tenha de prestar contas a uma pessoa armada, que não é servidor do Estado[366].

E como reagiram os milicianos e os traficantes? As consequências foram diversas. Para os membros do crime um recuo estratégico para não perder seu lucro e redesenhar uma redesignação nas atividades sem entrar em um confronto propriamente dito. A ordem era ficar na encolha e entender a nova geografia que se desenhava nas favelas cariocas.

Já para os milicianos as UPPs eram a possibilidade de livre acesso às comunidades e a propaganda de que os traficantes se-

---

[366] BELTRAME, J. M. **Não basta a polícia, falta o Estado**. *Revista Exame*, São Paulo, v. 44, n. 79, out. 2010. Disponível em: <http://exame.abril.com.br/revista-exame/edicoes/0978/noticias/nao-basta-a-policia-falta-o-estado>. Acesso em: 29 de abril de 2021.

riam permanentemente afastados das comunidades vivos, ou não e a tomada de sua função de líder comunitário, porém, com o mesmo discurso de anonimato e sigilo. Não há um grupo específico de milicianos ou um líder único, mas sim uma nova conformação que desponta como o Terceiro Estado.

A realidade corrente no Rio de Janeiro é a presença de um Estado enfraquecido que sequer consegue honrar seus compromissos, desolado e desparamentado por administrações continuadas de corrupção e desvio de verbas públicas. A população carioca nunca esteve tão desassistida de seu Estado. O Estado paralelo e as facções criminosas retomaram seu protagonismo a partir da derrocada econômica do Estado e dos protestos sociais que permearam o país em 2013.

A convulsão social foi a oportunidade esperada pelo Comando Vermelho para se reestabelecer e expulsar na bala o controle do Estado nas comunidades. As UPPs ainda existem, mas sua função em nada se compara com a de seus períodos de criação até as manifestações de 2013. Por conseguinte, a violência lentamente voltou a crescer, ainda não paira os índices da década de 1990, contudo, já retorna o temor e o medo tanto da população em geral quanto dos membros das comunidades cariocas.

Neste mesmo cenário temos o conflito das facções, agora, não com o Estado propriamente dito, mas com os milicianos e o Terceiro Estado. Os problemas somente se potencializaram quando dos conflitos entre as duas principais facções criminosas do Brasil. O Primeiro Comando da Capital invadiu o território do Comando Vermelho em represália às mortes perpetradas pela facção carioca no Norte do país nas disputas pelo controle do tráfico e da circulação da droga advinda da Bolívia e do Paraguai.

O Estado se viu incapaz de conseguir conter a violência e requereu o auxílio do Governo Federal que autorizou a entrada das forças armadas nas comunidades. E, assim, o Estado possibilitou a união de interesses de inimigos comuns, pois, em muitas comunidades os milicianos se uniram ao Comando Vermelho para enfrentar o inimigo comum: o Estado. Então vejamos como que as milícias adquiriram a força de Terceiro Estado, a influência das facções criminosas e, atualmente, ameaçam a segurança pública do Estado Democrático de Direito brasileiro e causam terror nas comunidades cariocas ocupando o espaço que as lacunas estatais propiciaram.

4
O TERCEIRO PODER: AS MILÍCIAS

Agora chegamos ao capítulo derradeiro e ao momento de localizar às milícias no contexto da violência do Rio de Janeiro, em especial, como resposta às facções criminosas e a promessa de atuar como a mão forte que o Estado Democrático de Direito brasileiro nunca se propôs a ser.

Os milicianos se predispõem a eliminar os traficantes e os "donos dos morros" cariocas e conferir a paz que a população das comunidades tanto almeja. E teve um singelo lampejo com a instalação das Unidades de Polícia Pacificadora. O *modus operandi* para a concretização desse intento é a inspiração dos seus antecessores, os grupos de extermínio desenvolvidos e inseridos na sociedade carioca, em idos dos anos 1950, de maneira silenciosa e clandestina para executar o serviço sujo que o Estado não poderia realizar.

Naquela época, a região do Rio de Janeiro escolhida para a atuação desse grupo clandestino foi a Baixada Fluminense composta por Belford Roxo, Duque de Caxias, Guapimirim, Itaguaí, Japeri, Magé, Mesquita, Nilópolis, Nova Iguaçu, Paracambi, Queimados, Seropédica e São João de Meriti. A eleição não foi aleatória visto que naquela época a região era caracterizada por um elevado índice de ações criminais violentas, além da presença de grupos criminosos com influência na política local.

A Baixada Fluminense conviveu com a relação estreita da política local com a violência extremada, pois, o uso da força propiciou influência e acúmulo de capital político que viabilizava alçar lideranças locais a cargos eletivos formais. De tal sorte que o controle da região por barões, coronéis e lideranças locais era assegurado pelo uso da violência e da brutalidade das relações a fim de estabelecer as relações comerciais e negociais com os moradores e comerciantes locais.

O interesse era ser o detentor do poder da área, o que representava na época ter o monopólio de serviços que, em tese, deveriam ser fornecidos pelo Estado, mas eram desviados pelo "dono" da região como a oferta de água, transportes, gás e, até a segurança local. Por conta dessa influência na força, o "dono" tem até um número mínimo assegurado de eleitores que moram na Baixada e convivem com a dependência, o medo e a submissão de benefícios de acordo com os interesses do chefão, o que representava se eleger "legitimamente" ainda que por forças escusas.

A equação política característica da Baixada, por sua vez, é a seguinte: o controle armado do território resulta na obtenção de ganhos econômicos e no controle de votos; a obtenção de um reduto eleitoral resulta na capitalização de poder na esfera municipal, sobretudo, legislativa. Há, porém, um traço desse padrão de poder que as noções de mandonismo ou clientelismo não dão conta isoladamente: o poder de matar como fonte primária de autoridade[367].

As atividades pouco probas na Baixada Fluminense são antigas e mobilizaram muitos crimes tanto no Estado Novo quanto na República Velha, porém, a conformação que nos interessa, a saber, da milícia que data da metade do século XX.

4.1. DOS GRUPOS DE EXTERMÍNIO ÀS MILÍCIAS

Como dissemos no capítulo 2 desta obra, o Estado de Direito obriga não apenas os cidadãos a seguirem um conjunto de regras jurídicas denominadas leis, como também, responsabiliza o próprio Estado a não poder atuar de maneira indiscriminada e fora

---

[367] RODRIGUES, André *et alli*. **Homicídios na Baixada Fluminense Estado, Mercado, Criminalidade e Poder**. Comunicações do ISER Número 71 – Ano 37 – 2018, p. 13.

dos limites impostos pelo ordenamento jurídico. Por isso, não é legítimo o Estado querer eliminar os criminosos com o escopo de manter a ordem e a segurança pública. É necessário que se cumpra os ditames legais.

Se o Estado estava de mãos atadas e via os índices de criminalidade aumentarem continuamente no Rio de Janeiro na primeira metade do século XX, não havia solução a não ser aplicar o Código Penal criado em 1940, a fim de reprimir as condutas danosas perpetradas pelos criminosos da época.

O que não inibiu as autoridades cariocas locais a criarem uma "solução alternativa" para os regramentos da lei e, por conseguinte, resolverem a criminalidade a seu próprio modo, fora dos limites legais e com conhecimento apenas dos envolvidos. A segunda metade do século XX marcou a virada do crime organizado e a chegada de uma nova ordem de segurança pública.

Michel Misse destaca que o crime chegara na capital do Brasil no começo da década de 1950. É exatamente a partir de meados dos anos 1950 que se dá uma mudança lenta, pontual e importante nos padrões da criminalidade em grandes cidades como o Rio de Janeiro, São Paulo, Recife, Belo Horizonte. No Rio de Janeiro essa mudança ficou nacionalmente mais visível. O Rio era a capital do país, ali estavam todos os poderes, ali estavam representados todos os estados do país e ali estava a Rádio Nacional, começavam as transmissões de televisão, ali estavam os grandes veículos de comunicação, de modo que tudo que acontecia no Rio tinha uma enorme repercussão nacional. É nesse período que começam a aparecer, de forma frequente, assaltantes a mão armada. Ganham as notícias os assaltos a postos de gasolina, assaltos a taxistas, arrombamentos e assaltos a residências e a bancos. Ao mesmo tempo, a imprensa compara a cidade à Chicago dos anos 1920, referindo-se à existência do crime organizado no jogo do bicho e no contrabando[368].

---

[368] MISSE, Michel. **Sobre a acumulação social da violência no Rio de Janeiro**. Civitas – Revista de Ciências Sociais, vol. 8, núm. 3, septiembre-diciembre, 2008, p. 371-385.

A fim de reprimir a criminalidade, nos anos 1950, no Rio de Janeiro, por iniciativa do então chefe de polícia, foi criado um denominado "Grupo de Diligências Especiais" cuja principal missão – que deveria ser cumprida clandestinamente – era executar criminosos. Esse grupo passou a ser chamado popularmente de "Esquadrão da Morte" e seu modelo disseminou-se para outros estados brasileiros, com o mesmo nome[369].

Nos mesmos moldes se criou em Minas Gerais a mineira, inscrevendo-a em uma formação discursiva justiceira em que o conceito de legalidade era relativizado. Os componentes eram membros da polícia que tinham por objetivo táticas de guerra para a execução do inimigo. Esse grupo de extermínio tinha como lema "fazer justiça com as próprias mãos", isto é, torturar e eliminar aquele que rouba, invade, estupra e ameaça o conceito de moradia segura e "lar" para os demais.

Com o tempo, os próprios moradores locais ingressaram no grupo de extermínio. Com a participação de policiais e moradores dos locais "defendidos", o grupo amplia-se, modifica-se e passa a ser chamado de polícia mineira. Não se trata de polícia civil, militar ou federal; mineira já recorta um espaço de atuação, diríamos, mais de existência: área marginalizada, seja por sua configuração enquanto bairro pobre. A repressão do crime e a associação a ele incidem sobre a constituição do sentido de polícia mineira[370].

Alba Zaluar traça um paralelo dos atuais milicianos com os grupos de extermínio dos anos 1960, pois, estes grupos de ex-policiais constituem o mesmo fenômeno denominado grupo de extermínio nas décadas de 1960, 1970 e 1980 na Baixada Fluminense e na Zona Oeste da cidade do Rio de Janeiro. Na Grande Rio, desde a década de 1960, Tenório Cavalcante notabilizou-se por empregar meios extralegais para resolver conflitos, afastar inimigos políticos e predadores da população.

---

369 MISSE, Michel. **Crime organizado e crime comum no Rio de Janeiro**. Revista de Sociologia Política. Curitiba, v. 19, n. 40, out. 2011, p. 13-25.

370 COSTA, Greciely Cristina da. **Sentidos de milícia entre a lei e o crime**. Campinas: Editora Unicamp, 2014, p. 124.

Essa política semilegal de extermínio prosseguiu durante a ditadura com o surgimento, a partir dos anos 1970, na "Baixada Fluminense". Trata-se de pequenos grupos de policiais, agentes penitenciários e guardas que recebem dinheiro de comerciantes e empresários para "limpar a área", isto é, matar ladrões e assaltantes que agem na área[371].

A imprensa logo criou um nome que se popularizou na época para esse grupo de policiais ou ex-policiais: "grupo de extermínio". O que ainda não foi dito é que, por se tratar de uma atividade clandestina, os grupos não tinham uma tabela fixa de honorários por seus serviços, portanto, os valores eram variáveis e muitos ganhavam mais dinheiro com as atividades extracurriculares do que com o salário de policial na época. Esses grupos se popularizaram em várias capitais brasileiras, como Recife e Salvador.

Os conceitos se modificaram e aperfeiçoaram, porém, um traço comum nunca deixou de identificar esse tipo de grupo: a violência extrema com o objetivo morte muito claro e definido. A meta é obter a confiança da população de uma área e fornecer segurança para seus moradores em troca de uma contribuição fixa e mensal. Note que não é o Estado, pois este não perpetra ou incentiva o elemento morte como regulador social.

Tampouco pode ser considerado como um Estado paralelo, pois, como vimos, essa alcunha é pertencente ao crime organizado e, posteriormente com as ações criminosas, que se alimentam das lacunas do Estado Democrático de Direito que falha em prover recursos e direitos mínimos à sua população carente.

Esse grupo específico de pessoas se trata de uma atividade que não é nem oficial e nem paralela, mas que possui a força de um Estado, a mão invisível da segurança que o próprio Estado não pode prover, portanto, é o Terceiro Estado, que passa a disputar espaço nas comunidades com o Estado e o Estado paralelo.

Para as favelas cariocas dominadas pelo medo e a violência, em que impera a lei da mordaça sob ameaça de perda da vida,

---

[371] MISSE, Michel. **Crime organizado e crime comum no Rio de Janeiro**. Revista de Sociologia Política. Curitiba, v. 19, n. 40, out. 2011, p. 13-25.

a chegada de um grupo fortemente armado que se predispõe a eliminar o inimigo opressor é recebido de braços abertos pela comunidade, que sequer se importa em pagar por sua própria proteção, afinal, o Estado os esqueceu e abandonou.

A popularidade dos grupos de extermínio aumenta, assim, como o reconhecimento da população carente que os "adota" como seus anjos protetores e passam, até, a inspirar as crianças para serem milicianas e promover a paz social:

Na educação infantil [crianças de cinco a seis anos], na sala em que eu trabalho [...] não tem uma brincadeira, não tem um brinquedo que não vire uma arma. [...] Eles começam, às vezes me assusta, assusta outras pessoas, porque eles acabam reproduzindo passos desse quadro violento. Eu tenho um aluno que, brincando com o outro, ele diz que o pai é miliciano e ele pegou o brinquedo [imitando uma arma] e falou: "Agora eu vou ser o miliciano. Você é o bandido e eu vou te pegar." [...] Aí ele botou o brinquedo na cabeça [do outro menino], e fingiu que puxou o gatilho, fez o som do tiro e o outro caiu. Eles interpretaram a cena e o outro caiu fingindo que estava morto. E as crianças que estavam também brincando, mas em outras coisas, começaram a gritar: "Morreu! Morreu! Morreu!" E o outro [que fingia ser o miliciano] foi lá pegou a criança pelo pé, arrastou e falou: "Vou jogar dentro do Rio." A professora, depois de observar a brincadeira, chamou os alunos para conversar e problematizar a brincadeira. Aquele que dizia ser o miliciano, ouvia o que a professora dizia e só ria o tempo todo. "Teve um outro que eu pedi para guardar os brinquedos, ele falou que não ia guardar, eu insisti e ele olhou pra minha cara e disse: "Vou encher sua cara de tiro[372]".

Fora da Baixada Fluminense, a atuação dos grupos de extermínio ganhaou notoriedade em Rio das Pedras, a Zona Oeste do Rio de Janeiro, local que na época possuía muitos migrantes nordestinos que se juntaram aos grupos de extermínio e consolidaram

---

[372] RODRIGUES, André *et alli*. **Homicídios na Baixada Fluminense Estado, Mercado, Criminalidade e Poder**. Comunicações do ISER Número 71 – Ano 37 – 2018, p. 17.

uma réplica da polícia mineira, isto é, a junção dos moradores com profissionais em atividades clandestinas, com o fim único de controlar e minorar o impacto do crime organizado na região. A polícia mineira, posteriormente, teve sua nomenclatura modificada para milícia, porém, na mesma região sua atividade continua forte e dominante até os dias atuais.

A disputa por espaço se intensifica e o alvo é a população carente carioca. Em 1980 as atividades dos grupos de extermínio se confundem com os justiceiros que também tinham como objetivo exterminar criminosos e assegurar um ambiente seguro a um grupo de pessoas. Esse processo paralelo surge como uma forma de compensar o fracasso das políticas de segurança pública dos governadores e, ao mesmo tempo, minorar o impacto dos traficantes nos morros e favelas cariocas.

Como os grupos se popularizam, novos adeptos com regras similares, porém, com composição heterogênea começam a surgir, portanto, diferentemente das facções criminosas, não há um grupo ou conjunto de pessoas que controle ou administre as atividades dos demais, como uma empresa com regras hierarquizadas e uma cadeia clara de comando. Aqui, por se tratar de uma atividade clandestina, na qual o Estado fez vista grossa ao longo dos anos, por complementar sua política ineficaz de segurança, os membros se unem por interesses comuns, sem exatamente uma organização ou uma cadeia de comando.

O perigo é que o pensamento de um grupo para outro pode variar, os preços, as atividades e, inclusive, a opressão em torno da compulsoriedade do pagamento por proteção, como veremos. O amalgama que sedimenta a confiança da população reside no controle da violência e na eliminação daqueles que extrapolam suas atividades e oferecem perigo aos membros da comunidade. As milícias chegam com a promessa de estabelecer a ordem, mesmo que com uso desenfreado da violência.

Alba Zaluar diz que o trabalho de campo etnográfico nas áreas dominadas por milícias no Rio de Janeiro revelou que, apesar das semelhanças na sua composição e na forma de extrair lucros do território dominado, havia muitas diferenças na maneira de atuação desses grupos. Algumas não aceitam bailes funk, enquanto outras os estimulam. Umas fazem a ronda sem ostentar armas, em outras seus membros portam-nas e usam até toucas de ninja na comunidade, embora sempre detenham o monopólio do uso de armas. Algumas apresentam atitudes e comportamentos mais previsíveis, sendo possível orientar-se pelo que se espera dos seus membros, enquanto outras são o reino do arbítrio[373].

Quando a ordem é restaurada, mediante pagamento obrigatório, o que se vê é o reconhecimento por parte da população e, ao mesmo tempo, uma condescendência por parte do Estado.

Greciely Cristina da Costa apresenta uma entrevista com um morador de comunidade sobre a atividade dos milicianos: "A gente quase nunca vê. Esse pessoal do extermínio a gente quase nunca vê. Teve até um desses do extermínio, que ele andou preso; ele é policial, porque teve um inquérito, descobriram que ele estava exterminando. Mas ele não foi expulso. Diferente dos outros, ele não foi expulso. Ele continua policial. A milícia funciona mais assim para exterminar. Eles querem manter a paz assim. Não mantém a paz, fechando rua[374]".

E o que fez a nomenclatura ser modificada de grupo de extermínio para milícia? Primeiro, a atividade da imprensa que introduziu o primeiro termo em idos dos anos 1950 e depois popularizou o uso da terminologia milícia. O que mudou? Em suma, uma suavização popular da ação com o conferimento de certa legitimidade à atividade, ainda que o modo de funcionamento de ambos os grupos seja o mesmo. Além disso, também houve a incorporação das milícias por outros serviços, como veremos.

Importante destacar que houve uma evolução da realidade do Rio de Janeiro com o transcurso das décadas, o que também con-

---

[373] ZALUAR, Alba & CONCEIÇÃO, Isabel Siqueira. **Favelas sob o controle das milícias no Rio de Janeiro que Paz?** São Paulo em Perspectiva, v. 21, n. 2, jul./dez. 2007, p. 89-101.

[374] COSTA, Greciely Cristina. **A milícia e o processo de individuação: entre a falta e a falha do Estado**. Gragoatá. Niterói, n. 34, 2013, p. 235-251.

tribui para a modificação da atuação dos grupos de extermínio em relação às milícias. Quando, em 1950, a realidade era o controle da criminalidade através da polícia, da repressão do Estado com a aplicação das leis e dos grupos de extermínio.

Já na década de 1980, com os grupos de extermínios consolidados já é uma realidade no cotidiano carioca há dois novos elementos complicadores: o primeiro é o surgimento e ascensão de um grupo de presos que se organiza e passa a estabelecer o comércio de drogas no Rio de Janeiro, como vimos, o surgimento e desenvolvimento do Comando Vermelho elevou o patamar da criminalidade carioca que se profissionalizou, especializou e se armou, acima de tudo.

Segundo, o mercado de drogas instituído pelo Comando Vermelho a partir de 1980 também passou a concorrer com outra atividade, igualmente clandestina, que dominava as relações de poder no Rio de Janeiro e tinha elevada influência política, em especial, por sua ascensão na realidade das escolas de samba, a partir da década de 1970, falamos do jogo do bicho. Por ser uma atividade ilícita, atraia oportunidades de emprego e proteção para ex-presidiários, além, de representar possibilidade de ganhos para crianças e adolescentes da geografia da exclusão, pois esses eram recrutados como olheiros dos pontos do jogo e também para levar recados entre gerentes e apontadores.

A estrutura do "jogo do bicho" era (e ainda é) constituída por uma miríade de pontos de venda ("pontos do jogo do bicho") que se confundem com a "presença" de um "apontador". O apostador procura o apontador para fazer seu jogo. Esses ficam em lojas ou em vias públicas, como camelôs, ou semiclandestinos quando a repressão é maior. Nesse caso, pagam a adolescentes alguns trocados para ficarem de "olheiros" e avisarem da chegada da polícia. O apontador recebe comissão sobre os jogos que ele aponta e sobre os prêmios sorteados em seu ponto, mas pode também ser assalariado. Um gerente administra vários pontos e apontadores, pode pagar salários a esses e ficar com as comissões, como pode também ser ele próprio assalariado de um "banqueiro". Pode manter ou ter a seu encargo contadores, advogados e um ou mais pistoleiros, para a proteção dos pontos em caso de tentativa de invasão por outros gerentes ou banqueiros.

O banqueiro é aquele que controla um "território", onde atuam "seus" gerentes, pistoleiros e apontadores. Ele é quem paga o prêmio e recebe o dinheiro das apostas. Ele pode "descarregar" parte das apostas de sua área em outro banqueiro do mesmo nível ou no banqueiro mais rico e poderoso, o "dono" de toda uma área ou município. Com o nome de "Paratodos" (nome que se deu à loteria do Rio a partir do entendimento que levou à constituição da "cúpula"), essa rede de banqueiros se estendeu praticamente a todo o país, sem que cada um dos "donos" perdesse sua autonomia[375].

As lideranças do bicho foram divididas entre o controle pelos grandes banqueiros que representavam uma cúpula estabelecida pelas zonas da cidade composta pelos banqueiros maiores e menores. Quanto a isso, o bicheiro "Carlinhos" explica um pouco como funcionaria esta dinâmica entre grandes e pequenos banqueiros:

> – (...). No governo não tem o primeiro escalão? Depois o segundo, o terceiro? Então, você não pode tomar conta de tudo, porque você vai se perder. O segundo escalão é (...). Por exemplo: você vai lá pra Araruama, povo pequeno, aí o banqueiro deixa o cara entrar naquela área. Vai deixar aquele cara sobre o aval dele. Ele nem precisa prestar conta pra ele não. Se eu o conheço, eu vou preferir que ele fique lá do que um outro que eu não conheço, não é? O outro pode querer começar a crescer e invadir a minha área. Então, assim, ele vira o segundo escalão. O banqueiro deixa ele lá trabalhando, mas com a consciência de que está sobre o aval do banqueiro. Vai ter que trabalhar do jeito que ele quer. Porque se deixar qualquer um, vai virar bagunça. É assim que funciona. Você não tem como tomar conta de tudo[376].

---

375 MISSE, Michel. **Mercados ilegais, redes de proteção e organização local do crime no Rio de Janeiro**. *Estudos avançados*, vol.21, n.61, 2007, p.139-157.

376 LABRONICI, Rômulo Bulgarelli e SILVA, Gabriel Borges da. Uma contravenção controvertida: reflexões acerca da tutela penal do jogo do bicho. Revista Interdisciplinar de Direito da Faculdade de Direito de Valença, v. 14, n. 1, jan./jun. 2017, p. 201-213.

Inclusive os bicheiros têm uma característica que os identifica e os difere dos banqueiros do jogo do bicho: sua devoção religiosa. Veja o relato de uma integrante da escola de samba Unidos da Beija-Flor sobre seu líder, o bicheiro Anísio:

> O Anísio é devoto mesmo de São Jorge. Eu não sei se você sabe, mas a maioria dos banqueiros e bicheiros são devotos de São Jorge, a maior parte deles. Agora até não é muito, mas anos atrás você podia ver. Você sabia quando ele era um banqueiro e era um bicheiro pelo anel e pelo cordão que eles sempre usaram com a imagem de São Jorge. Como antigamente você sabia, tinha certeza, quando o cara era presidiário: pelas tatuagens. E quando era bicheiro sempre teve uma tatuagem de São Jorge: ou no peito, ou no braço, ou nas costas. Aí você sabia que era bicheiro. Porque bicheiro é um, e banqueiro é outro. Banqueiro é o dono do negócio e bicheiro é quem escreve; são os escreventes. E Anísio sempre foi devoto; sempre, sempre[377].

Através desses banqueiros se decidiu por investir em atividades lícitas a fim de incrementar sua influência política. Assim, já na década de 1970, estabelecia-se o que popularmente é chamado «cúpula do jogo do bicho», em que um grupo de banqueiros repartiu o território do Estado do Rio de Janeiro em áreas de influência. O objetivo era evitar a entrada de policiais ou militares que saqueavam e tomavam para si suas atividades quando percebiam que o potencial lucrativo era muito maior do que seus recebimentos na corporação, como a que aconteceu com o Capitão Guimarães, por exemplo.

> – O Capitão Guimarães veio pra Niterói pra combater o jogo. Na época da ditadura, ele era capitão mesmo, do exército, por isso o título de Capitão.
> Só que ele viu que dava muito dinheiro, mais do que no quartel (risos). Ele veio e saiu pegando esse monte de pontos de bicho.

---

377 BEZERRA, Luiz Anselmo. **O mecenato do jogo do bicho e a ascensão da Beija-Flor no carnaval carioca**. Textos escolhidos de Cultura e Arte Populares, v. 6, n. 1, 2009.

> Pegou e começou a montar o jogo dele. Começou a pegar um montão de ponto. Ponto, ponto, ponto, ponto. Dinheiro a "pampa" saiu [do exército] e veio pro jogo de bicho. Ele era do Rio e na época começou essa guerra, era um matando o outro. Você poderia estar escrevendo um joguinho ali e vinha um e te dava um tiro. Aí, então, vieram e pegaram os coroas mesmo. Os antigos, o Capitão Guimarães, o Castor de Andrade, o Piruinha, o Anísio (...). [disseram] Ó gente, vamos parar com isso. Vamos fazer uma divisão pra gente acabar com esse negócio? Se não ficava até hoje como se fosse uma boca de fumo, que cada um invade o outro. Então ficou acertado, agora isso é isso, e isso é isso. Porque eles viram que tava dando dinheiro, é uma coisa lucrativa. É um jogo que são dez mil milhares[378]!

O jogo do bicho é o grupo que possui uma organização territorial mais estabelecida com uma estrutura interna de funcionamento bem definida com áreas delimitadas.

O que os chefes do jogo de bicho perceberam é que sozinhos não iriam conseguir controlar o território de suas operações, portanto, era chegado o momento de penetrar em outros ramos de atividade a fim de conferir legitimidade em suas ações e, ao mesmo tempo, ter a proteção de seus negócios. E nas comunidades a principal fonte de diversão era o samba e o carnaval, assim, a porta de entrada foi injetar dinheiro nas escolas de samba do Rio de Janeiro.

O resultado era a admiração da comunidade local, além da oportunidade de recrutamento de novos operários para o mundo clandestino do jogo do bicho e, também, ter a proteção do Estado nas funções da própria escola e lavar o dinheiro sujo do jogo do bicho em uma atividade lícita que eram os desfiles das escolas de samba.

Dessa forma, os bicheiros expandem suas atividades e influências para além dos territórios locais e passam a atingir outras

---

378 LABRONICI, Rômulo Bulgarelli e SILVA, Gabriel Borges da. **Uma contravenção controvertida: reflexões acerca da tutela penal do jogo do bicho.** Revista Interdisciplinar de Direito da Faculdade de Direito de Valença, v. 14, n. 1, jan./jun. 2017, p. 201-213.

organizações ali localizadas: Castor de Andrade assume as finanças do clube de futebol Bangu e da escola de samba Mocidade Independente de Padre Miguel; Anísio Abraão David torna-se figura influente no município de Nilópolis, o que representaria em muito frutos para a Escola de Samba Beija-Flor, dentre outros. O Capitão Guimarães financiou as atividades da agremiação Unidos da Vila Isabel.

Castor, como dissemos, adotou a principal escola de samba de Bangu, a Mocidade Independente de Padre Miguel. Sob seu patronato, a escola conquistou os títulos do carnaval carioca de 1979, 1985, 1990, 1991 e 1996. Sobre o tema Murian Sepúlveda dos Santos:

> Nos anos 70, grandes banqueiros do bicho, inicialmente de fora do mundo do samba, ocuparam o papel de novos mecenas, transformando pequenas escolas, como Mocidade Independente de Padre Miguel e Beija Flor de Nilópolis, em grandes campeãs. Para os componentes dessas escolas, que a partir daí tiveram a possibilidade de competir com as grandes como Mangueira, Império Serrano e Portela, os banqueiros passaram a ocupar o lugar do grande benfeitor. (...)
> A "patronagem" dos bicheiros deu às escolas uma dimensão econômica e social até então impensável e que, longe de se manter fora das malhas da política, tornou-se importante instrumento eleitoral. As escolas recebiam de suas comunidades reconhecimento, que era negociado com os políticos em troca de permissão da ilegalidade e do direito de lavar abertamente o dinheiro obtido no jogo. Como presidentes das escolas de samba, os banqueiros do jogo do bicho ganharam acesso às autoridades e total liberdade no mundo da legalidade[379].

Para as escolas de samba, a chegada do dinheiro sujo do jogo do bicho possibilita incrementar seus desfiles, aumentar o volume e tamanho das fantasias, alargar suas fronteiras para além

---

379 SANTOS, Murian Sepúlveda dos. Mangueira e Império a carnavalização do poder pelas escolas de samba. IN ZALUAR, Alba e ALVITO, Marcos. **Um século de Favela**. 4ª ed. Rio de Janeiro: FGV, 2004, p. 134 e 135.

das comunidades locais, conquistar um novo público, ter acesso a uma elite que, até então não se importava com os desfiles, adquirir imóveis, ampliar suas atividades e ampliar seu domínio para fora das quadras de samba, uma união que seria lucrativa para ambas as partes. Assim, a partir da década de 1970, as escolas de samba aceitam o dinheiro e o financiamento de seus desfiles através do dinheiro advindo do jogo do bicho, por conseguinte, enquanto perdura sua influência, o jogo do bicho propicia o luxo cada vez maior dos desfiles e a ampliação das escolas de samba.

A chegada dos bicheiros propiciou organização e também controle às estruturas das escolas de samba, o que conferiu maior profissionalismo e trouxe ganhos para as próprias agremiações nesse estilo totalmente centralizador do dono do dinheiro. Sobre a relação do jogo do bicho com as escolas de samba Michel Misse:

> A relação dos bicheiros com a população de seu território tem as características do que no mundo rural brasileiro chamou-se "mandonismo local". Vários deles mantinham relações de clientelismo com os moradores de sua área e tornaram-se financiadores e presidentes de "escolas de samba" e de clubes de futebol no Rio de Janeiro. Quase todas as escolas de samba tinham o seu bicheiro e os seus nomes são conhecidos de todos que produzem o carnaval popular no Rio de Janeiro[380].

Em 1984, no Governo de Leonel Brizola, se constrói o Sambódromo. É com Castor de Andrade, inclusive, que as escolas de samba fundam, em 1984, a Liesa – Liga das Escolas de Samba do Rio de Janeiro, da qual ele seria o primeiro presidente[381], na qual

---

380 MISSE, Michel. Mercados Ilegais, Redes de Proteção e Organização Local do Crime no Rio de Janeiro. *Estudos avanços*. vol. 21, São Paulo, 2007.

381 Essa mesma estrutura local se reproduz em vários "territórios" e a maior ou menor tensão entre banqueiros (alianças precárias de um lado, conflito aberto de outro) marcou grande parte da história do jogo do bicho neste século no Rio de Janeiro, até que se alcançasse, sob a liderança inconteste de Castor de Andrade, filho de banqueiro dos anos 1940-1950 e seu herdeiro no controle do bicho nos bairros de Bangu e Padre Miguel, uma aliança estável entre todos os principais

representariam as 10 maiores escolas do chamado grupo especial mobilizando mais dinheiro, pessoas e prestígio. Todavia, se torna clara a influência do jogo do bicho nas comunidades e nas escolas de samba, o que os eleva a líderes comunitários e com influência política. Quando estes se lançam a cargos públicos a fim de propagar sua influência e domínio de poder. Aliás, Castor de Andrade trafegou com desembaraço pelos ambientes legais e formais dos poderes municipal, estadual e federal. Era respeitado e tinha pedidos atendidos por políticos, empresários, destaques influentes da Justiça e generais ligados ao poder. foi para a sociedade carioca o principal personagem do jogo do bicho a transitar nas relações de poder no Rio de Janeiro entre a década de 1970 até sua morte em 1997.

A esta altura o leitor já deve estar perdido sobre a motivação de se falar do jogo do bicho. Afinal, qual a relevância do jogo do bicho para os grupos de extermínio e qual a sua relação com as facções criminosas? Há duas fases distintas do jogo do bicho, a anterior à década de 1970 e a posterior. Enquanto a primeira foi uma atividade de influência e penetração com possibilidade de trabalho para pessoas do mundo do crime e ao acúmulo de dinheiro sem pagamento de impostos e o enriquecimento de muitas famílias, o que se vê a partir da década de 1970 é uma mudança de representatividade e influência por parte dos bicheiros e as atividades destes irão se intercalar com as facções criminosas e os grupos de extermínio.

Vamos desenvolver melhor essas relações. Ser um banqueiro do jogo do bicho não é uma atividade simples, portanto, é necessário ter envolvimento prévio com as atividades correlatas, ou já ser um banqueiro de pequeno porte. Além disso, seu grau de parentesco e rede de influência é essencial. Por fim, suas

---

banqueiros da cidade no início dos anos 1980, chamada de "cúpula do jogo do bicho". A cúpula organizou-se legalmente com a criação da Liga das Escolas de Samba, que passou a dirigir o grande desfile das escolas no carnaval carioca desde então, com a premiação oficial transmitida pelas redes de televisão para todo o país. MISSE, Michel. Mercados Ilegais, Redes de Proteção e Organização Local do Crime no Rio de Janeiro. *Estudos avanços*. vol. 21, São Paulo, 2007.

conectividades e tentáculos na segurança pública e nos grupos de extermínio.

Como o jogo do bicho era uma atividade irregular, quando havia necessidade de se pacificar uma situação, se cobrar uma dívida, não era possível se recorrer à força da lei, portanto, a solução era utilizar a violência perpetrada pelos grupos de extermínio. Além disso, a fim de assegurar a paz em suas atividades, a corrupção dos policiais era essencial para garantir a segurança de alguns agentes subordinados e, inclusive, alguns banqueiros.

De tal sorte que as atividades dos grupos de extermínio se ramificam e ampliam ao longo das décadas de 1970 e 1980 impulsionadas pelos bicheiros. Assim, é de se imaginar que a mantenedura dos grupos de extermínio apenas e tão somente pelos membros das comunidades não conferiria o lucro necessário para imprimir uma rede de corrupção para com seus pares policiais, e ampliar suas atividades em outras comunidades, faltava assim, outro elemento impulsionador econômico para tal intento, eis a função do jogo do bicho.

A união entre os grupos trazia benefícios a ambos: aos bicheiros significava proteção e um braço da violência para suas atividades extracurriculares. Para os milicianos representava a oportunidade de conhecer novas comunidades e estabelecer laços e oportunidades de "proteção" em outras regiões e ampliar suas fontes de lucro.

Os grupos de extermínio perceberam que serem matadores de aluguel apenas restringiam suas oportunidades de lucrar, assim, ampliar não apenas os serviços como também os clientes eram essenciais para sobreviver. Por isso, incorporar a violência, a intimidação, além do extermínio e atividades mais corriqueiras como fornecimento de outras atividades, como na época das UPPs, como luz e serviços de tv por assinatura, propiciaram sobrevida e uma nova nomenclatura a esses grupos que nasceram sob a égide da violência extrema e que, com o tempo, mantiveram o escopo sem descurar de outras oportunidades.

E qual a relação dos bicheiros com as facções criminosas? Com a entrada de dinheiro dos banqueiros em comunidades através do samba, foi possível influir positivamente nas relações dos membros das favelas e bairros pobres. Com isso, os bicheiros ampliaram sua relação de poder ao longo dos anos 1970 e 1980. Portanto, quando a escalada da violência perpetrada pelo Comando Vermelho nas comunidades cariocas começou, também se afetou a realidade dos bicheiros.

O tráfico também enriqueceu os bicheiros ainda mais quando Pablo Escobar os escolheu para serem os distribuidores iniciais de suas drogas no começo dos anos 1980, o que seria desdobrado com o Comando Vermelho poucos anos depois.

Destarte que mais um ator se colocou nos conflitos com o Estado e entre os atores, porque quando o conflito entre as facções influenciou negativamente nas atividades do jogo do bicho, a milícia entrou com força, além da repressão da polícia que também era corrompida pelos bicheiros e lá estavam preventivamente em sua folha de pagamentos mensais. Veja trecho de conversa de um bicheiro sobre os traficantes:

> – (...) a vagabundagem tem medo e não mexe com a gente não, eles acham que tem algum vigia, ou coisa parecida. Esse dinheiro todo aqui ó! [me mostrando um bolo de notas] não é nosso [referindo-se a quem trabalha nas ruas]. E se não é nosso, ele tem que ser de alguém. Quando eu trabalhava na Penha, o dono do boteco que eu trabalhava próximo vivia pedindo para eu ficar na porta do bar dele. As pessoas sabem que vagabundo tem medo de bicheiro[382].

O único que não tinha forças para lutar com toda essa rede intrincada de corrupção e violência era o Estado Democrático de Direito. Aliás, este se tornara mais um alvo quando tentava reprimir com violência e repressão as atividades ilegais do jogo do bicho, pois, a truculência policial era rechaçada pela população que

---

382 LABRONICI, Rômulo Bulgarelli e SILVA, Gabriel Borges da. **Uma contravenção controvertida: reflexões acerca da tutela penal do jogo do bicho**. Revista Interdisciplinar de Direito da Faculdade de Direito de Valença, v. 14, n. 1, jan./jun. 2017, p. 201-213.

defendia seus líderes e protetores comunitários, assim o Estado conseguia ser odiado uma vez mais, agora pelos bicheiros e seus seguidores.

O jogo do bicho influía nas comunidades, assim como o tráfico e os milicianos. Por anos, Nilópolis esteve associada ao jogo do bicho, assim, como a Cidade de Deus ao Tráfico e Rio das Pedras às milícias. Nesse tênue equilíbrio de relações havia o Estado, o elemento responsável por conferir paz social entre elementos que nem sempre conviviam em harmonia e, quando o conflito era inevitável, era o Estado que apartava as relações e tentava conferir a ordem, poucas vezes conseguia.

Na realidade o Estado fazia que reprimia o jogo do bicho, a milícia e as atividades criminosas e eles arrefeciam seu impacto na mídia por um período, depois tudo voltava "à normalidade". Como quando houve a apreensão de provas relacionadas a Castor de Andrade, o principal representante do jogo do bicho no Rio de Janeiro em 1994: Em abril de 1994, o Ministério Público apreendeu disquetes de computador e livros-caixa de Castor, em Bangu, com o registro de pagamentos para juízes, policiais, advogados, deputados, políticos, jornalistas e artistas. Qual foi o resultado? No final de 1994 o bicheiro foi preso quando estava foragido e passeava tranquilamente em uma feira de automóveis, porém, seus dias presos relatavam a ascendência que detinha sobre o Estado:

A carceragem da Polinter, para onde foi levado, passou por uma espécie de *retrofit* à castoriana. Celas foram transformadas em suítes de luxo, com ar-condicionado, frigobar, lavadoras de roupa, tevês e videocassetes, o top da parafernália cinematográfica individual da época. Festas com champanhe, bebida da boa e iguarias eram constantes. Para equilibrar as ações, Castor bancava também a reforma de instalações administrativas do complexo e o conserto de viaturas da polícia. Generosamente[383].

---

383 **SAIBA QUEM FOI CASTOR DE ANDRADE, O MAIS PODEROSO DOS CONTRAVENTORES**. Portal R7, 15 de outubro de 2019. Disponível em: https://

Inclusive quando do seu falecimento por infarto em 1997 não lhe faltaram homenagens: Velado na quadra da Mocidade, em Bangu, foi enterrado no cemitério Jardim da Saudade, em Sulacap, também na Zona Oeste carioca, com fogos de artifício, batidas de surdo, chuva de pétalas de rosa e o músico Agnaldo Timóteo cantando ao lado do caixão. No Carnaval do ano seguinte, os bicheiros envolvidos com as escolas de samba pediram um minuto de silêncio em pleno desfile das escolas de samba na Marquês de Sapucaí. E os surdos, cuícas, pandeiros e tamborins se calaram.

Como dissemos, o jogo do bicho financiou muitos atos lícitos e ilícitos e, dentre eles, estavam as atividades dos grupos de extermínio. Grupo criado pela própria polícia e composto por policiais e ex-policiais militares que eram responsáveis por eliminar os indesejáveis e os mais perigosos. Com a morte de seus principais mentores, o que se viu foi a migração lenta do foco de atuação de uma polícia clandestina repressora para um grupo que é calcado na violência e na opressão, mas que já flexibiliza seus conceitos e atuações, a fim de receber o dinheiro sujo dos bicheiros.

A corrupção perpetrada pelos bicheiros abre os olhos negativamente para alguns membros terem interesse em novas fontes de renda e fazerem dinheiro de uma forma que a corporação nunca os permitiria. Como foi o caso do capitão Guimarães em relação ao domínio à força de pontos do jogo do bicho, como vimos, que reestruturou as atividades do jogo do bicho.

Se estabelece uma parceria de negócios com nítido financiamento dos bicheiros e o consequente estabelecimento de membros dos grupos de extermínio como instrumentos de solução de conflitos com largo uso de violência, além da proteção de seus líderes. E, posteriormente, se tornariam os protetores das comunidades na guerra contra os traficantes e as facções criminosas. Quando o declínio dos bicheiros se acentuou, no final dos anos 1990 e início dos anos 2000, e o investimento se reduziu, os agora

---

noticias.r7.com/brasil/saiba-quem-foi-castor-de-andrade-o-mais-poderoso-dos--contraventores-16102019. Acesso em 7 de maio de 2021.

milicianos já estavam estabelecidos e andavam sem depender de nenhum outro empurrão econômico.

A diferença é que o termo grupo de extermínio não mais era compatível com a nova imagem que estas pessoas desejavam ter, porém, ao mesmo tempo, não poderiam perder aura intimidadora que lhe fora conferida por suas atividades, portanto, nascia a milícia, ainda que não houvesse essa alcunha específica. A mídia conferiu o termo efetivamente a partir de 2006. Entre janeiro de 2005 a abril de 2011, o jornal O Globo publicou 860 matérias, as quais mencionavam as palavras "milícia", "milícias", "miliciano" e "milicianos", enquanto nesse mesmo período o jornal O Dia divulgou 839 matérias desse tipo[384].

Entre 2005 e 2006, de acordo com Relatório da Subsecretaria de Inteligência da Secretaria de Segurança Pública, o número de comunidades dominadas pelos milicianos passou de 42 para 92. Em reportagem do Jornal O Globo, de 10 de dezembro de 2006 o editorial aponta o crescimento exponencial das milícias:

> A cada 12 dias, uma favela dominada pelo tráfico é tomada por milícias no Rio. O fenômeno cresce em proporção geométrica e tem como alicerce estruturas do próprio poder público. Os atores envolvidos são provenientes das forças de segurança, políticos e líderes comunitários, como diagnostica relatório elaborado há dois meses pelo Gabinete Militar da prefeitura do Rio[385].

Ainda em 2006, as milícias ocuparam várias comunidades dominadas por anos pelas facções e seus traficantes, como Morro do Barbante, Ramos, Quitungo, dentre outras. Falemos um pouco mais sobre as milícias, a nova modalidade que substituí os antigos grupos de extermínio no Rio de Janeiro.

Na década de 1990 surgiu uma nova modalidade de "polícia mineira" na favela de Rio das Pedras, no Rio de Janeiro: a proteção

---

[384] CANO, Ignacio e DUARTE, Thais. **No sapatinho: A evolução das milícias no Rio de Janeiro** [**2008-2011**]. Rio de Janeiro: Fundação Heinrich Böll, 2012, p. 45.

[385] Jornal O Globo, Domingo 10 de dezembro de 2006.

passou a ser oferecida (ou extorquida) aos próprios moradores e não apenas aos comerciantes locais, com o objetivo de impedir que o tráfico se instalasse na favela. Por meio da associação de moradores formou-se um novo modelo de oferta de proteção que mesclava policiais pistoleiros, a atividade associativa local e lideranças com ambições de carreira política.

O arranjo foi bem-sucedido em impedir a entrada do tráfico e exercer o controle social na favela, ainda que para parte dos moradores afigurasse-se a cobrança de taxas de proteção como uma extorsão velada. O modelo passou a disseminar-se em outros bairros da Zona Oeste do Rio de Janeiro, dando origem a uma organização de tipo mafioso intitulada "Liga da Justiça", cujo braço político estava representado por deputados e vereadores e o braço armado por grupos de policiais militares e civis da ativa e aposentados, agentes penitenciários, bombeiros e guardas municipais, chamados pela imprensa, a partir de 2006, quando se constituíram, de "milícias"[386].

Alba Zaluar afirma que o significado etimológico da palavra milícia, que sugere serviço militar (militia, de origem latina: miles quer dizer soldado e itia se refere a estado, condição ou atividade), para expor a maneira como essa denominação é tomada em diferentes países. Comumente ela denomina força militar composta "de cidadãos ou civis que pegam em armas para garantir sua defesa, o cumprimento da lei e o serviço paramilitar em situações de emergência, sem que os integrantes recebam salário ou cumpram função especificada em normas institucionais. O termo milícia refere-se a policiais e ex-policiais (principalmente militares), bombeiros e agentes penitenciários – ativos ou aposentados – que garantem a segurança de moradores de algumas vizinhanças em troca de uma taxa mensal. Todos com treinamento militar e pertencentes a instituições do Estado. Eles tomam para si a

386 MISSE, Michel. **Crime organizado e crime comum no Rio de Janeiro: diferenças e afinidades**. *Revista Sociologia Política*. 2011, vol.19, n. 40, p. 13-25.

função de proteger e dar "segurança" em vizinhanças supostamente ameaçadas por traficantes[387].

Os paramilitares são associações ou grupos não oficiais, cujos membros atuam ilegalmente, com o emprego de armas, com estrutura semelhante à militar. Atuam ilegal e paralelamente às forças policiais e/ou militares. Essas forças paramilitares se utilizam das técnicas e táticas policiais oficiais por elas conhecidas[388].

O que diferencia, principalmente, as atividades dos membros das milícias para os grupos de extermínio é a incorporação de outras atividades ao "portfólio", pois enquanto para as atividades do grupo de 1950 o objetivo claro era eliminar os criminosos, para os milicianos, além de cumprir esse papel, também passam a fornecer serviços como fornecimento de energia elétrica, gás, tv por assinatura em modalidade de "gatos", isto é, ligações clandestinas, nos quais eles seriam responsáveis pelo fornecimento e segurança do próprio serviço, além de exigirem o pagamento de contribuição mensal aos comerciantes legais, para que seus negócios não sofram nenhum tipo de intervenção ou perda de produto, que muitas vezes, é motivada pelos próprios milicianos quando há a recusa no pagamento.

Leia o relato de dois moradores da comunidade do Cesarão:

> "[...] a milícia é como se fosse a máfia, eles oferecem proteção aos comerciantes, e em troca dessa proteção, os comerciantes dão uma parte dos lucros, e se os comerciantes não abaixarem a cabeça, eles próprios vão lá e vandalizam, entendeu?" (Morador do Cesarão, Santa Cruz/RJ).
>
> "Não, os moradores [...] eles não chegam nos moradores, eles só chegam nos comerciantes mesmo. Os moradores, eles têm até um certo respeito, quanto aos moradores, entendeu, eles não... eles até vivem a defender os moradores, e assim, muitos moradores se sentem acomodados com a presença deles lá; por quê? Pelas

---

387 ZALUAR, Alba & CONCEIÇÃO, Isabel Siqueira. **Favelas sob o controle das milícias no Rio de Janeiro que Paz?** São Paulo em Perspectiva, v. 21, n. 2, jul./dez. 2007, p. 89-101.

388 GRECO, Rogério. **Atividade Policial**. 5. ed. Niterói: Impetus, 2013, p. 260.

coisas que eles oferecem, sinal de TV, o gás... [...”] (Morador do Cesarão, Santa Cruz/RJ)[389].

A atividade dos milicianos se prolifera e confere rendimentos muito superiores aos que percebiam em seus respectivos salários nas corporações policiais aos quais pertenciam. Com isso, não foram poucos os que resolveram complementar seus rendimentos às custas da população e sob a proteção indireta do Estado, afinal, por serem policiais ou ex-policiais, quando as coisas ficavam complicadas com os membros das facções criminosas a solução era pedir reforço policial dos amigos que estavam em serviço naquele momento. Se popularizou a atividade e se agregou também bombeiros, agentes penitenciários e militares, todos na ativa ou não. O chamariz do dinheiro era bom demais para ficar restrito aos policiais.

O que importa notar que esse conflito entre Estado, Estado paralelo e Terceiro Estado sempre foi mais sangrento e com sequelas do que pacífico. Quando o Estado resolvia intervir nas comunidades o fazia de forma violenta e arbitrária, com desconfiança, enquadros, violência indiscriminada entre os membros da comunidade, como forma intimidatória de mostrar a força do Estado.

Na mesma esteira era a milícia, afinal, os membros tinham treinamento militar aliado ao desenvolvimento de táticas aprendidas na corporação e com os elementos fornecidos pelo próprio Estado. E, por fim, as facções criminosas que representavam o Estado paralelo que, como vimos, entrava constantemente em conflito entre si em disputas claras por poder e território na busca pelo monopólio da distribuição local da droga.

---

389 **PROJETO BRA/04/029** – Segurança Cidadã Programa das Nações Unidas para o Desenvolvimento – PNUD e Secretaria Nacional de Segurança Pública do Ministério da Justiça e Cidadania– SENASP Pensando a Segurança Pública 4ª Edição (Convocação 001/2015) Carta de Acordo nº 33584. Disponível em: https://www.novo.justica.gov.br/sua-seguranca/seguranca-publica/analise-e-pesquisa/download/outras_publicacoes_externas/pagina-2/42diagnostico-homicidios-rj--es.pdf. Acesso em 5 de maio de 2021.

Então, as facções além de lutarem contra si, ainda tinham de lutar contra o Estado e contra as milícias, razão pela qual o Comando Vermelho foi responsável pela inacreditável onda de violência que assolou o Rio de Janeiro, em especial nos anos 1990, afinal, a principal facção criminosa carioca trouxe de maneira contrabandeada e roubada armamento pesado, como demonstramos no capítulo 3, como forma não apenas de se defender, como resistir e intimidar seus concorrentes e desafetos, neles incluídos o Estado e os milicianos.

A escalada pelo controle da população da geografia da exclusão mostra que as vítimas se avolumam à medida em que os Estados colidem entre si: As taxas de homicídio aumentaram de maneira continuada no Rio de Janeiro. Passaram de dez por 100 mil habitantes na década de 1950 para 25 por 100 mil na década de 1970 e alcançaram 50 por 100 mil nos anos 1980. Entre 1980 e 2007 cerca de 200 mil pessoas foram assassinadas no estado do Rio de Janeiro.

Leia o relato de um ex-morador do Cesarão, comunidade que convive com os três Estados cotidianamente: "[...] Porque o Cesarão, assim, é como se ali fosse um complexo, é como se fosse um complexo, ali se denominava Cesarão, o Rodo e o Antares. O Rodo, ele é dividido em duas partes, o Rodo I e o Rodo II, só que é tudo a mesma facção, e assim, ao lado do Cesarão também tem uma favela, o nome é (inaudível), essa favela é de uma outra facção; quando os milicianos vieram lá pra aquela área, eles queriam dominar essa favela do (inaudível), e logo em seguida a favela do Cesarão, só que aí eles estacionaram, eles tentam, tentam, tentam dominar a favela do Rodo, só que não conseguiram, entendeu, aí fica nesse confronto diário. Entendeu?[390]".

---

[390] **PROJETO BRA/04/029** – Segurança Cidadã Programa das Nações Unidas para o Desenvolvimento – PNUD e Secretaria Nacional de Segurança Pública do Ministério da Justiça e Cidadania– SENASP Pensando a Segurança Pública 4ª Edição (Convocação 001/2015) Carta de Acordo nº 33584. Disponível em: https://www.novo.justica.gov.br/sua-seguranca/seguranca-publica/analise-e-pesquisa/download/outras_publicacoes_externas/pagina-2/42diagnostico-homicidios-rj--es.pdf. Acesso em 5 de maio de 2021.

Quando não há solução entre o conflito das milícias com os traficantes, a polícia é acionada e chega de forma truculenta para "limpar a área". O problema é que quando eles vão embora, agora será a milícia que ocupará o território.

A diferença fundamental entre a milícia privada e as forças policiais do Estado era que os milicianos não somente expulsavam os traficantes de drogas, mas também se mantinham no local, ocupando os espaços por eles anteriormente dominados, ao contrário do que ocorria com as forças policiais que dali saíam após algum confronto entre criminosos da região, permitindo que a situação voltasse ao *status quo*[391].

Em seu movimento de expansão, as milícias esbarraram em territórios disputados por facções do tráfico de drogas, onde os moradores nutrem alta desconfiança de qualquer tipo de dominação armada e muitos têm hábitos sociais veementemente reprovados pelas milícias, como o uso de drogas e a posse de armas. Essa diferença no contexto social de tais locais, atrelada à falta de ligação dos milicianos à comunidade que desejam dominar, forma o que se convencionou chamar de milícias, em oposição ao que denominamos polícia mineira na associação, representada prioritariamente por Rio das Pedras[392].

> Rio das Pedras, como dissemos, foi a região que essa nova milícia se instalou em substituição aos métodos da antiga polícia mineira e sua forma de atuação se estendeu pelos locais próximos, em um misto de medo e respeito pelas atividades perpetradas pelos milicianos. Mesmo tendo como base de atuação, não significa que a região foi sempre pacífica devido a presença da milícia, porque entre eles também havia conflitos e tentativas de um grupo miliciano suplantar o outro em disputas claras por poder, como acontece nas facções criminosas.
> Rio das Pedras. É uma milícia bem forte, é como no Jardim Bangu, é uma milícia forte que ninguém domina aquela região ali. Hoje

---

391 GRECO, Rogério. **Atividade Policial.** 5. ed. Niterói: Impetus, 2013, p. 262.

392 ZALUAR, Alba & CONCEIÇÃO, Isabel Siqueira. **Favelas sob o controle das milícias no Rio de Janeiro que Paz?** São Paulo em Perspectiva, v. 21, n. 2, jul./dez. 2007, p. 89-101.

> está na paz, está pacífico, por quê? Porque os caras tomaram conta, eles têm o ganho deles por fora, não ganham traficando, mas ganham dando segurança, porque a população aceita porque não fica mais... é... Melhor viver debaixo de uma milícia, o comando de uma milícia, né? É de forma ilegal, mas do que ficar debaixo de um traficante que não tem pudor nenhum, não tem pena de matar, como acontecia no Fumacê[393] (Morador de Bangu).
> "Nós temos uma paz, conquistada por sangue, entendeu?", falou um morador de Rio das Pedras sobre a atual relativa "tranquilidade do pessoal da associação". As sucessivas disputas pelo comando da polícia mineira e a truculência que embebia suas ações figuram até hoje, não apenas no imaginário dos antigos moradores de Rio das Pedras, mas também no dos recém-chegados. A mistura de respeito e medo de que disso resultou guia muitas vezes a conduta dos moradores e a aceitação aos caras, que já não precisam de muito esforço para se impor[394].

E onde está o Estado Democrático de Direito brasileiro para proteger os cidadãos brasileiros que moram em Rio das Pedras? No mesmo lugar de sempre: no limbo e no conforto de suas escrivaninhas e repartições públicas que não alcançam as necessidades da população. No caso dos milicianos ainda há um elemento complicador: a possibilidade de escamotear suas atividades e torná-las invisíveis aos olhos do Estado. Como o Estado reage? Com displicência, como o prefeito Cesar Maia em 2006: "Essas milícias são mais percebidas pela população e pelo próprio poder público como muito melhores do que o tráfico de drogas" e em 2007 definia as milícias como "um mal menor".

Não são todos os locais que as milícias conseguem se estabelecer, pois, nesse confronto com os traficantes e as facções, a reação

---

393 CANO, Ignacio & IOOT, Carolina. Seis por meia dúzia? Um estudo exploratório do fenômeno das chamadas 'milícias' no Rio de Janeiro. In: **Segurança, tráfico e milícia no Rio de Janeiro/organização Justiça Global**. Rio de Janeiro: Fundação Heinrich Böll, 2008, p. 48-103.

394 ZALUAR, Alba & CONCEIÇÃO, Isabel Siqueira. **Favelas sob o controle das milícias no Rio de Janeiro que Paz?** São Paulo em Perspectiva, v. 21, n. 2, jul./dez. 2007, p. 89-101.

é violenta e a entrada dos milicianos é rechaçada, como relata morador de Cidade Alta:

"A milícia, lá onde eu moro, ela entrou e ficou só dois dias, não conseguiu ficar mais tempo. Só que nesses dois dias que ela entrou, ela barbarizou. Eu fui agredido pela milícia, várias pessoas foram agredidas, morreu um companheiro nosso, que é trabalhador e também foi barbarizado pela milícia, e eu fui. Mas logo após, o tráfico retornou. A milícia só conseguiu ficar dois dias e uma noite[395]".

Como dissemos, os membros da milícia são heterogêneos e se comportam de acordo com sua própria ideologia sem uma unidade, portanto, alguns grupos são mais violentos e mais inspirados nos grupos de extermínio, enquanto outros são menos agressivos e mais seletivos. A variação impacta diretamente na população que pode acolher ou rechaçar a presença das milícias. Aqui outro relato de um morador, agora da comunidade de Ramos:

> "Durante três anos e meio ele (o miliciano) exterminou 200 pessoas. Os que ficaram, ele acabou, foi ceifão geral. Os outros foram embora, ou tomaram casa, uma baderna, uma bagunça, por isso que a comunidade não gostou. Eles ficaram pior que os traficantes. Eles mataram mais que os traficantes. Aí a comunidade viu aquilo e ficou em pânico. Porque mesmo assim a comunidade não estava acostumada com aquilo, porque o TCP (Terceiro Comando Puro) não fazia aquilo. Eles vieram dando uma de bom moço: "não, nós vamos acabar com o tráfico, porque a gente vai fazer isso e aquilo". Ele prometeu muita coisa pra comunidade, no começo a pessoa aceitou, mas depois viu os trabalhos que faziam. Aí muitos não aceitaram porque morreu parente meu, parente de outro colega. Tudo garoto novo[396]".

---

395 CANO, Ignacio e DUARTE, Thais. **No sapatinho: A evolução das milícias no Rio de Janeiro** [2008-2011]. Rio de Janeiro: Fundação Heinrich Böll, 2012, p. 59 e 60.

396 CANO, Ignacio e DUARTE, Thais. **No sapatinho: A evolução das milícias no Rio de Janeiro** [2008-2011]. Rio de Janeiro: Fundação Heinrich Böll, 2012, p. 60.

Aqui introduzimos um novo elemento presente no Terceiro Estado que influi negativamente no Estado Democrático de Direito: a corrupção. Nesse novo negócio representado pelas milícias, como dissemos, há muito mais dinheiro envolvido do que o salário pago pelo Estado, assim, a fim de perpetrar suas atividades ilícitas e continuar operando fora dos holofotes do Estado o dinheiro precisa circular nas "mãos certas", leia-se suborno e corrupção de agentes, policiais, delegados e até, políticos a fim de que não haja a mão forte do Estado contra seus próprios agentes de segurança através do conjunto normativo do ordenamento penal brasileiro.

A compra do silêncio de colegas e membros da corporação garante que as atividades ilícitas não sejam investigadas e convertidas em inquéritos policiais, assim os milicianos, não chegam a ser processados por seus crimes e continuam a circular impunemente pelas ruas cariocas.

Os problemas começam a aparecer quando as milícias confundem suas funções e transformam sua atuação em opressão e impõem o medo para as comunidades com a truculência e a violência, como no caso da comunidade de Batan que veremos a seguir.

Os componentes das novas milícias mantêm uma postura mais truculenta, buscando legitimar e consolidar seu poder através de ostentação de armas, de seguidos espancamentos daqueles que se recusam a seguir suas recomendações e de constantes ameaças aos moradores. Na Favela do Batan, o chefe da milícia, conhecido como Zero Um, andava pelas ruas usando touca de ninja e ameaçando os moradores[397].

Os milicianos começam a interferir nas atividades dos traficantes, em especial dos jovens, os subornando e ameaçando a fim de obter tanto drogas quanto dinheiro e assim, alargar ainda mais seus tentáculos, agora com o crime.

---

[397] ZALUAR, Alba & CONCEIÇÃO, Isabel Siqueira. **Favelas sob o controle das milícias no Rio de Janeiro que Paz?** São Paulo em Perspectiva, v. 21, n. 2, jul./dez. 2007, p. 89-101.

Alba Zaluar destaca a influência da corrupção dos jovens drogados por parte dos milicianos: "Atraídos por essa identidade masculina, os jovens, nem sempre os mais destituídos, incorporam-se aos grupos criminosos em que ficaram à mercê das rigorosas regras que proíbem a traição e a evasão de quaisquer recursos, por mínimos que sejam. Entre esses jovens, no entanto, são os mais destituídos que portam o estigma de eternos suspeitos, portanto incrimináveis, quando são usuários de drogas, aos olhos discriminatórios das agências de controle institucional. Com um agravante: policiais corruptos agem como grupos de extorsão, que pouca diferença guardam com os grupos de extermínio que se formam com o objetivo de matar os eternos suspeitos.

Quadrilhas de traficantes e assaltantes não usam métodos diferentes dos primeiros e tudo leva a crer que a luta pelo butim entre eles estaria levando à morte os seus jovens peões. No esquema de extorsão e nas dívidas com traficantes ou policiais, os jovens que começaram como usuários de drogas são levados a roubar, a assaltar e algumas vezes até a matar para pagar aqueles que os ameaçavam de morte – policiais ou traficantes – caso não consigam saldar a dívida. Muitos deles acabam se tornando membros de quadrilhas, seja para pagar dívidas, seja para se sentirem mais fortes diante dos inimigos criados, afundando cada vez mais nesse círculo diabólico que eles próprios denominam 'condomínio do diabo[398]'".

A milícia confunde seu papel de repressor do crime e passa a se misturar com a figura do traficante e explora as atividades ilícitas em um Terceiro Estado, portanto, os milicianos passam a ganhar dinheiro da população para os proteger e fornecer serviços clandestinos e, em concomitância, permitem que os criminosos e traficantes continuem a exercer suas atividades, desde que a milícia receba uma percentagem a fim de não perturbar a ordem dos negócios. Assim, passam a coexistir Estado, facção e milícia.

---

398 ZALUAR, Alba. **"Teleguiados e chefes"**. Religião e Sociedade, n.14/1, 1988.

A milícia não mais tem interesse em coibir o tráfico e em erradicar os traficantes porque deles recebe um erário. Da mesma forma, em alguns casos faz vista grossa para as atividades criminosas e, em outros, as reprime, a fim de cumprir o contrato tácito com a população que se vê mais protegida pelos milicianos do que pelo Estado. Como destaca Alba Zaluar ao apresentar o resultado de pesquisa feita com os moradores das comunidades em que o tráfico está presente: Nas favelas controladas por tráfico de drogas, mais do que o triplo dos entrevistados (45%) afirmou ter visto venda de drogas em sua vizinhança por comparação aos entrevistados das favelas dominadas por "milícia" (14,9%). O consumo de drogas nas ruas também se apresentou muito maior nas favelas dominadas por grupos de tráfico (52,2%), do que nas favelas dominadas por "milícia" (18,5%). Esse resultado demonstra que a tolerância dos moradores, forçada ou não, e a convivência com o uso e o tráfico de drogas são várias vezes maiores, como seria de esperar, nas favelas dominadas por traficantes. Isso indica que, pelo menos publicamente, um dos objetivos claros da "milícia" é coibir o uso e o tráfico de drogas, mas sem eliminá-lo, o que as faz atingir, com o poder de suas armas, principalmente os jovens moradores das vizinhanças[399].

A milícia passa a ter um papel de intermediário entre a população e as facções e se faz passar pelo Estado ao oferecer serviços e proteção que seriam função deste último. E quando a violência sai do controle, aciona a própria polícia para intervir, através dos amigos dos amigos que estão na folha de pagamento mensal dos milicianos. Leia o relato de morador de comunidade sobre a insegurança de não se saber mais quem é polícia e quem não é:

> "Tem muitos policiais que estão envolvidos em grupos de extermínio, grupos de milícia. Então, quando você vai pedir ajuda a um policial na rua, você pensa que está falando com um policial e,

---

399 ZALUAR, Alba. **Juventude Violenta: Processos, Retrocessos e Novos Percursos**. DADOS – Revista de Ciências Sociais, Rio de Janeiro, vol. 55, no 2, 2012, p. 327-365.

quando você vai ver, não é um policial - mesmo ele fardado. Está acontecendo muito isso. Então, a gente não está sabendo defini-los direito, diante dessa situação[400]".

A corrupção se instala e se enraíza definitivamente nas comunidades cariocas. O resultado é que o equilibrar dos pratos da segurança pública deixa de contar com o protagonismo do Estado e passa a depender de um acerto das milícias com as facções. Quando o conflito eclode o Estado fica em um impasse porque nem consegue reprimir o crime organizado, que se mostra muito mais paramentado do que os policiais e, tampouco, tem efetividade prática em coibir as atividades ilícitas dos milicianos, dada a corrupção dos agentes e policiais que protegem aos seus.

Com isso o panorama da violência no Rio de Janeiro entre os anos 1990 e 2000 é de caos com a escalada do medo e da insegurança a índices nunca vistos, como destaca Sérgio Adorno: Desde o início da década passada, parece ter se acentuado o sentimento de medo e insegurança diante da violência do crime. Qualquer cidadão, independentemente de suas origens ou de suas características étnicas, de gênero, geração, riqueza ou poder sentiu-se ameaçado e inseguro diante do futuro de seu patrimônio pessoal, em especial quanto à proteção de seu bem mais precioso - sua vida[401].

Aprofundemos um pouco mais a questão das milícias com a análise, se houve facilitação da presença da mesma no novo programa de segurança pública no Rio de Janeiro: a instalação das UPPs.

---

[400] RODRIGUES, André *et alli*. **Homicídios na Baixada Fluminense Estado, Mercado, Criminalidade e Poder**. Comunicações do ISER Número 71 - Ano 37 - 2018, p. 63.

[401] ADORNO, Sérgio. **Insegurança versus direitos humanos: entre a lei e a ordem**. Tempo Social; Rev. Sociol., USP, São Paulo, v. 11, n. 2, p. 129-153, out. 1999, p. 132.

4.2. A RELAÇÃO DAS MILÍCIAS COM AS UNIDADES DE POLÍCIA PACIFICADORA – UPPS: PACIFICAÇÃO?

Até o momento falamos de milícias, facções criminosas e, até do jogo do bicho, contudo, não esclarecemos um detalhe, aparentemente insignificante, por que as favelas deixaram de ter esta alcunha a passaram a ser denominadas de comunidades? Como vimos no primeiro capítulo, o conceito de favela se associou a uma ideia pejorativa relacionada à pobreza, à discriminação, à desigualdade e a mais um par de adjetivos negativos, como destaca José Augusto de Mattos Pimenta: Desprovidas de qualquer espécie de policiamento, construídas livremente de latas e frangalhos em terrenos gratuitos do Patrimônio Nacional, libertadas de todos os impostos, alheias a toda ação fiscal, são excelente estímulo à indolência, atraente chamariz de vagabundos, reduto de capoeiras, valhacoito de larápios que levam a insegurança e a intranquilidade aos quatro cantos da cidade pela multiplicação dos assaltos e dos furtos[402].

Aliás, o termo favela, como vimos no primeiro capítulo, se confunde com morro, desde o início do século XX, época do surgimento das primeiras favelas, sendo a mais popular a do Morro da Providência.

Já o termo comunidade enseja a união por esforços comuns e implica em um engajamento de todos. Nesse diapasão, o entendimento é fundamental com a busca pelo consenso, a fim de se buscar a paz nas relações sociais. Portanto, o termo comunidade é muito mais inclusivo do que favela e assim passou a ser adotado, em especial, no Rio de Janeiro.

Quando da instalação das Unidades de Polícia Pacificadora, cujo pressuposto é união entre a população e a polícia, a fim de benefícios comuns de convivência faz mais sentido a adoção da comunidade e da vida comunitária do que a pacificação de uma favela, portanto, se dissemina o uso do termo comunidade nos

---

[402] PIMENTA, José Augusto de Mattos. **Para a remodelação do Rio de Janeiro.** Rio de Janeiro, 1926, p. 7-8.

morros cariocas em substituição ao que, outrora, se denominava favela.

Para as escolas de samba é mais fácil se associar o termo comunidade e a sua relação com uma região, pois a Escola de Samba Estação Primeira de Mangueira, por exemplo, tem membros que pertencem àquela escola por gerações e conhecem a comunidade mangueirense por décadas. A comunidade mangueirense tem estreitos laços com o Morro da Mangueira, local que preserva a história da agremiação, seus principais representantes, inclusive sua sede que se consagrou como "palácio do samba".

Da mesma feita temos a escola de Samba Unidos da Beija-Flor e sua estreita e intrínseca relação com Nilópolis. O samba é apenas uma das atividades que fazem os membros de uma favela não mais serem assim conhecidos e sim, adquirirem a identidade de comunidade. Portanto, é comum o orgulho de pessoas que dizem ter nascido e serem criados em tal comunidade, em uma mudança ao antigo e negativo conceito de favela.

Uma pessoa dizer que nasceu e foi criado na favela tal implica em associá-lo à exclusão, ao banditismo e demais conceitos negativos. Portanto, a mudança de nomenclatura foi importante para minorar o preconceito e a discriminação social para com os membros das comunidades que já se veem obrigados a enfrentar todos os outros problemas que elencamos no capítulo 1, como a exclusão econômica, a falta de apoio do Estado etc. Como vimos no capítulo anterior, as UPPs incentivam e respeitam a vida cotidiana da comunidade.

A proposta do Governo do Estado do Rio de Janeiro é implementar um modelo novo de polícia com base na pacificação, isto é, a polícia conferiria a paz em um lugar que convivia diariamente com a guerra. Os conflitos eram constantes entre facções, milícias, bicheiros e polícia, nos locais em que as linhas divisórias das atividades de cada um deles não era respeitada.

De tal sorte, antes de verificar se as UPPs propiciaram, de fato, uma pacificação, primeiro falemos da situação das milícias no período inicial dos anos 2000 até a instalação das UPPs. A vida dos milicianos passou a ficar mais complicada quando o Estado resolveu usar a justiça para responsabilizar os atos das milícias que, até então, circulavam impunemente pelo Rio de Janeiro.

O que levou a essa modificação de atitude por parte do Estado? Os próprios atos das milícias que se tornaram mais audazes e violentos com consequências que passaram a ser acompanhadas de perto pela mídia e pela opinião pública, não dava mais nem para negar as atividades dos milicianos e, tampouco, fazer vista grossa. Quando a credibilidade dos políticos foi colocada em xeque pela presença de milicianos entre vereadores e deputados, a lei foi aplicada e a perseguição implacável aos milicianos começou a resultar em prisões continuadas. Vamos desenvolver o tema mais pausadamente.

Antes da mudança da política de segurança pública no Rio de Janeiro, as milícias vinham sendo perseguidas e tiveram vários dissabores com a justiça. Os atos dos milicianos fugiram ao controle e a violência, as mortes e os desaparecimentos passaram a atingir a população carioca de fora das comunidades, o que chamou a atenção da mídia.

Como dissemos, as milícias não possuem uma unidade e nem um controle central, portanto, seu modo de funcionamento varia muito de um grupo para outro. Com a vista grossa dos policiais e do Estado a violência perpetrada pelos milicianos dominou o cenário da violência no Rio de Janeiro na primeira metade dos anos 2000. Os encapuzados sem rosto.

Célio Alves mostra quem pode ser um miliciano ao entrevistar um membro da milícia: Eles possuem rostos?

> Então cara. É difícil não ter um ou outro que talvez sintam inveja de você e da vida que você leva. Sobre a cara de cada um deles, é fácil. Pode ser qualquer pessoa que passa ao seu lado na Rua. Podem ser os policiais que atendem uma ocorrência no seu bairro e ao mesmo tempo adquirindo informações privilegiadas para o grupo. Podem ser os homens do Corpo de Bombeiros que estão apagando o fogo de um prédio. Enfim. Qualquer pessoa[403].

---

403 ALVES, Célio. **Paramilitar. A vida de Um Miliciano**. Amazon Digital Services, 2019.

É com essa facilidade de penetração que as milícias se misturam silenciosamente nas comunidades e depois as controlam e buscam se tornar os novos "donos do morro".

As milícias também aproveitaram sua influência para enveredar seus tentáculos para a política, ao se candidatarem e se elegerem em cargos para vereadores e deputados, com o discurso do controle da segurança e a repressão dos bandidos e traficantes. Aqui colacionamos alguns exemplos: Nadinho de Rio das Pedras, eleito vereador em 2004 com 34.764 votos. O girão, Cristiano Girão Matias foi candidato a vereador em 2004 pelo PPS e concorreu com o n°23233. Naquela eleição Girão não foi eleito, mas ficou como suplente. Em 2004, ele recebeu 7.745 votos. Luiz André Ferreira da Silva, o Luiz André Deco, concorreu, com o n° 56770, ao cargo de Vereador nas eleições de 2004 pelo PRONA. Não foi eleito, mas ficou como suplente. Obteve 5.348 votos, apenas para citar os principais.

Veja a conclusão da CPI das milícias sobre alguns dos nomes acima:

Analisando o perfil eleitoral dos candidatos focalizados pela CPI das milícias, concluímos que as votações de Nadinho de Rio das Pedras, Girão, Deco, Chiquinho Grandão, Geiso Turques e Marcão apresentam elevada concentração de votos o que indica a existência de currais eleitorais, seja por coação ou por clientelismo, em áreas identificadas pela CPI como dominadas por milícias[404].

Apesar do currículo conturbado, Carminha, Jerônimo e Natalino são campeões na política, tendo este último recebido mais de 50 mil votos. Outro político eleito com forte votação, o deputado estadual Álvaro Lins, ex-chefe de polícia, foi preso em maio de

---

[404] ASSEMBLEIA LEGISLATIVA DO ESTADO DO RIO DE JANEIRO. Relatório final da Comissão Parlamentar de Inquérito destinada a investigar a ação de milícias no âmbito do Estado do Rio de Janeiro (Resolução 433/2008). Disponível em: http://www.nepp-dh.ufrj.br/relatorio_milicia.pdf. Acesso em 8 de maio de 2021, p. 109.

2008. Geraldo Moreira (PMN-RJ) e Marcos Abrahão (PSL-RJ) foram investigados sob acusação de homicídio[405].

Entre as consequências da CPI estão as prisões do ex-deputado Natalino José Guimarães e do ex-vereador Jerônimo Guimarães Filho, o Jerominho, acusados de integrar uma das maiores milícias da Zona Oeste. Falemos mais destes personagens e suas atrocidades à população carioca.

Não por acaso esses nomes estariam envolvidos em escândalos e prisões relacionados às milícias na segunda metade da década, quando o Estado se viu obrigado a reagir pela escalada da violência no Estado. Apesar de ampliar a influência, as milícias também sofriam algumas ações por parte do Estado, em resposta aos excessos perpetrados pelos milicianos. Antes de prosseguir façamos não apenas uma passa, como um pequeno retorno cronológico para poucos anos antes da instalação da CPI para mostrar a escalada da violência das milícias.

As ações ficaram mais violentas e as consequências deixaram as comunidades e passaram a ser manchete dos jornais, em especial no quesito chacinas, quando não se sabe se a autoria é da polícia ou da milícia, já que os membros podem se misturar. Como foi o caso da Chacina na Baixada Fluminense em 2005.

Na noite do dia 31 de março de 2005, em menos de duas horas, policiais militares assassinaram 29 pessoas, nos municípios de Nova Iguaçu e Queimados, na Baixada Fluminense. Deslocando-se de automóvel, os assassinos foram executando pessoas a esmo, pelas ruas em que iam passando. Dos 11 policiais denunciados, 4 foram condenados. As vítimas eram adolescentes e adultos, homens e mulheres, estudantes, travestis, comerciante, biscateiro, padeiro, funcionário público, pessoas que estavam andando de bicicleta, reunidos em um bar, parados em frente ao portão de casa ou em pontos de ônibus, nas ruas. A maior chacina da história do estado do Rio de Janeiro teve repercussão nacional e internacional. Sua motivação teria sido o descontentamento dos

---

[405] AMORIM, Carlos. **Assalto ao poder**. Rio de Janeiro: Record, 2010, p. 256.

policiais com Paulo César Lopes, na época comandante do 15° Batalhão de Polícia Militar, da cidade de Duque de Caxias, também na Baixada Fluminense, que havia prendido 60 policiais por desvio de conduta[406].

Como se vê, as possibilidades de ações terem sido perpetradas por milicianos é muito forte, mas como a polícia se mistura, não há como atestar, porém, a violência choca e assusta. No começo de 2007, as novas autoridades do Estado do Rio se manifestam publicamente contra as milícias e afastam o inspetor da Polícia Civil Félix dos Santos, acusado de chefiar a milícia de Rio das Pedras.

Em agosto de 2007, o Jornal O Globo publicou denúncias sobre o presidente da associação de moradores da comunidade Kelson, Jorge da Silva Siqueira Netto, contra abusos que teriam sido cometidos pela milícia local. Mesmo com a prisão temporária de alguns policiais, estes logo foram soltos e Jorge é sequestrado na comunidade e posteriormente desapareceu, em ato característico das milícias.

Como consequência sobre o tema destaco matéria no Jornal O Globo de fevereiro de 2007 em que o Deputado Marcelo Freixo cobra uma intervenção com a instalação de uma CPI: "Uma organização criminosa com este nível de influência política é uma ameaça ao estado democrático de direito. O Brasil caminha para uma situação semelhante à que viveu a Colômbia. Imaginar que representantes do poder público eleito irão representar interesses de grupos paralelos é muito grave. A Secretaria de Segurança e a ALERJ precisam dar uma resposta urgente a isto. Este seria um ótimo momento para a ALERJ demonstrar maturidade e coragem política, aprovando a CPI que apresentei" – disse Freixo[407].

---

406 ALVES, José Cláudio Souza. **Baixada Fluminense: Reconfiguração da violência e impactos sobre a educação**. Movimento revista de educação, ano 2, número 3, 2015.

407 **GUERRA ENTRE MILÍCIA, TRÁFICO E POLICIAIS DEIXA MAIS 9 MORTOS**. Jornal O Globo, Rio de Janeiro, 12 de fevereiro de 2007, p. 16.

Em dezembro de 2007, o vereador Josinaldo, conhecido como Nadinho, é acusado de ser o chefe da milícia na favela Rio das Pedras, e preso. Progressivamente há prisões de outras autoridades públicas acusadas de chefiar milícias, notadamente o deputado estadual Natalino Guimarães, o vereador Jerominho, o vereador André Ferreira da Silva, – Deco (PR) e do vereador, em São Gonçalo, Geiso Pereira Turques, – Geiso do Castelo (PDT).

Quando da calamidade na comunidade do Batan em 14 de maio de 2008, quando uma equipe jornalística foi torturada por mais de 7 horas por milicianos, o Estado tinha de reagir.

Uma repórter, um fotógrafo e um motorista do jornal "O Dia" foram torturados por milicianos que dominam a Favela do Batan, em Realengo. A equipe, disfarçada, estava morando há duas semanas em um barraco na comunidade, preparando uma reportagem sobre o cotidiano de quem vive sob o domínio de uma milícia. Descobertos pelos bandidos, os três foram torturados por sete horas e meia, com choques elétricos, socos e pontapés.

Durante o espancamento, a repórter chegou a ser submetida a uma "roleta-russa" e viu um marginal rodar o tambor do revólver e apertar por duas vezes o gatilho da arma, apontada em sua direção. Os milicianos, que tiveram o apoio de policiais militares, enfiaram ainda um saco plástico na cabeça da jornalista. Após serem torturados e terem o dinheiro e os equipamentos roubados, os três foram libertados às 4h30m na Avenida Brasil[408].

O fato gera uma comoção pública e repercute em toda a mídia nacional e internacional, reacendendo o interesse pelo tema. A Assembleia Legislativa do Estado do Rio de Janeiro, sensível a esse clamor popular, aprova a criação da CPI das Milícias[409].

---

408 **JORNALISTAS SÃO TORTURADOS POR MILICIANOS NO RIO. EQUIPE DE 'O DIA' FOI ESPANCADA POR 7 HORAS NA ZONA OESTE**. Jornal Extra Rio de Janeiro, 31 de maio de 2008. Disponível em: https://extra.globo.com/noticias/rio/jornalistas-sao-torturados-por-milicianos-no-rio-equipe-de-dia-foi-espancada-por-7-horas-na-zona-oeste-519747.html. Acesso em 9 de maio de 2021.

409 ASSEMBLEIA LEGISLATIVA DO ESTADO DO RIO DE JANEIRO. Relatório final da Comissão Parlamentar de Inquérito destinada a investigar a ação de milícias no âmbito do Estado do Rio de Janeiro (Resolução 433/2008). Disponível

Desde aquele ano, mais de 1.100 integrantes da milícia foram presos, entre eles 219 policiais militares, um deputado estadual e 791 civis, segundo dados da Secretaria de Segurança Pública do Rio. Em 2009, levantamento do jornal O Globo mostra que, nos 18 municípios que contam com Delegacias de Homicídios, foram 58 traficantes e 93 milicianos presos por assassinato.

As operações policiais se concentraram em várias áreas, entre elas: Campo Grande, com a prisão dos líderes da Liga da Justiça, Guaratiba, Santa Cruz, Jacarepaguá, com a prisão de Girão e Deco.

Segundo apontou a CPI, políticos eleitos com apoio claro das milícias como Nadinho, Natalino e Jerominho se envolveram em problemas com a justiça a partir do final de 2007. Nadinho é acusado de chefiar a milícia local preso por homicídio doloso. Em abril de 2008, o então deputado estadual Natalino Guimarães e o vereador Jerônimo Guimarães, o Jerominho, foram acusados com mais nove pessoas de formação de quadrilha por integrarem a Liga da Justiça, uma das mais temidas milícias da Zona Oeste do Rio de Janeiro.

Jerominho teve seu nome envolvido na Chacina da Favela do Barbante com a finalidade de beneficiar sua filha, Carminha Jerominho, candidata a vereadora pelo PT do B, a ação comandada por milicianos queria passar a mensagem de que os moradores estariam em perigo sem a presença do grupo, uma vez que eles teriam tentado se passar por traficantes. Ao menos cinco policiais e um bombeiro estão entre os assassinos de sete moradores da favela do Barbante em um total de 17 membros da Liga da Justiça.

Não se pode negar a lucratividade do negócio, afinal, segundo a CPI das milícias, havia a presença de milícias em 171 comunidades. Uma das maiores, a denominada Liga da Justiça fica em Campo Grande, local que possui 296 quilômetros quadrados com população superior a um milhão de pessoas.

---

em: http://www.nepp-dh.ufrj.br/relatorio_milicia.pdf. Acesso em 8 de maio de 2021, p. 34.

Deste grupo se elegeram vereadores e deputados, como vimos, e o plano eram ter apoio do sistema para escamotear a violência e atividades criminosas da Liga da Justiça, o que não deu certo por conta das conclusões da CPI e dos próprios crimes cometidos que resultaram nas prisões de seus líderes.

O Estado não mais poderia ser conivente com os atos dos milicianos e a resposta foi através da lei, com prisões de vários líderes em uma cruzada contra a violência das milícias.

O Deputado Marcelo Freixo que presidiu as Comissão Parlamentar de Inquérito sobre as milícias cariocas em 2008, apresentou em seu relatório:

Desde que grupos de agentes do Estado, utilizando-se de métodos violentos passaram a dominar comunidades inteiras nas regiões mais carentes do município do Rio, exercendo à margem da Lei o papel de polícia e juiz, o conceito de milícia consagrado nos dicionários foi superado. A expressão "milícias" se incorporou ao vocabulário da segurança pública no Estado do Rio e começou a ser usada frequentemente por órgãos de imprensa quando as mesmas tiveram vertiginoso aumento, a partir de 2004. Ficou ainda mais consolidado após os atentados ocorridos no final de dezembro de 2006, tidos como uma ação de represália de facções de narcotraficantes à propagação de "milícias" na cidade[410].

O Estado estava em uma encruzilhada, afinal, não seria mais possível apoiar, ainda que veladamente as atividades das milícias, a mão invisível e clandestina do Estado não mais teria a proteção e a falta de aplicação da lei. Assim, o combate ao tráfico e às facções voltavam a ser responsabilidade prioritária do Estado.

Ao mesmo tempo, o negócio da droga caminhava a todo o vapor para o Comando Vermelho, ainda mais com a ampliação e negociação que Fernandinho Beira-Mar possibilitou para a organi-

---

[410] ASSEMBLEIA LEGISLATIVA DO ESTADO DO RIO DE JANEIRO. Relatório final da Comissão Parlamentar de Inquérito destinada a investigar a ação de milícias no âmbito do Estado do Rio de Janeiro (Resolução 433/2008). Disponível em: http://www.nepp-dh.ufrj.br/relatorio_milicia.pdf. Acesso em 8 de maio de 2021, p. 34.

zação criminosa através dos acordos com o tráfico internacional de Medellín e Cali e com a parceria de negócios com o Primeiro Comando da Capital, como vimos no capítulo 3.

Milícias sob a mira da lei, as facções sob a impunidade do Estado e a invisibilidade do tráfico internacional de drogas. Além disso, os índices de violência elevados e a proximidade de eventos internacionais de grande magnitude como a Copa das Confederações, a Copa do Mundo e as Olimpíadas. Tudo isso na cidade do Rio de Janeiro.

O foco precisava mudar, porque as críticas à segurança foram elevadas quando da realização do Pan Americano em 2007 e, por conseguinte, a realização dos eventos acima estava sob suspeita. Lembrando que nesta época de 2008, ainda não havia sido definida a sede das Olimpíadas e a Copa ainda não estava certa no Rio de Janeiro.

Primeiro foi firmada uma parceria entre o Governo Federal e o governo estadual, o que trouxe para o Rio de Janeiro um contingente de homens, armamentos e viaturas, com a nova alcunha de força nacional de segurança.

Como vimos, a resposta foi a criação de uma nova política de segurança pública em meio a esse caos social, a chegada e instalação das Unidades de Polícia Pacificadora.

O Estado Democrático de Direito brasileiro foi para cima das milícias e implementou unidades de polícia nas comunidades a fim de conter a escalada dos traficantes e das fações criminosas. Para tanto, muita violência, truculência e tiroteios por parte do BOPE e das forças especiais da polícia.

Aos olhos tanto dos milicianos quanto dos traficantes um enfrentamento significaria a perda de arrecadação, portanto, neste primeiro momento, a melhor coisa a se fazer era recuar e dar ao Estado a sensação de que havia ganho a guerra. Quando, em verdade, tanto milícia quanto facções estavam na ativa, porém nas sombras para não chamar a atenção da repressão estatal.

Com a chegada da UPP, os traficantes se recolheram, o que porém não significa que o Estado Democrático de Direito pacificou o local porque, silenciosamente, há a presença das milícias.

Por conta das rondas e da livre circulação dos milicianos a pacificação deu ares de campo minado, isso sim, a liberdade agora era vigiada e controlada. Os olhos legais e ilegais do Estado estavam presentes e quem não andasse no certo seria reprimido ou suprimido, depende de qual lado do Estado se deparasse.

Mesmo com a repressão do Estado e a prisão de vários líderes, as atividades seguiam, pois, a substituição era contínua, tudo para garantir que a operação continuasse e o lucro permanecesse inato. As milícias se ramificaram e se expandiram ao invés de reduzirem. E os resultados eram incertos tanto para a população, quanto para os traficantes e para o Estado, este o último a ter ciência dos movimentos para não ter de reagir ainda mais. Além disso, as milícias se beneficiam dos confrontos com os traficantes pois ainda tomavam suas armas para se equipar e fortificar. Aos olhos das milícias eles eram a pacificação e não o Estado, que ninguém respeitava ou seguia, ou seja, cada um tinha ganho segundo sua própria ótica.

Já para o olhar do Estado, a repressão contra as milícias foi eficaz e minorou sua letalidade. O Estado controlou, aos olhos da mídia, as milícias. Na prática, o retorno às comunidades e a retirada estratégica da atenção dos meios de comunicação. No entanto, a imprevisibilidade ainda estava presente e tudo poderia mudar.

As milícias eram mais perigosas que as facções, porque sobre o crime já se sabia sua forma de funcionamento, suas reações e o que esperar em termos de violência. Com as milícias já era diferente porque não havia uma unidade, um grupo que controlava os milicianos de uma maneira geral, portanto, quando os policiais, bombeiros, agentes penitenciários, ex-policiais e demais pessoas que tinham treinamentos militares, perceberam que poderiam retirar os traficantes dos morros, ocupar esse vácuo de poder e ganhar o dinheiro da comunidade, as invasões e os conflitos foram inevitáveis.

As variações entre milícias eram notáveis, afinal, umas entravam com o discurso da retomada da ordem e do fornecimento de segurança e se instalavam sem alterar muito a rotina dos moradores. Outros agiam como verdadeiros grupos de extermínio e impunham o medo e o terror para dominarem a comunidade e oprimir os comerciantes, a ponto de terem de pagarem para ter segurança dos milicianos, aos que se opunham, o desaparecimento e a morte eram o caminho e não foram poucos os que desapareceram e nunca mais foram encontrados.

Comparando o número de desaparecidos na Zona Oeste do Rio nos anos de 2005 e 2015 (de janeiro a outubro), houve um aumento de 125,60%. Nos 10 primeiros meses de 2005, foram registrados 496 casos na Zona Oeste do Rio e em 2015 foram 1.119. Já nas outras regiões da cidade (zonas Sul, Norte e Subúrbio) o aumento do número de desaparecidos passou de 959 em 2005 para 1.414 em 2015, um aumento de 47,44%[411].

Leia entrevista feita por Célio Alves com um miliciano sobre o tema:

> E você acha que pode garantir a segurança que essas pessoas necessitam?
> Tanto acho que fazemos. Quase não existem assaltos nessa área. Só que tem alguns engraçadinhos como esse que não acertam o combinado. Ficam enrolando. Fazendo a gente de otário.
> Mas como vocês sabem se as pessoas terão o dinheiro disponível ou não naquela data?
> Estudamos o local. Recebemos informações. Dialogamos com os empresários para que no dia combinado eles possam acertar o valor pelos serviços prestados
> O que acontece com essas pessoas caso não paguem ou fiquem por muito tempo atrasado com vocês?
> Cara. Nossa ideia é não ter problemas com ninguém. É só cumprir com o combinado que não iremos a sua porta cobrar. Mas se for preciso ir. O valor aumenta a cada visita[412].

---

[411] **PARA NÃO CHAMAR ATENÇÃO, MILÍCIA DO RIO MUDA FORMA DE ASSASSINAR VÍTIMAS**. Portal G1, 5 de janeiro de 2016. Disponível em: http://g1.globo.com/rio-de-janeiro/noticia/2016/01/para-nao-chamar-atencao-milicia-do-rio-muda-forma-de-assassinar-vitimas.html. Acesso em 9 de maio de 2021.

[412] ALVES, Célio. **Paramilitar. A vida de Um Miliciano**. Amazon Digital Services, 2019.

Havia também a possibilidade dos próprios milicianos perpetrarem a violência como justificativa para a arrecadação imposta dos moradores locais, como destaca um morador:

> "Aí, eles entraram, falaram que iam botar segurança. A gente falou que não queria. Eles falaram que iam botar assim mesmo. E entraram obrigando praticamente as pessoas a pagar, porque, quando a pessoa não quer pagar, eles intimidam e, às vezes, a casa até é assaltada. Já assaltaram. Depois que eles entraram é que começaram os assaltos lá, antes deles não tinha. Mas, quando eles estavam para entrar, para forçar a barra, começou acontecer um assalto aqui, outro ali. "Oh, está vendo, vocês precisam botar segurança, está vendo[413]".

No mesmo sentido morador de Del Castilho relata:

> "Minha mãe mora em Bento Ribeiro, lá (...) puseram na caixa de correio dela um bilhete: segurança particular, mensalidade trinta reais. (...) Eles entregaram a filipeta e avisaram em todas as casas, que a partir daquele momento houve um controle tremendo. Não pode mais ouvir música muito alto, então ela sinaliza, que tinham alguns bares que ela passava e que era uma música ensurdecedora e que eles não aceitam funk, ela disse que isso é muito claro, que eles não aceitam todo tipo de música[414]".

É a imposição de regime, o que gera problemas e resistência por parte dos moradores das comunidades. Em relatório, a CPI das milícias constatou que, em muitas comunidades, o discurso da violência e do combate aos traficantes não se aplica, porque os milicianos passaram a dominar comunidades que não tinham a presença da violência ou dos traficantes, mas sim, a possibilidade

---

413 COSTA, Greciely Cristina da. **Sentidos de milícia entre a lei e o crime**. Campinas: Editora Unicamp, 2014, p. 127.

414 CANO, Ignacio & IOOT, Carolina. Seis por meia dúzia? Um estudo exploratório do fenômeno das chamadas 'milícias' no Rio de Janeiro. In: **Segurança, tráfico e milícia no Rio de Janeiro/organização Justiça Global**. Rio de Janeiro: Fundação Heinrich Böll, 2008, p. 48-103.

de conflito entre as próprias milícias na disputa por território. Como relata esse morador de Sepetiba:

"Graças a deus, não havia grupo nenhum. Era uma comunidade tranquila; não tinha assalto. Mas aí eles resolveram entrar. Intimidaram o pessoal do gás. Já chegaram dizendo que o pessoal não vai mais entregar. Ninguém ia mais vender gás ali, só eles[415]".

Ainda havia milícias que entravam em regiões que não conheciam e tinha medo de que outras milícias dominassem o território na calada da noite, afinal, são muitos os que querem ampliar seus negócios e faturar com isso. Então, impunham toque de recolher para a comunidade. Em outros locais os milicianos chegavam com muita violência e opressão e eram rechaçados pelos traficantes. Não havia um *modus operandi* uniforme. Por isso, ao longo deste tópico traremos depoimentos de moradores de diversas comunidades para mostrar as variadas e, muitas vezes, pouco proba atuação das milícias nas comunidades.

Silenciosamente, também estavam as facções e os traficantes, diferença era a não mais ostensividade de suas operações e, muito menos, o enfrentamento público, porque com a polícia no quintal da sua casa, quase literalmente, não era seguro ou inteligente fazer um confronto aberto, portanto, as atividades iriam seguir, mas na encolha.

No relato de moradores as UPPs chegaram para pacificar, mas não para prender, portanto, a presença deles era intimidadora, mas não ostensiva, sem prisões, quem de fato fazia o serviço eram as milícias, como atesta Jair, morador da comunidade do Batan:

> "No dia 7 de setembro de 2007 chegou a nossa libertação. A milícia foi uma época tranquila, de paz. Com o miliciano ou você é do bem ou você é do mal. Com o policial da UPP, você pode ser do bem, você pode ser do mal, você pode ser viciado, você pode roubar. Em termos de segurança, na época dos caras era bem melhor

---

[415] CANO, Ignacio & IOOT, Carolina. Seis por meia dúzia? Um estudo exploratório do fenômeno das chamadas 'milícias' no Rio de Janeiro. In: **Segurança, tráfico e milícia no Rio de Janeiro/organização Justiça Global**. Rio de Janeiro: Fundação Heinrich Böll, 2008, p. 48-103.

do que hoje. Não tem o tráfico armado, não tem troca de tiro, não tem invasão de facção rival. Mas o pequeno furto tem, as esticas tem, os viciados têm, os ladrãozinho tem, os marrento tem, os funks proibidão tem, os esculhambados têm. Tem tudo isso. E você não pode falar muito[416]".

São vários os relatos de moradores que agradecem a circulação e a chegada das milícias em diferentes comunidades[417]:

> "Curicica é muito tranquilo, muito tranquilo. Então eu tenho, eu particularmente tenho muita preocupação em de repente a milícia sair dali e a gente ficar numa situação ali vulnerável".
> "Em Sepetiba você vai lá querer fazer um Boletim de Ocorrência, como a gente já fez que assaltaram aqui, não resolve nada. Agora se chamar a milícia, resolve na hora, não vão parar até para pegar o ladrão".
> "Eu estive conversando com um morador recentemente, de lá, e ele falou: "Olha, meu irmão, melhorou muito, melhorou muito, entendeu? O pessoal paga um valorzinho lá... melhorou, a gente não tem aquele negócio de ter que chegar tarde ter que ser parado ali pelo traficante, não tem isso mais, os moradores são identificados direitinho, então". O tráfico lá era horrível, era um tráfico pesado, favela do Barbante em Inhoaíba, hoje não, a milícia dominou os moradores estão tranquilos. Até perguntei isso recente a um amigo que mora lá, "Como é que está lá aquela região?", "Ih, rapaz, acabou, a milícia dominou tudo, está uma maravilha agora. Não há aquele problema mais de você ficar preocupado, sair com a família, sair com o carro, porque a milícia tomou posse lá e acabou o problema". Então os moradores aceitaram a ideia porque tem mais liberdade para sair, tem mais liberdade de entrar com o carro, por exemplo, você vai entrar com o carro numa comunidade dessas está arriscado você perder o carro[418]".

---

[416] MENDONÇA, Tássia. **Batan: Tráfico, Milícia e "Pacificação" na Zona Oeste do Rio de Janeiro**. Tese de Mestrado em antropologia social do Museu Nacional na Universidade Federal do Rio de Janeiro, 2014, p. 126.
[417] CANO, Ignacio e DUARTE, Thais. **No sapatinho: A evolução das milícias no Rio de Janeiro** [2008-2011]. Rio de Janeiro: Fundação Heinrich Böll, 2012, p. 58.
[418] COSTA, Greciely Cristina. **A milícia e o processo de individuação: entre a falta e a falha do Estado**. Gragoatá. Niterói, n. 34, 2013, p. 235-251.

Aos olhos da população era a proteção e o fornecimento de serviços a preços convidativos, portanto, o apoio era total, quem não queria receber serviços básicos pagando pouco? Com base nesse tipo de visão, as milícias se tornaram novas empresas com fonte de renda própria.

As pessoas perderam a confiabilidade no Estado e migravam de acordo com o lado que lhe oferecesse o que o Estado deveria prover. Primeiro foram os traficantes, depois as facções e agora era a vez das milícias. No final, poderia perceber que antes era melhor, em um ciclo de insatisfação constante que remonta ao descaso estatal. À medida que as milícias ficariam violentas e extorsivas, as comunidades rezariam e rogariam para a volta dos traficantes.

Em Batan, Tássia Mendonça relata o período da milícia no local: O período de nove meses no qual a milícia ocupou o Batan é recontado de maneiras muito distintas. Aqueles que associam esse tempo à uma maior sensação de segurança, o fazem descrevendo o combate de pessoas muito específicas, viciados e vagabundos. Os esculachados e seus hábitos característicos – das drogas ao funk proibidão – estavam sendo erradicados da favela, a eles não restou alternativa: foram mortos, expulsos ou colocados para trabalhar. O uso de drogas em local público, becos e vielas, era reprimido com tapas na cara – repressão essa que permanece até hoje como uma possibilidade. Muitas vezes homens mais velhos dão conselhos para os moleques: quer fumar, vai fumar em casa! Não fica acendendo fininho no beco! Vocês estão brincando com fogo, daqui a pouco vai levar um tapa na cara. O uso de drogas raramente é feito em festas, somente em casa com as janelas fechadas e artifícios para disfarçar o cheiro. E quem daria esses tapas? Os homens, os caras, os donos. Os milicianos[419].

A verdade é que as milícias quando se ramificaram e se expandiram tinham a possibilidade de ser o braço ilegal do Estado

---

419 MENDONÇA, Tássia. **Batan: Tráfico, Milícia e "Pacificação" na Zona Oeste do Rio de Janeiro**. Tese de Mestrado em antropologia social do Museu Nacional na Universidade Federal do Rio de Janeiro, 2014, p. 127 e 128.

Democrático de Direito brasileiro e através da truculência, da violência e da intimidação produzirem resultados para atuação conjunta com a polícia que seria responsável por cumprir mandados judiciais, realizar prisões e, assim, a pacificação ocorreria como consequência do uso da força. É o melhor caminho? Seguramente não, porém, seguir os ditames da lei, inequivocamente, sempre será o melhor trajeto a se trilhar se comparado à clandestinidade e a imposição da força por parte dos milicianos. Todavia, não foi a opção que eles escolheram.

Quando as milícias se impuseram pela violência extrema, o que se viu foi a substituição de poder e não a concessão da paz, porque em várias comunidades a população seguiu oprimida, só que por um ator diferente, sai o traficante e as facções e entra as milícias. A violência, a opressão, o medo e a insegurança ainda estavam lá. Se antes o medo era uma bala perdida, agora o receio era o extermínio. Leia relato de morador de Ramos sobre a entrada da milícia em seu bairro:

> "Era TCP, aí eles entraram assim, eles invadiram e entraram, confronto não teve porque eles estavam dormindo. Prendeu umas pessoas e tal, mataram depois, mataram depois de um ano, praticamente um grupo de extermínio. A milícia em si na verdade é um grupo de extermínio, por que eu digo isso? Porque eu tenho um conhecido meu que é policial que fez parte daquilo, e ele me contava o sistema. Porque eu perguntava qual era o sistema de vocês, aí ele me contava, eu sei que era isso tipo um grupo de extermínio, aí eles começaram a exterminar pessoas[420]".

No mesmo sentido outro morador do Parque Jardim Bangu:

> "Houve confronto com os traficantes, dominaram mesmo algumas áreas, a milícia dominou. Aqui o Parque Jardim Bangu, traficante não se cria ali porque a milícia se instalou e acabou. Esse dizer, que incide em dominar, explicita que a autoridade exercida pela milícia é instaurada pelo combate seguido de vitória frente

---

420 CANO, Ignacio e DUARTE, Thais. **No sapatinho: A evolução das milícias no Rio de Janeiro** [2008-2011]. Rio de Janeiro: Fundação Heinrich Böll, 2012, p. 71.

aos traficantes, enquanto a milícia dominou, se instalou e acabou se inscreve numa rede de sentidos que coloca a milícia como força maior, poder absoluto. Desnecessário dizer mais. Pois ela é capaz de pôr um ponto final, mortal no tráfico de drogas. Afinal, traficante não se cria ali: não mora, não domina, não vive... É pela violência que a milícia se impõe[421]".

Os morros e comunidades continuaram a ter "donos" só se modificava o intento, mas, o domínio se perpetrava. A milícia passa a controlar ilegalmente o comércio e as relações sociais dos locais em que se instalam e impõe um discurso moral de enfrentamento da criminalidade, restauração da ordem e da paz para terem aceitação popular com promessas de segurança, contudo, o que se vê é a manutenção da opressão. Leia relato de morador de Jacarepaguá sobre as atividades das milícias em Campo Grande:

> "Em Campo Grande, minha prima mora lá o preço era diferente, era 25. Mas lá é outro, é outra forma de atuação. Era totalmente diferente da Praça Seca. Quando indagado sobre o que era diferente, responde: Olha pelo que eu soube era mais violento assim havia sei lá, casos de pessoas que não pagavam e assim os caras ameaçavam, ou então teve o caso que fuzilaram o cara do cara. Mas assim, eu acho que era pessoas em particular. Eu acho que não era o grupo que mandava ir fazer isso. Porque isso pode ser até, as pessoas vão pagar, mas eu acho que é meio idiota, porque querendo ou não eles têm que ter o apoio da população, porque chega outros caras, lá vem, vem com paternalismo. Vem e toma região lá. Vem e toma assim, nem precisa empunhar armas, é só através da influência. Ele é um bom cara, um bom sujeito, vai e toma a região. É mais válido ser legal com a população[422]".

Por conta da heterogeneidade de milícias, algumas, inclusive impunham um toque de recolher como relataram moradores de Ramos e Chapadão:

---

[421] COSTA, Greciely Cristina. **A milícia e o processo de individuação: entre a falta e a falha do Estado**. Gragoatá. Niterói, n. 34, 2013, p. 235-251.

[422] CANO, Ignacio e DUARTE, Thais. **No sapatinho: A evolução das milícias no Rio de Janeiro** [2008-2011]. Rio de Janeiro: Fundação Heinrich Böll, 2012, p. 61.

> "Ô, chega onze horas em casa, não chega tarde não, tenta chegar onze horas, dez horas..." Não podia chegar meia noite nem uma hora da manhã. Eles faziam toque pra recolher. Eles se metem em tudo, na comunidade, eles se metem em tudo. Tudo que você imaginar eles se metem. Até uma briga de casal, eles vão lá e se metem".
>
> "Não ficava de dia. Assim, não ficavam à mostra de dia. De dia, tudo transcorria super bem. O problema era depois das 10. O negócio esquentava era depois das 10 horas, porque aí... Por exemplo, o aluno não podia subir, porque eles tinham um horário que podia subir. Nessa época, foi muito chato. Aluno só podia subir... Tinha que estar em casa 9 horas da noite. Isso aí atrapalhou bastante a gente aqui na escola, porque o aluno queria sair daqui antes das nove de qualquer jeito, nesse ano de 2009, foi muito chato por isso. Porque eles não deixavam o aluno transitar depois de um certo horário[423]".

A população não reagia por entender que os milicianos prestavam um serviço à comunidade, de eliminar o crime e os criminosos. Se as pessoas sumiam era pelo fato de serem bandidos, logo, tinham a chancela de parte da comunidade, mesmo quando exigiam o pagamento por proteção, como destaca o morador de Guadalupe:

> "Os moradores não estavam percebendo aquilo como uma invasão territorial, como um domínio de poder, eles estavam entendendo aquilo como um serviço que estava sendo prestado e até hoje se entende isso assim, se você argumentava com alguém que aquilo não é um serviço é uma... Eles estão usurpando de um lugar em prol de um dinheiro, ninguém entende dessa maneira, ou se entende não comenta, não fala[424]".

A milícia é o Terceiro Estado porque se porta entre a lei e o crime. E age de maneiras próprias, já que não se submete aos re-

---

423 CANO, Ignacio e DUARTE, Thais. **No sapatinho: A evolução das milícias no Rio de Janeiro** [2008-2011]. Rio de Janeiro: Fundação Heinrich Böll, 2012, p. 69.
424 CANO, Ignacio e DUARTE, Thais. **No sapatinho: A evolução das milícias no Rio de Janeiro** [2008-2011]. Rio de Janeiro: Fundação Heinrich Böll, 2012, p. 73.

gramentos do Estado, por ser uma atividade clandestina e ilegal que mata e extermina em contrariedade ao que estabelece o ordenamento penal brasileiro. Também se opõe ao Estado paralelo ao enfrentar as facções e os traficantes com contínuas ações repressoras que obrigam traficantes e bandidos ou a se retirarem ou a deixar o crime para preservar a própria vida.

O fato é que a milícia surge e se estabelece chancelada pelo Estado para executar o serviço sujo que as leis não autorizam ou sequer possibilitam o Estado Democrático de Direito de executar. Então, a força policial cria um poder paralelo a fim de exterminar aqueles que o Estado também criou ao não fornecer condições sociais, direitos e a conferir a segurança e proteção à parcela da população que é jogada à mercê de seus próprios dissabores e é acolhida pelo Estado paralelo que a abraça e protege nas lacunas do Estado.

O Estado falha no papel de articulador político e, principalmente, social. A mão invisível e clandestina deixa a égide informal do Estado e cria novos contornos com a participação do jogo do bicho como forma arrecadatória e corruptiva que tinha nos grupos de extermínio, um dos seus elementos de proteção e constante na folha de pagamentos mensais, como também o eram parte dos policiais, políticos e membros do poder público.

Os políticos precisam do apoio dos bicheiros para ter os votos das comunidades às quais eles pertencem e a mesma tática passa a ser adotada quando as milícias ascendem ao poder e ao controle das comunidades cariocas.

Os grupos de extermínio evoluem e passam, com o aval dos bicheiros, a participar da realidade de algumas favelas e o enfrentamento com as facções criminosas foi inevitável. A aceitação popular foi alta, ainda mais quando os grupos de extermínio se aliavam com os moradores locais para criar uma rede de proteção local, como foi o caso da polícia mineira em Rio das Pedras.

Os capuzes são os instrumentos para proteger suas identidades tanto dos criminosos quanto da própria polícia e do Estado. E, principalmente, o dinheiro os motiva e amplia seus interesses. Não são poucos os que enveredam para essa nova atividade em busca de complementar seus ganhos e depois para se tornarem empresários emergentes em atividades que jamais obteriam tais rendimentos de maneira ordinária.

Os problemas começam por falhas do próprio Estado Democrático de Direito brasileiro que remunera mal seus policiais, não fornece o conjunto na sua plenitude e, tampouco, efetiva os direitos tidos como fundamentais para parcela da população carente que se avoluma nos morros cariocas. Com igual problema, não consegue mais controlar as milícias que modificam seu plano de ação e passam a querer dominar os morros cariocas. A ajuda criada ilicitamente pelo Estado se volta contra si e assume o papel de um Terceiro Estado, letal, impiedoso e incontrolável.

Ignacio Cano desenvolve alguns dos mandamentos que são assumidos pelas milícias, o que difere do papel original dos grupos de extermínio:

- controle de um território e da população que nele habita por parte de um grupo armado irregular;
- caráter em alguma medida coativo desse controle dos moradores do território;
- ânimo de lucro individual como motivação principal dos integrantes desses grupos;
- discurso de legitimação referido à proteção dos habitantes e à instauração de uma ordem que, como toda ordem, garante certos direitos e exclui outros, mas permite gerar regras e expectativas de normatização da conduta;
- participação ativa e reconhecida de agentes do estado como integrantes dos grupos[425].

As milícias se amparam no discurso estatal do controle de violência, no qual quando um bandido é morto, um traficante é ex-

[425] CANO, Ignacio & IOOT, Carolina. Seis por meia dúzia? Um estudo exploratório do fenômeno das chamadas 'milícias' no Rio de Janeiro. In: **Segurança, tráfico e milícia no Rio de Janeiro/organização Justiça Global**. Rio de Janeiro: Fundação Heinrich Böll, 2008, p. 48-103.

terminado a polícia agiu em defesa da comunidade. A roupagem do discurso é a mesma, porém, a consequência se desvia quando os milicianos buscam o lucro de maneira irregular, quando exterminam, agridem e usam da violência de maneira indiscriminada, todas essas atividades são ilícitas perante o Estado Democrático de Direito.

Segundo pesquisa Datafolha de 15 de agosto de 2019 mostra que as pessoas têm mais medo da milícia do que dos traficantes. A pesquisa entrevistou 843 pessoas na cidade do Rio de Janeiro entre os dias 23 e 25 de janeiro de 2019. Segundo os dados divulgados, 29% dos moradores de comunidades têm mais medo dos milicianos do que dos traficantes e dos policiais, 25% têm mais medo do tráfico de drogas, 18% temem a polícia e 21% têm medo de todos na mesma proporção e 7% não soube responder.

Entre os moradores da Zona Sul, essa proporção é ainda maior: 38% dos moradores temem mais as milícias. Outros 20% têm mais medo dos traficantes, 24% temem a todos e 12% têm mais medo dos policiais. E 6% não quis ou não soube dar uma resposta para a pergunta[426].

As comunidades, de início, os protegem e não denunciam as atrocidades por comprarem o discurso da segurança. As coisas se modificam quando a austeridade vira extorsão, quando a proteção vira coação e quando os que se recusam somem misteriosamente e nunca mais aparecem.

A mídia começa a dar mais enfoque nas atividades criminosas desses grupos e a opinião pública força o Estado a caçar os seus. Por isso, o que antes era fácil e frequente, com o transcurso do tempo se torna complexo, o que obriga as milícias, assim como ao tráfico, a passar a operar no silêncio, no que eles chamam de "sapatinho" e as facções de "encolha", em outras palavras, para

---

[426] **MEDO DAS MILÍCIAS SUPERA O DE TRAFICANTES EM COMUNIDADES DO RIO, DIZ DATAFOLHA.** G1 Rio – Rio de Janeiro. Disponível em: https://g1.globo.com/rj/rio-de-janeiro/noticia/2019/02/18/medo-das-milicias-supera-o-de-traficantes-em-comunidades-do-rio-diz-datafolha.ghtml. Acesso em 8 de maio de 2021.

sobreviver passa a ser necessário operar nas sombras e passar despercebido.

De acordo com o Ministério Público do Rio de Janeiro, a partir de 2010, passou a ser mais difícil seguir os rastros desses grupos criminosos. Após a realização da Comissão Parlamentar de Inquérito (CPI) que investigou essa atividade criminosa e acarretou a prisão de mais de 500 pessoas, entre elas dois parlamentares, a milícia começou a atuar de forma mais discreta.

> "Até 2008, eles estavam agindo com muita truculência, deixando corpos na rua, justamente para mostrar que tinham poder. E eles tinham muito apoio de políticos, desembargadores, parlamentares e pessoas do poder Executivo. Mas nessa mesma época, dois jornalistas foram torturados no Batan (comunidade localizada em Realengo) e o deputado Marcelo Freixo conseguiu emplacar a CPI das Milícias", lembra o promotor público Luiz Antônio Ayres, titular da promotoria de Santa Cruz[427].

Nem por isso as atividades mais ocultas deixaram de ser lucrativas: O que se iniciou com a morte e expulsão dos traficantes se ampliou. Para demonstrar força e poder as milícias usaram as mesmas armas daqueles que combatiam: a violência. Os milicianos, inspirados nos antigos grupos de extermínio matavam os traficantes e deixavam os corpos à vista, como forma de intimidar. Como a paz era conquistada na força, eles ampliavam seus domínios e conquistavam territórios, em especial, na Zona Oeste do Rio de Janeiro.

O Estado mesmo ciente desse avanço somente instalou duas UPPs na Zona Oeste: Na Cidade de Deus e no Jardim Batan, esta última, coincidentemente uma resposta às torturas perpetradas pelas milícias aos jornalistas, em 2008, como relatamos.

---

[427] **PARA NÃO CHAMAR ATENÇÃO, MILÍCIA DO RIO MUDA FORMA DE ASSASSINAR VÍTIMAS.** Portal G1, 5 de janeiro de 2016. Disponível em: http://g1.globo.com/rio-de-janeiro/noticia/2016/01/para-nao-chamar-atencao-milicia-do-rio-muda-forma-de-assassinar-vitimas.html. Acesso em 9 de maio de 2021.

Logo a ganância apareceu e os milicianos passaram a cobrar mensalidades dos comerciantes em troca de proteção, para não atacarem seus funcionários, ou para que os estabelecimentos não fossem assaltados, além da cobrança de taxas para a prestação de vários serviços, como o fornecimento de botijões de gás, o "gatonet" para tv por assinatura, vans de lotação para transporte alternativo mais céleres que os ônibus. Posteriormente, ampliaram os rendimentos ao tomar terrenos de moradores para alugar para lixões, todas estas atividades clandestinas e irregulares. Detalhemos um pouco mais o lucro das milícias.

No fim, as milícias acabaram formando uma corporação multimilionária à margem da lei. Para dar uma ideia: só com o que elas extorquem dos motoristas de lotação nos bairros de Campo Grande e Santa Cruz, na Zona Oeste, de acordo com o Ministério Público, as milícias tiram R$ 27 milhões por mês[428].

Sobre a venda de botijões de gás: Em Declaração feita pelo vice-presidente do Sindicato dos Revendedores de GLP do Estado do Rio de Janeiro (Sirgaserj), Maurício Rodrigues, ao jornal O Globo de 27 de agosto de 2008, mostra que 90% do gás vendido nas comunidades carentes do Rio são monopolizados por traficantes ou milicianos. Embora a ANP tenha um preço tabelado para o produto, moradores das comunidades dominadas por grupos armados pagam valores superiores ao da tabela, chegando até a R$ 45,00 o botijão, de acordo com o Sirgaserj. Mesmo quando o preço é igual ao da tabela, os moradores são obrigados a adquirir o produto em empresas determinadas pelos milicianos ou traficantes.

Em relação ao "gatonet": A Anatel relacionou as estações de tevê por assinatura clandestinas lacradas durante os anos de 2006, 2007 e 2008. Das denúncias recebidas pela Agência apenas nos meses de junho e julho de 2007, a maioria referia- se a centrais instaladas na Zona Oeste e várias delas citavam policiais e

---

[428] **A ORIGEM E A ASCENSÃO DAS MILÍCIAS**. Revista Superinteressante, 12 de março de 2019. Disponível em: https://super.abril.com.br/sociedade/a-origem-e-a-ascensao-das-milicias/. Acesso em 8 de maio de 2021.

oficiais do Exército como os responsáveis. Os valores cobrados pelas milícias para o serviço de tv por assinatura, de acordo com as denúncias recebidas pelo Disque Milícias, variam de R$ 50,00 a R$ 60,00 a instalação; e de R$ 20,00 a R$ 40,00 o sinal. Numa comunidade de 4 mil domicílios é possível supor que o faturamento das milícias só com este serviço esteja em torno de R$ 1 milhão por ano.

Da cobrança por segurança: Hoje, de acordo com denúncias feitas ao Disque Milícias, a cobrança de segurança, em muitas áreas, tem uma graduação: se o morador tem carro ou moto, o valor é maior. Em geral, a taxa fica em torno de R$ 15 a R$ 20 e quando não é paga diretamente na Associação de Moradores, há um cobrador que circula de porta em porta.

De um modo geral, podemos dizer que o controle econômico exercido pelas milícias se dá pela coação dos moradores a pagar: Taxa de segurança; Taxa diferenciada para moradores que possuem veículos; Taxa de instalação e mensalidade dos serviços de sinal de TV a cabo e Internet Controle e ágio na venda de gás e garrafão de água; Cobrança de alimentos para composição da cesta básica para os milicianos; Taxa que varia de 10 a 50% do valor da venda de imóveis; Taxa para legalização de imóveis; e Taxa para permitir construções na comunidade.

De acordo com denúncias recebidas pelo Disque Milícias, em 2008, os valores cobrados oscilam conforme a área dominada e o grupo dominante: Segurança de moradores de R$ 15,00 a R$ 70,00 Segurança do comércio de R$ 30,00 a R$ 300,00 Instalação de TV a cabo de R$ 50,00 a R$ 60,00 Sinal de TV a cabo de R$ 20,00 a R$ 40,00 Internet de R$ 10,00 a R$ 35,00.

A população sabia e chancelava a presença das milícias e, inclusive, os apoiou quando decidiram alçar voos maiores na política, como destaca uma entrevista de Fernão Cardim:

> "Ele (o nome nunca foi dito) foi lá dentro, fez o comício dele, não dizendo que era miliciano, mas é óbvio. Ele fez campanha na minha rua também. Inclusive, é uma pessoa criada lá onde eu moro. E a gente sabe que ele é miliciano. O povo não sabe. Foi votado,

> foi eleito. Ele é vereador. Então, a coisa fica meio difícil, né (...) Não falam do assunto. Eu não sei se vocês conseguem morador que possa dar um depoimento, mas esses amigos que eu tenho não quiseram dar. Eles não falam. Quando falam dentro de casa, falam baixo e, se possível, fora dali[429]".

Com o tempo, as atividades das milícias se diversificaram e ampliaram, a ponto da corrupção também permear as relações sociais, como vimos. A missão dos milicianos era capitalizar e se perpetuar na direção das comunidades. Para isso, essencial seria ter o apoio da própria polícia a fim de minorar a intervenção estatal em seu território, além de impedir as prisões e processos.

Em outra ponta, a milícia também flertou e se aproximou com o tráfico que, aos poucos, retornava às comunidades. A ganância possibilitou às milícias deixarem seu papel preponderante de guardiões da população para serem sócios dos traficantes e, assim, potencializar ainda mais seus lucros e oprimiu a comunidade.

Assim, a linha que dividia milícia e tráfico ficou mais tênue. Várias milícias passaram a oferecer proteção para traficantes, contra a ação de grupos rivais, e a lucrar elas também com o comércio de cocaína. A facção que mais fez acordos com as milícias foi o Terceiro Comando Puro, instalado no Complexo de Acari, na Zona Norte do Rio de Janeiro.

O Comando Vermelho também estaria na lista de parceiros. Em 2015, o jornal O Dia relatou que uma milícia tinha vendido o Morro do Jordão, em Jacarepaguá, para o CV. A facção teria pagado R$ 3 milhões para instalar suas bocas de tráfico ali. "Esses paramilitares podem criar uma nova forma de negócio. Tomar comunidades e vendê-las. Passar o ponto", disse à época o ex-oficial do Bope Paulo Storani, hoje um sociólogo especializado em segurança pública[430].

---

[429] CANO, Ignacio e DUARTE, Thais. **No sapatinho: A evolução das milícias no Rio de Janeiro** [2008-2011]. Rio de Janeiro: Fundação Heinrich Böll, 2012, p. 75.

[430] **A ORIGEM E A ASCENSÃO DAS MILÍCIAS**. Revista Superinteressante, 12 de março de 2019. Disponível em: https://super.abril.com.br/sociedade/a-origem-e-a-ascensao-das-milicias/. Acesso em 8 de maio de 2021.

O Estado continuou a combater as milícias, porém, a mescla de policiais na ativa e pertencentes à milícia era grande: 42 dos 143 milicianos presos em 2010 eram PMs da ativa. Sobre o tema é grande o envolvimento da polícia carioca com as milícias e a corrupção, o Disque Denúncia aponta o envolvimento da polícia com o crime organizado, porém, poucos são os casos que resultam em punições efetivas a seus policiais.

O Estado Democrático de Direito brasileiro conseguiu uma forma de conviver com as facções, com as milícias e com a desigualdade social e a geografia da exclusão, no Rio de Janeiro, através das UPPs. A população abraçou a presença da nova polícia pacificadora, como revelou pesquisa de 2010 apontada pelo Jornal O Globo de 12 de dezembro:

A instalação de Unidades de Polícia Pacificadora (UPPs) em favelas até então controladas por traficantes e milicianos, melhora a segurança da população e também a própria relação dos moradores com a Polícia Militar. Um estudo encomendado pelo Globo ao Instituto Brasileiro de Pesquisa Social (IBPS) mostra que as UPPs são amplamente aprovadas em favelas com e sem as unidades de pacificação (92% e 77%, respectivamente). Por outro lado, em locais com UPPs, a confiança na PM é mais que o dobro da registrada em favelas ainda não pacificadas (60% contra 28%)[431].

Nos últimos anos, não há como passar despercebida a mudança de rumo nas questões de segurança pública no estado do Rio de Janeiro. Foi uma reação do Estado para estabelecer a presença do Poder Público em áreas, até então, dominadas pela criminalidade organizada. Além de tudo o que já foi dito sobre as UPPs, outro ponto positivo foi a alteração da forma de combate aos grupos criminosos, porque a medida reativa e repressiva da polícia que se traduzia em operações pontuais, motivadas por denúncias, pela mídia ou por algum acontecimento específico cederam espaço à contínua atuação das forças de segurança oficiais.

---

[431] **UM CLARO OBJETO DE DESEJO**. Jornal O Globo, 12 de dezembro de 2010, p. 16.

O objetivo passou a ser prevenir o delito e não mais reprimir pelo uso desenfreado da força.

Nos últimos anos, o Estado do Rio de Janeiro vive uma fase de otimismo e renovação, sendo foco de diversos investimentos públicos e privados. Nesse contexto, a área de segurança tem um papel de destaque, especialmente após a instalação das Unidades de Polícia Pacificadora (UPPs).

Aparentemente, o Estado conseguia harmonizar e equilibrar, ainda que tenuemente, as relações e os agentes e manter a segurança pública em relativo controle. O resultado da implantação das UPPs foi a aprovação popular, a ampliação do programa, gradativamente e, aos olhos internacionais, com o apoio do Governo Federal, seria seguro fazer eventos de grande proporção na cidade do Rio de Janeiro. Com isso, ficara decidido que em 2013 haveria a Copa das Confederações de futebol, no ano seguinte, a Copa do Mundo de futebol e, por fim, em 2016, as Olimpíadas.

Como dissemos, nesse capítulo, nós temos de ver os acontecimentos em concomitância. Então, analisemos os fatos: As facções se afastaram com a chegada da violência estatal do BOPE em 2008, a ponto de em muitos locais sequer haver resistência para a chegada das forças do Estado. Significa que o crime organizado estava erradicado? Não.

As milícias que surgiram como solução invisível e clandestina do Estado para os problemas de segurança pública extrapolaram seu papel e aproveitaram o vácuo de poder das facções para se instalarem e o conflito foi inevitável. O Estado se viu obrigado a repelir e prender os milicianos, em uma mescla de criminalidade e força policial, já que a milícia era para muitos um bico das atividades de policiais, bombeiros, agentes penitenciários. Nesse mesmo cenário havia policiais reformados e outros aposentados das demais categorias.

Quando a violência aumentou as prisões foram inevitáveis. A política se misturou com as milícias e a repressão estatal apareceu. Os milicianos recuaram e mudaram as táticas de operação. Significa que os grupos de extermínio moderno estavam extintos? Não.

Fora as facções e as milícias, a segurança pública do Rio de Janeiro convivia com a criminalidade comum, os roubos, furtos e demais atividades criminosas. A repressão do Estado no Estado paralelo e no Terceiro Estado transpareceu o que já existiu em outrora: a incompetência do próprio Estado em fornecer o mínimo a sua população, assim, mesmo com o sucesso das UPPs, significa que os problemas de segurança do Rio de Janeiro foram superados? Não.

Entretanto, veja pela ótica do Estado Democrático de Direito brasileiro: a crise de segurança do Rio de Janeiro que alcançara índices de violência sem precedentes na década de 1990, agora, com as UPPs apresentava seguidas quedas nos homicídios na cidade. Além disso, as guerras entre facções cessaram, os principais líderes do Comando Vermelho estavam sob a custódia do Estado. As milícias tinham sido reprimidas, vários líderes das principais áreas de milícia foram presos.

A parceria com o Governo Federal possibilitou ao Estado do Rio de Janeiro planejar uma ação coordenada nas comunidades e, também, foi instalado um programa novo de segurança pública com policiais recém-formados, portanto, fora das corrupções das milícias e dos traficantes. O que possibilitava maior vinculação e envolvimento com as comunidades.

Em relação às comunidades, o Estado arrecadava como nunca com as UPPs, pois, com a chegada da polícia pacificadora havia o pagamento por serviços, até então clandestinos, que foram regularizados, como luz, água, tv por assinatura, o que gerou uma nova receita ao Estado através da arrecadação de impostos. Significa que haveria novos tempos para o Rio de Janeiro em termos de segurança pública e que a paz finalmente iria reinar? Não.

A realidade é que tudo o que dissemos era verdade, em termos. Porque a busca pelo lucro não iria cessar em nenhum dos Estados. Ao Estado Democrático de Direito brasileiro a arrecadação não parava de crescer, mas os problemas não eram saneados em termos de modernização de tecnologia, aumento do efetivo policial, modernização da frota, combate à corrupção da polícia, desenvolvimento de serviço de inteligência, parceria entre as polícias, tanto em termos estaduais como nacionais era uma questão de tempo os danos voltarem a aparecer.

O Estado paralelo se recolheu. O medo era perder o lucro, mas nunca desistir da operação, assim, as facções viram nas milícias a oportunidade de terem proteção para suas próprias atividades e parcerias não tardaram a surgir e a consolidar o retorno, silencioso, das facções às comunidades cariocas, agora, com a chancela das milícias. O quanto isso iria impactar na segurança e se os conflitos entre as facções e as milícias poderiam voltar a ocorrer ainda não se sabia, porque tudo era incipiente, porém, potencialmente danoso.

Para o Terceiro Estado trabalhar no sapatinho significava tirar o Estado de seu encalço, ainda que as prisões continuassem a acontecer, porém, em menor proporção e menos destaque da mídia e da opinião pública. O trabalhar silenciosamente propiciou a diversificação das operações e a entrada das milícias no tráfico das drogas, em parceria com as facções, isso significa mais dinheiro para todos.

Era apenas uma questão de tempo que o território ficasse pequeno para todos os envolvidos e as fragilidades do Estado fossem novamente desveladas e colocadas à prova tanto pelo Estado paralelo como pelo Terceiro Estado. E tudo eclodiu quando a própria população veio às ruas com os movimentos sociais em 2013.

4.3. OS MOVIMENTOS SOCIAIS DE 2013, A ASCENSÃO DAS FACÇÕES, A UNIÃO COM AS MILÍCIAS E A VOLTA DA VIOLÊNCIA NO RIO DE JANEIRO

O Estado Democrático de Direito Brasileiro seguiu em sua cruzada contra as milícias e seus componentes, muito em função da pressão midiática imposta pelos veículos de comunicação, que atrelavam às milícias e aos traficantes à crescente onda de violência no Rio de Janeiro e a verdadeiros momentos de terror relacionados às atividades dos traficantes e das milícias. Sobre o tema destacamos os protestos ocorridos entre 20 e 27 de novembro de

2010, semana na qual foram incendiados mais de 200 veículos e 39 pessoas foram mortas.

O Estado prontamente pediu auxílio ao Governo Federal que, em conjunto com as forças armadas, determinou em 28 de novembro o envio de uma tropa de 2,7 mil homens, entre policiais militares, civis, federais e militares do exército munidos de blindados, helicópteros e armamento pesado para retomar o controle da situação. A operação resultou na prisão de 70 pessoas.

Ainda em 2010, o Ministério Público do Rio de Janeiro criou o Grupo Especializado de Combate ao Crime Organizado – GAECO/RJ. A criação de um grupo especial possibilitou a concentração das investigações, verificação de denúncias e a possibilidade de abertura de ações objetivando a responsabilização dos milicianos. O cabo de guerra entre Estado e milícias continuava.

As ações das milícias contra os agentes do Estado não arrefeceram e atos públicos foram perpetrados, como o grave caso da juíza Patrícia Acioli foi morta com 21 tiros no dia 12 de agosto de 2011 por policiais que enfrentavam um julgamento por parte dela. Patrícia combatia o crime organizado e a corrupção e, por isso, tinha o nome em uma lista de doze pessoas marcadas para morrer. A juíza foi morta por dois homens ao chegar à própria casa, em Niterói, região metropolitana do Rio de Janeiro. Onze policiais foram condenados.

Em 27 de setembro de 2012, o Governo Federal cria a Lei n° 12.720 com a preocupação clara de reprimir as atividades das milícias, porém, a inclusão do §6° do art. 121 do Código Penal foi tímida ao aumentar em 1/3 a pena do crime de homicídio se o crime for praticado por milícia privada, sob o pretexto de prestação de serviço de segurança, ou por grupo de extermínio.

Também disciplina a pena para aqueles que montam uma milícia, através do art. 288-A:

> Art. 288-A. Constituir, organizar, integrar, manter ou custear organização paramilitar, milícia particular, grupo ou esquadrão com a finalidade de praticar qualquer dos crimes previstos neste Código: Pena – reclusão, de 4 (quatro) a 8 (oito) anos.

Claro estava que a violência retornava ao Rio de Janeiro e não mais estava contida nos contornos das comunidades, visto que várias já contavam com a presença das Unidades de Polícia Pacificadora, o problema estava nas ruas do Rio de Janeiro, em ações tanto de traficantes quanto das milícias para instaurar e manter o medo, o terror e a insegurança na população, em clara intenção de desarticular o plano de segurança carioca.

Em concomitância, o plano das UPPs apresentava falhas, inclusive pela redução de investimentos do Governo do Estado do Rio de Janeiro, quando os recursos do setor privado recuaram ante ao incremento da violência na cidade. Além disso, o crescimento desordenado, sem avaliação do impacto e parada para ajustes, a falta de cursos de capacitação, a reciclagem e aprimoramento dos policiais das UPPs, os problemas de contingente, a não espera da formação de novos policiais, a falta de frequência dos concursos, equipamento desatualizado e obsoleto. Os problemas se mostraram evidentes quando o Estado tentou ocupar comunidades de grande porte como Rocinha e Alemão.

A queda de rendimento das UPPs é explicada porque, fora o que já mencionamos, o Estado não fez os investimentos sociais que as comunidades careciam e se tornaram claros com as ocupações policiais. A população precisava de saneamento, construção de escolas, novas áreas de lazer, creches, hospitais e aproveitamento dos jovens no mercado de trabalho. Todavia, nada foi feito. Era questão de tempo que os problemas primários voltassem a aparecer.

Quando a violência chegou dentro das UPPs, a falta de experiência dos policiais também pesou e as velhas táticas opressoras e intimidadoras da polícia carioca vieram à tona. Como o caso do pedreiro Amarildo Dias de Souza que, em 14 de julho de 2013, foi detido, torturado e morto por policiais da UPP da Rocinha. O que leva ao questionamento: será que a polícia sempre teve essa mentalidade agressiva ou foi o dia a dia que os modificou e endureceu?

A resposta não é simples, porque a violência de fato permeia o cotidiano carioca, o medo também invade os sentimentos dos policiais que tem de reagir com violência para sobreviver, mas há também o ressentimento em relação à sociedade, isto é, a desvalorização do governo e também pela população que não reconhece o esforço da corporação ante à falta de recursos e a péssima remuneração. Além disso, há o imaginário policial da impunidade do sistema, visto que eles prendem, porém, logo o meliante volta às ruas.

A situação carioca era grave. Os policiais militares não podiam revelar a ninguém sua profissão com medo de represálias dos criminosos. Colocar o uniforme na corda, nem pensar, assim, a solução é improvisar e colocar atrás da geladeira. Muitos colocam sua identificação profissional dentro do sapato por medo de revistas. Sair em fotos também pode representar perigo para os que foram em áreas de risco. O Estado não protege nem as seus. Logo, a violência se aprende desde cedo, a arma vira a extensão do braço do policial, um erro, porque passa a carregá-la mesmo de folga, inclusive com pistolas clandestinas, o que pode fomentar assassinatos por reagir fora de hora a um contato com criminoso.

Outra questão foi sobre os critérios de seleção das comunidades, visto que as UPPs se concentraram em locais turísticos ou próximos a eles, o que enseja dúvida se o programa era efetivo ou uma tentativa de agradar a mídia internacional e incrementar o turismo. Afinal, locais da Zona Oeste, em especial os dominados pelas milícias, não contaram com nenhuma instalação em seu reduto, assim como na Zona Norte e seus muitos problemas envolvendo as comunidades e o crime organizado. Locais estes que ficaram ainda mais concentrados com milícias e facções, quando das instalações das UPPs na Zona Sul carioca, especialmente nas regiões em torno dos estádios da Copa do Mundo de 2014, das zonas turísticas e de locais de grande circulação. Porém, nos redutos das milícias e das facções, o Estado nunca se atreveu a chegar.

Nas zonas que o Estado não levou as UPPs e seu conceito de pacificação, os confrontos entre facções e as milícias foram inevitáveis, lá o sangue jorrou e o Estado fingiu que nada acontecia, pois, a menina dos olhos da segurança pública lhe rendia frutos, publicidade, aceitação da mídia e dinheiro. Enquanto isso, nas demais regiões da cidade, o caos reinava.

O reflexo foi o aumento da violência nessas regiões sem que o Estado criasse uma resposta em termos de segurança pública. Se, por um lado, as milícias continuavam com seu domínio e influência nas comunidades, agora um novo/velho ator buscava retomar seu protagonismo de outrora, falamos do Estado paralelo, através das facções criminosas.

A luta armada com o Estado fez as facções recuarem e se reestruturarem, afinal, o Estado nunca conseguiu desestruturá-las por completo, por sua própria incompetência, diga-se, já que a intervenção das UPPs foi selecionada, como dissemos, e as regiões Norte e Oeste concentraram as facções que se reagruparam e traçaram novos planos de domínio e retomada de território, tanto para a distribuição de drogas, como a livre circulação de armas.

O plano levou certo tempo para ser estruturado, o que conferiu ao Estado uma sensação de controle e domínio. Porém, tanto as milícias, quanto o Comando Vermelho mostrariam que essa liderança estatal estava com os dias contados.

As facções responderam com o aumento da violência na cidade do Rio de Janeiro e em uma nova modalidade de crime: o roubo de cargas. Nos últimos sete anos, o roubo de cargas no Rio de Janeiro representa 41,4% do total no Brasil. A primeira metade da década passada registou aumentos exponenciais com aumento de 86% das ocorrências no Brasil, passando de 12.124 em 2011 para 22.547 em 2016. Entre 2011 e 2016 foram registrados 97.786 roubos de cargas no Brasil, que geraram uma perda superior a R$ 6,1 bilhões[432].

O estado do Rio de Janeiro registrou, em 2015, um total de 7.225 ocorrências (37,5% do total nacional) com um custo de R$ 453,5 milhões. Entre 2011 e 2015, o estado registrou um crescimento de 134,8% no número de roubos de cargas. Ressalta-se que a partir

---

432 **QUANTO CUSTA O ROUBO E O FURTO DE CARGAS NO BRASIL**. Federação das Indústrias do estado do Rio do Janeiro – Firjan, Março de 2017, p. 1 e 2.

de 2013 as ocorrências de roubos de cargas no estado do Rio de Janeiro registraram um salto em relação ao Brasil e ao Sudeste.

A situação do estado do Rio de Janeiro se agravou em 2016, quando foi mantida a alarmante trajetória de crescimento dos casos de roubo de cargas, com 9.862 ocorrências, terceiro recorde histórico consecutivo em 25 anos. O prejuízo causado pelo roubo de cargas em 2016 superou R$ 619 milhões. No acumulado de 2011 a 2016 foram registradas mais de 33,2 mil ocorrências no estado – uma a cada 1h35min. Isto significou um aumento de 220,9% no período, com custo acumulado de R$ 2,1 bilhões

O avanço dos casos de roubo de cargas foi mais acentuado em quatro regiões: Baixada Fluminense – Área I (532,9%), Capital (243,2%), Baixada Fluminense – Área II (219,8%) e Noroeste (141,3%)[433].

Em 2017, o estado do Rio de Janeiro sofreu com a escalada desse tipo de crime: foram 10.599 casos, o equivalente a um roubo a cada 50 minutos. Frente a 2016, o aumento foi de 7,3%, o que representou um prejuízo de cerca de 607,1 milhões de reais.

É importante atentar para o fato de 52,2% dos roubos de carga terem sido registrados em somente 11 das 138 unidades policiais do estado, indicando a concentração dos casos. Essas unidades são cortadas pelas principais rodovias fluminenses (BR-040 – Rodovia Washington Luís, BR-101 – Avenida Brasil, BR-101 – Rodovia Niterói-Manilha, BR-116 – Rodovia Presidente Dutra e BR-493 – Arco Metropolitano)[434], áreas dominadas pelas facções criminosas que passaram a usar o produto das cargas para investir na compra de armamentos, no financiamento das drogas e no seu fortalecimento e reestruturação.

Em 2018, o estado do Rio continuou apresentando elevado número de ocorrências (9.182), média de 25 por dia. Considerando-

---

433 **O IMPACTO ECONÔMICO DO ROUBO DE CARGAS NO ESTADO DO RIO DE JANEIRO – 2016.** Federação das Indústrias do estado do Rio do Janeiro – Firjan. NOTA TÉCNICA – FEVEREIRO/2017, p. 1 e 2.

434 **PANORAMA DO ROUBO DE CARGA NO ESTADO DO RIO DE JANEIRO – 2018.** Federação das Indústrias do estado do Rio do Janeiro – Firjan. NOTA TÉCNICA – JANEIRO/2019, p. 1 e 2.

-se apenas o valor médio das cargas roubadas, o custo com esse tipo de crime foi de R$ 580 milhões[435]. Apesar de a capital estar em primeiro lugar, as delegacias com maior número de casos estão localizadas na Baixada Fluminense e na Grande Niterói, como é o caso da 54ª DP (Belford Roxo), que concentrou 609 casos, ou a 56ª DP (Nova Iguaçu), onde foram registrados 571 roubos de carga no ano de 201833. Em terceiro e quarto lugares estão as 74ª DP (Monjolo) e a 72ª DP (São Gonçalo), ambas no município de São Gonçalo. Somente no quinto lugar foi encontrada uma delegacia da capital, a 38ª DP, que compreende as localidades de Brás de Pina (parte), Cordovil, Jardim América, Parada de Lucas, Penha Circular (parte) e Vigário Geral[436].

Em 2019 foram registradas 7.455 ocorrências: mais que o dobro de casos de 2013, com média de 20 roubos de carga por dia. Considerando-se o valor médio das cargas roubadas, as perdas diretas com esse tipo de crime atingiram R$ 386 milhões. Em 2019, cerca de 97% dos casos registrados foram na Região Metropolitana. Além disso, mais da metade aconteceu apenas em 10 das 137 Circunscrições Integradas de Segurança Pública (CISP) do estado. As dez CISP com maior concentração de roubo de carga são cortadas pelas principais rodovias fluminenses (BR040 – Rodovia Washington Luís, BR-101 – Avenida Brasil, BR-101 – Rodovia Niterói-Manilha, BR-116 – Rodovia Presidente Dutra e BR-493 – Arco Metropolitano)[437].

Como podemos notar o roubo de cargas se tornou um negócio no Rio de Janeiro. Sua prática e lucratividade alavancou os negócios do Comando Vermelho e das demais facções criminosas no Rio de Janeiro. A fim de absorver os roubos, o crime organizado

---

[435] **PANORAMA DO ROUBO DE CARGA NO ESTADO DO RIO DE JANEIRO – 2018**. Federação das Indústrias do estado do Rio do Janeiro – Firjan. NOTA TÉCNICA – JANEIRO/2019, p. 1 e 2.

[436] **DOSSIÊ ROUBOS DE CARGA: 2019**. Rio de Janeiro: RioSegurança, 2019, p, 37.

[437] **PANORAMA DO ROUBO DE CARGA NO ESTADO DO RIO DE JANEIRO – 2019**. Federação das Indústrias do estado do Rio do Janeiro – Firjan. NOTA TÉCNICA – JANEIRO/2020, p. 1 e 2.

investiu na melhora da distribuição, fez parcerias com estabelecimentos que somente trabalham com carga roubada, além de criar uma rede de comércio com venda ao próprio consumidor. Qual o controle e a instrumentalização do Estado para esse comércio clandestino e paralelo? Pelos números crescentes parece que baixo, muito baixo.

Se por um lado as facções criminosas no Rio de Janeiro diversificaram sua atuação e investiram na aquisição e circulação de armamentos, por outro, segue o Estado Democrático de Direito brasileiro desidratado e errático em termos de investimentos e policiamento.

A Polícia Rodoviária Federal (PRF), responsável pela segurança em 95 mil quilômetros de rodovias federais, possuí cerca de 10 mil agentes. Este quadro, que apresenta um déficit estimado de pelo menos oito mil servidores. No Rio de Janeiro o efetivo seria de 1.100, porém somente pouco mais de 800 estão na ativa, a PRF sofreu redução de 36% do efetivo nos últimos anos. A delegacia especializada no combate ao furto e roubo de cargas perdeu 54,7% do efetivo entre 2006 e 2017, contando com apenas 48 policiais.

Com números nesse patamar não há como lutar contra o crime organizado no Rio de Janeiro. O roubo de cargas é uma realidade e enriqueceu ainda mais facções como o Comando Vermelho, enquanto isso, o Estado patina emergido em seus próprios problemas de orçamento.

Se o crime organizado se reestruturou e diversificou, significa que as milícias recuaram? Não exatamente, pois, houve um acordo tácito ou não de convivência mútua, o que resultou no crescimento sobremaneira das milícias na cidade do Rio de Janeiro. O jornal O Globo mostrou em 14 de março de 2018 que as milícias controlam 37 bairros e 165 comunidades em 11 municípios da Região Metropolitana do Rio de Janeiro. A área seria equivalente a 348km², o que equivale a 25% da cidade do Rio de Janeiro.

É inegável que a influência das milícias continua, porém, com as ações estatais perpetradas de 2008 até indos de 2012, o que se viu foi a redução da publicidade das atividades, inclusive com o recrudescimento político dos milicianos com receio de perseguições do Poder Público.

Já a partir de 2013, um novo cenário se desenhou tanto para o Estado Paralelo, quanto para o Terceiro Estado e uma nova escalada de violência e terror estava por vir. Fora os fatos que já mencionamos, o final do primeiro semestre de 2013 foi terrível para a população do Rio de Janeiro e o Estado Democrático de Direito brasileiro sofreu um abalo inesperado.

Tudo teve início na cidade de São Paulo com o aumento do preço do transporte público. Destacamos o poder de mobilização que viria a tornar o tema verdadeira ebulição através do Movimento Passe Livre (MPL) que se tornou o ícone das manifestações e dos protestos de junho de 2013, como a expressão de uma nova forma política de agir. Importante destacar que o grupo já existia há pelo menos quase dez anos, visto que já faziam manifestações desde começo dos anos 2000. O MPL foi batizado na Plenária Nacional pelo Passe Livre, em janeiro de 2005, em Porto Alegre. Mas antes disso, há seis anos, já existia a Campanha pelo Passe Livre em Florianópolis[438].

As manifestações tiveram início para impedir o aumento das passagens de ônibus e metrô em junho de 2013 em R$0,20 (vinte centavos). As reclamações geraram uma movimentação organizada, principalmente via redes sociais, que resultaram em manifestações na cidade de São Paulo nos dias 6, 10, 11 e 13 de junho. Os manifestantes percorriam e paralisavam grandes vias públicas por horas a fio. Foi exatamente o que aconteceu no dia 6 na Avenida Paulista, local tradicional de protestos na cidade. No dia 10 foi realizada na zona oeste paulistana com presença estimada e crescente de 2 mil no dia 6 e de 5 mil pessoas no dia 10.

Na terceira convocação do MPL, para a terça 11, outra vez reuniram-se 5 mil pessoas, mas desta vez, o Estado cometeu um grave erro e reagiu. O conflito entre a polícia e grupos de jovens deixou um rastro de destruição de patrimônio e muita indignação.

---

[438] **MOVIMENTO PASSE LIVRE**. Disponível em: https://www.mpl.org.br/. Acesso em 11 de maio de 2020.

Para o quarto encontro o Estado, uma vez mais se equivoca, a ponto de o governador Geraldo Alckmin anunciar um endurecimento. A marcha com número divergente, pois, para a polícia havia cinco mil pessoas e para o MPL 20 mil, seguiu pacificamente saindo do centro da cidade até a rua da Consolação, porém, ali foram impedidas de prosseguir em direção à avenida Paulista.

Os problemas se intensificaram quando a polícia iniciou uma repressão violenta a fim de assegurar o estancamento da marcha, o que causa revolta em outros pontos da cidade e a polícia perde o controle por um espaço de horas, sem qualquer intervenção de seus líderes. O cenário mais parecia uma batalha e atingiu transeuntes e jornalistas de maneira indiscriminada.

O uso desmedido da força gerou revolta, o movimento cresceu e se multiplicou. Inicia-se, então, a segunda etapa do movimento com as manifestações de 17, 18, 19 e 20 de junho, quando alcança o auge. Agora outras frações da sociedade ingressam voluntariamente e aderem às manifestações, multiplicando o efeito dos protestos. De milhares, as contas de gente na rua passam a centenas de milhares. No dia 17, quando o MPL conclama os seguidores para o que se denominou de quarta jornada, o que se viu foi uma mobilização maciça que juntou em São Paulo 75 mil pessoas, porém agora, seu alcance se múltipla por outras capitais do Brasil de maneira espontânea.

Foi comum a presença de cartazes com os dizeres: "O gigante acordou". No mesmo período das manifestações haveria a Copa das Confederações e o Governo Federal se mostrava completamente despreparado para lidar com a explosão social. A aposta inicial é que o movimento não teria muita repercussão e que as manifestações de São Paulo logo teriam fim. Ledo Engano.

Na cidade do Rio de Janeiro, em 10 de junho de 2013, cerca de 300 manifestantes protestam na Cinelândia contra o aumento das passagens de ônibus, e o ato termina em confronto com as forças policiais era o estopim carioca.

Em 16 se iniciou a Copa das Confederações, com isso as ações deixam São Paulo e passam a se concentrar para as praças em que haveria jogos (Brasília, Fortaleza, Salvador, Belo Horizonte e Rio de Janeiro).

Em 17 de junho, o foco passa a ser a Assembleia Legislativa do Estado Rio de Janeiro, o que faz parte de uma mobilização em 11 estados com 230 mil ativistas e, em 20 de junho, em 75 cidades no Brasil, chega-se a mais de um milhão nas ruas. Ainda no Rio, as manifestações se multiplicam com mobilizações no dia 18 na Baixada Fluminense (Duque de Caxias, São Gonçalo etc.). No dia 19, 10 mil estudantes e membros dos movimentos sociais em Fortaleza entram em confronto com a polícia antes e depois da partida entre Brasil e México.

Ainda no dia 19, a prefeitura do município e o governo do Estado de São Paulo atendem à reivindicação e revogam o aumento da tarifa. No dia 20, o pico das manifestações, com demonstrações em mais de 100 cidades, algumas com altas concentrações populacionais com mais de 1,5 milhão de participantes. No mesmo dia, na cidade do Rio de Janeiro, 300 mil manifestantes tomam as ruas do centro da cidade e a repressão promove ações violentas, desproporcionais e bélicas contra as pessoas. Quatro dias depois, em resposta, a presidente Dilma Rousseff propunha a Constituinte exclusiva para a reforma política e qual seria, de acordo com o projeto, depois submetida a plebiscito popular, o que de fato, nunca ocorreu.

Da mesma forma que o movimento ganhou proporções inesperadas ocorreu sua desidratação. Na terceira e última etapa, que vai do dia 21 até o final do mês, o movimento se fragmenta em mobilizações parciais com objetivos específicos (redução de pedágios, derrubada da PEC 37, protesto contra o Programa Mais Médicos, etc.). A essa altura já havia muitos cartazes com os dizeres: "Não são vinte centavos", o que mostrava que nem mesmo as pessoas sabiam quais eram as reivindicações àquela altura. Além desses questionamentos havia outras dúvidas como: Quais as motivações? Quem organiza? Quem são os líderes? Como conseguiram juntar essa multidão? Perguntas estas que ficaram sem respostas. A novidade foi a participação de pessoas que não faziam parte de nenhum movimento político tradicional. Era o próprio povo que se juntou e foi às ruas. Sobre o tema Manuel Castells se posicionou em entrevista para o jornal O Globo em 15 de julho de 2013:

> "Eles são contra esta precisa prática democrática em que a classe política se apropria da representação, não presta contas em nenhum momento e justifica qualquer coisa em função dos interesses que servem ao Estado e à classe política, ou seja, os interesses econômicos, tecnológicos e culturais. Eles não respeitam os cidadãos. É esta a manifestação. É isso que os cidadãos sentem e pensam: que eles não são respeitados.
> Antes, se estavam descontentes, a única coisa que podiam fazer era ir diretamente para uma manifestação de massa organizada por partidos e sindicatos, que logo negociavam em nome das pessoas. Mas, agora, a capacidade de auto-organização é espontânea. Isso é novo e isso são as redes sociais. E o virtual sempre acaba no espaço público. Essa é a novidade. Sem depender das organizações, a sociedade tem a capacidade de se organizar, debater e intervir no espaço público".

Em 2013 não eram poucas as insatisfações com o Estado Democrático de Direito brasileiro problemas que envolviam: insegurança, violência, crime organizado, desaparelhamento das polícias militares, falta de políticas públicas para combate às drogas, ineficiência da gestão pública, mau uso do dinheiro público, crise na saúde pública, problemas com investimento ou falta deles na educação pública, baixa remuneração dos professores, além da principal reclamação de todas: corrupção.

Alguns resultados de pesquisa do IBOPE[439] ilustram a multiplicidade de identificação dos sujeitos participantes nas manifestações de junho de 2013, centradas especialmente em torno das demandas por direitos sociais e por modificações no sistema político:

---

[439] **VEJA PESQUISA COMPLETA DO IBOPE SOBRE OS MANIFESTANTES.** Portal G1, 24 de junho de 2013. Disponível em: http://g1.globo.com/brasil/noticia/2013/06/veja-integra-da-pesquisa-do-ibope-sobre-os-manifestantes.html. Acesso em 11 de maio de 2021.

1- RAZÕES DAS MANIFESTAÇÕES (apenas a 1ª razão é dada):
Transporte público: 37,6%
Contra a PEC 37:5%
Ambiente político: 29,9%
Saúde: 12,1%
Educação: 5,3%
Gastos com a Copa do Mundo: 4,5%
Reação à ação violenta da polícia: 1,3%
Justiça/segurança pública: 1,3%
Outros: 0,6%

2 – RAZÕES DAS MANIFESTAÇÕES (soma das três razões indicadas pelo manifestante):
Ambiente político: 65,0%
Transporte público: 53,7%
Saúde: 36,7%
Gastos com a copa do mundo: 30,9%
Educação: 29,8%
Contra a PEC 37: 11,9%
Justiça/Segurança pública: 10,2%
Outros: Com menos de 3%

A questão, certamente, não foi o aumento de vinte centavos no transporte público, visto que novos aumentos ocorreram e nenhuma manifestação com essas proporções ocorreu novamente. A violência estatal somada a todos os descontentamentos acima listados foram os catalizadores da revolta popular, porém, com a falta de uma liderança clara e com motivos bem definidos o movimento desidratou.

E o que as manifestações sociais têm a ver com o que estamos tratando? Quando o movimento cresceu e tomou proporções inesperadas, o governo mostrou não estar preparado e começou a tirar policiais de suas funções para atender à segurança da população ante às manifestações. O resultado foi a queda de efetivo no policiamento e uma sensação de abandono nas comunidades. Era o momento esperado pelas facções criminosas para retomarem o controle de suas operações nas comunidades cariocas.

Na verdade, a conta chegou. Como dissemos, o Rio de Janeiro tinha até 2014, dois governadores que viriam a ser presos por corrupção e, posteriormente, ainda entraria nessa conta mais dois. Então, analisemos o cenário da segurança pública no Rio de Janeiro após as manifestações, com o final da Copa das Confederações e a chegada de dois grandes eventos de repercussão internacional, sendo que o próximo ocorreria em menos de doze meses.

De um lado, o Estado, endividado, falido, sem recursos para manter o programa das UPPs, sem conseguir corrigir o déficit de policiais, com problemas de infraestruturas, sem investimentos nas comunidades, saúde precária, ensino público deficiente, mitigação das desigualdades sociais nem pensar. Além disso, um governo que precisa investir em obras para o parque olímpico, a modernização do Estádio Maracanã a fim de poder cumprir com seus compromissos. E, por fim, deslocando efetivos policiais para controlar a violência e a reação do povo nas ruas cariocas.

De outro lado temos dois atores que foram acossados pelo Estado nos últimos anos e estavam recolhidos, mas nunca despreparados, falamos do Estado paralelo com suas facções e do Terceiro Estado com as milícias. Quando o Estado deixou de se fortalecer e manter a base mínima necessária para as UPPs, as facções vieram com tudo e com elas a violência. Na mesma esteira as milícias, oprimidas pelo Estado, ampliam sua zona de atuação e extorquem a população das comunidades sem o menor pudor e aumentam seus ganhos com vários serviços, como mencionamos anteriormente.

Quando os dois estados confrontam o combalido sistema de segurança do Rio de Janeiro já não havia mais resistência. A polícia corrompida e deficitária tentava conter a violência, mas com baixo efetivo, os resultados eram muito aquém do esperado.

Os dados estão aí: O número de baleados atendidos pelo Sistema Único de Saúde (SUS) no estado do Rio de Janeiro cresceu 27% nos dez primeiros meses de 2013, na comparação com o mesmo período de 2012. O Ministério da Saúde divulgou que, de janeiro a outubro de 2013, foram feitas 1.131 internações de pessoas baleadas no estado, 242 a mais do que no mesmo período de 2012 (889 internações).

Segundo dados do Instituto de Segurança Pública (ISP), o estado voltou a registrar aumento do número de homicídios em 2013, depois de três anos de queda nos assassinatos. De janeiro a setembro de 2013, ocorreram 3.501 assassinatos no estado, 454 a mais do que no mesmo período de 2012, ou seja, um aumento de 15%.

O ano de 2013 representou, portanto, a retomada da violência na cidade do Rio de Janeiro. Caminharam, a partir de então em estradas paralelas, as facções e as milícias. Haverá um cruzamento no qual ambos irão se encontrar, mas chegaremos lá adiante. Por hora, o que vale destacar é a ascensão, ou até o ressurgimento do Comando Vermelho.

A nova política implementada pela facção, inclusive com o roubo de cargas, propiciou o acúmulo de capital para se reestruturar e armar. Fora isso, com as falhas estatais em manter a estrutura e os investimentos nas UPPs, o Comando Vermelho iniciou seu retorno às comunidades cariocas. O Estado, ou fingiu que não viu, ou não quis fazer uma nova onda de repressão, novo erro.

A facção criminosa aprendeu a fabricar suas próprias armas ao fazer réplicas de fuzis e metralhadoras, além de granadas e munição. Carlos Amorim afirma que até as balas usadas são aproveitadas: "Os traficantes pagam às crianças das áreas conflagradas para recolher as centenas de cápsulas de balas que ficam espalhadas pelo chão após os confrontos, que serão limpas e recarregadas pelos criminosos[440]".

Sobre as armas também havia a corrupção das forças armadas e da polícia que propiciava armamento de ponta à facção: No caso do roubo das armas do Estabelecimento Central do Exército, no Rio, o Ministério Público Militar denunciou sete pessoas: quatro militares da ativa, incluindo um sargento, dois ex-militares e um traficante[441].

---

[440] AMORIM, Carlos. **Assalto ao poder**. Rio de Janeiro: Record, 2010, p. 85.
[441] AMORIM, Carlos. **Assalto ao poder**. Rio de Janeiro: Record, 2010, p. 97.

O Comando Vermelho investia na rota do tráfico com novos acessos para a maconha do Paraguai e a cocaína da Bolívia, os novos donos das drogas com a crise do tráfico na Colômbia. O Estado até tentava controlar suas fronteiras, mas aí temos a máxima popular do cobertor curto, isto é, se há investimento para a polícia de fronteira, falta recurso para a polícia rodoviária federal e assim sucessivamente.

Já para as milícias, o discurso não era mais conter a violência das facções, mas sim, oferecer serviços paralelos aos do Estado, então, como vimos, serviços de fornecimento de energia, de água, de gás, além de cessão irregular de terrenos, concessão de créditos e empréstimos, estavam no leque de operações ofertadas pelo Terceiro Estado. Com o Estado em convulsão, as milícias tinham relativo espaço para atuar na corrupção de agentes, no investimento de uma estrutura para se proteger e revitalizar.

O Estado também não conseguia ampliar sua rede de investigação e fortificar os trabalhos de repressão, pois recaía nos mesmos problemas de sempre: falta de recursos para contratação de pessoal, modernização de equipamentos e implementação de um sistema minimante integrado para as polícias e um abastecimento de banco de dados nacional.

O crime nadava de braçadas enquanto o Estado enfraquecia. A soberba e a corrupção minaram o Estado. As UPPs criaram um véu que cegou o próprio Estado. O sucesso inicial do programa fez com que se acreditasse que os problemas estariam resolvidos como que em um passe de mágica. A segurança pública precisa de investimentos contínuos para ter sucesso. Manutenção, reposição e complementação são palavras que o Estado não aplicou em sua nomenclatura de segurança pública.

Ao mesmo tempo, não investiu em políticas sociais e, tampouco, fez uma política ampla e profunda contra as facções e as milícias, seja por falta de interesse ou de recursos. Em concomitância, o orçamento do Estado do Rio de Janeiro era drenado pela corrupção e pelos desvios de verbas de seus governantes.

É nesse cenário de colapso das instituições que a corrupção prosperou e jogou o Estado ao descrédito. A escassez de recursos resultante do recuo da arrecadação e do desvio multimilionário do dinheiro público faz com que os serviços públicos ou caiam muito ou deixem de ser prestados da maneira correta. No quesito segurança pública, o Estado voltava à velha estratégia da força e da repressão. A polícia mostrava toda sua letalidade.

Os números não deixam mentir: No Brasil, de acordo com o anuário do fórum brasileiro de segurança pública, Policiais civis e militares mataram no ano de 2015 ao menos 3.022 pessoas no país, uma média de oito por dia. Essas mortes por policiais em 2014 representam crescimento de 37% em relação a 2013, impulsionado especialmente pelo avanço da letalidade em SP (57,2%) e Rio (40,4%).

Qual a efetividade e o controle da violência? Muito baixo, o descrédito, a falta de investimentos, a crise na segurança pública afetou não apenas à proteção aos cidadãos, como também a educação e a saúde. As universidades públicas do Rio de Janeiro entram em greve pela escassez de recursos ante a falta de repasses do governo.

As cobranças vinham de todos os lados e a corrupção não parou, a roubalheira do governador tampouco. As obras para a realização da Copa do Mundo e das Olimpíadas no Rio de Janeiro propiciaram a Sérgio Cabral Filho e seus associados rios de dinheiro com o desvio de verba pública. Como a Operação Lava Jato apurou, somente com a empresa FW Engenharia Ltda, o governo manteve 37 contratos com recursos desviados a bel prazer do governador.

A bomba iria explodir. Assim, o que se viu entre 2014 e até o final de 2015 foi o Estado tendo de arcar com as contas para a realização da Copa do Mundo e das Olimpíadas, sem nem conseguir arcar direito com suas contas ordinárias. Esse balançar de pratos tinha um tênue equilíbrio que desmoronou quando o Governo Federal entrou em crise política pelo processo de Impeachment da Presidente da República Dilma Rousseff, aliado ao processo investigativo com sérias consequências políticas para o Rio de Janeiro da Operação Lava-Jato e o combate contra a corrupção com a aplicação da lei.

Não houve estrutura política para segurar. O Estado em 2016 simplesmente eclodiu, para dizer o mínimo. Com tantos problemas na esfera política, os governantes tentando abafar os escândalos e outros sendo presos no mesmo período, a insegurança política fez com que os governantes tentassem resolver seus próprios problemas. Porém, ainda haveria uma Olimpíada para ocorrer no segundo semestre a as obras não tinham como ser concluídas com os recursos cariocas.

O Governo Federal até ajudou, mas o Governo Estadual largou a maior parte de suas obrigações para a Prefeitura. Com isso, o orçamento que já era escasso, acabou. Se a partir de 2013 a verba diminuiu para a segurança pública, com a erosão das finanças do Rio de Janeiro, em contraposição à escalada econômica tanto do Comando Vermelho quanto das milícias, a crise da segurança pública seria uma realidade.

As milícias fizeram parcerias de negócios com as facções e os lucros começaram a aparecer tanto de um lado quanto de outro. As facções agora contavam com alguma proteção das milícias e o outrora inimigo se tornara parceiro de negócios. Claro que não houve uma unificação entre milícias e facções, porque como dissemos, não havia uma unidade ou um comando das milícias, portanto, os acordos eram pontuais e variavam de região para região, mas sem dúvida, um avanço em relação a um passado recente de confronto entre o Estado paralelo e o Terceiro Estado. Agora havia um princípio de união que se consolidaria adiante, quando falarmos da intervenção federal.

O Estado que se sentia tão senhor das ações via seu domínio se esvair pelos próprios dedos, a ponto de não conseguir mais garantir a segurança da população do Rio de Janeiro. Que mudança brusca de cenário em um espaço tão curto de tempo.

O Governo Federal teve de intervir e fornecer segurança com o destacamento de efetivo do exército para suplantar o caos que o Governo do Estado do Rio de Janeiro provocou em seu plano de segurança pública. Assim, no período dos Jogos Olímpicos, era comum se deparar com militares na orla das praias, nas avenidas e na área do Parque Olímpico e nos demais locais relacionados às Olimpíadas.

Para a população era claro que a intervenção terminaria com o final do evento, porém, uma dúvida pairava no ar: o que seria do Rio de Janeiro com a retirada do exército das ruas? A resposta seria dada dali a poucos meses e os cariocas perceberiam que o real problema da insegurança pública ainda não tinha chegado, o pior aconteceria no final de 2016 quando se deflagra a guerra entre o Comando Vermelho e o Primeiro Comando da Capital na disputa pelas rotas do tráfico no Brasil, como dissemos no capítulo 3 desta obra.

O saldo dos Jogos Olímpicos para a cidade do Rio de Janeiro é o final do dinheiro para o Estado. A crise era tamanha que os salários dos servidores tiveram de ser fracionados em várias parcelas ao longo do mês, isso quando eram pagos. Não havia dinheiro para comprar remédios e equipamentos hospitalares, renovação da frota de veículos das instituições do Estado. A conta somente aumentava, a dívida era impagável e a máquina do Estado precisava continuar a girar. Era o colapso do Estado Democrático de Direito brasileiro capitaneado pela crise da segurança pública do Rio de Janeiro.

Em 2016, a imagem brasileira era a pior possível no cenário internacional. Um presidente interino, a crise da violência exposta na mídia, a insegurança crescente e os escândalos de corrupção se avolumando com seguidas prisões de políticos brasileiros. O Estado passava por seu maior colapso tanto interna quanto externamente.

E como ficaram os outros Estados, o paralelo e o Terceiro? Tiveram pena e diminuíram suas atividades? Nada disso, o lucro não pode parar. O Comando Vermelho ressurgiu, ampliou seu poder e se transnacionalizou voltando a ser uma potência do crime organizado. As milícias cresciam e dominavam o cenário das comunidades, independente da presença dos traficantes e das facções.

A população, diante de tudo isso, se viu desamparada, abandonada e à mercê tanto da milícia quanto das facções. A opinião pública e a mídia intensificaram as críticas para a questão da segurança, porém, o cenário político dominava as manchetes. Parecia que 2016 iria terminar com um saldo negativo, porém, com algum controle. Eis que a convulsão social surgiu em dezembro de 2016, as falhas e o colapso do Estado voltaram a aparecer, agora, não mais no Rio de Janeiro apenas, mas no Brasil inteiro.

O Comando Vermelho fazia sua escalada pelo poder contra seu outrora parceiro comercial, o Primeiro Comando da Capital. Assim, o sangue dominava a realidade das penitenciárias do Norte do país em dezembro. Vejamos como o Estado reagiu e se teve forças para tal.

4.4. A INTERVENÇÃO FEDERAL NO RIO DE JANEIRO E A UNIÃO ENTRE FACÇÕES E MILÍCIAS

A paz acabou. A cidade do Rio de Janeiro viveu pouco mais de oito anos de relativa tranquilidade, com vários sobressaltos. Agora retoma sua rotina de violência, de caos social e, principalmente, de insegurança. Tudo se intensifica rapidamente. O colapso do Estado atinge a população do Rio de Janeiro. As consequências de um Estado que não investe são nítidas.

O Estado moderno está afastado da vida cotidiana das pessoas. Não consegue resolver problemas elementares como saneamento básico, educação, habitação, saúde e emprego. A ausência reiterada contribuiu para os anos de violência e abriu caminho para a chegada do crime que ocupou as lacunas deixadas pelo Estado.

A representação do Rio de Janeiro como "uma cidade em guerra" foi gestada a partir de uma série de episódios violentos (arrastões, assaltos, sequestros, tiroteios, "balas perdidas", chacinas, rebeliões em presídios e instituições de jovens infratores, paralisações do comércio, escolas e serviços públicos por ordens de bandidos, muitas vezes emitidas do interior de prisões de "alta segurança"), que produziram um forte sentimento de insegurança diante das crescentes ameaças à integridade física e patrimonial de seus habitantes[442].

Em final de 2015 a guerra entre as duas maiores facções do Brasil ganha contornos nacionais. A disputa gira em torno do protagonismo nas rotas terrestres para a distribuição da droga no Brasil e no estabelecimento de linha direta de acesso com os produtores da Bolívia e do Paraguai.

Como dissemos no capítulo 3, o Primeiro Comando da Capital se modernizou, expandiu e internacionalizou suas atividades criminosas. Atividades que não tinham tanto a atenção da facção como o tráfico de armas e de drogas ganham destaque[443]. Quando Marcos Willians Herbas Camacho, o Marcola, estabelece uma parceria diretamente com os traficantes da Bolívia para o PCC ser parceiro comercial na distribuição de drogas no Brasil, as rotas e caminhos para o produto entrar no país passam a colidir com os negócios do Comando Vermelho.

Em 2016 quando a facção paulista assassina o principal distribuidor de maconha do Paraguai para assumir a rota da maconha, o Comando Vermelho resolve tomar providências. Afinal, o modo de funcionamento da facção criminosa sempre se baseou em uma tomada vertical de decisões, isto é, aqueles que atrapalham a organização são eliminados.

Agora, o inimigo era tão poderoso e armado quanto o próprio Comando, portanto, quando a disputa pela rota do Solimões, para trazer a droga via Amazonas, começou o resultado foi sangrento, com impacto na população daquele Estado. Os conflitos se expandiram para o Rio Grande do Norte com o Comando Vermelho fazendo parcerias com as principais facções da região, como a Família do Norte.

---

[442] LEITE, Márcia Pereira. **Da "metáfora da guerra" ao projeto de "pacificação": favelas e políticas de segurança pública no Rio de Janeiro**. Revista brasileira de segurança pública. São Paulo v. 6, n. 2, Ago/Set 2012, p. 374-389.

[443] Para informações mais detalhadas sugerimos a leitura do livro: GONÇALVES, Antonio Baptista. **PCC e facções criminosas: A luta contra o Estado no domínio pelo poder**. São Paulo: Revista dos Tribunais, 2020.

O problema é que o Primeiro Comando da Capital também dispunha de parceiros e de muito armamento, assim, quando seus membros foram degolados no Amazonas e no Rio Grande do Norte, a resposta veio com a invasão da Rocinha, reduto do Comando Vermelho no Rio de Janeiro.

A violência, o tiroteio e as balas perdidas foram tão ou mais intensos do que os conflitos do Comando Vermelho com as outras facções cariocas nos anos 1990. O sangue estava por todos os lados e as mortes não paravam de acontecer. A milícia, que a essa altura tinha vários acordos com as facções cariocas, auxilia, no entanto, não interfere decisivamente para nenhum dos lados. Era chegada a hora do Estado intervir. Mas como? Um Estado quebrado, sem dinheiro, efetivo, plano tático ou respaldo da população.

2016 começara de maneira sombria para a população do Rio de Janeiro e as imagens da guerra que virou a cidade do Rio de Janeiro assustavam a mídia internacional que em poucos meses teria de vir à cidade para a realização dos Jogos Olímpicos. Nesse meio tempo, politicamente outros eventos conferiram mais dramaticidade à situação da cidade e do país. Se consuma o impeachment da Presidente Dilma Rousseff e assume seu vice Michel Temer. Porém, aos olhos de parte da população e da mídia, o processo não foi legítimo e ecoa a palavra "golpe" para definir o processo.

O resultado foi uma cisão ideológica da população entre os que apoiavam a saída de Dilma Rousseff e a queda do partido político à qual era filiada e que esteve no poder por três mandatos e meio. De outro lado estavam o que apoiavam o governo e suas ideias, disseminando a questão de que se tratara de um golpe político e não de um processo judicial legítimo decidido pelas vias democráticas.

À parte dessa rachadura ideológica havia a questão do vice que não era bem aceito por nenhum dos dois lados, ainda mais com a Operação Lava Jato prendendo vários políticos brasileiros, dentre eles os cariocas Sérgio Cabral Filho e Eduardo Cunha, ex-governador e ex-deputado federal e presidente da Câmara dos Deputados, respectivamente.

Internacionalmente, o vice também não era bem-visto e pouco viajou ou apareceu fora do país nos dois anos e meio que seu mandato durou. A credibilidade brasileira estava abalada e a imagem dos políticos se atrelava à corrupção. Somado aos problemas cariocas de falta de dinheiro que já expusemos no tópico anterior.

Não havia como o Estado do Rio de Janeiro garantir a segurança das Olimpíadas. O medo pairava sobre a população brasileira. O Governo Federal resolve agir e determina que as forças armadas irão colaborar com a segurança do Rio de Janeiro e das demais cidades que receberão os jogos. O efetivo inicial de 18.000 homens do Exército, Marinha e Aeronáutica é ampliado e os 21.845 responsáveis pela segurança chegaram à cidade do Rio de Janeiro em 24 de julho de 2016.

Outros 20 mil homens foram destacados para as cinco capitais que sediariam os jogos de futebol do evento. A preocupação em não macular ainda mais sua reputação internacional estava clara nas palavras do então Ministro da Defesa e Segurança Raul Jungmann: "Não faltará dispositivo de Defesa e Segurança para o evento. E se for necessário mais efetivo será disponibilizado[444]".

Nos dias que a cidade recebeu o evento era frequente a presença de militares na orla e nas principais avenidas. Além é claro das localidades em que teriam os eventos esportivos. Era a resposta do Estado Democrático de Direito de que a violência teria uma trégua. E assim foi feito. Durante as Olímpiadas não foi registrado nenhum grave incidente, ao menos não na chamada bolha olímpica, isto é, no entorno dos locais dos eventos esportivos.

Não que as facções tenham freado suas atividades e, tampouco, a milícia, visto que os policiais da Força Nacional de Segurança que atuaram na Olimpíada não têm serviço de internet no prédio em um condomínio do Minha Casa Minha Vida na Zona

---

[444] **FORÇAS ARMADAS TERÃO 21 MIL MILITARES NO RIO DURANTE A OLIMPÍADA.** Jornal Folha de São Paulo, 6 de julho de 2016. Disponível em: https://www1.folha.uol.com.br/esporte/olimpiada-no-rio/2016/07/1789110-forcas-armadas-terao-21-mil-militares-no-rio-durante-a-olimpiada.shtml. Acesso em 13 de maio de 2021.

Oeste. Dependiam exclusivamente do celular. Motivo: os milicianos que controlavam a região proibiram o fornecimento de sinal de internet que não seja o da rede clandestina montada por eles[445]. O crime sempre estava à espreita e mandava seu recado sempre que possível.

Os problemas regressaram quando os militares se retiraram e a cidade voltou a depender do Governo estadual para sua proteção e segurança. O Rio de Janeiro por incompetência e corrupção de seus governantes enfrentava um triplo esvaziamento: econômico, de oportunidades e, especialmente, de sua imagem. Veja a entrevista do prefeito Eduardo Paes para o Jornal Brasil Econômico, em 27 de agosto de 2012: "Herdamos uma cidade com autoestima no chão, exemplo de vergonha no que se trata de políticas públicas, uma cidade desacreditada, incapaz de olhar para frente, sem perspectivas de futuro e se lamuriando do que foi no passado".

Essas declarações foram dadas no primeiro semestre de sua gestão. Houve alguma mudança de cenário em sua saída, ao final de 2016? A realidade parece ter se agravado um pouco mais, se é que seria possível. Quanta diferença para o discurso de otimismo do mesmo político em março de 2011 no programa Roda Viva: "Então, eu conto com esse fantástico ativo. Além de eu trabalhar muito, conhecer bem minha cidade e dei sorte: ganhei as Olimpíadas. Então isso é um instrumento que a gente usa o tempo todo para trazer as coisas. É um diferencial enorme você sediar, ter a oportunidade de sediar um evento como as Olimpíadas".

Como foram aproveitados os investimentos na ordem de 43 bilhões de reais? Em termos urbanísticos houve um legado indiscutível, pois, o metrô com a ligação Barra – Zona Sul, agora chegava em sua plenitude aos bairros de Ipanema, Leblon, São Conrado e Barra da Tijuca. Além disso, se criou um sistema de metrô na

---

445 **MILÍCIA PROÍBE INTERNET EM PRÉDIO QUE HOSPEDA POLICIAIS DA FORÇA NACIONAL NO RIO.** Revista Época, 21 de julho de 2016. Disponível em: https://epoca.globo.com/tempo/noticia/2016/07/milicia-proibe-internet-em-predio-que-hospeda-policiais-da-forca-nacional-no-rio.html. Acesso em 13 de maio de 2021.

superfície, o BRT que atendia a Barra toda e além, através de um conjunto de linhas como a BRT Transolímpica, BRT Transoeste, além da Duplicação do Elevado do Joá e Viário da Barra. No centro, o VLT melhorava e acelerava a comunicação das principais vias. O Porto foi revitalizado e contava com novos museus, como o do Amanhã, além de um aquário, ainda em 2016. Porém, não se conseguia resolver a sensação de medo e insegurança.

Para além da segurança, a frustração das promessas dos Jogos se estende até o Parque Olímpico, que chegou a receber mais de 150 mil visitantes por dia durante o evento, mas que ostenta mais de 1 milhão de metros quadrados praticamente inutilizados pela população. O problema não estava nas novas atrações e sim na segurança.

A verdade é que o prefeito até que tentou, mas a crise financeira do governo estadual drenou os recursos da Prefeitura a fim de que as obras do parque olímpico e da cidade em si pudessem ser concluídas. O otimismo deu lugar à apreensão, ao medo do vexame e à certeza de que o caos na segurança chegaria com alto impacto no seguinte à Olimpíada.

Se em 2016 o Governo do Rio de Janeiro decretou estado de calamidade pública, o cenário para o ano seguinte não era de muito alento. Somente para 2017 o Estado tinha uma dívida para pagar no importe de R$ 8 bilhões de reais. E poderia ser muito pior se não houvesse um acordo com o Governo Federal, porque o estado do Rio de Janeiro ingressou em 2017 em um regime de recuperação fiscal que previa a suspensão da dívida com a União por três anos prorrogáveis por mais sete anos. Segundo cálculos, o estado deixou de pagar com o acordo uma dívida de R$ 27,5 bilhões. Ademais também não haveria pagamento das parcelas da dívida do Rio com a União pelos próximos três anos. O valor ultrapassa R$ 50 bilhões.

A previsão da Federação das Indústrias do Estado do Rio de Janeiro (Firjan), mesmo que o estado siga corretamente o plano de recuperação fiscal, é de que ele voltará a arrecadar mais do que gasta somente em 2029. Somente em 2038, o Estado conseguirá pagar os juros e a amortização da dívida com a União integralmente.

Para a Prefeitura, o sucessor de Eduardo Paes também encontrou dívidas: "Eu e o Witzel temos que ir a Brasília para renegociar dívidas. A Olimpíada foi um momento em que estado e o município gastaram muito dinheiro e foram vítimas de episódios horrorosos de corrupção. São bilhões de reais que sufocam o Rio e nós precisamos resolver isso com o Bolsonaro".

Só para o BNDES eu tinha que pagar R$ 6 bilhões em quatro anos; já paguei R$ 2,5 bilhões e faltam R$ 3,5 bilhões. Isso é impossível, o município não aguenta uma coisa dessas com 10% de juros ao ano e o prazo é com base numa tabela doida, e não numa tabela price[446]".

Diante de tantos problemas financeiros, qual seria a possibilidade de investimentos em segurança, modernização da polícia, resolução do déficit do efetivo das polícias, além de modernizar tecnologicamente às corporações? Nenhuma. Diante do caos financeiro o Estado tentou resolver com o que não tinha. Assim, incrementou as operações contra às milícias e a polícia seguiu repressiva e violenta nas comunidades. A fórmula da velha segurança pública que já falhara antes voltou a deixar de funcionar.

O Estado do Rio de Janeiro em 2017 teve a maior taxa de mortes violentas desde 2009, segundo Instituto de Segurança Pública. Foram 6.731 casos em 2017, o que representa uma taxa de 40 mortes violentas por 100 mil habitantes. Em 2009, o mesmo índice foi de 44,9.

Se entre 2010 e 2016, a estatística de mortes violentas no RJ esteve abaixo da taxa de 40 por 100 mil habitantes, agora, a violência estava presente e crescente. O declínio do programa das UPP é evidente. Se a violência aumenta, com ela também se eleva a letalidade policial carioca.

Também de acordo com o Instituto de Segurança Pública, 2017 também foi o ano em que se verificou a maior taxa de homicídios decorrentes de intervenção policial nos últimos nove anos.

---

446 WITZEL E CRIVELLA BUSCAM RENEGOCIAR DÍVIDAS DO ESTADO E DA CIDADE DO RIO DE JANEIRO. Jornal Folha de São Paulo, 3 de janeiro de 2019. Acesso em 13 de maio de 2021.

O índice ficou em 6,7 por 100 mil habitantes – em 2008, era de 7,3. Foram, no total, 1.124 mortos pela polícia em 2017. Em um comparativo o indicador esteve abaixo de mil casos entre 2010 e 2016. Importante destacar que, por conta da violência, morria no Rio de Janeiro um policial a cada dois dias nessa época.

Em um comparativo simples entre 2016 e 2017 houve piora nos indicadores de roubo de veículo (aumento de 30,4%), sequestro relâmpago (43,5%) e roubo de aparelho celular (24,7%). Na Zona Sul, em Copacabana, houve um crescimento de 128% nos registros de roubo nos últimos dois anos. Em Ipanema os roubos passaram de 165, entre janeiro e abril de 2015, para 254, no mesmo período de 2016, uma alta de 54%. No Leblon o crescimento foi de 28% no período, indo de 507 para 648 ocorrências. Na Zona Norte o cenário era desolador, na Pavuna houve aumento das mortes em 81%.

Cercada por três grandes comunidades (Acari, Chapadão e Pedreira), dominadas por três facções criminosas, a Pavuna ainda dá acesso às principais vias expressas da cidade: Linha Vermelha, Dutra e Avenida Brasil. Para os roubos de cargas a posição é estratégica. A Zona Norte e a baixada que, como dissemos, não teve a implantação das UPPs, exceto na Tijuca, o que representou o acúmulo das facções e de milícias na região. Os conflitos eram uma questão de tempo e viraram uma realidade em 2017.

"Você vai de ônibus, é roubado. Você vai de carro, é assaltando. Você sai de metrô, é bangue-bangue. Que país é esse?", pergunta o porteiro João Lima[447].

A violência explodia. A mídia cobrava ações policiais, que eram cada dia mais violentas, sem conseguir reduzir a criminalidade. O Governo sem recurso. A população padecendo e acuada. O retrato era que a sociedade brasileira não mais conseguia conviver com os criminosos, as leis não os autorizavam matar.

---

447 **NÚMEROS DA VIOLÊNCIA NO RIO SE ASSEMELHAM AOS DE PAÍSES EM GUERRA**. Jornal Nacional, 9 de maio de 2017. Disponível em: http://g1.globo.com/jornal-nacional/noticia/2017/05/numeros-da-violencia-no-rio-se-assemelham-aos-de-paises-em-guerra.html. Acesso em 13 de maio de 2021.

E quando a polícia o fazia em tiroteios e confrontos, como impedir que as milícias ocupassem o lugar dos gerentes do tráfico, dos chefes de quadrilhas?

O tom da violência aumenta quando as facções percebem o óbvio que o Estado está a deriva, afinal, o ex-governador está preso, o mandato do atual corre risco ante as denúncias de corrupção contra o governador Luiz Fernando Pezão, que acabaram se confirmando. Além disso, um Tribunal de Contas que tem 5 de seis membros presos, o cenário é de falta de legitimidade e a criminalidade percebeu isso claramente.

As milícias dominaram a realidade da violência carioca em concomitância com as facções. O número de chacinas aumenta muito. Entre 2009 e 2018 houve 411 chacinas, isto é, assassinatos com três ou mais vítimas, com saldo de 1.391 pessoas mortas. Somente em 2017 foram 59 chacinas[448]. Os caminhos do Terceiro Estado com o Estado paralelo estavam prestes a se cruzar. Antes as chacinas e os protestos pelas facções e milícias eram comuns e significavam uma resposta de ambos ao desgoverno do Estado carioca.

Diante da letalidade da polícia as facções protestavam, como quando foi ateado fogo em nove ônibus e dois caminhões em algumas das principais vias de acesso à cidade. Como já o fizera antes o Governo Federal decide intervir. Primeiro envia 800 homens da Força Nacional de Segurança, através do na autorização do Decreto publicado em 28 de julho de 2017, da ativação de um Comando Conjunto (CCJ) das Forças Armadas para auxiliar com operações da Garantia da Lei e da Ordem (GLO) às atividades na área de segurança pública quando solicitada pelo governo do Estado. O Art. 1° previa a intervenção de 28 de julho de 2017 até 31 de dezembro do mesmo ano. Não foi suficiente, assim, era momento de uma intervenção mais profunda.

---

[448] **EM 10 ANOS, RJ TEM MAIS DE 400 CHACINAS, COM 1,3 MIL MORTES.** Portal G1, 2 de outubro de 2019. Disponível em: https://g1.globo.com/rj/rio-de-janeiro/noticia/2019/10/02/em-10-anos-rj-tem-mais-de-400-chacinas-com-13-mil-mortes.ghtml. Acesso em 13 de maio de 2021.

O que não é exatamente uma novidade para o Rio de Janeiro, porque mesmo com as instalações das UPPs, a participação das Forças Armadas em Operações de Garantia da Lei e da Ordem tornaram-se uma realidade cada vez mais evidente, tendo como destaque as Operações Arcanjo, nos complexos da Penha e do Alemão (2010 a 2012) e as Operações São Francisco, no Complexo da Maré (2014 a 2015). Não obstante, as participações das Forças Armadas na segurança de grandes eventos que o estado do Rio de Janeiro sediou desde 2013 até o ano de 2016, com as Olimpíadas.

A crise alarma o Governo Federal. O Presidente da República afirma que o crime organizado tomou conta do Estado do Rio de Janeiro, sendo uma problemática que se espalha pelo país e ameaça a tranquilidade da sociedade. Cabe ao Presidente da República conferir as diretrizes para o emprego das forças armadas, como estabelece a Lei Complementar n° 97, de 9 de junho de 1999, no caput e § 2º do artigo 15:

> Art. 15, §2°. O emprego das Forças Armadas na defesa da Pátria e na garantia dos poderes constitucionais, da lei e da ordem, e na participação em operações de paz, é de responsabilidade do Presidente da República, que determinará ao Ministro de Estado da Defesa a ativação de órgãos operacionais, observada a seguinte forma de subordinação: §2º A atuação das Forças Armadas, na garantia da lei e da ordem, por iniciativa de quaisquer dos poderes constitucionais, ocorrerá de acordo com as diretrizes baixadas em ato do Presidente da República, após esgotados os instrumentos destinados à preservação da ordem pública e da incolumidade das pessoas e do patrimônio, relacionados no art. 144 da Constituição Federal.

O presidente decide que as forças armadas precisam defender a Pátria Nacional, na figura do Estado do Rio de Janeiro, como preconiza o art. 142 da Constituição Federal. Assim, amparado pelos artigos 34, 36 e 84 da Constituição Federal de 1988 e pelo Decreto n° 3.897, de 24 de agosto de 2001, foi assinado em 16 de fevereiro de 2018, o Decreto nº 9.288, que previu:

> Art. 1º Fica decretada intervenção federal no Estado do Rio de Janeiro até 31 de dezembro de 2018.
> §1º A intervenção de que trata o *caput* se limita à área de segurança pública, conforme o disposto no Capítulo III do Título V da Constituição e no Título V da Constituição do Estado do Rio de Janeiro.
> §2º O objetivo da intervenção é pôr termo a grave comprometimento da ordem pública no Estado do Rio de Janeiro.
> Art. 2º Fica nomeado para o cargo de Interventor o General de Exército Walter Souza Braga Netto.
> Parágrafo único. O cargo de Interventor é de natureza militar.

O interventor seria responsável por todas as áreas da Segurança Pública do Estado. A operacionalização das ações da intervenção foi iniciada em 1º de março com a abertura do Gabinete de Intervenção Federal na Segurança Pública do Estado do Rio de Janeiro – GIFRJ, órgão de planejamento, coordenação e controle das ações de intervenção, estando sob a direção do Interventor Federal.

A intervenção federal no estado do Rio de Janeiro focou na segurança pública e envolveu um conjunto de ações no qual foram empregadas forças de segurança do estado junto às forças militares em operações de Garantia da Lei e da Ordem. O Exército Brasileiro agiu com cautela nos procedimentos adotados na conduta de apoio às prisões dada a polícia e nas próprias prisões realizadas em flagrante delito.

Os atos militares de 2018 objetivaram recuperar a capacidade operativa dos órgãos de segurança pública e reduzir os índices de criminalidade. Ao longo do ano foram realizadas centenas de prisões em 2018. Os números comprovam com aumento das mortes por intervenção dos agentes do estado: 1.814, ou uma morte a cada cinco horas e meia, recorde desde 2007. O número de homicídios dolosos caiu de 5.346 em 2017 para 4.950 em 2018. O mesmo não se observou com os roubos que em 2017 eram de 51.035 e em 2018 foram de 56.009.

A resposta do Estado paralelo e do Terceiro Estado continuavam a ocorrer, pois, mesmo com a intervenção foram mais

54 chacinas no Rio de Janeiro em 2018, número um pouco inferior a 2017.

O que se percebe com a intervenção é que a violência aumenta, a segurança não. Os números não trouxeram uma melhora substancial que se esperava e a realidade é que não houve grande mudança no cenário da violência no ano da intervenção federal. Midiaticamente, a história já é diferente, porque o que se noticiava era o exército entrando nas comunidades e várias operações eram feitas e tinham repercussão nos principais veículos de comunicação. Sobre o tema Célio Alves:

> O Rio de Janeiro passou por um período de intervenção federal. Foram doze meses e nada mudou para a sociedade fluminense. Mais pareceu um desfile de 7 de setembro nas orlas das praias da Zona Sul carioca. Para os turistas foi uma sensação maravilhosa poder tirar fotos ao lado dos Soldados e dos veículos militares. Conseguiram deixar uma ótima impressão ao que desrespeito a quantidade de homens enfileirados e que na verdade, internamente, não nos trouxe benefícios. Enquanto os soldados desfilavam e exibia seus rifles para fotos. Logo atrás daqueles prédios imponentes da Avenida Atlântica há uma comunidade sedenta pela presença das autoridades. Mas que em nenhum momento durante a intervenção, foram lembrados[449].

Se a efetividade foi baixa, mesmo com todo o poderio bélico e as táticas avançadas das forças armadas, por que a violência não foi contida na cidade do Rio de Janeiro? A resposta é: por culpa do próprio Estado.

Ao anunciar a intervenção federal o Estado alertou os criminosos que a resposta estatal seria dura e intensa, portanto, o que as facções fizeram em resposta? Uniram forças, efetivamente, com a milícias cariocas a fim de que ambos pudessem sobreviver sem muitos percalços econômicos em suas atividades. Desenvolvemos o tema.

---

[449] ALVES, Célio. **Paramilitar. A vida de Um Miliciano**. Amazon Digital Services, 2019.

O Estado criou o Terceiro Estado. Foi um pedido de socorro para uma força clandestina que tinha ampla autorização para matar. A vista grossa e a impunidade eram elementos essenciais para a liberdade de ação e circulação das forças de extermínio. Os anos passaram e o Estado não soube criar elementos sociais que possibilitassem a desarticulação dos grupos letais criados por ele mesmo.

Já os policiais, que atuavam clandestinamente, aprenderam a diversificar suas atividades e constataram que nas mazelas estatais era possível enriquecer. A população carente presente na geografia da exclusão precisava de tudo, então, o que antes era somente proteção deu azo a um leque de opções, todas com o mesmo objetivo: lucro. Nasciam as milícias. A violência e a brutalidade ainda estavam lá, vezes a favor do cidadão, vezes contra o próprio, quando este se negava a pagar o dinheiro exigido pelos milicianos por sua própria proteção. As milícias vendem o estabelecimento da ordem, ainda que de forma violenta.

Quando o Estado reagiu foi tarde demais, os meandros já haviam sido percorridos, os atalhos descobertos. A lei passou a caçar as milícias e muitos foram presos, o resultado foi a erradicação das milícias? Não, porque as comunidades continuaram a precisar de seus serviços, especialmente nas áreas em que as UPPs não foram instaladas e a criminalidade aumentou pela presença das facções criminosas.

A cruzada estatal não arrefeceu as milícias e nem a intervenção federal foi capaz de controlar suas atividades. O Terceiro Estado estava implementado e viera para ficar. O Estado somente piorou o que já era ruim, porque as comunidades que, antes, conviviam com as ilicitudes do jogo do bicho e do tráfico capitaneado pelas facções, agora, via mais um ator dividir o pouco espaço presente: as milícias.

Por outro lado, temos o Estado paralelo. Criado também pelo Estado que não forneceu condições mínimas adequadas de convivência para os presos. Não os tratou como seres humanos que são, os apresentou a violência extrema, os maus tratos, os abusos e os fez reagir e se organizar. A concepção de facção é o resultado de um efeito colateral indesejado da política de segurança pública equivocada, somada aos excessos da violência perpetrada pela polícia. As facções criminosas nasceram nas prisões por uma necessidade de lutar por melhores condições e resistir para sobreviver.

Com o tempo evoluíram e viram a possibilidade de lucro nas mazelas do Estado. Começaram a povoar os morros cariocas e a dominar as comunidades. De início, uma melhora à população depois, conflitos por território e poder. Quando o Estado quis reagir já era tarde, a corrupção e o dinheiro já haviam enriquecido as facções e a paridade de armas não mais existia, porque as facções estavam mais bem paramentadas para se defender do que o Estado para atacar.

Os problemas surgiram quando começaram a guerrear entre si. As facções enfraqueceram e permitiram a presença da força clandestina do Estado através das milícias que surgiram para combatê-los e exterminá-los. Depois, quando as milícias se corromperam, o próprio Estado interveio e instalou as Unidades de Polícia Pacificadora.

Novamente o Estado falha e não consegue extirpar as facções da realidade carioca, apenas as concentra nas Regiões Norte e Oeste. Ao fazer isso os fortifica e os obriga a diversificar suas atividades. Nascia assim, os roubos de carga pelas facções e os lucros aumentaram sobremaneira. Ao mesmo tempo, amealhavam recursos para se fortalecer e se armarem à espreita de uma eventual derrocada do Estado. A ascensão veio com o declínio financeiro e todos os problemas com as UPPs que relatamos. A resposta foi letal e o Estado acusou o golpe. A onda de violência perpetrada pelas facções fez o Estado do Rio de Janeiro ficar de joelhos ante à sua própria incapacidade financeira de reagir.

Com a intervenção federal se consolida algo que havia se iniciado com o programa das UPPs, a aliança entre o Estado paralelo com as facções e o Terceiro Estado com as milícias. Ao empurrar, tanto milícias e fações para as Zonas Norte e Oeste, o Estado propiciou que os inimigos de outrora visem vantagens econômicas ao realizarem um intercâmbio de tarefas, isto é, os milicianos protegeriam as facções e estas dariam acesso ao tráfico ou parte de seus lucros às milícias.

A ideia é dividir para multiplicar, pois, se ambos lutassem entre si significaria uma queda de receitas e vidas para ambos. Ao permitir a troca econômica, os lucros, de início diminuíram, porém, com a junção de esforços o domínio era mais claro e os lucros se potencializaram e até aumentaram.

Quando o Estado chegou, os caminhos que antes caminhavam em paralelo agora se cruzaram e uma aliança se consolidava com todos lutando contra o Estado. Por isso, a violência não diminuiu como se esperava. O Estado e suas falhas criaram dois novos atores que dominaram as atividades de 20% da população do Rio de Janeiro, representado pelo número de pessoas que moram nas comunidades.

Hoje não há uma comunidade que não tenha a influência ou das facções ou das milícias ou dos dois, em conjunto ou não. Agora, há o respeito entre eles, união pelo lucro, propiciado pelo próprio Estado. Parabéns por sua ineficiência!

Qual será o futuro para o Rio de Janeiro ante a um Estado colapsado, um Estado paralelo forte com atividades internacionais capitaneadas pelo tráfico de drogas, com lucros cada ano maiores e um Terceiro Estado que corrompe as forças policiais do Estado, que se protege usando daqueles que deveriam lhe reprimir? Cresceu com o apoio das facções, aumentou seu leque de atividades ao amealhar dinheiro advindo de corrupção pelas atividades do tráfico e da proteção às facções. Qual será o futuro?

A resposta não é simples e, tampouco, trará frutos em um curto espaço de tempo, porém, o caminho para o Estado sair do buraco é fazer o que deveria ter feito há quarenta anos: investir na educação. Não apenas e tão somente cumprir o orçamento, o que o Estado deve fazer é objetivar formar o cidadão brasileiro. Para isso, precisa fomentar setores que há décadas negligencia: saúde, lazer, oportunidade de emprego, saneamento básico e condições mínimas de sobrevivência para a geografia da exclusão.

O Estado ensinou a sua população que a repressão, a letalidade policial e o endurecimento das leis não são o caminho. As prisões empilham seres humanos e os índices de violência seguem elevados. Prender não é o caminho, educar é.

Quando o Estado perceber que formar as pessoas as capacitarão e lhes trará oportunidades melhores de emprego a ponto de lutar contra a exclusão econômica, aí sim, haverá o enfretamento às milícias e à facções criminosas. Ambas se abastecem das lacunas que o Estado propicia. É através das mazelas do Estado que elas se fortalecem. Quando o Estado empoderar sua população, a influência de ambas será progressivamente menor.

O próprio cidadão não gosta nem das milícias ou das facções, mas precisa de ambas para ter algum tipo de acesso nos caminhos que o Estado lhe impediu de alcançar, seja na saúde, na educação e em todos os direitos tidos como fundamentais.

O caminho da mudança perpassa pela modificação da visão do próprio Estado, portanto, vislumbrar uma saída é investir no futuro adequado das próximas gerações com educação e cultura. O combalido Estado do Rio de Janeiro agradece.

CONCLUSÃO

Não se combate violência com violência. A força e a austeridade do Estado não lhe conferem legitimidade, tampouco respeito e, muito menos, confiança. Essa relação vertical somente fomenta o ódio e retira a esperança daqueles que já pouco ou nada têm. O Governo ou não lembra ou finge que não sabe que são poucos, na verdade, bem poucos os que gostam de cometer crimes e viver na delinquência como uma afronta social.

A maioria frequenta o sistema penitenciário por ser produto de uma exclusão econômica que lhe fecha a porta para as oportunidades da vida, o cotidiano das comunidades no qual a violência do Estado, das facções e das milícias lapidam a formação do ser humano na desesperança.

Quando busca um alento no Estado para que este lhe auxilie em sua formação como ser humano encontra o descaso e o abandono. Se vê obrigado, por falta de condições econômicas, a frequentar escolas em que se ensina de tudo, menos educação. Não se aprende português, tampouco, as matérias básicas. O Estado, ao invés de lhe amparar, o empurra ano após ano sem se preocupar se a formação social é feita.

As políticas públicas mudam constantemente sem apresentar um caminho sólido na direção do saber: eliminação das repetências, não investimento em modificar os problemas cognitivos, muitos sem saber ler e escrever ou a saber fazer as quatro operações matemáticas básicas. O resultado é o Brasil ocupar a 57ª posição do mundo no ranking PISA (Programa Internacional de Avaliação de Estudantes) em leitura, em matemática está em 70° e em 64° em ciências. O que vem a ser o PISA? O PISA avalia até que ponto os alunos de 15 anos de idade, perto do final de suas aulas obrigatórias, adquiriram os conhecimentos e habilidades essenciais para uma participação plena nas sociedades modernas. A avaliação trienal concentra-se nas principais disciplinas escolares de leitura, matemática e Ciência. Aproximadamente 710.000 estudantes concluíram a avaliação do PISA 2018, representando mais de 31 milhões de jovens de 15 anos nas escolas dos 79 países e economias participantes[450].

O PISA é um indicador internacional que avalia se os alunos estão preparados para serem cidadãos e se têm a formação educacional mínima que se espera para sua formação. O resultado denota o colapso da educação pública brasileira. Entre 79 países, os índices brasileiros estão na parte de baixo dos resultados. Surpresa quanto à posição? Não.

É o reflexo do descaso do Estado Democrático de Direito brasileiro. Extensivo a todos que dele mais necessitam. O Governo Federal há muito deixou de se preocupar com o futuro de nossas crianças e eis o seu primeiro e mais profundo erro, porque, ao soltar a mão de um jovem, no curso de sua formação enquanto pessoa, o Estado lhe retira o esteio da cidadania e da cultura e o entrega para a família para que o pátrio poder faça o que seria sua obrigação.

Em tese os pais poderão afastar seus filhos da ineficiência do Estado, desde que existe um elemento essencial para tal intento: condições econômicas. O Brasil não mitiga suas desigualdades, ao contrário, as acentua. Incentiva, voluntariamente ou não, uma cisão entre os ricos e os pobres e relega os que têm poucas possibilidades econômicas a usufruir da exclusão que o próprio Estado proporciona. Também retira da classe média condições ao impingir o pagamento de educação e saúde privadas porque as estatais os levarão à exclusão social e econômica.

O Estado Democrático de Direito brasileiro se orgulha de ter o maior sistema público de saúde do mundo. Perfeito, mas de que adianta ter o maior se os profissionais são mal qualificados,

---

450 PISA 2018 Assessment and Analytical Framework. Paris: OECD, 2019. Disponível em: https://doi.org/10.1787/b25efab8-en. Acesso em 14 de maio de 2021.

o atendimento é ruim e não existem medicamentos de acordo com as necessidades? O dinheiro claramente é mal-empregado. Na mesma sistemática temos o sistema brasileiro de educação.

Como dissemos, dinheiro existe, mas o problema não é ter e sim saber usar. A nona maior economia do mundo com US1,85 trilhões de dólares não pode alegar ausências de recursos para investimentos nos setores essenciais da sociedade. O que falta, e muito, é saber investir bem. O Brasil definha desde muitos anos em formar o cidadão brasileiro, cultural, educacional e socialmente.

As desigualdades se acentuaram porque as condições econômicas se tornaram díspares. Os que têm menos condições econômicas e dependem do Estado para sua formação ficam cada dia mais excluídos do mercado de trabalho, quando as deficiências do Estado se refletem em uma educação ruim, uma ausência de cidadania e a falta de condições de competir em paridade de armas com os que frequentam o ensino privado.

Fora isso, o Estado empurra para as periferias àqueles que não possuem condições econômicas e os trata com escárnio e profundo desrespeito. Não lhes confere o que é sua obrigação como efetivador dos direitos tidos como fundamentais. Assim, obriga pessoas sem renda a morarem em locais que têm poucas condições sanitárias, falta de água, energia elétrica e ainda espera que as crianças se desenvolvam envoltas de um ambiente de miséria e falta de condições sociais. Como?

Poucos ainda conseguem superar o conjunto de dificuldades cotidianas que o Estado lhes impõe. Muitos sucumbem e são atraídos pelo crime e a possibilidade de fazer dinheiro de maneira rápida, em uma realidade que não exige um ensino, uma educação ou uma polidez. O que se exige é ser esperto, ligeiro e saber atirar. O crime ensina a violência contra aquele que lhe impõe a violência.

O crime desnuda a inocência de nossas crianças e jovens e lhes entrega a dureza do dia a dia, de uma realidade atrás de pobreza e falta de oportunidades, que se traduz em um Estado paralelo que através de dinheiro ilícito, obtivo do tráfico e da venda de produtos para a classe média e rica que todos eles um dia almejam a pertencer.

Ser do mundo do tráfico confere respeito e temor, ao mesmo tempo, fornece um erário que raramente seria obtido em condições normais de um cidadão brasileiro formado e (des)preparado pelo Estado. As mães podem até não gostar, mas muitas veem no crime a possibilidade de sustento e de ter o mínimo para os demais membros da família. Será que a opção seria a mesma se o Estado formasse seus filhos adequadamente e eles pudessem ser inseridos em um mercado de trabalho de maneira competitiva? Duvido.

Os filhos da exclusão são fruto do abandono estatal. O tempo, as dificuldades, o descaso do Estado os endurece, o crime é uma alternativa, não é a única, porém, diante do cenário, a mais atrativa. E os caminhos, do agora criminoso em potencial, podem até andar em paralelo com a impunidade e nunca serem reprimidos pelo Estado, contudo, as chances de se cruzarem aumentam com os passar dos dias na ilicitude.

O Estado, que não forma e não educa, também não sabe o que fazer com essa massa desinformada, ou melhor, mal-formada, que envereda para o crime. Então, para não sofrer críticas da opinião pública, por não os ter educado e dado cidadania, os pune, uma vez mais, ao lhes retirar do convívio social e aos isolar no cálido ambiente prisional.

As penitenciárias brasileiras se transformaram em um verdadeiro empilhar de corpos que teimam em não morrer. Se o Estado já os matou socialmente, agora, o tenta fazer realmente, através da violência, transferindo a culpa que deveria ser do Estado para o agora bandido, o excluído econômico também se torna excluído social.

A sociedade não mais se preocupa com a sanidade, as condições e muito menos a ressocialização dos que delinquiram. Se consagrou em boa parte da população brasileira que "bandido bom é bandido morto". O Estado que não forma, não educa e não prepara, agora exige que o brasileiro se comporte e seja exemplar, mas, para isso, lhe retira a dignidade e os trata com brutalidade, violência para ter o controle através do medo.

Não trata os presos como cidadãos, os trata como feras. De outro lado, os presos reagem para ter o mínimo e se unem para combater um inimigo comum: o Estado. Ente este que os maltrata desde a infância, os encaminhou involuntariamente ou não para o crime e, agora, aquele cidadão que foi esquecido e maltratado encontra a outros em piores condições que a sua ou, na melhor das hipóteses, em paridade de situação. Assim, o Estado apresenta pessoas que não se conhecem e lhes fornece ódio e raiva diariamente.

O resultado é a violência, de ambas as partes. A violência é a base da educação. E esses ensinamentos e métodos de agir são levados, tanto por um quanto por outro, fora dos ambientes da prisão, pois, nas ruas, na periferia e nos locais menos favorecidos da sociedade, a polícia trata a população com desconfiança e violência. O *modus operandi* se perpetua e a resposta não tarda a vir: mais violência e opressão.

Os excluídos sociais se unem no ambiente prisional, se revoltam e criam forças comuns para lutarem contra o Estado opressor que lhes tirou tudo, até a dignidade, lhes tirou a esperança, o medo de morrer e lhes deu força para sobreviver baseado na violência, na agressão no ódio e na revolta. Esses ensinamentos são aprendidos, digeridos e usados quando se transformam em um grupo organizado, as facções.

De início tentam dar melhores condições a seus pares e aos filhos da exclusão, porém, quando tem o gosto pelo luxo e pelo dinheiro, o desapego deixa de existir e lutam com todas as armas para ampliarem seus domínios. Crescem as disputas por território e poder. As facções se fracionam e se enfrentam, a violência cresce e sobra entre as facções, os traficantes, as pessoas comuns e de bem que moram no mesmo ambiente geográfico e nada tem que ver com os conflitos.

O Estado se apresenta para apartar a situação, mas o faz com civilidade e decoro? Claro que não, o faz com o poder da bala e da agressão. Quando o Estado os afronta com violência, a resposta é imediata: violência se responde com violência. Ao invés de conter a criminalidade o Estado a incita e dissemina.

Ao invés de educar, o Estado reprime através de leis cada vez mais duras, que tem por objetivo comum retirar os indesejados do convívio social, assim, as prisões explodem com uma população prisional sem precedentes que aumenta em progressão geométrica. Ressocializar é uma palavra que o Estado não sabe usar. Aproveitar o ambiente prisional para educar e formar o excluído para que ele se torne um incluído social é visto como um prêmio que o preso não merece.

O único remédio que lhe é dado na prisão é violência: moral, física e psicológica. As prisões em massa somente fortalecem as facções. Quando a criminalidade se tornou um problema, o Estado não se prontificou em modificar sua polícia pública de segurança, ao contrário, incentivou com o silêncio, a criação dos grupos de extermínio, isto é, a sublimação máxima da violência.

As milícias que foram criadas com componentes da força polícia do Estado: policiais, bombeiros, agentes penitenciários e militares todos na ativa ou não. Agora existem para trazer a ordem através do caos, uma violência sem rosto, já que eles se encapuzam para proteger suas identidades e se manter no anonimato com medo das represálias dos criminosos e dos demais membros das corporações que não fazem parte do esquema de segurança ou que não foram corrompidos para colaborarem com o silêncio e fazer vista grossa a uma atividade que cresceu nas mazelas do Estado, a ponto de formar um Estado paralelo que nasceu para combater um outro Estado paralelo, o do crime, portanto, era o Estado do Estado, isto é, o Terceiro Estado. Este com licença para matar, esconder, vilipendiar e acharcar a população a seu próprio benefício com o pretexto de trazer a ordem.

A população oprimida e abandonada pelo Estado, obrigada a conviver com o medo e a insegurança do conflito entre as facções aceita e acolhe, mas com a ciência que a opressão somente irá mudar de ator, o resultado será o mesmo: desespero, medo e insegurança. E onde está o Estado para lhe proteger? Mergulhado em uma profunda crise de corrupção, descrédito e falta de direção para aplicar o dinheiro que produz e arrecada de maneira eficiente.

A polícia falha e capenga do Estado é reflexo da falta de diretriz que o Governo Federal insiste em não criar. Ao não se promover investimentos corretos em planos de governos adequados, o governo perpetua e alonga os problemas já existentes. É interessante ter uma população alienada e mal-formada, porque ao se lançar programas assistências de auxílio, os políticos ainda terão votos por terem "ajudado" a população. Resolver o cerne do problema com educação? Para que? Deixe a crise se avolumar. Os Estados padecem, se encolhem e a crise da segurança pública se acentua com o aumento da influência das facções e das milícias.

No Rio de Janeiro os problemas são mais acentuados e evidentes pela falta de limites geográficos. Enquanto em São Paulo, os excluídos econômicos ficam em regiões periféricas separadas por mais de uma dezena de quilômetros – exceto em Paraisópolis, uma realidade similar à carioca – a realidade da cidade do Rio de Janeiro e sua conformação local é que os pobres são vizinhos dos ricos e o choque cultural, social e econômico é iminente.

A Zona Sul carioca, região nobre e mais desenvolvida economicamente, é circundada de comunidades, as outrora favelas. A desigualdade, os problemas econômicos, a falta de oportunidades e o ensino fraco se mostram no cotidiano dos ricos ao conviver com os funcionários que moram na geografia da exclusão. Por isso, em tempos de COVID-19, o bairro de Copacabana, o mais velho do Rio de Janeiro, é um dos focos principais de contaminação na cidade.

Os idosos convivem com seus funcionários que moram em locais em condições incompatíveis com isolamento social, uso constante de água e sabão e aplicação reiterada de álcool gel. Muitas dessas comunidades têm casas sem água, com cômodos com várias pessoas que se empilham para sobreviver. Como exigir delas o isolamento? Pessoas que, se não trabalharem, irão morrer de fome, que não possuem reservas para um período superior a uma semana. Educação, saúde, lazer? São luxos que muitos deles não possuem ou conhecem.

O Estado teve um lampejo de humanidade quando optou por uma política pública de segurança baseada nas Unidades de Polícia Pacificadora, as UPPs. O programa não deixou de existir, mas sua funcionalidade sim.

Em maio de 2009, a Fundação Getúlio Vargas aplicou um questionário a uma mostra de chefes de família moradores do Morro Santa Marta e Cidade de Deus – as duas primeiras UPPs –, bem como a residentes no seu entorno. O número total de entrevistados foi 1.200 pessoas. O resultado foi uma aprovação de 60% com a melhora da segurança no local por conta da intervenção policial, e um pouco acima dos 50% afirmaram que houve melhora nos Direitos Humanos e na violência policial. Entre 46% e 50% dos entrevistados, com variações entre as comunidades, entenderam que houve melhora também nos negócios e nas atividades comerciais da comunidade. 55% reconheceram que houve melhora na capacidade de ir e vir, independente do horário. 70% consideraram que havia diminuído a presença do tráfico, bem como os homicídios. Por fim, 96% dos entrevistados apoiavam a expansão das UPPs para outras comunidades e 85% dos moradores de favelas e 96% dos habitantes do entorno defendiam a continuação por tempo indeterminado do modelo de policiamento comunitário[451].

A questão das UPPs é ajudar a população carente, os trazer para perto do Estado. A resposta foi positiva, muitos saíram da clandestinidade, optaram por regularizar sua situação quanto ao fornecimento de água, luz, tv por assinatura e, mesmo com orçamento apertado, retribuíram ao Estado o acolhimento. Na mesma pesquisa, 60,7% dos entrevistados que residiam no Santa Marta e na Cidade de Deus acreditavam que o governo tinha "interesse em resolver de fato o problema que aflige a todos".

Foi o único momento que se pensou, de verdade, na população carente brasileira e em como resolver seus problemas com uma polícia de proximidade. Faltou o complemento, para variar, o Estado investir na base, no desenvolvimento dos direitos fundamentais de sua população.

---

[451] **PESQUISA REVELA PERCEPÇÕES INICIAIS SOBRE AS UPPS**. Fundação Getúlio Vargas, 2009. Disponível em: http://dapp.fgv.br/pesquisa-revela-percepcoes-iniciais-sobre-as-upps/. Acesso em 15 de maio de 2021.

O Estado buscou lhes ofertar melhores condições? Melhorou o sistema de educação, saúde, segurança, lazer e moradia? Não, se satisfez com a nova arrecadação e não enfrentou o problema da violência com o enfrentamento real do Comando Vermelho, das demais facções cariocas e das milícias em seus redutos. Tergiversou o problema. Preferiu se poupar ou não quis olhar de frente o fruto de seu próprio descaso e abandono. Pagou um preço caro com o desaparelhamento do próprio Estado e a crise aguda da segurança que assola o Rio de Janeiro novamente.

Não há solução no horizonte, não nos moldes que o Estado insiste em aplicar, na violência e na exclusão. A busca pelo fim das desigualdades deveria fazer parte de uma política de Estado e não de governo. O custo de um sistema educacional de qualidade não é despesa é investimento. A educação deveria ser tratada como prioridade absoluta. Não o é. Para o Estado, o correto é conter o cidadão pelo uso da força, a violência é a regra social, pois, através do medo ele não irá delinquir, como se fosse uma questão de opção.

Repetimos: Não se trata violência com violência. Os músicos Criolo e Milton Nascimento, através da música "Dez Anjos" retratam o espírito repressor e austero do Estado Democrático de direito calcado na violência, aqui colacionamos o trecho final da letra:

> *Uma alma pra ganhar*
> *Duas almas pra perder*
> *Três almas que se vão*
> *Quatro almas no porão*
> *Almas vão dizer*
> *Calma com esse alçapão*
> *Seis almas pra tentar*
> *Sete almas dizem não*
> *Oito almas pra sofrer*
> *Nove almas narrarão*
> *Que dez anjos vão morrer*
> *Todos sem arma na mão.*

A opressão do Estado, a violência e o desamparo da população. O retrato fiel da realidade da população brasileira de baixa renda em duas estrofes.

O que procuramos mostrar com esta obra é o endurecimento de uma população que aprende, na marra, a conviver com a exclusão econômica e social. O Estado os abandona e exige excelência e, quando há desvios, a solução é a violência. Quando o crime aflora, mais violência e supressão de direitos, a violência como resposta para a violência. A crise se acentua e aprofunda. Nascem as facções, o Estado permite a criação de uma resposta com mais violência através das milícias. Os problemas se avolumam, o Estado então pede auxílio das forças armadas, mais violência. O que de concreto se produziu em termos de segurança: nada.

As dificuldades derivam de um universo do crime que cresceu diante das próprias falhas e ausências do Estado para com sua população e sociedade, em especial, porém não só, à população periférica. Quando o Estado não entra nas comunidades e deixa de fornecer medicamentos, saúde de qualidade, educação, cultura, cidadania, oportunidades de emprego, moradia, esporte e lazer, a população padece e passa a enfrentar um estado de carência.

Diante desse cenário, as facções criminosas se aproveitam das próprias mazelas criadas pelo Estado e arregimentam pessoas para o universo das facções, nasce o Estado paralelo. A verdade é que bem poucos moradores da periferia desejam ingressar em uma facção por livre e espontânea vontade. A maioria, e falamos daquela população que não está presa, portanto, somente passa a auxiliar esta ou aquela facção por uma questão de necessidade.

Quando um tratamento, remédios, vaga em escola e demais "favores" são prestados pelos líderes locais em troca de colaboração e depois de vinculação. Como o Estado lida com o tema? Sem o devido cuidado e acolhimento que a questão necessita. Não se consegue separar o criminoso dessa população e, quando há a mistura, o Estado reage com a característica que lhe é peculiar: violência e repressão penal.

Como apresentamos ao longo desta obra, a resposta se mostrou inadequada e mais do que isso: ineficaz. A população carcerária explodiu e os crimes não diminuíram. Em 2006 foi criada a Lei sobre drogas e, o que se viu, foi o aumento do tráfico e o Brasil assumindo um protagonismo indesejado no consumo de cocaína e maconha. Não se buscou mecanismos de entendimento do aumento da população carcerária e, tampouco, se criou uma política criminal para minorar o problema. A solução passou a ser tirar os delinquentes das ruas e os confinar nos cárceres, a consumação da exclusão social.

O volume de presos aumentou e a mão de obra barata para as facções também, que se estruturaram e desenvolveram com o Estado os abastecendo continuamente. O Estado negligenciou e subestimou por anos a existência das facções e perdeu um tempo valoroso em conhecer e aprender como estas funcionavam e, portanto, estabelecer novos mecanismos de inteligência e planos de ação, derivados na prevenção e não mais na repressão. Agora, tenta estabelecer novos caminhos.

Para tanto, o então Ministro da Justiça e da Segurança Pública Sergio Moro apresentou um projeto de Lei Anticrime, cujo nome já é infeliz, afinal, existiria um projeto pró crime? A resposta, evidentemente, é negativa. O projeto contou com a simpatia da opinião pública e da mídia, ambas ávidas pelo tema do endurecimento penal. Assim, nasceu a Lei n° 13.964, de 24 de dezembro de 2019, que entrou em vigor em 23 de janeiro de 2020.

O objetivo desta lei é o endurecimento e a repressão, novidade? Não. O Estado busca o confronto, as facções e as milícias o evitam. O Estado paralelo e o Terceiro Estado entenderam que enfrentar o Estado é desvantajoso para os negócios, porque, primeiro, a resposta estatal é a repressão e, depois, há uma maior fiscalização e monitoramento das atividades, logo, a norma, na linguagem do universo do crime é "ficar na encolha" ou "no sapatinho" que o Estado não perturba.

O Governo Federal contou com a intervenção do exército e respondeu com a força e a repressão, o *modus operandi* tradicional. O resultado segue sendo o mesmo de sempre: os líderes fogem pelos intrincados caminhos das comunidades e a efetividade prática das operações é limitada.

É através do serviço de inteligência com a cooperação entre as polícias, Estados, Municípios e demais órgãos internacionais que reside a solução para a crise da segurança pública no Brasil. Não é com o incremento de leis, não é com a repressão penal, e sim, com investidas contra os centros financeiros das facções e das milícias. Quando se perde dinheiro há desestruturação, insegurança e riscos nas operações, eis o momento que a polícia deve prender os envolvidos. Rastrear o caminho do dinheiro ilícito, desta forma, se atinge a facção e a milícia. É preciso investir em inteligência, entender como funciona a indústria do crime, quem são os financiadores, os receptadores e como se lava dinheiro.

A Inteligência envolve questões que o Estado insiste em não cumprir e negligenciar: investimentos, recursos, efetivo humano adequado, tecnologia e cooperação, além de uma base de dados eficiente e integrada. Pouco, muito pouco, está à disposição nos dias correntes para a policial civil, militar e federal. Os problemas se avolumam, mesmo com o Estado brasileiro sendo a nona maior economia do mundo.

O que falta é o direcionamento correto dos investimentos. Não é possível gerir uma população prisional, com custos mensais elevados e, ao invés de reduzir a massa carcerária, o Governo Federal edita leis consecutivamente para endurecer ainda mais o ordenamento penal. É a estratégia equivocada cujos resultados mostram o salto em trinta anos de 90 mil presos para mais de 800 mil. Claro está que o Estado não caminha na direção correta.

Como dissemos no começo dessa obra, o Brasil possui uma grande população periférica que convive com muitos problemas sociais e econômicos, dos quais o Estado tem responsabilidade. Essa população é a base para a reconstrução do Estado Democrático de Direito Brasileiro. E de que forma? Investir na educação, na cultura e na cidadania para se formar cidadãos, educar as crianças com valores, mostrar os danos do crime, das drogas e da violência e propor a inclusão com alternativas e para os preparar adequadamente para a inclusão no mercado de trabalho.

Enquanto a massa periférica for mantida excluída do Estado suas necessidades serão preenchidas pelo universo do crime, mais especificamente, pelas facções. O trabalho é complexo, custoso e com muito tempo para frutificar, uma questão de décadas, porém, é o caminho sólido na direção de uma sociedade baseada em valores, cidadania, educação com construção de oportunidades e a formação de pessoas para serem absorvidas pelo mercado de trabalho, com oportunidade de crescimento e de desenvolvimento.

Isso significa que todos que moram nas regiões periféricas estão fadados a encontrar o crime e suas facetas? Claro que não, os exemplos são vários de pessoas que saíram das regiões carentes e se tornaram bem sucedidas economicamente e socialmente, inclusive uma delas chegando a ser Ministro do Supremo Tribunal Federal. Porém, a maioria não tem a mesma perseverança, obstinação e, somados ao abandono do Estado, ficam à margem da sociedade globalizada. A vulnerabilidade os transforma em alvos para o crime organizado transnacional que precisa de mão de obra barata e localizada justamente nas regiões periféricas, locais que o Estado pouco frequenta, vigia e fiscaliza.

A milícia, por sua vez, cresce e se desenvolve porque a polícia é mal remunerada, os bicos são uma alternativa de sobrevivência. Quando o contato com o cotidiano da exclusão lhes apresenta uma gama de caminhos, todos lucrativos, o investimento na clandestinidade traz resultados que o emprego formal nunca o traria. O Estado forçou a milícia a se reinventar para sobreviver e isso significou, inclusive, a se unir com aqueles que ela foi criada para eliminar: os traficantes e os donos dos morros cariocas.

O Estado os oprimiu através da violência, não ofereceu alternativas além da força, a resposta foi uma aliança improvável que aumentou o lucro de ambos que desfrutam das mazelas de um Estado que não protege aos seus.

Quantas vezes já se ouviu o discurso de que o Brasil é um País cheio de potencial, rico em belezas naturais, no entanto o povo não ajuda? Em verdade, o problema não é o povo, não é a corrupção, um problema endêmico que as democracias atuais sofrem igualmente ao Brasil, mas sim, a falta de investimentos na base, nas nossas crianças. Um sistema público de ensino que está falido, não se ensina, não se valida, não se cria cidadãos, apenas se passa o tempo e se sobrevive.

Pode-se responder que o dever da educação é compartilhado entre Estado e família e a resposta estará correta, porém, como conferir educação se faltam recursos econômicos e se depende do Estado para tanto? Volta-se ao ponto inicial. As facções criminosas e as milícias atuam nas lacunas do Estado Democrático de Direito brasileiro. Enquanto este negligenciar seus cidadãos, procurar soluções imediatistas e midiáticas calcadas no endurecimento sem um planejamento, em um estudo sólido, os problemas não só continuarão, como irão crescer ainda mais, o Rio de Janeiro que o diga.

O Governo Federal tem de pensar no que é melhor para sua população e não o que lhe conferirá mais popularidade ou mais votos nas urnas. Será que a falta de investimento é o medo de criar uma população consciente de seus direitos e, por conseguinte, que possa protestar e exigir que o Estado cumpra com seu papel de garantidor e efetivador dos direitos fundamentais? Será que é mais vantajoso se investir na manutenção de um povo alienado, sem consciência do que é viver em sociedade, com educação rudimentar que se reflete nos índices de desemprego enormes?

O caminho que o atual governo escolheu continuará na mesma estrada da crise do sistema penitenciário, da crise econômica e na falta de soluções, mesmo com a existência de recursos que são mal-empregados?

Que se invista em inteligência, em tecnologia, em banco de dados eficientes, que se façam estudos sobre a crise do sistema penitenciário, que se fomente novos empregos, que se responsabilize e atinja as facções criminosas e as milícias em seus centros econômicos, que se combata a lavagem de dinheiro, o tráfico de drogas e de armas. Ademais, que se busque o enfrentamento coletivo da criminalidade organizada transnacional e, fora tudo isso, e tantas outras carências, que o povo brasileiro e seus governantes vejam a realidade, isto é, que tudo passa pela ausência de um plano diretor que invista na base, e que para sair da crise que se encontra, a resposta segue a mesma: educar, educar e educar.

REFERÊNCIAS

ABBAGNANO, Nicola. **Dicionário de Filosofia**. São Paulo: Martins Fontes, 2007.

A DILACERANTE SITUAÇÃO DE BERGAMO, A CIDADE ITALIANA QUE NÃO TEM COMO CREMAR SEUS MORTOS. Jornal El País, 20 de março de 2020. Disponível em: https://brasil.elpais.com/internacional/2020-03-19/bergamo-nao-consegue-enterrar-seus-mortos-e--exercito-leva-corpos-para-cremacao-em-outras-cidades.html. Acesso em 7 de abril de 2021.

ABREU, Maurício de Almeida. **Reconstruindo uma história esquecida: origem e expansão inicial das favelas do Rio**. Espaço e Debates, São Paulo, v. 14, n. 37, 1994, p. 34-46.

ADORNO, Sérgio. **A Criminalidade Urbana Violenta no Brasil: Um Recorte Temático**. BIB, Rio de Janeiro, n. 35, 1.° sem estre 1993, p. 3-24.

_______________. **Crime e violência na sociedade brasileira contemporânea**. Jornal de Psicologia-PSI, Abril/Junho, 2002, p. 7-8.

_______________. **Crise no sistema de justiça criminal**. Cienc. Cult., São Paulo , v. 54, n. 1, p. 50-51, Junho 2002.

_______________. **Exclusão socioeconômica e violência urbana**. Sociologias, Porto Alegre, ano 4, nº 8, jul/dez 2002, p. 84-135.

_______________. **Insegurança versus direitos humanos: entre a lei e a ordem**. Tempo Social; Rev. Sociol., USP, São Paulo, v. 11, n. 2, p. 129-153, out. 1999.

_______________. **Sistema Penitenciário no Brasil: problemas e desafios**. *Revista USP*, n.9, p.65-78, março-abril-maio 1991.

_______________; SALLA, Fernando. **Criminalidade organizada nas prisões e os ataques do PCC**. Estud. av., São Paulo , v. 21, n. 61, p. 7-29, Dec. 2007.

A FAVELA É O MOTOR DA CIDADE, MAS NÃO RECEBE OS CUIDADOS QUE MERECE. Jornal O Globo, Especial Coronavírus, Terça--feira, 7 de abril de 2020, p. 18.

AFTER VIOLENT WEEKEND OUTSIDE, CRACKDOWN IN SALVADORAN PRISONS. The Washington Post Journal, Wednesday, April 29, 2020, p. A10.

'A GENTE ESTÁ VENDO CENAS DE UM FILME DE TERROR'. Jornal O Globo, sexta-feira, 1° de maio de 2020, p. 6.

Alarcón, Pietro de Jesús Lora. **Reflexões sobre processo e Constituição: A tarefa transformadora do processo e a efetividade do Estado Democrático de Direito**. *Revista do Instituto dos Advogados de São Paulo*, vol. 18, Jul. 2006.

ALVES, Célio. **Paramilitar. A vida de Um Miliciano**. Amazon Digital Services, 2019.

ALVES, Davi da Silveira Barroso et alli. **Caracterização do envelhecimento populacional no município do Rio de Janeiro: contribuições para políticas públicas sustentáveis**. *Cad. Saúde Colet.*, 2016, Rio de Janeiro, 24 (1): 63-69.

AMARAL, Layne. **O Imaginário do Medo: violência urbana e segregação espacial na cidade do Rio de Janeiro**. Revista Contemporânea, Ed. 14, vol. 18, n. 1, 2010, p. 34-45.

AMORIM, Carlos. **Assalto ao poder**. Rio de Janeiro: Record, 2010.

______________. **Comando Vermelho**. 4. Ed. Rio de Janeiro: Record, 1994.

______________. **CV-PCC: a irmandade do crime**. Rio de Janeiro: Editora Record, 2015.

ANDRÉ, André Luís. **A MILITARIZAÇÃO URBANA E AS FRATERNIDADES DO CRIME: CV E PCC!** Akrópolis, Umuarama, v. 23, n. 1, p. 49-58, jan./jun. 2015.

ANUÁRIO BRASILEIRO DE SEGURANÇA PÚBLICA 2016. Fórum Brasileiro de Segurança Pública. Disponível em: http://www.forumseguranca.org.br/storage/10_anuario_site_18-11-2016-retificado.pdf. Acesso em 26 de abril de 2021.

ANUÁRIO BRASILEIRO DE SEGURANÇA PÚBLICA 2018. Fórum Brasileiro de Segurança Pública. Disponível em: http://www.forumseguranca.org.br/wp-content/uploads/2019/03/Anuario-Brasileiro-de-Seguran%C3%A7a-P%C3%BAblica-2018.pdf. Acesso em 20 de abril de 2021.

A ORIGEM E A ASCENSÃO DAS MILÍCIAS. Revista Superinteressante, 12 de março de 2019. Disponível em: https://super.abril.com.br/sociedade/a-origem-e-a-ascensao-das-milicias/. Acesso em 8 de maio de 2021.

ARGOLO, José Amaral. **Vida, Paixão e Morte do Jornalismo Policial no eixo Rio de Janeiro-São Paulo**. Rio de Janeiro: E-papes, 2008.

AS FALAS DO PRESIDENTE BOLSONARO CONFUNDEM. Jornal O Globo, quarta-feira, 1° de abril de 2020, Especial Coronavírus, p. 6.

AS FAVELAS E A PANDEMIA, MORADORES EXPÕEM DESAFIO DO RIO. Jornal O Globo, Especial Coronavírus, terça-feira 7 de abril de 2020, p. 18.

AS FAVELAS NÃO QUEREM PARABÉNS, MINISTRO MANDETTA. Favela em Pauta, 30 de março de 2020. Disponível em: https://favelaempauta.com/favelas-ministro-mandetta/. Acesso em 23 de abril de 2020.

ASSEMBLEIA LEGISLATIVA DO ESTADO DO RIO DE JANEIRO. Relatório final da Comissão Parlamentar de Inquérito destinada a investigar a ação de milícias no âmbito do Estado do Rio de Janeiro (Resolução 433/2008). Disponível em: http://www.nepp-dh.ufrj.br/relatorio_milicia.pdf. Acesso em 8 de maio de 2021.

ATLAS DA VIOLÊNCIA 2019. Organizadores: Instituto de Pesquisa Econômica Aplicada; Fórum Brasileiro de Segurança Pública. Brasília: Rio de Janeiro: São Paulo: Instituto de Pesquisa Econômica Aplicada; Fórum Brasileiro de Segurança Pública, 2019. Disponível em: http://www.ipea.gov.br/portal/images/stories/PDFs/relatorio_institucional/190605_atlas_da_violencia_2019.pdf. Acesso em 25 de abril de 2021.

AUMENTA CIRCULAÇÃO NA RUAS DE 22 DOS 27 ESTADOS DO PAÍS. Jornal O Globo, terça-feira, 28 de abril de 2020, p. 12.

AVANÇO DA COVID-19 SOBRE FAVELAS EXIGE AÇÕES E REFORÇO NA QUARENTENA. Jornal O Globo, espaço opinião, quarta-feira, 22 de abril de 2020, p. 2.

AZARA, Antonio e EULA, Ernesto. **Novissimo Digesto Italiano**, v. XVIII. Torino: Vnione Tipograficvo Editrice Torinese, 1957.

BANCO NACIONAL DE MONITORAMENTO DE PRISÕES - BNMP 2.0: CADASTRO NACIONAL DE PRESOS, CONSELHO NACIONAL DE JUSTIÇA. Brasília, agosto de 2018. Disponível em: https://www.cnj.jus.br/wp-content/uploads/2018/01/57412abdb54eba909b3e1819fc4c3ef4.pdf. Acesso em 18 de abril de 2020.

BARBOZA DE ARAÚJO, Rosa Maria. **A vocação do prazer: a cidade e a família no Rio de Janeiro republicano**. Rio de Janeiro: Rocco, 1993.

BARCELLOS, Caco. **Abusado: o dono do morro Dona Marta**. Rio de Janeiro: Record, 2003.

BARREIRO RODRIGUEZ, Tomás. **Lo sócio-político y el Estado de Derecho**. In O Estado de Direito. São Paulo: Revista dos Tribunais, 1980.

BASTOS, Celso Ribeiro. **Curso de Direito Constitucional**. 19 ed. São Paulo: Saraiva, 1998.

BELÉM NÃO TEM MAIS VAGAS NAS UTIS. Jornal O Estado de São Paulo, quarta-feira, 22 de abril de 2020, Caderno Metrópole, p. A9.

BELÉM REGISTRA FILAS, UTIS LOTADAS E MORTE NA PORTA DE HOSPITAL. Jornal Folha de São Paulo, 24 de abril de 2020, Caderno Saúde, p. B6.

BELTRAME, J. M. **Não basta a polícia, falta o Estado**. *Revista Exame*, São Paulo, v. 44, n. 79, out. 2010. Disponível em: <http://exame.abril.com.br/revista-exame/edicoes/0978/noticias/nao-basta-a-policia-falta-o-estado>. Acesso em: 29 de abril de 2021.

BEVILÁCQUA, Clóvis. **O fim do Estado.** Revista dos Tribunais, vol. 723, Jan. 1996.

BEZERRA, Luiz Anselmo. **O mecenato do jogo do bicho e a ascensão da Beija-Flor no carnaval carioca**. Textos escolhidos de Cultura e Arte Populares, v. 6, n. 1, 2009.

BONAVIDES, Paulo. **Do Estado liberal ao Estado social**. 7 ed. São Paulo: Malheiros, 2001.

_________________. **Teoria Geral do Estado**. 8 ed. São Paulo: Malheiros, 2010.

BRANCO, Paulo Gustavo Gonet e MENDES, Gilmar Ferreira. **Curso de Direito Constitucional**. 6. Ed. São Paulo: Saraiva, 2011.

BRASIL. Lei nº 7.210, de 11 de julho de 1984. Institui a Lei de Execução Penal.

BRASIL. RECOMENDAÇÃO N° 62, DE 17 DE MARÇO DE 2020. Recomenda aos Tribunais e magistrados a adoção de medidas preventivas à propagação da infecção pelo novo coronavírus – Covid-19 no âmbito dos sistemas de justiça penal e socioeducativo.

BRASIL REGISTRA 204 MORTES E GOVERNO COBRA DADOS DE UTI. Jornal O Estado de São Paulo, quarta-feira 15 de abril de 2020, Caderno Metrópole, p. A12.

BRASIL TEM A MAIOR FROTA DE BLINDADOS DO MUNDO; NO RIO CRESCE 50%. Valor Investe, 12 de junho de 2019. Disponível em: https://valorinveste.globo.com/objetivo/gastar-bem/noticia/2019/06/12/brasil-tem-a-maior-frota-de-blindados-do-mundo-no-rio-cresce-50percent.ghtml. Acesso em 20 de abril de 2021.

BRASIL TERIA QUE CONSTRUIR QUASE UM PRESÍDIO POR DIA DURANTE UM ANO PARA ABRIGAR PRESOS ATUAIS. BBC News, 8 de dezembro de 2017. Disponível em: https://www.bbc.com/portuguese/brasil-42274201. Acesso em 17 de abril de 2021.

Brazil is forecast to have a nominal GDP of USD 2.0 trillion in 2019. Disponível em: https://www.focus-economics.com/blog/the-largest--economies-in-the-world. Acesso em 16 de abril de 2021.

BRITO, Wladmir. **DO ESTADO DA CONSTRUÇÃO À DESCONSTRUÇÃO DO CONCEITO DE ESTADO-NAÇÃO.** Revista da História das Ideias Vol. 26 (2005), p. 259/306.

CACICEDO, Patrick. **Notas críticas sobre a execução penal do Projeto "Anticrime".** Boletim do IBCCRIM, ano 27, n° 317, edição especial – abril de 2019.

CALDEIRA, Teresa Pires do Rio. **Cidade de Muros: crime, segregação e cidadania em São Paulo.** São Paulo: ed. 34 / Edusp, 2000.

CANO, Ignacio. **'Os donos do morro': Uma avaliação exploratória do impacto das Unidades de Polícia Pacificadora (UPPs) no Rio de Janeiro.** Relatório do Fórum Brasileiro de Segurança Pública/ Laboratório de Análise da Violência-LAV-UERJ, Rio de Janeiro, 2012.

_____________ e DUARTE, Thais. **No sapatinho: A evolução das milícias no Rio de Janeiro [2008-2011].** Rio de Janeiro: Fundação Heinrich Böll, 2012.

_____________ e RIBEIRO, Eduardo. (2012), **"Venciendo una guerra que nunca existió: La experiencia de las UPP en Rio de Janeiro. Tendencias".** Revista de la Universidad Blas Pascal, Ano 6, no 11, p. 17-24.

_____________ e IOOT, Carolina. Seis por meia dúzia? Um estudo exploratório do fenômeno das chamadas 'milícias' no Rio de Janeiro. In: **Segurança, tráfico e milícia no Rio de Janeiro/organização Justiça Global.** Rio de Janeiro: Fundação Heinrich Böll, 2008, p. 48-103.

CANOTILHO, J. J; MENDES, Gilmar Ferreira; et al. **Comentários à Constituição do Brasil.** São Paulo: Saraiva, 2013.

CARTÓRIOS REGISTRAM AUMENTO DE 43% EM MORTES POR CAUSA INDETERMINADA. Jornal O Estado de São Paulo, Caderno Metrópole, terça-feira, 28 de abril de 2020, p. A10.

CEMITÉRIOS DE SÃO PAULO TÊM AO MENOS 30 ENTERROS POR DIA DE MORTOS COM SUSPEITA DE COVID-19. Jornal Folha de São Paulo, Quarta-feira, 1° de abril de 2020, Caderno Saúde, p. B1.

CHRISTINO, Marcio Sergio e TOGNOLLI, Claudio. **Laços de Sangue: a história secreta do PCC.** 3 ed. São Paulo: Matrix, 2017.

CIDADE DO EQUADOR CONSTRUIRÁ DOIS NOVOS CEMITÉRIOS PARA VÍTIMAS DA COVID-19. Portal UOL, 7 de abril de 2020. Disponível em: https://noticias.uol.com.br/ultimas-noticias/efe/2020/04/07/guayaquil-construira-2-novos-cemiterios-para-vitimas-da-covid-19.htm. Acesso em 22 de abril de 2020.

CNJ REGISTRA PELO MENOS 812 MIL PRESOS NO PAÍS; 41,5% NÃO TÊM CONDENAÇÃO. Disponível: https://g1.globo.com/politica/noticia/2019/07/17/cnj-registra-pelo-menos-812-mil-presos-no-pais-415percent-nao-tem-condenacao.ghtml. Acesso em 3 de abril de 2020.

COM "BAILE DO CORONA", PERIFERIA DE SP TEM RACHAS E AGLOMERAÇÕES NO FERIADO. Portal UOL, 22 de abril de 2020. Disponível em: https://noticias.uol.com.br/cotidiano/ultimas-noticias/2020/04/22/coronavirus-aglomeracao-baile-funk-periferia-de-sao-paulo.htm?utm_source=chrome&utm_medium=webalert&utm_campaign=noticias. Acesso em 22 de abril de 2020.

COM MENOR EFETIVO EM SETE ANOS, POLÍCIA CIVIL VÊ DIFICULDADE PARA INVESTIGAR EM SP. Rádio CBN. 14 de agosto de 2018. Disponível em: https://m.cbn.globoradio.globo.com/media/audio/205271/com-menor-efetivo-em-sete-anos-policia-civil-ve-di.htm. Acesso em 21 de abril de 2021.

COMO O CORONAVÍRUS É TRANSMITIDO E POR QUANTO TEMPO ELE RESISTE POR AÍ. *Revista Saúde*. Edição 453, março de 2020. Disponível em: https://saude.abril.com.br/medicina/como-o-coronavirus-e-transmitido-e-por-quanto-tempo-ele-resiste-por-ai/. Acesso em 1° de abril de 2021.

COMPARATO, Fábio Konder. Ética. São Paulo: Companhia das letras, 2006.

CONCURSO PMERJ: CORPORAÇÃO TEM 30 MIL SOLDADOS A MENOS QUE PREVISTO EM LEI! Disponível em: https://www.novaconcursos.com.br/portal/noticias/concurso-pmerj-corporacao-tem-30-mil-soldados-a-menos-que-previsto-em-lei/. Acesso em 25 de abril de 2021.

CONCURSO POLÍCIA MILITAR – PMERJ: NOVOS EDITAIS PARA SOLDADO E ÁREA DA SAÚDE. Disponível em: https://editalconcursosbrasil.com.br/blog/concurso-pmerj/. Acesso em 25 de abril de 2021.

CONTÊINER SERÁ USADO PARA ORGANIZAR ENTERROS. Jornal Em Tempo de Manaus. Quarta-feira, 22 de abril de 2020, p.2.

CORONAVÍRUS: COM FILA DE CORPOS, MILÃO FECHA CREMATÓRIO ATÉ 30 DE ABRIL. Disponível em: https://noticias.uol.com.br/ultimas-noticias/ansa/2020/04/02/com-fila-de-corpos-milao-fecha-crematorio-ate-30-de-abril.htm. Acesso em 7 de abril de 2020.

CORONAVÍRUS: GOVERNO DE SP ESTIMA HAVER 100 MIL INFECTADOS NO ESTADO. Disponível em: https://noticias.uol.com.br/ultimas-noticias/agencia-estado/2020/04/14/governo-de-sp-estima-

-haver-100-mil-infectados-pela-covid-19-no-estado.htm. Acesso em 15 de abril de 2020.
CORONAVÍRUS NAS FAVELAS. Disponível em: https://www.abrasco.org.br/site/wp-content/uploads/2020/03/Coronavi%CC%81rus-nas-favelas_divulg_rev2.pdf.pdf. Acesso em 22 de abril de 2020.
CORONAVÍRUS NAS FAVELAS: "É DIFÍCIL FALAR SOBRE PERIGO QUANDO HÁ NATURALIZAÇÃO DO RISCO DE VIDA". Associação Brasileira de Saúde Coletiva. ABRASCO. Disponível em: https://www.abrasco.org.br/site/outras-noticias/saude-da-populacao/coronavirus-nas-favelas-e-dificil-falar-sobre-perigo-quando-ha-naturalizacao-do-risco-de-vida/46098/. Acesso em 22 de abril de 2020.
COSTA, Greciely Cristina. **A milícia e o processo de individuação: entre a falta e a falha do Estado**. Gragoatá. Niterói, n. 34, 2013, p. 235-251.
______________________. **Sentidos de milícia entre a lei e o crime**. Campinas: Editora Unicamp, 2014.
COSTA LEITE, L. **Razão dos invencíveis**. Petrópolis: Vozes. 1997.
COVID-19: CEMITÉRIOS E FUNERÁRIAS SE PREPARAM PARA AUMENTO DA DEMANDA. Agência Brasil, 23 de março de 2020. Disponível em: https://agenciabrasil.ebc.com.br/saude/noticia/2020-03/covid-19-cemiterios-e-funerarias-se-preparam-para-aumento-da-demanda. Acesso em 7 de abril de 2020.
COVID-19: ENTIDADES QUE FISCALIZAM PRISÕES APOIAM RECOMENDAÇÃO DO CNJ. Conselho Nacional de Justiça. 1° de abril de 2020. Disponível em: https://www.cnj.jus.br/covid-19-entidades-que-fiscalizam-prisoes-apoiam-recomendacao-do-cnj/. Acesso em 2 de abril de 2020.
COVID-19: NÚMERO DE PRESOS CAI 5% DURANTE PANDEMIA. Jornal O Globo. Disponível em: https://oglobo.globo.com/rio/covid-19-numero-de-presos-nas-cadeias-do-rio-cai-5-durante-pandemia-24360641. Acesso em 9 de abril de 2020.
CRETELLA JUNIOR, José. **Comentários à Constituição de 1988**. Rio de Janeiro: Forense Universitária, 1988.
CRISE, FALÊNCIA DE UPPS, BANALIZAÇÃO DE FUZIS, VIOLÊNCIA NA FOLIA: VEJA MOTIVOS QUE LEVARAM À INTERVENÇÃO FEDERAL NO RJ. Portal G1, 17 de fevereiro de 2018. Disponível em: https://g1.globo.com/rj/rio-de-janeiro/noticia/crise-falencia-de-upps-banalizacao-de-fuzis-violencia-na-folia-veja-motivos-que-levaram-a-intervencao-federal-no-rj.ghtml. Acesso em 29 de abril de 2021.

DA MACA À COVA, SUPOSTOS INFECTADOS NÃO TÊM DESPEDIDA. Jornal Folha de São Paulo, Quarta-feira, 1° de abril de 2020, Caderno Saúde, p. B1.

DANTAS FILHO, Diógenes. **Insegurança pública e privada**. Rio de Janeiro: Ciência Moderna, 2009.

DALLARI, Dalmo de Abreu. **Elementos de Teoria Geral do Estado**. 30 ed. São Paulo: Saraiva, 2011.

DELGADO, Mauricio Godinho. **Constituição da República, Estado Democrático de Direito e Direito do Trabalho**. Revista de Direito do Trabalho, vol. 147, Jul. 2012.

DEPEN – DEPARTAMENTO PENITENCIÁRIO NACIONAL – MEDIDAS CONTRA O COVID-19. DETECÇÕES/SUSPEITAS DO CORONAVÍRUS NOS SISTEMAS PENITENCIÁRIOS BRASILEIROS. Disponível em: https://app.powerbi.com/view?r=eyJrIjoiMTUyMmNkOTYtYjAyMC00ZjBlLTkxMDItNTQwNGU4MDFiZjkwIiwidCI6ImViMDkwNDIwLTQ0NGMtNDNmNy05MWYyLTRiOGRhNmJmZThlMSJ9. Acesso em 9 de abril de 2021.

DEPEN DIVULGA NOTA TÉCNICA COM PROCEDIMENTOS PARA PRESOS IDOSOS NO SISTEMA PRISIONAL BRASILEIRO. 16 de abril de 2020. Disponível em: http://depen.gov.br/DEPEN/depen-divulga-nota-tecnica-com-procedimentos-para-presos-idosos-no-sistema-prisional-brasileiro. Acesso em 22 de abril de 2020.

DEPEN DIVULGA NOTA TÉCNICA SOBRE ACESSO À SAÚDE NO SISTEMA PRISIONAL. 7 de abril de 2020. Disponível em: http://depen.gov.br/DEPEN/depen-divulga-nota-tecnica-sobre-acesso-a-saude-no-sistema-prisional. Acesso em 22 de abril de 2020.

DEPEN ESTIMA QUE 30 MIL SAÍRAM DA PRISÃO POR CAUSA DO CORONAVÍRUS. Portal r7, 6 de abril de 2020. Disponível em: https://noticias.r7.com/brasil/depen-estima-que-30-mil-sairam-da-prisao-por-causa-do-coronavirus-06042020. Acesso em 22 de abril de 2020.

DEPEN PROPÕE QUE PRESOS CONTAMINADOS OU DE GRUPOS DE RISCO SEJAM ISOLADOS EM CONTÊINERES POR CAUSA DO CORONAVÍRUS. Portal G1, terça-feira, 28 de abril de 2020. Disponível em: https://g1.globo.com/politica/noticia/2020/04/28/depen-propoe-que-presos-sejam-isolados-em-conteineres-por-causa-do-coronavirus.ghtml. Acesso em 30 de abril de 2020.

DESIGUALDADES SOCIAIS POR COR OU RAÇA NO BRASIL. Instituto Brasileiro de Geografia e Estatística. Disponível em: https://biblioteca.ibge.gov.br/visualizacao/livros/liv101681_informativo.pdf. Acesso em 14 de abril de 2021.

10 ANOS DE UPP: TAXA DE MORTES VIOLENTAS NAS COMUNIDADES PASSOU A SER MENOR DO QUE A MÉDIA DO RIO. Portal G1. 11 de dezembro de 2018. Disponível em: https://g1.globo.com/rj/rio-de-janeiro/noticia/2018/12/11/10-anos-de-upp-taxa-de-mortes-violentas-nas-comunidades-passou-a-ser-menor-do-que-a-media-do-rio.ghtml. Acesso em 29 de abril de 2021.

DÍAZ, Eva Gimbernat e ITURBE-ORMAECHE, Ignacio Montoro. **Cuestiones prácticas penitenciarias ante el COVID-19**. Elderecho.com. Disponível em: https://elderecho.com/cuestiones-practicas-penitenciarias-ante-covid-19. Acesso em 22 de abril de 2021.

DICIONÁRIO DO PENSAMENTO SOCIAL DO SÉCULO XX. Rio de Janeiro: Jorge Zahar, 1996.

DIMENSTEIN, Magda; ZAMORA, Maria Helena; VILHENA, Junia de. **Da vida dos jovens nas favelas cariocas. Drogas, violência e confinamento**. Revista do Departamento de Psicologia UFF 16(1):24-39, janeiro de 2005.

DOSSIÊ ROUBOS DE CARGA: 2019. Rio de Janeiro : RioSegurança, 2019.

DRAUZIO VARELLA PREVÊ 'TRAGÉDIA NACIONAL' POR CORONAVÍRUS: 'BRASIL VAI PAGAR O PREÇO DA DESIGUALDADE'. Portal UOL. Disponível em: https://noticias.uol.com.br/ultimas-noticias/bbc/2020/04/20/drauzio-preve-tragedia-nacional-por-coronavirus-brasil-vai-pagar-o-preco-da-desigualdade.htm. Acesso em 22 de abril de 2020.

ECUADOR´S DEATH TOLL IS AMONG WORST IN WORLD. The New York Times, Saturday-Sunday, April, 25-26, 2020.

EM 10 ANOS, RJ TEM MAIS DE 400 CHACINAS, COM 1,3 MIL MORTES. Portal G1, 2 de outubro de 2019. Disponível em: https://g1.globo.com/rj/rio-de-janeiro/noticia/2019/10/02/em-10-anos-rj-tem-mais-de-400-chacinas-com-13-mil-mortes.ghtml. Acesso em 13 de maio de 2021.

"ESTUPOR" DE LOS PRESOS DEL 'PROCÉS', POR EL PARÓN EN EL CONSTITUCIONAL. Jornal El País, La Crisis del Coronavirus, Sábado 18 de abril de 2020, p. 14.

EUA CHEGAM A 10 MIL MORTES; NOVA YORK PLANEJA ENTERROS PROVISÓRIOS EM PARQUES. Jornal O Estado de São Paulo, Caderno Internacional, terça-feira, 7 de abril de 2020, p. A7.

FACÇÃO FAZ MOTIM, PÕE FOGO EM CELA DE RIVAIS E MATA 57 EM PRESÍDIO DO PARÁ. Jornal O Estado de São Paulo, Caderno Metrópole, Terça-feira, 30 de julho de 2019, p. A10.

FELTRAN, Gabriel. **Irmãos: Uma história do PCC**. São Paulo: Companhia das Letras, 2018.

FERRAZ JR., Tercio Sampaio. **Direito Constitucional: Liberdade de fumar, privacidade, Estado, Direitos Humanos e outros temas**. São Paulo: Manole, 2007.

FERREIRA FILHO, Manoel Gonçalves. **Comentários à Constituição Brasileira**, v. 1, São Paulo: Saraiva, 1977.

_________________________________. **Curso de Direito Constitucional**. 20 ed. São Paulo: Saraiva, 1993.

FORÇAS ARMADAS TERÃO 21 MIL MILITARES NO RIO DURANTE A OLIMPÍADA. Jornal Folha de São Paulo, 6 de julho de 2016. Disponível em: https://www1.folha.uol.com.br/esporte/olimpiada-no-rio/2016/07/1789110-forcas-armadas-terao-21-mil-militares-no-rio-durante-a-olimpiada.shtml. Acesso em 13 de maio de 2021.

FORTALEZA E O PERVERSO VÍRUS DA DESIGUALDADE SOCIAL. Jornal O Povo, terça-feira, 28 de abril de 2020, p. 2.

"FRACASSAMOS", DIZ PREFEITO DE MANAUS. Jornal Valor Econômico, sábado, domingo e segunda-feira, 2, 3 e 4 de maio de 2020. Caderno Política, p. A18.

FUX, Luiz. **Coronavírus não é habeas corpus**. Jornal O Estado de São Paulo, Espaço Aberto, sexta-feira, 10 de abril de 2020, p. A2.

GESTÃO ALCKMIN CALCULA TAXA DE HOMICÍDIOS FORA DO PADRÃO MUNDIAL. Jornal Folha de São Paulo, 26 de fevereiro de 2016, Caderno Cotidiano. Disponível em: https://www1.folha.uol.com.br/cotidiano/2016/02/1743538-gestao-alckmin-calcula-taxa-de-homicidios-fora-do-padrao-mundial.shtml. Acesso em 21 de abril de 2021.

GIAMBERARDINO, André Ribeiro. **Tráfico de Drogas e o Conceito de Controle Social: Reflexões entre a solidariedade e a violência**. Revista Brasileira de Ciências Criminais, vol. 83/2010, Mar.–Abr., 2010, p. 185-236.

GOMES, Laurentino. **1808: Como uma rainha louca, um príncipe medroso e uma corte corrupta enganaram Napoleão e mudaram a História de Portugal e do Brasil**. Rio de Janeiro: Planeta, 2007.

_______________. **1889: Como um imperador cansado, um marechal vaidoso e um professor injustiçado contribuíram para o fim da monarquia e a proclamação da República no Brasil**. 1.ed. São Paulo: Globo, 2013.

GOMIDE, Raphael. **O infiltrado: um repórter dentro da polícia que mais mata e mais morre no Brasil**. Amazon, formato digital, 2019.

GONÇALVES, Antonio Baptista. **PCC e facções criminosas: A luta contra o Estado no domínio pelo poder**. São Paulo: Revista dos Tribunais, 2020.

GRECO, Rogério. **Atividade Policial**. 5. ed. Niterói: Impetus, 2013.

GROPPALI, Alessandro. **Doutrina do Estado**. 2 ed. São Paulo: Saraiva, 1952.

GUERRA ENTRE MILÍCIA, TRÁFICO E POLICIAIS DEIXA MAIS 9 MORTOS. Jornal O Globo, Rio de Janeiro, 12 de fevereiro de 2007, p. 16.

GUSMÃO, Paulo Dourado de. **Introdução ao estudo do Direito**. 43. Ed. Rio de Janeiro: Forense, 2010.

HABERMAS, Jürgen. **Direito e democracia. Entre facticidade e validade**. 2 ed. Rio de Janeiro: Tempo Brasileiro, 2003. vol. I.

HOMENS GANHARAM QUASE 30% A MAIS QUE AS MULHERES EM 2019. IBGE, 6 de maio de 2020. Disponível em: https://agenciadenoticias.ibge.gov.br/agencia-noticias/2012-agencia-de-noticias/noticias/27598-homens-ganharam-quase-30-a-mais-que-as-mulheres-em-2019. Acesso em 7 de maio de 2021.

HOMICÍDIOS AUMENTAM MESMO COM A QUARENTENA. Jornal O Globo, sábado 25 de abril de 2020, p. 26.

JORNALISTAS SÃO TORTURADOS POR MILICIANOS NO RIO. EQUIPE DE 'O DIA' FOI ESPANCADA POR 7 HORAS NA ZONA OESTE. Jornal Extra Rio de Janeiro, 31 de maio de 2008. Disponível em: https://extra.globo.com/noticias/rio/jornalistas-sao-torturados-por-milicianos-no-rio-equipe-de-dia-foi-espancada-por-7-horas-na-zona-oeste-519747.html. Acesso em 9 de maio de 2021.

JUDICIÁRIO SE MOBILIZA PARA PREVENIR COVID-19 EM PRESÍDIOS. Conselho Nacional de Justiça. 26 de março de 2020. Disponível em: https://www.cnj.jus.br/judiciario-nacional-se-mobiliza-para-contencao-da-covid-19-nos-presidios/. Acesso em 22 de abril de 2021.

KELSEN, Hans. **Teoria Geral do Direito e do Estado**. Trad. Luís Carlos Borges. São Paulo: Martins Fontes, 2000.

LABRONICI, Rômulo Bulgarelli e SILVA, Gabriel Borges da. **Uma contravenção controvertida: reflexões acerca da tutela penal do jogo do bicho**. Revista Interdisciplinar de Direito da Faculdade de Direito de Valença, v. 14, n. 1, jan./jun. 2017, p. 201-213.

LAS TUMBAS QUE RETRATAN EL IMPACTO EN BRASIL. Jornal El Pais. La crisis del coronavírus, Lunes 27 de abril de 2020.

LEITE, Márcia Pereira. **Da "metáfora da guerra" ao projeto de "pacificação": favelas e políticas de segurança pública no Rio de Janeiro**.

Revista brasileira de segurança pública. São Paulo v. 6, n. 2, Ago/Set 2012, p. 374-389.

LETALIDADE POLICIAL NO RIO DE JANEIRO EM 10 PONTOS. Centro de Pesquisas – Ministério Público do Estado do Rio de Janeiro. Disponível em: https://www.mprj.mp.br/documents/20184/540394/letalidade_policial_no_rio_de_janeiro_em_10_pontos_1.pdf. Acesso em 9 de maio de 2021.

LEVANTAMENTO NACIONAL DE INFORMAÇÕES PENITENCIÁRIAS INFOPEN – JUNHO DE 2014. DEPEN – Departamento Penitenciário Nacional. Brasília, 2015. Disponível em: http://www.justica.gov.br/news/mj-divulgara-novo-relatorio-do-infopen-nesta-terca-feira/relatorio-depen-versao-web.pdf. Acesso em 27 de abril de 2021.

LEVANTAMENTO NACIONAL DE INFORMAÇÕES PENITENCIÁRIAS 2016. DEPEN – Departamento Penitenciário Nacional. Brasília, 2017. Disponível em: http://depen.gov.br/DEPEN/depen/sisdepen/infopen/relatorios-sinteticos/relatorio_2016_2211.pdf/view. Acesso em 21 de abril de 2021.

LEVANTAMENTO NACIONAL DE INFORMAÇÕES PENITENCIÁRIAS INFOPEN – DEZEMBRO DE 2019. DEPEN – Departamento Penitenciário Nacional. Brasília, 2020. Disponível em: http://depen.gov.br/DEPEN/depen-lanca-infopen-com-dados-de-dezembro-de-2019. Acesso em 22 de abril de 2021.

LEVANTAMENTO NACIONAL DE INFORMAÇÕES PENITENCIÁRIAS INFOPEN MULHERES. 2 ed. DEPEN – Departamento Penitenciário Nacional. Brasília, 2018. Disponível em: http://depen.gov.br/DEPEN/depen/sisdepen/infopen-mulheres/infopenmulheres_arte_07-03-18.pdf. Acesso em 18 de abril de 2021.

LEWANDOWSKI, Enrique Ricardo. A formação da doutrina dos direitos fundamentais. In MARTINS, Ives Gandra da Silva *et alli*. **Lições de Direito Constitucional em homenagem ao jurista Celso Bastos**. São Paulo: Saraiva, 2005.

LIMA, William da Silva. **400x1: Uma história do comando vermelho**. 3 ed. Rio de Janeiro: ANF Produções, 2016.

MAIS DE UM QUARTO DOS MORADORES DE FAVELAS JÁ SE SENTIRAM DISCRIMINADOS. Agência Brasil, 4 de novembro de 2013. Disponível em: https://www.ebc.com.br/noticias/brasil/2013/11/mais-de-um-quarto-dos-moradores-de-favelas-ja-se-sentiram-discriminados-diz Acesso em 22 de abril de 2021.

MAIS PERTO DO COLAPSO. Jornal O Globo, Especial coronavírus, terça-feira 28 de abril de 2020.

MANAUARA DESOBEDECE A DECRETO E GERA AGLOMERAÇÃO EM CEMITÉRIO. Jornal Em Tempo de Manaus. Quarta-feira, 22 de abril de 2020, p.5.

MANAUS PEDE AJUDA. Jornal O Globo, quarta-feira, 22 de abril de 2020, caderno Especial Coronavírus, p. 7.

MANAUS QUER EVITAR SEPULTAMENTOS EM SACOS PLÁSTICOS. Jornal O Estado de São Paulo, Caderno Metrópole, terça-feira, 28 de abril de 2020, p. A11.

MANEJO DE CORPOS NO CONTEXTO DO NOVO CORONAVÍRUS COVID-19. Brasília/DF, publicada em 25/03/2020. Disponível em: https://www.saude.gov.br/images/pdf/2020/marco/25/manejo-corpos-coronavirus-versao1-25mar20-rev5.pdf. Acesso em 7 de abril de 2020.

MANSO, Bruno Paes e DIAS, Camila Nunes. **A Guerra: A ascensão do PCC e o mundo do crime no Brasil.** São Paulo: Todavia, 2018.

MAPA DA DESIGUALDADE. São Paulo: Rede Nossa São Paulo, 2019, p. 38. Disponível em: https://www.nossasaopaulo.org.br/wp-content/uploads/2019/11/Mapa_Desigualdade_2019_tabelas.pdf. Acesso em 16 de abril de 2021.

MAQUIAVEL, Nicolau. **O Príncipe**. Coleção Os pensadores. Trad. Olívia Bauduh. São Paulo: Nova cultural, 1999.

MARTINS, Ives Gandra da Silva e BASTOS, Celso Ribeiro. **Comentários à Constituição do Brasil**, v. 1. São Paulo: Saraiva, 1988.

MARTINS, Luis. **João do Rio: uma antologia**. Rio de Janeiro: Sabiá, 1971.

MARTINS, Rogério Vidal Gandra da Silva. In MARTINS, Ives Gandra da Silva & Passos, Fernando (orgs.). **Manual de Iniciação ao Direito**. São Paulo: Pioneira, 1999.

MASSACRE É MAIS UM CAPÍTULO DE DISPUTA MILIONÁRIA PELA COCAÍNA. Jornal O Estado de São Paulo, Caderno Metrópole, Terça-feira, 30 de julho de 2019, p. A10.

MATSMOTO, Katsutoshi. **O Estado Democrático de Direito.** Revista de Direito Constitucional e Internacional, vol. 33, Out. 2000.

MATTAR, Flávia; CHEQUER, Jamile; DIAS, Mariana. **UPP: Tecendo Discursos**. Democracia Viva, nº 45, p. 72-81, IBASE, jul. 2010.

MEDEIROS, Vanise. "Posso me identificar?: Mídia, violência e movimentos sociais". In ZANDWAIS, Ana & ROMÃO, Lucília M. S. (orgs.). **Leituras do político**. Porto Alegre: Editora da Universidade Federal do Rio Grande do Sul, 2011, p. 201-219.

MELLO, Oswaldo Aranha Bandeira de. **A personalidade do Estado**. *Revista de Direito Público*, ano 7 n° 21 jan.-mar., 1969.

MENDES, Gilmar Ferreira. **Direitos Fundamentais e Controle de Constitucionalidade: Estudos de direito constitucional.** 4. Ed. São Paulo: Saraiva, 2012.

MENDES NETO, João Paulo. **Direitos fundamentais um pressuposto à soberania, democracia e o Estado Democrático de Direito.** *Revista de Direito Constitucional e Internacional*, vol. 80, Jul. 2012.

MENDONÇA, Tássia. **Batan: Tráfico, Milícia e "Pacificação" na Zona Oeste do Rio de Janeiro.** Tese de Mestrado em antropologia social do Museu Nacional na Universidade Federal do Rio de Janeiro, 2014.

MENEZES, Aderson de. **Teoria Geral do Estado.** 7 ed. Rio de Janeiro: Forense, 1995.

MÉTODO PARA CALCULAR NÚMERO DE HOMICÍDIOS EM SÃO PAULO GERA POLÊMICA. Revista Época, 9 de novembro de 2015. Disponível em: https://epoca.globo.com/tempo/filtro/noticia/2015/11/gestao-alckmin-muda-metodo-de-contagem-e-reduz-numero-de-homicidios-em-sao-paulo.html. Acesso em 21 de abril de 2021.

MILÍCIA PROÍBE INTERNET EM PRÉDIO QUE HOSPEDA POLICIAIS DA FORÇA NACIONAL NO RIO. Revista Época, 21 de julho de 2016. Disponível em: https://epoca.globo.com/tempo/noticia/2016/07/milicia-proibe-internet-em-predio-que-hospeda-policiais-da-forca-nacional-no-rio.html. Acesso em 13 de maio de 2021.

MINISTÉRIO DA JUSTIÇA PLANEJA COMPRAR 600 TABLETS PARA PRESOS CONVERSAREM COM FAMILIARES. Jornal Folha de São Paulo, segunda-feira 13 de abril de 2020. Disponível em: https://saude.estadao.com.br/noticias/geral,ministerio-da-justica-planeja-comprar-600-tablets-para-presos-conversaram-com-familiares,70003269818. Acesso em 15 de abril de 2020.

MIRANDA, Jorge. MIRANDA, Jorge. **Manual de direito constitucional.** Tomo VII. Coimbra: Coimbra, 2007.

MIRANDA, Pontes de. **Democracia, Liberdade, Igualdade Os três caminhos.** Atualizado por Vilson Rodrigues Alves. Campinas: Bookseller, 2002.

MISSE, Daniel Ganem. **Cinco anos de UPP: Um breve balanço.** DILEMAS: Revista de Estudos de Conflito e Controle Social – Vol. 7 – no 3 – JUL/AGO/SET 2014 – p. 675-700.

MISSE, Michel. **Crime organizado e crime comum no Rio de Janeiro.** Revista de Sociologia Política. Curitiba, v. 19, n. 40, out. 2011, p. 13-25.

____________. **Malandros, marginais e vagabundos. A acumulação social da violência no Rio de Janeiro. Rio de Janeiro.** Tese (Doutorado em Sociologia). Instituto Universitário de Pesquisas do Rio de Janeiro, 1999.

_____________. **Sobre a acumulação social da violência no Rio de Janeiro**. Civitas – Revista de Ciências Sociais, vol. 8, núm. 3, septiembre-diciembre, 2008, p. 371-385.

MORADORES DE FAVELA NO RIO FAZEM LIMPEZA DE RUAS POR CONTA PRÓPRIA. Jornal Folha de São Paulo, Sábado 18 de abril de 2020, Caderno Saúde, p. B7.

MORADORES ESTÃO ACOSTUMADOS COM DIA-A-DIA VIOLENTO. BBC Brasil, 2 de dezembro de 2002. Disponível em: https://www.bbc.com/portuguese/noticias/2002/021126_violenciarg.shtml. Acesso em 24 de abril de 2021.

MORTE DE "MEIO QUILO" AUMENTA CLIMA DE TENSÃO. Jornal do Brasil, Rio de Janeiro, 1° set. 1987, p.12.

MORTES OCULTAS DADOS DE CARTÓRIOS MOSTRAM QUE OUTRAS DOENÇAS PODEM ESCONDER CASOS DE COVID-19. Jornal O Globo, quarta-feira, 29 de abril de 2020, Especial coronavírus, p. 5.

MORTES TRIPLICAM, E CIDADE DE SP NEGOCIA USAR UTIS PRIVADAS. Jornal Folha de São Paulo, Quarta-feira, 29 de abril de 2020, Caderno Saúde, p. B2.

MUSUMECI, Leonarda. **UPP: Última Chamada**. Rio de Janeiro: Universidade Candido Mendes, 2017.

NA PERIFERIA DE SÃO PAULO, MORTE CHEGA 20 ANOS MAIS CEDO QUE EM BAIRROS RICOS. Jornal El País, 5 de novembro de 2019. Disponível em: https://brasil.elpais.com/brasil/2019/11/05/politica/1572971045_848710.html?%3Fssm=fb_BR_CM&fbclid=IwAR2A9H0_5bxeSXsfXQhf-uSupv4mfPbAHtTlzJjFZY-wFRH5gvoEESekg2w. Acesso em 16 de abril de 2021.

NEPOMUCENO, Marcio Santos e HOMEM, Renato. **Marcinho Verdades e posições**. Rio de Janeiro: Gramma, 2017.

NERY JUNIOR, Nelson e NERY, Rosa Maria de Andrade. **Constituição Federal Comentada e legislação constitucional**. 2 ed. São Paulo: RT, 2009.

NO RIO, POVO SOBREVIVE A TIROS, ÁGUA CONTAMINADA E AO DESMONTE DA SAÚDE. FAVELA EM PAUTA, 13 DE FEVEREIRO DE 2020. Disponível em: https://favelaempauta.com/no-rio-povo-sobrevive-tiros-agua-contaminada-desmonte-saude/. Acesso em 23 de abril de 2021.

NOVAIS, Jorge Reis. **A dignidade da pessoa humana**, volumes I e II, 2. Ed. Porto: Almedina, 2018.

NOVO CORONAVÍRUS LEVA EQUADOR A COLAPSO SANITÁRIO. Agência Brasil, 13 de abril de 2020. Disponível em: https://agenciabrasil.ebc.com.br/internacional/noticia/2020-04/novo-coronavirus-leva-equador-colapso-sanitario. Acesso em 22 de abril de 2020.

NÚMEROS DA VIOLÊNCIA NO RIO SE ASSEMELHAM AOS DE PAÍSES EM GUERRA. Jornal Nacional, 9 de maio de 2017. Disponível em: http://g1.globo.com/jornal-nacional/noticia/2017/05/numeros-da-violencia-no-rio-se-assemelham-aos-de-paises-em-guerra.html. Acesso em 13 de maio de 2021.

NÚMERO DE IDOSOS CRESCE 18% EM 5 ANOS E ULTRAPASSA 30 MILHÕES EM 2017. Disponível em: https://agenciadenoticias.ibge.gov.br/agencia-noticias/2012-agencia-de-noticias/noticias/20980-numero-de-idosos-cresce-18-em-5-anos-e-ultrapassa-30-milhoes-em-2017. Acesso em 15 de abril de 2021.

NÚMERO DE PRESOS EM SÃO PAULO QUADRUPLICA SOB GOVERNOS DO PSDB. Jornal Folha de São Paulo. 30 de maio de 2019. Disponível em: https://www1.folha.uol.com.br/cotidiano/2019/05/numero-de-presos-em-sao-paulo-quadruplica-sob-governos-do-psdb.shtml?loggedpaywall. Acesso em 22 de abril de 2021.

NÚMEROS SUGEREM MILHARES DE MORTES POR CORONAVÍRUS EM PROVÍNCIA DO EQUADOR. Jornal O Globo, 18 de abril de 2020. Disponível em: https://oglobo.globo.com/mundo/numeros-sugerem-milhares-de-mortes-por-coronavirus-em-provincia-do-equador-24380966. Acesso em 22 de abril de 2020.

NUNES JR., Vidal Serrano. **A cidadania social na Constituição de 1988: estratégias de positivação e exigibilidade judicial dos direitos sociais**. São Paulo: Verbatim, 2009.

O COMANDO VERMELHO, DO PRESÍDIO EM UMA ILHA PARADISÍACA À GUERRA SANGRENTA POR TERRITÓRIO. Jornal El País, 15 de janeiro de 2017. Disponível em: https://brasil.elpais.com/brasil/2017/01/13/politica/1484319135_043725.html. Acesso em 26 de abril de 2021.

O IMPACTO ECONÔMICO DO ROUBO DE CARGAS NO ESTADO DO RIO DE JANEIRO – 2016. Federação das Indústrias do estado do Rio do Janeiro – Firjan. NOTA TÉCNICA – FEVEREIRO/2017, p. 1 e 2.

ONG VÊ SUBNOTIFICAÇÃO EM FAVELAS DO RIO. Jornal O Estado de São Paulo, quarta-feira, 27 de maio de 2020. Caderno Metrópole, p. A14.

OPERAÇÃO DA POLÍCIA CIVIL MIRA INTEGRANTES DO PCC EM SÃO PAULO. Portal Último Segundo. Disponível em: https://ultimosegundo.ig.com.br/brasil/2019-01-24/pcc-operacao.html. Acesso em 21 de abril de 2021.

ORLANDI, Eni Puccinelli. **Cidade dos sentidos**. Campinas: Pontes, 2004.

PAÍS TEM ALTA DE 680% EM ÓBITOS POR SÍNDROME RESPIRATÓRIA GRAVE. Jornal O Estado de São Paulo, Caderno Metrópole, terça-feira, 28 de abril de 2020, p. A10.

PAÍSES QUE INVESTIREM EM EDUCAÇÃO E CRIATIVIDADE SERÃO OS BEM-SUCEDIDOS, DIZ BARACK OBAMA NO BRASIL. Revista Época Negócios. 30 de maio de 2019. Disponível em: https://epocanegocios.globo.com/Brasil/noticia/2019/05/no-brasil-barack-obama-fala-sobre-lideranca-e-importancia-da-educacao.html. Acesso em 23 de abril de 2021.

PANDEMIA NAS FAVELAS. Jornal Folha de São Paulo, 30 de março de 2020. Disponível em: https://www1.folha.uol.com.br/opiniao/2020/03/pandemia-nas-favelas.shtml. Acesso em 1° de abril de 2021.

PANORAMA DO ROUBO DE CARGA NO ESTADO DO RIO DE JANEIRO – 2018. Federação das Indústrias do estado do Rio do Janeiro – Firjan. NOTA TÉCNICA – JANEIRO/2019, p. 1 e 2.

PANORAMA DO ROUBO DE CARGA NO ESTADO DO RIO DE JANEIRO – 2019. Federação das Indústrias do estado do Rio do Janeiro – Firjan. NOTA TÉCNICA – JANEIRO/2020, p. 1 e 2.

PARA CONTER DOENÇA NA PERIFERIA, FORTALEZA USA CAMINHÃO VAPORIZADOR. Jornal Folha de São Paulo, Caderno Saúde, segunda-feira, 27 de abril de 2020, p. B7.

PARA NÃO CHAMAR ATENÇÃO, MILÍCIA DO RIO MUDA FORMA DE ASSASSINAR VÍTIMAS. Portal G1, 5 de janeiro de 2016. Disponível em: http://g1.globo.com/rio-de-janeiro/noticia/2016/01/para-nao-chamar-atencao-milicia-do-rio-muda-forma-de-assassinar-vitimas.html. Acesso em 9 de maio de 2021.

PARAISÓPOLIS CONTRATA MÉDICOS E AMBULÂNCIAS, DISTRIBUI MAIS DE MIL MARMITAS POR DIA E SE UNE CONTRA O CORONAVÍRUS. Portal G1. 7 de abril de 2020. Disponível em: https://g1.globo.com/sp/sao-paulo/noticia/2020/04/07/paraisopolis-se-une-contra-o-coronavirus-contrata-ambulancias-medicos-e-distribui-mais-de-mil-marmitas-por-dia.ghtml. Acesso em 20 de abril de 2020.

PARAISÓPOLIS MONITORA 21 MIL CASAS COM PRESIDENTES DE RUA E MÉDICO PRÓPRIO. Portal UOL. Disponível em: https://noticias.uol.com.br/saude/ultimas-noticias/redacao/2020/04/15/paraisopolis-contra-covid-favela-tem-presidentes-de-rua-e-sistema-de-saude.htm. Acesso em 20 de abril de 2020.

PELO MENOS 10 AGENTES PENITENCIÁRIOS DO CEARÁ ESTÃO INFECTADOS. Jornal O povo, sexta-feira 24 de abril de 2020, p. 5.

PESQUISA NACIONAL DE VITIMIZAÇÃO. Ministério da Justiça – Secretaria Nacional de Segurança Pública. Pesquisa nacional de vitimização: sumário executivo. Disponível em: https://www.crisp.ufmg.br/wp-content/uploads/2013/10/Relat%C3%B3rio-PNV-Senasp_final.pdf. Acesso em 4 de maio de 2021.

PESQUISA REVELA PERCEPÇÕES INICIAIS SOBRE AS UPPS. Fundação Getúlio Vargas, 2009. Disponível em: http://dapp.fgv.br/pesquisa-revela-percepcoes-iniciais-sobre-as-upps/. Acesso em 15 de maio de 2021.

PESQUISA: SÉRGIO ADORNO FAZ ANÁLISE SOCIOLÓGICA DA VIOLÊNCIA. Agência FAPESP. Disponível em: https://www.saopaulo.sp.gov.br/eventos/pesquisa-sergio-adorno-faz-analise-sociologica-da-violencia/. Acesso em 31 de março de 2021.

PF MIRA QUADRILHA QUE COMANDAVA TRÁFICO DE DROGAS NO AEROPORTO DE GUARULHOS. Último Segundo, 23 de abril de 2019. Disponível em: Último Segundo. Disponível em: https://ultimosegundo.ig.com.br/brasil/2019-04-23/pf-mira-quadrilha-que-comandava-trafico-de-drogas-no-aeroporto-de-guarulhos.html. Acesso em 22 de abril de 2021.

PM DO RIO TEM MUITOS OFICIAIS E POUCOS SOLDADOS PARA PATRULHAR AS RUAS: VEJA NÚMEROS. Jornal O Globo, 7 de outubro de 2019. Disponível em: https://oglobo.globo.com/rio/pm-do-rio-tem-muitos-oficiais-poucos-soldados-para-patrulhar-as-ruas-veja-numeros-24000850. Acesso em 25 de abril de 2021.

PIMENTA, José Augusto de Mattos. **Para a remodelação do Rio de Janeiro**. Rio de Janeiro, 1926.

PNAD CONTÍNUA 2019: RENDIMENTO DO 1% QUE GANHA MAIS EQUIVALE A 33,7 VEZES O DA METADE DA POPULAÇÃO QUE GANHA MENOS. IBGE, 6 de maio de 2020. Disponível em: https://agenciadenoticias.ibge.gov.br/agencia-sala-de-imprensa/2013-agencia-de-noticias/releases/27594-pnad-continua-2019-rendimento-do-1-que-ganha-mais-equivale-a-33-7-vezes-o-da-metade-da-populacao-que-ganha-menos. Acesso em 7 de maio de 2021.

PORTO, Paulo. **Crime organizado e sistema prisional**. 1 ed. São Paulo: Atlas, 2008.

PORTO, Roberto. **Crime organizado e sistema Prisional**. Ed. Atlas, 03/2008.

PORTUGAL APROVA MECANISMO QUE PODE LIBERAR 15% DOS PRESOS. Jornal Folha de São Paulo, quinta-feira, 9 de abril de 2020, Caderno Metrópole, p. A12.

PREFEITO CITA 'COLAPSO FUNERÁRIO' EM MANAUS E ATACA BOLSONARO POR COVID-19. PORTAL UOL, 10 DE ABRIL DE 2020. Disponível em: https://noticias.uol.com.br/politica/ultimas-noticias/2020/04/10/prefeito-cita-colapso-funerario-em-manaus-e-ataca-bolsonaro-por-covid-19.htm. Acesso em 22 de abril de 2021.

PRETOS OU PARDOS ESTÃO MAIS ESCOLARIZADOS, MAS DESIGUALDADE EM RELAÇÃO AOS BRANCOS PERMANECE. IBGE. Disponível em: https://agenciadenoticias.ibge.gov.br/agencia-sala-de-imprensa/2013-agencia-de-noticias/releases/25989-pretos-ou-pardos-estao-mais-escolarizados-mas-desigualdade-em-relacao-aos-brancos-permanece. Acesso em 14 de abril de 2021.

PROJETO BRA/04/029 – Segurança Cidadã Programa das Nações Unidas para o Desenvolvimento – PNUD e Secretaria Nacional de Segurança Pública do Ministério da Justiça e Cidadania– SENASP Pensando a Segurança Pública 4ª Edição (Convocação 001/2015) Carta de Acordo nº 33584. Disponível em: https://www.novo.justica.gov.br/sua-seguranca/seguranca-publica/analise-e-pesquisa/download/outras_publicacoes_externas/pagina-2/42diagnostico-homicidios-rj-es.pdf. Acesso em 5 de maio de 2021.

QUANTO CUSTA O ROUBO E O FURTO DE CARGAS NO BRASIL. Federação das Indústrias do estado do Rio do Janeiro – Firjan, Março de 2017, p. 1 e 2.

RAMOS, André de Carvalho. **Proteção à vida: a (in)convencionalidade das alterações envolvendo a legítima defesa no pacote anticrime**. Boletim do IBCCRIM, ano 27, n° 318, edição especial – maio de 2019.

REALE, Miguel. **Da responsabilidade do poder.** Revista de Direito Público, ano 7 n°. 15 jan.-mar., 1969.

REINCIDÊNCIA CRIMINAL. RELATÓRIO DE PESQUISA. IPEA, 2015. Disponível em: http://www.ipea.gov.br/portal/images/stories/PDFs/relatoriopesquisa/150611_relatorio_reincidencia_criminal.pdf. Acesso em 16 de abril de 2021.

REMOÇÃO TEMPORÁRIA DE MORADORES DE FAVELAS PODE SALVAR 41 MIL EM SP E NO RIO. Jornal o Estado de São Paulo, quarta-feira 15 de abril de 2020, Caderno Metrópole, p. A11.

RIO DE JANEIRO TEM QUEDA DE HOMICÍDIOS, MAS ALTA DE MORTES POR POLICIAIS. Jornal Folha de São Paulo, 25 de março de 2019. Disponível: https://www1.folha.uol.com.br/cotidiano/2019/03/

rj-tem-queda-de-homicidio-e-alta-na-letalidade-policial.shtml. Acesso em 26 de abril de 2021.

ROCINHA TEM 35 CASOS DE COVID-19; 'PRÓXIMOS DIAS SERÃO BEM DIFÍCEIS', DIZ MORADOR. Portal G1, quarta-feira 15 de abril de 2020. Disponível em: https://g1.globo.com/rj/rio-de-janeiro/noticia/2020/04/15/rocinha-tem-34-casos-de-covid-19-proximos-dias-serao-bem-dificeis-diz-morador.ghtml. Acesso em 15 de abril de 2020.

RODRIGUES, André *et alli.* **Homicídios na Baixada Fluminense Estado, Mercado, Criminalidade e Poder**. Comunicações do ISER Número 71 – Ano 37 – 2018.

ROJIDO, Emiliano. **UPP na favela: Por que respeitar a lei?** DILEMAS: Revista de Estudos de Conflito e Controle Social – Vol.9 – no 1 – JAN-ABR 2016 – pp. 91-110.

SAIBA QUEM FOI CASTOR DE ANDRADE, O MAIS PODEROSO DOS CONTRAVENTORES. Portal R7, 15 de outubro de 2019. Disponível em: https://noticias.r7.com/brasil/saiba-quem-foi-castor-de-andrade-o-mais-poderoso-dos-contraventores-16102019. Acesso em 7 de maio de 2021.

SALLA, Fernando. **Decifrando as dinâmicas do crime**. *Revista Brasileira De Ciências Sociais* – Vol. 29 N° 87.

SÁLVESE QUEIN PUEDA EN BRASIL. Jornal El Mundo, Jueves 7 de mayo de 2020, p. 20.

SAMPAIO, **Nelson de Souza. Estado de Direito – conceito e características.** Doutrinas Essenciais de Direito Constitucional, vol. 2, Mai. 2011.

SANTOS, Murian Sepúlveda dos. Mangueira e Império a carnavalização do poder pelas escolas de samba. IN ZALUAR, Alba e ALVITO, Marcos. **Um século de Favela**. 4ª ed. Rio de Janeiro: FGV, 2004.

SÃO PAULO. DECRETO Nº 64.880, DE 20 DE MARÇO DE 2020. Dispõe sobre a adoção, no âmbito das Secretarias da Saúde e da Segurança Pública, de medidas temporárias e emergenciais de prevenção de contágio pelo COVID-19 (Novo Coronavírus).

SP MANTÉM NOTIFICAÇÃO APENAS PARA CASOS GRAVES DE CORONAVÍRUS E DIZ QUE SEGUE MINISTÉRIO DA SAÚDE. Portal G1. 8 de abril de 2020. Disponível em: https://g1.globo.com/sp/sao-paulo/noticia/2020/04/08/sp-mantem-notificacao-apenas-para-casos-graves-de-coronavirus-e-diz-que-segue-ministerio-da-saude.ghtml. Acesso em 15 de abril de 2020.

SARLET, Ingo Wolfgang. **A eficácia dos direitos fundamentais**. Porto Alegre: Livraria do Advogado, 1998.

SAWAYA, Ana Lydia; ALBUQUERQUE, Maria Paula de and DOMENE, Semiramis Martins Álvares. **Violência em favelas e saúde**. *Estud. av.* 2018, vol. 32, n. 93, p. 243-250.

SEIS EM CADA DEZ DELEGACIAS DE SÃO PAULO PRECISAM DE REFORMAS. Disponível em: https://agora.folha.uol.com.br/sao-paulo/2019/05/seis-em-cada-dez-delegacias-de-sao-paulo-precisam-de-reformas.shtml. Acesso em 21 de abril de 2021.

SEGURANÇA SABE QUE Nº DE HOMICÍDIOS É MAIOR DO QUE O DIVULGADO, DIZEM POLICIAIS. Jornal O Estado de São Paulo, 21 de agosto de 2016. Disponível em: https://sao-paulo.estadao.com.br/noticias/geral,seguranca-sabe-que-n-de-homicidios-e-maior-do-que-o-divulgado-dizem-policiais,10000070968. Acesso em 23 de abril de 2021.

SEM VAGAS NO RIO, DEZENAS DE PACIENTES SÃO TRANSFERIDOS POR DIA PARA HOSPITAL NO SUL DO ESTADO. Portal G1. 21 de abril de 2020. Disponível em: https://g1.globo.com/rj/rio-de-janeiro/noticia/2020/04/21/sem-vagas-no-rio-dezenas-de-pacientes-sao-transferidos-por-dia-para-hospital-no-sul-do-estado.ghtml. Acesso em 22 de abril de 2021.

SEPULTURA DO TRAFICANTE UÊ VIRA ATRAÇÃO EM CEMITÉRIO NO RIO. Jornal Folha de São Paulo, 11 de julho de 2003, Caderno Cotidiano.

SHIMIZU, Bruno. **NOTAS PARA UM ESTUDO DAS FACÇÕES CRIMINOSAS BRASILEIRAS À LUZ DA PSICANÁLISE**. Revista da Defensoria Pública – Ano 5 – n.1 – 2012, p. 199-215.

SILVA JR, Carlos. **Mapeando o tráfico transatlântico de escravos**. *Revista Afro-Ásia*, Salvador, n. 45, 2012, p. 179-184.

SILVA, Eduardo Araujo da. **Crime Organizado: Procedimento Probatório**. 2ª ed. São Paulo: Atlas, 2009.

SILVA, Fernanda Lima da et alli. **Policiados e Policiais: Dois Tempos de uma história de criminalização**. Revista Brasileira de Ciências Criminais, vol. 135/2017, Set. 2017, p. 97-129.

SINAIS DE CELULAR COMPROVAM QUE FAVELAS DO RIO ABANDONARAM ISOLAMENTO PELO CORONAVÍRUS. Jornal O Globo, sábado 11 de abril de 2020. Disponível em: https://oglobo.globo.com/rio/sinais-de-celular-comprovam-que-favelas-do-rio-abandonaram-isolamento-pelo-coronavirus-24365535. Acesso em 15 de abril de 2020.

SINHORETO, Jacqueline. A filtragem racial na seleção policial dos suspeitos: segurança pública e relações sociais. In: BRASIL. **Segurança**

Pública e direitos humanos: temas transversais. Brasília: Ministério da Justiça, 2014.

SISTEMA PRISIONAL EM NÚMEROS. Disponível em: http://www.cnmp.mp.br/portal/relatoriosbi/sistema-prisional-em-numeros. Acesso em 28 de abril de 2020.

SOCIÓLOGO SERGIO ADORNO FALA SOBRE A TENDÊNCIA DE DIMINUIÇÃO DOS HOMICÍDIOS NO BRASIL. Portal G1. Disponível em: https://g1.globo.com/pop-arte/blog/yvonne-maggie/post/2019/05/31/sociologo-sergio-adorno-fala-sobre-a-tendencia-a-diminuicao-dos-homicidios-em-grande-parte-do-brasil.ghtml. Acesso em 31 de março de 2021.

SOUZA, Fátima de. **PCC, a facção**. Grupo Editorial Record. Disponível em: http://www.record.com.br/autor_entrevista.asp?id_autor=4978&id_entrevista=219. Acesso em 13 de agosto de 2021.

SOUZA, Pedro H. G. Ferreira de. **Uma história de desigualdade: A concentração de renda entre os ricos, 1926-2013**. São Paulo: HUCITEC, 2018.

SOUZA, Marcelo José Lopes de. O Território: sobre Espaço e Poder, Autonomia e Desenvolvimento In: CASTRO, Iná Elias de; CORRÊA, Roberto Lobato; GOMES, Paulo César da Costa. **Geografia: conceitos e temas**. 8ª ed. Rio de Janeiro: Bertrand Brasil, 2006.

STRECK, Lênio Luiz. **PCC, CV e milícias ganham status legislativo: Moro dá bois aos nomes!** Revista Consultor Jurídico, 14 de fevereiro de 2019. Disponível em: https://www.conjur.com.br/2019-fev-14/senso-incomum-pcc-cv-milicias-ganham-status-legislativo-moro-bois-aos-nomes. Acesso em 25 de abril de 2021.

SUNDFELD, Carlos Ari. **Fundamentos de direito público**. 5 ed. São Paulo: Malheiros, 2011.

TOLEDO, Cláudia. **Direito Adquirido e Estado Democrático de Direito**. São Paulo: Landy, 2003.

Turquía libera al 30% de sus presos por la Covid-19, pero no a los opositores. Jornal La Vanguardia, 14 de abril de 2020. Disponível em: https://www.lavanguardia.com/internacional/20200414/48497627318/turquia-libera-30-presos-covid-19-opositores.html. Acesso em 22 de abril de 2020.

UM CLARO OBJETO DE DESEJO. Jornal O Globo, 12 de dezembro de 2010, p. 16.

UM EM CADA TRÊS DOMICÍLIOS NÃO TINHA LIGAÇÃO COM REDE DE ESGOTO EM 2019. IBGE, 6 de maio de 2020. Disponível em: https://agenciadenoticias.ibge.gov.br/agencia-noticias/2012-agencia-de-noticias/noticias/27597-um-em-cada-tres-domicilios-nao-

-tinha-ligacao-com-rede-de-esgoto-em-2019. Acesso em 7 de maio de 2021.

VAGAS NA REDE MUNICIPAL DE SAÚDE DO RIO PARA COVID-19 ESTÃO ESGOTADAS. Agência Brasil, 22 de abril de 2020. Disponível em: https://agenciabrasil.ebc.com.br/saude/noticia/2020-04/vagas-na-rede-municipal-de-saude-do-rio-para-covid-19-estao-esgotadas. Acesso em 22 de abril de 2021.

VALLADARES, Lícia do Prado. **A invenção da favela: Do mito de origem a favela.com**. Rio de Janeiro: Editora FGV, 2005.

VEJA PESQUISA COMPLETA DO IBOPE SOBRE OS MANIFESTANTES. Portal G1, 24 de junho de 2013. Disponível em: http://g1.globo.com/brasil/noticia/2013/06/veja-integra-da-pesquisa-do-ibope-sobre-os-manifestantes.html. Acesso em 11 de maio de 2021.

28% DOS BRASILEIROS NÃO FAZEM ISOLAMENTO CONTRA A COVID-19. Jornal Folha de São Paulo, Caderno Saúde, terça-feira, 7 de abril de 2020, p. B4.

WITZEL E CRIVELLA BUSCAM RENEGOCIAR DÍVIDAS DO ESTADO E DA CIDADE DO RIO DE JANEIRO. Jornal Folha de São Paulo, 3 de janeiro de 2019. Acesso em 13 de maio de 2020.

ZALUAR, Alba. **Dilemas, desafios e problemas da UPP no Rio de Janeiro**. Disponível em: http://www.brasa.org/wordpress/Documents/BRASA_XII/Proceedings/Alba%20Zalaur%20-%20Dilemas,%20desafios%20e%20problemas%20da%20UPP%20no%20Rio%20de%20Janeiro.pdf. Acesso em 29 de abril de 2021.

_____________. **Exclusão e políticas públicas: dilemas teóricos e alternativas políticas**. Revista Brasileira de Ciências Sociais. São Paulo, v.12, n.35, p. 21-32, fev. 1997.

_____________. **Juventude Violenta: Processos, Retrocessos e Novos Percursos**. DADOS – Revista de Ciências Sociais, Rio de Janeiro, vol. 55, no 2, 2012, p. 327 a 365.

_____________. **"Teleguiados e chefes"**. Religião e Sociedade, n.14/1, 1988.

_____________. **Violência, cultura e poder**. Revista Semiosfera. Rio de Janeiro: UFRJ, ano 3, dezembro de 2003.

_____________. Crime, medo e política. In ZALUAR, Alba e ALVITO, Marcos. **Um século de Favela**. 4ª ed. Rio de Janeiro: FGV, 2004.

_____________. & CONCEIÇÃO, Isabel Siqueira. **Favelas sob o controle das milícias no Rio de Janeiro que Paz?** São Paulo em Perspectiva, v. 21, n. 2, jul./dez. 2007, p. 89-101.